Walter Kohl

Das leere Land

Grafische Gestaltung: Dorothea Löcker, Wien
Umschlagabbildung: © OÖ. Werbung/Popp
Druck und Verarbeitung:
Druckerei Theiss GmbH, St. Stefan im Lavanttal
ISBN 978-3-85452-675-9

Informationen über das aktuelle Programm
des Picus Verlags und Veranstaltungen unter
www.picus.at

Walter Kohl

Das leere Land

Roman

Picus Verlag Wien

you could have it all,
my empire of dirt

Trent Reznor

failure is no success …

Shabtai Ziesel ben Avraham

1

In einem Dorf, nicht weit entfernt von der Donau im westlichen Oberösterreich, steht mein Name auf einem Kriegerdenkmal. Ich weiche dem Friedhof, auf dem sich dieses Denkmal gegen die dem Wetter abgewandte Seite der Kirche lehnt, beharrlich aus, seit Jahrzehnten schon, wenn ich ehrlich bin. Ich will meinen Namen nicht lesen, in altertümlicher Schrift in einen verwitternden Stein gemeißelt. Noch immer kann ich die Anlage genau beschreiben. Und kann die Namen aufzählen. Kaineder, Kehrer, Kogler kommen vor meinem, dann Kornbichler und Lehner. Alles Namen von Familien, deren Kinder mit mir die Volksschule im Dorf besucht haben und in den paar Kindheitssommern durch die Donauauen gestreift sind. In zwei Reihen stehen die Namen, siebenunddreißig sind es, neben jedem finden sich das Geburtsjahr, das Todesjahr und ein meist sehr fremd klingender Ortsname. Es sind die Orte, an denen die Betreffenden gestorben sind. Die Geburtsjahre fast alle zwischen 1920 und 1925, die Todesjahre ausnahmslos zwischen 1941 und 1945. Über der Namensliste steht, in annähernd doppelt so großen Lettern: Sie starben für unsere Freiheit. Darüber ein Helm aus Stein, gebettet in ein Büschel steinernes Welklaub, wahrscheinlich Eiche.

Der Mann mit meinem Namen auf der Liste ist laut Inschrift 1945 in Detmold gestorben. Es sei der Juni 1945 gewesen, hat man mir als Kind erzählt. Niemand konnte mir sagen, wo Detmold war. Nur der Volksschuldirektor sprach einmal vom Teutoburger Wald und vom Arminiusdenkmal, das sich in der unmittelbaren Umgebung von Detmold finde. Keiner im Dorf schien zu verstehen, wovon der Direktor sprach, zumindest war dies mein Eindruck als Kind. Einmal, bei einem Friedhofsbesuch zu Allerheiligen, habe ich meine Verwandten gefragt, warum der

Mann, der meinen Namen trägt, in dem allen unbekannten Detmold für unsere Freiheit gestorben ist. Niemand hat mir geantwortet.

2

Mishi Bizhi sprang aus den Stauden, die in jenem Teil der Bundesstraße zwischen Schlögener Schlinge und Engelhartszell, wo die südliche Hälfte des Saurüssel-Massivs ganz nahe an die Donau rückt, einen schmalen Streifen zwischen Flussufer und Asphalt bilden, zwei Meter breit, manchmal drei, höchstens fünf.

Mishi Bizhi, das ist der Wasserluchs.

Mishi Bizhi schnellte geschmeidig fast bis zum Mittelstreifen, rutschte ein wenig auf dem feuchten Asphalt, geriet in den Scheinwerferkegel meines Autos, erschrak, duckte sich flach zum Matsch auf dem Boden.

Wasserluchs lebt in den Großen Seen der Anishinaabe und beschützt alles Lebendige, das nicht zur Welt neben der Welt gehört. Nanabozho hat die Welt der Menschen erschaffen, diese Welt, danach wurde ihm langweilig, danach begann er seine Geschöpfe mit Streichen zu necken, um sich die Zeit zu vertreiben. Nanabozho ist der Große Hase, der Schöpfer und der Quäler seiner Schöpfung. Mishi Bizhi steigt aus den Wassern, wenn es notwendig ist, und schützt die, die sich Die Menschen nennen.

Bist du mein Schutz, Mishi Bizhi aus Oberösterreichs Gewässern? Die Frage blitzte durch mein Hirn, während ich versuchte, den Mietwagen zum Stehen zu bringen, ohne das Wesen mit den kalten Augen zu verletzen. Die ganze Zeit starrte das Wesen mich an, während das schlingernde Auto darauf zurutschte, keine Angst war in diesen Augen, kein Erschrecken, nicht einmal Überraschung. Nur Neugier.

In Wirklichkeit war sie nicht aus den Büschen auf die Fahrbahn der B 130 gesprungen. Sie kam aus dem Gehölz zwischen Donau und Straße, stieg mit einer einzigen raschen Bewegung über die Leitplanke. Sie hob einen kleinen, unpraktischen weil modischen

Rucksack über die Metallplanke, stolperte dabei, machte einen Schritt auf die Fahrbahn. Weil sie so dunkle Kleidung trug, Jeans, einen braunen Pullover und eine olivgrüne Jacke, sah ich sie zu spät. Ich bremste, der linke Vorderreifen geriet auf ein paar glitschige braune Laubblätter, die sich auf dem Asphalt zusammengeschoben hatten. Der Wagen begann zu rutschen, ich nahm den Fuß von der Bremse, lenkte auf die Gegenfahrbahn. Gerade noch konnte ich ihr ausweichen.

Sie war auf alle viere gegangen, hatte sich über ihren Rucksack gebeugt, als ob sie ihn mit ihrem Körper vor einem möglichen Zusammenprall mit dem Autoblech bewahren müsste. Klein und dunkel und drahtig war sie, und ein Kind. Vierzehn Jahre, vielleicht fünfzehn. Wie sie dahockte mit ihrem Rucksack und das Schleudern meines Autos beobachtete, mit kaltem, neugierigem Blick, da sah sie aus wie Bizhiw. Luchs. Das geheimnisvollste Tier. Jenes, das leer ist. Ohne Geschichten. Katzenwesen, beinahe unsichtbar, niemandes Totem. So sah sie aus, das Mädchen auf der Straße, Bizhiw, Luchs, und Mishi Bizhi, Wasserluchs, weil ihre Haare feucht glänzten, als wäre sie gerade der Donau entstiegen.

Ich stellte die Alarmblinkanlage an und stieg aus. Die Straße ist zu eng und ich kann den Wagen nirgends abstellen, schrie ich hinüber zu ihr, die noch immer auf dem Boden kauerte, es kann jederzeit ein Auto kommen, das hier ist eine gefährliche Stelle. Ob ich was anderes als Scheiße auch noch im Schädel hätte, rief sie zurück. Ich fragte, ob sie sich eh nicht verletzt habe, sie schaute mich böse an und schüttelte den Kopf. Komm ins Auto, sagte ich, ich kann hier nicht stehen bleiben. Ein paar Kilometer weiter, da gibt's Ausweichmöglichkeiten neben der Straße.

Papi sagt, dass ich nicht zu fremden Männern ins Auto steigen soll, grinste sie, während sie den Rucksack auf die Rückbank warf und sich in den Beifahrersitz fläzte.

Weiß Papi, dass du dich nachts um elf auf der Straße rumtreibst?

Wahrscheinlich weiß er es. Und wenn nicht, ist es egal, oder.

Aber in deinem Alter –

Ich bin achtzehn, sagte sie schnell, verschränkte die Arme und deutete mit dem Kinn Richtung Windschutzscheibe. Es war ein Befehl, dass ich endlich losfahren sollte. Ich gehorchte. Ein paar Kilometer weiter eine Parkbucht. Ich wollte anhalten, sie fragte, wozu. Um nachzusehen, ob etwas passiert ist, sagte ich, es ist nichts passiert, sagte sie, man sollte vielleicht die Polizei, sagte ich, das Auto ist ein Mietauto, wenn man es nicht meldet, wenn etwas passiert, gibt es Schwierigkeiten mit der Versicherung. Es ist nichts passiert, wiederholte sie. Sie sagte: Nicht anhalten. Und bloß keine Polizei.

In Ordnung, Mishi Bizhi, sagte ich.

Misch-Vieh was?

Wasserluchsweibchen.

Stimmt was nicht mit dir?

Ich begann ihr zu erklären, dass ich am Lake Superior lebe, im Land, das die Wendat, die Menschen von der Insel, Prickelndes Wasser nannten, in Ontario, seit Jahren schon arbeite ich dort, in Thunder Bay, und zeitweise immer wieder in Marathon, ein toller Ort, um dort zu leben, erinnert mich an die Jugend, Marathon, du weißt schon, 490 vor Christus, Griechen-Perser-Schlacht, Pheidippides, der tote Läufer, damals am Gymnasium, da war noch alles einfach und klar. Und am nahen westlichen Ende des Superior-Sees, da liegen Hibbing und Duluth, ist ein Tagesausflug mit dem Auto, gerade mal dreihundert Kilometer weg, und eine wunderbare Tour mit dem Boot. Hibbing und Duluth, du verstehst, der junge Robert Zimmerman. Dylan. Bob Dylan.

Sie schwieg. Ich sei nur für ein paar Wochen in Österreich, sagte ich, wegen einer Auftragsarbeit. Sie gähnte demonstrativ. Dass ich über Johann Georg Kohl gearbeitet habe, sagte ich, den wahnwitzigen Reisenden, der dieses gewaltige Buch über die Anishinaabe geschrieben hat, 1855, und dem diese freundlichen, aber selbstbewussten Menschen alles erzählt hatten. Über den Großen Hasen, der die Welt erschaffen hat. Und über die Luchse, die unter Wasser leben, in den Großen Seen, und aufpassen, dass den Menschen nichts geschieht. Und dass sie, wie sie so geduckt plötzlich auf der Straße gehockt war und mich angestarrt hatte, ausgesehen habe wie ein scheues junges Unterwasserluchsweibchen.

Denen ihr Gott ist ein Hase, sagte sie, und: Das ist aber lustig.

Manchmal auch ein Stachelschwein, oder ein Skunk, aber der Große Hase ist kein Gott, wie wir das verstehen, sagte ich, er ist ein Schöpfer. Und dann ist er ein Trickster. Einer, der Streiche spielt. Wie der Kojote und der Rabe. Trickster, hm, wisperte sie, einer der Tricks draufhat. Genau, sagte ich.

Auf einmal wusste ich, wer sie war. Du bist das Mädchen, das dauernd im Fernsehen ist, sagte ich. Sie verzog keine Miene. Du bist das Mädchen, das verschwunden ist, oder? Sie grinste ein wenig. Manchmal verschwunden, ja, flüsterte sie, aber im Fernsehen sei sie noch nie gewesen. Der Luchs ist das verschwundenste aller Tiere, scherzte ich, sie sah mich fragend an. Du bist das Mädchen, das abgehauen ist, oder?, fragte ich weiter. Sie haben deinen Vater und deine Brüder abgeschoben, und du bist untergetaucht.

Meine Alten wohnen da drüben, sagte sie, mit einem unbestimmten Wischen der rechten Hand in Richtung der Gegend südlich der Donau. Und Bruder habe ich keinen. Sie schnappte sich mein Handy, das auf der Ablage über dem Lenkrad lag, und begann damit herumzuspielen.

Du bist diese, sagte ich, sag schon, wie ist der Name, er fällt mir nicht ein, obwohl er eh dauernd zu hören ist im Radio, sobald man in die Reichweite eines österreichischen Senders gerät.

Geht das überhaupt bei uns, so ein amerikanisches Handy?, fragte sie. Das Handy schon, aber eine eigene SIM-Karte musste ich kaufen, sagte ich. Und dass sie es bitte zurücklegen solle, es sei mir unangenehm. Sie suche bloß Bilder, sagte sie, ich hätte doch sicher Fotos gespeichert von diesem super See.

Superior Lake, sagte ich. Oberer See. Nichts mit super. Ein

paar Bilder von den Wildgänsen habe ich drauf. Und das Emblem vom Anishinaabe Tribal Council. Ist schön, sagte sie, kramte im Rucksack, holte ihr Handy heraus, drückte an den Knöpfen beider Geräte herum. Was sie da mache, knurrte ich, und dass sie es lassen solle. Will mir bloß die Gänse auf mein Handy laden, sagte sie und warf mein Telefon wieder auf die Ablage. Geht eh nicht. Deins hat kein Bluetooth.

Schweigend fuhren wir durch Eferding. Im Autoradio sagte die Sprecherstimme, dass Günter Grass sich anlässlich seines USA-Besuchs bitter beschwert habe. Sein Werk werde in Deutschland nicht ausreichend gewürdigt. Nur im Ausland erfahre er, was in der Heimat Mangelware geworden sei: Respekt. Als wir uns dem Ort näherten, dem ich ausweiche, begann das Mädchen Gott sei Dank zu reden. Wo fährst du hin?, fragte sie. Linz, sagte ich, oder zumindest in die Gegend von Linz. Eigentlich will ich nach Zeiselmauer, aber ich habe die Zeit übersehen. Ist jetzt schon zu spät für Zeiselmauer.

Und wo kommst du her?

Künzing.

Künzing? Was ist Künzing?

Der Heilige Severinus hat dort eines seiner kuriosesten Wunder gewirkt, sagte ich, wurde unsicher, als ich bemerkte, dass sie demonstrativ gelangweilt aus dem Seitenfenster in die Dunkelheit hinaus schaute. Linz ist eh gut, sagte sie. Ich fahre mit bis Linz.

Ein paar Kilometer nach der Ortseinfahrt von Linz, als wir uns dem Zentrum näherten, sagte sie mir, dass ich auf den Hauptplatz fahren solle. Da wolle sie aussteigen. Ich fragte sie, was sie denn vorhabe, ob sie jemanden kenne in Linz. Sie antwortete nicht. Ich hielt an in zweiter Spur, neben einer Reihe von Taxis, sie stieg aus. Während sie den Rucksack vom Rücksitz holte, sagte sie, dass sie wisse, wen ich meine, sie lese auch dauernd von der, sie nannte den Namen des untergetauchten Mädchens, aber das sei nicht sie.

Ich heiße nicht so wie die aus den Zeitungen, sagte sie. Mein

Name ist Trixi. Und verschwand in einer Seitengasse. Ich nahm mir vor, gleich am nächsten Morgen Zeitungen zu kaufen und Fotos des untergetauchten Mädchens zu suchen.

3

Ich beginne meinen Aufsatz für den Katalog zur großen länderübergreifenden Landesausstellung mit der Beschreibung eines Flusses, den es nicht gibt. Die Rede ist von der Businca. Flüsschen bei Quintanis. Außer in der *Vita Sancti Severini* des Eugippius, der Biografie des Heiligen Sehers von Noricum also, verfasst von dessen glühendstem Bewunderer, kommt dieses Gewässer in keiner anderen Quelle vor, weder in einer historischen noch einer literarischen. Die Businca, sagt Eugipp, umfließt den südlichen Rand des Kastells Quintanis, dessen nördlicher Rand direkt an der Donau liegt, der in jenen Jahren schon mehr als ertragbar brüchig und unzuverlässig gewordenen Grenze zur Welt der Barbaren.

Quintanis, das ist Künzing. Das heutige Künzing ist eine lang gestreckte Ansammlung blasser Zersiedelungshäuschen entlang der deutschen Bundesstraße 8, der Fortsetzung der österreichischen B 130; gut dreißig Kilometer hinter Passau säumt Künzing die B 8, die in der Folge bis Elten an der holländischen Grenze führt. Um heute von Künzing zur Donau zu gelangen, bedarf es eines einstündigen Spaziergangs vom Friedhof weg über die Windgasse hinaus ins flache Ackerland und durch gelegentliche Flecken von Augehölz, an Langkünzing vorbei zum Uferweiler Endlau, zurück vielleicht mit einem Abstecher zu den Schotterteichen von Gramling und Arbing. Die Businca wird man auf diesem Spaziergang nicht finden. Ob es sich eventuell um den Angerbach handelt oder die Ohe, darüber streiten die Chronisten.

Nein. Diese Einleitung zu einem Aufsatz verstößt gegen das erste Gebot jener, die zur Unterhaltung und auch Belehrung eines Publikums schreiben: Du sollst nicht langweilen. Ich werde meinen Katalogbeitrag anders anheben lassen: Severinus ist nur ein Narr. Das wird mein erster Satz sein.

Severinus ist nur ein Narr. Oder er ist ein Betrüger, vorsichtiger formuliert, ein Gaukler mit dem Vorsatz, zu betrügen. Alle, die Lateinisch sprechen in dieser nördlichen Grenzprovinz, die Nachkommen der vor Generationen aus dem sonnigen Italien gekommenen Römer, die Sprösslinge zahlloser Liaisonen von Kolonisatoren und Kelten und Germanen und die reinblütigen Barbaren, die der Eroberer Kultur und Sprache freudig und leicht übernommen hatten, die Noriker also, sie sind ja leicht zu betrügende Menschen. In steter Angst vor den Rugiern und Herulern und Arianern und allen anderen Arten von Ausländern, die in endlosen Wellen gegen die Nordgrenze anrollen, müssen sie leben. In ständiger Erwartung, von den Barbaren entführt zu werden, beraubt, geschändet, gemordet, klammern sie sich an jedes Zeichen, und sei es noch so durchsichtig betrügerisch und lächerlich.

Greifen nach jeder Nachricht aus einer jenseitigen, besseren Welt wie Ertrinkende nach dem rettenden Ast. Ein stinkender, zerlumpter, in Zungen redender falscher Mönch, ungeniert mit den verschorften, verdreckten nackten Füßen auf ihre Dorfplätze stampfend und den örtlichen Epileptiker nach dem Anfall hoch hebend und triumphierend der Meute darbietend, der genügt ihnen, um Hoffnung zu schöpfen. Nein, nicht einmal Hoffnung. Eine Ahnung von Trost nur ist es. Doch die reicht aus, um weiterleben zu wollen. Und die Angst für einen Augenblick zu vergessen.

Eine weitere Möglichkeit wäre, dass Severinus doch ein Heiliger ist. Einer, der in besonderer Gnade steht, dem der Herr also gnädiger ist als uns Gewöhnlichen, und einer, dem der Herr mehr Heil geschenkt hat als uns anderen. Und damit wir dies auch bemerken, hat ihm der Herr die Gabe der Wundertätigkeit verliehen.

Selbst wenn Severinus ein Heiliger Mann war, wie ihn Eugipp

bei jeder zweiten Erwähnung nennt, so muss er zugleich doch auch ein Narr gewesen sein. Nur ein Narr tauscht die Gestade des Mittelmeers gegen die feuchten, kalten, morastigen Wälder. Nur ein Narr tauscht die Düfte Afrikas, das Licht, das ungeheure, gleichzeitig milchige und unwirklich klare Licht der mediterranen Küsten gegen die Nebelmonate in den stickigen verrauchten Hütten. Gibt die Großartigkeit der Wüste, die alle Sinne zu einer leichten klaren Selbstverständlichkeit umformt, hin für die von Hass und Hunger und Mord erfüllten Undurchdringlichkeiten des Missgunst ausdunstenden Nordlands.

Und erst der Strom. Ysura, was schnelles Wasser hieß bei den ersten Namensgebern, den Persern, Hister, Istros, Duna, Wasser, Geschlecht weiblich, die Duna, wie jene sie nannten, die vor allen anderen hier gelebt hatten, Danubius, Geschlecht männlich, wie die männlichkeitsbesessenen Römer sie mit kühler Selbstverständlichkeit umbenannt hatten. Nur ein Narr sucht freiwillig die Nähe dieses kalten grauen, dann wieder schlammig grünen und braunen Wassers, das alle Wärme aus menschlichem Fleisch saugt und die jüngsten und stärksten Knochen hartnäckig zermürbt und zerbrechlich macht und lange vor der Zeit altern lässt.

Ich speichere diesen Beginn ab in meinem Laptop, aber verwerfe ihn bereits, während ich ihn aus Sicherheitsgründen auf einen USB-Stick kopiere. So wird das nichts. Ein dritter Anlauf:

Eugipp hält uns alle für Idioten. Niemand nimmt ihm so eine Geschichte ab, wie er sie uns da auftischt. Das Lazaruswunder zu Quintanis. Der gekränkte Gestorbene. Es ist das schönste Wunder des Severinus. Ich liebe diese Geschichte. Weil sie so offenkundig gelogen ist. Nicht einmal der wohlwollendste Gläubige kann sie glauben.

Ich gehe davon aus, dass es Herbst war, als der Heilige Mann in Quintanis weilte, ein sonniger, aber nicht warmer Spätseptembertag wie der heutige, in der Luft eine Ahnung von Nebel, der dichter wird, je näher man der Donau kommt. Severinus ist in Iuvao gewesen, was Salzburg ist, und hat Kerzen entzündet allein mit der Kraft seines Willens, und hat eine Tote zum Leben erweckt, so nachhaltig, dass sie drei Tage später wieder auf dem Feld ihres Mannes, eines freien Kleinbauern, bei der Erntearbeit half. Dann ist er über Batavis, was Passau ist, in das westlichste Städtchen seines Wirkungskreises gezogen, barfuß, wie immer.

Im zwischen zwei Wassern liegenden Künzing, das ständig überflutet wird von den Hochwassern des verschwundenen Flüsschens, tut er ein seltsames Wunder und ein zum Schreien komisches Wunder. Das seltsame Wunder ist, dass er in einen der Pfähle, auf die die Künzinger wegen der Hochwasser ihr Kirchlein gestellt haben, mit dem Beil zwei Kerben hackt, auf eine Art, dass sie das Zeichen des Sohnes Gottes zeigen, das Kreuz. Dann befiehlt er der Businca, nie wieder über dieses Kreuzeszeichen hinaus anzuschwellen. Und siehe da, der Fluss gehorcht, von da an gibt es keine Überflutung mehr in Quintanis, die höher reicht als an jene heilige Markierung. Sagt Eugipp.

Dann stirbt der Pfarrer von Künzing. Ein gewisser Silvinus, seines Zeichens Presbyter des Kastells Quintanis. Man bahrt ihn auf in der Gemeindekirche, der gesamte Klerus wacht die Nacht durch an seinem Leichnam, mit allmählich immer langsamer und zerfahrener werdendem Psalmengesang. Am Morgen schickt Severinus alle weg, sie sollen ein wenig schlafen vor dem Begräbnis.

Die Kirche sei leer, meldet der Türhüter. Der Heilige Mann hat das Gefühl, dass sich noch jemand im Gotteshaus befinde, eine weibliche Person, der Türhüter durchsucht alles, zweimal, findet niemanden. Severinus bittet den Herrn um eine Offenbarung, die ihm gewährt wird. Auch der Herr lässt es ihn wissen: Jemand versteckt sich hier. Der Hüter sucht noch einmal und findet tatsächlich eine Frau.

Eine von seltsamem Status: Virgo consecrata. Eine geweihte Jungfrau. Man weiß nicht recht, was dies besagen will, wahrscheinlich waren weibliche Menschen gemeint, die sich aus religiöser Überzeugung aller geschlechtlichen Praxis enthielten, jedoch keinem Orden angehörten. Severinus und der Türhüter schelten die Frau, sie verteidigt sich: Höchste Frömmigkeit verleite sie zu diesem Tun. Als sie gesehen habe, dass der Heilige Mann alle weggeschickt habe, sei sie in der Erwartung gewesen, er werde nun wohl den Toten zum Leben erwecken.

Mit gütiger Geste gebietet ihr Severinus, sich zu entfernen. Die geweihte Jungfrau hat ihn auf eine Idee gebracht. Er lässt ein paar Kleriker kommen, wahrscheinlich braucht er Zeugen, dann bittet er unter einem Strom von Tränen die himmlische Macht, ein Werk ihrer Erhabenheit zu zeigen. Als Nächstes spricht er den Toten an: Heiliger Presbyter Silvinus, sprich mit deinen Brüdern!

Der Tote öffnet die Augen. Geschrei und Gejubel in der Kirche.

Silvinus setzt sich auf, er starrt die Umstehenden an, wie sie kreischen, einen Augenblick lang ist er verwirrt. Ist dies das Paradies? Und wenn ja, wieso sieht es aus wie die Holzkirche von Künzing und riecht auch so modrig wie jene? Wieso sind die Brüder um ihn, die doch unter den Lebenden weilen sollten?

Dann beugt sich der Mann Gottes, Severinus, der Erretter Noricums, zu ihm und spricht ihn an. Da dämmert es dem Presbyter Silvinus: Er ist Objekt eines Wunders geworden, ungefragter Darsteller in einer Lazarus-Revue. Er wird in die Geschichte eingehen, doch um welchen Preis: weiterleben müssen auf den Schlammböden am Rande des zerfallenden Imperiums. Dem Untergang beiwohnen müssen, bis zum Ende.

Silvinus platzt der Kragen, er verabreicht dem Heiligen Mann eine schallende Ohrfeige, er schreit ihn an. Was ihm einfalle, ihn wieder aufzuwecken! Wo er, Silvinus, sich doch schon in der Ewigen Ruhe gesehen habe, die er so ersehne! Was für eine Grausamkeit und Zumutung. Nahe beim Herrn sei er gewesen, eine Nacht lang, und jetzt wieder zurück in diesem Drecksloch.

Entschuldigung, murmelt Severinus, und stottert dem tot gewesenen Mitbruder vor, dass man dies ja nicht gewusst habe, bisher habe sich noch keiner der von den Toten Erweckten beschwert, im Gegenteil, man habe ihn, den Erwecker und Wundertäter, in aller Regel mit einer Dankbarkeit überschüttet, die oft an die Grenzen der Peinlichkeit rühre. Ein wenig beleidigt klingt der Heilige Mann, und schnippisch, als er dem Presbyter anbietet, ihn mittels Herbeirufung einer göttlichen Offenbarung wieder in den Zustand des Verstorbenseins zu versetzen. Worum Silvinus, nicht wirklich besänftigt und dementsprechend schroff, dann doch sehr bitten will. Worauf Severinus den Herrn anruft und der eine Offenbarung seiner wundersamen Werke gewährt und also Presbyter Silvinus tot wie nur was zurücksinkt auf die Bahre, auf der seine Leiche schon eine Nacht lang gelegen war.

Zugegeben, in den Details habe ich mir das jetzt ausgedacht. Natürlich hat Silvinus das geistliche und informelle politische Oberhaupt der sich auflösenden Provinzen Rätien und Noricum nicht geohrfeigt. Vielmehr fragte Severinus den neuerlich Lebenden, kaum dass der von den Toten erweckt war, mit größter Einfühlsamkeit, ob er, der Wundertäter, auch wirklich den Herrn bitten solle um ein weiteres irdisches Leben für Silvinus.

Es klingt, als hätte Eugipp da seinen Text, der doch ein Tatsachenbericht sein soll, bereits hingetrimmt auf die folgende Pointe. Denn Silvinus lächelte seine Mitbrüder an, er freute sich an ihrer Freude, doch dann bat er den Heiligen Mann in aller Bescheidenheit und Demut, ihn nicht länger hier festzuhalten, sondern ihn in die Ewige Ruhe zurückzuschaffen, von der er bereits gekostet habe. Worauf er, kaum war seine Stimme verhallt, entseelt entschlief. Und Severinus ermahnte alle Anwesenden mit beschwörender Eindringlichkeit, dieses Ereignis um jeden Preis geheim zu halten. Schreibt Eugipp, der dies Wunder überliefert hat.

Ich liebe diese Geschichte. Weil sie bewirkt, dass ich die ganze Zeit nur lachen will über den Heiligen Mann. Und weil zwei Lehren aus ihr zu ziehen sind, die mir sympathisch scheinen. Nummer eins: Wie groß und gottgefällig und wundersam deine Taten auch sein mögen, letzten Endes sind sie nichts als pure Vergeblichkeit. Nummer zwei: Frage erst, ob du jemandem eine

Wohltat erweisen sollst. Es könnte sonst sein, dass dich der ungefragt Beglückte für das beschimpft, was du ihm Gutes tatest. Ja. Mit dieser Lehre und mit dem Lazarus reversus von Künzing soll mein Beitrag beginnen.

4

Mein Auftrag ist das Beistellen eines umfangreichen, sowohl geschichtsphilosophisch wie soziokulturell fundierten als auch literarisch gefälligen Aufsatzes über Leben und Wirken des Heiligen Severinus für den zweibändigen Katalog zu einer Landesausstellung, die die Bundesländer Niederösterreich und Oberösterreich in eineinhalb Jahren gemeinsam veranstalten werden. Es gibt in beiden Ländern kein Schloss mehr und kein Kloster, das sie zum Brennpunkt einer solchen Großveranstaltung machen und dabei in einem Aufwaschen renovieren könnten. Daher soll eine ganze Region, jene an der Donau, Gegenstand der nächsten Ausstellung werden. Ufernoricum, Sie verstehen, sagte der Sprecher meiner Auftraggeber, als er mich das erste Mal telefonisch in Thunder Bay erreicht hatte.

Ich verstehe, sagte ich, ich komme aus dieser Gegend.

Dazu kam unserem El Ha –, fuhr er fort.

Wem?, unterbrach ich ihn.

Unserem Herrn Landeshauptmann, dem kam die geniale Idee einer länderübergreifenden Landesausstellung. Bilateral sozusagen. Eine Zweiländer-Ausstellung, das haben die Herren Landeshauptleute im Sinn. Und Severin ist die Klammer, das verbindende Element, die durchgehende Gestaltungsidee. Der mächtige Strom, der den gesamten Kontinent durchschneidet, und die Wege des Heiligen auf jenem Abschnitt dieses Flussverlaufs, welcher auf unserem Heimatboden liegt, das sollen die Nährquellen der Ausstellung sein, ihre Hauptschlagadern gleichsam, der Leben spendende Strom, der unermüdlich fließt seit Anbeginn der Geschichtsschreibung, und so weiter, Sie verstehen doch, oder?

Und was soll ich dabei –?

Einen Aufsatz schreiben für den Katalog. Was heißt einen

Aufsatz. Den Aufsatz. Folgen Sie den Wegen des Heiligen, beschreiben Sie seine Werke und Wundertaten, und schaffen Sie Bezüge zur Gegenwart. Im Idealfall sollte der Severin-Aufsatz im Katalog die ultimative Arbeit sein zum Thema Römerzeit und Donauraum, und er sollte gleichzeitig so – nun, sagen wir, so kulinarisch gehalten sein, dass jeden Leser die Lust überkommt, selbst den Spuren des Heiligen zu folgen und unsere wunderschönen Länder zu besuchen.

Ein Werbetext also.

Nein nein. Seine Stimme klang empört.

Ich habe keine Ahnung in Sachen Severinus, sagte ich.

Lesen Sie Eugipp, sagte er. Die Vita des Heiligen. Ich werde Ihnen ein Reclamheftchen schicken. Und lesen Sie Giese. Und Dörfler. Damit Sie vorbereitet sind, wenn Sie wieder europäischen Boden betreten. Und natürlich Lotter. Wobei Lotter – nun ja – ein Problem ist. Verschweigen Sie ihn nicht. Aber bringen Sie ihn am besten als eines von mehreren Interpretationsangeboten. Als Möglichkeit, im Musil'schen Sinne, sagte er nach einer Pause und kicherte stolz wie ein Schulkind, das etwas ganz Schwieriges gewusst hat.

Und Sie sind der Kulturbeamte, der die Sache betreut?, fragte ich ihn.

Das trifft es nicht wirklich, sagte er. Und hob an zu einer detaillierten Erklärung, wie die beiden Landesregierungen einen Koordinationsrat für die länderübergreifende Landesausstellung ins Leben gerufen und in praktisch allen Positionen paritätisch besetzt hätten.

Das heißt –?

Keines der beiden Länder soll den Eindruck haben, dass seine – nun ja, seine Themen, die es in die Ausstellung eingebracht sehen möchte, nicht ausreichend berücksichtigt würden. Daher hat man bei der personellen Ausstattung des Koordinationsrats darauf geachtet, möglichst gleichmäßig Personal aus den Verwaltungen beider Bundesländer zu rekrutieren. Im Falle der Agenda

Öffentlichkeitsarbeit hat sich dies, wie soll ich sagen, jedoch nur bedingt bewährt, sodass man schließlich neben den zuständigen Herren aus Ober- und Niederösterreich im Interesse einer effektiven und reaktionsschnellen Präsenz des Themas in der Öffentlichkeit eine operative Kraft von außen geholt hat. Und das bin ich.

Sie sind also jener von den PR-Leuten der Landesausstellung, der die Arbeit macht?

So könnte man sagen, wenn man zu flapsigen Formulierungen neigt, sagte er leise.

Ich sagte zu. Meine Arbeit über Johann Georg Kohl war getan. Das Honorarangebot, das Linz und St. Pölten mir machten, war verlockend.

5

Nichts hat sich verändert. Ich sah die Nachrichtensendung um neun Uhr vormittags in dem kleinen Pensionszimmer. Das Foto von ihr, das sie dem Beitrag voranstellten, war dasselbe, das die beiden Zeitungen gebracht hatten, die im Frühstückszimmer auflagen. Sie könnte es gewesen sein. Es war zu dunkel gewesen in der Nacht, um es genau sagen zu können. Auf dem Foto sah sie noch jünger aus, zurechtfrisiert auf braves Schulmädchen.

Der Innenminister sprach ein paar Sätze, schräg hinter ihm stand eine Frau in einem Designer-Trachtenkleid, die übertrieben gestikulierend mit jemandem redete, der nicht im Bild war. Er habe das Gesetz zu exekutieren, waren seine Worte. Das Land dürfe sich nicht erpressen lassen von einer Fünfzehnjährigen, sagte er mit einem säuerlichen Lächeln.

Genau wegen solcher hinterfotzig aus den TV-Nachrichten und den Zeitungsseiten grinsender Gesichter war ich weggegangen. Ich bin weggegangen wegen der zwei kleinen Männer, die es ausgerechnet an meinem Geburtstag getan hatten. Sie saßen am Severustag des Millenniumjahres triumphierend vor einer Reihe von Fahnen, Rot-Weiß-Rot, die Bundesländerflaggen, natürlich das EU-Blau mit den Sternen, und unterzeichneten vor den Live-Kameras des staatlichen Fernsehsenders ihren Pakt. Ich bin weggegangen wegen der Art, wie sie bei der anschließenden Pressekonferenz den israelischen Journalisten verhöhnten. Es war ein guter Tag für sie, denn Severus, den man nicht mit dem norischen Severinus verwechseln darf, also Severus, der Strenge von Ravenna, ist der Schutzpatron der Polizisten. Die zwei kleinen Männer haben übertrieben freundlich lächelnd die Fragen des Israeli beantwortet, aber zugleich haben sie ihn mit dieser gönnerhaften, herablassenden und tiefste Verachtung ausdrückenden

Freundlichkeit, zu der nur österreichische Politiker fähig sind, verhöhnt.

Er soll uns nicht auf die Nerven gehen mit seinen Fragen nach Moral und Haltung und Rassismus und Antisemitismus. Diese unterschwellige Botschaft haben sie ihm an den Kopf geworfen wie Hände voll Dreck, gar nicht sonderlich subtil. Er sollte merken, dass seinesgleichen nun abgemeldet ist. Der Sohn des Nazilegionärs, der sich sechsundsechzig Jahre davor mit den österreichischen Gendarmen von Kollerschlag ein wütendes, über Tage gehendes Feuergefecht geliefert hatte, starrte den alten Juden an mit unverhohlenem Triumph. Der schmallippige Katholik daneben hatte große Mühe, sein beherrschtes Gesicht nicht zu einem ungeheuer zufriedenen Grinsen zerfließen zu lassen.

Ich bin weggegangen, weil nur eine österreichische Journalistin es gewagt hatte, bei dieser makabren Veranstaltung eine kritische Frage zu stellen. Was ihr nicht gut bekommen war, ein paar Jahre später hatten sie die Frau aus ihrem Beruf gemobbt. Die anderen österreichischen Journalisten waren dagesessen wie schockgefroren, sie machten im wahrsten Sinn des Wortes keinen Mucks. Sie schienen nicht begriffen zu haben, was passiert war. Oder sie hatten es sehr wohl begriffen und blitzartig ihren Betriebsmodus umgestellt auf die neuen Verhältnisse.

Darum habe ich zugesagt, im Sommer 2000, als das Angebot kam, eine Arbeit über Kohl zu verfassen. Vor 9/11 war es einfach, sich praktisch unbegrenzt mit einem Touristenvisum in Nordamerika aufzuhalten, ständig zwischen Ontario und Minnesota wechselnd. Bei jeder Fahrt von Thunder Bay nach Duluth hatte ich formell Kanada verlassen, mit der abendlichen Rückfahrt war ich erneut eingereist und konnte mein Besuchervisum um sechs Monate verlängern lassen. Umgekehrt funktionierte es mit den USA genau so.

Muhammad Atta as-Sayyid und seine Komplizen haben dies beendet. Danach verschaffte mir der Verlag eine temporäre Aufenthalts- und Arbeitsbewilligung für Kanada, die ohne Probleme einmal jährlich erneuert wurde. Nach Hibbing und Duluth und vor allem natürlich nach Wisconsin, ins liebliche Fond du Lac am Lake Winnebago, wo Johann Georg Kohl neben La Pointe und Anse sein drittes Hauptquartier aufgeschlagen hatte während seiner Forschungsmonate, reiste ich nach wie vor als Tourist. Es war nur sehr viel komplizierter geworden, die Bestimmungen änderten sich alle paar Monate. Das Visa Waiver Program machte es um eine Spur einfacher, nur durfte man bei den Rückfahrten ja nie vergessen, sich an den kleinen Grenzübergängen jedes Mal die Ausreise aus den USA bestätigen zu lassen.

Es ist gelogen, wenn ich sage, dass ich weggegangen bin wegen des Zusammenrückens der Rechtspopulisten mit den Neoliberalen. Der Hauptgrund waren die rapide sinkenden Publikationsmöglichkeiten in Österreich gewesen, die schrumpfenden Einnahmen. Und war das bestens dotierte Angebot eines Verlags gewesen, nach Kanada zu gehen und eine Biografie über Kohl zu schreiben. Ist doch eine überaus aparte Idee, wenn gerade Sie zu Kohl publizieren, lachte der Geschäftsführer. Wir sollten so lange wie möglich das Publikum im Unklaren lassen, ob ein Verwandtschaftsverhältnis besteht, sagte er, das wird die Neugier und damit die Aufmerksamkeit des Marktes erhöhen.

In den Vertrag schrieb er eine Option. Sollte die Kohl-Biografie einen gewissen Prozentsatz der Erstauflage absetzen, verpflichte sich der Autor, also ich, innerhalb von drei Jahren einen Ontario-Reiseführer mit Schwerpunkt auf aboriginale Ziele, basierend auf den Werken des Johann Georg Kohl, abzuliefern. Aparte Idee, schmunzelte er: Kohls Große Seen. Ein Führer in das Kanada der Anishinaabe. Kennen Sie eigentlich Kohls Reisebeschreibung über seine Fahrt von Linz nach Wien?, fragte er nach einer Pause.

Ich verneinte.

Ich dachte, Sie kommen aus Linz?

Schon, sagte ich, aber wer würde Reiseführer lesen über die Gegend, in der er lebt?

Da haben Sie auch wieder recht.

Die Biografie verkaufte sich gut, der Reiseführer ebenfalls. Dem Geschäftsführer fiel eine weitere Publikation ein: Johann Georg Kohls neutraler europäischer Blick auf die Indianer. Die Auswirkungen der unterschiedlichen Zugänge französischer, britischer und amerikanischer Kolonisatoren zur aboriginalen Bevölkerung, abgehandelt am Beispiel des ersten und zweiten Krieges des Stammes der Füchse, auf die heutigen Autonomiebestrebungen nordamerikanischer indigener Völker. So kam es, dass ich fast sieben Jahre am Lake Superior lebte.

Es ist auch gelogen, wenn ich sage, dass ich wegen eines Jobs weggegangen bin. In Wahrheit bin ich weggegangen, weil die Angst unerträglich wurde, mit ihr reden zu müssen. Meiner Mutter. Wegen meines Namens auf dem Kriegerdenkmal. Als Kind hatte ich es als gespenstisch empfunden, wäre jedoch nie auf die Idee gekommen, das allgemeine Schweigegebot des Dorfes zu brechen. Sobald ich weggezogen war, zuerst nach Linz, dann nach Wien, hatte ich das Denkmal vergessen. Erst nach dem Tod meines Vaters, als ich regelmäßig zu Allerheiligen sein Grab besuchte, sah ich das erste Mal seit Jahrzehnten auf das Denkmal und musste lachen. Ich erzählte Freunden von dieser lachhaften Sache. Sie lachten nicht. Sie fragten, wer das ist mit meinem Namen, der auf dem Denkmal steht.

Irgendein Onkel, sagte ich, und dass ich eigentlich kaum etwas dazu wüsste. Eine Frau, die mir damals wichtig war, sagte, dass ich sie fragen müsste. Meine Mutter. Mit fast schon fünfzig sollten einem solche Angelegenheiten nicht gleichgültig sein. Die Vorstellung, mit meiner Mutter über das Kriegerdenkmal zu reden, hatte mir solche Angst gemacht, dass ich umgehend ja gesagt hatte auf die Frage des Verlagsdirektors, ob ich mir vorstellen könnte, für eine Weile nach Nordamerika zu gehen.

6

Ich erwachte nach der Plage eines unruhigen Schlafes mit unbestimmten Schmerzen im ganzen Oberkörper. Das Pyjamaoberteil war durchnässt von meinem Schweiß, ebenso die Steppdecke. Ein Stechen im Brustkorb, als ich mich aufrichtete. Ich musste mich seitlich aus dem Bett rollen. Im Stehen veränderte sich das Stechen zu einem ekelhaften Ziehen, das bei jeder Bewegung stärker wurde und schließlich zur Wirbelsäule wanderte. Ich ließ in der Dusche eine Viertelstunde lang brennend heißes Wasser über den Rücken laufen. Nichts veränderte sich.

In den gelben Seiten des Linzer Telefonbuchs suchte ich unter dem Stichwort Allgemeinmediziner und fand gleich einen bekannten Namen. Bodinger, Alfred Bodinger. Von den einundzwanzig Maturanten aus meiner Abschlussklasse waren vier Ärzte geworden, Bodinger war einer von ihnen. Seine Praxishilfe wollte mich nicht mit ihm verbinden, erst als ich ihr sagte, dass es sich um eine private, persönliche Angelegenheit handle, stellte sie mich durch.

Bodinger hörte nicht auf mit allgemeinem Geplauder. Er habe gar nicht gewusst, dass ich in Kanada lebe, sagte er, man habe sich allerdings eh schon gewundert, dass ich nicht mehr bei den Maturatreffen aufgetaucht sei. Er wollte wissen, wie es ist in Nordamerika, lachte ein wenig, als ich von den Anishinaabe erzählte, und dass dieses Algonquin-Wort Die Eigentlichen Menschen bedeutet. Immer noch der Nscho-Tschi-Traum, was?, prustete er durch das Telefon. Ich erzählte von meinen Schmerzen.

Wie lange bist du in Österreich?, fragte er.

Nicht lange. Hoffentlich.

Übermorgen Vormittag, sagte er, geht das?

Ich bejahte. Wir schwiegen. Kannst du noch wiehern?, sagte ich dann.

Ach Gott, sagte er nach einer langen Pause. Professor Sturmbannführer.

Unser Geografieprofessor war gleichzeitig der Turnlehrer gewesen. Ein Verrückter. In seinem Kopf hatte er eine Silberplatte. Eine Kriegsverletzung, über die er nie sprach. Wenn die Turnstunden im Freien stattfanden, ließ er uns in Zweierreihen im Schulhof antreten und im Gleichschritt zum Sportplatz marschieren. Wenn das Wetter wechselte, klagte er über Kopfschmerzen. Und wurde unberechenbar. In den Geografiestunden ließ er Bodinger regelmäßig wiehern. Wenn der Sturmbannführer-Lehrer schrie: Bodinger, wiehern!, dann wussten wir, dass sich die Luftdruckverhältnisse gerade veränderten.

Der Geografieunterricht war ein Witz. Beinahe die ganzen acht Jahre lang legten wir milchiges Pauspapier auf eine Seite im Atlas und zeichneten Umrisse nach, zuerst jenen des Bezirks Linz-Land, dann jenen von Oberösterreich, dann Österreich, ab der Oberstufe Europa und schließlich die ganze Welt. Wir machten Punkte für die wichtigen Städte, zeichneten die Flüsse ein. Zu Beginn jeder Stunde rief er ein paar zu Prüfende nach vorne, man musste das Pauspapier mit dem aktuellen Bundesland oder Land mitnehmen, der Professor deutete auf einen Punkt oder eine gewundene Linie, man musste ihm den Namen der Stadt oder des Flusses nennen. Das war alles.

Bodinger schrie ins Telefon: Bodinger, wiehern!

Ja, sagte ich, waren lauter Nazis.

Der einstige Wehrmachtssoldat, den wir Professor Sturmbannführer nannten, hatte es auf ein paar seiner Schüler besonders abgesehen. Und zwar auf die besten. Bodinger war der Primus in Geografie, er kannte jeden Punkt und jede Linie auf den Hunderten von Pauspapieren, und er konnte zu jedem Umriss eines Landes ansatzlos alle angrenzenden Bundesländer oder Staaten aufzählen, korrekt im Uhrzeigersinn. Sechs- oder siebenmal im Schuljahr musste er wiehern. Es war ein Deal zwischen ihm und dem Professor: Wenn er wieherte, erhielt er ein

Sehr Gut im Trimester-Zeugnis, ohne mit einer einzigen Frage belästigt zu werden.

Wir anderen saßen in den engen Stühlen und schwankten zwischen Angst vor dem Nazilehrer und einer großen Faszination wegen des demütigenden Schauspiels. Bodinger, wiehern!, schrie der Professor, Bodinger stand auf, schluckte ein paar Mal, warf den Kopf in den Nacken, meist begann er mit einem kläglichen Geräusch, brach ab, sammelte Speichel, der Professor stand vom Katheder auf und ging durch die Reihen, näherte sich mit lüsternem Blick seinem Opfer. Bis dann Bodinger endlich wieherte, laut und hell, täuschend echt. Es war eine Gabe, die ihm durchgehend Bestnoten in Geografie bescherte, bis zum Maturazeugnis.

Der Zweitbeste in Geografie war ein dicker Bauernsohn mit schlechten Noten in Turnen. Nur beim Fußballspielen war er beliebt bei den Mannschaftsführern, sie wählten ihn immer gleich unter den ersten aus, weil er keine Scheu hatte, als Verteidiger die angreifenden Stürmer mit der Masse seines Körpers niederzureißen. Auch mit ihm hatte der Sturmbannführer einen Deal. Der Bauernsohn musste Rollen vorwärts machen im Klassenzimmer, einmal den ganzen Raum entlang, im Mittelgang zwischen den Pulten, und wieder zurück zu seinem Platz. Dann bekam er ebenfalls sein Sehr Gut, ohne geprüft zu werden.

Ich fragte den Allgemeinmediziner: Und, kannst du noch wiehern?

Endlos lange hörte ich nichts. Dann ein Räuspern. Und dann ein Wiehern. Kraftvoll, laut, das Wiehern eines wilden, wütenden Pferdes, das sich Luft machen muss wegen all der Enge und Plage. Alfred Bodinger wieherte. Er lachte, wieherte erneut, noch wütender, ein wenig Verzweiflung mischte sich in das Heulen. Dann ging ihm die Luft aus.

Scheiße, was?, sagte ich.

Na ja, sagte er. Immer noch besser als Rolle vorwärts. Hat uns letzten Endes nicht geschadet, oder? Also, bis übermorgen, sagte er nach einer Pause und legte auf ohne Gruß.

7

Ich wusste, dass es so kommen würde. Dem Heiligen Mann hinterherreisend, näherte ich mich dem Friedhof mit dem Kriegerdenkmal beinahe jeden Tag. Dauernd kam ich an Ortstafeln und Straßenschildern vorbei, auf denen vertraute Ortsnamen standen. Wenn ich sie las, diese Namen, konnte ich nicht umhin, an den einen Ort zu denken, dem ich aus dem Weg ging. Ich mied den Ort, doch mit nachlassender Konsequenz. Ich wusste, dass es sich nicht vermeiden lassen würde.

Und redete mir ein, dass es sinnlos sein würde, sie zu besuchen in der großen leeren Siedlungshaushälfte, in der sie saß, ganz allein, seit mein Vater gestorben war. Wenn ich sie fragen werde, wird sie sagen, was sie immer gesagt hat. Es waren schwere Zeiten. Es ist allen schlecht gegangen. Was hätte man denn tun sollen. Es ist uns nicht gut gegangen, aber wir beschweren uns nicht.

Er, mein Vater, hatte gar nichts gesagt, wenn er nüchtern war. Wenn er getrunken hatte und in Gesellschaft Gleichaltriger war, dann redete er manchmal. Die Männer begannen, einander zu übertrumpfen mit ihren Kriegsabenteuern und Verwundungen. Den Bauch voller Granatsplitter, auf den harten Brettern im Panjewagen, das Gepolter, der Feindbeschuss. Die wahnwitzigen Schmerzen wegen der Holperfahrt, zwei Stunden bis zum Lazarett, mit höchstem Tempo über Stock und Stein. Größer als der Schmerz war die Angst, dass er sie doch noch erwischt. Er. Der Russe.

Manchmal fingen sie damit auch im Wirtshaus an, an den Sonntagnachmittagen, wenn der Familienspaziergang in der Gaststube ausklang. Der Lehrer aus dem Nachbardorf hatte die wildeste Geschichte. Lungendurchschuss, mit seinen zwei Daumen habe er Einschuss- und Austrittsloch zugehalten und sei eine

Stunde zu Fuß zum Verbandsplatz marschiert. Wenn er genug getrunken hatte, sprang er auf, während er erzählte, marschierte in der Gaststube herum zum Gaudium der Trinkenden, im Stechschritt stelzte er auf und ab zwischen den Wirtshaustischen, presste einen Daumen auf seine Brust, den anderen auf den Rücken, gleich unter dem Schulterblatt, ließ seine Schuhsohlen krachen auf dem Wischboden und schrie dabei: Eine Stunde! Eine Stunde! Bei minus fünfzehn Grad!

Hast gewonnen!, brüllten die anderen und lachten ihn aus, wenn er sich auf den Sessel fallen ließ und mit bösem Blick in den Raum stierte. Niemand glaubte seine Geschichte. Wir Kinder ahmten ihn nach, wenn wir draußen zwischen den Zapfsäulen der benachbarten Tankstelle spielten. Eine Hand auf der Brust, die andere auf dem Rücken paradierten wir und riefen kichernd: Lungendurchschuss! Eine Stunde! Bis es dem Schäferhund des Tankstellenpächters zu viel wurde, er stand auf und bellte ein paar Mal in unsere Richtung, worauf wir kreischend zurückliefen in die Wirtshausstube.

8

Noch immer saß ich am Stadtrand von Linz in einer billigen Pension und brachte keine ordentliche Verbindung zum Internet zustande. Ich rief den Sprecher meiner Auftraggeber an, machte mir selbst vor, dass der Anruf den Zweck hatte, ihn von diesem Problem in Kenntnis zu setzen. In Wahrheit wollte ich vorfühlen, ob ich ihm eine der drei Einleitungen würde andrehen können.

Wo sind Sie?, war seine erste Frage. Seit ich in Österreich bin, ist es jeweils seine erste Frage. Er ruft mich mindestens einmal täglich an und erkundigt sich über den Fortgang meiner Bemühungen. Jedes Gespräch beginnt mit einem Wo sind Sie.

Linz, sagte ich, und dass ich in der Nacht bereits einige Variationen einer möglichen Einleitung ausprobiert hätte. Er war neugierig. Dass ich mit der missglückten Totenerweckung zu Quintanis beginnen wolle, sagte ich. Mit einem wunderschönen ersten Satz. Barfuß, wie er es immer hielt, sommers wie winters, stapfte Severinus durch die Einsamkeiten der norischen Wälder, allein und in tiefste Gedanken versunken ging er drei Tage lang von Iuavo über Batavis nach Quintanis.

Salzburg, sagte er gepresst. Salzburg. Passau. Künzing.

Ja. Es wäre ein schöner Beginn. Nimmt sozusagen mit einem kleinen kurzen Kameraschwenk die ganz große Bewegung seines gesamten Wirkens hierzulande voraus. Der Heilige Mann kommt aus dem Süden, bewegt sich so weit westlich wie möglich und zieht dann die Donau entlang nach Osten, ins Herz des niederösterreichischen Teils der Landesausstellung, nach Favianis. Mautern.

Er sagte eine Weile nichts. Ich hörte ihn atmen. Dann fragte er: Wieso beginnen Sie mit Künzing?

Dass es wegen der Entfernung ist, kann ich ihm nicht sagen. Ich will deswegen mit Künzing beginnen, weil es am weitesten entfernt ist von dem Dorf, in dem ich aufgewachsen bin. Am weitesten entfernt von dem Kriegerdenkmal mit meinem Namen. Darum fange ich an mit Quintanis. Obwohl mir klar ist, dass ich mich selbst belüge, denn Künzing ist von dem Dorf, das ich fürchte, hundertvierundvierzig Kilometer entfernt, Autobahnkilometer, wenn man über Suben fährt, und nur hundertdrei Kilometer, wenn man die Nibelungenbundesstraße nimmt, über Engelhartszell und Passau.

Mautern dagegen ist hundertneunundvierzig Kilometer entfernt von dem Kriegerdenkmal. Aber Künzing erscheint mir trotzdem am sichersten. Denn Künzing ist nicht Österreich, Künzing gibt mir wegen der Notwendigkeit, eine Grenze zu überqueren, das Gefühl der größeren Entfernung. Auch wenn man gar nicht mehr bemerkt, wann man die Grenze überschreitet.

Das alles kann ich ihm nicht erklären. Darum sage ich, dass es mir logisch erscheine, die stete gewaltige Pendelbewegung, mit der Severinus die Donau auf- und abgezogen war, zwischen Quintanis und Favianis, hin und her über Jahre, im Westen beginnen zu lassen. Der Beginn im Westen schiene mir auch deswegen passend, weil am Ende auch die letzte Bewegung des Heiligen Mannes von West nach Ost geführt habe.

Genau genommen nach Süden, sagte der Sprecher meiner Auftraggeber.

Ja. Aber da war Severinus schon tot.

Eine lange Pause, ich sagte, als es mir peinlich wurde, ein Hallo, und: Sind Sie noch da? Künzing ist schlecht, sagte er.

Warum?

Wieder eine Pause. Wegen Bayern, sagte er dann. Bayern konnten wir nicht an Bord holen. Er schnaubte ins Telefon, sollte wohl ein grimmiges Lachen darstellen. Wir sind darüber nicht wirklich unglücklich. Die Bayern neigen dazu, alles an sich zu ziehen.

Aber die Wunder von Künzing nehmen eine zentrale Stelle ein, sagte ich.

Natürlich, sagte er. Erwähnen Sie sie. Aber nicht gleich zu Beginn. Er atmete zweimal tief durch, sagte dann hastig: Noch etwas. Salzburg ist noch schlechter. Vergessen Sie Salzburg völlig.

Warum Salzburg?

Niemand will etwas über Salzburg lesen. Salzburg ist ausgelutscht. Bernhard, Sie verstehen. Thomas Bernhard. Er hat Salzburg erledigt. Nach ihm ist jedes Schreiben über Salzburg ekelhaft. Ekelhafter als das Schreiben über Salzburg ist nur noch das über Rom oder Irland. Ich jedenfalls verstehe nicht, warum alle ständig etwas über Orte schreiben wollen, über die es nichts zu schreiben gibt.

Salzburg hat sich geweigert, an der länderübergreifenden Landesausstellung teilzunehmen, oder?

Eine Weile hörte ich nichts aus dem Handy. Ja, sagte dann der Sprecher meiner Auftraggeber schnell. Severin ist ein Heiliger für Arme, soll die Frau Landeshauptfrau geäußert haben, sagte er, und noch drastischere Ausdrücke sollen gefallen sein. Severin sei ein Heiliger für das Prekariat. Damit wolle Salzburg nichts zu tun haben. Salzburg sei Glanz und Gloria, Severin sei das Muffelige, das niemand sehen will.

Also nichts mit Salzburg?

Nichts mit Salzburg, bestätigte er. Auf meine Frage, was denn mit den in Salzburg und Umgebung handelnden Wundern des Severinus beziehungsweise ihrem Vorkommen im Aufsatz geschehen soll, gab er keine Antwort. Wir schwiegen uns an von Handy zu Handy, bis ich vorschlug, die Salzburg betreffenden Wundertaten nicht zu unterschlagen, sondern sie irgendwie geografisch unbestimmt mit dem Inn zusammenhängend vorkommen zu lassen. Inn sei zwar nicht ganz korrekt, denn Salzburg liege an der Salzach und nicht am Inn, aber wirklich wisse ohnehin niemand, dass die Salzach bei Braunau in den Inn münde, also doch etliche Dutzend Kilometer nördlich von Salzburg.

Inn ist gut, sagte er erleichtert. Inn ja, Salzburg nein. Und legte auf.

9

Ich ging durch das Dorf, in finsterer Nacht, die Häuser mehr erahnbar als sichtbar, dennoch wusste ich gleich, dass etwas nicht stimmte. Es war das Dorf von früher, ganz früher, nicht jenes, wie ich es kannte vom letzten Besuch vor sieben Jahren. Neben mir ging jemand und redete dauernd auf mich ein, nein, nicht jemand, etwas, ich konnte es nicht zuordnen, was das war. Habe ich zu lange von den Anishinaabe und den Füchsen und den Ojibbeway gelesen und zu viel versucht, mit ihren zuckerkranken und alkoholabhängigen Ururenkeln zu reden, dass meine Wahrnehmung ein wenig wurde wie ihre, dass die Realität schwammig wurde, kontingent und unverlässlich?

Trat da etwas aus der Welt Neben Der Welt durch einen nicht definierten Vorhang in diese hiesige Donauraum-Welt des einundzwanzigsten Jahrhunderts herüber und versuchte, mit mir Kontakt aufzunehmen? Sollte ich mich ängstigen? Oder war das ein Verbündeter? War es mein Trickster? Tauchte in dem Dorf, in dem ich aufgewachsen war, auf einmal mein Kojote auf, um mir Streiche zu spielen, oder mein Rabe? Rabe würde besser passen, Begleiter und Einflüsterer Odins in diesem Markomannenland und dann Germanenland und dann Naziland. Oder flüsterte neben mir Ananse, die Trickster-Spinne aus Afrika, oder Kitsune aus Japan, der Fuchs, um mich zu verwirren und zum Lachen zu bringen, ja, Trickster, in letzterem Fall lache ich über mich selbst, weil mir nur das Kurzschlüssigste einfällt, nämlich eine nächtliche Heimsuchung für einen Shinto-Dämon namens Fuchs zu halten, weil ich, seit ich diesen Kontinent wieder betreten habe, mit einem Leihwagen der Marke Volkswagen fahre, der die Typenbezeichnung Fox trägt.

Mein Verbündeter, ich hatte mich entschieden, die Sache positiv zu sehen, mein Verbündeter ging eine Spur schneller als ich, um mich zu überholen, dann drehte er sich zu mir, damit ich ihn betrachten konnte. Obwohl es noch immer finsterste Nacht war, konnte ich ihn deutlich sehen. Er oder vielmehr es murmelte dabei ununterbrochen weiter, von Kreuzen mit drei Querbalken und nach so langer Zeit noch immer schmerzenden, vernarbten Einschusslöchern.

Es brabbelte vor sich hin in einer Mundart, die mich verwirrte, es war nicht jene dieser Gegend, aber auch keine wirklich fremde. Hörte sich an wie eine erfundene Mundart, doch wozu erfindet jemand eine Mundart? Anna Seghers fiel mir ein und *Der letzte Weg des Koloman Wallisch,* ihr Bericht von ihrer Fahrt zu den Schauplätzen des Februarbürgerkriegs in der Obersteiermark. Da hatte mich beim ersten Lesen auch etwas verwirrt, das ich nicht gleich einordnen konnte. Bis mir auffiel, dass sie die einfachen Menschen in den Zugabteilen und Wirtshäusern der halb ländlichen, halb industrialisierten Steiermark in bayerischer Mundart sprechen ließ, und ich hatte mich gefragt, welche Absicht sie damit wohl verfolgt hatte.

Noch mehr verwirrte mich das Aussehen meines Begleiters beim nächtlichen Spaziergang durch das verhasste Dorf. Es war eine Eiche. Nicht eine Eiche. Die Eiche. Die Eiche vom Rand des Dorfes. Wenn die Fronleichnamsprozession aus den Kindheitstagen hinauszog zum am weitesten entfernten Altar, jenem an der Feldwegkreuzung an der Grenze zur Nachbargemeinde, mitten in den Äckern der Großbauern, dann stand auf halbem Weg diese Eiche, die Tausendjährige nannten sie sie, ich weiß nicht, ob Eichen wirklich so alt werden. Die Eiche neben mir war eindeutig diese Eiche, aber sie war nicht größer als ich, sah aus wie die sprechenden Bäume in tschechischen Kinderfilmen.

Sie sprach in schlampig gereimten Vierzeilern wie einer von diesen Alleinunterhalter-Dorfchronisten, die es in den reinen Bauerndörfern noch gegeben hatte, als ich Kind gewesen war. Gstanzeln. Manchmal aber verließ ihr Geflüstere und Geschnarre die Metrik der älplerischen Reimkunst und folgte jener von Stanzen, vorgebracht in bäuerlichem Sprechgesang, allerdings nicht in der strengen Form Ariosts, sie reimte freier, wie Wieland, und manchmal schwang sie sich empor zu einer Spenserstanze in der Art Byrons.

Du bist bloß eine Kommentarstimme in meinem Hirn, blöde tausend Jahre alte Eiche, sagte ich mir, und: Geh weg. Nichts in diesem Land währt tausend Jahre. Mein Hirn hat so große Angst vor dem Dorf, dass es sich einen Begleiter ausdenkt, und weil ich ein stets alles kommentierender Schreibender bin, stellt mir mein Hirn einen Kommentator zur Seite, der sich lustig macht über die Geschehnisse der mittleren und jüngsten Vergangenheit. So wie sich die Großbauern ihre Kommentatoren gehalten hatten wie Hofnarren, ständig angetrunkene alte Bänkelsänger, meist leicht verrückte Männer aus der zweiten oder dritten Reihe der bäuerlichen Dorfhierarchie, die bei den Kirtagen und Tanzfesten und kollektiven Besäufnissen aus kirchlichen Anlässen die aktuellen Affären und Geschehnisse des Dorfes in einfachen Reimen auf die Schaufel genommen hatten.

Jetzt warst so lang in Amerika, aber das hättst dir nicht denkt, dass dich nach so einer Flucht das Dorf noch derglenkt, brummelte die Eiche in ihrem eintönigen Singsang, ließ sich wieder einen Schritt hinter mich zurückfallen und redete ununterbrochen weiter, ich verstand nur noch Fetzen, irgendwas von toten Russen und leeren Gräbern, ich will diese Geschichte nicht hören. Etwas schlug gegen Glas. Ich wurde wach. Weil es eine so warme Herbstnacht war, hatte ich das Fenster des Pensionszimmers gekippt. Die Plastikkügelchen am Ende der Schnur für die Rollos klapperten im Wind und klopften gegen die Fensterscheibe. Ich schloss das Fenster, konnte dann lange nicht einschlafen, drehte schließlich den Fernseher an und ließ ihn ohne Ton laufen bis zum Morgen.

10

Die Unlust an der Severinus-Arbeit setzte ein, kaum dass ich damit begonnen hatte. Ich brauche das Geld, sagte ich mir, wenn ich mich wehrte gegen die Fahrten an die Handlungsorte der *Vita* und mich wehrte gegen das Suchen nach verwertbaren Passagen in der Sekundärliteratur. An den Pensionszimmerabenden lag ich im Bett, sah fern und löste gleichzeitig die Sudokus in den alten Tageszeitungen aus dem Frühstückszimmer, statt mit dem Bleistift in der Hand Lotter zu lesen oder Zinnhobler. Genau genommen wehrte ich mich dagegen, in diesem Land zu sein, wollte zurück an die Großen Seen, wünschte, mein Heiligenleben-Beschreibungsauftrag hätte nicht diesem gestrengen bloßfüßigen Apostel der Germanenwälder Ufernoricums gegolten, sondern der Lilie von den Bänken des Mohawk-Flusses, Kateri Tegagouita, Jungfrau Huron. Weil Severinus und seine *Vita* Langeweiler sind, flach und eindimensional in ihrer gottgefälligen Selbstgerechtigkeit, zumindest in der Darstellung Eugipps, und eine andere haben wir nicht. Während Kateris nur vierundzwanzig Jahre dauerndes Dasein auf Erden ein poetisches war, ein hauchfein zartes Flirren zwischen der Wildheit ihrer Ahnen und der brutalen Zivilisation der weißen Eindringlinge, ein Sprung des blatternarbigen, fast blinden Kindes von dem Eingebettetsein in großartige irokesische Räume und Geschichten in das Neue, das über sie und die Ihren gekommen war, vordergründig behübscht mit Missionarsmilde als Erweckung zum wahren Glauben, wo es doch nur um europäische Eroberung ging, Verdrängung, Landnahme und Völkermord.

Warum ich nicht hinfahre zum Dorf, warum ich Angst habe vor dem Kriegerdenkmal, hatte sie damals wissen wollen, die Frau, die mir wichtig war, warum wirklich, ihr könne ich die Wahrheit sagen. Lange sagte ich nichts. Hatte Angst, von Gefühligem überwältigt zu werden, das würde meine Position schwächen in unserer Beziehung, die recht kompliziert war. Eine Schwächung durch Gefühle wollte ich mir nicht erlauben. Dann sagte ich es doch.

Weil ich Angst habe.

Vor dem Dorf?

Vor dem Namen auf dem Denkmal. Meinem Namen. Lange Pause. Um wirklich ehrlich zu sein, habe ich Angst vor dem Mann mit meinem Namen.

Er ist tot, sagte sie.

Er ist schuld. An allem.

Dann sagte ich, dass er die Ursache dafür gewesen sei, dass meine Mutter nicht das Leben habe führen können, das sie habe führen wollen, was sie in der Folge unnahbar gemacht habe, kalt und nüchtern sei sie allem und allen stets begegnet.

Sie hat einen Mann geliebt, der ein Freund ihres Bruders war, erklärte ich der Frau, die mir wichtig war. Es war die große Liebe ihres Lebens. Ihr Bruder ist gestorben im Juni 1945. Darum brach der Kontakt ab. Ihr Geliebter ist heimgekehrt nach München. Danach hat sie sich versteinert. Der Mann mit meinem Namen ist schuld daran. Genauer – nicht er ist schuld. Dass er gestorben ist, das war schuld.

Hat sie dir das erzählt?

Nein.

Woher weißt du es dann?

Sie hat sich verraten. Einmal.

Ich weiß nicht mehr, was der Anlass für die Familienzusammenkunft war, irgendein Feiertag, Weihnachten möglicherweise, oder Allerheiligen. Man hatte Wein getrunken nach Kaffee und Kuchen, eine aufgekratzte weißweinbedingte Heiterkeit hatte sich eingestellt. Wenn mein Bruder nicht gestorben wäre in Detmold, so sinnlos, wäre ich jetzt die Frau Architektin in München!, rief sie unvermittelt in die lustige Runde. Die Onkel und Tanten und deren erwachsene Kinder hatten von den alten Zeiten geplaudert, heitere Anekdoten von früher erzählt. Sie lachte viel zu laut auf nach diesem Satz, es hätte ihr Beitrag sein sollen, ihre witzige Episode von früher. Doch es war nicht witzig. Niemand lachte.

Wollte man das, was ich mit ihr zu tun habe und sie mit mir, als Novelle erzählen, dann wäre dieser, ihr als Witz gemeinter Vorwurf an den toten Bruder das Ereignis der unerhörten Begebenheit gewesen. Von diesem misslungenen Scherz an wurde mir klar, dass für sie alles Nachfolgende nur ein unzureichender Ersatz gewesen war. Das Dasein als Ehefrau, mein Vater, ich. Nur Ersatz.

Die Geschichte mit Robert aus München, dem besten Freund ihres Bruders, war in der Familie bekannt, aber man hatte sie nie ernst genommen. Wenn sie davon redete, tat sie es nebenbei, brachte es als Farce aus ihrer frühesten Jugend. Das war halt so ein Verehrer, als ich ein Backfisch war, sagte sie und grinste verlegen, lenkte ab von ihrer Verlegenheit, indem sie uns ausführlich erklärte, dass das Wort Backfisch damals für junge Mädchen gebraucht worden sei.

Ihre Lieblingsgeschichte war die von den Fasskorken. Ihr Vater, mein Großvater, war Fassbinder gewesen. Eine kleine, armselige Existenz, in einem Schuppen neben dem Wohnhaus fabrizierte er Eimer, Tröge und Fässer für die Bauern des Dorfes, man konnte nicht leben davon. Seine Kinder mussten im Herbst Weidenruten aus der Au holen und sie schälen, aus den Rindenstreifen flocht er im Winter Körbe. Dann zog er wie ein Hausierer mit einem Leiterwagen voll Flechtwerk von Hof zu Hof und tauschte seine Erzeugnisse gegen Eier, Schmalz und halbe Speckseiten.

Im vorletzten Kriegsjahr wurde Kork knapp. Es wurde immer schwieriger für meinen Großvater, die ein oder zwei Dutzend Korken für seine Fässer aufzutreiben. Da hatte meine Mutter den Robert um Hilfe gebeten, den Sohn aus reicher Münchener Familie, der später Architekt geworden war. Seine Familie hatte Einfluss bei den Naziwirtschaftsbonzen. Kein Problem, sagte Robert, und telefonierte mit seinem Vater. Dann fragte er meinen

Großvater, wie viel Kork er brauche: einen Waggon, zwei Waggons, drei? Meine Mutter schrie jedes Mal ein peinliches Lachen heraus bei dieser Geschichte und rief: Ein Waggon Korken! So viele Fässer hätte er sein Leben lang nicht machen können! So war der Robert, sagte sie dann noch. Mein Verehrer. Wie ich siebzehn war.

Dieser Feiertagsnachmittag mit Kaffee und Kuchen und billigem Wein aus dem Nah-und-Frisch-Markt war der Punkt, ab dem ich alles verstand. Davor hatte ich mich ein halbes Erwachsenenleben lang in einem Irrtum befunden. Bis dahin war es meine Gewissheit gewesen, dass ich eine Last war. Ich hatte es dem Dorf zugeschrieben, dass ich überall Abweisung sah, dass ich meinte, alle Gespräche hörten in meiner Anwesenheit auf, dass ich glaubte, mir wendeten sich nur Rücken zu, wenn ich irgendwo zugegen war. Ich wäre dem Dorf eine Last, und ich wäre den Meinen eine Last, hatte ich gemeint. Weil ich den Namen des Toten auf dem Denkmal trage.

Ich fühlte mich wie ein Verbannter, wobei die Verbannung nie ausgesprochen und dem Verbannten nicht mitgeteilt wurde. Das ganze Nazidorf musste ab dem Mai 1945 mit Ächtung zurechtkommen. Sie hatten den Krieg verloren, ohne sich als Verlierer zu fühlen. Man hatte sie nicht besiegt, man hatte sie betrogen. Und zwar um alles. Sie duckten sich weg, hielten still und einigten sich bald darauf, dass es ihnen zustehe, sich alles wiederzuholen. War es doch das Ihre gewesen.

Nur die Toten, die konnten sie sich nicht erneut aneignen, denn die waren tot. Die Macht und das Geld und das Gefühl von gottgewollter oder von der Vorsehung seit Urzeiten vorgesehener Überlegenheit, das konnten sie sich wieder nehmen, nach wenigen Jahren schon. Sie konnten sich wieder nehmen das Recht zu wählen und gewählt zu werden, und das Recht, Uniformen zu tragen und Waffen und die gängigen Insignien legitimierter Gewalt. Konnten sich wieder nehmen, was ihnen die Amerikaner und die Russen abgenommen hatten. Konnten sich wieder nehmen die Ehrbarkeit und die Anständigkeit und das Aufrechtsein und die Ehre und die Treue und die Mannhaftigkeit und die Zuständigkeit für die Entscheidung, wer zu Recht in diesem Land lebt und wer nicht.

Das alles griffen sie sich wieder als ihnen von Anbeginn zustehendes Recht. Nur die Toten blieben tot. Und ließen sich nicht wieder hereinholen, auch wenn man ihre Totwerdung zur Heldentat und zur Opferung umerzählte, die Rühmung verdiente. Sie wehrten sich, indem sie den Toten Denkmale errichteten und sie vergaßen. Darum hassten sie mich. Weil ich nach neun Jahren auf einmal auftauchte aus dem Schoß meiner Mutter mit dem Namen eines Mannes, der tot und vergessen sein sollte. Ich ging durch das Dorf wie ein Stachel in ihrem Fleisch, der sie ständig daran erinnerte, dass etwas geschehen war. Darum begannen sie, ohne sich verabredet zu haben, so zu tun, als gäbe es mich nicht. Wenn es mich nicht gab, war alles gut. Die Toten waren dort, wo sie hingehörten, auf der Granittafel an der Nordostwand der Dorfkirche. Das war der Bann. Er war stark und machtvoll. Niemand musste mich vertreiben. Ich war schon vertrieben worden und weg, noch bevor ich den ersten eigenen Schritt hatte machen können.

Das hatte ich geglaubt. Es war ein Irrtum gewesen. Denn nicht das Dorf hatte mich verbannt, weil es die Erinnerung an die Vergangenheit, zu der ich es durch meinen Namen zwang, nicht ertragen konnte. Meine Mutter hatte mich verbannt, weil ich das war, das ihr das Leben als dürftigen Ersatz geboten hatte, nachdem es ihr das, was sie wollte, genommen hatte. Darum gehe ich dem Dorf aus dem Weg. Weil ich Angst davor habe, sie zu fragen, sie würde nichts sagen, ich würde ihr möglicherweise sagen, was ich denke, und sie würde sich nicht entschuldigen, würde nicht versuchen, etwas zu erklären, sondern würde sich rechtfertigen. Das würde ich nicht ertragen, ihr zuzuhören, wie sie sich rechtfertigt.

Die Frau, die mir wichtig war, hatte mir zugehört, wir lagen nebeneinander im Bett auf dem Rücken. Sie drehte sich zu mir, als ich fertig war, sah mir ins Gesicht, sagte nichts. So ist das, sagte ich. Wenn du meinst, sagte sie.

11

Erstaunlich, wie unverfroren belletristische Chronisten mit dem fundamentalen Problem umgehen, über eine vermeintliche Tatsächlichkeit zu berichten, von der nichts, absolut nichts überliefert ist. Dörfler und Giese entwerfen sich einen Severinus einfach nach ihrem Geschmack. Oder nach den Notwendigkeiten ihrer Romankonzepte.

Beide erfinden sie eine üppige Vorgeschichte für den Heiligen Mann. Reine Fantasiegebilde. In der einzigen verbürgten Quelle, in der *Vita* des Eugipp also, taucht Severinus aus dem Nichts auf. Obwohl ich glaube, dass es eine vorgetäuschte, zur Erhöhung sowohl des eigenen als auch Severinus' Ruhm erfundene Bescheidenheit ist, die den Chronisten in der Vorrede sagen lässt, dass zur Herkunft des Heiligen nichts zu erfahren gewesen sei. Weil er ein paar Absätze später gleich mit kaum verschleierter Eindeutigkeit sagt, dass Severinus von höchster Herkunft gewesen sei, ein ganz und gar lateinischer Mensch, der aus glühender Sehnsucht nach einem vollkommeneren Leben in die Wüsten des Ostens gegangen sei, dann aber, göttlicher Offenbarung folgend, die Städte Noricums, die von häufigen Barbareneinfällen bedrängt wurden, zu seinem Lebensort gewählt habe. Eugipp macht aus seiner Hauptperson etwas anderes, als sie war. Hagiografische Verfremdung nennt das Lotter.

Giese erfindet dem vorhistorischen Severinus eine glänzende Laufbahn am Hofe des Hunnen Attila. Da ist Giese weniger elegant als Dörfler mit seiner üppig ausufernden Fantasiegeschichte, doch er ist um eine Spur plausibler, näher an der Vorlage. Denn beider Vorgänger, der getreue Eugippius, lässt seinen Bericht ja mit dem Halbsatz anheben: Tempore, quo Attila, rex Hunnorum, defunctus est. Zu jener Zeit, als Attila, König der Hunnen, starb.

Die Sprache des Eugippius im Original ist so schön, dass ich seinen Anfangssatz in einen Aufsatzentwurf hineinnahm. Der Sprecher meiner Auftraggeber redigierte ihn am Ende allerdings wieder hinaus. Ich wehrte mich nur kurz.

Kein Latein in der Festschrift! Ohne Ausnahme, das war die Abmachung!, rief er in das Telefon.

Das Latein Eugipps ist von einer Prägnanz, Klarheit und Schönheit, dass man niederknien möchte, antwortete ich.

Kein Latein!

Was ist, wenn ich gelegentlich ein Ave! oder Salve! einbaue?

Das geht. Das zählt nicht. Was vom Latein via Asterix einer breiteren Leserschaft hinlänglich bekannt ist, darf verwendet werden. Sobald Sie jedoch eine Übersetzungsfußnote einfügen müssen für die Nicht-Altphilologen: Weg damit!

Ich beugte mich ohne Zähneknirschen.

Dörflers Roman macht mich nervös. Der Pfarrer und Nebenerwerbsschriftsteller erfindet zu den im Dunkel der Geschichte liegenden Wurzeln des Severinus einen aufwendigen Plot, der dem Heiligen Mann familiäre Wurzeln in Noricum beschert. Er dichtet ihm eine Großmutter an, die sanftmütige und großherzige Amata, einst vertrieben aus Mautern, und begründet damit die stete Sehnsucht des späteren Heiligen nach dem kalten Norden. Und macht plausibel, dass der rastlose Wanderer eine greifbar nahe glänzende Laufbahn im Römischen Reich verschmäht hatte und seiner Bestimmung gefolgt war, zu seinen Wurzeln zurückzukehren. Sobald sein Romanheld in Noricum ankommt und damit in die überlieferte Geschichtsschreibung eintritt, geht Dörfler allerdings die Luft aus. Sein Text wird zu einer Nacherzählung der Vorlage des Eugipp, die Sprache des Priesterdichters, die in der ersten Hälfte seines Romans die Gefilde des Mittelmeers plastisch werden lässt, wird dünn und flach und blutleer. Anders als bei Giese, der bringt Fleischeslust in die Sache, immer wieder schwirren durchscheinend zarte Mädchengestalten oder von Eros strotzende pralle Frauenspersonen um den Heiligen herum.

Mir ist die Kargheit Dörflers sympathischer als Gieses demonstrativ vorgeführte Kunstfertigkeit. Und doch macht mich Dörfler nervös. Weil er so sehr nach Blut und Boden klingt, weil er sein Romanpersonal ganz ungeniert in einen Naziraster von wertvollem und unwertem Leben hineinsetzt. Was nur schwer in Einklang zu bringen ist mit seiner Biografie, derzufolge ihn die Nazis mit Schreib- und Publikationsverbot belegt hatten. Allerdings habe ich diese Informationen von Wikipedia, und da heißt es vorsichtig sein, bekanntlich.

Kohl hätte das Problem, glaubhaft über etwas zu schreiben, von dem man nichts weiß, eleganter gelöst als Giese und Dörfler. Johann Georg Kohl, der professionelle Tourist und Reisejournalist, der den Daheimgebliebenen die Fremde schmackhaft machte in zahllosen Büchern mit hohen Auflagen, war wie ein Besessener durch die Welt gereist. Europa zuerst, dann Amerika, nach den Enttäuschungen von 1848 suchte der als Erster von Geografie als Politik denkende Ethnologe in der Neuen Welt eine Bestätigung für seinen Weg. Den Weg einer Geografie, die sich selbst nicht versteht als Annäherung an eindeutig beschreibbare und begrenzbare Räume, an Landschaften und ihre Einrichtung, sondern als Sammeln von Wissen über die Beziehung von Mensch und Welt.

Wenn Johann Georg Kohl auf etwas stieß, zu dem ihm keine seiner Auskunftspersonen etwas sagen konnte, dann begab er sich in die Sprache. Er war ja nicht nur Reisender und literarisch formulierender Journalist, nicht nur Geograf und Kartograf von Rang, nicht nur Ethnologe und Soziologe, sondern dazu noch Germanist und Sprachforscher, auch hier Autodidakt wie in allen Gebieten, in denen er sich mit großer Souveränität bewegte. Wie und warum sich etwas verändert hat, ist erkennbar daran, wie sich die Sprache verändert. Davon ging Kohl aus. Hätte er sich beschäftigt mit Severinus, wäre er nie auf die Idee gekommen, dessen im Dunkel der Zeiten liegende Vorgeschichte in Afrika anzunehmen, wie es Dörfler tat. Und auch nicht am Hof des Hunnenkönigs Attila, wie es Giese tut.

Kohl hätte die Sprache in Augenschein genommen, in der Eugipp den Heiligen sprechen lässt. Und wäre zu jenem Schluss gekommen, den Lotter zieht und den ich bevorzuge: Severinus war Politiker, vertraut mit und sicher in allen diplomatischen Angelegenheiten, auf allen bürokratischen und administrativen Ebenen des Römischen Reiches mit einer großen Sicherheit beheimatet.

Der Vollständigkeit halber muss angemerkt werden, dass es ausgerechnet die Sprache war, die Kohl sein erstes und größtes Scheitern beschert hatte. *Des Deutschen Mundes Laute*, sein allererstes Buch, auf eigene Kosten gedruckt im Jahr 1834, fand keinen einzigen Käufer. Was ein Glück war, nachträglich gesehen, denn wegen dieses Debakels wandte er sich ab von den Sprachstudien und begann zu reisen. Er schimpfte ein wenig auf die pedantischen Gelehrten. Doch dann sagte er sich trotzig: Ich lobe mir das Leben, ich lobe mir das Reisen, dies lässt uns die wahre Beschaffenheit und das Wesen der Natur und den Charakter und Unterschied der Dinge erkennen. Und fuhr los.

Ich legte die zerfledderten Bücher von Dörfler und Giese beiseite und ging zu der Landkarte an der Wand. In jedem Pensions- und Hotelzimmer hängte ich sie auf, Freytag&Berndt RF1, Donau-Radweg Passau–Wien–Bratislava, Maßstab 1 zu 125.000. Ich malte ein Kreuz bei Zeiselmauer, mit einem Disc-Marker von Schneider, Farbe Dunkelblau, und schrieb das heutige Datum dazu. Bei Zwentendorf malte ich ein Fragezeichen, dann das Datum. Disc-Marker sind perfekt für die dauerhafte Beschriftung von CDs und DVDs. Und von Kartenmaterial. Perfekt für dauerhafte Beschriftung, schrieb ich in den Notizblock.

Und notierte weiter: Hat Eugipp dieses Land dauerhaft beschriftet, indem er ihm Severinus einschrieb? Nein. Keine Beschriftung ist dauerhaft. Irgendwann, in zwei Milliarden Jahren, oder in drei, wird die Sonne beginnen abzukühlen und sich dabei aufzublähen, wird nach Jahrmillionen den Merkur verschlingen, dann die Venus, und schließlich nach weiteren Jahrmillionen wird ihr immer noch unvorstellbar heißer äußerer Rand die Erde erreichen. Und alles, was von Dauer ist, und damit naturgemäß auch jede Art von vermeintlich dauerhafter Beschriftung, wird verdampfen in einem Augenblick. Und die Myriaden von Strings, aus denen alles besteht, von dem wir glauben, es seien wir und unsere Welt, werden einen Moment lang besonders aufgeregt flirren und dann aufgehen in dieser Neuanordnung von Materie.

Die Idee, etwas zu schreiben, das meine Auftraggeber einen Aufsatz nennen, über das Leben eines Heiligen, beziehungsweise über die Erzählung des Eugippius von diesem Leben, kam mir an jenem Morgen absurd vor. Ich legte in meinem Laptop einen neuen Ordner an, nannte ihn Parallelbericht, löschte den Titel wieder, ersetzte ihn durch Gegenbericht. Redete mir ein, dass es eine Art Steinbruch werden sollte, in dem ich ungeordnet Textsplitter ablagern konnte, meine eigenen Gedanken und Reflexionen und Spötteleien und Bezweiflungen zu den Wundern des Heiligen Mannes und den Mechanismen von Aufstieg und Fall von Imperien, die sich offensichtlich in zweitausend Jahren nicht geändert haben. Dies sollte mir dienen als Material für den offiziellen Beitrag zum Ausstellungskatalog. Die erste Datei nannte ich Ideen 1, schrieb ein paar Zeilen:

Geh davon aus, dass Severinus ein Schwarzafrikaner war, beruf dich dabei auf die Hinweise in unterschiedlichen Quellen, wo sie ihn Africanus nennen!

Schreib ein paar Wunder des Heiligen Mannes wie Kapitel eines kitschigen *Nebel von Avalon*-Romans, versuche, davon etwas in den offiziellen Aufsatz hinüberzuschmuggeln!

Lass ein paar der extrem aufgeladenen Wunderwirkungs-Szenen bei Eugipp zurückplumpsen in völlige Beiläufigkeit, mach so sichtbar, was für ein Witz es ist!

Dann versuchte ich mich an einem Einschub über das Einschreiben von Bedeutung in Landschaften als hagiografischen Gewaltakt, hörte gleich wieder auf damit, wechselte zur Datei mit dem Namen Asturis.

Asturis, das wird heute mein Ziel sein. Asturis ist Zeiselmauer oder Zwentendorf, mit Sicherheit lässt es sich nicht sagen. Asturis war der erste Ort in Noricum, den der hochheilige Diener Gottes Severinus betrat, behauptet Eugipp. Er kam aus dem Osten, zu der Zeit, als der Hunnenkönig Attila starb. Ich glaube Eugipp nicht. Severinus war davor schon in Pannonien und Noricum und Rätien gewesen, als Mann des Staates, als Politiker, oder als Militärmann, davon bin ich überzeugt. Eugipp musste schummeln, allein schon wegen des ersten Wunders des Heiligen Mannes, das nur als Wunder zu verkaufen ist, wenn Severinus als ein vollkommen Fremder, als ein hierzulande unbekannter wandernder Mönch in die Geschichte eintritt. Eugipp tut nichts anderes als das, was dem Genre Heiligenlegende typisch ist. Er verschleiert das profane Vorleben der zu Heiligenehren zu erhebenden Person, um die Erhebung erst zu ermöglichen.

12

Das Handy klingelte, als ich am Badesee bei Pichling vorbeifuhr. Früher war es der schnellste Weg, quer durch die Stadt und bei Asten auf die Westautobahn zu fahren, wenn man Linz in Richtung Südosten verlassen wollte. Das stimmte nicht mehr, über die Stadtautobahn wäre ich viel früher draußen gewesen. Es war mir unangenehm, während des Autofahrens zu telefonieren, aber die Verlockung war zu groß, dem Sprecher meiner Auftraggeber sozusagen in Echtzeit mitteilen zu können, dass ich mich auf der Anreise nach Zeiselmauer befände. Asturis, der Ort, in dem Eugipps Erzählung anhebt. Also fingerte ich in meiner Jackentasche. Als ich das Telefon endlich gefunden hatte, war das Klingeln schon aus. Anonymer Anrufer, stand auf dem Display. Es verwirrte mich. Außer dem Sprecher meiner Auftraggeber und meinem Agenten in Toronto hatte ich niemandem meine Telefonnummer in Europa gegeben.

Von der Bundesstraße aus sieht man eine Weile auf den See und die Liegewiesen. Der kleine Flecken mit den Büschen und Stauden war immer noch da, wo sich die Mädchen ausgezogen hatten bei den Nacktbadeausflügen nachts um eins, wenn das Lieblingslokal zugesperrt hatte. Wie schamhaft sie gewesen waren. Obwohl es stockdunkel war, gingen sie in das Gebüsch, um sich auszuziehen, dann rannten sie so schnell wie möglich zum See und sprangen hinein. Im Wasser dann war es ihnen egal, wenn man sie anfasste, sie ließen die Rangeleien zu, das Untertauchen, das Hochgehobenwerden, das mit viel Geschrei und Geplatsche Zurückgeworfenwerden. Da landete immer wieder eine Hand auf den Brüsten, auf den Schenkeln, auf den kleinen festen Mädchenhintern.

Seltsam fühlten sich diese Hintern an, hart und fest. Und riffelig. Ja, riffelig, wegen des kalten Wassers verhärteten sich die Poren und stülpten sich ein wenig nach außen, es war, als riebe man die Finger nicht über Mädchenhaut, sondern über die Haut von gerupften Gänsen. Sie schrien und kicherten, wenn man sie am Hintern berührte, oder wenn man sie um die Hüfte packte im brusthohen Wasser, sie hochhob und dabei mit dem Gesicht einen winzigen Augenblick lang über das haarige Dreieck streifte, sie kreischten demonstrativ und taten, als wäre sie Prinzesschen auf Erbsen, aber sie ließen es zu. Dann aber rannten sie wieder hinaus, obwohl nichts zu sehen war in der finsteren Nacht, hielten sie einen Unterarm vor die Brust und eine Hand vor die Scham und sprinteten zu den Büschen und zogen sich sofort wieder an. Wenn wir dann ein Feuer machten, standen wir Burschen nackt davor, drehten uns vor den Flammen, um trocken zu werden, die Mädchen dagegen hockten beim Feuer und zitterten in ihren nassen Jeans und T-Shirts.

Kurz überlegte ich, links abzubiegen und hinunterzufahren zum See, ein paar Schritte zu gehen an seinem schottrigen Ufer, einen Stein aufzuheben und ihn über die Wasseroberfläche hüpfen zu lassen, platteln nannten wir das als Kinder. Ich bog nicht ab, weil ich Angst hatte vor dem See. Alles in dieser Gegend, in diesem Land hat mit mir zu tun und ich habe mit allem zu tun. Aber das will ich nicht. Genau genommen war es nicht der See, der mir Angst machte, sondern der Verlust von Kontrolle. Das Sich-Selbständigmachen der Wahrnehmung fürchtete ich. Den Verlust des Vertrauens in die eigenen Sinne. Hier, an diesem Badesee, auf einer seiner Liegewiesen habe ich ein einziges Mal dieses Abhandenkommen der Zuverlässigkeit erlebt. Ich habe die Kontrolle verloren, aus heiterem Himmel.

Zwei Tage davor, in einem einschlägig bekannten Tanzlokal, legte ich eines dieser winzigen Dinger auf meine Zunge, speichelte kräftig ein und schluckte es hinunter, ein etwa einen Millimeter im Quadrat großes Plättchen aus Gelatine, spülte nach mit einem Schluck billigen Rotwein. Nach etwa einer Stunde setzten die üblichen Wirkungen ein, man kennt das ja, und hörten erst am nächsten Vormittag wieder auf. Zwei Tage später, ich lag mit Freunden in der Badeseewiese, kehrte aus heiterem Himmel diese Aufhebung der gewohnten Weltwahrnehmung zurück. Die Luft wurde wie Glas, die vielen Menschen rund um mich bewegten sich gleichzeitig zu langsam und zu schnell, das Wasser nahm eine dunkelviolette Färbung an. Darum fuhr ich lieber nicht zum See, aus Angst, das bloße Dort-Sein könnte meiner Erinnerung an diesen heißen Nachmittag in der Sonne die Macht geben, erneut Phänomene des Realitätsverlusts in meinem Hirn zu evozieren. Keine Lust auf Kristallhimmel und violettes Wasser.

Kurz vor Asten läutete das Handy wieder. Auch diesmal: Anonymer Anrufer. Hallo!, rief ich.

Ja, hallo, sagte das Wasserluchsweibchen.

Wer spricht?, fragte ich, obwohl ich ihre Stimme gleich erkannt hatte.

Ich, sagte sie, Trixi. Ich habe ein Problem. Kannst du mir helfen?

Woher hast du meine Nummer?

Dass sie gegoogelt habe, log sie zuerst, dann erklärte sie ausführlich, dass sie Handynummern sammle, sei eine alte Gewohnheit, alte Gewohnheit klinge seltsam für einen so jungen Menschen, unterbrach ich, sie tat, als hätte sie mich nicht gehört und meinte, dass sie vor zwei Tagen nachts im Auto meine Nummer abgelesen und in ihr Handy gespeichert hätte. Ich könne mich doch noch erinnern, sie sei die Autostopperin von da oben, bei der Ranna-Brücke.

Natürlich.

Können wir uns treffen?, fragte sie.

Wann?

Jetzt.

Eigentlich bin ich unterwegs, sagte ich, schon fast in Niederösterreich. Wo sie denn sei, fragte ich. In Linz, sagte sie, und dass es bloß für eine Stunde sei, sie habe ein Problem, da könnte ich ihr sicher helfen.

Brauchst du Geld?

Kannst du kommen?

Ich sagte Ja. Sie fragte, was ich kenne in Linz. Das Hotel beim Schillerpark, sagte ich, da ist ein nettes Café unten. Okay, sagte sie, dann in einer Stunde. Ich fuhr bei der Kreuzung in Asten auf die Autobahn und zurück nach Linz über die A7.

13

What will become of poor me if my Ninimoshin leaveth me for ever, schrieb Johann Georg Kohl in sein Notizheft auf der bescheidenen Liegestatt in der Missionsstation in Anse am Lake Superior.

Viel zu früh war ich zum Schillerpark gekommen, ging nicht gleich in das Café, sondern hinüber zu den seltsamen aufeinandergestapelten zwei Containern auf der Wiese inmitten der Kurzparkzonen vor dem Billigmarkt, der einmal ein innerstädtisches Kino gewesen war. Diese Container waren Lesesaal, Katalograum und Ausgabestelle der Zentralbibliothek des Landes Oberösterreich während der Renovierung des Stammhauses. Ich fand Dörfler sofort im elektronischen Katalog. *Severin, der Seher von Noricum*, natürlich. *Die Wessobrunner*. Und: *Als Mutter noch lebte*.

Ich bestellte das Mutter-Buch. Die temporäre Entlehnkarte kostete vier Euro. Das Buch sei abzuholen in etwa einer Stunde, sagte die Dame am Ausgabeschalter. Durch den Umbau der Bibliothek sei der Ausgabe- und Lesesaalbetrieb doch sehr eingeschränkt. Es täte ihr leid. Ich fragte nach der Reise von Linz nach Wien von Kohl. Sie tippte kurz in ihren Computer, ja, sagte sie, es sei in den Beständen. Sei jedoch nicht entlehnbar. Ob ich es im Lesesaal einsehen könne, fragte ich.

Im Prinzip schon.

Was heißt im Prinzip?

Frühestens in einem Jahr, sagte sie. Der Band sei wegen der Renovierung des Hauses in einem auswärtigen Depot, und zwar in jenem, aus dem keine Entnahmen möglich seien. Ob ich mich vormerken lassen wolle, fragte sie, ich verneinte. In der Nationalbibliothek zu Wien können Sie jederzeit Einsicht nehmen, sagte sie.

Im Schillerpark-Café schrieb ich in mein Notizbuch: Dörfler, Mutter, entliehen. Es ist nicht wegen des Mutter-Themas. Es ist, um zu sehen, ob er 1912 auch schon in diesem seltsamen faschistoiden Tonfall geschrieben hat.

Wasserluchsweibchen kam nicht. Eine Dreiviertelstunde lang saß ich im Schillerpark-Café, hatte die Zeitungen durch. Sie waren voll von der Jagd des burmesischen Militärs auf die Demonstranten, alle brachten sie riesige Fotos der Soldaten, wie sie Mönche prügelten oder sie in Armeelastwagen warfen. Viele der Soldaten auf den Fotos trugen große rote Halstücher über die Krägen der Uniformjacken geschlungen, die meisten hatten sie über Mund und Nase gezogen, wie die Banditen in den alten John-Wayne-Western. In der Sache des untergetauchten Asylantenmädchens fand sich nichts Neues in den Nachrichten. Doch die Leserbriefseiten waren voll davon. Die Mehrheit stand auf der Seite der Verschwundenen.

Wo bleibst du, Mishi Bizhi, bist du verschwunden wie Ninimoshin in den Liedern derer, die sich Die Menschen nennen?, Ninimoshin, was Freundin heißt oder Cousine oder auch Geliebte. Es ist ein Liebeslied der Ojibbeway, das Kohl vorgesungen wurde von einem Halbblut. Kohl setzt die Bezeichnung Lieder in Anführungszeichen, wenn er sie erwähnt, und er plustert sich ein wenig bildungsbürgerlich auf. Sie seien doch recht lakonisch, diese »Lieder«, bestünden in aller Regel nur aus einer Idee und aus einem einzigen Vers, der wieder und wieder heruntergeleiert werde. Was wird aus mir Armem, wenn meine Freundin mich verlässt für immer, hatte ihm das Halbblut minutenlang vorgesungen, dann ein weiteres Liebeslied, in dem ein Krieger erklärt, nun, da es Herbst werde, sei es Zeit, eine Frau zu suchen, die für ihn arbeiten wolle. Dann Kampflieder und Trauerlieder und Lieder für Knaben, die Männer werden.

Früher hatte ich hier, in diesem Kaffeehaus, Politiker getroffen und Wirtschaftsmänner, um sie zu interviewen. Das Café im Hotel war diskreter als jenes beim Hauptplatz, in dem alle Journalisten der Stadt verkehrten. Wenn man sich dort mit einem Politiker traf, wusste es innerhalb weniger Stunden die ganze Branche. Damals hatte ich viel gewartet. Politiker lassen einen immer warten. Es gehört zu dem strategischen Verhalten, das man ihnen antrainiert, in jungen Jahren schon. Es ist fixer Bestandteil ihrer Kommunikationstechniken, dass sie Menschen warten lassen, die etwas von ihnen wollen, das schreibt unterschwellig bereits im Vorhinein fest, dass der Politiker sich in der überlegenen Position befindet.

In Anse hatte Kohl das Halbblut Peter Jones getroffen, einen Mann vom Totem der Makwa, dem Clan der Bären, ein Stamm, der seit sehr langen Zeiten an den Großen Seen lebt. Jones rühmte sich eines Vorfahren, der vor vielen Generationen mit einer kleinen Gruppe von Kriegern hinabgereist war auf dem Großen Montrealfluss, der heute Lorenzstrom heißt, bis zum wirklich Großen Wasser. Sie wollten sehen, ob wahr war, was ihr Jossakid, ihr Heiliger Mann, prophezeit hatte.

Kohl beklagt das Faktum, dass keinerlei Aufzeichnungen darüber existieren, was die Bewohner des Kontinents gedacht hatten über die ersten weißen Männer in den wunderlichen riesigen Kanus, wie sie sprachen über sie, wie sie sich dieses Fremde, das über sie hereingebrochen war, zu erklären versucht hatten in ihren Erdhütten. Kohl gerät gleich in die Sprache, möchte wissen, welche Folgen diese Veränderung einer jahrhundertelang unveränderten Welt im Reden der von ihr betroffenen Menschen und in ihren Erzählungen gezeitigt haben mochte, bedauert, dass dieser Prozess nirgends festgehalten ist. Und ist glücklich, als er Jones trifft und als der zu erzählen beginnt, was durch Generationen überliefert worden war.

Der Jossakid hatte tagelang den Stamm beunruhigt, indem er jeden wissen ließ, der ihm zuhörte, dass sich in seinem Kopf eine Vision von großer Tragweite ankündige. Schließlich träumte er endlich seinen Traum, danach versammelte er die Heiler und geistigen und weltlichen Führer der Clans um sich und tat kund, was er gesehen hatte. Männer mit weißer Haut und Haaren im Gesicht seien eingetroffen, in unvorstellbar riesigen Kanus, gekleidet in Eisen, in Händen trügen sie Stöcke, aus denen Rauch und Lärm kamen, ein so schrecklicher Lärm, dass ihn seit seinem Traum dies Furchterregende nicht mehr schlafen ließ.

Die Krieger ruderten wochenlang den Lorenz hinunter bis zum Großen Wasser. Sie sahen die Weißgesichter mit den Gesichtshaaren nicht, entdeckten jedoch überall ihre Spuren. Was sie am meisten ängstigte: Unweit eines sandigen Strandes am Strom hatte jemand in großen Mengen Bäume abgeschnitten und die Stämme offensichtlich mitgenommen. Der Jossakid und die Bärenkrieger standen um die kurzen Stümpfe der gefällten Espen und Kiefern, betasteten mit mehr Angst als Neugier die glatten Schnittflächen. Noch nie hatten sie gesehen, dass ein ausgewachsener Baum auf diese Art gefällt wurde. Die Spuren ihrer eigenen Holzarbeit mit den Steintomahawks sahen völlig anders aus. Das hier konnte nur die Arbeit eines undenkbar kolossalen Bibers sein, der die Stämme mit eisernen Zähnen einfach abgebissen hatte. Nein, donnerte der Jossakid, dies ist das Werk der weißen Krieger. Und eine ungeheure Furcht befiel die Bärenclanmänner, weil sie erkannten, wie mächtig und überlegen das war, was die Bäume des Waldes, und zwar die größten, mit so großer Leichtigkeit umgelegt hatte.

Sie fanden Wollknäuel, Stücke von bunten Calico-Decken und andere Stofffetzen. Sie wanden sich die aus einer anderen Dimension gekommenen Lappen um die Köpfe, hängten Wolle an ihre Ohren, um die fremde Macht zu bannen. Daheim dröselten sie den textilen Abfall, den offensichtlich ein französischer Holzfällertrupp hinterlassen hatte, auf in tausend Fädchen und verteilten sie, so dass jeder Krieger etwas abbekam. Damit sie alle Anteil hätten an den magischen Erzeugnissen.

Jones' Erzählung wird an dieser Stelle von Kohls Aufzeichnungen ein wenig verwirrend, es ist nicht ganz klar, ob die Makwa-Truppe bereits bei dieser Expedition auf Franzosen stieß, oder ob es erst Monate oder Jahre später zur ersten Begegnung kam, als die Europäer sich immer weiter nach Westen ausgebreitet hatten. Jedenfalls trafen die Bärenclankrieger irgendwann auf die Männer mit den Eisenkleidern und den lärmenden Stöcken, und der Wahrsagertraum des Jossakid erwies sich in allen Details als zutreffend, erzählt Jones mit Nachdruck.

Kohl ist skeptisch, was das Hellsehen und Prophezeien betrifft. Was mir sehr gefällt. Ich darf meine Leser daran erinnern, schreibt er, dass auch bei der Conquista Südamerikas die Ankunft der Spanier lange vor deren eigentlicher Landung von diversen Propheten und Priestern angekündigt worden ist. Und kühl formuliert er: Unfähig, die Gabe der Vorausschau bei Sehern anzunehmen, dürfen wir uns vorstellen, dass die einflussreichsten Männer der Stammesgesellschaften, also die Priester, die Ersten waren, die Gerüchte und Augenzeugenberichte gehört haben müssen. Um ihre Reputation zu erhöhen, hätten sie dann das unerhörte Neue weitergegeben an die Ihren als Traum, als Prophezeiung, als Ausfluss seherischen Vermögens.

Was würde dieser Rationalist Johann Georg Kohl wohl zu Eugipp und Severinus sagen. Der Heilige Mann, der Seher Noricums, war als Beichtvater und als mutmaßlicher Adelsmann und letzten Endes in politischer Mission reisender Verwaltungsmann des fernen Rom einfach besser informiert; hörte Gemunkel als Erster, wusste durch seine blendenden Beziehungen zu den italischen Militärs und den barbarischen Fürsten als Erster von bevorstehenden Angriffen, Truppenbewegungen, Nachschubproblemen. Im fernen Rom ist falsch, fiel mir ein, der Regierungssitz des zerbrechenden weströmischen Reiches muss Ravenna gewesen sein, oder noch Mailand, keine Ahnung, nahm mir vor, es gleich zu googeln im Pensionszimmer, mein Gott, dachte ich, was tu ich mir an. Giese und Dörfler gehen damit viel lockerer um.

Damit die von den Völkerwanderungszeiten gebeutelten und von vielerlei Ängsten heimgesuchten Noricer das Unerhörte glaubten, das er ihnen erzählte, tat Severinus dasselbe wie die

Jossakids und Visionen-Erträumer und Schamanen und Midé-Priester der Azteken und Maya und Makwa und Anishinaabe. Er nahm das Gehörte, das im Vertrauen Zugeflüsterte, mischte Erahntes dazu, intuitiv Erfasstes, erweiterte die Sache mit sorgfältiger Einschätzung der aus dem Gehörten zu erwartenden Konsequenzen. Das gab er dann als Resultat seiner Gabe aus. Als Prophezeiung, gewährt durch den Herrn. Und die Noricer nahmen seine Warnungen ernster, wenn er sie in das Wunderkleid gehüllt hatte.

Ich stellte mir den Jossakid des Makwa-Totems, von dem Peter Jones erzählt, als einen Severinus des Bärenclans vor, barfuß die Wälder am großen Strom durchstreifend, der nach dem Heiligen Lorenz benannt ist, ein entrückter Seher des Großseenlandes, der sein geängstigtes Volk mit Zaubertand beeindruckt und möglicherweise auch ein wenig tröstet oder zumindest vorbereitet auf kommendes Unheil. Und musste lachen.

Kohl hatte Peter Jones' Geschichte und die in seinen Augen simplen Liebeslieder und Kriegerlieder in Anse am Lake Superior aufgezeichnet. Ich hatte dieses heute nicht mehr existierende Anse mit L'Anse aux Meadows an der Mündung des St. Lorenz-Stromes verwechselt, was nicht Bucht an den Wiesen bedeutet, das haben einst die Briten und dann die Amerikaner einfach zu einem phonetisch zu ihrer Sprache passenden Namen umgemodelt, L'Anse aux Méduses, Bucht der Quallen, das war der Name, den die französischen Eroberer dieser Siedlung an der Nordspitze Neufundlands gegeben hatten. Die Touristikmanager vermarkten es allen seriösen Forschungen zum Trotz als Vinland oder Markland, erster Stützpunkt Europas in Nordamerika, den Leif Erikssons Wikinger vor tausend Jahren errichtet hatten. Damals war ich noch voller Lust am Herumreisen gewesen und war mit dem Auto hingefahren. Kleine touristische Roadmovie-Ausflugswoche durch das rote und gelbe Ahornlaub des Indianersommers, vor dem Verlag legitimiert als Fahrt auf den Spuren Kohls. Die Bucht der Quallen war abstoßend touristisch. Lange Schlangen an den Kassen, in beiden nachgebauten Wikinger-Erdhäusern so viele Menschen, dass ich Klaustrophobie bekam. Ich ließ den Film und die mehrsprachige Führung aus, floh sozusagen, streifte eine Weile mit dem Wagen über Schotterstraßen der Umgebung. Glaubte, ich könnte die Lagerplätze der Makwa finden, wo Jones dem deutschen Ethnologen die Lieder vorgesungen hatte, oder Reste der Missionsstation. War naturgemäß sinnlos, war ja das falsche Anse.

Das Handy läutete einmal. Eine SMS, Absender unterdrückt. is was dazwischengekommen sorry melde mich demnächst am handy tschüss alter. Ich war mir nicht sicher, ob ich mich grämen oder freuen sollte, dass sie mich Alter nannte. Von ihr aus gesehen war ich natürlich uralt. Doch die Bezeichnung Alter war wahrscheinlich nicht auf mein Alter bezogen, ich wertete sie als ein Anzeichen von Vertrautheit, wenn nicht gar Respekt.

Ich zahlte und ging hinüber zu den Bibliothekscontainern. Das Dörfler-Buch lag bereit. Dann fuhr ich zur Pension. Es lohnte nicht, heute noch nach Zeiselmauer zu reisen. Eine Weile tippte ich Severinus-Notizen in den Laptop, sparte Absätze aus. Die würde ich erst später einfügen, wenn ich die Orte besucht haben würde, um die es ging. Ich richtete ein neues Dokument mit dem Titel Makwa Severinus ein und schrieb ein paar Assoziationen nieder und Überlegungen, wie ich den amerikanischen Bärenclan-Schamanen mit dem Heiligen Mann aus Noricum zusammenbringen könnte, ohne zu plump die Analogie der Zauberer- und Propheten-Trickserei in den Vordergrund zu stellen. Beider Streifen durch Urwälder, stets entlang großer Ströme, damit müsste es gehen.

Am späten Nachmittag streunte ich durch die Stadt, spazierte die Donau entlang. Wie öde dieses Linz ist, und wie schändlich es seine schönsten Plätze vernachlässigt. Ich brach die Bummelei bald ab, es war zu kalt. Den Rest des Abends blätterte ich ziellos in Dörflers Mutter-Buch, suchte nach Blut-und-Boden-Passagen. Fand sie nicht.

Als Mutter noch lebte war die erste Veröffentlichung und gleich der erste Bestseller des schwäbischen Priesterdichters gewesen. Auf dem Klappentext wird behauptet, Dörfler habe am Grab seiner Mutter geschworen, ein Erinnerungsbuch zu ihren Ehren zu schreiben. Es ist ihm nicht gelungen. Der Roman reiht bis auf die letzten zehn Seiten heitere Kindheitsgeschichtlein vom Lande aneinander, in denen die Mutter kaum vorkommt, in langsamer, betulicher Sprache, gelegentlich unterbrochen von seltsamen Ausbrüchen wie: Juchhe, Juchhe! Der Maikäfer ist auf! Juchheissa! Das Treiben beginnt! Nichts von der kargen und strengen Haltung Dörflers in seinem Severinus-Roman, auch nichts von der wütenden Selbstgerechtigkeit, die er dort über alles Heidnische und Lasterhafte und minderwertigen Rassen Angehörende kommen lässt.

Auf den letzten zehn Seiten bricht die Erzählung komplett. Ein Brand und der Teileinsturz des Elternhauses lassen den Knaben Friedel, das Alter Ego Dörflers, in einen mehrtägigen Schlaf fallen, Koma würden wir es heute nennen. Als er endlich wieder erwacht, hat sich alles verändert, seltsam traurig sind alle, gleich weint jeder, Vater, Tante, Geschwister. Die Mutter darf Friedel nicht sehen, sie sei zu schwer verletzt, sagt man ihm.

Die Sache ist schwach konstruiert, natürlich weiß der Leser gleich, worauf es hinausläuft, als das Kind die Augen aufschlägt und niemand sich freut. Dörfler walzt die Erzählerei breit aus, aufs Umständlichste bereitet er die Schlusspointe vor. Am Ende ist das Kind so weit genesen, dass es wieder am Kirchgang teilnehmen kann, der Weg zum Gotteshaus führt über den Friedhof, und da erblickt Friedel die grüne Grasdecke über dem Grab der Familie aufgerissen, ein frischer Hügel ragt dunkel empor, ein braunes Holzkreuz steht da, von einem weißen Schleier umweht. Da weiß er es endlich.

Der religiös eifernde und frömmelnde und xenophobe Dörfler des Severinus-Romans ist mir lieber. Nur ein Satz im Mutter-Text machte mich unruhig, einer von den letzten Seiten des Buches, als der Bub so weit gesundet ist, dass er aufstehen und herumlaufen kann. Da wird er von dem Wunsch befallen, die Mutter zu besuchen, die er im Krankenhaus vermutet. So heiße Sehnsucht erfasst ihn, dass er sich vornimmt, sie heute anzuschauen, und wenn es noch so wehe tut. Das ist der Satz. Ich wusste, warum er mich unruhig machte. Ich hatte keine Wahl. Ich musste hin zu ihr, auch wenn es noch so wehe tut.

Ich legte das Dörfler-Buch zur Seite und drehte das Licht ab. Und schaltete gleich wieder ein. Ich hatte etwas vergessen. Ich versuchte die beiden Kreuze auf der Rad- und Wanderkarte bei den Orten Zwentendorf und Zeiselmauer und die dabeistehenden Datumsangaben wegzuwischen, mit Finger und Speichel, dann mit etwas Handwaschlotion und Klopapier aus dem Bad. Es ging nicht weg. Dauerhaft beschriftet. Schließlich übermalte ich die Tage bei den Datumsangaben mit dem Marker. Die Kreuze, die Monate und das Jahr ließ ich stehen. Morgen früh würde ich die Ziffern des morgigen Tages davor schreiben. Morgen Zeiselmauer und Zwentendorf. Noch nicht das Dorf mit dem Kriegerdenkmal.

14

In jenen Tagen, als der Heilige Mann angeblich erstmals seinen Fuß auf norischen Boden setzte, laut Eugippius aus dem Nichts kommend, laut Giese aus Ungarn, laut Dörfler aus Slowenien, laut Lotter gar nicht von irgendwoher kommend, da ohnehin bereits in Noricum anwesend gewesen, herrschten im Westteil des zweigeteilten Imperiums noch römische Männer als Kaiser, gerade noch.

Amtierender Regent war Flavius Placidus Valentinianus, Valentinian der Dritte, Sohn des Kurzzeit-Kaisers Contantius des Dritten und der Galla Placidia, ihrerseits Tochter des Kaisers Theodosius des Ersten, wenn Eugipps Behauptung stimmt, dass Severinus im Todesjahr des Attila nach Noricum gekommen war. Oder es saß Flavius Procopius Anthemius auf dem Kaiserthron, wenn Eugipps Behauptung stimmt, dass Severinus um 467 nach Noricum gekommen war, Anthemius, der Sohn des Heermeisters Procopius, aber er regierte nicht allein, in Gallien residierten die Usurpatoren Armandus und Romanus, die ihm die Herrscherwürde streitig machten.

Ich hatte den Wagen auf dem Kirchplatz von Zeiselmauer abgestellt, blieb drin sitzen, blätterte im Reclamheftchen mit der *Vita Sancti Severini*, verglich Eugipps Angaben mit den Daten der Wikipedia-Seiten *Liste der römischen Kaiser der Antike* und *Untergang des römischen Reiches*, die ich am Vortag ausgedruckt hatte, versuchte irgendwie eine zeitliche Abfolge auf die Reihe zu bringen. Was mir nicht gelang. Abgesehen von der Überzeugung, dass Eugipp ein Schwindler ist, war da nichts zu erfahren, dies war jedoch ohnehin die Grundvoraussetzung gewesen, mit der ich meine Arbeit begonnen hatte.

Eugipp ist ein Schwindler, und er verrät sich als solcher gleich auf der ersten Seite seines Buches. Im einleitenden Absatz behauptet er, dass Severinus in jener Zeit nach Asturis gekommen sei, als Attila gestorben war, also 453 nach der Geburt Christi. Die ersten vier Kapitel lassen sich bei gutem Willen und mit Ach und Krach noch in diesen Raster fügen. Doch dann geht seine Geschichte nahtlos, gleichsam von einem Tag auf den nächsten in der erzählten Zeit, derart weiter, dass sie historisch korrekt nicht vor 467 beginnen konnte, mit einem Spiel von ein paar Monaten auf oder ab.

So wird das nichts. Neuer Versuch. Edeka diente dem Attila. Flavius Orestes diente dem Attila. Edeka war der Vater des Skirenhäuptlings Odoaker, der später erster Nichtrömer auf dem Thron des römischen Kaisers werden sollte. Orestes, Sekretär des Hunnen, später Heermeister der weströmischen Cäsaren, war der Vater des Romulus, dem sie den Bei- und Spottnamen Augustulus gaben, Kaiserlein, der später letzter römischer Kaiser werden sollte. Orestes schickte den letzten weströmischen Kaiser, den Konstantinopel als solchen anerkannte, Julius Nepos, in die Verbannung, nach Dalmatien, und machte seinen Sohn Romulus der Form nach zum Kaiser. De facto regierten Orestes und sein Bruder Paulus. Odoaker aber ließ Orestes in Placentia und Paulus in Ravenna ermorden und schickte Romulus Augustulus in die Verbannung, nach Castrum Lucullanum, das später, viel später, zur Herberge der Gebeine des Severinus werden sollte. Das alles geschah zwischen 453 und 476, in jenen Jahren, als die Not der Noricer drückender und drückender wurde, obwohl der Herr ihnen den Heiligen Mann gesandt hatte, wann auch immer dies geschehen sein mag.

Am Ende von Eugipps Geschichte waren sie alle untergegangen. Letzten Endes sei es die Malaria gewesen, die dem römischen Imperium den Todesstoß versetzt hat, sagen die aktuellsten Untergangsforscher, berufen sich auf den Molekularbiologen Robert Sallares, der in DNA-Proben aus Knochen römischer Menschen des fünften Jahrhunderts große Mengen der Wechselfieber-Erreger gefunden hat. Ist nicht wirklich originell oder aktuell, die Malaria-Theorie geistert durch die Jahrhunderte und taucht immer wieder einmal auf.

Es war Attila, sagen die Xenophoben und berufen sich auf Ammianus Marcellinus, den Historiker, der in seinen *Res Gestae* die Hunnen beschreibt als missgestaltete, schmutzige Wilde und als eine vom Berge niederdonnernde, stets mächtiger werdende und sich immer mehr beschleunigende Lawine. Attila warf laut dieser These den ersten Stein um, er löste den Dominoeffekt aus. Es war der moralische Verfall Roms, sagen die Moralisten. Es war der ökonomische Niedergang, sagen die Wirtschaftshistoriker. Es war der Zusammenbruch des römischen Postwesens, der das Weltreich in den Abgrund des Verschwindens geschleudert hat, sagen Medienhistoriker. Mir, dem einstigen katholischen Knabeninternatszögling, war immer schon die Deutung Voltaires am sympathischsten gewesen: Schuld am Untergang waren die Christen.

Immer die gleiche Geschichte. Einer erzählt die Dinge so, einer anders. Die Version dessen, der zu seiner Zeit das Sagen hat, gilt, zumindest für eine Weile. Einst Montesquieu, dann Voltaire, dann Gibbon, dann Spengler, dann Toynbee, dann Mommsen. Heute Malaria und Verfall des Postwesens. Deutungshoheit. Muss man nicht näher erläutern. Sieh nach, schrieb ich in mein Notizbuch, ob sich in Kohls Werken irgendwo ein Hinweis auf das Ende der Spätantike findet. Bring ein in den Aufsatz, schrieb ich, wie er es interpretiert. Dann strich ich die Eintragung durch. Die Masse von Kohls Schriften zu durchsuchen wegen einer möglicherweise nur einen halben Absatz langen Passage lohnte nicht.

Ich beschloss, es mir leicht zu machen und wie die vielen vor mir den Untergang Westroms nur andeutungsweise vorkommen zu lassen. Sobald mehr als Andeutungen und grobe Zusammenfassungen ins Spiel kommen, wird es unlesbar. Es ist eine chaotische, verwirrende Geschichte. Chaotisch und verwirrend, so waren wohl auch jene Zeiten, von denen die Rede sein soll. Es interessiert mich nicht wirklich. Eine Geschichte, die entlang von Herrscher-Jahreszahlen und Vertragsunterzeichnungsdaten und Schlachten erzählt wird, lässt mich gleichgültig. Ich entschied mich, all die Herrschernamen nicht in den Aufsatz zu nehmen.

Weil sie letzten Endes nur Popanze waren, Popanze mit prachtvollen Namen, aufgereiht und durch die Jahrhunderte memoriert in den Listen, Vortigern, Markian, Petronius Maximus, Palladius Avitus, Patricius, Majorian, Marcellus, Libius Severus, Aegidius, Anthemius, Glycerius, Julius Nepos und der unselige Romulus Augustulus. In Wahrheit waren sie nur Marionetten gewesen, tanzten ihre Pracht- und Machttänze an Schnüren, die ganz andere Mächte in Händen hielten. Wie es eineinhalb Jahrtausende später die vermeintlich Mächtigen tun, tanzen an den Fäden, die viel mächtigere Mächte ziehen. Und glauben dabei, sie seien es, die Dinge bewegten, wie die kleinen Kinder auf den Jahrmarktfahrgeschäften in den kleinen Autos sitzen, die auf Schienen im Kreis laufen, und an den Lenkrädern drehen und glauben, sie lenkten die Autos im Kreis, so sind sie, die heutigen Machthaber, schrieb ich in den Gegenbericht. Und löschte die Zeilen gleich wieder. Weil die real existierenden Mächtigen in diesem Land gar nicht glauben, sie lenkten irgendetwas. Sie wissen, dass andere das Steuerrad drehen, aber sie machen das Spiel mit, weil es ihnen erlaubt, in den prächtigen bunten Autos zu sitzen, und weil es einem ein gutes Gefühl gibt, wenn sich eine derart große Maschinerie bewegt, und man kann den Zusehern weismachen, die eigenen Betätigungen bewirkten diese Bewegung.

Es hat sich doch Lotter bereits redlich und akribisch daran abgearbeitet, die *Vita* des Severinus in einen zeitlichen Rahmen zu bringen, da muss ich nicht auch noch einmal alles aufwärmen. Lotter ist zum selben Schluss gekommen wie ich, obwohl er es nicht ausspricht: Die *Vita* des getreuen Chronisten kann so nicht stimmen. Eugipp hat sich die Geschichte zurechtgebogen für seine Geschichte, und die sollte keine Fakten überliefern, sondern ein Heiligenbild. Ich begann zu verstehen, warum der

Sprecher meiner Auftraggeber empfahl, Lotter eher im Hintergrund zu halten.

Zeiselmauer ist eine sehr langweilige Ortschaft, egal, aus welcher Richtung man kommt. Dennoch blieb ich dabei, im Aufsatz das heutige Zeiselmauer vorkommen zu lassen, wenn es um Asturis geht, und nicht Zwentendorf. Das Wort Zeiselmauer klingt nach Poesie und Swingsound, benennt ein charmantes, nettes Österreich. Zwentendorf klingt nach Strenge und Scheitern, benennt den Anfang von Bruno Kreiskys Ende. Und ist eine Erinnerung an jugendliche Unbedarftheit, der gelbe 2CV mit dem Protestaufkleber, seltsam sah das knallige Gelb des Atomkraft-Nein-Danke auf dem ausgewaschenen blassen Gelb des alten Autos aus.

Zeiselmauer ist besser. Zeiselmauer gemahnt uns doch an einen der liebenswertesten unter den von Sprache besessenen Menschen. Aput zeizemurum walthero cantori de vogelweide pro pellicio v solidos longos. In Zeiselmauer dem Sänger Walther von der Vogelweide für einen Pelzrock fünf lange Schillinge. So steht es auf der Reiserechnung des Wolfger von Erla, Bischof von Passau und die Künste liebender Mäzen, ausgestellt am 12. November 1203. Es ist das einzige Schriftstück, aus dem die tatsächliche physische Existenz des Sprücheschreibers und Minnesängers abzuleiten ist.

Mit einem protzigen Gefolge war Wolfger von Passau nach Wien gereist, um der Hochzeit von Herzog Leopold mit der byzantinischen Prinzessin Theodora beizuwohnen. In seinem Gefolge ritt der Verfasser von neunzig Liedern, hundertzwanzig Sprüchen und natürlich des unvergleichlichen *Leichs.* Auf dem Heimweg, die Donau aufwärts, auf denselben Wegen wie siebenhundert Jahre zuvor der Heilige Severinus, machte die prunkvolle Reisegesellschaft Rast in Zeizemurum, Zeiselmauer. An einem Mittwoch hielten sie sich auf in der kleinen Stadt, und Bischof Wolfger, der feinsinnige Kunstförderer, kaufte dem Minnesänger einen Pelzmantel als Geschenk für wahrscheinlich bei der Hochzeitsfeier geleistete Dienste.

Ich hatte den Mietwagen auf dem Parkplatz des Gasthauses Zum Grünen Baum in Muckendorf angehalten, wollte den letzten Kilometer bis Asturis zu Fuß gehen auf der sich sanft durch flache Äcker und Wiesen windenden Bundesstraße 14, gesäumt von dünnstämmigen jungen Alleebäumen mit mickrigen Kronen. Ließ es dann doch sein, aus Westen kommend wäre die falsche Richtung gewesen, und zu weit war es mir auch.

Also parkte ich in Zeiselmauer auf dem Platz zwischen Kirche, Gasthof Zum Lustigen Bauern und dem Bankgebäude des Raiffeisen-Ringes Tullnerfeld. Ich warf die Ausdrucke auf den Beifahrersitz, steckte den Notizblock ein und sah mich um, ob Menschen in der Nähe waren. Niemand sollte mich sehen, wenn ich ausstieg. Ich hatte etwas vor, das peinlich und lächerlich war. Sollte eigentlich egal sein, niemand kannte mich in Zeiselmauer und den Nachbarorten. Ich zog Schuhe und Socken aus, war gar nicht so leicht für einen fetten Mann in dem kleinen engen Volkswagen. Dann stieg ich aus.

Barfuß, wie der Heilige Mann es gehalten hatte sommers wie winters, schritt ich über den Kirchenplatz des Ortes, den für Asturis zu halten ich beschlossen hatte. Der Asphalt des Parkplatzes war angenehm lauwarm, das Gras daneben sehr kalt. In die Wiese war ich gestiegen, um zum Denkmal zu gehen. Ein Kriegerdenkmal, natürlich, auch hier, an prominentester Stelle platziert. Ein Türmchen, gemauert aus dunkelgrauen Granitsteinen, sich nach oben verjüngend. Auf der Spitze hockte ein steinerner Adler, den Kopf zur Seite gedreht, finster und böse starrte er gen Osten. Wo der Feind war, immer schon.

Die Erbauer dieses Denkmals hatten subtil zwischen den Kriegern ihres Heimatorts unterschieden. Zeiselmauer – seinen Kämpfern im Weltkrieg 1914–1918, stand auf einer Tafel am Sockel, darüber eine zweite Tafel. 1939–1945, Unseren Helden gewidmet! Unsere Helden nennt Zeiselmauer nur die Kämpfer, die für Hitler verreckt waren. Ich notierte die Inschriften, sagte mir dabei vor, endlich damit aufzuhören, überall latenten Faschismus zu wittern.

Barfuß ging ich zur porta principalis dextra. Das östliche Haupttor des Römerlagers zu Zeiselmauer. Wenn Giese recht hat, musste der Heilige Mann hier hineingeschritten sein, in sein erstes Wunder, in die Geschichte Eugipps, in seine überragende Bedeutung für Niederösterreich und Oberösterreich.

Vor mir öffnete sich eine mächtige römische Mauer zum Tordurchlass, lässt Giese seinen Ich-Erzähler Severinus sagen. Wahrscheinlich war Giese nie in Zeiselmauer. Denn das Tor befindet sich nicht in einer Mauer, sondern in einem gewaltigen, vier Stockwerke hohen quadratischen Turm, einem der größten vollständig erhaltenen römischen Gebäude Österreichs, das die Zeiselmaurer Körnerkasten nennen. Weil die Bauern im Mittelalter hier ihre Getreidevorräte lagerten. Auf einem Anbau aus dem zwanzigsten Jahrhundert hing eine Hausnummer mit der heutigen Adresse des Körnerkastens. Passauerplatz 4.

Der Kies und das räudige Gras vor dem Turm waren eiskalt. Ich trippelte hinüber zu dem, was vom Römertor noch zu sehen war. Das Tor war zugemauert. Die unteren zwei oder drei Meter des Turmes sind im Laufe der Jahrhunderte versunken, das heutige Bodenniveau reicht beinahe bis zum ersten Stockwerk. Vom Tor ist nur noch der obere Abschlussbogen erkennbar. Ich stand kurz davor, berührte die Steine, versuchte, Ziegelbrocken aus dem Putz zu brechen. Es gelang mir nicht. Fest und hart nach tausendsechshundert Jahren. Beste römische imperiale Qualitätsarbeit. Schräg vor dem Tor standen zwei alte Kastanienbäume nahe beieinander. Ich hob eine Kastanie auf und steckte sie in die Tasche. Mein Zeiselmaurer Severinus-Souvenir.

Dörfler ist es offensichtlich zuwider, den Namen Asturis zu nennen und nicht erklären zu können, worum es sich dabei handelt. Nun war Severin in dem Land, das ihm gegeben war, so hebt bei dem Priesterdichter jener Teil der *Vita* an, der auf österreichischem Boden spielt.

Mit von der Kälte schmerzenden Fußsohlen ging ich über einen engen Schotterweg zwischen der Westwand eines Siedlungshauses und dem Bretterzaun des nächsten Einfamiliengrundstücks hinüber zum Fächerturm. Laut Inschrift war es der nordöstliche Eckturm des Hilfstruppenlagers gewesen. Eine Joggerin, die ein Kleinkind in einem dreirädrigen Kinderwagen mit großen Mountainbike-Reifen vor sich her schob, nickte im Vorbeilaufen einen Gruß. Ich fragte sie, ob sie mich fotografieren würde. Sie blieb stehen, ließ sich die Kamera erklären. Dann stellte ich mich an den Zaun, das halb verfallene Bauwerk im Hintergrund, und wartete, bis sie abgedrückt hatte.

Sie lief weiter. Gegenüber dem Fächerturm baute gerade jemand ein Flugdach vor seiner Garage. Wahrscheinlich wollte er nicht mehr jeden Winter immer wieder den Platz freischaufeln müssen, um frühmorgens mit dem Auto zur Arbeit fahren zu können. Das blecherne Flachdach ruhte auf sechs Betonsäulen, hoch und schlank, in den gleichen Hellbraun- und Ockertönen wie der Mörtel an Fächerturm und Körnerkasten.

Zurück im Auto zog ich Socken und Schuhe wieder an, meine kalten Zehen schmerzten bei jeder Berührung. Ich fuhr über Römergasse und Augasse Richtung Donau. Am Ortsende stellte ich den Wagen auf dem Schotterfeld vor dem Tennisplatz ab und ging zurück zur Ortstafel. Ich stellte mich davor auf, hielt die Kamera mit ausgestreckten Armen hoch und fotografierte mich selbst. Auf dem Display war mein Kopf angeschnitten, die Aufschrift Zeiselmauer war zur Gänze drauf auf dem Bild. Gut. Abspeichern.

An der westlichen Ortsausfahrt kehrte ich ein in einem Wirtshaus namens Römerstube und trank ein Bier. Es sollte mein letztes sein. Das wusste ich da aber noch nicht.

15

Wer wegläuft, den fürchten die, die dableiben. Und zugleich bewundern sie ihn. Schrieb Kohl, mit einer Mischung aus Unglauben und leichter Sensationslust, als sie ihm die Geschichte von Missabikong erzählten. Eisenjunge. Hart und zäh und unverletzlich. Und Fresser von Menschenfleisch, flüsterten sie in den Erdhütten in den Winternächten. Denn einer, der weggeht ganz allein, noch mehr Kind als Mensch, und verschwunden bleibt über Wochen, Monate, ohne Proviant, ohne Waffen, ohne Zunder und Feuerstein, der kann kein Tier erlegen draußen in der Wildnis und es zubereiten. Kann nur seine Brüder und Schwestern zu Tode würgen und ihre Haut aufreißen mit den Zähnen und ihr rohes Fleisch verschlingen.

Das Kind, das wegläuft, ist bei Kohl ein männliches Kind. In meinem Fall ist es ein weibliches Kind. Wie sie gehockt war auf dem nassen Asphalt und mich angestarrt hatte, da war sie wie Missabikong gewesen, Junge aus Eisen gemacht, so zäh und hart und unverletzlich, und weil sie kein Junge ist, eindeutig nicht, muss sie Missabikong-kwe heißen, Mädchen gemacht aus Eisen.

Kohl ist sehr verliebt in die Objekte seiner Beschreibung, in die Anishinaabe und Ojibbeway und Makwa. Wenn sie ihm erzählen von den Windigos, den Verrückten, die so verrückt sind vor Einsamkeit und Hunger, dass sie beginnen, Menschen zu fressen, und nicht mehr aufhören können damit, dann sucht er wortgewandt Erklärungen und Verständnis. Dass es unter den nordamerikanischen Stämmen eigentlich niemals in ihrer Geschichte zum Phänomen der Anthropophagie gekommen sei, betont er gleich am Beginn des entsprechenden Kapitels.

Doch komme es manchmal vor, als Teil barbarischen Brauchtums der Kriegsführung und ausgelöst vom wildesten Rachedurst dieser Menschen, das jemand ein Stück Fleisch eines getöteten Feindes verschlucke. Und in den öden und armseligen Landstrichen komme es vor, das jemand so sehr zurückgeworfen sei auf den bloßen Kampf gegen das Verhungern, dass er den Mithungernden an seiner Seite auf einmal nur noch sehe als Fleisch, als ein Stück Wild, das er wie solches erlege, zerteile, ein Stück esse und die weiteren Stücke im Schnee vergrabe, um durch den Winter zu kommen.

Windigo nennen die Ojibbeway jene aus ihren eigenen Reihen, die zu Kannibalen werden. Sie fürchten sie zutiefst. Sie verstoßen sie, was den Windigo oder die Windigo-kwe zwingt, weiter und weiter Menschenfleisch zu essen, wenn es gelingt, welches zu finden. Denn Menschen sind wesentlich leichter zu erlegen als Wildtiere. Es genügt nicht, einen Windigo, der einen angreift, zu töten mit dem Messer oder Pfeil oder einer Gewehrkugel. Man muss seinen Leichnam in Stücke schneiden, sonst besteht die Gefahr, dass er wieder zum Leben erwacht.

Mit einem kleinen Schlenker bricht Kohl das Grauen, nachdem er die Menschenfresser-Geschichten seinem erlauchten Publikum zur Kenntnis gebracht hat. Es sei nur natürlich, dass in einem Land, das seinen Bewohnern fast ausschließlich grausame und harte Lebensumstände beschert und in dem die Menschen so sehr zu Fantasieren und Glauben an Träume neigen, alles rasch in Aberglaube abgleite. Und dass dies wunderliche Geschichten hervorbringe, wie jene von den Windigos. Die faszinierenden Wundergeschichten ihrerseits erzeugten zu guter Letzt tatsächlich Windigos. Wie es ja auch bei uns gewesen sei, schreibt Kohl, in unseren Mittelaltern, wo der Glaube daran, dass es Hexen gibt, Hexen produziert habe. Oder, notiert er lakonisch, man denke an die *Leiden des jungen Werther*, das Selbstmörderbuch, das Selbstmörder produziert habe in großer Zahl.

Missabikong war ein Knabe, der seinem Vater ständig weggelaufen war. Zuerst für einen Monat, im Jahr darauf für den ganzen Sommer. Ohne einen einzigen Ausrüstungsgegenstand. Nur geleitet von einem Traum, der ihm befohlen hatte, nach Osten zu gehen, wo sich die Sonne aus dem Wasser erhebt. Später, zum Mann geworden, verließ er regelmäßig den Stamm und machte sich auf einsame Wanderungen, nie erzählte er jemandem, was er dabei erlebte. Er sank tiefer und tiefer in einen Zustand von Wildheit, schreibt Kohl, die anderen fürchteten ihn, er fürchtete die anderen. Nicht lange, so sagten die Weisen voraus, und er werde beginnen, Menschen zu essen.

Mishi Bizhi ist die, die weggelaufen ist. Darum fürchten sie sie. Weil sie Missabikong-kwe ist, Mädchen Aus Eisen. Weil sie mit ihrem Abhandenkommen bewirkt hat, dass man sie und die Ihren nicht mehr übersehen kann. Der Innenminister fürchtet, aus diesem Eisenkind vom Balkan könnte ein Windigo werden, der ihn und seine schmallippigen Komplizen auffressen wird. Darum suchen sie nach ihr mit so großer Anstrengung, darum werben sie mit falschen Zungen, sie möge ihr Versteck verlassen und sich stellen, versprechen schmeichlerisch, dass man alles tun werde, um ihr zu helfen.

Bleib in den Wäldern versteckt, Wasserluchsweibchen aus Eisen. Wenn du dich ihnen stellst, werden sie dich nicht nur zerstören, sie werden dich auch in Stücke reißen. Und sie werden alles daran setzen, dass du nicht wieder zurückkehrst, sobald du einmal abgeschoben bist. Bleib versteckt. Aber mich ruf an! Ich schämte mich ein wenig, als mir bewusst wurde, wie ungeduldig ich auf einen Anruf von ihr wartete. Mishi Bizhi, Missabikong-kwe, das kleine eiserne Mädchen sollte sich endlich melden, tat es aber nicht.

16

Dass der Herr Doktor bereits auf mich warte, sagte die Ordinationshilfe. Es sei lediglich das Bürokratische zu erledigen, was wahrscheinlich nicht so einfach sein werde, sie habe keine Erfahrung mit amerikanischen Krankenversicherungen. Nach diesem Satz lächelte sie das erste Mal, es sah sehr unecht aus. Kanada, sagte ich, wie bitte?, sagte sie, nichts, nichts, sagte ich und legte ihr die grüne Versicherungskarte hin. Oh, sagte sie, sie haben eh eine E-Card. Ich bin Österreicher, sagte ich. Dann ist es ja kein Problem, sagte sie und führte mich gleich in einen Behandlungsraum. Die vielen anderen Patienten auf den Stühlen im Wartezimmer sahen mir mürrisch nach.

Bodinger kam nach wenigen Minuten. Er wusch sich ausgiebig die Hände und begrüßte mich überschwänglich, obwohl wir uns in den acht Jahren am Gymnasium nicht nahegestanden waren und danach, abgesehen von den alle fünf Jahre stattfindenden Maturatreffen, nie Kontakt gehabt hatten. Ob ich schon lange nicht mehr bei der Zeitung in Wien arbeite, fragte er, bevor ich antworten konnte, sagte er, dass es ihm ohnehin schon vor etlichen Jahren aufgefallen sei, dass keine Beiträge mehr mit meiner Autorenzeile erschienen seien.

Was führt dich her?, fragte er, ich deutete auf den Rücken. Sehr seltsame Schmerzen. Als sei der ganze Brustkorb und auch der Bauch irgendwie verknöchert. Eine große Steifheit habe sich meiner seit mehreren Tagen bemächtigt, im Normalbetrieb sei es nicht so schlimm, aber beim Aufstehen käme ich kaum aus dem Bett. Ich muss mich richtiggehend von der Matratze rollen, damit ich neben dem Bett zum Knien komme, dann erst kann ich aufstehen, sagte ich. Und das Rückwärtsfahren mit dem Auto sei praktisch unmöglich, ich schaffe es nicht mehr, Kopf und Nacken so weit zu drehen, dass ich durch die Heckscheibe schauen kann.

Oberkörper freimachen, sagte er. Ich zog das Hemd und das Unterleibchen aus. Bodinger grinste. Immer noch no sports, was?, sagte er. Da kann ich nicht lachen, sagte ich. Turnen hatte ich am meisten gehasst, mehr noch als Mathematik oder Latein. Die größte Qual war das Fußballspielen gewesen. Wenn es das Wetter erlaubte, fand der Turnunterricht im Freien statt. Nach einer Viertelstunde Kugelstoßen und Weitspringen und Schlagballwerfen und dem obligaten Vier-Kilometer-Lauf entlang der Donau bestand der Rest der Doppelstunde aus Fußball.

Ein Strafgericht für uns, die Unsportlichen, das begann mit der Demütigung, bei der Wahl der Mannschaften mit der allergrößten Regelmäßigkeit unter den letzten drei oder vier zu sein, die ausgewählt wurden. Die Sportlichen von der Mehrheit brüllten uns von der vierköpfigen Minderheit an, wenn wir falsch passten, gegnerische Angreifer nicht stoppten, den Ball ins Aus kickten. Sie, die Freude und Begeisterung für Fußball aufbrachten und das Spiel beherrschten, waren die Normalen. Wir anderen waren die Deppen. Jahrelang.

Etwas besser wurde es mit fünfzehn oder sechzehn, da wurden andere Sachen wichtiger, Mädchen, Bier trinken, rauchen, nachts über das Flachdach des Wirtschaftstrakts aus dem Internat flüchten und sich im örtlichen Wirtshaus besaufen. Die Fußballspiele, zweimal wöchentlich das ganze Frühjahr lang und im Herbst bis in den November hinein, verloren ihren Schrecken. Denn jetzt rotteten wir drei oder vier Unsportlichen uns zusammen und stellten uns als zurückhängende Außenverteidiger in jene Ecke des Spielfelds, die am weitesten vom Turnlehrer entfernt war, und rauchten ein paar Dames, die Zigarette in der hohlen Hand verborgen, wie es Sträflinge tun und Seeleute.

Manchmal toste das Spiel nahe an uns vorbei, wir gingen den mit verbissenem Ernst stürmenden und verteidigenden Mitschülern aus dem Weg und grinsten uns wissend an: Jetzt waren sie die Deppen. Dann hielten wir Ausschau, wo sich Professor Sturmbannführer befand, und zündeten die nächste Dames an.

Das zweitmächtigste Folterinstrument waren die Läufe, vom Sportplatz weg einen Feldweg stromaufwärts, dann hinein in den schmalen Streifen Au und auf dem Treppelweg der DoKW zurück. Manchmal war es in der Herbstsaison um eine Spur weniger qualvoll, in jenen Jahren, wenn der Bauer, dem das Feld unmittelbar an der Au gehörte, Mais gepflanzt hatte. Dann trabten wir los, die sportlichen Streber waren schon nach wenigen Minuten weit vorne. Wir, die Deppen, schauten uns immer wieder um, sahen nach, ob sich der Sturmbannführer nicht endlich wegdrehte und zu den Kabinen ging, um sich auf eine der Holzbänke zu setzen. Sobald er uns den Rücken kehrte, bogen wir in das Maisfeld ab, gingen langsam quer durch die Reihen, blieben stehen kurz vor der Au, warteten, bis die anderen Läufer vorbeikamen, dann schlichen wir hinaus aus dem Feld und trabten langsam, mit einem Abstand, der uns groß genug erschien, um zu unserer läuferischen Unterlegenheit zu passen, hinter den anderen her. Fast zwei Kilometer der schweißtreibenden Lauferei ersparten wir uns so.

Mehr Bewegung, sagte Bodinger, das kann ich gleich empfehlen, da braucht es keinen Arzt. Er hörte mich ab, tastete auf meinem Rücken herum, am Schultergürtel und an den Hüften. Tut es hier weh?, fragte er, und hier? Und hier? Es tat überall weh. Bodinger schien ratlos. Wir werden die Werte nehmen, sagte er und ging hinaus. Eine seiner Ordinationshilfen nahm mir Blut ab aus der rechten Armbeuge. Während sie der Reihe nach vier Eprouvetten bis zur Hälfte volllaufen ließ, legte mir eine zweite Helferin eine Manschette am linken Oberarm an und maß den Blutdruck, dann schickte sie mich mit einem Plastikbecher zur Toilette und bat, ihn mindestens bis zur Hälfte zu füllen.

Nach zehn Minuten kam Bodinger zurück, redete leise mit der einen. Der Blutdruck ist ein wenig hoch, sagte er zu mir, während ich Unterleibchen und Hemd anzog, na ja, sagte ich, wenn sie ihn dir messen, während dir jemand eine Nadel in den Arm rammt, was erwartest du da. Wahrscheinlich Weißkittel-Hypertonie, sagte er mit einem Grinsen. Kontrollieren wir das nächste Mal wieder.

Was heißt nächstes Mal?

Wegen der Kreuzschmerzen kann ich nichts sagen. Es finden sich eigentlich keine Hinweise. Darum warten wir auf das Blutbild. Möglicherweise irgendeine Entzündung. Das sieht man dann. Wann hast du Zeit?

Sozusagen jederzeit.

Ruf wieder an in drei Tagen. Kannst sofort kommen.

Ich solle der Schwester eine Telefonnummer geben, sagte er, reichte mir die Hand, sah mich nicht an, während er sie schüttelte, sagte zur Ordinationshilfe, dass sie eine Infusion geben solle. Bis dann, sagte ich zu Bodinger, der schon drüben im anderen Raum war, ich wollte zur Garderobe gehen und meine Jacke holen. Dass ich noch etwa zwanzig Minuten brauchen würde, sagte die Ordinationshilfe, die Infusion, ich sah sie verständnislos an. Der Herr Doktor habe mir eine muskelentspannende Infusion verordnet, sagte sie, die würde für die nächsten drei Tage meine Schmerzen wesentlich reduzieren.

Sie brachte mich in einen winzigen Raum, in dem sich nichts befand außer einer gepolsterten Bank entlang der einen und drei silbrigen Mauerhaken an der anderen Längsseite. Ich setzte mich auf die Bank, das Zimmerchen war so schmal, dass meine Knie beinahe die gegenüberliegende Mauer berührten. Die Ordinationshilfe stach noch einmal in meinen rechten Arm, hing die Infusionsflasche an einem Haken auf und ging. Nach ein paar Minuten führte sie eine ältere Dame herein, setzte sie neben mich auf die Bank, hing sie ebenfalls an einen Tropf und ließ uns allein.

Schweigend saßen wir da, schauten hoch zu den Zwischenstücken am Schlauch oben, wo man der Infusionslösung beim Tropfen zusehen kann, vermieden jeden Blickkontakt, um die

Situation nicht noch peinlicher zu machen. Die Dame hatte einen Pelzmantel auf dem Schoß liegen, den sie mit beiden Händen festhielt. Er hat so viele Patienten, sagte sie unvermittelt, als meine Flasche beinahe leer war, das Wartezimmer ist immer voll. Da will ich den Mantel wirklich nicht in der Garderobe hängen lassen. Dann schwiegen wir wieder.

17

Asturis fiel. Severinus hatte es vorausgesagt. Dies war sein erstes Wunder. Eugipp schweigt sich über die Ereignisse und Umstände dieses Ereignisses beinahe völlig aus. Was nicht weiter verwundert. Zeiselmauer oder Zwentendorf ist mit großer Wahrscheinlichkeit von den Ostgoten zerstört worden, die später dann, in jenen Jahren, als Eugipp die Geschichte aufschrieb, die Beherrscher Westroms waren, in der Gestalt von Þiuda Reiks, Volkes König, wie ihn die Seinen nannten, die wir kennen als Dietrich von Bern oder, historisch korrekter, als Theoderich, größter der Gotenkönige und Beherrscher Italiens von Konstantinopels Gnaden. Diese grausamen und leicht reizbaren neuen Herren in seiner Geschichte schlecht aussehen zu lassen, das wagte Eugipp nicht.

Auf der allerersten Seite der *Vita* verrät ihr Autor alles. Er will es uns als Wundertat verkaufen, das einleitende Mirakel, das Erscheinen des Heiligen Mannes vor dem Vorhang in Glanz und Gloria. Dabei war es simple Verwaltungspolitik. Severinus war der Mann des Flavius Orestes im Norden, der wahre Statthalter, die graue Eminenz. Das, was Ratzinger für Jahrzehnte für die katholische Kirche war, bevor er am Ende, zur Versüßung seines Altenteils, und als Lohn für Diskretion und konsequentes Strippenziehen im Hintergrund, auch noch formell die Würden des höchsten Amtes verliehen bekam von den Seinen. Severinus war der, der Bescheid wusste. Jahrzehntelang hatte er mit Männern höchsten Ranges aus allen Völkerschaften verhandelt, mit ihnen Politik getrieben oder sie in Schlachten bekriegt, Hunnen, Ostgoten, Rugier. Er musste Informationen gehabt haben über kurz-, mittel- und längerfristige Pläne und Strategien der Barbaren. Oder es war ihm einfach klar aus den Erfahrungen seiner militärischen Vergangenheit, dass Asturis das logische Ziel der

Goten war, die in jener Zeit, nach einem Jahrzehnt des Festsitzens in Pannonien, wieder einmal in Bewegung geraten waren.

Das nächste Wunder ist nicht wirklich eines. Ich nenne es das kleine Wunder. Eigentlich erstaunlich, dass Severinus es als Wundertäter zu so großem Ansehen gebracht hat. Denn bei jenem Wunder, das das wichtigste ist, hat er versagt. Das wichtigste Wunder ist das zweite Wunder. Beim ersten hast du sie noch alle auf deiner Seite, da sind sie überwältigt, da stehen ihre Mäuler offen, und sie können es nicht fassen, aber zugleich ist es noch sehr einfach, sich zu entscheiden: Applaudiere ich dem wundertätigen Mann, oder bewerfe ich den Gaukler mit Dreck? Ein Wunder ist nichts, da kann man noch mit dem Zufall argumentieren, das kann man als Zeuge noch auf die eigene Übermüdung und Überreiztheit schieben, die einem physikalisch Unmögliches vorgaukelt, und meinetwegen war es das eine Bier zu viel am Vorabend, das einen jetzt die Augen reiben lässt und einen unsicher macht, ob man noch besoffen ist oder ob das wirklich wahr ist, was man wahrnimmt.

Beim zweiten Wunder ist dieser Bonus weg. Das zweite Wunder ist das entscheidende. Das zweite Wunder muss Hand und Fuß haben, muss wirklich überzeugen, muss jeden in den Bann ziehen, muss machen, dass sich die Spötter und Dreckschleuderer schämen und betreten wegschleichen oder überlaufen und sich mit der fanatischen Begeisterung der Bekehrten zu den Jublern und Bravo-Schreiern gesellen. Severinus' zweites Wunder war in diesem Sinne ein Flop.

Das Kastell Comagenis, bei dem es sich um Tulln handelt, war de facto in der Hand von Barbaren. Wahrscheinlich Goten, vielleicht auch Rugier, Eugipp verschweigt die Stammeszugehörigkeit. Es muss eine schizophrene Situation gewesen sein: Die romanische Bevölkerung hatte sich offensichtlich vertraglich den Besatzern unterworfen, als Gegenleistung sorgten diese für Schutz und Sicherheit. Germanen schützten die Romanen vor Germanen. Wie an den Großen Seen in Nordamerika in den

Wirren der Kämpfe zwischen Franzosen und Engländern, wo sich die Europäer gegeneinander und gegen die Eingeborenen nur behaupten konnten, indem sie mit den dortigen Barbaren Waffenbündnisse eingingen.

Die Barbaren kontrollierten die Zugänge zur Stadt Tulln auf das Strengste. Dennoch ging Severinus hinein, als ob er unsichtbar gewesen wäre. Das ist das zweite Wunder. Lachhaft. Natürlich hatten ihn die Torhüter erkannt. Das geistliche und weltliche Oberhaupt der Romanen war eingetroffen in der besetzten Stadt. Den Besatzern war er vertraut, wozu also hätten sie ihn kontrollieren sollen. Wahrscheinlich war sein Kommen erwartet worden, war er als Führer von Verhandlungen angekündigt worden.

Das dritte Wunder dagegen ist geeignet für pralles lebendiges Erzähltwerden: Wenn ihr euer Leben nicht als ein gottgefälliges führt, ist der Untergang besiegelt, donnert der Heilige Mann in der Basilika von Tulln, die Bürger im Kirchengestühl sehen hoch, aber nicht geängstigt und erschreckt, sondern bloß erstaunt, weil da einer auf einmal so laut brüllt. Skeptisch und spöttisch stoßen sie einander an, grinsen ein wenig, setzen sich aufrecht, neugierig, was der Alte noch zu sagen haben wird. Da stolpert ein Greis in die Basilika, kaum verschorfte Schwertwunden an Armen und Gesicht, die Kleider zerfetzt, er fällt auf die Knie, beginnt ein Schreien und Kreischen, dass es einem das Herz erweicht. Asturis ist ausgerottet, weggewischt vom Antlitz der Erde! Genau wie vorausgesagt vom Heiligen Mann! Dann fällt der Alte nach vorn, sein malträtiertes Antlitz schrammt über den staubigen Steinboden, sein Schreien dünnt aus zu einem Jammern und Plärren, ein Wimmern des Dankes ist es: Nur mit Gottes Hilfe bin ich entkommen, als Einziger.

Nun aber erschauern die Tullner und flehen Severinus wortreich an um Vergebung etwaiger Sünden, drei Tage fasten sie in der Kirche und büßen für ihre Verirrungen unter Seufzen und Wehklagen. In tiefer Nacht des dritten Tages, die kollektive Zerknirschung und Buß-Übung hält nicht nur unvermindert an, sondern wächst stündlich, ja, minütlich, weil sich vor den Toren Tullns Barbaren versammeln, feindliche sind es, Eugipp nennt wieder keine Stammesnamen, aber deutet an, dass die barbarischen Besatzer und vermeintlichen Beschützer der Stadt mit den Feinden draußen unter einer Decke stecken, an diesem dritten Tag also geschieht die dritte Wundertat des Heiligen Mannes. Plötzlich poltert und wackelt alles in der Basilika. Die Erde bebt! Es ist nur ein leichtes Beben, das keine Schäden an Gebäuden, Menschen und Nutztieren anrichtet, doch es genügt, die Barbaren in Tulln in eine heillose Panik zu versetzen. Planlos stürzen sie hinaus in die Finsternis, treffen draußen auf ihre ebenso kopflos herumirrenden mutmaßlichen Kumpane. Die Dunkelheit, die schwankende Erde, das Angstgeheul allüberall versetzt die germanischen Horden in eine rasende Paranoia. Sie erschlagen sich gegenseitig bis zum letzten Mann. Tulln ist gerettet. So sehen Wunder aus.

18

Jetzt fuhr ich auf ihr, in jener Richtung, die ich so lange gemieden hatte, auf dieser verfluchten Straße. Jener Straße, die seit Jahrhunderten Reisende vorbeiführt an dem Dorf, das ich hasse, in ihren Gespannen, auf ihren edlen Rössern, in ihren gepanzerten Kettenfahrzeugen, zu Fuß oder in ihren Personenkraftwagen. Der Vogelweider war hier entlanggetrabt auf geschmücktem Zelter, in seinem neuen Pelzmantel, gleich hinter den Bewaffneten, die sich um Bischof Wolfger scharten. Kriemhild und Gunther, Gernot, Giselher, und Hagen auf ihrem Zug nach Osten, dem Tod entgegen, an den Hof des Hunnenherrschers, dem Edeka und Orestes dienten. Tausend und wie viele Jahre noch später der Führer mit seinen Truppen, in jenem so ungewöhnlich warmen und sonnigen März.

Da draußen, wo jetzt die Reihenhaussiedlung ganz dicht an die Nibelungenbundesstraße herangerückt ist, während es dort nur das hässliche Funktionsgebäude der Lagerhausgenossenschaft gegeben hatte, als ich Kind war, an dieser den Strom begleitenden Lebensader des den Donauraum bestimmenden Verkehrsgeschehens standen sie, die Dorfbewohner, und kreischten den Marschierenden ihr Heil, Heil, Heil entgegen.

Die mit stürmischem Jubel begrüßten Helden der anbrechenden neuen großen Zeiten waren in Wahrheit Idioten, sie hatten sich verirrt in dem zu besetzenden Land, weil das Schuschnigg-Österreich vor einem oder zwei Jahren erst den Lauf der Nibelungenstraße verschoben hatte, weg von der Donau, näher zu den Wohnbauten und Bauernhöfen, hinauf über das von dreißigjährigen Hochwassern bedrohte Niveau. Dieser neue Straßenverlauf war in den Karten der angehenden Blitzkrieger nicht verzeichnet, laut ihren Marschbefehlen sollte die Straße in Alkoven in einer leichten Rechtskurve hinüberführen nach Straßham und dort in die Ochsenstraße münden. Ochsenstraße, was die Lateinlehrer und Freizeitaltphilologen ableiten von Augustenstraße. Via Augusta. Imperiale Militärstraße, zu Ehren irgendeines römischen Kaisers errichtet von den Arbeitstrupps seiner Legionen.

An jenem 12. März aber sah diese zwei Kilometer östlich von Alkoven zur Heerstraße eines Augustus führende Strecke für die ortsunkundigen Nazikrieger aus wie eine simple Abzweigung von der Hauptstraße, und darum fuhren sie geradeaus weiter, am Dorf meiner Kindheit vorbei, beim Kloster des Heiligen Bernhard von Clairvaux auf die Donau treffend, den Strom entlang und schließlich von der Oberen Donaulände in prunkloser Kürze sowie sang- und klanglos auf den Hauptplatz von Linz gelangend. Wo sie doch die eigentliche Westeinfahrt nehmen, also über Rufling und Leonding Linz erreichen sollten, um über die zugegeben eher mickrige Prachtstraße der Lieblingsstadt des Führers einen Triumphzug zu veranstalten und als Höhepunkt des bejubelten Einmarschs den Adolf-Hitler-Platz zu betreten, der gestern noch Franz-Joseph-Platz geheißen hatte.

Heil, Heil, Heil, brüllten sie der Militärmaschinerie zu, die sich als endlose Kolonne über die neue Bundesstraße wälzte. Stundenlang standen sie draußen, an dem Eck, wo dann das Lagerhaus war und heute die Einfamilienhaus-Siedlung ist, und warteten. Auf ihn. Aber er kam nicht. Der Führer war nicht, wie die Dorfbewohner angenommen hatten, in Passau in seine neue Provinz eingereist, sondern in seinem Geburtsort. Am schönen Inn. Und von dort dann auf der Bundesstraße 1 über Wels und Marchtrenk nach Linz gekommen, spät, sehr spät, die Nacht war schon angebrochen, dennoch harrten die Massen aus am barocken Platz an der Donau.

Bei der Ortstafel begann irgendetwas zu bröckeln in mir; ein Bauwerk, das dies alles ferngehalten hatte, löste sich auf, in kleinen Zeitlupen-langsamen Schritten. Sconhering. Ing des Sconher. Platz, an dem der germanische Clanführer Sconher seinen

Speer in den Boden des fruchtbaren Uferschwemmlands gestoßen hatte. Gleichsam das Land penetriert hatte, gevögelt, mit dem Akt des Eindringens in Besitz genommen. Dabei hatte er gekreischt, hier sei das Unsrige. Und gleich darauf hatten ihm die Krieger des Stammes wohl in die Hand geschworen, man würde diesen Ort, der unser ist seit ewigen Zeiten, verteidigen gegen jeden Feind. Vor allem gegen die slawischen Bauersleute, die sich auf dem nahen Kürnberghügel seit geraumer Zeit festzusetzen begonnen hatten. Nicht dauerhaft, wie die Geschichte zeigen sollte.

Am Tag nach meiner Landung in Schwechat hatte ich meine Mutter angerufen, noch von Wien aus. Dass ich noch nicht recht wüsste, wo genau mich meine Arbeit hinführen würde, hatte ich gesagt. Sollte ich in die Nähe von Linz kommen, würde ich mich melden. Sie verstünde das, hatte sie gesagt, mit der Duldsamkeit in ihrer Stimme, die mich immer noch rasend machen konnte, die Arbeit gehe schließlich vor. Dann sagte sie die fünf Wörter, mit denen sie immer schon ihre Umwelt manipuliert hatte, indem sie ihr Schuldgefühle aufzwang. Wegen mir brauchst du nicht. Das sind die fünf Wörter. Sie spricht sie aus, schaut dann zu Boden, bricht ab, lässt den Angesprochenen in seinem Kopf den Satz ergänzen, was bewirkt, dass er sich sehr unbehaglich fühlt. Wegen mir brauchst du nicht in dein Elternhaus kommen während deines Kurzbesuchs, lautet der vollständige Satz in meinem Fall.

Dann das gestrige Telefonat. Dass ich in Linz sei, sagte ich, ohne zu erwähnen wie lange schon, und demnächst nach Passau fahren werde. Da wolle ich auf einen Sprung vorbeischauen. Ist gut, sagte sie, und: Soll ich was einkaufen? Nein, keine Umstände wegen mir, sagte ich. Wir redeten kurz über den Grund für meine Anwesenheit in Österreich, da sei doch diese große Severin-Ausstellung gewesen in Enns, vor zehn oder zwanzig Jahren, sagte sie, sie sei damals mit dem Pensionistenverband hingefahren. Sei aber nicht besonders aufregend gewesen, in ihrer Erinnerung. Bis morgen, sagte ich, und legte auf.

Ich fuhr langsam durch das Dorf, um zu sehen, was sich verändert hatte. Auf dem Parkplatz des Wirtshauses hielt ich an. In dem Anbau aus den siebziger Jahren hatte ich meine erste eigene Wohnung gehabt. Der erste Schritt, aus dem Dorf wegzukommen, war ein sehr bescheidener gewesen, reichte nicht einmal über die Grenzen des Ortsgebiets hinaus. Im Innenhof des Wirtshauses, das irgendwann einmal in Fadingers Zeiten ein imposanter Vierkanthof gewesen war, hat das Dorf den Ekel der Mitte des zwanzigsten Jahrhunderts im Schnelldurchlauf abgehandelt.

Die Heimwehrjugend verpasste den illegalen Nationalsozialisten eine Abreibung in diesem Hof, zwei Jahre vor dem Einmarsch des Führers. Die Illegalen waren allgemein bekannt, einmal in der Woche trafen sie sich in einer Sandgrube außerhalb des Dorfes, die einem deutschnationalen Bauern gehörte, und hielten ihre Übungen ab, über die das ganze Dorf munkelte. Die christlichsozialen Heimatschützler trieben an einem schönen Sommertag die Nazis zusammen beim Dorfwirten, einen nach dem anderen holten sie aus ihren Wohnungen und Knechtsstuben.

Einer von den Braunhemden versteckte sich vor den Schwarzen auf dem Heuboden jenes Bauernhauses, in dem ein Jahrzehnt später mein Vater seine erste eigene Wohnung mietete. Jemand musste ihn verraten haben, die Heimwehrhorde stürmte den Heuboden, mit Bajonetten stachen sie den Nazi heraus aus dem Heu, trugen den Schwerverletzten zum Dorfwirten, damit auch er die Dresche in Empfang nehme. Dann begann das Misshandeln im Innenhof, Ohrfeigen waren noch das Mindeste, schwere Prügel setzte es, Bajonettstiche, Hiebe mit dem Ochsenziemer. Gerade dass es keine Toten gab. Die Nazis, so sie noch gehfähig waren, schlichen heim wie getretene Hunde. In ihren Augen Hass. Jeden einzelnen Namen der Prügeltruppe merkten sie sich, auch von denen, die nicht aus dem Dorf stammten.

Woher ich das weiß? Mein Vater hat es mir erzählt. Ich habe den Verdacht, dass er bei einer der Prügeleien selbst dabei war.

Erzählt hat er die Geschichte oft, nur einmal habe ich ihn gefragt. Warst du dabei? Nein, nein, sagte er und winkte heftig ab. Es habe Prozesse gegeben, nach dem Krieg, zu dieser Sache. Die habe er sich angesehen. Man habe damals ja keine Unterhaltung gehabt, wie ihr heute, sagte er und redete von etwas anderem.

In ihrer Wohnung roch es anders, als ich erwartet hatte. Nicht so sehr nach alten Menschen. Sie hatte eingekauft, auf dem Herd köchelte es in zwei Töpfen. Meine Lieblingsspeise als Kind. Eierteigwaren und Tomatensoße. Die Soße war um eine Spur zu viel gezuckert. Ich sagte es ihr nicht, lobte ihre Kochkünste. Sie selbst aß nichts, während ich die hörnchenartigen Nudeln aus der Tomatenbrühe löffelte, blätterte sie in einer Zeitung.

Ist schlimm mit der Tabakfabrik, oder?, sagte sie.

Was ist mit der Tabakfabrik?

Sie sah mich an wie früher immer, mit diesem Blick, der Unentschiedenheit ausdrücken soll, ein Schwanken zwischen Verwunderung und Sorge. Zugesperrt wird sie, sagte sie. Und begann ein wenig zu schimpfen über die Zeiten; alles was einen Wert besäße, würde verschleudert, die Engländer hätten einen ungeheuer enormen Gewinn gemacht, die hätten den Kaufpreis hereingebracht in nur sechs Jahren, und der Verkaufserlös, den sie jetzt von den Japanern bekommen, sei der reine Gewinn. Mehrere Milliarden, rief sie zwei oder drei Mal hintereinander, mehrere Milliarden! Und die Angeschmierten seien wie gehabt wir, die Österreicher. Ausgenommen natürlich die österreichischen Politiker, fügte sie rasch dazu, die würden es sich immer richten.

Etwa eine halbe Stunde lang saß ich danach neben ihr im Wohnzimmer. In dieser Ecke hatte mich mein Vater beim Rauchen erwischt, als ich vierzehn oder fünfzehn war. Das Haus war damals noch halb fertig im Rohbau gestanden, ein Wochenende lang hatte er ganz allein die Wände dieses Zimmers in die Höhe gemauert, mit mir als Helfer, der Mörtel anrührte und ihm die Ziegelsteine reichte. Die Decke sollte am übernächsten Wochenende betoniert werden. Irgendwann ging er ins Dorf, um ein Werkzeug zu holen, das er brauchte zum Einmauern des Fensterrahmens.

Ich lehnte an der rohen und vom Mörtel noch sehr feuchten Ziegelwand in jener Ecke, wo dann die Couch stand und heute noch steht, und zündete mir eine Zigarette an. Und noch eine, weil er so lange nicht kam. Plötzlich stand er auf den obersten Sprossen der Leiter, die in den Rohbau führte, und sah mich an. Ich schnippte die Zigarette durch das für das Wohnzimmerfenster vorgesehene Loch in den Matsch hinaus. Er tat, als hätte er nichts wahrgenommen. Nie haben wir über diesen Augenblick gesprochen. Als ich sechzehn wurde, schenkte er mir ein Gasfeuerzeug, was damals etwas Besonderes war, und ein Zigarettenetui aus Kunstleder.

Sie hatte Weißbrot besorgt und abgekochten Topfenkäse, den ich so gemocht hatte als Kind. Ich überlegte, ihr zu erklären, dass ich den abgekochten Käse geliebt hatte, wie ihn die Bauern selbst herstellten oder wie es ihn gegeben hatte in dem Ausflugsgasthaus an der Donau, das dann dem Kraftwerksbau hatte weichen müssen, nicht aber das jenem Käse nur entfernt ähnelnde Industrieprodukt, ließ es aber bleiben. Sie entschuldigte sich wortreich dafür, dass sie mir simples Weißbrot vorsetzte und nicht jenes mit der festen Rinde und den vielen Aniskörnern, das der örtliche Bäcker jeden Samstag als Besonderheit für die Sonntagsjause gebacken hatte. Der alte Bäckermeister sei gestorben, oh, sagte ich, ja, vor Jahren schon, sagte sie, und dass sich seine Söhne die Arbeit nicht mehr antun wollten.

Nach einem Käsebrot sagte ich, dass ich keinen Bissen mehr hinunterbringen würde. Macht doch nichts, sagte sie, und verschwand in der Küche. Kam zurück mit einem unförmigen silbrigen Klumpen. Sie hatte die Hälfte des Weißbrotlaibs in Aluminiumfolie eingewickelt und die angebrochene Kochkäsepackung dazugepackt. Sie grinste schief und sagte entschuldigend, dass sie selbst zwei Wochen brauchen würde, um das wegzuessen, da würde es vorher schlecht.

Dann wussten wir nicht mehr, was wir reden sollten. Dass die Städtchen an den Großen Seen ein wenig aussähen wie die Orte im Salzkammergut, sagte ich, nur viel weiträumiger. Nicht so eng verbaut. Dass es überhaupt kein Problem sei, in einer englischsprachigen Gesellschaft zu leben. Dass sich die Bären und Wölfe nur in den Parks herumtrieben, dass die ganzen Geschichten über das wilde Getier, das man vom Auto aus sehen kann, nur die Touristen anlocken sollten. Dass ich allmählich aufbrechen müsse, sagte ich schließlich, wenn ich noch etwas ausrichten wolle in Passau, und stand auf. Sie folgte mir ins Vorzimmer, mit dem Aluminiumbrocken in Händen, den ich auf dem Couchtisch liegen gelassen hatte. Während ich die Schuhe anzog, sagte sie, dass es doch lächerlich sei, in teuren Hotelzimmern zu schlafen, wo doch hier das riesige Haus praktisch leer sei. Ich würde es mir überlegen, sagte ich. Sie drückte mir Brot und Käse in die Hand und ging mit hinunter bis zur Haustür.

Ich wollte die Eiche entscheiden lassen. Ich fuhr zum Bauernhof am Ortsrand, der jetzt eine Versuchsanstalt der Saatbaugenossenschaft ist, und stellte den Wagen in der Wiese ab. Des Sohnes Rückkehr aus Übersee sollte beginnen mit einer erneuten Mutprobe. Wie einst als Kind hatte ich eine diffuse Angst, als ich die paar Minuten den Hohlweg hineinging.

Damals forderten die Dorfbuben einander in regelmäßigen Abständen auf zu zeigen, dass man keine Angst vor gar nichts hatte. Man musste alleine zu der Eiche gehen, bevorzugt gegen Abend, wenn es dämmerte. Man musste den Baum berühren, den sie des Teufels Eiche nannten. Man musste ein Büschel Eichenlaub mitbringen, wenn man zurückkam, als Beweis. Frisch musste das Laub sein.

Etwas stimmte mit der Eiche nicht, was es war, wurde jedoch den Kindern verschwiegen. Es war so wie mit einem Gespensterhaus, wo jeder weiß, dass es gespenstisch ist und dass man sich fürchten soll, aber niemand weiß warum. Im nahen Nachbardorf gab es einen weiteren auf diese Art Kindern Angst machenden

Ort. Wenn man vom Dorfrand aus bis zur Eiche marschiert, dann aber nicht stehen geblieben, sondern einfach den Feldweg weiter gegangen wäre, die Nibelungenbundesstraße gekreuzt und sich wieder zielstrebig Richtung Südwesten über Güterwege und nicht asphaltierte Wirtschaftsstraßen bewegt hätte, dann wäre man zu diesem Gebäude gelangt.

Und hätte die Silhouette des Schlosses schon von Weitem deutlich umrissen gesehen in der klaren Luft. Für uns aus dem Nachbarort eine Stätte nicht erklärten Grauens. Für die Alkovener Buben nur ein Spielplatz. Sie hatten an die östliche Außenmauer, da, wo sie vor wenigen Jahren erst ein symbolisches Grab angelegt haben, für die Aschenfunde aus der Wiese neben dem Schloss, mit brüchigen, angefeuchteten Ziegelbrocken ein Fußballtor an die Wand gemalt, gegen das sie den Ball schossen, Nachmittage lang.

Ich werde die Eiche sprechen lassen in meinem Text. Sie soll die Kommentarstimme sein im Aufsatz. Damit das alles nicht so trocken bleibt. Sie soll mit ihrer Gstanzl-Lustigkeit machen, dass das vermeintlich Festgefügte und Unumstößliche zu flirren beginnt. Dass Gewissheiten ungewiss werden. Und sie soll wie ein zu einem tausendjährigen Pflanzenbewusstsein geronnener Algirdas Greimas Wacht halten über meine Worte, damit sie nicht nur dies und das in allzu großer Glätte und Eindeutigkeit erzählen, sondern auch die tausenderlei Repräsentationen und Konstruktionen miterzählen, all das Zeugs über und unter den Wörtern. Auf dass die Welt erzählbar bleibe.

Ich werde die Teufelseiche die Abkürzungen verkünden lassen. In Spenserstrophen soll sie auf acht Zeilen zu je elf Silben die Leserinnen und Leser von den rugischen Räubern und Geiselnehmern und den von ihren Kriegsherren verlassenen hilflosen Legionären des versinkenden Imperiums auf dem kürzestmöglichen Weg zu Sadr City führen. Von den von einem gnadenlosen Gott besessenen coloni romani zu den von einem gnadenlosen Gott besessenen alkoholkranken Kreuzrittern des neuen Imperiums. Sie kann das leisten, ich nicht, sie ist des Teufels.

Ich stellte mich auf vor ihr und ließ sie sprechen. Der Pfarrer von Hilkering hat eine Freundin in Oftering, aber die Freundin aus Oftering hat auch einen Pfarrer in Eferding, ließ ich sie sagen. Nein. Zu zotig. Nur weil wir damals, wenn wir spät in der Nacht zurückschlichen vom Dorfwirtshaus in die Internatsschlafsäle, gelegentlich einen der Zisterziensermönche in einem Auto sitzen gesehen hatten bei einer respektablen Ehefrau eines respektablen Gemeindebürgers, eine Priesterhand in der Bluse, die andere nur Gott und die Bürgersfrau wissen wo, nein, das ist kein Anlass für Zotiges.

Ich stellte mich auf vor ihr, griff nach den dünnen Ästchen, die etwa in Mannshöhe aus ihrem gewaltigen Stamm sprossen, sie waren nur Wassertriebe, nutzloses verschwenderisches Wachstum, und riss ein paar Blätter ab, die schon begonnen hatten, sich zu verfärben. Als Kinder hatten wir, uns die ausgestreckten Hände reichend, den Stamm der Eiche zu dritt gerade noch umarmen können. Sie schien um vieles schneller gewachsen zu sein als wir Menschenkinder, drei erwachsene Männer meiner Größe könnten sie jetzt nicht mehr umfassen.

Ich stellte mir vor, wie sie zusammenschrumpfte auf die Höhe eines Baummannes im tschechischen Kinderfilm, und wie sie zu sprechen begann. Kommen Buben wieder nach so viel Jahren, probt wieder Mut, was noch nie Mut gehabt hat? Muss mit dürrhartem Zweig in Haare fahren, muss Kindlein schrecken mit einem Eichenblatt?

Hör auf zu reden, Teufelsbaum. Schöne Stanze, sagte die Eiche, willst nicht hören bis zum Ende? Traust dich nie! Ich ging weg. Sie hatte recht. Ich traute mich nicht. Ich fällte die Entscheidung selbst. Am Abend rief ich meine Mutter an und sagte ihr, dass ich gerne bei ihr wohnen würde für die zwei oder drei Wochen. Falls es ihr nichts ausmache. Schön, sagte sie.

19

Jungfrau Die Das Streitpferd Führt kam herein durch die gläserne Schiebetür, blickte um sich, sah mich gleich, winkte, kam zum Tisch und setzte sich irgendwie vorsichtig in den plüschigen Kaffeehaus-Stuhl. Kohl beschreibt die Kriegsbräuche der Anishinaabe ausführlich. Wie sie, die pferdelosen Kämpfer an Flüssen und Seen lebender Stämme, bei jedem Kriegszug eine geschmückte Jungfrau mitführten in einem eigenen Kanu. Das Bild dieser die Männer an ihre Pflicht erinnernden lebendigen Mahnung, in einem Boot hockend, womöglich sich angstvoll an den Rindenwänden des Kanus festhaltend, schien ihm nicht eindrucksvoll genug. Darum wendet er sich mit auffallender Ausführlichkeit einem vergleichbaren Brauch eines benachbarten Reiterstamms zu, den in den Prärien lebenden Lakota. Hier schritt die Jungfrau den Männern voran, nicht reitend, zu Fuß, doch sie führte ein ebenfalls prächtig geschmücktes Pferd am Zügel dem Tross voran.

Trixi war hereingeschritten in das Hotel-Café am Schillerpark wie eine, die das Streitpferd führt. Diesmal war sie pünktlich gewesen. Ob sie lieber draußen sitzen wolle, fragte ich, an diesem sonnigen Herbsttag, so wie praktisch alle anderen Kaffeehausgäste. Sie winkte ab, es sei ihr lieber in dem beinahe leeren Raum. Schönes Hotel. Sind gut, diese Glaswände, sagte sie, kannst du draußen alles sehen, aber herein sieht keiner.

Soll dich niemand sehen?

Wie kommst du da drauf?

Du schaust irgendwie gehetzt aus.

Du schaust alt und langsam und langweilig aus. Da ist mir gehetzt lieber.

Ist gefährlich hier, in Linz, oder? Die Zeitungen sind heute wieder voll von dir.

Das bin nicht ich.

Ich hielt die Zeitung hoch, die ich während des Wartens durchgeblättert hatte. Ihr Foto auf Seite eins des Lokalteils, relativ klein. Ich faltete das Blatt zusammen, ein paar Mal, hielt ihr Zeitungsbild neben ihr Gesicht, drehte dann die Seite mit dem Bild in ihre Richtung.

Willst du das abstreiten?

Die da ist fünf Jahre jünger, sagte sie. Ist ein Kind.

Sie hatte recht. Die Person auf dem Foto sah aus wie ein Schulmädchen. Die Person in dem Plüschsessel mir gegenüber sah aus wie eine erwachsene Frau. Wie sie die Beine übereinanderschlug und die engen Hosenbeine den eleganten Bogen ihrer Schenkel betonten. Wie sie die Haare in den Nacken warf, den abgewinkelten Arm über den Kopf hob dabei, ihn einen Augenblick länger als notwendig oben ließ, ein Büschel Haare zwischen die Finger nahm und damit spielte.

Neben ihrem Foto schrieb ein bekannter Schriftsteller eine kurze Glosse über den Fall des untergetauchten Asylantenkinds. Er sah das Zeitalter des Populismus auf seinem Höhepunkt angekommen. Politiker hätten aufgehört, Politik zu machen, sondern schüfen sich, wie in gegenständlichem Falle etwa, Privatbühnen, auf denen sie ihre eigene Profilierung und damit die Chancen auf Wiederwahl zu befördern suchten. Seine eigene Privatbühne, die seriöse Tageszeitung, erwähnte er nicht.

Im Wirtschaftsteil derselben Zeitung gerieten die Redakteure über der Causa Linzer Tabakfabrik in ein Populismus-Dilemma. Sie produzierten ein wenig Entrüstung über den Verlust von Arbeitsplätzen in Oberösterreich. Zugleich kommentierten sie den Umstand, dass die neuen japanischen Eigentümer sich für Hainburg als Schwerpunktstandort entschieden hatten, mit erkennbarer Zufriedenheit. Da es sich um eine Wiener Zeitung mit eher bescheidenem Oberösterreich-Ressort und wahrscheinlich wenigen Lesern in Linz handelte, dominierte die Freude über den Auftrags- und Arbeitsplätzezuwachs im Wien-nahen Niederösterreich.

Ich fragte sie, was los sei. Sie redete herum, dass sie Schwierigkeiten mit der aktuellen Wohnmöglichkeit habe. Und punkto Job laufe auch gerade eine schwierige Phase.

Brauchst du Geld?, fragte ich. Würde das dein Problem lösen?

Lösen? Nein. Aber es würde die Dinge einfacher machen.

Es machte mir Angst, wie sie mich ansah dabei. Weil ich sie begehrte. Nach Jahren der Enthaltsamkeit rührte sich plötzlich etwas. Vergeblich sagte ich mir vor, dass sie ein Kind sei. Sie ist ein Kind. Sie ist ein Kind. Sie ist ein Kind. Sie lümmelte sich seitlich über die hohe Lehne des Sessels, streifte die Schuhe ab und nahm die Füße hoch. Die Wölbung da, das war die Hüfte einer Frau, wenn man darüber striche mit flacher Hand, käme man gleich zum Hintern, auch das eindeutig der Hintern einer Frau. Sie blickte mir in die Augen und fragte, ob es ein Problem für mich wäre, jemand Fremdem Geld zu borgen. Ihr gegenüber sitzend etwas zu fühlen, an Frauenfleisch zu denken, an Düfte von Achsel und Schoß, an Streicheln über zarten Unterarmflaum, löste eine milde Form von Panik aus.

Brauchst du Drogen?, fragte ich.

Sie setzte sich aufrecht hin, schlüpfte in die Schuhe, sah mich böse an und schwieg.

Vor fünfunddreißig Jahren oder mehr hatte da drüben einer meinen Vornamen geschrien, ich war über die Linzer Einkaufsmeile gebummelt, hatte gestoppt und mich umgesehen. Noch einmal schrie jemand meinen Vornamen, ich trat näher, jemand fragte, ob ich Drogen kaufen wollte.

Von dem Platz im hinteren Teil des Cafés, wo ich mit Trixi saß, war nur ein Teil des Schillerparks zu sehen. Die Bänke, auf denen vor dreißig oder vierzig Jahren die Drogenhändler gesessen waren. Der hässliche Reichhold, so hatten ihn alle genannt, Reichhold, der Hässliche. In meiner Erinnerung ist er gar nicht hässlich gewesen. Sein Fehler war, dass er keinen Vater gehabt hatte und seine Mutter die ortsbekannte Trinkerin war. Da kennt das Dorf keine Gnade. Da verzeiht es nichts. Alles, was dem Dorf auffällig wird, ist ihm als Erstes einmal nicht recht. Und was dem Dorf nicht recht ist, reibt es einem unter die Nase, ein Leben lang. Das Dorf vergisst nichts.

In den Jahren, als ich immer nachhaltiger mein Studium abbrach, streunte ich oft tagelang in der Stadt herum, schlug die Zeit irgendwie tot, war um halb neun weggefahren aus der elterlichen Wohnung mit der Angabe, den ganzen Tag an der Universität zu verbringen. Ich schlenderte vorbei am Schillerpark, jemand rief meinen Namen. Ich konnte nicht gleich erkennen, von wo es kam, ein langhaariger verwahrloster Mann unter den anderen Verwahrlosten auf der Parkbank rief meinen Vornamen, sah mich grinsend an, fragte, ob ich einen Trip kaufen wolle.

Reichhold. Zehn Jahre hatte ich ihn nicht gesehen, mindestens. Er war immer allein in der letzten Bank gesessen, alle vier Volksschuljahre lang. Einmal war er einen ganzen Winter hindurch in Holzpantoffeln, wie sie die Bauern grob schnitzen für die Stallarbeit, zum Unterricht gekommen, ohne Socken. Es ist ein schnell Schmerzen bereitendes Schuhwerk, die Sohle aus einem Stück Holz, der Vorfuß über Zehen und dem Rist aus hartem steifen Schweinsleder.

Die Lehrerin fragte ihn ein paar Mal, warum er keine Socken und keine ordentlichen Winterschuhe trage. Reichhold antwortete nicht, trotzig starrte er sie an und schwieg. Gegen Ende des Winters schleppte er jeden Morgen viel Schnee ins Klassenzimmer. Wenn der Schnee nass und pappig wird, bleibt er kleben am groben Holz der Sohle, wir Kinder schlüpften manchmal zum Spaß in solche Pantoffel, wenn sie eine Magd vor dem Haustor hatte stehen lassen, und stapften durch den Matsch, bis der zusammengepresste Schnee an den Sohlen so hoch wurde, dass wir nicht mehr gehen konnten und umkippten. Für Reichhold war es kein Spiel. Wahrscheinlich hatte seine Mutter, die Säuferin, keine Winterstiefel gekauft in der Größe, die er nun gebraucht hätte. Wahrscheinlich hat sie sogar das Geld für Wolle lieber versoffen, als ihm Strümpfe zu stricken, munkelten wir hinter seinem Rücken.

Drei Monate lang kam er in die Klasse mit Klumpen schmelzenden Schnees an den Pantoffeln. Und auch an den Füßen, wenn es Neuschnee gegeben hatte und er bis über die Knöchel darin versunken war. Im überheizten Klassenzimmer wurden seine kalten leichenweißen Füße zuerst blau, dann knallrot. Alle starrten wir die ganze Zeit auf seine Füße. Und auf die Schmelzwasserlache unter der Bank.

Die weichen Mokassins mit garantiert hohem Gehkomfort an meinen Füßen unter dem Kaffeehaustisch fühlten sich plötzlich kalt und schwer an, die Zehen klamm und steif. Blau und rot und klitschnass vom schmelzenden Schnee. So fühlte es sich an, obwohl es ein warmer Septembertag war und die Sonne schien. Ich hatte zu Reichhold auf der Parkbank hinübergewunken damals, halbherzig Zeige- und Mittelfinger gereckt für ein schlampiges Victory-Zeichen und dabei so etwas wie no drugs gemurmelt. Dann war ich schnell weitergegangen, als ich merkte, dass er mit mir reden wollte.

Plötzlich leierte in meinem Kopf die Stimme der Teufelseiche etwas herunter, mit einem bösen, spitzen Klang, der Lustigkeit vortäuschen sollte. Der Alte aus Kanada ist geil wie ein Specht, aber traut sich nicht sagen, was er gern möcht. Und fort fuhr sie in einem obszönen Flüstern: Wenn sie sich die Haare aus dem Gesicht streicht und dabei den Arm über den Kopf hebt, dass du ihre Achselhöhle sehen kannst, glatt und rosig, und einen Hauch von Duft wahrnehmen kannst, nach zartem jungen Menschenfleisch vermischt mit einer Ahnung von Schweiß, dann tut sie das, weil sie will, dass du sie nimmst! Jetzt! Hier! Sofort!

Dass sie ein vollkommen ekelhafter verrückter alter Baum sei, schoss mir durch den Kopf, dass sie aufhören solle. Es könnte aber auch sein, wisperte und zischte die Eiche weiter, dass ihr eine Strähne in die Augenhöhle gefallen ist und die Haare ihren Augapfel gereizt haben, und dass sie deswegen die Haare aus dem Gesicht wischt. Es könnte sein, dass du willst, dass sie so ist, wie du es willst. Es könnte weiters sein, dass sie ein zerbrochenes

Ding ist, das nun in ihrer Unbeholfenheit und Unkenntnis aller Erwachsenendinge ihre Zerbrochenheit zur Verfügung stellt wie Gratiswerkzeug an einer Tankstelle, das jeder benutzen kann, wenn er es braucht. Es könnte sein, dass dies, was du als Locken eines jungen Mädchens siehst, nicht mehr ist als eine aggressive Wehrlosigkeit, mit der sie sich zur Verfügung stellt. Dass dies eine sehr verquere Art von Rache ist, nicht nur an denen, die ihr etwas angetan haben, sondern letztendlich an allem. An der ganzen Welt. Am Leben.

Du weißt das, wenn du ehrlich bist, und trotzdem regt sich endlich wieder was in deiner Hose, nach so langer Zeit, und das willst du dir nicht kaputt machen lassen, und darum ist sie für dich nichts Zerbrochenes, das aus Rache an dieser zerbrechenden Welt sich weiter zerbrechen lässt, weiter und weiter, bis sich alle schämen, genauso unsäglich schämen wie sie selbst es tut, sondern sie ist für dich die Anishinaabe-Jungfrau, die das Streitpferd führt. Aber schau sie an. Schau sie an! Hast du deinen Kohl vergessen? Die Jungfrau, die den Kriegern voranschreitet in die Schlacht, auf dass deren Mut durch ihr bloßes langsames, würdevolles Anwesendsein ins Unermessliche gesteigert wird, die ist bei den Lakota und bei den Anishinaabe in weißes Rehleder gekleidet und hat ihre Haare verhüllt mit rotem Tuch. Und sie? Siehst du etwas Weißes? Siehst du etwas Rotes?

Erzähl mir was von deinen Indianern, sagte sie.

Indianer sagt man nicht, sagte ich. Das ist, als würde ich zu dir Tschuschenmädel sagen.

Ich bin nicht diese Bosnierin.

Albanerin.

Bosnierin oder Albanerin, sagte sie, ist eh alles eins. Ich bin das nicht.

Man sagt nicht Indianer, sagte ich. Der korrekte Ausdruck ist Die Ersten Völker. Oder Erste Menschen. Die Menschen selbst nennen sich dort Die Menschen. Verstehst du?

Nein.

Mein Lieblingsvolk sind die Hasenfellmenschen. Hareskin Dene. Dene heißt Die Menschen. Sahtu Dene sind die Hasenfellmenschen. Git heißt Die Menschen. Git-Xsan sind Die Menschen Am Xsan, am Nebelfluss. Meine Lieblinge, die Hasenfellmenschen, leben aber so weit im Norden, da kommst du mit dem Auto nicht hin. Nur mit dem Flugzeug, und dann mit dem Skidoo oder dem Hundeschlitten.

Ob ich schon bei denen gewesen sei, fragte sie. Ich verneinte, erklärte ihr, dass ich bislang noch keinen Auftrag bekommen hätte, die Hasenfellmenschen betreffend, dass mir also noch keine Zeitung und keine Radiostation die Reise finanziert hätten und dass ich diese enorme Summe aus Eigenem nicht aufbringen könne. Bislang.

Darum sind es deine Lieblinge?, sagte sie. Weil du sie nicht kennst?

Sag mir, was du brauchst, sagte ich ärgerlich. Geld? Ich gebe dir Geld, wenn du es brauchst, und wenn du mir sagst, was dein Problem ist. Sonst nicht.

Hab Schulden beim Crackdealer, sagte sie, seine russischen Freunde machen mir mit der Bohrmaschine in jedes Knie ein Zwölferloch, wenn ich nicht bis übermorgen mit tausend Euro antanze. Sie grinste breit und unverschämt, die Haare fielen ihr wieder über das rechte Auge, sie wischte sie nicht weg, senkte ihren Kopf, dass die Strähnen nun beide Augen bedeckten, beugte sich vor, nahe zu mir, flüsterte mit gekünstelter Heiserkeit. Das glaubst du doch, oder? Und mit unflätig erotischer Kinderstimme: Bitte, bitte, muss unbedingt haben, bitte, gib mir. Dann warf sie den Kopf zurück, die Haare weg von ihrem Gesicht, sie lachte schallend. Hältst du mich wirklich für einen Junkie?

Wir schwiegen, lange. Sie holte ihr Handy heraus und fingerte daran herum. Mein Handy läutete, hörte wieder auf, ehe ich danach greifen konnte. Das war ich, sagte sie. Hab die Nummer nicht unterdrückt. Hast jetzt meine Nummer. Wozu?, fragte ich.

Sie: Damit du siehst, dass ich nicht einfach so abhaue. Damit du weißt, dass die Kohle nur geliehen ist.

Ich nahm die Geldtasche aus der Jacke, legte zwei Zwanzig-Euro-Scheine und einen Zehn-Euro-Schein auf den Tisch. Sie stand auf, nahm die Scheine, steckte sie in eine Gesäßtasche ihrer Jeans und ging. Zwei oder drei Tische weiter drehte sie sich um, winkte zögerlich und sagte ein lautes Danke. Dann huschte sie durch die Glasschiebetüren hinaus in den Schillerpark. Nicht wie eine geschmückte Jungfrau, die ein Kriegsross führt, war sie hinausgeschritten. Sondern klein und ängstlich, sich gleich nach der Tür in alle Richtungen umsehend. Geduckt und zögerlich. Wie die Jungfrau allein im auf der Gischt tanzenden Kanu, das die Krieger an einem langen Seil mit sich führen durch die wilden Katarakte, den Feinden entgegen.

20

Schön und gescheit stelle ich sie mir vor, Procula, die reiche Witwe, heimliche Beherrscherin von Favianis in jenem grausamen Hungerwinter. Procula, was bedeutet Die Geboren Wurde In Väterlicher Abwesenheit, war schlau, als Einzige hatte sie vorgesorgt, nur noch ihre – gut getarnten – Speicher waren voll mit Getreidekörnern und Krügen feinsten Olivenöls, na ja, vielleicht nicht feinstes Öl, aber zumindest unverdorbenes, nicht ranziges, für den Verzehr geeignetes. Wir Heutigen würden sie loben, diese üppige Witwe mit den schweren, lockenden Brüsten, würden ihr hofieren, würden sie umwerben, ihr Mitgliedschaften antragen bei den Gesellschaftsvereinen der Kiwanis-Damen und bei diversen Leading-Ladies-Netzwerken. Denn sie tat, was in unserem Jahrhundert die höchste der Tugenden ist, gerühmt in Hochglanzmagazinen, mit Faszination und Neid zugleich betrachtet von den Prekariaten und Unterschichten: Sie machte Geld. Viel Geld.

Sie ließ die Körner im Speicher und das Öl in den Krügen, saß in ihrer Villa und wartete einfach nur. Dass der Hunger der anderen größer werde, dass die Preise steigen würden, dass die romanischen Mauterner und die in und nahe der Stadt lebenden sesshaften Barbaren sie anflehten, doch ihr Geld zu nehmen. Sie tat nichts anderes, als alle Welt tut heutzutage. Aus vermeintlich unberechenbaren Veränderungen von Rohstoffmärkten satte Gewinne lukrieren. Spekulationsgeschäfte betreiben. Nur übellaunige Kommentatoren und notorische Kritikaster würden sie eine Imperiumsuntergangsgewinnlerin schelten, alle anderen würden ihr bebildertes Privatleben in den Society-Formaten von Presse, Funk und Fernsehen verfolgen, würden ihr die schönsten Seeufer-Grundstücke andienen, würden sie einladen zu Charity-

Events, Männer würden sie beschlafen wollen, Frauen würden sein wollen wie sie.

Eugipp, der Listige, hat einen schönen Namen erfunden für die geizige Schöne. Im Schatzkästlein der katholischen Unterhaltungsliteratur kommt abgesehen von der norischen Witwe nur eine einzige Procula vor, eine prominente Dame, auch wenn sie in den offiziellen Evangelien nicht namentlich erwähnt wird, sondern bloß an einer einzigen Stelle einer apokryphen Heiligen Schrift. In den *Aktae Pilati* nämlich, den Geschichtsverdrehungen eines römischen kaiserlichen Leibgardisten aus dem fünften Jahrhundert, der sie abgeschrieben haben will von einem Pharisäer namens Nikodemus, einem Zeitgenossen Jesu Christi, weshalb wir die Sache kennen als Nikodemus-Evangelium. In diesem Text, der die römische Besatzung Judäas verherrlicht, wie auch sonst, bei diesem Verfasser, und alle Schuld den Juden in die Schuhe schiebt, ist Procula die Ehefrau des Statthalters Pontius Pilatus, die mit dem bösen Traum bezüglich Jesu, man kennt das aus dem Matthäus-Evangelium.

Während Procula aus Jerusalem, die Gattin jenes Römers, der ihren Gott hinrichten ließ, in den Überlieferungen der Christen genauso wegkommt wie Pilatus selbst, nämlich sehr gut, schließlich war man mittlerweile römische Staatsreligion, und wozu hat man denn die Juden, sieht die norische Procula viel schlechter aus. Jene hohe Dame aus Mautern ließ der Heilige Mann öffentlich vorführen, nachdem ihm Gott offenbart hatte, dass die Unwürdige zu Spekulationszwecken Lebensmittel horte. Eine weitere verräterische Passage in Eugipps Text ist das, wie so viele andere. Quam productam in medium, das steht im Original und wird in deutschsprachigen Fassungen eher oberflächlich und damit verschleiernd übersetzt mit: öffentlich vorführen. Doch diese Phrase ist römische Amtssprache, bedeutet so viel wie jemanden von Amts wegen vor eine Behörde schaffen. Wie sollte aber der aus dem Nichts aufgetauchte Niemand Severinus so eine Amtshandlung veranlassen können?

Severinus jedenfalls, der grobe Klotz, schalt die Procula derb in Eugipps Überlieferung. Magd der Begierde und Sklavin des Geizes nannte er sie, jenes Geizes, der nichts anderes sei als Götzendienst. Man merkt, in jenen Zeiten war der Gott des Reichtums noch nicht der Oberste aller Götter. Zumindest nicht in jener Offenheit wie sechzehn Jahrhunderte später. Sie solle ihr Getreide lieber in die Donau schütten als es weiterhin horten, donnerte der edle Amtsträger Roms, selbst so eine absurde Tat wäre noch gottgefälliger, als aus dem Elend und dem Hunger der Mauterner Gewinn zu ziehen zu suchen.

Giese wertet die Ereignisse von Favianis mit großer Selbstverständlichkeit aus der Zeit heraus, in der er seinen Roman geschrieben hat. Die Unruhe, die Hungersnot, das Gezeter und Gestreite um zu Ende gehende Nahrungsmittelvorräte seien Ausdruck tiefgreifender Klassengegensätze, lässt er seinen Icherzähler Severinus sagen. Dann erfindet er der Procula eine über viele Seiten sich erstreckende handlungsreiche Vorgeschichte als Keltin, macht aus ihr eine von der Männerwelt getretene, geschändete und betrogene Frau, was ihre vermeintliche Hartherzigkeit erklären soll. Zuletzt schwärmt Giese von der Alpenländerin Procula und wünscht sich, er könnte von Charme und Temperament der Witwe erzählen, ihre bezaubernde Knusprigkeit beschreiben, dem Severinus ein fleischliches Begehren andichten. Dann aber schickt er Procula resignierend zurück an jene Position, die Frauen immer schon zukam und zukommt in Zeiten des Klassenkampfs: in die zweite Reihe.

Du wirst keinen Gewinn aus deinem Besitz erlangen können, wetterte Severinus in der öffentlichen Versammlung in der immer bedrohlicher werdenden Schlussphase des Mautern'schen Hungerwinters gegen die zitternd vor dem Männertribunal stehende Frau. Bis die Witwe eine große Furcht befiel und sie begann, ihre Vorräte bereitwillig unter den Armen zu verteilen.

Wie Severinus da die hartherzige reiche Witwe zur Mildtätigkeit bewegt, das ist ein sehr katholisches Wunder. Denn es funktioniert nur, indem der Mann Gottes Angst macht. Was ja der Kern des Katholischen ist. Angst. Und das Erzeugen von Angst als Instrument der Manipulation und Beherrschung.

In den Jahren der Pubertät traktierten uns die Zisterzienser im Knabeninternat auf das Perfideste mit diesem ihrem Instrumentarium. Einmal jährlich fanden sogenannte Exerzitien statt, eine ganze Arbeitswoche lang war den Schülern jegliches Sprechen untersagt. Außer in den Unterrichtsstunden natürlich, wenn man gefragt wurde. Während der nachmittäglichen Freistunden herrschte Ausgangssperre, jeder hatte an seinem Platz im Studiersaal zu bleiben und sich mit der Stärkung des Glaubens zu beschäftigen.

Zu diesem Behufe verteilten die Präfekten an die Knaben Heftchen, nicht unähnlich in der Aufmachung den Schundheften mit Akim oder Tibor oder dem Wandelnden Geist, deren Lektüre strengstens verboten war. Nur handelten die dünnen Broschüren mit den vielen Bildern in grellbunten, unecht wirkenden Farben nicht von Helden des Dschungels, sondern von den diversen rühmenswerten Heiligen der Katholischen Kirche. Märtyrer bevorzugt, und da wieder Märtyrerinnen bevorzugt. Auf dass uns deren Duldsamkeit und Opfermut und Unbeirrbarkeit ein Beispiel sein möge.

Was für eine Flut von abwegigen Körperdarstellungen, Verstümmelungen, Misshandlungen da über uns Knaben hereinbrach. Wie sehr sich bei den Dreizehnjährigen und Älteren die kleinen Schwänze regen wollten ob der vielen misshandelten Ärsche und mit Eisenzangen zerquetschten Brüste und sich in höchster Leidenslust windenden halb nackten Leiber beiderlei Geschlechts, erigieren wollten die Pimmelchen und konnten doch nicht wegen der im Falle von unzüchtigen Gedanken, Worten und Werken angedrohten Höllenqualen, und wahrscheinlich weil doch zumindest die kleinen Kinderhirne wahrnahmen, was die quälenslüsternen Ordensmänner nicht wahrhaben wollten. Dass die inbrünstige Betrachtung solcher Bilder und die Lektüre solcher Geschichten abwegig ist und nur dann gottgefällig, wenn der betreffende Gott ein altersgeiler, nur noch schwer zu erregender Lustmolch ist.

Schweigend wie gehorsame kleine Trappisten verschlangen wir die Heiligenschundhefte. Der so gut wie nackte blond gelockte Sebastian mit den Pfeilen in seinen Armen und Oberschenkeln, mindestens so abstoßend wie Billingers Aufgeilen an diesem Opfer der Römer in seinem Pferdefickerdrama *Die Rosse*. Bartholomaeus, der Sohn des Ackermanns, bei lebendigem Leibe gehäutet in Armenien, anschließend das rohe Fleisch, immer noch lebend, kopfüber ans Kreuz geschlagen. Der Heilige Laurentius, jugendlicher Weggefährte von Papst Sixtus dem Zweiten, den Kaiser Valerian enthaupten ließ, Laurentius selbst wurde kurz danach auf Befehl des Kaisers zwischen glühende Metallplatten gelegt und, als kein Schmerzenslaut sich ihm entrang, auf einem gewaltigen Rost zu Tode gebraten.

Alles bebildert, jedes Bildchen eine Momentaufnahme der größten Pein, der unsäglichsten Folterung durch die Heiden. Gar nicht mehr wegschauen wollten wir vom der Heiligen Agatha gewidmeten frommen Bändchen. Der Statthalter Siziliens begehrte die junge Christin, doch sie folgte weder seinem Werben noch opferte sie den heidnischen Götzen, wie vom Kaiser befohlen. Man band sie an eine Säule, riss ihr mit glühenden Zangen die Brüste aus, doch der Herr ließ auf wundersame Weise über Nacht die Verletzungen heilen. In seinem Zorn ließ der Statthalter tags darauf die standhafte Jungfrau entkleiden und auf glühenden Kohlen wälzen, welche mit Glassplittern vermischt waren. Bis kein Wunder mehr half und Agatha, getröstet von Engeln, verstarb.

Den tiefsten Eindruck auf uns Pubertierende hinterließ Afra, die Hure von Nürnberg. Als Heidin von der eigenen Mutter der Venus geweiht, verdiente sie ihren Lebensunterhalt als gewerbsmäßige Dirne. Eine katholische Heldin als Prostituierte! Bis sie einen verfolgten christlichen Bischof in ihrem Haus versteckte und von diesem bekehrt wurde. Und selbst das Martyrium auf sich nahm, an einen Baum gebunden verbrannte man sie und verscharrte ihre Reste auf einer Insel im Lech.

Diese Heftchen mit den Folterbildern, gegen die die grob pixeligen Fotos aus Abu Ghraib nur ein Witz sind, sollten wahrscheinlich unsere jungen Herzen erschauern machen und die inbrünstige Liebe zu Gott und den Heiligen Männern und Frauen befördern. Tatsächlich haben sie in uns Internatszöglingen die Pforten zu den finstersten Winkeln der Knabenseelen einen Spalt weit geöffnet, jene Winkel, wo nackte Leiber zusammengedacht werden mit Folter, Qual, Verletzung. Ein Wunder, dass nicht lauter kleine Fritz Haarmänner aus uns geworden sind. Ich jedenfalls konnte mir ein Leben lang keine Splatterfilme ansehen, und nicht einmal so Banales wie *Scary Movie*. Weil bei jedem Schlitzen von Haut und Platzen von Schädeln etwas Religiöses in mir zu schwingen anfängt, und zugleich eine Höllenangst sich regt, der Ekel vor den perversen Leidzufügungen könnte irgendwann doch noch umschlagen in eine sadistische Lust.

Dieser bipolare Wahnsinn passt gut zu den Zisterziensern, deren Gründer, der Heilige Bernhard aus Clairvaux, ja eine schizoide Persönlichkeit von Gnaden gewesen sein muss. Das umfangreiche Lebenswerk, das er hinterlassen hat, umfasst Tausende Seiten der Verinnerlichung, das Ganze ein stürmisch drängender Appell, nein, kein Appell, es ist ein Locken, ein sanftes Rufen nach den verlorenen Seelen, ein Werben dafür, innezuhalten und einzubiegen in den Pfad der Stille. In den Wäldern wirst du mehr finden als in den Büchern; die Bäume und die Felsen werden dich Dinge lehren, die kein Meister dir sagen kann. Das hat er geschrieben, dieser frühe Softcore-Esoteriker.

Und zugleich hat er allein mit der Kraft seiner flammenden Rede Könige dazu bewogen und Zigtausende junge Männer aufgestachelt, in den Krieg zu ziehen gegen die maurischen Barbaren, ihre Häuser zu verbrennen, ihre Weiber zu schänden, ihre Männer zu töten, so sie sich nicht bekehrten zum rechten Glauben. Er erfand eine wirkungsvolle Waffe: hochgerüstete Kampfmönche, gemäß seines Leitspruchs, nur Krieger im Namen des Christentums seien ehrenwerte Krieger. Zutiefst empfindsamer Mystiker des stillen Waldes und Goebbels des zweiten Kreuzzuges zugleich, das war dieser Bernhard, der von den Wandgemälden lächelte in den Kreuzgängen meiner Kindheit.

Die Ankunft des Heiligen Mannes Severinus in Mautern, jener Stadt, die sein Lebensort werden sollte, endete mit dem nächsten Mirakel, das unmittelbar auf die Bekehrung der Procula folgte. Das sogenannte Eiswunder. Eugipp tut so, als hätten die beiden Wunder nichts zu tun miteinander. In Wahrheit ist das eine ohne das andere undenkbar. Severinus hatte den Bewohnern Favianis' eindringlich ins Gewissen geredet, heilbringende Buße zu tun, um von der verderblichen Hungersnot befreit zu werden. Sie büßten also. Und es wurde ihnen Heil gebracht. Auf einmal trafen Lastkähne voller Lebensmittel in Mautern ein, die wochenlang eingefroren im vereisten Innfluss in Rätien festgehalten gewesen waren.

Es ist ein schleißiges Wunder, die Motive, die hinter ihm stehen, sind allzu durchsichtig. Natürlich hatte der Verwaltungsbeamte Severinus Nachrichten erhalten, dass der Inn frei vom Eise sei, dass die Schiffe Fahrt aufgenommen hätten, dass Rettung bereits unterwegs sei. Dies dann vorherzusagen und die Mauterner sich zerknirschen zu sehen vor lauter Buße, musste ihm ein großes Vergnügen bereitet haben.

Severinus' Kenntnis der Lageberichte seiner Spitzel, Informanten und Zuträger war es wahrscheinlich auch, was die Witwe Procula dazu gebracht hatte, herauszurücken mit ihrem Getreide und Öl. Severinus hatte sich vorgebeugt zu ihr, einen Seitenblick erhaschend auf ihren traumhaft schönen Busen, einen Hauch von Duft ihrer gesalbten Haut erschnuppernd, und hatte ihr etwas ins Ohr geflüstert. Dass er Nachrichten habe aus Rätien. Dass das Eis bräche. Dass Inn und Donau wieder schiffbar seien. Dass die Kähne mit den Nahrungslieferungen nach Wochen in den Häfen von Batavis oder Boiotro bereits auf dem Weg seien.

In diesem Sinne erscheint es auch logisch, dass er sie verspottet, dass er ihr als Erstes nicht Gottes Strafgericht in Aussicht stellt, sondern die Vorhersage abgibt, sie werde mit ihren gespeicherten Rohstoffen in wenigen Tagen schon nichts anderes mehr anfangen können als sie in der demnächst völlig eisfreien Donau zu verklappen. Dies war es, was Procula zur Besinnung kommen und die Lebensmittel verteilen ließ, nicht die Furcht vor dem Zorn Gottes.

Die Mauterner glaubten lieber an Wunder. Sie priesen Gott als Spender der unverhofften Nahrung in unablässiger Andacht. Und sie jubelten dem Severinus zu, dem Knecht Gottes, der durch sein Beten und Bitten die Schiffe vom Eis gelöst und den sicher scheinenden Hungertod abgewendet hatte.

Meine eigene Ankunft in Mautern endete mit einer Enttäuschung. Das Römermuseum war versperrt. Am Eingang zur Römerhalle, in der eine große Hochzeitsgesellschaft feierte, hing eine Hinweistafel. Öffnungszeiten zehn bis zwölf sowie sechzehn bis achtzehn Uhr. Es war kurz nach zwölf. Ich wollte nicht vier Stunden im todlangweiligen Mautern verbringen, sondern beschloss, nach Wien zu fahren, um in der Nationalbibliothek in Kohls *Reise von Linz nach Wien* Einsicht zu nehmen.

Ich fuhr über Tulln, Königstetten und Mauerbach hinauf in den Wienerwald und weiter in die Bundeshauptstadt, aus dem flachen Donauland die Serpentinen hoch durch Buchenwälder. An den uralten Bäumen glühte das Herbstlaub, sehr beeindruckend, fast wie in Quebec und Teilen Ontarios. Nur dass man dort Stunden um Stunden durch die Farbenwirbel des Indianersommers fährt. Hier ist man in fünfzehn Minuten durch.

21

Das Verrücktwerden ist wie eine Feuersbrunst, und das Verrücktsein ist einem ausgebrannten Gebäude ähnlich. Es ist ein geistiger Tod, der für den vernünftigen Zuschauer vielleicht grausenerregend ist, während für den Leidenden selbst die Kämpfe und Wallungen der vorhergehenden Krankheiten viel schrecklicher waren. Diese Krankheiten gleichen chemischen Processen mit gewaltigen Gärungen und Aufregungen, an deren Beendigung sich dann irgendeine kleine fixe Idee, die dann freilich oft nicht mehr wegzubringen ist, als Niederschlag zeigt.

Mit solchen Worten näherte er sich der oberösterreichischen Landeshauptstadt, in seinem Frühwerk über Linz und Wien. Viel dramatischer und auf ein sensationslüsternes Publikum zielender als zwanzig Jahre später in seinen nordamerikanischen Büchern schrieb Johann Georg Kohl über seinen Linz-Besuch anno 1842. Aus seinen Kanada- und Amerika-Schilderungen spricht der abgeklärte Aufklärer, der Rationalist und Humanist. In Linz suchte er das Erschreckende und Aufwühlende, das, was ankommt bei den Lesern, er trieb sich herum bei den Siechen und Irren und unter den Ausgebeuteten der beginnenden Industrialisierung, betrieb Feldforschung in Sachen schöne Linzerinnen.

Und die an Besessenheit grenzende Genauigkeit, mit der er in den Hütten und Zelten rund um den Großen See stets die Sprache im Auge hatte, die ihn ständig Passagen auf Englisch, Französisch und in verschiedenen Alquonkin-Dialekten in das Buch *Kitchi Gami* einbauen ließ, auf dass der Leser die feinen Nuancen bemerke, die bei all ihrer Feinheit doch große Unterschiede markierten, mit dieser Genauigkeit nahm er es in Linz noch nicht genau.

Auf der Pirsch nach der angeblich weltweit gerühmten Schönheit der Linzer Frauenwelt stieß Kohl als Erstes in die Küche des Wirtshauses vor, in dem er Quartier bezogen hatte, seiner rudimentären Schilderung nach muss es sich auf dem heutigen Pfarrplatz befunden haben. Sechs junge Mädchen fand er vor, und eine etwas ältere Frauensperson, die eigentliche Köchin und Lehrerin der anderen. Sie gefiel Kohl am besten, liebevoll beschreibt er ihre lebhaften Linzer Augen und ihren beständig schalkisch lächelnden Linzer Mund.

Die Köchinnen bereiteten Backhühner zu und anschließend die damals schon legendäre Linzer Torte. Johann Georg Kohl, da schon ganz manischer Polyhistor, holte den Notizblock hervor und ließ sich das Rezept vorsagen, wie er sich fast zwei Jahrzehnte später im Detail von einem Ojibbeway-Krieger diktieren ließ, wie man korrekterweise einen Sioux skalpiert.

Der Reiseschriftsteller aus Bremen ließ die schöne Köchin im O-Ton aus seinem Bericht sprechen, lautmalerisch ahmte er ihren Dialekt nach. Na geng'S her, nehmen'S Bichl und schreiben'S auf wos i sog. Zum Linzer Torten nehmts a Butter, flaumig abgrieben, und schüttets in die heiße Kuchenform.

Es hört sich an wie das sogenannte Böhmakeln, seine Angehimmelte dürfte eine Küchenkraft aus dem keine fünfzig Kilometer entfernten Böhmen gewesen sein. Kohl jedoch interpretiert ihre Mundart falsch. Recht hübsch, ganz allerliebst klang in ihrem Munde dieses Linzerische Deutsch, notiert er. Dass ihm, dem gewieften Beobachter, so ein Fehler unterlaufen konnte, dem genauen Chronisten, dem peniblen Aufzeichner von allem, was ihm in die Quere kam, verwunderte mich. Wahrscheinlich ist Kohl erst mit dem Reisen und Schreiben zum rationalen Humanisten geworden, der alles bedenkt und alles mit-denkt, was den Dingen jene Form verliehen haben mag, in der er sie als Beobachter vorfand.

Unentschlossen blätterte ich in dem Büchlein, herausgegeben zu Dresden und Leipzig im Jahre 1842 von der Arnoldschen Buchhandlung. Kohl hatte sich entlang der Donau bewegt über weite Strecken, wie Severinus es getan hatte und ich es tat. Zitables fand sich jedoch kaum. Letzten Endes hatte der Bremer Autor auf seiner hunderttägigen Reise durch die österreichischen Staaten meist nur die Oberflächen beschrieben. Wieso sie so sind wie sie sind, und wodurch sie so geworden sind, hatte ihn, im Gegensatz zu seiner Vorgehensweise Jahrzehnte später bei den Indianern, noch nicht interessiert.

Man durfte in der Nationalbibliothek aus dem Band keine Kopien anfertigen. Ich schrieb ein paar kurze Passagen ab, über die Irren in jenem Klostergebäude, das heute die städtische Musikschule zu Linz beherbergt, und über die Schönheit der Oberösterreicherinnen. Am besten gefiel mir das Motto, das Kohl seinem Buch, das ein Jahr nach seinem Bestseller über Russland und die Ukraine erschienen war, vorangestellt hatte. Er schien am Ende des Werkes, als er den Widmungsspruch erdachte, jene Abgeklärtheit gefunden zu haben, die im Text selbst noch nicht spürbar ist. Er hatte die Niederlage mit *Des Deutschen Mundes Laute* verkraftet. Und er war dabei, den gewaltigen Erfolg seines Russland-Buches zu verkraften, das heute noch Maßstab und Muster für jeden ist, der sich Themen fächerübergreifend nähert. Maßstab sein könnte, leider liest es niemand mehr. Ich mag es, dieses Motto. Gesegnet werde, wer da lobt, gesegnet werde, wer da zischt.

22

Ein sehr leises, kurzes scheues Wiehern kam aus der Hörmuschel meines Handys. Hallo, sagte Bodinger dann, spreche ich mit dem in Oberösterreich weltberühmten Schriftsteller? Ich versuchte zu wiehern als Antwort, es gelang nicht. Wir müssen uns unterhalten, sagte er. Aber nicht am Telefon. Wann hast du Zeit?

Ich wollte übermorgen –

Gut. Komm. Wir müssen reden.

Habe ich – ist es was Ernstes?

Die Schmerzen rund um meinen Brustkorb hatten aufgehört nach der Infusion, bis auf ein unbestimmtes dumpfes Stechen in der Gegend des Brustbeins. Ich hatte die dunkelsten Befürchtungen, die mich jeden Tag gleich nach dem Aufwachen gequält hatten, weggeschoben, hatte mich selbst ausgelacht. Zu Unrecht, wie es schien. Ich hätte es wissen müssen. Irgendwas mit dem Herzen. Oder Krebs.

Na ja, sagte Bodinger, dein Gewicht, und die Blutdruckwerte, und mit dem Cholesterin, das sieht auch nicht gut aus. Aber das sind alles möglicherweise nur Begleiterscheinungen.

Begleiterscheinungen wovon?

Es weist einiges hin auf pathologische Glukosetoleranz. Eine gestörte Glukosetoleranz.

Was bedeutet, dass –?

Du leidest an honigsüßem Durchfluss.

Ich schwieg. Deine Kenntnisse des Altgriechischen sind wohl sehr verblasst, sagte Bodinger, es scheint dir nichts zu sagen.

Richtig.

Diabetes. Mellitus.

Diabetes?

Reg dich nicht auf.

Ich rege mich nicht auf.

Ist nur, wenn man in so einem Fall nur sagen darf, Typ 2. Sieht aus, als wäre es im Anfangsstadium. Lässt sich gut in den Griff kriegen.

Diabetes?

Bloß ein Verdacht. Muss man abklären. Er grunzte ein komisches kleines Lachen, sagte dann, dass wir eben alle älter würden. Du hast das, was man früher einmal Altersdiabetes nannte. Heute nicht mehr. Kriegen schon die Schulkinder, bei all den Hamburgern und Tonnen von Schokolade.

Wir schwiegen. Den oralen Glukose-Toleranztest können wir uns sparen, sagte er dann. Schauen wir gleich ein wenig tiefer. Hast du übermorgen den ganzen Tag Zeit?

Eigentlich wollte ich nach Mautern.

Optimal wäre es, wenn du gleich um halb acht kommen könntest, dann um elf, und dann noch einmal gegen sechs.

Wenn ich umdisponiere auf Passau, dann ist es möglich. Passau zwischen elf und sechs, das geht sich aus.

Er wies mich an, am Morgen unbedingt nüchtern zu kommen. Dann Frühstück wie gehabt, das, was du immer frühstückst. Und vor dem Abendtermin ganz normal Mittagessen, jausnen, so wie immer. Damit wir die korrekten aktuellen Blutzuckerwerte bekommen. Wie lange bist du in Österreich?

Vielleicht noch einen Monat.

Das wird sich nicht ausgehen. Musst du zu deinem Arzt drüben.

Gut.

Also, sagte er nach einer Pause, also. Wir sehen uns. Und legte auf.

Ich saß im Hotelzimmerbett und sah das Bild an der Wand an, eine schlechte Kopie des Kokoschka-Blicks auf Linz. Bilder von Nadeln und Spritzen tauchten vor mir auf, die ich mir für den Rest meines Lebens selbst ins Bauchfleisch rammen würde, und in die Fingerkuppen. Es wollten sich aber kein Erschrecken und keine Düsternis einstellen ob der langweiligen Zukunft, die mir Bodinger offenbart hatte, eine Zukunft voller Rücksichtnahmen und Verzicht und Lästigkeiten. Etwas anderes war in mir. Eine kranke perverse Freude, ja, eine unbändige Heiterkeit anstatt verschatteter Trauerstimmung.

Das, worüber ich mehrmals geschrieben hatte in den vergangenen paar Jahren, über das jedem bekannte, aber von niemandem bekämpfte Phänomen, dass die Menschen der First Nations alle zuckerkrank sind, weil sie sich von ihren Sozialhilfeschecks nichts anderes kaufen können als fette und süße billige Nahrungsmittel, das hatte mich jetzt eingeholt. Jetzt war ich wie sie. War den Menschen, die sich Die Menschen nennen, ähnlich. Kafkas Traum in Erfüllung gegangen. Ich war ein Indianer geworden. Endlich. Unter den Indianern hat jeder meines Alters Diabetes des Typs 2. Wenn Winnetou so alt geworden wäre, wie ich jetzt bin, dann wäre ich jetzt so wie er. Nein, besser. Er wäre wie ich.

Fett und alt und zuckerkrank. Und desillusioniert. Wobei er als Angehöriger des Stammes der Dine, was natürlich Die Menschen heißt, während der Name Apache, den die Amerikaner und Mexikaner ihnen gaben, eine Beleidigung ist, mich bei Weitem übertroffen hätte. Der Dine-Mann Winnetou im Arizona oder New Mexico der zweiten Hälfte des neunzehnten Jahrhunderts wäre mit Sicherheit um ein Vielfaches mehr desillusioniert gewesen als ich. Und zwar nicht wegen Altersdiabetes.

23

Als Kind war es mir nie aufgefallen, auch später nicht wirklich, als ich nur noch gelegentlich zu den üblichen Familienbesuchen gekommen war. Jetzt erst, nach der jahrelangen durchgehenden Abwesenheit, sah ich es. Das Dorf ist ein äußerst hässliches Dorf. Irgendwann einmal, vor den Großen Zeiten, da war es vielleicht ein hübscher Weiler mit einem oder zwei Dutzend Bauernhöfen gewesen, die im richtigen Abstand voneinander zwischen den Feldern und Wiesen standen. Dann aber, als der fette Herrmann Arbeiter brauchte für sein großes Stahlwerk in Linz, bauten sie für diese Arbeiter Wohnhäuser auf die Wiesen zwischen den Höfen.

Zuerst waren es nur nicht mehr benötigte Scheunen, von den Bauern notdürftigst ausgebaut, je ein Stadel oder alter Stall oder gemauerter Wagenschuppen, filetiert in zehn oder zwölf Zimmer-Küche-Wohnungen und an die Arbeiter vermietet. Dann zogen andere Leute, die bald nach dem Krieg schon wieder Geld hatten, neue Mietshäuser hoch, und schließlich war der Ortskern dicht besiedelt. Und hässlich, wie die Nacht finster ist. Da gab es den fetten Herrn Mann lange nicht mehr, aber sein Stahlwerk gab es noch, und dessen Arbeiter und deren Wohnraumbedarf.

Herr Mann, das war der Lieblingswitz meines Vaters. Genau genommen war es gar kein Witz, eher ein kabarettistischer Sketch, den er oft und ausführlich zelebrierte, wenn die Männer anfingen, von den alten Zeiten zu reden. Kommt einer mit einem großen fetten Eber und einer ebenso fetten Muttersau und einer Schar kleiner fetter Ferkelchen. Sagt: Das ist die Familie Mann. Das sind die Kinderchen der Manns, das ist die Frau Mann, und das ist Herr Mann. Da konnte er sich zerkugeln, mein Vater, jedes Mal aufs Neue. Hätten dir die Rübe abgehackt damals unterm Adolf, fügte er jedes Mal hinzu, und dass dies Zeiten gewesen seien, die wir uns gar nicht vorstellen könnten.

Wieder fuhr ich nicht direkt zu ihrem Haus, sondern nahm den Umweg durch das Dorf. Schon als Kind hatte ich nur Scham empfunden, wegen der unbarmherzigen Ärmlichkeit. Im Schritttempo fuhr ich dahin, versuchte, das neue Dorf zu sehen, das sie zum alten dazugebaut haben, und teilweise über das alte drübergebaut haben in den letzten zehn oder zwanzig Jahren. Versuchte, nicht nur das Dumpfe zu sehen, das Miefige, das Zwangausübende. Sondern auch die positiven Seiten. Die gab es möglicherweise, hatte es vielleicht immer schon gegeben. Ich hatte sie jedoch nicht gesehen, weil sie nicht für mich gedacht waren.

Ich hasse das Dorf nicht wegen seiner Kleinheit und Enge und hermetischen Abgeschlossenheit, sagte ich mir, sondern deswegen, weil es mich nicht an sich gedrückt und mich aufgenommen hat in die Enge und mich nicht abgeschnitten und damit geschützt hat vor dem fremden Unbekannten da draußen, und weil es mir die Wärme nicht gegeben hat, die entsteht, wenn es wo eng ist und alle Öffnungen nach außen abgedichtet sind.

Wie ich mich geschämt hatte wegen der Ärmlichkeit. Im katholischen Knabeninternat hatte ich zu verheimlichen versucht, dass mein Vater Maurer gewesen war und meine Mutter Putzfrau. Es wäre nicht zu ertragen gewesen, unter all den Söhnen von Großbauern und Ärzten und Schottergrubenbesitzern. Bis mich dann der Lateinprofessor eines Tages hinausrief vor die Klasse, unangekündigte mündliche Prüfung, dachte ich und begann zu schwitzen. Er hatte jedoch nicht vor, mich abzufragen, er wollte mich demütigen. Was ihm mit ausgezeichnetem Erfolg gelang.

Was mein Vater von Beruf sei, fragte er. Wie es mir zu Hause aufgetragen worden war, antwortete ich auf diese Frage so wie immer mit dem Wort Feuerungstechniker. Musst du nicht unbedingt Maurer sagen, hatten sie mir eingebläut. Immerhin ist er Vorarbeiter. Feuerungstechniker ist rein sachlich genauso richtig wie Maurer. Der Lateinprofessor grinste breit. Er habe meine

Eltern anzurufen versucht, wegen der mir ins Haus stehenden Wiederholungsprüfung. Dabei habe er im Telefonbuch nur einen Anschluss unter meinem Familiennamen gefunden. Da sei aber als Berufsbezeichnung Maurer unter der Namenszeile gestanden. Ob dies mein Vater sei.

Ich schwieg. Er sagte unsere Telefonnummer. Ob dies unsere Nummer sei. Ich nickte. Ob mein Vater Maurer sei, fragte er. Ich nickte. Ob mein Vater möglicherweise ein Roter sei. Ich schwieg, die Klasse wurde unruhig, einige kicherten. Der Professor unternahm nichts, um die Unruhe zu dämpfen, er fragte noch einmal, ob mein Vater Roter sei, wiederholte die Frage mit der Formulierung, ob er Sozi sei. Leise sagte ich, dass ich es nicht wüsste. Daraufhin ließ er mich zurück an meinen Platz gehen und forderte die Klasse zur Ruhe auf.

Der sadistische Lehrer hat mich dazu gebracht, der lateinischen Sprache mit großem Zwiespalt gegenüberzustehen. Zum einen liebe ich sie wegen der Knappheit und Klarheit, mit der sie komplexe Zusammenhänge ausdrücken kann. Immer wenn ich im Reclamheftchen mit der Vita des Heiligen Severinus blättere, zweisprachige Ausgabe, lese ich einen oder zwei Sätze auf der linken Seite in Latein und probiere, ob ich es noch übersetzen kann. Nesciunt facta priorum praeterire cum saeculo. Die Sprache kann nichts dafür, denke ich dann. Doch es ist und bleibt die Sprache der Quäler und Unterdrücker. Die Sprache des sadistischen Feindes. So werden wohl die Rugier empfunden haben, als das römische Reich noch groß und mächtig war und allen Barbaren mit kalter funkelnder Grausamkeit begegnete.

Vorbei im Schritttempo am Bauernhof, wo mein Vater und die anderen Vöestler ihre ersten eigenen Wohnungen selbst ausgebaut hatten; war nicht mehr gewesen als der alte Anbau für das Heu und das Stroh, die Mauern dünn gemauert, die Ziegel nicht verputzt. Die Arbeiter hatten selbst Zwischendecken eingezogen, die Außenmauern isoliert, Zwischenwände aus Zehnerziegeln hochgezogen, dafür zahlten sie im ersten Jahr keine

Miete. Wie klein und leer alles in dieser Welt gewesen war, hatte ich nicht wahrgenommen, solange ich mich ausschließlich in ihr befunden hatte. Alle lebten in winzigen Wohnungen, fast ohne Möbel, auch die Bauern, mit Ausnahme der paar großen, denen der Großteil des Grundes rund um das Dorf gehörte. Deren Wohnungen sahen die Arbeiterkinder und Kleinhäuslerkinder nie von innen, höchstens die hallengroßen Vorhäuser.

Ein seltsames Erlebnis war es für mich, das erste Mal durch die Gegend um Marathon zu fahren, abseits der Seeufer-Idyllen, oder durch die Ortschaften an der Strecke nach Hibbing oder Duluth. Genauso ärmlich wie das Dorf meiner Kindheit sahen die Trailerparks aus, aufgebockte halb abgewrackte Autos vor den verdorrten Rasenflächen, Müll hinter den Häusern. Aber es schien mir dies eine andere Ärmlichkeit zu sein, eine bessere, auf verdrehte Art. Es war eine verschleierte Ärmlichkeit. Die Bewohner dieser bescheidenen Unterkünfte machten sich selbst und den anderen vor, sie hätten es sich selbst ausgesucht, es sei ihre Entscheidung, in einem Holzhaus zu leben, das nicht viel mehr war als eine schlampig gezimmerte Bretterbude, oder in einem Wohnwagen. Dafür aber könnten, nein, dürften sie in dieser grandiosen Natur sein.

Natürlich ist es eine Illusion von einem ärmlichen nordamerikanischen Arkadien in grandioser Landschaft. Überall zerbröckelt gleich alles, wenn man die Decke hochhebt und schaut, was sich darunter befindet. Wie im Uferdörfchen eine Autostunde westlich von Marathon, über das ich in einer Art Heimatbuch für den örtlichen Zeitungsverlag schreiben sollte, genau genommen war es nur eine Broschüre, die einer Jubiläumsausgabe beigelegt wurde. Meine Idee war gewesen, die Leute in den Blockhäusern und Trailern zu fragen, was sie für das Interessanteste hielten, das ihre Heimat vorzuweisen habe, die wichtigste Geschichte, den bedeutsamsten Platz. Und gleich waren sie alle zu einer vor zwölf Jahren geschehenen Begebenheit gekommen, als der Sohn des Tankstellenpächters irre geworden war und eine US-amerikanische Familie gekidnappt hatte, die in einem entlegenen Birkenwald am Lake Superior in einem luxuriösen Wohnwagen campierte, im Wald, nur ein paar Gehminuten entfernt von einem Kiesstrand, den die Einheimischen Muschelbucht nennen.

Die Eltern hatte er gleich erschossen, mit einem Kleinkalibergewehr aus nächster Nähe. Die beiden minderjährigen Töchter hatte er im Wohnwagen versperrt gehalten, an der Flucht gehindert nicht nur durch Hand- und Fußfesseln, sondern auch noch durch eine Kette samt Vorhängeschloss, mit der er die Tür versperrte. Zwei Wochen lang kam er mindestens einmal täglich zu seinen kleinen Gefangenen und missbrauchte sie. Dann erschoss er das jüngere Mädchen, bevor es verhungerte, und hielt die andere eine weitere Woche lang gefangen, ehe er auch sie tötete. Das Monster von der Muschelbucht, so nannten sie ihn.

In der Lokalzeitung war darüber wenig zu finden. Ich nahm die Mühe nicht auf mich, nach Toronto zu fahren und in den Archiven überregionaler Blätter zu suchen. Denn meine Auftraggeber hatten entsetzt meinen Entwurf gelesen, in dem diese Geschichte vorkam, und hatten mir nicht nur mit Kündigung des Auftrags gedroht, sondern auch mit rechtlichen Konsequenzen, falls ich die Geschichte anderweitig publizieren wolle. Wo doch gerade erst Gras über die Sache gewachsen sei. Schließlich sollte das Heimatbuch ja Fremde anlocken, Touristen, Geldablieferer, und nicht sie erschrecken mit Horrorgeschichten.

Sie kam nach unten zum Garagentor, das seit Ewigkeiten nicht mehr geöffnet worden war. Es funktionierte ohne Probleme. Ich musste mich ein wenig gegen ihre Hilfe wehren, sie wollte zumindest eine der Taschen nach oben tragen, wenn sie schon den Koffer und den Rucksack nicht nehmen durfte. In meinem Kinderzimmer, das dann ein paar Jahre lang das Jugendzimmer genannt worden war, hatte sie mein altes Bett mit frisch gewaschener Bettwäsche bezogen. Ich wolle mich sicher erst ausruhen, sagte sie, und ging. An den Türgeräuschen in der Wohnung hörte ich, dass sie zuerst in die Küche ging, dann ins Schlafzimmer. Der kurze Schlaf am frühen Nachmittag.

Ich setzte mich ins Wohnzimmer und drehte den Fernseher an, ohne Ton. In der Aussparung der Wandverbauung, schräg über TV und Stereoanlage, hingen noch immer die alten braunstichigen Fotos in billigen Kunststoffrahmen. Sie mit meinem Vater, als er schon den Stock gebraucht hatte. Ich in verschiedenen Altersstufen zwischen zwei und zwölf Jahren, oder zusammen mit Cousinen und Cousins oder irgendwelchen Kindern aus dem Dorf. Sie und ihre Brüder in Uniformen. Und er. Der Mann mit meinem Namen. Es war der Handzettel, den sie in dieser Gegend bei Begräbnissen verteilen, damit der Verstorbene im Gedächtnis der Begräbnisteilnehmer bleibe, gerahmt hinter Glas. Es kann aber kein Begräbnis im Dorf gegeben haben, wenn er in Detmold draußen liegt, dachte ich, stand auf, betrachtete die Bilder aus der Nähe.

Auf einem stand mein Vater als junger Mann neben einem einfachen Fahrrad. Auf seine Fahrradkünste war er stolz. Jetzt habe ich es, hatte er einmal geschrien, während er in einer Illustrierten gelesen hatte. Ich bin ein Laote! Da steht es! Er zeigte uns den Artikel in der Zeitschrift. In Vietnam und Thailand bezeichnen sie die Laoten als faule und träge Menschen. Weil sie so langsam Fahrrad fahren. Die Laoten sind die langsamsten Radfahrer der Welt. Alle anderen würden bei diesem Tempo schon lange umfallen.

Das gefiel meinem Vater. Als junger Mann hatte er den Rekord im langsamen Radfahren gehalten. Die Burschen steckten eine Strecke von zehn Metern auf der Dorfstraße ab, dann traten sie nacheinander an. Wer am längsten für die zehn Meter brauchte, hatte gewonnen. Wahrscheinlich gilt der Rekord meines Vaters heute noch. Bei Übertragungen von Sechs-Tage-Rennen im Fernsehen wurde er ganz euphorisch, wenn die Fahrer vor irgendwelchen wichtigen Sprints ihre Räder zum Stillstand brachten und versuchten, so lange wie möglich auf einem Fleck stehen zu bleiben. Offensichtlich brachte es beim Sprint Nachteile, wenn man als Erster losfuhr.

Das Rad auf dem Foto hatte an der Nabe des Hinterrads einen riesigen Zahnkranz, von demselben Durchmesser wie der Kranz an der Pedalnabe. Er hatte sich diese Konstruktion in der Werkstatt des Dorfschmieds selbst zusammengeschweißt, die Rücktrittbremse ausgebaut, sodass er mit diesem Rad rückwärts fahren konnte. Damit machte er sich unbesiegbar bei den Langsamradlerrennen. Theoretisch hätte ich damit zehn Stunden auf der Stelle stehen bleiben können, krähte er mit höchstem Vergnügen, wenn er davon erzählte, musste nur immer abwechselnd ein wenig vorwärts treten, dann wieder zurück, mein Rad wippte einfach ein paar Zentimeter vor, ein paar zurück. Und darum bin ich ein Laote!, schrie er dann.

Auf vielen der anderen Fotos war eine Frau abgebildet, die ich nicht kannte. Meine Mutter. Ihre faltige Haut, ihre langsamen Bewegungen, die aussahen, als bereiteten sie ihr Schmerzen, ihr flaches Atmen, das gleichzeitig schwer klang, all das war mir aufgefallen, als sie hinuntergekommen war in die Garage. Auf den Fotos dagegen war eine andere Frau abgebildet, nicht faltig, nicht schmerzensgeplagt, nicht kurzatmig. Ich erkannte sie nicht. Es war eine fremde Frau. Was mich in eine große Distanz brachte zu ihr. Und noch viel größer war die Distanz zu der Abbildung in dem Rahmen mit dem Totenbild.

Die Naziuniform. Die dichten, weich aussehenden Haare, die vollen Lippen, die Augen, die den Betrachter anschauen, als hätte er mit einer unbedachten Äußerung Verletzungen zugefügt. Die floskelhaften Zeilen unter dem Foto. Unvergessen für immer. Fern der Heimat. Unersetzlicher Verlust. Als Kind hatte ich es auswendig gekonnt. Doch eine Sache hatte ich als Kind nicht gesehen auf diesem Bild, etwas, das mich jetzt ansprang, als sei es herausvergrößert aus der Aufnahme, als sei es das eigentlich Abzubildende, dessentwegen das Fotostudio aufgesucht worden war.

Zwei weiße Zacken dicht nebeneinander auf seinem Kragenspiegel. Zwei absolut symmetrische Blitze, die in geringem Abstand vollkommen parallel in Richtung seines Halses sausen. Warum sie nie davon erzählt hatten, war mir klar in diesem Moment. Nicht klar war mir, warum ich selbst es nie gesehen hatte. Seit ich denken kann, hing dieser Totenzettel in der Wohnung, zuerst in der schäbigen kleinen Mietwohnung im Bauernhof, dann im irgendwie verschämt protzenden Neubauwohnzimmer. Ungezählte Male war ich daran vorbeigegangen, hatte das Bild als Kind oft angestarrt, voller Bangigkeit nach dem Beginn der Schulpflicht, als ich endlich lesen konnte, weil unter dem Sterbebildchen dieses Soldaten mein Name stand. Nie hatte ich gesehen, dass auf seinem Uniformkragen die Doppelbuchstaben standen, bei denen die alten Männer im Wirtshaus die Stimme senkten, wenn sie sie aussprachen.

24

Die ersten Seiten des Aufsatzes waren erledigt. Der Sprecher meiner Auftraggeber hatte den Prolog akzeptiert. Er schickte ein Mail ohne Inhalt, in die Betreffzeile schrieb er in Versalien: Weiter so. Mit zwei Rufzeichen. Was mich irritierte. Ein Rufzeichen wäre gut gewesen. Drei Rufzeichen wären sehr gut gewesen, ich hätte sie so interpretiert, dass er den Einstieg in den Aufsatz als außerordentlich gelungen wertete. Aber was soll man von zwei Rufzeichen halten?

Mein Aufsatz begann mit einem Prolog: Heiliger Mann, Politiker, genialer Abwickler einer vom Imperium aufgegebenen Provinz, Beschützer oder zumindest Tröster der Opfer der Abwicklung. Das war Severinus, der Heilige Noricums. Das Imperium Romanum war untergegangen auf eine Art, wie alle Imperien untergehen. So, dass die Bürger des Imperiums nicht wahrnehmen, dass sie soeben untergehen. Was groß und ewig scheint, beginnt irgendwann zu erodieren, man bemerkt den Moment nicht, an dem dies anhebt. Die Erosion verdichtet sich zu dramatischen Ereignissen von weltpolitischer Bedeutung, dann gerinnt der Untergang jedoch wieder zu einem leisen, unscheinbaren Zerbröseln von allem, was festgebaut schien für Jahrtausende. Und wieder bemerkt man den Moment nicht, an dem der Untergang besiegelt ist, erst spätere Historikergenerationen bringen Ordnung hinein, rekonstruieren Abläufe, legen Zusammenhänge bloß, finden Ursachen, beschreiben Wirkungen. Erklären das Unerklärbare.

Wenn weltliche Macht schwindet, sich auflöst, mit unzähligen kleinen Schritten zerrinnt in Bedeutungslosigkeit, können Menschen allem Anschein nach nur von transzendenten Mächten vor dem Versinken in Resignation bewahrt werden. Folgerichtig trat

Severinus, in der ersten Hälfte seines Lebens Mann des Imperium Romanum in den Provinzen an der Donau, in die verbürgte Geschichtsschreibung ein als Mann Gottes.

Die Größe seiner Taten, wären sie bloß jene eines profanen Sterblichen, würde ausreichen, um ihm seinen Platz in der Geschichte zu sichern. Weil sie etwas Größeres sind, nämlich Wundertaten in der Überlieferung des eifrigen Chronisten Eugippius, kommt Severinus ein höherer Rang zu. Der eines Heiligen. Sanctus Severinus, Seher von Noricum, Retter der Romanen, Heimführer der heimatlos Gewordenen.

Seine Geschichte ist das Thema dieses Beitrags, und das Thema der länderübergreifenden großen Ausstellung. Und ob sie will oder nicht, ist die Geschichte des Severinus auch die Geschichte dieses nur vermeintlich aller Geheimnisse baren Landstrichs südlich der Donau zwischen Bayern und Ungarn. Auch sie soll erzählt werden. Und im Idealfall erweitert werden, denn viele schon haben Severinus als Folie benutzt, um die von ihnen als bevorzugt gesehenen Facetten in ein Land hineinzuschreiben: Der fleißige Eugippius, der fromme Peter Dörfler, der elegante Alexander Giese, der kirchentreue Rudolf Zinnhobler, der Perikopenschwindeleien und Legendenbildungen dekonstruierende Friedrich Lotter. Möge der vorliegende Text im Geiste dieser Vorläufer das Thema erweitern und vertiefen!

An das Ende des Prologs setzte ich eine Fußnote, schrieb dazu: Eventuell noch ergänzen mit Lotters Überlegungen über Mirakellegenden. Sprich: Entstehen Heiligenlegenden aus kollektiven Anfällen von übersteigertem Lokalpatriotismus? Oder aus Gründen von Macht- und Herrschaftsverfestigung? Oder aus dem natürlichen Interesse einer homogenen gläubigen Menschengruppe an außergewöhnlichen und anrührenden Vorkommnissen, in denen sich aus den fernsten Vergangenheiten hereinreichende Wünsche und Hoffnungen zu verwirklichen scheinen? Braucht der Mensch überragende Persönlichkeiten, um die ihn und seine Existenz bedrohenden Naturgegebenheiten, Nöte, Gefahren, den Tod oder einfach nur die Ungewissheit über die Zukunft zu überwinden?

Nach dem Prolog stieg ich ein in die Geschichte, indem ich die Erzählerstimme parallel laufen ließ zu den Wegen des Heiligen Mannes, ich begann mit meiner persönlichen Annäherung an die Schauplätze der Severinus-Legende, einfach und klar konstruiert, dem zeitlichen Ablauf folgend, wie Eugipp ihn vorgibt, den einzelnen Kapiteln die Namen jener Orte als Überschriften voransetzend, an denen der Heilige seine Wunder gewirkt hatte.

ASTURIS

Ein Wanderer, der heute, im späten September des Jahres 2007, bloßen Fußes wie der Heilige Mann eineinhalb Jahrtausende vor ihm, nach Asturis hineinschritte, würde nichts finden von Severinus, falls er annähme, es handle sich bei Asturis um Zwentendorf. Und er würde ebenfalls so gut wie nichts finden, wenn er von der Annahme ausginge, es habe sich um Zeiselmauer gehandelt.

Den Spuren des Heiligen folgend, schritt ich hinein in beide Ortschaften in der lieblichen Donauebene Niederösterreichs, nein, ich bin nicht geschritten, ich fuhr mit dem Wagen in die Dörfer. Wie jeder es halten möge, ohne Automobil ist ein soziales Leben nicht möglich in diesen Landschaften.

Und so weiter und so weiter und so weiter, für meinen eigenen Geschmack um eine Spur zu ausführlich beschrieb ich die öden Bundesstraßen und die noch öderen Gemeindestraßen, in die man abzubiegen hat, um die Dörfer zu erreichen, und die öden Bauwerke, die jene Straßen säumen. Und richtete den Fokus auf plausible Gründe, die einen dazu bringen könnten, als Tourist in solche Kaffs zu reisen. Das Ruinenbauwerk des Atomkraftwerks im Falle Zwentendorfs, in jenem Zeiselmauers der Körnerkasten, und natürlich der erhabene Sänger, der von der Vogelweide. So fing mein Aufsatz an über Severinus. Ich habe meine Notizen in meinem einstigen Kinderzimmer in den Laptop getippt, eine Weile herumkorrigiert an den eineinhalb Seiten. Am Morgen habe ich den Text an den Sprecher meiner Auftraggeber gemailt.

Natürlich war das alles gelogen. Das war nicht ich, der das geschrieben hat. Der um ein lächerlich geringes Entgelt zu mietende Auftragsschreiber hat das geschrieben. Der beschriebene ist nicht der wahre Severinus. Weil aber meine Auftraggeber und, wie ich fürchte, auch meine zukünftigen Leser das Nicht-Wahre wollen und das Erlogene, habe ich es gespeichert sowie auf einen USB-Stick und auf den MP3-Player kopiert, den ich immer bei mir führe, damit die Arbeit nicht verloren geht, wenn Einbrecher oder diebisches Reinigungspersonal meinen Laptop entwenden, oder wenn mein Elternhaus, oder das Hotel, in dem ich schlafe, und damit mein Zimmer und meine Habseligkeiten einem Brand zum Opfer fallen.

Eine halbe Stunde nach dem Eintreffen der Mailnachricht des Sprechers meiner Auftraggeber rief er mich am Handy an. Ja. Das trifft es, sagte er. Ja, unbedingt. Nur eine Sache ist da, murmelte er mit einem Hauch von Verlegenheit.

Was?

Zwentendorf ist schlecht. Ganz schlecht. Von der Struktur der Doppelausstellung, also, von den Abläufen her, wie wir uns die Führung der Besucherströme vorstellen, spielt Zwentendorf keine Rolle. Und genau genommen ist auch Zeiselmauer nicht das, was wir uns als primäre Zielgruppenausrichtung vorstellen.

Sondern?

Er machte eine lange Pause. Dann sagte er jovial: Ihr Einstieg ist genial, wenn ich es recht bedenke. Er kicherte aus meiner Handyohrmuschel. Wirklich gut, sagte er, keine Spur von Severin, so hebt das an, und dann kommt aber prallvoll Severin, das nehme ich doch an, oder?, nur Severin, den ganzen Aufsatz lang. Genial.

Danke, sagte ich.

Nur Zwentendorf ist schlecht, sagte er. Setzen Sie diesen Anfang auf Mautern, oder Lorch. Das schaffen Sie doch, oder?

Sicher, sagte ich.

Und noch etwas, sagte er.

Ja?

Ich ist ganz schlecht. Ich sollte nicht vorkommen im Aufsatz.

Er nannte die Auftragsarbeit ständig den Aufsatz, ich habe mich so daran gewöhnt, dass ich es übernommen habe.

Glauben Sie, dass Sie auskommen ohne Ich?, fragte er.

Wer zahlt, schafft an, sagte ich.

25

Gib ihnen Namen. Auf dass sie Fleisch und Blut werden, und nicht nur Konstrukte, vom Konstrukteur entworfen für Zwecke, die er zu verschleiern trachtet. Eugipp nennt Namen, Mamertinus etwa, den Stadtkommandanten von Favianis, der später in der Geschichte noch einmal auftaucht, diesmal als Bischof. Doch diese Militärmänner und Germanenfürsten und kirchlichen Würdenträger, die Eugipp nennt, das sind die falschen zu Benennenden. Es sind die Macher, die Akteure, die Machthaber. Ich will die benennen, die keinerlei Einfluss hatten auf den Lauf der Dinge, den Namenlosen will ich Namen geben, erfundene Namen, aber sie sollen damit Fleisch werden, all jene, die nur zu dulden hatten, was die beschlossen hatten, die einen Namen haben.

Ich versuchte es, ich dachte mir lateinische Namen aus, Quercus, Sagus, Catellus, Laelia, Romina, Lycia, und dachte mir Umstände aus, Leben von kleinen Leuten, Alltage in Provinzkastellen, deren Befestigung immer brüchiger wurde und wo die Reste der Männer, die noch Waffen hatten, die Legionäre also, die immer wieder über Monate keinen Sold erhielten, und ihre Hilfskräfte, Fremde, Ausländer, Söldner, die gegen Geld kämpften, sich nur in höchst eingeschränktem Maße bewegen konnten, wie die Briten und die von den Amerikanern zugekauften Abenteurer der privatisierten Armeen in Basra. Ständig eines gewaltsamen Todes gewärtig, wenn sie sich außerhalb der brüchigen Mauern und der Palisadenzäune begaben.

Ich las Giese, die Passage in seinem Roman, in der Severinus auftritt als gewiefter Militärstratege, der dem Mauterner Kommandanten Mamertinus erklärt, wie er sich mit seinen dreißig Soldaten gegen eine vor den Toren der Stadt lagernde hundertköpfige Räuberbande wehren kann. Benutze die Taktik der Barbaren! Deine Krieger, alles germanische Legionäre, sind diese Kampfesform gewohnt von Kindesbeinen an! Meide die offene Schlacht, lass deine Männer sich anschleichen an die Feinde im Morgengrauen und sie im Schlaf überwältigen! Die kriegsmüden Mauterner winkten ab, da feuerte Severinus sie an. Der Sieg ist unser, denn wir haben Gott auf unserer Seite! Mamertinus hatte damals auf den Zivilisten Severinus gehört und einen grandiosen Erfolg errungen.

Ich überlegte kurz, diese Geschichte wie Giese als plastische realistische Erzählung mit Personen aus Fleisch und Blut niederzuschreiben, mit wüsten Kämpfereien, tollen Jubelszenen in Mautern beim Einzug der Sieger mit Gefangenen und Beute, Bewunderungs- und Dankbarkeitstaumel für den Heiligen Mann. Aber ein Schreiben, das Erfundenes als Geschehenes ausgibt, war mir zuwider. Ich wollte diesen von Eugipp als Wundertat übermittelten Vorfall am liebsten verschweigen. Weil mir mein Ärger in die Quere kam. Immer kam mir alles in die Quere in diesen Tagen der Aufsatzabfassung, in jenem Land, das den verängstigten kleinen Knaben in mir sich regen ließ, er wollte sich um jeden Preis bemerkbar machen mit einem feinen Flirren, als ob ich eine Erdregion mit einer Art von Magnetismus betreten hätte, die anders war als die gewohnte, und darum hatten alle Zellen meines Körpers zu strampeln und haxeln begonnen, um sich neu auszurichten. Der Alte aus Duluth und Hibbing kam mir in die Quere, wie er es den amerikanischen Heuchlern mit einer nur ganz leicht von Wut und Zorn bebenden Stimme entgegengeheult hatte. Ihr mit eurem Gott auf eurer Seite!

Nur dass der blutjunge Bobby Zimmerman reale Personen und Zustände anheulen konnte, damals, in jener Freitagnacht des Jahres 1963 in der Town Hall von New York City, als er seine zornige Klage erstmals der Welt ins Gesicht brüllte, am Todestag des Heiligen Julius, jenes gütigen Papstes, der mit größter Schärfe den Irrglauben der Arianer verfolgt hatte. Während ich nur die Figur einer Heiligenlegende als Gegenüber habe, und deren lügnerischen Chronisten, beide seit eineinhalb Jahrtausenden zu Staub zerfallen. Und nur den Bildschirm meines Laptops verächtlich auslachen kann, wenn der Lügner die Legende sagen lässt, dass die Mauterner Romanen getrost unbewaffnet gegen die germanischen Räuberhorden losziehen könnten und dennoch siegreich heimkehren würden, denn die übermächtige Zahl der Feinde und deren überlegene Bewaffnung brächte diesen nichts, absolut nichts Vorteilhaftes ein. Denn wir Mauterner haben Gott auf unserer Seite!

Der Herr wird für euch kämpfen!, kreischte Severinus auf dem Hauptplatz von Favianis, das zweite Buch Mose zitierend, jenen Moment, als der Überbringer der Gesetzestafeln die Israeliten angeschrien hatte, sie sollten endlich all ihren Mut zusammennehmen und ausziehen aus der ägyptischen Sklaverei, und zwar ohne Furcht, denn sie hätten nicht mehr zu tun als zu schweigen und zuzusehen, wie Gott an ihrer Stelle kämpfen würde. Und siehe da, so wie der Herr die Soldaten des Pharao hatte ersaufen lassen, so ergriff er auch in den Auen und Sümpfen um Favianis das Schwert, Gott metzelte die Barbaren nieder, metaphorisch gesehen natürlich, Gott machte, dass sich das heidnische Gesindel in die ledernen Wickelhosen schiss, nicht seine Schilder und Schwerter und Lanzen packte, widerstandslos sich erschlagen oder gefangen nehmen ließ.

Wie schreibe ich in den Aufsatz, dass es nicht Gottes Werk war, sondern ein politisches Geschäft, das sich da im Schlamm und Dreck vor Mautern abgespielt hatte? Eugippius überliefert es ohnehin, nur interpretiert er es eben nicht als das, was es ist. Der Heilige Mann hatte dem Mamertinus am Ende geraten, das letzte waffenlose Häufchen der Barbaren nicht zu erschlagen, sondern als Gefangene in das Kastell zu bringen. Dann verwöhnte er die sogenannten Räuber mit Speis und Trank und ließ sie frei. Und gab ihnen die Mahnung mit auf den Weg, niemals mehr aus Raubgier nach Favianis zu kommen, ansonsten werde sie das himmlische Strafgericht treffen.

Da steht es ja, bei Eugipp: Die Romanen bekämpften die Barbaren mit ihren eigenen Waffen, sie nahmen Geiseln, und sie gaben sie erst wieder frei, nachdem diese zugesichert hatten, sich weiterer aggressiver Akte zu enthalten. Durch gezielte feindselige Handlungen erzwungene Friedensverhandlungen nennt man das, Waffenstillstandsvereinbarungen, temporäre Friedensverträge. Und Severinus war dabei der Befehlshaber. Der Chronist nennt es lieber ein Wunder.

Wie er auch die Sondierungsgespräche des Rugierkönigs Flaccitheus mit dem Vertreter der römischen Macht zu einem Mirakel macht, und den Heiligen Mann zu einem himmlischen Orakel von so großer Strahlkraft, dass sogar die arianischen Barbaren die Kompetenz der katholischen norischen männlichen Pythia bedingungslos anerkannten.

Das Flaccitheuswunder ist dermaßen platt konstruiert, dass ich es nicht in den Aufsatz nahm. Weil ich es mir nicht hätte verkneifen können, diese Lachhaftigkeit zu kommentieren im offiziellen Aufsatz, und nicht nur im Gegenbericht. Und auch, weil es mir zu mühsam erschien, die Vorgeschichte zu erklären, ohne die jene Passage in der *Vita Sancti Severini* nicht zu verstehen ist. Ich wollte mich einfach nicht mit der Mühe belasten, diese so komplizierte Geschichte kurz, einfach verständlich und auch noch unterhaltsam auszuformulieren.

Gewesen war es so: In den Wirrungen und Verwicklungen des Verschwindens der hunnischen Armeen nach dem Tode Attilas hatte es ständig wechselnde Koalitionen gegeben, kurzlebige Bündnisse, strategische Partnerschaften, deren Partner in kurzer Folge die Fronten wechselten und wieder wechselten und wieder wechselten. Die ihres gottgleichen Führers verlustig gegangenen Hunnen gegen die Germanenstämme, Germanen gegen Germanen, dazwischen die Römer, nein, noch komplizierter, Ostrom, das unter Kaiser Leo dem Ersten ein eigenes intrigantes Spiel trieb, und das italische Rom, dem allmählich dämmerte, dass es dem Ansturm all dieser Goten und Skiren und Heruler nicht würde standhalten können, und das deshalb mit Durchschlängeln durch die Kräfteverhältnisse versuchte, das Endgültige wenn schon nicht abzuwenden, so doch zumindest hinauszuschieben.

Zwei Jahre nach dem Gifttod Attilas hatte sich die Mehrheit der Germanenstämme in der Schlacht an der Nedao im westlichen Ungarn vom Hunnenjoch befreit; nur die Ostgoten hatten sich als Neutrale herausgehalten. Was ihnen den Hass aller Beteiligten eintrug. Vierzehn Jahre später entlud sich dies in einem kurzen heftigen Krieg zwischen den Ostgoten und dem donaugermanischen Bund, der aus Sueben, Sarmaten, Skiren, Gepiden und Rugiern bestand. Ostroms Rolle war dabei eine dunkle, es signalisierte den Donaugermanen Unterstützung, obwohl es formell den Goten nahestand. Was dem Skiren Edeka, dem Vater des Odoaker, den Mut gab, zu einer großen Schlacht gegen die Goten anzutreten am Flüsschen Bolia.

Rot vom Blut der Germanen floss tagelang das Wasser der Bolia, die heute Sárvíz heißt, in der Gegend um Herculia, was beim heutigen Dörfchen Tác liegt, fünfzig Kilometer südlich vom Plattensee. Die Ostgoten besiegten den Donaubund, breit und stark und mächtig saßen sie danach im westlichen Ungarn und im Burgenland und in Teilen Niederösterreichs. Darum hatte Flaccitheus Angst, der Rugier, Beherrscher eines Volkes, das allen Grund hatte, den Hass und die Rachegelüste der Goten zu fürchten. Darum überlegte er, mit seinem ganzen Stamm die Gebiete am nördlichen Donauufer zu verlassen und ins Italische auszuwandern. Als die Ostgoten ihm den Durchmarsch durch ihr besetztes Gebiet nicht gestatteten, war ihm klar, dass die Goten versuchen würden, ihn und die Seinen auszurotten, wenn sich der Rugierstamm ohne gotische Erlaubnis anschicken würde, das nördliche Niederösterreich zu verlassen und gen Süden zu ziehen, unter den Schutz Roms. Darum wandte sich Flaccitheus an den Stellvertreter der Macht Westroms, der ihm nahe war: Severinus. Flaccitheus brauchte nur bei Stein oder Krems die Donau zu überqueren, schon traf er den Heiligen Mann in Mautern.

Das, was Eugipp uns als Wunder andrehen will, war offensichtlich ein Handel zwischen dem Rugierkönig und Rom. Severinus teilte dem Flaccitheus mit, er und sein Volk mögen sich nicht wegbewegen von ihrer Position nördlich der Donau, Rom würde dafür sorgen, dass die Goten ruhig blieben. Umgekehrt verpflichtete sich der ketzerische Arianerfürst, die Romanen nicht anzugreifen. Dann wirst du in deinem Bette friedlich sterben, sicherte Severinus dem Flaccitheus zu; Eugipp nennt es eine Prophezeiung.

Es ist ein langweilig eintöniges Muster. Severinus war im Noricerland die Autorität Roms, der Vertreter der Macht, die zwar am Untergehen war, aber immer noch genug Schlagkraft mobilisieren konnte, dass die Germanen sich fürchteten und auf Verhandlungen setzten. Der Chronist Eugipp preist Wunder um Wunder. Dabei war es nichts als Politik. Ich gab ihnen am Ende doch keine Namen. Namen verändern nichts.

26

Periphere Polyneuropathie, HbA1c-Zielbereiche, Resorptionsverzögerer, Inkretin-Mimetika, Exenatide flirrten in meinem Kopf und machten mich schwindlig. Eine Stunde oder zwei trieb ich mich herum bei verschiedenen Netzdoktoren, nicht auf den ersten Blick erkennbaren Homepages von Pharmafirmen und in Foren von Selbsthilfegruppen. Dann hörte ich auf damit und nahm mir vor, solchen Seiten fernzubleiben. So genau wollte ich es gar nicht wissen. Außerdem misstraue ich Geschriebenem, insbesondere, wenn die Schreibenden Decknamen benutzen.

Von unspezifischen Symptomen las ich, von unkontrollierbarem nächtlichem Wasserlassen, Übelkeit und Muskelkrämpfen, von Messwerten, die Namen trugen wie HbA1c und Nüchternzucker oder Nichtnüchternblutzucker. Ich beobachtete Diskussionen über die Höhe dieser Grenzwerte, die sich in den vergangenen Jahren allem Anschein nach ständig verändert hatten. Die Mehrheit der Diskutanten orientierte sich am aktuell regierenden Imperium, also an den rigiden Vorgaben der großen amerikanischen Versicherungsgesellschaften.

Ich las eindringliche Warnungen vor den schlimmen Nervenschädigungen von peripherer und autonomer Polyneuropathie sowie dem diabetischen Fußsyndrom. Ich las Namen von Medikamenten, die ich noch nie zuvor gehört hatte. Metformin, Insulin-Sentiziser, Sulfonylharnstoff, Glinide, Resorptionsverzögerer, Inkretin-Mimetika, Exenatide, DPP-4-Inhibitoren, Sitaglipin. Ich sah eklige Fotos von Füßen, an denen zwei oder drei Zehen fehlten, die Haut von Vorfuß und Unterschenkel blau und rot und beulig oder geschwärzt und wie angenagt von kleinen Tieren.

Bei den Seiten zum Thema diabetesbedingter ED war meine Schmerzgrenze erreicht. ED, das ist die erektile Dysfunktion.

Das Unvermögen, den Beischlaf befriedigend auszuführen. Der Schlappschwanz. Weil alles wie von Zuckerkristallen überkrustet ist in dem guten Stück, versteift es sich nicht ausreichend oder, wenn doch, für eine zu kurze Dauer. Irgendwo erörterten sie lustvoll die Vor- und Nachteile der unterschiedlichen Behandlungsmöglichkeiten. Die bewährten PDE-5-Hemmer. Die nebenwirkungsarme Vakuumpumpe, mittels derer Blut in den Penis gepumpt wird. Die Penisprothese als der Weisheit letzter Schluss, nicht unumstritten, da bei dieser Methode die Schwellkörper des Originals unwiederbringlich entfernt werden.

Ich trennte die Verbindung zum Netz. Das Gefühl, erdrückt zu werden, war unerträglich. Das Gefühl, an ein Ende gekommen zu sein. Das Gefühl totaler Überforderung, weil eine unheimliche neue Welt sich aufgetan hatte für einen Augenblick, eine Welt mit einer eigenen Sprache, eigenen Verhaltenskodizes, eigenen Gesetzen, eigenen Hierarchien. Eine eigene Religion, mit Fundamentalisten, Päpsten, Abweichlern, Häretikern. Und natürlich mit Verschwörungstheorien. Bodinger gab mir recht, Tage später. Halte dich fern vom Internet, wenn es um Krankheiten geht, grinste er. Es verstört dich nur.

27

Ein sehr seltsames Gefühl war es, im Kinderzimmer zu sitzen, an dem Tisch, wo ich die Hausaufgaben gemacht hatte, vor mir der Jugendzimmerwandverbau, hinter mir das alte, schmale Bett. Oder nachts ins Wohnzimmer zu gehen, sobald sie schlief, fernzusehen, bei niedriger Lautstärke, wie damals, um sie nicht zu stören. An der anderen Seite der Wand, an der das TV-Gerät stand, war gleich das Elternschlafzimmer. Der alte Globus in der Vitrine, kurze Zeit war er von innen zu beleuchten gewesen. Bei abgeschaltetem Licht sah man das geografische Bild der Erdkugel, bei eingeschaltetem das politische. Viele Staaten, die da verzeichnet waren, gab es nicht mehr, dafür viele neue, die damals nicht existiert hatten. Man konnte die alte Welteinteilung auf dem Familienglobus jedoch nicht betrachten. Die Lampe war nach einem halben Jahr schon kaputt gegangen und ließ sich nicht mehr reparieren.

Der Schulatlas im Bücherregal. Als Kind, kaum des Lesens kundig, war ich lange über den bunten Seiten gesessen und hatte meine kleinen Streifzüge durch die heimatliche Geografie ausgedehnt und ausgeweitet auf mehr, immer mehr. Immer hatte ich nur weggewollt. Die real vorgenommenen Bewegungen weg vom Dorf waren nur ganz kleine gewesen, sommerliche Ausflüge von der fliegenden Brücke in Ottensheim bis zum Ofenwasser an der Gemeindegrenze zu Alkoven. In der imaginierten Welt des Schulatlas waren es größere Streifzüge gewesen, auf der Seite mit dem Bezirk Linz-Land setzte ich den Finger auf Linz und fuhr langsam nach Osten, Enns, in der Gegenrichtung Kirchberg/Thening, dann die Oberösterreichkarte, Grein, Saxen, alles auf der anderen Seite der Donau, das war am weitesten im Osten. Und in der Gegenrichtung Passau, Braunau, St. Pantaleon.

Und ich reiste mit der Fingerkuppe in unbekannte Orte auf der Atlasseite Österreich, und in immer unbekanntere, je größer der Maßstab wurde. Dann schaffte mein Vater zugleich mit seinem ersten Auto, ein Audi war es gewesen, einen Autoatlas an, Shell, Europa, und auf einmal öffnete sich eine neue Welt, eine ungleich befriedigendere. Denn hier hatten plötzlich die Straßen Namen, Namen, die ich kannte. Gleich neben dem Ortsende-Schild draußen beim Lagerhaus stand die blaue Tafel mit der Bezeichnung B 129. Im Autoatlas hatte die Straße zwei Namen, B 129 und E 5, Bundesstraße 129 und Europastraße fünf.

Im Dorf hatte sie einen dritten Namen. Nibelungenstraße. Hier sei Herr Hagen vorbeigezogen, raunte der Volksschuldirektor, eigentlich Beschützer, in Wahrheit aber auserwähltes Opfer der vor Rachedurst bebenden Kriemhild auf ihrem Weg zum hunnischen Brautgemach in Bechelarn. Sie passierten Eferding, das sei verbürgt, wie auch der eine Nacht währende Zwischenaufenthalt der blutjungen Sisi in Gstocket verbürgt sei, das bayerische Prinzesschen hat eine Nacht lang geschlafen im gräflichen Anwesen in den Donauauen, Sisi der Wildfang, auf ihrer Schiffsreise die Donau hinab zum kaiserlichen Brautgemach zu Wien.

Die Nibelungenstraße interessierte mich als solche damals nicht, denn sie bog in Passau ab und führte nach Norden, in Orte mit langweiligen Namen, Weiden, Cham, Hof. Jahre später saß ich auf der Hertie-Mauer in Weiden und versuchte vergeblich, von den ortsansässigen Gammlern Haschisch zu kaufen, und ich sah mich bestätigt. Der Ort war so langweilig, wie er geklungen hatte.

Als Kind setzte ich den Finger im Autoatlas auf den Namen des Dorfes und fuhr die Europastraße fünf auf und ab, bis ans Meer im Westen, bis ans Meer im Osten. Damals führte die E5 noch von Istanbul nach Amsterdam. Stundenlang zog ich den Straßenverlauf nach, immer wieder, ein gewaltiges Hin und Her über den ganzen Kontinent, und flüsterte dabei die Städtenamen, die ich passierte. Heute weiß ich, dass es ein ungeheurer Welt-

Mangel gewesen war, der mich den Finger über das kartografierte Shell-Europa hatte schieben lassen, Amsterdam, Istanbul, immer wieder. Und noch etwas weiß ich heute. Ich bin leibhaftig in Amsterdam gewesen, und in Istanbul, doch der Welt-Mangel hat deswegen nicht abgenommen.

Der Wunsch nach dem Wegsein war so stark, dass ich mich einmal wöchentlich in Träumereien verlor, deren Auslöser die Rückseiten der Totoscheine waren. Der Vater füllte ein paar Kolonnen aus, zuvor las er die Kurzbeschreibungen der zur Bewertung anstehenden Spiele laut vor, dann ließ er mich eine Kolonne tippen. Sein Vorlesen entfachte eine starke Sehnsucht von jener Art, die nur deswegen entsteht, weil sie nicht zu erfüllen ist. Diese Städtenamen! Liverpool. Madrid. Manchester. Lissabon. Barcelona. Moskau. Es war wie eine Bestätigung, dass es eine große, spannende, glänzende Welt da draußen geben musste. Dort hatte alles klingende Namen, war aufregend, groß und weit und bedeutsam.

War anders als in dem kleinen, engen, schäbigen Dorf. Dort draußen muffelte es nicht aus allen Ecken und Enden, hatte nicht der Großbauer das Sagen, verhörte nicht der Pfarrer am Montag in der Religionsstunde jedes einzelne Volksschulkind, ob es am Sonntag in der Messe gewesen war. Dort schlichen nicht die Hilfsarbeiter geduckt wie getretene Hunde zum Schichtbus, dort durften die Gendarmen nicht Reichhold, den unehelichen Sohn der Säuferin, ungestraft ohrfeigen, wenn sie ihn nachts allein erwischten. Hockten die kleinen Bauern nicht verhärmt und trotzig auf den Traktoren, zornig und zutiefst gekränkt und geängstigt von den mit Kreisky anbrechenden neuen Zeiten.

Zurückgekehrt in die elterliche Wohnung, die Abende auf der Couch meiner Mutter verbringend, sah ich wieder viel zu viel fern. Und fühlte mich bei den Nachrichtensendungen zurück gezappt in dieses Siebziger-Jahre-Dorf, nur dass diesmal ganz Österreich zum Dorf geworden war. Wenn die schmallippigen, kleinkrämerischen Politsprech absondernden Männer, immer waren es nur Männer, die so wortreich das Kleine, das Enge, das Xenophobe beschworen, auftauchten, dann dachte ich, Scheiße, es ist wieder so, wie es im Dorf war. Alle waren zufrieden mit dem, was war, und hatten eine Höllenangst vor allem, was anders war.

Alles, was nicht Dorf war, was nicht durch die bloße Tatsache des seit Generationen hier Beheimatetseins seine Daseinsberechtigung belegen konnte, war nicht wirklich existent. Zählte nicht. Hatte hier nichts zu suchen, weil es hier nichts verloren hatte. Da genügte ein weißer Kopfverband nach einer Schädeloperation im neurologischen Krankenhaus zu Linz, um aus einem eigentlich Eingesessenen einen Fremden zu machen, dem die Dorfbuben nachliefen, um ihn als Idioten aus Niedernhart zu verhöhnen. Alles Fremde verunsicherte. Machte Angst. Bedrohte. Gefährdete das Gegebene, das Alteingesessene, das Biertischdunstige, das Sicherheitssüchtige.

Die verstörten und in ihrer nackten Existenz bedrohten Menschen in Favianis und Iuvao und Lauriacum und Comagenis, die hatten einleuchtende Gründe, alles in Kauf zu nehmen für einen Hauch von Sicherheit, schrieb ich in mein Notizheft. Aber warum lassen die heutigen Mauterner und Salzburger und Lorcher und Tullner zu, dass in diesem einzigen großen, muffeligen Dorf Österreich der Bürgermeister und der Pfarrer und die diversen Vereinsobmänner und natürlich die Klatschtanten beim Bäcker und beim Nah-und-Frisch-Markt und die Frau Lehrer und, nicht zu vergessen, der Dorfgendarm alles an sich reißen und alles so flach und überschaubar wie möglich halten?

Ich markierte die Passage mit einem dicken Strich an der linken Seite, schrieb darunter: Keine Chance für den Aufsatz. Bring es unter im Gegenbericht! Dann strich ich die Anmerkung gleich wieder durch. Ein derartiger Gegenbericht wird keine Öffentlichkeit finden. Das Dorf als einengender Schauplatz von Unterdrückung und Kontrolle ist ein abgelutschter und aus der Mode gekommener literarischer Ort. Denk dir lieber etwas aus, das Fingerreisen im Atlas und Fußball mit Sisi und Kriemhild zusammenbringt, das mag das Feuilleton.

28

Wo mag dieser Burgus sein? Viele haben gesucht, niemand hat gefunden. Ich war in Mautern, das Museum war geöffnet, einen ganzen Tag lang hatte ich mir Zeit genommen. Ich suchte den Burgus nicht, die Einsiedlerklause des Severinus. Es interessierte mich nicht. Die angebliche Klostergründung des angeblichen Wundertäters Severinus in Favianis, Mautern, ist nichts anderes als ein regionales Beispiel für das, was die römische Kirche im gesamten Imperium tat in jenen bewegten Jahren. Sie versuchte, das Untergehen des Staatswesens, das sie für ihren Aufstieg benutzt hatte, unbeschadet zu überstehen. Und zwar dadurch, dass sie die Agenden und Aufgaben dieses Staatswesens übernahm und damit dessen Macht. Was Eugipp ein Kloster nennt, das der Laie Severinus in Mautern gegründet hatte, war in Wahrheit das informelle Zentrum der norischen Verwaltung und Politik und Diplomatie, das im Gegensatz zu den römischen Strukturen, die in unaufhaltsamer Auflösung begriffen waren, noch einigermaßen funktionierte.

Darum wohl ist der Bericht von dieser Mauterner Klostergründung in Eugipps Erzählung nur eine einzige Zeile lang. Er fügte sich den Befehlen Gottes und errichtete nicht weit von der Stadt entfernt ein Kloster. Das ist es. Interpreten haben sich mit dieser Sache immer schwer getan, weil sie Fragen aufwirft. Vor allem die eine: Wie konnte ein Mann, der weder geweihter Priester noch Mönch war, ein Kloster gründen, Mönche um sich sammeln, den Amtsträgern der offiziellen römischen Kirche Anweisungen erteilen, den ihm untergebenen Klosterbrüdern eine Art Ordensregel geben?

Ich hielt mich nur kurz auf im Römermuseum von Mautern. Die Überfülle von Vasen und Schalen und von Rost überzogenen

Messerklingen und Schwertklingen ermüdete mich umgehend. Auf den Tafeln waren die Hinweise zum Heiligen Mann eher spärlich. Ich fragte die Dame an der Kasse, ob man hier in Mautern eine Vorstellung habe, wo sich die Einsiedelei des Severinus befunden habe. Sie verwies mich an die bei ihr erhältlichen Bücher und Broschüren, darin könne ich eventuell etwas finden. Draußen blieb ich eine Weile stehen vor einem Eisengatter, das den Weg versperrte. Am wasserfleckigen Verputz der Mauer daneben hing eine Mönchskutte, aus Kupfer geformt, voller Grünspan, wie wenn der Inhaber dieser Kutte sie an einen Haken gehängt hätte vor der Bettruhe. Daneben lehnte ein Pilgerstab an der Wand, ebenso Kupfer, wie auch eine Bibel, die seitlich an einen großen quadratischen Stein geschraubt war.

In der fleckigen Mauer war eine Reihe von Blindfenstern eingelassen, ausgekleidet mit weißen Steinplatten, die rötliche eingemeißelte Inschriften trugen. Noch bist du in schäbiges Fell gehüllt, aber bald wirst du viele Leute reich beschenken. Das hatte der Heilige Mann dem Odoaker prophezeit, dem späteren ersten germanischen Cäsar, hier in Mautern. Lasst die herein, denen ein Bär den Weg gewiesen hat, stand in einem anderen Fenster. Das Bärenwunder. Ein Kleidertransport aus Binnennoricum, also aus Kärnten, war in den tief verschneiten Alpen stecken geblieben, die Ufernoriker drohten zu erfrieren. Severinus aber tröstete; ein wildes Tier werde auf Geheiß Gottes Rettung bringen, sagte er voraus. Und siehe da: Die Lastenträger sahen einen mächtigen Bären, der sich eine breite Spur bahnte durch die ungeheuren Schneemassen in Richtung Norden. Sie nutzten den vom Bären ausgetretenen Weg als Saumpfad, unbeirrt stapfte das Tier ihnen voran über die Alpenpässe, und hinunter zur Donau, bis vor die Pforte des Klosters zu Mautern, besagt die Legende.

Eigentlich wollte Severinus ein beschauliches Einsiedlerleben in den Weinbergen bei Mautern führen, berichtet Eugipp, und deutet einmal mehr an, dass der Heilige Mann dies bei den Einsiedlermönchen im Nahen Osten gelernt habe. Welche kurze

Information feurige Diskussionen um den Seher von Noricum und seine Herkunft über die Jahrzehnte, wenn nicht Jahrhunderte entfacht hat.

Ich hielt mich an Lotter. Seine Version war mir die sympathischste. Er zog in seinen hochlöblichen Forschungen bislang unbeachtete Quellen zu Rate und fand Erstaunliches. Etwa die Vita des Mönchs Antonius von Lerins, die der adelige Bischof von Pavia, Magnus Felix Ennodius, ein Zeitgenosse des Eugipp, verfasst hat. Darin kommt auch ein Severinus vor, ein illustrissimus vir, ein sehr angesehner Mann, ein Titel, der dazumals den Inhabern höchster Reichs- und Hofämter vorbehalten war.

In den Wirren um gestürzte Cäsaren und den Abwehrkampf gegen Vandalen und Goten im Gallien der Zeit um 460 nach Christi Geburt taucht dieser Flavius Severinus auf, ein hoher Soldat, ein Heerführer, ein militärischer Beschützer von Provinzen, unter anderem Noricums. Ein römischer Herrenmensch, der die ostalpinen Provinzen zurückerobert hatte. Ein charismatischer Führer, der die Truppen der donaugermanischen Barbaren dazu gebracht hatte, sich seinem Heer anzuschließen und so die Herrschaft von Kaiser Flavius Iulius Valerius Maiorianus noch einmal zu verfestigen. Und der schließlich zum Konsul ernannt wurde.

Diesen Severinus will ich als den norischen ansehen, auch wenn die sogenannte Fachwelt Lotters Theorie weitgehend abgelehnt hat. Es ist vorstellbar, dass dieser Machtmensch und Konsul Severinus nach dem Sturz des Maiorianus im Jahre 461 flüchten musste, nach Ägypten ging, oder auf den Sinai, dass er dort, müde und überdrüssig des Imperiumswirrwarrs, sich zurückzog in die absolute Einsamkeit, wie er sie abgeschaut hatte von den Anachoreten der Wüstensteppen und vorderorientalischen Gebirge.

Dies würde erklären, dass er, nach Jahren in der inneren Emigration, zurückkehrte mit Auftreten, Gehabe und Kleidung eines asketischen Mönchleins, dass aber alle und alles in den Donauprovinzen das Haupt neigte vor ihm, Freund wie Feind, da sie ihn ja kannten als den einstigen Konsul und Heerführer. Es würde jene lächerliche Geschichte Eugipps plausibel machen, die in die Literatur eingegangen ist als Primenius-Episode.

Als Odoaker den Orestes ermordet hatte, den Vater des letzten weströmischen Kaisers und Freund des Severinus, war der Presbyter Primenius, ein väterlicher Freund des Orest, vor dem Skiren aus Ravenna zum Heiligen Mann nach Mautern geflohen. Er hatte, wie so viele, den Seher Noricums nach dessen Herkunft befragt. Worauf Severinus die Antwort gegeben hatte, es nütze einem Diener Gottes nichts, über seine Heimat und seine Familie zu reden, ein Diener Gottes solle vielmehr durch Schweigen dem Laster übler Prahlsucht entgehen.

Dabei schildert Eugipp den Severinus als zerlumpten Asketen in abgerissener, stinkender Kleidung. Eugipp lügt, immer und überall, auch in diesem Falle. Ich bin überzeugt davon, dass Severinus geduftet hat nach Lavendel. Das Duftkraut hat seinen Namen nach dem Brauch der Römer, die ihre Kleider mit Lavendel gewaschen haben. Lavendel, lavare, waschen. Nicht die Römer – die vornehmen Römer behandelten ihre Wäsche auf diese Art. Und sie haben sie nicht behandelt, sondern sie haben sie behandeln lassen vom Personal.

Nur einen halben Tag verbrachte ich auf den Spuren der Römer in Mautern. Ich stand vor der Mauer, die längste erhaltene Befestigungsmauer, und fotografierte mich selbst mit dem Handy. Kurz hatte ich gezögert, den Rasen zu betreten, er sah aus, als sei dies verboten. Aus der Römerhalle oben traten dauernd Menschen ins Freie, um eine Zigarette zu rauchen, sie standen auf dem hölzernen Übergang und blickten missmutig auf mich hinab, als ich durch das gepflegte Gras stapfte. Den Burgus, die Cellula des Severinus suchte ich nicht, wie gesagt. Es lohnte nicht.

Möglicherweise hat sie Eugipp nur erfunden. An einen abgeschiedenen Ort namens Ad Vineas habe sich der Heilige Mann zurückgezogen, An den Weinbergen, in eine Cellula, eine winzige Klause, die die Anrainer Burgus nannten, den Wachturm.

Ich weiß nicht, ob es damals Weinberge gab südlich der Donau. Denn Eugipp betont immer wieder, wie rau das Klima in Noricum gewesen sei. Er tut es, um die asketische Tat des Barfußlaufens seines Heiligen zu rühmen. Dauernd ist von der zugefrorenen Donau die Rede, was die Nachschublieferungen blockierte und was es den Barbaren aus dem rugischen Reich im Norden ermöglichte, leicht und ungehindert den Strom zu überqueren bei ihren Raubzügen und Geiselnahmen. Ich selbst habe in einem halben Jahrhundert an der Donau nur einen Winter erlebt, der so streng war, dass ein paar Verrückte in Linz, oberhalb der Nibelungenbrücke, den fast völlig zugefrorenen Fluss mit Langlaufskiern überquerten.

Ich vermute, dass der Rückzug des überforderten und gestressten Politikers und Militärmannes in die einsame Zelle draußen zwischen den Weinreben ein Symptom dessen war, was man heutzutage Burn-out-Syndrom nennt, mit dem dieser allzu umtriebige, allzu sehr sich aufopfernde Retter der Welt, oder zumindest Retter Ufernoricums, ständig zu kämpfen hatte. Wahrscheinlich waren auch die bei Eugipp im Dunkel bleibenden Jahre des Heiligen Mannes in Afrika, während derer er sein Erweckungserlebnis in den Asketenklausen gehabt haben soll, so eine mehrjährige Chill-out-Phase gewesen. Was erklären würde, dass Severinus nach dem Ende dieser mönchischen Jahre keinen Wert darauf legte, zum Mönch geweiht zu werden oder zu irgendeiner anderen Form von Priesterschaft. Laienbruder war der Heilige Mann, sein Leben lang.

Ich wäre an seiner Stelle im Weingarten geblieben, in jenem kargen quadratischen Wachturm namens Burgus. In meiner Zeit gab es nichts, für das es sich gelohnt hätte aufzubrechen, barfuß sommers wie winters, und sich Zaubertricks auszudenken und diplomatische Finten und komplexe Verwaltungsakte als Offenbarungen Gottes zu tarnen. Nichts musste gerettet werden.

Mein Land will nicht gerettet werden. Es ist schon lange kein Imperium mehr. Meine Eltern waren noch Untertanen eines Imperiums gewesen, des ultimativen in seinem Selbstverständnis, dem morgen schon die ganze Welt gehören sollte. Deren Eltern waren Untertanen der von Generation zu Generation rapider verblödenden Imperatoren gewesen, in deren Reich einst die Sonne nie untergegangen war. Ich bin Untertan eines kleinen verzagten mieselsüchtigen Gendarmenlands. Und der Machtblock, dem es sich zugehörig fühlt, leidet an imperialer Überdehnung. Er hat begonnen unterzugehen, bemerkt es jedoch noch nicht. Er ist bereits des wesentlichen Merkmals verlustig gegangen, das ein Imperium ausmacht: der Kraft, jedes andere Staatswesen nach seinem eigenen Vorbild zu formen. Dieses Imperium, in dem das rote Leuchten der Raketen in der Nacht und das Bersten der Bomben bekunden, dass die Flagge noch da ist, hat begonnen, sein eigenes Wesen anzupassen an das Andere, das Fremde, das es bekämpft mit so großem Aufwand und so geringem Erfolg. Wie die Hunnen und die Goten und die Alemannen und die Rugier das Imperium Romanum zwangen, nach ihren Spielregeln zu spielen, so bringen die Gotteskrieger aus dem Osten das Imperium des Ritters Georg mit dem Doppel-U dazu, sich zu verändern nach ihrem Wunsch und ihrem Vorbild.

Vor dem Restaurant namens Römerhalle las ich die ausgehängte Speisekarte. Unter dem Titel Tagesangebot stand Suppe à la carte, Hausg'röstl mit Spiegelei und gemischtem Salat. Darunter wurde auf eine Spezialität des Hauses hingewiesen. Täglich frisch zubereitet werde ein Menü aus der Glyx-Diät. Wie originell. Glücks-Diät! Marktschreierisch stand da handschriftlich: In der Römerhalle wird nach dem glykämischen Index gekocht, der kohlehydrathaltige Lebensmittel nach ihrer Wirksamkeit auf den Blutzuckerspiegel untersucht. Dies bringt unseren Gästen weniger Risiko auf Übergewicht, koronare Herzkrankheiten und Diabetes! Das Glyx-Menü des Tages bestand aus Rucolatascherl auf Gorgonzolacreme.

Ich entschloss mich, die Rucolataschen zu versuchen. Eine junge Frau an einem Empfangspult gleich nach dem Eingang bedauerte. Das Glyx-Menü sei heute schon aus. Also spazierte ich kurz in das Unterholz jenseits der Bundesstraße, gleich gegenüber dem großen Parkplatz, in Richtung Donau. Ich überlegte, rund um Mautern zu wandern, außen herum, und mir dabei an mehreren passenden Stellen vorzustellen, dieser Wiesenfleck sei die Stelle, wo die abziehenden Romanen damals den Severinus ausgegraben hatten. Und die schönste dieser Stellen würde ich dann im Aufsatz ausführlicher beschreiben, anschließend den Spaziergang in den Ort hinein, und dann würde ich mich ein wenig über die Gastronomie und die Nächtigungsmöglichkeiten Mauterns auslassen. Mindestens eine Nächtigung in Mautern würde ich den Lesern des Katalogs zu Doppellandesausstellung empfehlen, das brauche es, um Favianis gerecht zu werden, dem Hauptort der Severinus-Verehrung. Ich ließ es bleiben. Nur Ödland rund um Mautern, nichts, das sich als Einstieg in tourismusfördernde Abschweifungen geeignet hätte.

29

Mishi Bizhi Trixi bat nicht, sie ordnete an. Abholen in Aschach, so bald wie nur möglich. In einer Stunde, sagte ich. Gut, sagte sie. Und dass ich gegenüber diesen riesigen Raiffeisentürmen in der Wiese zwischen Bundesstraße und Donau anhalten sollte, kurz vor Aschach, wenn man von Linz kommt, sie würde dann gleich da sein. Es ist eine Rapsölanlage, sie machen Diesel aus Pflanzen, sagte ich, sie ignorierte mich. Du kriegst dein Geld zurück, sagte sie, wiederholte Zeit und Ort und legte auf.

Sie kam aus den struppigen dreckigen Büschen am Zaun der Rapsölanlage gesprungen, mehr denn je sah sie aus wie ein Luchs, aber ein abgemagerter, räudiger, einer, der seinen Kampf um ein bisschen nackte bloße Existenz schon verloren hat und nur noch weiterläuft, weil noch nicht alle Energie verbraucht ist. Sie sprang in den Beifahrersitz, krümmte sich irgendwie unnatürlich zusammen. Dreckig und abgerissen schien alles an ihr, obwohl ihre Kleider sauber waren.

Gehetzt. Geduckt. Nur ihre Augen, in denen war das Wilde. Deine Nscho-Tschi-Träumerei geht mit dir durch, dachte ich, in Nordamerika drüben faszinieren dich die Indianer, weil sie dir das bieten, was du selbst nicht bist, Wildheit, das Ungestüme, Ungeschlachtheit, Rohheit. Das Ungezähmte. Es ist aber eine Illusion, im Falle der Indianer, die man nicht Indianer nennen darf, First Nations heißt das, besonders die Stämme in Kanada sind da sehr empfindlich. Als ich das erste Mal in Gegenwart von Indianern das Wort Indianer verwendet hatte, war es eine junge Frau gewesen, die mich böse angefaucht hatte: Dieses Land ist nicht Indien. Seit sich in Kanada immer mehr Immigranten aus Indien herumtreiben, sagte mir ihr Begleiter später bei einem Bier, hassen wir es noch mehr, als Inder bezeichnet zu werden.

Und im Falle von Trixi ist es ebenfalls eine Illusion, ich möchte sie haben als blutjunge Marie Versini, weich und sanft und in samtiges Rehleder gehüllt, das warm ist von ihrem bronzefarbenen Körper, möchte, dass sie flüstert Anika ti matan, weißt du, ich liebe dich, in der Tinde-Sprache, oder vielmehr im Harald-Reinl-Indianisch, wie es Marie dem Lex Barker ins Ohr gehaucht hat im Moment des Todes. Und zugleich will ich in ihr die gejagte Asylantin sehen, die gehetzte Fremde, deren von Anfang an aussichtsloser Kampf gegen die Übermacht von einer wachsenden Schar Angehöriger des Volkes ihrer Verfolger mit Faszination und anschwellender Sympathie verfolgt wird.

Ein weiblicher Gokhlayeh sollte sie sein für mich, Einer Der Gähnt, den wir kennen als Hieronymus, Der Mit Einem Heiligen Namen, Geronimo auf Spanisch. Nach dem Kirchenvater aus dem schönen Dalmatien, dem Schutzpatron der Übersetzer, benannten ihn die Mexikaner und Amerikaner, die vergeblich versuchten, ihn im fairen Kampf zu besiegen. Dessen Mut den Siegern so sehr imponierte, dass ihre Fallschirmjäger seinen Namen im Krieg gegen die Deutschen, im zweiten, als Kampfschrei verwendeten. Und dass sie einen Hubschrauber nach seinem Volk benannten, zweisitzige tödliche Waffe für den Einsatz gegen gepanzerte Fahrzeuge.

Einen Hubschrauber werden sie nach deinem Volk nicht benennen, Trixi, oder wie immer du heißt, nicht in Österreich, hier verwandelt man die Namen von Feinden und Opfern bestenfalls in Trademarks für Mehlspeisen und Fleischgerichte, und das frühestens nach Jahrhunderten, dann delektiert man sich am Türkenspieß oder dem Mohr im Hemd.

Dir ist klar, dass ich das wegen dem Geld nur gesagt habe, damit du sicher kommst, sagte sie. Ich nickte, lächelte sie an, fragte, ob sie wieder welches brauche. Sie senkte den Kopf noch tiefer, schüttelte ihn dabei unmerklich. Aus ihrem linken Pulloverärmel hing ein dünner weißer Fetzen, den sie dauernd zwischen den Fingern drehte. Als sie bemerkte, dass ich den Lappen anstarrte, den grauen Rand, die braunroten Flecken, stopfte sie ihn zurück in den Ärmel.

Was ist das, versuchte ich so belanglos wie möglich zu sagen.

Nichts.

Bist du verletzt?

Geht dich nichts an.

Vorsichtig griff ich nach ihrem Handgelenk, überraschend warm war ihre blasse Haut, ich sah ihr ins Gesicht, da war nichts zu sehen, kein Hinweis, ob sie die ungefragte Berührung störte oder nicht, darum schob ich den Pulloverärmel ein wenig hoch. Eine Gazeverband, mehr grau als weiß, Schlieren drauf, stellenweise von blassem Braun, dann mehr rosa. Sie zog die Hand langsam weg.

Wer war das?

Kennst du nicht.

Was haben sie dir getan?

Nichts.

Hast du da selber –?

Es sind die Männer.

Männer? Was heißt Männer?

Du bist ein Mann. Du musst wissen, was Männer tun.

Dann drehte sie sich weg, brummte unwirsch, dass ich losfahren sollte. Wohin, fragte ich, zu dir, sagte sie. Ich brauche einen Platz zum Schlafen. Ich lege mich einfach auf den Boden, in deinem Hotelzimmer, das ist kein Problem. Du wirst gar nicht merken, dass ich da war. In der Früh bin ich schon weg, wenn du wach wirst.

In jede Zelle meines Altmännerkörpers schoss da mit großer Macht etwas ein, das ich endlos lange nicht mehr gefühlt hatte, ein schwaches Flirren von Geilheit und Begehren, und etwas, das stärker war, viel stärker. Angst. Vor dem Versagen, wegen der Zuckerkristalle in den Schwellkörpern meines Gliedes. Und noch viel mehr Angst vor einer Stimme im Hinterkopf, die wie einer von diesen Sprechautomaten an Aussichtspunkten, die dir die Sehenswürdigkeiten erklären, ein paar Sätze herunterleierte.

Das gehört sich nicht. Du bist viel zu alt. Du könntest ihr Vater sein. Nein, ihr Großvater. Da muss man sich ja schämen. Was werden die Leute sagen. Es gehört sich nicht.

Am allerstärksten aber war die Scham. In dem Augenblick, in dem sie angekündigt hatte, bei mir übernachten zu wollen, war der Teenager-Horror in mir hochgekocht, die zitternde Panik, die die Aktion begleitet hatte, nachts Mädchen in das Elternhaus zu schmuggeln. Und meine Entscheidung war in diesem Augenblick gefallen, sie nicht in das Kinderzimmer im Haus meiner Mutter zu bringen. Dafür schämte ich mich, so sehr, dass es in meinen Verspannungen am Nacken und rund um den ganzen Brustkorbpanzer kleine gemeine Schmerzen aufblühen ließ.

Ich belog das Wasserluchsweibchen mit ihrem schmuddeligen Gazeverband. Dass ich derzeit in einem winzigen Pensionszimmer mit einer schmalen Bettstatt untergebracht sei, log ich ihr vor, während wir durch das nächtliche Eferding fuhren, schon wieder, dass dieses Zimmer so eng sei, dass es nicht ausreichend Platz gebe, um einen Schlafsack neben dem Bett auszubreiten. Und dafür schämte ich mich.

Ich bot ihr an, im Auto zu übernachten. Sie stimmte zu. Am Parkplatz vor dem Rehabilitationszentrum, das sie vor ein paar Jahren an den Rand des Dorfes meiner Kindheit gebaut haben, nur ein paar Gehminuten entfernt vom Elternhaus, stellte ich den Fox ab. Ich zeigte ihr die mobile WC-Anlage der benachbarten Asphaltstockbahn. Während sie in der grünen Plastikkabine verschwand, klappte ich die hintere Sitzbank nach vorne. Das funktionierte nicht, die Ladefläche war zu klein und uneben für einen schlafenden Menschen. Ich klappte die Bank wieder hoch und stellte die Rücklehnen beider Vordersitze so flach wie möglich. So müsste es gehen. Dann nahm ich alles aus Handschuhfach und Ablagen, das irgendeinen Wert hatte, Zulassungspapiere, beschriebene Notizblöcke, den FM-Transmitter, leere und bespielte Minidiscs, die CDs, steckte es hastig in die Sakkotaschen, bevor sie zurückkam vom Mobilklosett.

Und schämte mich schon wieder, für mein Misstrauen, schämte mich, schämte mich, die halbe Nacht dann in Mutters Wohnzimmer, als ich vor dem beinahe stummen Fernsehapparat auf der Couch lag und nicht schlafen konnte.

30

Ich schrieb einen kurzen Einschub über das Phänomen des Arianismus für den Aufsatz. Solches glaubten die Anhänger des Arius, der Mitglied des Ältestenrates von Bischof Alexander in Alexandria war: Der Vater allein ist ungezeugt, ewig, keiner Veränderung unterworfen. Der Sohn ist das Zwischenwesen zwischen Gott und der Welt. Der Sohn ist nicht Gott, bestenfalls nur eine Metapher für Gott. Seinem Wesen nach ist er eine Kreatur, die erste Kreatur des Vaters, von diesem geschaffen, präexistent natürlich, lange vor allem anderen, das wir das Seiende nennen, aber doch geschaffen. Der Sohn ist nicht von gleichem Wesen wie der Vater, er ist gemacht wie der Rest der Schöpfung aus dem Nichts. Der Sohn ist nicht ewig, es gab eine Zeit, in der es ihn nicht gab. Weshalb er und alles, was ihn ausmacht, begrenzt ist und nicht ewig. Allerdings kennt er den Vater besser als der sich selbst. Daher kann er ihn perfekt offenbaren.

Ich diskutierte eine Weile mit dem Sprecher meiner Auftraggeber über den Stellenwert, den diese erste rigide Ablehnung der Dreifaltigkeit des katholischen Gottes im Aufsatz haben sollte, einen hohen, beharrte ich, schließlich war der Kathole Severinus umgeben von christlichen Germanenstämmen, die alle dem Arius anhingen. Wir kamen auf keinen grünen Zweig, konnten uns nicht einmal einigen in der Frage, ob der Heilige Mann und seine Gemeinden im Noricum der Völkerwanderungszeit im strengen Sinne katholisch gewesen waren. Man kennt das ja, streng genommen waren die Christen der italischen Provinzen nicht mehr als Angehörige des Patriarchats Rom, das gleichberechtigt und unzerstritten mit den vier Patriarchaten von Jerusalem, Antiochien, Alexandrien und Konstantinopel die Christenheit bildete.

Der Sprecher meiner Auftraggeber hing der Theorie an, dass

die eine, heilige, apostolische und katholische Kirche in ihrer vollen Wirklichkeit, also der Katholizismus, spätestens mit dem Nicänum, also der Erhebung des Christentums in den Status einer Staatsreligion durch Kaiser Konstantin dem Ersten im Jahre 325 angehoben habe. Genau genommen, sagte er dann, sei aber der Gemeinschaftsbund der Apostel von jenem Augenblick an, als der Heilige Geist in Engelszungen über ihn gekommen sei, also ab dem erstmaligen Ereignis dessen, was wir Pfingsten nennen, die Eine Heilige Katholische Kirche gewesen. Er räumte ein, dass dies allerdings auch die orthodoxe Kirche für sich beanspruche. Ich neigte eher zu der Annahme, dass im allerfrühesten Falle ein gewisser Siricius der erste katholische Papst gewesen sei, weil er der Erste gewesen war, der für sich selbst diese Bezeichnung gewählt hatte; man müsse daher die Gründungsstunde dieser kämpferischen dominanten Richtung des Christentums mit Siricius' Amtsantritt im Jahre 384 annehmen. Noch lieber war mir die Annahme, dass die römisch-katholische Kirche erst seit der Trennung von der Orthodoxie als solche zu existieren begonnen habe, also beinahe sechshundert Jahre später.

Er kenne da einen Religionssoziologen in Salzburg, sagte der Sprecher meiner Auftraggeber schließlich, der sich im Laufe eines langen arbeitsreichen Lebens im Selbststudium zu einem Kirchenhistoriker ersten Ranges ausgebildet habe, der sei der richtige Mann für derartige Fragen, den möge ich kontaktieren. Minuten später schon rief er mich wieder an und teilte mir einen Termin mit, am nächsten Tag, gegen elf Uhr, Café Tomaselli in Salzburg. Gut, sagte ich, er beschrieb den Privatgelehrten, damit wir uns erkennen könnten, dann redeten wir noch eine Weile über Fragen der Formatierung meiner Texte.

Im Falle von Aufstieg und Fall des Arianismus war es wie immer in Religionsdingen die weltliche Macht, die festlegte, was die Menschen zu glauben hatten und was nicht. Die von Gott und Glauben und Religion trunkenen Kirchenmänner trugen ihren dreiphasigen Großen Arianischen Streit aus mit wilder

Leidenschaft. Aus dem ersten ökumenischen Konzil von Nicäa gingen die Lehren des Arius zwar nicht legistisch, aber de facto trotz eines gegenteiligen konziliarischen Schlussdokuments als amtlich-institutionelle Religion hervor. Ein halbes Jahrhundert später, nach dem Konzil von Konstantinopel, erhob Kaiser Theodosius der Erste die Weltsicht der erbittertsten Gegner der Arianer, also jene der Trinitarier, per Gesetz zum verbindlichen Kanon für die Christenheit. Die Idee der Dreifaltigkeit stieg auf in den Glanz der Gesetzeskraft, jenes seltsame Konzept, das bis heute die christlichen Priester so heuchlerisch klingen lässt, wenn sie anheben zu ihren Lobgesängen auf den einen wahren Gott.

Salzburg war eine Qual wie immer. Die Getreidegasse zu überqueren war beinahe so eine Plage wie das Durchschwimmen der Donau in Kindheitstagen, nur dass wir uns damals als Lohn für das kilometerweite Schwimmen am Nudistenstrand oberhalb Ottensheims vorbeitreiben ließen und beinahe absoffen wegen all der Brüste und Ärsche und Scheiden, die da in der Sonne lagen, trotz der Kälte des Wassers wurden die Schwänzlein der beinahe noch kindlichen Schwimmer steif, und ihre Händchen vergaßen zu schwimmen. In der Getreidegasse ist der Lohn für das Dutzende Meter in Anspruch nehmende Durchqueren des Touristenstroms, dass du vom mit einer Nobelfassade getarnten McDonald's vor die genauso kitschige Fassade des Mozart'schen Geburtshauses gerätst.

Trotz der späten Jahreszeit war das Tomaselli gedrängt voll, wegen des warmen Wetters war es unmöglich, auf der Terrasse im ersten Stock, mit dem Blick auf den Residenzplatz, einen einzigen freien Sitzplatz zu finden. Ich sah mich suchend um, so auffällig, dass es der Religionssoziologe bemerken müsste. Niemand reagierte, es sah auch niemand seiner Beschreibung ähnlich. Ich setzte mich an einen der Marmortische drinnen, verweigerte alle Kaffeespezialitäten, die mir der Ober anbot, bat ihn um einen einfachen kleinen Kaffee und Zeitungen.

In dieser Stadt, die nicht mehr als ein verrottetes, beinahe schon aufgegebenes Kastell namens Iuvao gewesen war, hatte der Heilige Mann nur mit der Kraft seines Willens die Kerzen entzündet in der Basilika an einem schönen warmen Sommertag. Die Messdiener hatten kein Feuer zusammengebracht, vergeblich schlugen sie Eisen auf Stein, so lange, dass die Zeit des Abendgottesdienstes beinahe verstrichen war. Da kniete Severinus nieder auf dem harten Boden, eine Kerze in der Hand, und betete inbrünstig, wie immer. Und siehe, auf einmal entflammte die Kerze ohne menschliches Zutun, von Gottes Hand, und der Gottesdienst konnte wie üblich zu Ende geführt werden.

Drei Salzburger Ordensbrüder waren Augenzeugen, Severinus ließ sie schwören, dies Wunder zu verheimlichen. Doch der Ruhm der großen Wundertat konnte nicht verborgen werden, schreibt der brave Eugipp, sondern er entflammte vielmehr die Salzburger auf das Vortrefflichste zu starkem Glauben.

Als Draufgabe erweckte der Heilige dann noch eine Verstorbene zum Leben, zierte sich allerdings eine Weile. Ganz und gar unwürdig für solches Gotteswerk sei er doch, hielt Severinus den Verwandten der Frau entgegen, die bei seinem Eintreffen die Begräbnisvorbereitungen unterbrochen und ihn angefleht hatten, die Entseelte dem Leben zurückzugeben. Warum verlangt ihr von einem Kleinen Großes, klagte der Heilige Mann, dann warf er sich unter Tränenströmen zum Gebete nieder, und sofort richtete sich die Tote auf. Auch hier verlangte er Stillschweigen, auch hier wurde es nicht eingehalten, naturgemäß, ist man versucht zu sagen, hier in Salzburg.

Der Religionssoziologe kam nicht. Nach einer Stunde rief ich den Sprecher meiner Auftraggeber an. Er bat, ein paar Minuten zu warten, dann rief er zurück. Seinem Bekannten sei etwas dazwischengekommen. Er stehe aber zu einem Treffen an einem anderen Tag nach wie vor zur Verfügung. Gut, sagte ich. Nach einer Pause sagte der Sprecher meiner Auftraggeber, dass es möglicherweise ohnehin eine glückliche Fügung gewesen sei, dass der Mann mich versetzt hatte. Die Sache mit den Arianern und Severins guten Kontakten zu ihnen müsse man nicht unbedingt allzu groß spielen. Letzten Endes sei es eine akademische Angelegenheit, einem zu Unterhaltung aufgelegten Publikum nicht wirklich zumutbar.

Er begann zu erzählen von Diskussionen mit seinen Religionslehrern in der Gymnasiumszeit. Eine verworrene und kuriose Geschichte, in der es darum ging, wie frühe christliche Autoritäten ihr ganzes Leben mit der Abarbeitung aus heutiger Sicht obskurer Fragen über das Wesen Jesu zugebracht hätten. Wie sie einander gegenseitig aus der jeweiligen wahren Kirche Gottes ausgeschlossen hatten, weil die einen glaubten, der Gottessohn sei genauso göttlicher Natur wie sein Vater, und als solcher nehme er zwar Nahrung zu sich, aber er uriniere und kote nicht, wogegen die anderen meinten, Jesus pisse und scheiße sehr wohl, weshalb er zwar Gottes Sohn, aber selber kein Gott sein könne, denn ein Gott pisse und scheiße nun einmal nicht.

Ich bezahlte, trat noch einmal auf die Terrasse und schaute in Richtung Regierungssitz. Während des Jobbens für Wiener Zeitungen hatte ich dort mehrmals Landtagssitzungen zu besuchen gehabt. Da setzte ich mich jedes Mal vor den lähmenden Stunden unter den Salzburger Landespolitikern, die die arrogantesten und schnöseligsten Österreichs sind, auf die Tomaselli-Terrasse, stärkte mich mit einem kleinen Bier und starrte in die Richtung des Ortes meiner Qualen für diesen Tag. Genug von Salzburg. Die Zeiten sind vorbei. Ich verließ das Traditionshaus so rasch wie möglich, kämpfte mich zurück durch die Getreidegasse, querte die Salzach und ging zu meinem Auto, das ich in der Linzer Straße geparkt hatte.

Am Abend speicherte ich die Sache ab im Ordner für den Gegenbericht. Im Aufsatz für die länderübergreifende Doppellandesausstellung hatte das Arianerzeug keine Chance. Der Aufsatz hatte der offiziellen Sichtweise zu folgen, die lautet: Der Umstand, dass die arianischen Fürsten Flaccitheus, Feletheus, Gibuld, Ferderuch, Odoaker so vertrauten Umgang mit Severinus pflegten, war der wundersamen Strahlkraft Gottes zuzuschreiben, die im Heiligen Mann wirkte und die die häretischen mächtigen Barbaren zittern machte vor dem Mönchlein. In den Gegenbericht schrieb ich eine Version, die mir wahrscheinlicher erschien. Es war Politik. Ich tippte ans Ende des Word-Dokuments: Es ist immer die Politik, Dummchen!

31

Wenn ich ehrlich bin, hatte es mich überrascht, das kaputte Kind noch im Auto vorzufinden am nächsten Morgen. Ich hatte meinen Kram so früh wie möglich in eine Umhängetasche gepackt, meiner Mutter erklärt, dass ich den ganzen Tag weg sein würde, Passau und Innstadt, die Ausgrabungen besichtigen, und war hinübergegangen zum Parkplatz vor dem Reha-Zentrum. Sie war wach, hatte die Rücksitze bereits hochgeklappt, und hantierte am Radiogerät. Dass sie versucht habe, vor dem Einschlafen Musik zu hören, es aber nicht geschafft habe, maulte sie.

Es ist einfach, sagte ich, schaltete das Autoradio an.

Radio interessiert mich nicht.

Dann spiel CDs.

Hab ich nicht.

Du kannst meine spielen.

Ich holte die CDs und den Rest aus der Tasche, verstaute sie im Handschuhfach und auf der Ablage. Sie sah meine CDs durch, da ist nichts dabei, sagte sie. Ich steckte den Minidiscplayer an den FM-Transmitter, suchte eine unbenutzte Frequenz am Radio. *The Freewheelin' Bob Dylan*. Sie grinste schief.

Ich fahre jetzt nach Passau, sagte ich.

Passau ist gut. Ich komme mit.

Gut, sagte ich, und lud sie zu einem Frühstück ein. Fahren wir als Erstes nach Schlögen, zum Motorboothafen. Das Hotel Donauschlinge. Die haben ein gutes Restaurant. Sie nickte. Dann rollte sie sich zusammen im Beifahrersitz und schlief bis weit nach Eferding.

In Schlögen haben sie den Heiligen Severinus nur ausgelacht und haben bitter bezahlt dafür, sagte ich, als sie sich nach einer halben Stunde wieder gerade setzte und ihren mageren Körper streckte. Ich holte aus, erklärte ihr, dass der Heilige Mann in seinem Kloster zu Mautern einen Sänger gehabt hatte, einen gewissen Moderatus, wie jüdische Gemeinden einen Kantor haben, diesen Sänger schickte Severinus zum römischen Donauflottenstützpunkt Ioviaco, der in der Gegend des heutigen Schlögen gelegen war. Der Seher Noricums hatte eine Offenbarung gehabt, dass ein Angriff des Germanenstamms der Heruler auf den Kriegshafen unmittelbar bevorstünde.

Verstehst du, sagte ich, die Heruler waren Verbündete der Rugier, mit denen wiederum stand der Heilige Mann in bestem Kontakt, die hatten ihn gewarnt vor den Absichten ihrer im heutigen Tschechien und der Slowakei lebenden Kumpane, so sieht das aus mit den Offenbarungen. Trixi sah gelangweilt aus dem Seitenfenster.

Moderatus übermittelte den Befehl des Severinus, Ioviaco habe umgehend geräumt zu werden. Die Schlögener lachten nur. Severinus sandte einen weiteren warnenden Boten, einen Mann aus Künzing, der sollte zumindest den Pfarrer von Schlögen, einen gewissen Maximinianus, dazu bewegen, noch in dieser Nacht seine Gemeinde zu verlassen und nach Lorch oder Mautern zu flüchten, die noch halbwegs sicher waren. Doch Maximinianus lachte ebenfalls nur, doch nicht lange. In dieser Nacht noch fielen die Heruler über den Flottenstützpunkt her, verwüsteten den ganzen Ort, schleppten die Bewohner in Gefangenschaft und Sklaverei. Und Pfarrer Maximinianus, den hängten sie auf am Patibulum, dem römischen Galgen, der aus einem gegabelten Stamm bestand.

Trixi grinste, mit einem Zug von Verachtung, und spielte mit meinem MP3-Player auf der Ablage über dem Tachometer. Was da für Musik drauf sei, fragte sie.

Ich benutze es eigentlich als Diktafon, sagte ich, wenn mir eine Idee kommt. Oder für Interviews.

Du hast ja keine Kopfhörer, sagte sie.

Warte, sagte ich, trennte den Minidiscplayer vom FM-Transmitter, steckte den MP3-Player an. So, jetzt.

Aus den Lautsprechern des Autoradios läutete eine Glocke, dreimal. Linz, sagte ich. Die Stadtpfarrkirche. Pfarrplatz. Dann meine Stimme aus den Boxen: An der südlichen Außenwand der Kirche auf dem Pfarrplatz befindet sich dieses seltsame Kindergesicht als Steinrelief. Ein feines, zartes Knabenantlitz, wenn du es von rechts betrachtest. Ein irgendwie aus den Proportionen geratener Totenschädel, wenn du es von links betrachtest. Von vorne ein Schrecken, wenn man nach ein paar Augenblicken merkt, was man da anschaut. Früher verdeckte der Würstelstand der Frau Salzer die Fratze. Heute starrt das Steingesicht schamlos auf diesen irgendwie nackten, unentschlossenen Teil des Pfarrplatzes.

Ob Johann Georg Kohl wohl auch vor diesem zur Hälfte von Haut und Fleisch befreiten Kinderantlitz gestanden ist, 1842, als er seine Reise von Linz nach Wien absolvierte? Ja, wahrscheinlich, denn er muss irgendwo in der Gegend des Pfarrplatzes gewohnt haben. Den Gang von dem Wirtshause, in dem er logierte, zur Schiffslände beschreibt er als einen von wenigen Schritten, und die Lände war dort, wo heute das Museum Lentos steht.

Er hatte einen Freund vom Schiff abgeholt, und der war ganz begierig darauf, die weltberühmten schönen Linzerinnen zu sehen. Kohl schlug die flache Hand an die Stirn. Zwei Tage schon hatte er die Stadt durchforscht, aber das Wichtigste vernachlässigt: sich umzusehen nach den so hochgepriesenen Celebritäten dieser Stadt. Nun hielt er Ausschau nach den viel gerühmten Schönheiten, fand sie jedoch nicht wirklich. Begegnen einem denn die schönen Linzerinnen nicht auf allen Straßen? Sieht man denn die herrlich schlanken Mädchen nicht in allen Küchen? Präsentieren sich die reizenden Gesichter nicht in Hunderten Exemplaren auf den Märkten, in den Theatern, in den Kirchen? So schreibt er in seinem Reise-Bestseller. Und antwortet gleich: Er habe auf den Märkten bislang nur bäuerliche, krüppelige, zwergige Frauenspersonen gesehen. Zumindest räumt er ein, die schönen Linzerinnen über die Teppiche und Mönche und Irren und Bauern, über die er schreibt wie ein Besessener, ganz vergessen zu haben.

Hast du Musik auch drauf?, sagte Trixi.

Warte, sagte ich, drück den Knopf in der Mitte ein paar Sekunden lang, dann wechselt der MP3-Player in einen anderen Ordner. Sie tat es. Angie, Angie, when will those clouds all disappear, jammerte Mick Jagger. Oh Gott, sagte sie und schaltete ab. Ich bin nun einmal alt, sagte ich. Und ich mag schon neuere Sachen auch.

Was denn?

Saul Williams zum Beispiel.

Sie zuckte die Schulter.

Wenn ich ehrlich bin, höre ich von dem nur *Bloody Sunday*, und das ist mittlerweile ein Oldie. Die Stones sind Scheiße, ich weiß. Die Stones haben alles verraten. Was kann ein armer Junge denn schon tun, als in einer Rockband zu singen und in den Straßen zu kämpfen. Wir haben es ihnen geglaubt. Und sie sind hingegangen und haben sich an VW und Microsoft verkauft. Nur Brian Jones nicht, Brian Jones, der ist in Ordnung. Aber der war ja gleich tot.

Sie grinste spöttisch. Und *Angie*, sagte ich, da lasse ich nichts drüber kommen.

Sie schwieg und schaltete den Player wieder ein. Ich hielt es für sinnlos, ihr zu erklären, warum ich *Angie* immer wieder hören musste. Wegen Heather. Im Speedy. Ein Flippercasino am Pfarrplatz. In einem Gründerzeithaus, das ganze Erdgeschoß war entkernt, sie hatten daraus zwei große Räume gemacht. In der einen Halle standen die Flipperautomaten, im anderen Raum Billardtische.

Heather mit dem weizenblonden Schoß und ihren Jeanskurven, sagte ich. Sie war diejenige in der Flipperhalle, die alle wollten. Aber keiner bekam sie. Trixi schwieg. *Angie* lief weiter.

Im Speedy mochte ich vor allem die Williams-Automaten. Ich kann es nicht erklären, sie sahen einfach besser aus als jene von Gottlieb oder Bally. Die Bilder waren aufregender, die Farben knalliger, die Geräusche satter. Und immer waren sie auf der

Höhe der Zeit. Beatclub, das war mein Favorit. Auf der Lichttafel oben hantierten vier John- und Paul- und George- und Ringo-Karikaturen an Gitarren und Schlagzeug. Auf dem Spielfeld, zwischen den Bumpers und den Durchschuss-Röhren, tummelten sich Go-go-Girls in Miniröcken. Im Zentrum stand ein Drehziel, mit vier Kontakten, an jeder Seite einer. Sobald man einen getroffen hatte, drehte sich das Ding weiter. Wenn man alle vier abgeschossen hatte, ging ein gewaltiger Lichterzauber los, die Gitarren der Pilzköpfe begannen zu leuchten und versprühten Funken, die Go-go-Girls fanden sich auf einmal in einem Discokugel-Lichtermeer.

Das Tollste am Speedy waren die Gerüche. Am schönsten war es am Tag nach der Weihnachtsfeier. Der Besitzer, immer im grauen Arbeitsmantel, grau wie seine Haare, ein sehr alter Mann in meiner Erinnerung, dabei war er wahrscheinlich nicht älter als ich heute, hielt alle Jahre wieder kurz vor Weihnachten seine Gäste frei. In die Mitte des vorderen Raumes stellte er ein Fass Bier mit einem simplen Zapfhahn, und jeder, der hereinkam, bekam einen leeren Halbliter-Pappbecher in die Hand gedrückt und konnte sich am Fass bedienen, sooft er wollte. Wie sich da die Leute im Speedy drängten, und wie besoffen alle um ein Uhr mittags waren. Und wie das gerochen hat am nächsten Tag! Zigarettenrauch und verschüttetes Bier am dreckigen Boden, ein Hauch von Erbrochenem vom Klo her, und dazu dieser metallisch schneidende Geruch von Elektrizität, den die Automaten absonderten.

Heather und die Speedy-Jahre. Heather hatte ich geliebt. Heather mit dem weizenblonden Schoß hätte ich fragen sollen, ob sie meine richtige Freundin sein will, habe mich aber nie getraut. Ihre Schamhaare waren in Wirklichkeit bräunlich, dunkelblond, aschblond nannten es die Frauen damals, wenn Haare auf eine so unentschlossene Art blond waren. In meiner Erinnerung sind sie hell, ein Gelbton mit einem Zug ins Weißliche. Weil Heather so blond war, weizenblond. Aber Heather hatte kein Interesse an

Gleichaltrigen. Der Gelbe war ihr Schwarm, ihr Freund, später ihr Mann, und schließlich ihr Untergang. Der erste Drogentote von Linz. Der Gelbe, so haben sie ihn genannt, weil er ein gelbes Gesicht hatte. Wahrscheinlich eine Lebersache. Hepatitis A, B, C, irgendetwas in dieser Art. Ist gestorben, da war er noch keine dreißig. Hat den ganzen Stress mit verdreckten Spritzen und Aids nicht mehr miterlebt. Miterleben müssen. War vorher tot.

Johann Georg Kohl zeigte ein auffälliges Desinteresse an allen bewusstseinsverändernden Ereignissen, als er 1855 in den Erdhütten der Anishinaabe an den großen nordamerikanischen Seen hockte. Immer wieder beschreibt er in *Kitchi Gami*, wie alles mögliche geraucht wurde und fremdartige Kräuter gegessen und seltsame Flüssigkeiten getrunken wurden. Es interessierte ihn nicht. Die Mide-Priester ließen ihn teilnehmen an einer tagelangen Zeremonie zur Einführung eines Säuglings in die Welt der Menschen. Lapidar reportiert Kohl, wie die Priester dem Vater des zu Initiierenden getrocknete Wurzeln reichten und riefen: Das soll ihn durch das Leben führen! Und wie sie ein geheimnisvolles schneeweißes Pulver brachten, dessen Namen und Funktion ihm niemand erklären konnte. Kohl fragte nicht nach. Er hielt es für Brimborium, spöttelte ein wenig, ganz entgegen seiner ansonsten stets spürbaren Sympathie für Sitten und Bräuche der Ureinwohner.

Den Gelben hatte nichts durch ein Leben geführt. Menocil-Mandy nannten sie ihn im Speedy am Anfang, als sein Gesicht noch nicht gelb war. Die frühen Sünden im Imperium der psychoaktiven Substanzen. Preludin und Menocil, dann bald Captagon. Sobald aus der Musicbox *Mendocino* kam, haben alle im Speedy gleichzeitig losgegrölt. Der Schlager, weißt du, Trixi sah mich an mit großen Augen, als ich sang: Mendocino, Mendocino, komm und fahr mit mir nach Mendocino. Das ganze Speedy sang laut und falsch und voll Begeisterung: Menocilo, Menocilo, komm und wirf mit mir ein Menocilo! Es waren eigentlich Appetitzügler, die Typen im Speedy haben sie eingeworfen wie die Irren.

Oh, Angie, don't you weep, all your kisses still taste sweet. I hate that sadness in your eyes. Trixi schüttelte den Kopf, als ich sang zum MP3-Lied aus dem Autoradio. Ja. Ich denke an *Angie*, wenn ich an das Speedy denke. Wegen Heather. Es war ihr Lied, manchmal drückte sie es dreimal hintereinander in der Musicbox. Wenn man in das Speedy kam, und *Angie* lief, dann wusste man: Heather ist da.

Wie weh das tut. Diese unglaublich intensive Sehnsucht nach etwas, für das ich damals keinen Namen hatte und auch heute noch keinen habe. There ain't a woman that comes close to you. Ja. Das ist es, höchstwahrscheinlich. Mit jemandem sein, der einzigartig ist, und der einem gehört. Heather hat mir nie gehört.

Trixi drückte die Forward-Taste am MP3-Player, etwas von Edgar Broughton, sie drückte gleich wieder, noch einmal Broughton, sie schaltete das Gerät ab.

Kalt und grau und auf einer ganz kleinen mickrigen Ebene brutal, so war mein Leben in den Speedy-Jahren in Linz, sagte ich laut. Am unerträglichsten war die unberechenbare und aus heiterem Himmel ausbrechende Grausamkeit und Gewalttätigkeit all der Junkies und kleinen Diebe und Wirtshausschläger. Nie war man ganz sicher, nicht bestohlen oder tätlich angegriffen zu werden. Und inmitten dieser Düsternis stand sie, Heather, zuverlässig, Tag für Tag, man musste bloß am frühen Nachmittag ins Speedy gehen, und sie war da. So was würde ich mir wünschen. Das wäre meine Vorstellung, wenn mich jemand fragt, wie ich es denn gerne hätte, dass die Dinge sein sollen: sich darauf verlassen können, dass jemand da ist. Na ja. Manchmal habe ich so spießige Anwandlungen. Dann kommen mich solch seltsame Gefühle an.

Ziemlich retro, sagte Trixi. Und: Hättest sie halt fragen sollen.

Du hast keine Ahnung, wie Heather war, sagte ich.

Wahrscheinlich hat es diese Heather gar nicht gegeben, sagte sie. Ich schwieg. Du quälst dich gerne selbst, oder?, fragte sie.

Sie ist ein paar Jahre nach dem Gelben gestorben, sagte ich.

Er hat sie wohl angesteckt. Oder war es einer von den anderen Typen, mit denen sie –. Ich weiß es nicht. Es macht mich traurig. Wie jung sie war. So jung, so jung.

Neulich habe ich im Fernsehen gesehen, sagte Trixi, wie kommst du zum Fernsehen?, unterbrach ich, noch während ich sprach, fiel mir ein, dass sie derartige Fragen nie beantwortete, neulich habe ich im Fernsehen gesehen, dass Rotkehlchen in der Natur eineinhalb Jahre alt werden, fuhr sie fort. Aber wenn du sie im Käfig hältst und immer schön fütterst, werden sie fünfzehn Jahre alt.

Schön, sagte ich.

Wenn du es dir aussuchen könntest, sagte sie, möchtest du fünfzehn Jahre im Käfig leben oder eineinhalb Jahre in der Natur?

Ich bin kein Rotkehlchen.

Ich auch nicht. Aber ich weiß es.

Du bist raus aus deinem Käfig, oder?, fragte ich nach einer Pause, aber das sieht nicht gut aus. Es macht dir Angst da draußen. Wie du dauernd um dich schaust, wie du nie sicher bist, ob dich nicht jemand erkennt, der dein Foto in der Zeitung gesehen hat, oder im Fernsehen. Sie tat so, als verstünde sie nicht. Ich sagte, dass sie mir nichts vorzumachen brauche.

Da begann sie mir eine Pantomime vorzuführen, sie wetzte herum in ihrem Sitz wie die durchgedrehte Karikatur eines Flüchtlings, mit gehetzter Angst in den Augen, den Kragen des Pullovers hochgezogen bis zur Nase, damit man sie ja nicht erkennen konnte, schnorrte mich um eine Zigarette an mit gespielter Demut in ihrem Blick, hinter der aber der ganze Hass flimmerte, der Hass des Bettlers auf den, den er anbettelt. Das Vorspielen einer gejagten Untergetauchten geriet ihr so echt, dass sie mittendrin aufhörte. Weil es sie selbst erschreckt hatte, dachte ich. Und wusste, dass das nicht stimmte. Es hatte mich erschreckt, das hatte sie bemerkt, und darum hatte sie aufgehört.

Schlögen, das ist, wo die Donau diese Schlinge macht, oder?, fragte sie nach langem Schweigen. Ja, sagte ich. Wir müssten bald dort sein. Macht es dir was aus, wenn ich was anhöre?, sagte sie. Ohne eine Antwort abzuwarten, steckte sie ihren MP3-Player an den Transmitter an. Eine seltsame, traurige Musik ertönte, die ich nicht kannte.

32

Das Wasserluchsweibchen hatte angekündigt, sich umzubringen, berichteten die Zeitungen. Alle waren sie voll davon. Ihre Mutter hatte im Briefkasten ein Schreiben der untergetauchten Fünfzehnjährigen gefunden. Wenn es keine Möglichkeit gibt für mich und meine Familie, habe sie geschrieben, werde ich mich sicher nicht der Polizei stellen. Derzeit befinde sich die Mutter im Krankenhaus, sie habe einen totalen Nervenzusammenbruch erlitten nach dieser anonymen Ankündigung ihrer Tochter.

Der Innenminister gab keinen Kommentar ab. In Oberösterreich schwappe eine Welle von Sympathie und Verständnis für die Verfolgte und Empörung der Bürgergesellschaft wegen der Eiseskälte des Staates hoch, schrieb der Kolumnist der lokalen Tageszeitung. Überall traten Nachbarschaftsgruppen an die Öffentlichkeit, die von der Politik forderten, gut integrierte Asylantenfamilien, die in bester Nachbarschaft mit den Einheimischen in verschiedenen Dörfern lebten, nicht abzuschieben. Selbst regierungsfreundliche Medien gingen immer gröber mit dem Minister um, ziehen ihn der Hartherzigkeit und Versteinerung oder zumindest eines ungeschickten Umgangs mit der Stimmung im Volke. Der Minister schwieg.

Sogar in den regionalen Abendnachrichten des staatlichen Fernsehens war zu bemerken, dass die Politiker, so sehr sie den Anordnungen ihrer Kommunikationstrainer folgten und versuchten, Gelassenheit auszustrahlen, von einer wachsenden Nervosität befallen wurden. Härte gegen alles Nicht-Heimische war doch seit Anbeginn der Zeiten ein Garant gewesen, Beifall von den Untertanen zu bekommen. Aber was geschah hier? Was war in die Untertanen gefahren? Dafür hatten die Herrschenden und ihre Trainer sichtlich noch keine Erklärung gefunden, und auch keine Methode, nutzbringend damit umzugehen.

Eine diebische Freude erfasste mich, als ich ihnen zusah, wie sie rote Köpfe bekamen im Fernsehen und zu stottern begannen. Freude, weil ihnen ihre eigene Erfindung auf den Kopf gefallen war. Die staatstragenden Parteien hatten übernommen und professionalisiert, was das rechte Lager jahrelang als Laienspiel vorgeführt hatte. Das In-den-Keller-Stellen von Sachpolitik nämlich, von dialogorientierter Arbeit an tragfähigen Kompromissen, von Ernsthaftigkeit.

An die Stelle von Engagement setzten sie Entertainment, an die Stelle von steter Kommunikation mit uns, dem Souverän, ein permanentes professionelles Medienkasperltheater. Statt auf die Hirne zielten sie auf die Bäuche. Zwar haben Politiker ohnehin nie viel im Sinn gehabt mit Hirnen, aber bis zum Anbruch des neuen Jahrtausends haben sie zumindest so getan, als zielten sie auf die Hirne und bemühten sich um die Herzen. Ab dem Zusammenschluss der Nationalen mit den Christlichen versuchten sie es nicht einmal mehr zu verbergen. Umgehend installierten sie eine *patriotische* Bilderflut und richteten ihre Attacken nur noch gegen die Bäuche. Und seither tun das alle. Sie kitzeln unsere Triebe und Instinkte heraus, auch die niedrigsten, und benutzen sie für ihre Zwecke.

Statt auf das Rationale, das unendlich mühsam zu erklärende und gar nicht zu verkaufende Vernünftige setzen sie auf das Gefühlige. Das war ihnen in der sogenannten Abschiebedebatte um Mishi Bizhi, oder wie immer sie in Wirklichkeit hieß, auf den Kopf gefallen. Wie es den weißen Eroberern Nordamerikas und Ausrottern der Urbevölkerung auf den Kopf gefallen war, dass sie Prämien ausgesetzt hatten auf abgezogene Kopfhäute der Auszurottenden, und plötzlich begannen diese ihrerseits die Kopfhäute der Weißen abzuziehen. Auf einmal war Sam Hawkens der Skalpierte. Und genau so unsympathisch und trottelhaft wie Sam Hawkens stehen sie jetzt da, die Mandarine der Politkaste Österreichs.

Unter all den May'schen Helden, die der sächsische Fantast erst als obskure Idioten einführt, ehe sie sich zum Entsetzen der Bösewichter als Übermenschen entpuppen, als unbesiegbare Supermänner, immer von deutscher Abstammung natürlich, ist Hawkens der trottelhafteste Idiot. Die unsympathischste Figur in Karl Mays Personal, der penetrant *gute* Deutsche, der die gemütliche Selbstgerechtigkeit des ebenso penetrant guten Old Shatterhand und Kara Ben Nemsi übertrifft, und der auch noch die Welt nervt mit seinem angeblichen Witz.

Die Begriffe auf den Kopf fallen und Skalpe nehmen zusammenzubringen erzeugt natürlich ein schiefes Bild, denn es geschieht ja das Gegenteil, es fällt nichts, es wird etwas hoch gerissen. Johann Georg Kohl hat es ausführlich beschrieben. Der Ojibbeway-Krieger Wattab hatte es ihm erzählt, ein großer, Furcht einflößender Mann, den Kohl mit den seltsamen Worten kühl und frisch schildert, mit Waffen behängt, mit den Skalplocken sechs besiegter Feinde in seinen Haaren. Eine siebte Locke hatte Wattab an seinen Tomahawk genagelt, weil sie etwas Besonderes war.

Es war der Skalp des Lakota-Mannes Wabasha, des besten und stärksten Kämpfers seines Stammes. Wabasha war von einem Pfeil getroffen worden und lag ächzend im Kanu, rund um ihn die Boote seiner Mitstreiter. Wattab hatte so große Lust empfunden auf den Skalp des Sterbenden, dass er sich von seinem Kanu ins Wasser gleiten ließ, mitten durch die Feinde schwamm, das Haar Wabashas packte, das aus dem Kanu hing, sich daran hochzog und den Skalp nahm. Mit ein paar wenigen Messerschnitten. Dann schwamm er zurück zu den Seinen, mitten durch die Feinde, immer wieder das blutige Ding mit einer Hand hochreckend. Buanich Tigwan. Skalp eines Lakota.

So ist es, wenn etwas genommen wird. In diesem Land hier hatten sie sich wie überall auf der Welt unangreifbar machen wollen, indem sie an die Stelle von spröder Verwaltungstätigkeit einen pausenlos aus allen Medienkanälen plärrenden Mummenschanz gesetzt hatten, ein makabres und perverses Wohlfühlspektakel wie in den einleitenden Sequenzen von Fellinis *Satyricon*. Aber jetzt machten die Medien und die Bürgergesellschaft aus dem Konflikt um das hübsche, kleine, zerbrechliche Wasserluchsweibchen ein Spiel mit Emotionen, das sich auf einmal gegen die Erfinder dieser Art von Spiel richtete, und in dem sie keine Gewinnchance hatten.

33

An einem Abend vor dem Fernseher, in dem gerade Armin Assinger belangloses Oberflächenwissen im Multiple-Choice-Verfahren abfragte, begann meine Mutter auf einmal zu reden. Ein Kandidat war an einer Frage gescheitert, die ihm hundertfünfzigtausend Euro Gewinn gebracht hätte. Wo leben die Osedax-Männchen, hatte die Frage gelautet; schon bevor die vier möglichen Antworten auf dem Bildschirm auftauchten, hatte ich es laut gesagt. Im Eisack ihrer Weiber.

Der Osedax ist ein Tiefseewurm, der sich von den Knochen toter Wale ernährt, die auf dem Meeresboden vor sich hin verrotten. Das Osedax-Weibchen frisst Höhlen in die Walknochen, in diese Höhlen hinein steckt es seinen Eisack. In diesem Sack, also im Inneren des Weibchens und damit im Inneren des Walknochens, leben bis zu zweihundert Männchen, die massenhaft Sperma produzieren und damit die ebenfalls im Eisack befindlichen Eier des Osedax-Weibchens befruchten. Ich hatte es irgendwo gelesen. Sinnloses, unsystematisch angelesenes Wissen ist meine Spezialität. Komme nicht los davon, obwohl ich weiß, dass Wissen nur glänzender Schein ist und der Beginn der Unwissenheit.

So was weißt du, sagte sie unverhältnismäßig laut, und dass sich anscheinend nicht viel geändert habe mit mir. Sie lachte ein kleines komisches Lachen, als ob es ihr peinlich wäre, über Privatangelegenheiten zu sprechen, dann fuhr sie fort. Immer sei ich hinter Zeitungen und Buchseiten verschwunden gewesen, sobald ich Lesen gelernt hätte, und später dann ebenfalls völlig abwesend vor dem Fernsehbildschirm gehockt. Das wirkliche Leben hätte mich nie so interessiert wie das in Büchern und im Fernsehen. Das wirkliche Leben, so formulierte sie es.

Sie hat recht, dachte ich, und wusste zugleich, dass ich das niemals zugeben würde. Ihre Beobachtung war eine zutreffende, besonders was die Jahre in Thunder Bay und Marathon betraf. Während der intensiven Beschäftigung mit Kohl und seinen Ojibbeway war mir aufgefallen, dass mich alles, was nicht im von Kohl beschriebenen Kosmos vorkam, zunehmend weniger interessierte. Es hatte mich allerdings nicht gestört, im Gegenteil. Ich hatte es als Minderung von Belastung empfunden.

Was meinst du mit wirklichem Leben?, fragte ich.

Was so los war. Im Dorf. Und was man so erlebt hat.

Wer ist man?

Man halt.

Welcher man?

Wenn man dir was erzählt hat, wie es früher war, zum Beispiel, da hat dich das nie interessiert. Gleich hast du wieder ein Buch in der Hand gehabt.

Ich hatte Angst, etwas zu sagen, weil ich wusste, dass dieses Zittern, das sich in mir auszubreiten begonnen hatte, auch meine Stimme befallen würde, und dass sie merken würde, wie wütend ich war. Nichts hast du mir erzählt, wollte ich sie anschreien, und spürte den starken Drang, etwas zu zerstören. Wie in Sam Shepards *Don't Come Knocking*, wo der Sohn einer elendig mickrigen Vaterfigur seiner Mutter Jessica Lange ins Gesicht schreit, nichts hast du mir erzählt, und dann die gesamte Wohnungseinrichtung zerstört. Ich musste lächeln, wegen der Koinzidenz, als mir einfiel, dass in der nächsten Szene dieses Filmes ein blutjunges Mädchen im Hotelzimmer des alten Mannes auftaucht, und der macht sich beinahe in die Hosen aus lauter Angst vor dieser geballten Attacke von Jugend.

Und da fing sie zu reden an, ich verstand nicht alles, weil Assinger und die Säuselmusik seiner Show zu laut aus dem Fernseher kamen. Sie begann, mir ihre Geschichte zu erzählen, richtig strukturiert, beginnend am Anfang. Wo sie herkam. Wer ihre Eltern gewesen waren. Was sie getan hatten. Wie das so war damals, in ihrer Zeit, als sie ein Kind war, an den Plätzen, an denen ich ein halbes Menschenleben später Kind gewesen war. Sie tat, was ich mir halb eingestanden immer gewünscht hatte, doch jetzt machte es mir Angst. Mit Widerstreben nur konnte ich ihr zuhören. Wobei mir nicht klar war, ob ich befürchtete, dass sie glaubte, bald sterben zu müssen, und darum ihre Geschichte loswerden wollte, oder ob mich der Gedanke erschreckte, es könnte nach so vielen Jahren plötzlich zu Gefühlsausbrüchen zwischen ihr und mir kommen. Oder ob ich einfach nur Angst vor ihren Geschichten hatte.

Ich gebe dir ein Beispiel, sagte sie. Vom ganzen Dorf sind die Kinder zum Zähneziehen zu meiner Mutter gekommen.

Zu meiner Großmutter. An die ich so gut wie keine Erinnerungen habe, sie war gestorben, als ich zwei Jahre alt gewesen war.

Meine Mutter breitete eine lange Vorgeschichte aus, von ihrem Vater erzählte sie, dem Fassbinder, der vier Söhne gezeugt hatte vor dem Ersten Weltkrieg, der dann für den Kaiser ins Feld gezogen war, und während er kämpfte in denReckslöchern dieses Krieges, wo genau, das wollte oder konnte sie nicht sagen, war seine erste Frau gestorben daheim, und da stand er jetzt mit den vier kleinen Buben.

Von ihrer Mutter erzählte sie, die auch verheiratet gewesen war, mit einem Nähmaschinenmechaniker. Der fuhr jeden Tag mit dem Fahrrad von dem Dorf nach Linz, in die Arbeit, und wieder zurück am Abend, bei jedem Wetter, fünfzehn Kilometer in eine Richtung. Bis er sich eine Lungenentzündung holte. Und starb. Da waren zwei Kinder da, sagte meine Mutter, ob ich die kenne, unterbrach ich sie, natürlich, sagte sie und nannte die Vornamen von zwei Tanten, die so früh schon gestorben waren, dass ich mich nur noch schemenhaft an sie erinnern konnte.

Ich staunte, wie lapidar sie das erzählte. Meine Mutter hat dann den Vater geheiratet, bei ihr waren zwei Kinder da, er hat schon vier gehabt. Und: Natürlich hat sie sich sehr schwer getan, weil die Buben waren gerade in so einem Alter, wo sie ein wenig wild waren. Da hat es Probleme gegeben, weil sie ihr alles zu Fleiß getan haben. Weil sie sie nicht akzeptiert haben, am Anfang.

Sie stockte und zögerte nur, als sie zu erklären begann, weshalb meine Großmutter zur Zähneausreißerin des Dorfes geworden war, dann, als sie redete, räusperte sie sich häufig und warf mehrfach die Floskel ein: Wie soll ich das jetzt sagen. Dass ihre Mutter in Alkoven Kind und junge Frau gewesen war, sagte sie, dass sie als lediges Mädchen beim örtlichen Arzt gearbeitet hatte, als Dienstbotin und bald Mädchen für alles. Dass es damals noch keine Sprechstundenhilfe gegeben habe in dem Sinn, wie wir das kennen. Dass also ihre Mutter hatte einspringen müssen, wenn der Arzt Hilfe brauchte, wenn etwa ein Bauer nach einem Unfall zu versorgen war. Da hat sie sich viel Wissen angeeignet, sagte sie, und nach einer langen Pause: Und auch bei Entbindungen hat sie mittun müssen, wenn es kritisch geworden ist.

Ganz rasch nahm die fremde Frau von den Fotos an der Wand, die meine Mutter ist, Konturen an. Ihre Geschichte hätte meine sein können, abgesehen von den Details und den Entwicklungsstufen von Verkehrsmitteln und technischen Geräten. Es war die Erzählung von der üblichen ärmlichen Kindheit im Dorf. Es war dieselbe Verweigerung einer Verklärung. Es war das leise, aber konsequente Einstehen gegen die Behauptung, man sei zwar arm, aber zufrieden gewesen. Es waren keine guten alten Zeiten gewesen, in denen die Kranken und die Verunfallten statt zum Arzt zu einer Dorfbewohnerin gingen, die in ihrer Jugend Putzfrau und Köchin bei einem Arzt gewesen war.

Meine Mutter lachte. Ja, sagte sie, man hat ja beim Doktor noch alles selber zahlen müssen, darum haben sie die Mutter geholt. Ob sie ihr auch etwas bezahlt haben, wollte ich wissen. Geld nicht, sagte sie, aber Naturalien. Sie lachte kurz auf wegen des komischen Wortes, Naturalien, präzisierte dann. Eier. Speck. Most. Sie lachte so heftig, dass es in einen kurzen Hustenanfall überging. Der nächste erreichbare Arzt sei in Ottensheim gewesen, sagte sie dann, das sei den Leuten zu weit gewesen. Und in der Nacht sei die fliegende Brücke überhaupt nicht gefahren.

In der Nacht flüsterte die Teufelseiche verworrene Stanzen in meinen Schlaf, von Dorfkindern, die voller Angst in den Stuben saßen und horchten, horchten, und zu zittern begannen, als sie die Schritte der Zähnereißerin draußen im Vorhaus hörten, in ihren schweren Bauernklompen, die dicken hölzernen Sohlen krachten auf den Granitsteinen des Vorhausbodens. Ein Karl May'sches Erzgebirgsdrama von Not und Elend wuchs da in meiner Fantasie, eine gewaltige Geschichte von hinterwäldlerischer Armut, und von Menschen, die sich nicht wehrten, die als gottgegeben hinnahmen, was ihnen eingebrockt wurde.

Das Elend in seiner nackten, beredten Wirklichkeit flüsterte die Eiche in ihrem Brabbeln vor sich hin, finstere rußgeschwärzte Wohnlöcher besang sie, Kälte und Mangel, Menschen gehüllt in Lumpen, die kaum ausreichend Schutz boten vor dem Frost. Es waren außerordentlich schöne Verse, die die Eiche von sich gab, und zugleich von einer großen Bedrohlichkeit und funkelnden Bosheit. Am Morgen hatte ich die Worte vergessen.

Interessiert dich das eigentlich?, hatte meine Mutter gefragt, als Assingers Sendung am Abend zu Ende gegangen war und sie sich leise ächzend aus der Couch gehoben hatte, um ins Bett zu gehen.

Natürlich.

Dann reden wir morgen weiter. Sie lächelte und sagte: Aber dann ohne Fernseher.

Gerne, sagte ich, und merkte, dass mein Widerstreben zu schwinden begann.

34

Der Vollständigkeit halber war ich am Tag des Zeiselmauer-Besuchs auch nach Zwentendorf gefahren, war in Bärndorf von der Landesstraße 112 abgebogen hinunter zur Donau und hatte den Wagen abgestellt auf dem beinahe leeren Parkplatz unterhalb des Atomkraftwerks. In der Jausenstation Bärndorfer Hütte trank ich einen Kaffee, vor dem grässlichen Knusperhäuschen-Bauwerk im Stil einer Tiroler Almhütte saßen ein paar Radfahrer an den grob gezimmerten Tischen und blickten hinab auf die Donau zu ihren Füßen. Hinter ihnen die Kraftwerksruine, ganz nahe, und doch so klein und unscheinbar. Harmlos.

Genau genommen liegt das Atomkraftwerk in dem Ortsgebiet von Bärndorf, und auch Kaindorf ist näher als Zwentendorf, notierte ich in das Notizheft, dann kritzelte ich ein wenig herum, weil mir nichts einfiel zu dieser flachen öden Agrarindustrielandschaft. Beim Ortsnamen Kaindorf denke ich an Kain, schrieb ich, aber nicht an Abels Bruder, sondern an den begnadeten Politiker und Schriftsteller aus Oberösterreich, der sich als Einziger, oder zumindest als einer von wenigen dem von Germanisten und Feuilletonisten verordneten Schreibereibetrieb versagt hatte. Oder ich denke an Kains ebenso großartige Tochter, die Autorin, die nichts konstruiert oder dekonstruiert, sondern lebt was sie schreibt oder schreibt was sie lebt, was immer das heißen mag, ich strich den Satz durch, schrieb, sie meint was sie meint, das will ich sagen.

Ich bezahlte und ging ein paar Schritte hinunter zur Donau und ein Stück am Ufer flussabwärts. Kroch ein wenig in den Stauden herum auf dem schmalen Streifen zwischen Parkplatz und Donauufer, aber da war nichts, keine Fußspur eines spätantiken Jossakid, nichts von Severinus, und auch nichts von Kampf und Geschrei und wütendem Protest aus den siebziger Jahren. Nur Müll, Plastikfetzen, zerknüllte Packungen von Keksen und Schokoladetafeln, Bananenschalen, zerbeulte PET-Flaschen, sich in Schlamm und Feuchtigkeit auflösende Taschentücher von verdächtiger Farbe.

Ein alter Mann schlenderte oben auf dem asphaltierten Treppelweg vorbei und rief, ob ich was suchte. Römerzeugs!, rief ich zurück. Vorsichtig und sehr langsam stapfte er hinein in das Gestrüpp, bis er neben mir stand, zeigte unbestimmt in Richtung Süden. Da, wo die Zufahrtsstraße hereingeht zum Kraftwerk, da war einmal etwas, sagte er. Irgendwelches Mauerwerk. Fundamente in den Feldern. Von den Römern. Aber das ist schon lange weg.

Ein kleines Stück ging ich über die abgemähten Wiesen in Richtung Landesstraße, ohne recht zu wissen, was ich bezweckte, vielleicht hoffte ich, irgendwo eine Erhebung im stoppeligen Gras wahrzunehmen, von der ich mir einbilden könnte, darunter befänden sich Reste von Asturis. In Zwentendorf fragte ich eine Verkäuferin im Sparmarkt, ob sie etwas von Spuren aus der Römerzeit wisse. Schon, sagte sie, da hat es einmal so eine Fotoerkundung gegeben, vom Flugzeug aus. Und ausgegraben haben sie auch immer wieder Sachen, Kleinzeugs, Münzen, Tonscherben. Früher sei da einiges im Zwentendorfer Heimatmuseum gewesen, aber irgendwann einmal habe man das alles in das Niederösterreichische Landesmuseum nach St. Pölten geschafft.

Ich beschloss dabei zu bleiben, dass dies hier nicht Asturis war, auch wenn die Gemeinde Zwentendorf auf ihrer Homepage wie selbstverständlich für sich in Anspruch nimmt, zu Beginn unserer Zeitrechnung den Namen Asturis getragen zu haben. Mich beeindruckte diese durch nichts belegte Behauptung nicht. Vom Kraftwerk weg fuhr ich nicht zum Museum in St. Pölten, sondern weiter nach Zeiselmauer und danach Wien. Bei der Durchquerung von Tulln verfuhr ich mich hoffnungslos. Während ich versuchte, mich anhand von Hinweistafeln zu orientieren, die alle in Richtung von Ortschaften zeigten, die in meiner Straßenkarte nicht verzeichnet waren, rief mich der Sprecher meiner Auftraggeber an.

Wo sind Sie?, rief er.

Comagenis.

Ah, Tulln! Und nach einer Pause: Haben Sie schon recherchiert in Tulln?

Bin gerade angekommen, sagte ich.

Was halten Sie vom Erdbebenwunder zu Comagenis?, fragte er.

Interessant, sagte ich. Und schwieg. Obwohl ich gerne mit ihm diskutiert hätte über die Tatsache, dass jene Passage in der Severinus-*Vita* die Stelle ist, über die die meisten Eugipp-Kommentatoren hinwegpreschen mit auffallender Schnelligkeit. Weil sie niemandem in den Kram passt. Weil sie, wenn man sich darauf einlassen würde, die ganze Durchsichtigkeit und Unhaltbarkeit von Eugipps Schwindelunternehmen sichtbar machen würde. Denn Tulln wurde durch ein Erdbeben zerstört, das in verbürgten Quellen belegt ist, allerdings bereits im Jahr 456, was mit allen denkbaren Einordnungen von Eugipps Erzählung in historische Abläufe unvereinbar ist.

Tulln müssen Sie jetzt nicht irgendwie groß herausstellen, sagte der Sprecher meiner Auftraggeber. Tulln mit der Gartenschau und der Bootsmesse braucht eigentlich keine Werbung. Zumindest nicht eine von der Art, die die Doppellandesausstellung darstellen wird, ob sie will oder nicht. Es wäre das falsche Zielpublikum. Wer sich für Severinus interessiert und den Aufstieg und Fall des Imperium Romanum, der kauft keine Motorjachten. Erwähnen Sie Comagenis, natürlich, das Erdbeben, ja, ist ja ein feines kleines Mirakel. Aber schwärmen Sie nicht von Tulln. Zumindest nicht zu ausführlich.

35

Mein Problem mit Dörflers rassistischem Schreiben wuchs. Ich begann, Sätze in seinem Severin-Roman anzustreichen, immer mehr, und immer waren es Beispiele aus den vorderen zwei Dritteln seines Buches, wo er seinen Helden Severinus sich in Afrika herumtreiben lässt, unter dem gleißenden Himmel Karthagos, in den schreiend lauten und hektischen Gassen Alexandrias. Dem verschlagenen Sarmaten fehlt der lateinische Sinn für den Pflug und das Winzermesser, und der Staat ist nicht mehr als ein Raubschiff! Der Sprecher meiner Auftraggeber ärgerte mich mit seinem penetranten Schwärmen für Giese, aus einer Art von kindischem Trotz gegen diese aufdringliche Überschätzung beharrte ich darauf, Dörfler zu bevorzugen.

Lesen Sie Giese, war das Erste, das er sagte, wenn wir diskutierten über ein Detail aus der Biografie des Heiligen, lesen Sie Giese. Und dann begann er zu jammern, dass der Katalog immer umfangreicher würde, weil alles hinein muss, Hinz und Kunz und Krethi und Plethi müssen berücksichtigt werden, und jeder Bürgermeister jeder an die Donau grenzenden Gemeinde, fragen Sie mich nicht, wie viele das sind. Massenhaft Geleitworte. Unter uns gesagt, sagte er, es wird eine Katastrophe werden, weil die Herren Bürgermeister beziehungsweise diejenigen in den jeweiligen Gemeindeverwaltungen, die eines geraden deutschen Satzes mächtig sind, den immer gleichen Stumpfsinn von sich geben werden.

Der großen Tradition des Raumes verpflichtet, doch offen dem Neuen, das Europa bringt, in verantwortungsvollem Bewusstsein um die Bedeutung des gewaltigen Wasserwegs, der immer schon ein Weg war und einer sein wird, der den Kontinent vereint, nein, den Kontinent und seine Menschen vereint, ich sehe sie schon vor mir, diese Unzahl an bürgermeisterlichen Grußworten. Wie elegant dagegen der Stil Gieses!

Also las ich Giese: Ich muss die Nacht und den Morgen beschreiben, an dem die Welt zusammenstürzte.

Und las Dörfler und bevorzugte ihn und begann mich gleichzeitig zu ekeln vor der Geisteshaltung des bescheidenen Priesters. Ich saß auf einer Schotterbank an der Donau in der Gegend von Engelhartszell, am nördlichen Ufer, ich war über die Brücke bei Ranna ins Mühlviertel gefahren, wollte auf dem Boden stehen, auf dem die Feinde gestanden waren damals, die Heruler und die Rugier. In der flirrenden Luft, gesättigt von Mücken und Feuchtigkeit, war ich durch das Unterholz ans Ufer marschiert, voller Angst vor Zecken und Schlangen, und hatte versucht, etwas zu fühlen.

Mutlos und verzagt, wie ein Romane im Rugiland. Aber Rugiland war leer.

Ich blieb eine Weile sitzen auf den Steinen und las Dörfler und strich Satz um Satz an. Die von Natur aus demütigen und geduldigen Negersklaven lecken wie geschlagene Hunde voller Dankbarkeit die Peitsche! Wogegen germanische Kriegsgefangene stolz bleiben, aufrecht und im Falle ungerechter Behandlung gefährlich wie andalusische Stiere! Die Alanen schienen Severin wie unnatürliche Zwitter, die germanischen Wandalenweiber, jederzeit sauber und ordentlich, reingewaschen und von edlem Anstand, wollte er lobpreisen Tag und Nacht, und ihre prallen Arme und Schenkel und ihren Kampfesmut besingen.

Wie es den jungen Severin ekelte vor den Hunnenweibern in ihren wie Fuchshöhlen stinkenden Drecksnestern, Weiber überladen von Schmuck und Schmutz gleichermaßen. Wer wissen will, wie der Teufel aussieht, muss nur ein altes Hunnenweib anschauen! Und dann lässt der Priesterdichter Dörfler einen römischen Veteranen lustvoll schildern, wie er einen Hunnen erstochen hat: ins Herz das Schwert, ins Herz aller Hunnen! Und er urteilt kurz und bündig: Einen Hunnen erstechen, das wird Gott einmal hoch anrechnen.

Ich fragte den Sprecher meiner Auftraggeber, ob es einen konkreten Grund gebe, warum er mir immer nur Giese anempfehle, ständig dieses Lesen Sie Giese, und von Dörfler abrate.

Im Prinzip sage ich Ja zu Dörfler, sagte er, aber man muss Rücksichten nehmen. Dörfler könnte Einwände provozieren.

Sie meinen seine Nazisprache?

Googeln Sie einmal Dörfler, sein vor dem *Seher von Noricum* entstandenes Schaffen, dann werden Sie wissen, was ich meine. Die Auftraggeber der Doppellandesausstellung sind sehr sensibel in Sachen Kritik. Und solche wird zu erwarten sein, und zwar unangenehme, wenn Sie sich zu sehr auf Dörfler einlassen. Halten Sie sich an Giese, was das Literarische betrifft.

Also Giese rein, Dörfler nicht rein? Und natürlich auch nicht Lotter.

Natürlich muss Dörfler vorkommen, seufzte der Sprecher meiner Auftraggeber. Schließlich denken wir auch an den deutschen Gast. Der gesamte Oberlauf der Donau ist Einzugsgebiet der Ausstellung, also muss Dörfler präsent sein im Katalog, und zwar in Ihrem Aufsatz. Ich würde ihn nur nicht zu sehr in den Vordergrund stellen.

Giese ist doch völlig aus der Zeit gefallen, sagte ich, allein das ständige Herumwuseln von irgendwelchen Frauenspersonen um den Heiligen Mann. Noch im Sterben geht das weiter, auf dem Totenbett offenbart in Gieses Version Severinus, dass er in die geizige Procula von Mautern verliebt gewesen war.

In den späten siebziger Jahren ging es nicht anders, sagte der Sprecher meiner Auftraggeber. Ohne Sex kein Film und kein Roman.

Es geschieht aber kein Sex bei Giese, sagte ich.

Eben, sagte er. Das waren die Siebziger.

Und dann macht er aus Severinus einen für die siebziger Jahre des vorigen Jahrhunderts prototypischen Christenmenschen, sagte ich, der Apostel Noricums ist bei Giese kein Verkündigungs- und Bekehrungsapostel, sondern ein Sozialapostel; und am Ende lässt er ihn beinahe so pietistisch in den Himmel auffahren und sich in den Mantel Gottes auflösen, wie May es mit Winnetou am Ende von Winnetou III getan hat. Die Brüder singen den Abendpsalm bei Giese, die Siedler singen das *Ave Maria* bei May, in ekelhaft schlechter Neudichtung. Gott ist, das sind die letzten Worte des Heiligen bei Giese, Winnetou ist ein Christ jene des edlen Wilden bei May. Nach einer Pause sagte ich: Und erst das Klassenkämpferische bei Giese!

Es sei das Einzige, was ihn an Giese störe, sagte der Sprecher meiner Auftraggeber. Sein um eine Spur zu aufdringliches soziales Anliegen. Es ist schön, es hat was Romantisches, man möchte gerne, dass die Geschichte wirklich so gewesen sein soll, dass der Mann der Tugend tatsächlich der Sprecher und Befreier der Sklaven, der einfachen Coloni, der Unfreien, der Plebs gewesen sein soll. Aber davon steht nichts in der *Vita* des Eugipp. Das ist Giese, das sind die Nachwehen von 1968. Da hätte er den Heiligen wohl ein wenig so gesehen, wie die Jesus People damals den Herrn gesehen haben. Ein bisschen Che, Sie verstehen, Commandante Severino, wie einen von diesen Befreiungstheologen lässt er Noricums Seher durch die Wälder stapfen und sich gemein machen mit dem Pöbel und von sozialer Gerechtigkeit reden und von Umverteilung der Güter. Da liegt Giese zweifellos daneben.

Da bin ich ganz Ihrer Meinung, sagte ich.

Verstehen Sie mich nicht falsch, sagte er, es gefällt mir, es hat was Charmantes, es ist ein liebenswerter Zug, und es hat irgendwo auch was Drolliges, wenn der Großbürger Giese den ganz und gar im fünften Jahrhundert verhafteten römischen Großbürgerspross Severin gelegentlich anlegt wie einen Rudi Dutschke der norischen Wälder. Aber in der Broschüre soll diese – nun ja, ein wenig schiefe – Sicht auf den Heiligen und seine Zeit nicht unbedingt im Mittelpunkt der Darstellung stehen.

Es ist ganz in meinem Sinne, sagte ich. Und, nach einer Pause: Die Herren Landeshauptleute würden es nicht sehr goutieren, oder?

Was meinen Ihr Dörfler oder Lotter dazu?, sagte er, meine ohnehin rhetorische Frage ignorierend.

Die hässliche Welt der kapitalistischen Verdinglichung kommt bei diesen beiden nicht vor, sagte ich, spürte seine Sorge, ob sie bei mir vorkommen würde, die Irrung und Wirrung und Umwälzung der Völkerwanderung als Folie, durch die die heutige Wirrsal sichtbar werden möge. Er stellte jedoch keine diesbezügliche Frage.

Ich fragte ihn, warum man eigentlich nicht Professor Giese mit der Abfassung des Aufsatzes zu Severinus beauftragt habe. Da blieb es stumm in meinem Handy. Alleine seine Idee der Severinus-Vorgeschichte im Attila-Lager, sagte ich, die kann man zwar als durchsichtig bezeichnen, durchschaubar, aber sie war offensichtlich geeignet, sein Publikum zu einem zustimmenden Kopfnicken zu bringen, oder zu einem Staunen ob der Kühnheit, mit der der Autor in einer gewaltigen Geste großartige Zeiten und großartige Räume und großartige Persönlichkeiten zusammenfasst. Giese wäre der geeignete Mann gewesen.

Der Sprecher der Auftraggeber redete herum, murmelte etwas von möglicherweise zu großer Belastung, er sei schließlich doch schon ein Herr in den besten Jahren, wenn Sie verstehen. Ich verstehe nicht, sagte ich, und fragte, ob sie Giese überhaupt gefragt hätten. Da sagte er hastig etwas von gewissen Details in der Biografie des verehrten Autors, die seine Auftraggeber – nun ja, nicht wirklich goutierten, und darum habe man von Giese abgesehen und sich für ein unbeschriebenes Blatt entschieden, also für mich. Mehr könne er eigentlich dazu nicht sagen.

Seine Kommentare im Severinus-Roman, die er immer wieder einstreut wie den inneren Monolog eines von Selbstzweifeln gequälten Lehrers, lassen auf einen sehr konservativen Menschen schließen, sagte ich, da müsste Giese bei den Landeshauptleuten der an der Ausstellung beteiligten Länder gut ankommen, die ja beide dem konservativen Lager angehören. Andrerseits lässt die Tatsache, dass er in den siebziger Jahren beim staatlichen Rundfunk Karriere gemacht hat, darauf schließen, dass er den Roten zugerechnet wird, oder zumindest wurde, und dass ihn deswegen die Schwarzen nicht haben wollen als Autor. Habe ich recht?

Selbst wenn er könnte, würde er dies nicht kommentieren, sagte der Sprecher meiner Auftraggeber.

Ist es, weil er Jude ist?, fragte ich. Oder mit hoher Wahrscheinlichkeit Freimaurer? Ist das den Landeshauptleuten ein Dorn im Auge?

Sie neigen ein wenig zu Paranoia und Verschwörungstheorien, oder?, sagte er, und dass er meine letzte Frage nicht beantworten werde. Dann legte er auf.

Und ich strich weiter Sätze an in Dörflers Roman, Passagen, in denen er den heiligen nordischen Mann als zu Höherem gewandelten Edelmensch ausstellt; erleuchtet, weise, mit festem Weg und klarem Ziel lässt er ihn durch die Niederungen Karthagos wandeln und sich fragen: Sind die stinkenden wiederkäuenden Kamele mit flammenden Augen in bösen Gesichtern das Minderwertigste in dieser Stadt, oder sind es die zwischen den Herden im Dreck lagernden Neger, Araber, Barbaren, deren einzige Aufgabe es zu sein scheint, zu brüllen und zu schreien.

Etwas stimmte nicht. Am Abend öffnete ich die Wikipedia-Seite zu Dörfler wieder einmal. Der Satz war unverändert, und er war klar und unmissverständlich: Peter Dörfler wurde unmittelbar nach Kriegsbeginn von den Nazis mit Schreib- und Publikationsverbot belegt. Aber warum hatten die Nazis diesem Mann das Schreiben verboten, aus dessen Buchseiten einem immer wieder gleichsam ein kreischendes Heil, Heil, Heil entgegenplärrt. Warum ließen sie einen nicht publizieren, der ihre Sprache geschrieben hatte, und ihre Gedanken gedacht, noch 1948, als der *Seher von Noricum* erschienen war?

36

Japaner haben jetzt die Tabakfabrik gekauft, sagte meine Mutter, zuerst die Engländer, jetzt die Japaner. Ja, sagte ich, wir haben schon geredet. Die Heuschrecken holen sich alles. Welche Heuschrecken?, fragte sie. Nichts, sagte ich. Es ist wegen meiner Arbeit. Der Heilige. Die Gegend um Kuchl hat er einst befreit von einer Heuschreckenplage.

Kuchl bei Salzburg?

Ja.

Aber geh, sagte sie und lächelte. Wie soll es denn da so viele Heuschrecken geben, dass man von einer Plage reden kann?

Gute Frage, sagte ich.

Der Heilige Mann, oder eigentlich die Versöhnung Gottes mit den Menschen, bewirkt durch den Heiligen Mann, hatte einst die Heuschrecken vertrieben aus Cucullis. Oh du Gott der Versöhnung, warum vertreibst du nicht locustae migratoriae japonsiae aus dem Kastell Lentia, wo sie sich hermachen über die Tabakernten unserer Provinzen und sich den Fruchtgenuss aneignen. Und sich nicht einkriegen können vor Lachen über die norischen Idioten des einundzwanzigsten Jahrhunderts, die nicht nur ihre Felder nicht schützen, sondern auch noch Lockstoffe auslegen für die gefräßige Horde, ein donnerndes Lachen bebt durch den ganzen Schwarm nach seinen Raubzügen über diese unsere heimischen Felder, denn hier fleht man ihn an, alles leer zu fressen, während er sonst doch bekämpft wird mit Feuer und Lärm allüberall, urbi et orbi.

Mit verderblichem Biss vernichteten sie alles auf den Feldern um Kuchl, schreibt Eugipp. Natürlich wandte man sich mit inständigen Bitten an den Heiligen Mann, er möge mit der erprobten Fürbitte seiner Gebete die so schreckliche Plage abwenden.

Der kam ihnen gleich mit seinen Sprüchen und Belehrungen, bekehret euch durch Tränen, blaffte er sie an, zitierte einen der zwölf Propheten, Joel, bekehret euch zu mir mit Fasten, Weinen und Klagen, und befahl, die Felder alleinzulassen und keinerlei Abwehrmaßnahmen gegen die Ungezieferplage vorzunehmen. Stattdessen versammelte sich die ganze Gemeinde in der Kirche von Cucullis zu antiphonischem Psalmengesang, wie die Fachwelt das hin und her gehende abwechselnde Herunterleiern von Singsangversen nennt. Man sang, man betete, man vergoss Tränen, man gab unablässig Almosen, den ganzen Tag lang.

Nur einen einzigen Mann, den ärmsten der Kuchler, den mit dem kleinsten Stück Ackerland, den hielt die Sorge um sein Hab und Gut nicht in der Kirche, er lief hinaus zu seinem Feld, das winzig zwischen den Saatfeldern der anderen lag, und verjagte voller Angst und mit größtem Eifer den ganzen Tag die schwebende Wolke von Heuschrecken von seinem Grundstück. Am Abend kehrte er zurück in die Kirche, empfing das Abendmahl, blieb bei der Gemeinde. In der Nacht wurden die Heuschrecken auf göttlichen Befehl aus der Gegend um Kuchl vertrieben.

Am Morgen aber, da schaute dieser eine unbesonnene Verächter der Worte des Heiligen Mannes ganz schön blöd aus der Wäsche. Die Saatfelder aller Kuchler waren verschont geblieben. Nur das seine nicht. Kahl gefressen bis auf den Grund, in schnurgerader Linie folgte der Biss der Plage den Grundgrenzen des verstockten Mannes. Wie jammerte und klagte dieser Ungläubige da, wie bestaunten und lobpreisten die Kuchler hingegen dieses Wunder.

Sie müssen jetzt kein großartiges Kapitel zu Kuchl und den dort stattgehabten Wundertaten des Severin verfassen, sagte der Sprecher meiner Auftraggeber. Kuchl ist nicht Teil der Doppellandesaustellung. Erwähnen Sie das Heuschreckenwunder, ja, finden Sie Bezugslinien zur hagiografischen Tradition, Stichwort Heuschreckenplagen im Alten und im Neuen Testament, aber nicht mehr. Und nach einer Pause: Was schreibt eigentlich Giese zu Kuchl?

Zu den Heuschrecken kaum etwas, sagte ich, und das wenige ist der Versuch einer rationalen Erklärung. Es habe keinen Sinn, sich zu wehren gegen etwas, das nicht abzuwenden sei, so interpretiert Giese das Vorgehen des Severinus, dieser habe nicht mehr getan als die Engherzigkeit und Selbstsucht der Bürger in ein wenig stoische Gelassenheit und anschließend in solidarisches Handeln zu verwandeln.

Typisch Giese, sagte der Sprecher meiner Auftraggeber und lachte.

Man könnte an dieser Stelle des Aufsatzes einen kleinen verschlüsselten Einschub platzieren, sagte ich, über die seltsame Verfasstheit der spätantiken Heuschreckenschwärme, wie wählerisch sie waren in ihrer Gefräßigkeit, könnte ins Allgemeine abschweifen, wie wenig sich verändert hat, wie noch immer die Heuschreckenentscheidung über Fressen oder Nichtfressen nichts zu tun hat mit den Einflussnahmen versöhnlicher oder unversöhnlicher Götter, sondern nur zu tun hat mit einfacher Algebra.

Algebra?

Der Schwarm frisst nur das, was sich rechnet, aus seiner Sicht. Mobiltelefonnetze ja, Festnetze nein, auf einen fiktiven Restwert abgeschriebene Wasserkraftwerke ja, ländliche Infrastrukturen nein. Der Schwarm spielt das simple alte Spiel. Privatisiere Gewinnversprechendes, vergesellschafte Verlustbedrohtes.

Sie sind wie Giese, sagte er, ohne dass Sie es merken. So ein Einschub, der mir für den Aufsatz aus grundsätzlichen Erwägungen doch sehr unpassend erscheint, würde aus einem Abstand von zwanzig Jahren genauso antiquiert und leichten Belächelns wert wirken, wie Gieses befreiungstheologische friedens- und studentenbewegte Auslassungen es für uns heute tun.

Dörfler dagegen –

Ach, Sie und Ihr Dörfler!

Dörfler dagegen folgt wie immer Eugipp, und als geschulter Gottesmann ergänzt er um einige Zitate aus dem Alten Testament: So verderben die Heuschreckenschwärme alles; vor ihnen blühendes Land, hinter ihnen Wüste. Ausführlich beschreibt er dann, wie Severinus die Kuchler aufgerufen hatte, Freigebigkeit zu zeigen und dem einen Heuschreckenopfer Nahrungsmittel für das laufende Jahr zu spenden. Woraus Pfarrer Dörfler seinen Lesern eine schöne Lehre bastelt: Der ungläubige Kleinbauer habe somit beides in einem erfahren, sowohl die Strafe des gerechten wie das Erbarmen des gütigen Gottes.

Wenn man es genau betrachtet, sagte ich ins Handy, dann reagierte die Gemeinde von Kuchl eigentlich so, wie es heutzutage hilflose sozialdemokratische Regierungen nach Heuschreckenangriffen tun. Sie machen aus den Modernisierungsopfern Sozialfälle. Sie gewähren ihnen ein Grundeinkommen, befristet und bedarfsorientiert, natürlich. Der Kuchler Bealmoste fühlte sich durch dieses Bealmostwerden schuldig und dankbar zugleich; ebenso getadelt wie bereichert, weil er gesehen hat, schreibt Eugipp, welch großen Schaden Unglaube anrichtet und welche große Wohltat Gottvertrauen. Nur derjenige, der aus der ganzen Sache als Einziger Gewinn gezogen hat, der zieht weiter mit einem großen Gelächter, das empordonnert bis zu jenem Gott, der seinen Heiligen gesandt hat, um die Verlierer ruhigzustellen: der Schwarm, die Ansammlung der nur träge und schwer fliegenden Lokusten, die Bäuche brechend voll von ihrer Beute.

Bitte keine Heuschreckensymbolik im Aufsatz, sagte der Sprecher meiner Auftraggeber.

Bei Kohl kommen keine Heuschrecken vor, sagte ich. Wie auch. In den feuchten Wäldern um die Großen Seen Nordamerikas finden weder die ägyptische Heuschrecke noch die gefürchtete gefräßige Wüstenwanderheuschrecke einen erträglichen Lebensraum. Überhaupt kommt die Heuschrecke in den Mythen der Indianer kaum vor, allenfalls im Süden, in heißen sandigen Gegenden. Es gibt da eine Zunilegende, wo der Trickster Coyote glaubt, eine ihn narrende Schrecke zerkauen zu können, doch als er zuschnappt, beißt er sich einen Zahn aus an einem Stein. Und dann narrt ihn das dürre Tierchen mit einem Lied. Tschumali,

tschumali, schohkoya, Heuschrecke, Heuschrecke, spiel auf der Flöte!

Wie gesagt, sagte der Sprecher meiner Auftraggeber, bringen Sie die Heuschrecken rein in ihrer biblischen Dimension, und streifen Sie Kuchl nur am Rande. Halten Sie sich in diesem Fall eher an Dörfler denn an Giese.

Was ist mit dem Kerzenwunder zu Cucullis?, fragte ich.

Welches war das gleich?

Wie dem heiligen Mann zu Ohren kommt, dass etliche Kuchler noch ihre heidnischen Bräuche pflegen, Giese schmückt das außerordentlich farbig und üppig aus, die ganze inneralpine Brauchtumswelt von Glöcklerläufen und Perchtentreiben lässt er plastisch entstehen vor unserem Leserauge, und wie der Heilige Mann, um die noch immer dem Götzendienst huldigenden Kuchler zu ertappen und zu verdammen mit der Macht seines Wortes, die ganze Gemeinde in die Kirche zitiert, und ihnen befiehlt, je eine Kerze in Händen zu halten. Dann Gebet, Anrufung des Herrn, großes Severinus-Theater, wie gehabt. Und siehe da: In den Händen der Gläubigen entflammen die Dochte der Kerzen von Gottes Hand, in jenen der verstockt das Heidentum Pflegenden nicht.

Ah ja, sagte der Sprecher meiner Auftraggeber, ich weiß. Dieses Wunder lassen wir vielleicht ganz weg. Einfach wegen des Problems der Zielgruppenverfehlung. Perchtenlauf und Glöcklerumzug gehört heutzutage zu unserem kulturellen Erbe, das auf uns gekommen ist von den Urahnen und in dem wir ruhen im Wissen um die Verbundenheit mit den Naturgewalten, und so weiter. Und dann ist der Kern dieses Wunders irgendwie ungustiös, finden Sie nicht, irgendwie ausgrenzend.

Zinnhobler wertet es als eine Art von Erweckungsgeschichte, sagte ich, so wie das sichtbare Licht der Kerze das Wachs zu Flammen schmelze, löse das unsichtbare Licht den Unglauben der Heiden auf. Wobei Eugipp nichts von einer Erweckung Ungläubiger oder gar ihrer Bekehrung berichtet, er schildert lediglich, wie sie gestanden, im Geheimen Götzendienst auszuüben, und wie sie versuchten, sich zu rechtfertigen.

Wir lassen es weg, sagte er, dann verabschiedete er sich.

Der Rasen gehört noch einmal gemäht, sagte meine Mutter, als wir mit dem Frühstück fertig waren. Wenn man die Halme zu lang lässt vor dem Wintereinbruch, wird es hässlich im nächsten Jahr. Sie fragte vorsichtig, ob ich nicht den Mäher aus der Garage holen und ihr diesen Gefallen tun könne. Der Nachbarsohn verlange jedes Mal fünfzehn Euro. Natürlich, sagte ich, und ging nach unten.

Nur Gerümpel in der Garage. Den Škoda hatte sie bald nach Vaters Tod verkauft. Am Ende war er auf das tschechische Billigauto umgestiegen, die Rente war einfach zu gering gewesen. Davor immer Audis. Es war ein Zeichen gewesen, ganz bewusst hatte er sich für diese Automarke entschieden. Um es den Bauern zu zeigen. Die Zeiten waren einfacher, es war leicht, Zeichen zu setzen. Einen Audi hielten sich damals nur Beamte der Landesregierung. Beamte am Anfang ihrer Laufbahn und Vertragsbedienstete erkannte man am VW Käfer oder, nach einigen Dienstjahren, am VW TL oder Variant. Ab dem Regierungsrat, egal ob einfacher oder wirklicher, Audi 80. Und ab dem Hofrat Audi 100.

Mein Vater, der Maurer, kaufte nicht wie seine Kollegen einen BMW oder Alfa Romeo, sondern demonstrativ einen Audi 100 als sein erstes Auto. Um die Bauern zu ärgern. Die großen Bauern fuhren Mercedes-Neuwagen, die ein wenig weniger großen Bauern gebrauchte Mercedes, die kleinen Bauern Volkswagen oder kleine Opel. Und die Bauern, die so klein waren, dass sie als Hilfsarbeiter in den Nebenerwerb gehen mussten, fuhren mit dem Schichtbus der Vöest. Mit der Anschaffung eines Fahrzeugs, das in einem völlig anderen Zeichensystem an der Spitze stand, zeigte mein Vater den Bauern im Dorf, dass er sich um ihre Hierarchie überhaupt nicht kümmerte. Es war für sie eine Ohrfeige. Noch schmerzhafter in ihrer Wirkung durch den Umstand, dass er nicht auf dem kürzesten Weg hinaus auf die Bundesstraße fuhr und dann zur Schicht, sondern Tag für Tag einen Umweg machte, durch das ganze Dorf, an jedem Hof vorbei, damit sie ihn alle sahen in seinem Hofratsautomobil.

Gleich geriet ich ins Schwitzen, obwohl es morgendlich kühl war draußen. Zucker und Fett, im Übermaß durch Jahrzehnte gelagert in meinem Körper, trieben mir die Perlen auf die Stirn, schnürten mir die Luft ab bei dem kleinen Hangstück hinter den Apfelbäumen, wo der Rasenmäher hangaufwärts geschoben werden musste. Dann ein stechender Schmerz am Knöchel, der Motor stellte sich von selbst ab, als ich die Führungsgriffe losließ und mich zum Schmerz beugte. Kleine, in hohem Ton summende Insekten kamen aus der Erde gekrochen und flogen dicht über dem Boden auf mich zu. Und stachen oder bissen mich, siebenmal, in Ferse und Unterschenkel, drei links, vier rechts. Sie hatte mich fluchen gehört, öffnete das Wohnzimmerfenster und rief, was denn los sei.

Nichts, sagte ich, nur ein paar Wespenstiche.

Oh Gott, rief sie, du hast das Nest der Erdwespen aufgemäht. Ich hätte dir sagen sollen, dass du aufpassen musst bei der Steinmauer. Komm sofort herein!

Ich gehorchte, auch als sie sagte, ich solle die Socken ausziehen und die Füße hochlegen auf dem Sofa. Sie ließ kaltes Wasser über frische Geschirrtücher laufen und wand sie über meine Fesseln und Unterschenkel. Dann holte sie das Telefon, ich fragte, was sie vorhabe, den Doktor anrufen, sagte sie.

Wozu?

Im Sommer ist ein Mann im Innviertel gestorben. Der war jünger als du. Drei Erdwespen haben ihn gestochen. Nach einer Stunde war er tot. Herzversagen. Ist in allen Zeitungen gestanden.

Sie telefonierte lange mit ihrem Hausarzt, in der Küche, damit ich nicht zuhören konnte. Anschließend kam sie mit nur mühsam unterdrückter Besorgnis in ihrem Blick zum Sofa. Wenn dir im Lauf der nächsten Stunde nicht kalt wird, und wenn es nicht anfängt, dich am ganzen Körper zu jucken, dann ist es in

Ordnung, sagte sie. Andernfalls sollen wir ihn sofort anrufen. Sie sah mich an und lächelte schief. Ist auch dann kein Problem, sagte sie, wenn er rechtzeitig was gegen die allergische Reaktion spritzt, ist es harmlos.

Eine Stunde lang lag ich auf dem Sofa, die Beine hochgelagert auf der Lehne, die von den nassen Geschirrtüchern immer feuchter wurde. Sie wechselte alle zehn Minuten die Tücher aus und fragte, wie es mir gehe. Gut, sagte ich. Sie setzte sich zu mir auf die Couch und begann zu erzählen von der Zähneausreißerin. Und zerstörte mit ein paar Sätzen das Bild, das ich mir gemacht hatte von meiner Großmutter als Schrecken der Kinder, gefürchtet wegen ihrer dentistischen Schwarzarbeit.

Die Kinder sind lieber zu ihr gegangen zum Zähnereißen als zum Gemeindearzt, sagte sie, viel lieber. Bei ihr haben sie keine Angst gehabt. Da war die Anne, an die kannst du dich gewiss erinnern, die hat zum Schreien angefangen und zum Toben, wenn sie zum Doktor fahren wollten. Die ist nie zu einem Zahnarzt gegangen. Nein, hat sie gesagt, nur zu der Fasslbinder-Oma.

Ich kann mich erinnern an die Anne. Die Tochter des Großbauern, von dem mein Vater die kleine, schäbige Wohnung gemietet hatte. Die Erste im Dorf mit einem Minirock. Einen wirklichen Skandal hatte es gegeben, als sie mit einem hautengen Lederanzug aus dem Hoftor marschiert und hinuntergegangen war zum Frühbus, um in die Schule zu fahren. Schwarzes Kunstleder, geschnitten wie die Anzüge, die Diana Rigg als Emma Peel getragen hatte. Aber die Bauerntochter sah noch geiler aus als Emma, wegen der wallenden blonden Haare und wegen des drahtigen Mädchenkörpers, von dem die Brüste abstanden wie harte, feste Kegel. Die Dorfbewohner starrten ihr nach und zerrissen sich die Mäuler, wie man sagt, und die alten Weiber keiften daheim, dass es eine Sauerei sei, die Brustwarzen hätten sich abgezeichnet in allen Einzelheiten. Und ihre Männer nickten zustimmend und dachten an diese Warzen, in allen Einzelheiten.

Blöde Eiche, dachte ich, erzählst nur Lügengeschichten, kein

Kind hat sich gefürchtet vor den Schritten meiner Großmutter auf dem Steinboden im Vorhaus, machst nur Faxen und verdrehst alles und beschwindelst alle, nur kleine Taschenspielertricks und Gaukeleien hast du drauf, wie alle und alles in diesem Land, immer schon, wie es aussieht.

Geht es dir eh gut?, fragte meine Mutter nach einer langen Pause. Natürlich, sagte ich. In Wahrheit wurde mir in regelmäßigen Schüben kalt, oder es begann mich an allen möglichen Stellen zu jucken. Nach einer Stunde spürte ich nichts mehr, außer einem kleinen Brennen an den Einstichstellen. Sie kam aus der Küche und sagte, dass sie noch einmal mit dem Doktor gesprochen habe. Wenn du aufstehen kannst, ohne dass dir schwindlig wird, bist du nicht allergisch auf Erdwespen. Ich legte die nassen Lappen auf den Tisch und stand auf. Mir wurde nicht schwindlig.

37

Ich bin davon überzeugt, dass Johann Georg Kohl mein Ururgroßvater ist. Diese verwandtschaftliche Nähe erklärt mein irrationales Interesse an den nordamerikanischen Ureinwohnern plausibler als der letzten Endes nur vage Verweis auf die Karl-May-Besessenheit.

Sie immer mit Ihrem Karl May, hatte der Sprecher meiner Auftraggeber irgendwann einmal gesagt. Was ist das eigentlich mit Ihnen und May? Ich antwortete nicht. Ich hätte ihm nicht viel mehr sagen können, als dass ich mich dem ebenso verehrten wie verachteten Meister aus dem Erzgebirge ähnlich fühlte. Wegen jener Stelle in seiner Autobiografie, in der er beschreibt, wie mühsam er sich alle Bildung selbst aneignen musste, um Jahre später als Gleichaltrige aus besseren Verhältnissen. Und wie sinnlos und ohne System zusammengewürfelt diese Eigenbaubildung ausgefallen war. Das bin ich. So würde ich meinen Bildungsweg beschreiben. Was ich an May bewundere, ist die trotzige Energie, mit der er all seine Benachteiligungen in Vorteile verwandelt hat. Das bin nicht ich. Aus meinen Benachteiligungen wurden Nachteile. So was kann man nicht erklären, schon gar nicht einem beamteten Sprecher von Auftraggebern.

Schon gar nicht hätte ich ihm erklären können, wie mich, den Knaben, über Jahre und Jahre kein Mädchen auch nur ansehen wollte und ich mich verloren hatte in eine blinde unsinnige Schwärmerei für die Indianerfrau an sich, Nscho Tschi das ideale Modell. Wie ich überzeugt gewesen war davon, dass irgendwo da draußen in der Wildnis eine kleine, drahtige, dunkelhaarige wunderschöne Wilde mit warmer Bronzehaut auf mich wartete. Dass ich, wenn ich sie endlich gefunden haben würde, glücklich sein würde. Nicht zu erklären so was.

Darum erzählte ich ihm etwas von der Faszination für die Besessenheit dieses Populärschriftstellers, der unbedingt als ein richtiger Schriftsteller angesehen sein wollte, bei jenen Leuten, die er hasste und verachtete, und von dem wahnwitzigen Bruch in Mays Werk nach seinem Damaskuserlebnis des Skandals um seine Verbrecher- und Gefängnis-Vorgeschichte, als er mitten in einem der üblichen Abenteuerromane Hadschi Halef Omar in ein Koma fallen und die Handlung zum Stillstand kommen ließ und danach den Text weiterschrieb als grüblerische religiös-schwärmerische Hochliteratur, mit untauglichen Mitteln allerdings und viel zu pathetisch, wie sein gesamtes Spätwerk. So etwas gefällt mir, sagte ich. Wie er Seiten um Seiten plötzlich und unmotiviert in klassischen Versmaßen schreibt, Hexameter!, ohne diese als solche kenntlich zu machen. Ich bemerkte, dass mir der Sprecher meiner Auftraggeber nicht mehr zuhörte.

Doch der wahre Grund für die Indianersache ist Kohl. Als ich den Brief des mir bis dahin unbekannten Verlags gelesen hatte, damals im Millenniums-Jahr, hatte ich es auf einmal gewusst. Ob ich nicht Interesse hätte, über einen Schriftsteller mit diesem Namen zu publizieren, fragten sie an. Natürlich! Das ist mein Ahn. Obwohl ich gestehen muss, dass ich von der Existenz des Johann Georg nichts gewusst hatte bis zu jener Anfrage.

Aber das war mir egal. Ich war bereit zu lügen. Alle Schreibenden lügen. In das Vorwort zu meiner ersten Publikation über Kohl wollte ich eine Schwindelei einbauen, die in Wahrheit keine war, weil sie wahr war. Mein Leben lang habe ich dem verblassten Bild dieses fernen Ahnen hinterher gesucht, formulierte ich. Den Traum vom Polyhistor-Sein, den schon ihm seine Zeit nicht mehr erlaubte, wollte ich wahr machen, solange ich mich erinnern kann.

Endlich verstand ich meine Wunschwelten, nachdem ich begonnen hatte, nach Johann Georg Kohl bei Google zu suchen und als erstes natürlich *Kitchi Gami* fand, die Berichte vom Leben der Indianer am Oberen See. Zu den Indianern gehen und mir von ihnen Geschichten erzählen lassen! Ich habe den Modus meines Alltagslebens jetzt höchst befriedigend arrangiert, schrieb Kohl 1855. Tagsüber wandere er durch die herrlichen Landschaften, mitten unter den Menschen, die ihn so sehr interessierten, abends kehre er heim in sein kleines Wigwam, entzünde ein bescheidenes Feuerchen, empfange Gäste, mit denen er über Gott und die Welt palavere. Beinahe täglich lerne er neue Leute kennen, und neue Geschichten, und neues Material für seine Studien. Alles was ich sehe und höre, entzückt mich so sehr, schrieb er, dass ich die Vorbereitungen zum Löschen des Feuers, und wenn es schon Mitternacht ist, mit größter Trauer und Enttäuschung bemerke. Denn alle meine Tage hier scheinen mir zu kurz.

So wie mein Vorfahr wollte ich sein. Am Feuer sitzen, die roten Männer meine Brüder, Nacht für Nacht traurig werden vor dem Einschlafen, weil die Tage viel zu kurz sind für dieses prallvolle reiche Leben. Und natürlich wollte ich, seit ich lesen kann, Karl May sein, ein erfüllter und geglückter May, nicht der gebrochene, mit einem Freund und Blutsbruder wie Winnetou an der Seite, und unbedingt hätte es natürlich auch eine Nscho Tschi geben sollen.

Der Verlag nahm das Vorwort damals nicht in das Buch. Der Lektor konnte der Idee nichts abgewinnen. Kohl ist zwar vergessen, sagte er, aber sein Werk ist zugänglich, wenn auch nur unter Mühen. Irgendjemand würde sich die Befriedigung verschaffen, ihre Behauptung aus dem Vorwort nachzuprüfen. Man wird keine Belege finden, man wird Sie einen Schwindler nennen. Ja, sagte ich, und das wird die beste PR sein, die man sich wünschen kann.

Der Lektor schüttelte den Kopf. Sie hätten meine Zustimmung, wenn es ein Roman wäre, sagte er. Im Falle eines Romans: Ja. Aber im Falle eines Sachbuchs: Nein. Es wäre keine Werbung. Es wäre der Tod des Buches, gleich nach seiner Geburt. Dann verkündete er seine endgültige Entscheidung. Man wolle die Leser lieber im Unklaren lassen, ob ein Verwandtschaftsverhältnis vorliege oder nicht. Das sei viel reizvoller.

Jetzt, nach der Lektüre des Österreich-Buches meines Ururgroßvaters, war ich noch gewisser. Auf seiner Reise von Linz nach Wien war Kohl einige Tage lang in Oberösterreich gewesen, die genaue Aufenthaltsdauer ist aus seinem Bericht nicht herauszulesen. Sehr wohl herauslesen kann man aber, wenn man gewillt ist, dass er eine Affäre gehabt hatte mit einer Linzer Bürgerin, mit einer der schönsten Frauen der Welt, als die er sie anfangs nicht erkannt, sie dann aber in allen Theatern, Märkten, Plätzen und Kirchen gesehen hatte nach Ankunft seines Freundes. Davor hatte er nur Augen gehabt für die Teppichfabrik und das Irrenhaus und die Jesuiten und die schrulligen Bauern auf den Märkten der kleinen Stadt, die keine fünfundzwanzigtausend Einwohner zählte.

Nun aber springen sie ihm allüberall ins Auge, Kohl schaut sich um in Linz, auf einmal sieht er sie, die hoch gepriesenen Schönheiten. Ungeniert spricht er sie alle an, fragt sie nach ihren Namen, ihrer Herkunft. Eine blutjunge Frau fällt ihm besonders auf, sie sitzt in einer Kutsche mit Fahrtziel Steyr, vor seinem Wirtshaus, eine halbe Stunde schon vor dem avisierten Zeitpunkt der Abfahrt.

Kohl gerät ins Schwärmen: Da der Wagen sich nicht von der Stelle bewegte, so saß sie unter seinem an der Seite offenen Dach wie ein schönes Bild da, sie stützte ihren Arm auf die harte Holzlehne des Wagensitzes und blickte halb verlegen, halb schalkisch lächelnd zur Seite. Wahrlich, gerade auf solche schöne feuerige Augen, gerade auf einen solchen mit sanfter Röthe erblühenden Teint, auf solche edle Conturen des zierlichen Gesichtes, und auf keinen anderen als gerade auf einen so schlanken, eleganten Wuchs, wie er uns durch das offene Gestell des Wagens sichtbar wurde, mussten die Fundamente des Ruhmes der Linzer Schönheit gebaut sein.

Er fragt, wie die Schöne heiße, Peppi, sagt sie, der angehende Polyhistor schweift ab in oberlehrerhafte Halblustigkeit in seinem Text. Die schönen Linzerinnen hießen wunderbarerweise in der Regel Peppi, jedoch auch Nannerl zuweilen, auch andere mitunter Resi, und da schreibt er in Klammer dazu, dass dies von Therese komme. Dann schwärmt er weiter: Peppi hatte ein eng anschließendes Mieder von dunkler Farbe an, und um ihr schlicht gescheiteltes Haar trug sie ein schwarzes Tüchl geknotet, dessen lange Enden zur Seite in die Luft flatterten. Und so, auf diese Weise, haben's fast alle Peppis und Resis in Linz. Wir fanden, dass sie dies alles, besonders das flatternde Tuch um den Kopf, so hübsch kleidet, dass wir beinahe sämtlichen Schönen der Welt diese Coiffure anempfehlen möchten. Oh Linzerinnen, wachet und bewahret die Tracht, denn nach den Zeiten, da Linz Freude und Jugend euch bot, kommen verführerische!

An diesem Abschnitt von Kohls Text verfestigte sich meine Überzeugung. Peppi war meine Ururgroßmutter. Ich wusste es. Peppi aus der Kutsche hatte sich dem Werben des zweiunddreißig Jahre alten gelehrten Herrn aus dem deutschen Norden hingegeben. Es war nicht mehr als ein Abenteuer gewesen, für ihn, für sie eine von den Unannehmlichkeiten, die man als Frauensperson damals stets zu gewärtigen hatte. Dann war sie schwanger geworden, hatte ein Kind geboren.

Kohl hatte die Frucht seines Leibes nie zu Gesicht bekommen, so war das alles zu erklären, aber er hatte sie anerkannt. Wenn all die alten Dokumente und Briefe und Fotos meiner Familie nicht im Zweiten Weltkrieg vernichtet worden wären, fänden sich Korrespondenzen. Unveröffentlichte. Aus diesen war hervorgegangen, dass der große Reisende mit seiner Liebschaft in Kontakt geblieben war, über Jahre, dass er sich regelmäßig erkundigt hatte über das Fortkommen seines Sohnes. Es musste natürlich ein Sohn gewesen sein. Und Kohl hatte nicht nur Interesse an seinem Nachwuchs aufgebracht, er hatte ihm und seiner Mutter auch Geldmittel zukommen lassen. Und das Wichtigste: Er hatte seinen Sohn als solchen angenommen und darauf bestanden, dass in den Pfarrmatrikeln der Familienname des Vaters angeführt wurde.

Oder vielleicht war es auch so gewesen: Die verzweifelte Peppi berichtete Kohl brieflich von dem Unglück, das ihren Leib heimgesucht hatte, den Galan überkam eine heiße Welle von Lust auf Verantwortung. Johann Georg ließ die schwangere Peppi nach Dresden kommen, bestand darauf, den Sohn auf den Namen Johannes taufen zu lassen, stand zu seiner Vaterschaft. Nahm den Sohn als Erben an, gab ihm den Namen Kohl. Eine Weile nahm er Peppi mit auf seine Reisen, in Schottland, England und Wales war sie an seiner Seite. Was den lockeren, entspannten Ton seiner Bücher aus jener Phase erklärt. 1845, in Paris, war Peppi plötzlich nicht mehr dabei. Sie und Johannes verschwanden aus dem Leben des großen Reisenden, warum, ist nicht überliefert.

Die Verursacherin dieser Verstoßung war Johann Georg Kohls Schwester Ida gewesen, davon bin ich überzeugt. Es ist ja bekannt, dass Ida in seinen letzten Lebensjahrzehnten die einzige und dominante Frau in seinem Umfeld gewesen war. Sie hatte dem Reiseschriftsteller mit derart heftiger und konstanter Penetranz das Zusammensein mit dem Bauerntrampel aus den österreichischen Landen schlechtgeredet, bis dieser Peppi schließlich verstoßen hatte. Doch zu Johannes ist er immer gestanden, wenn auch nur aus der Ferne, bis an sein Ende im Jahr 1878 hatte er seinem Sohn regelmäßig kleine Geldbeträge zukommen lassen, heimlich, hinter dem Rücken Idas.

Johann Georg Kohl zeugte Johannes Kohl in Linz, Johannes zeugte Martin, Martin zeugte Joseph, Joseph zeugte Walter. So war das. Heute würde ich um ein Vorwort mit diesem Inhalt mehr kämpfen als vor sieben Jahren. Gönnen Sie Kohl eine Liebschaft aus Linz, würde ich rufen mit großer Leidenschaft. Es wird das gebildete Publikum erfreuen. Es wird gleich an Goethe denken und Marianne Willemer.

Auf dem Foto auf der Aufschlagseite von *Kitchi Gami* sieht Johann Georg Kohl aus wie ich. Das Bild ist 1854 entstanden. Hundert Jahre vor meiner Geburt. Es sind vor allem seine Augen, oder, genauer, seine Augenbrauen. Als die Abbildung entstand, war Kohl sechsundvierzig Jahre alt gewesen. Wach und streng blickt der Mann im protzigen Pelzmantel den Betrachter an. Seine rechte Augenbraue ist hochgezogen, seine linke dagegen hängt nach unten, verdeckt beinahe seinen Blick. Auch meine Augenbrauen sind seit zehn Jahren asymmetrisch, eine hängt so weit nach unten, dass ich alle paar Wochen die Augenbrauenhaare zurückstutzen muss, damit sie nicht den Augapfel reizen. Nur dass es bei mir die rechte Braue ist, die hängt, und nicht die linke.

38

Ich stand da vor dem Diabetikerregal im Supermarkt und verstand gar nichts. Keine Ahnung, was all das bedeutete. Omega-Fettsäuren, Alpha-Linolensäure, Triglyceride, Fructose, glykämischer Index, Broteinheiten, freie Radikale aus sekundären Pflanzenstoffen. Ich begann zu ahnen, dass da etwas auf mich zukam, das mich erdrücken würde. Das mich ständig kontrollieren wird, nicht herrisch und großspurig und lautstark, sondern klein und leise, aber mit unerbittlicher Unausweichlichkeit.

Google war keine Hilfe. Eine Broteinheit ist jene Menge eines Nahrungsmittels, die zwölf Gramm, in der Schweiz zehn Gramm, an verdaulichen und damit blutzuckerwirksamen Kohlehydraten in unterschiedlicher Zucker- und Stärkeform enthält. Eine deutsche und österreichische Broteinheit entspricht einem Brennwert von achtundvierzig Kilokalorien. Der Diabetiker sollte pro Tag nicht mehr als achtzehn bis zweiundzwanzig Broteinheiten zu sich nehmen, am besten gleichmäßig verteilt auf fünf Mahlzeiten. Zwanzig Broteinheiten, das sind zwei Pizzen oder zwanzig kleine Biere. Oder zwanzig Semmeln.

Der Duplo-Riegel von Ferrero, mein Liebling, enthält sechs Gramm Fett, zählt achtundneunzig Kilokalorien und wird bewertet mit 0,8 Broteinheiten. Die Süßigkeit, nach der ich süchtig bin, ist dagegen der reinste Killer. Marsriegel. Vierhundertfünfzig Kilokalorien. Achtzehn Gramm Fett. Beinahe sechs Broteinheiten. Drei Mars und zwei Duplo, sonst nichts, das wird mein neues Limit. Meine Tagesration.

Im Netz warnten die meisten vor speziellen Diabetikerprodukten. Sie enthielten zwar keinen Zucker, dafür seien sie fetthaltiger und kalorienreicher als normale Süßigkeiten. Die Diskussionen über die Gefährlichkeit von Zuckeraustauschstoffen las ich gleich nicht mehr, weil sie mich verwirrten und ängstigten. Die einzige positive Information: Trockener leichter Weißwein ist gut. Dafür Bier schlecht.

Lies das alles bloß nicht, empfahl Bodinger. Um halb acht Uhr morgens saß ich in seinem Wartezimmer. Er hatte lediglich für ein paar belehrende Worte Zeit. Keine Infos aus dem Netz, weniger und abwechslungsreichere Nahrung, viel Bewegung. Und vorerst handelt es sich bloß um einen Verdacht. Nur keine Hysterie. Ist wahrscheinlich ohne Medikamente in den Griff zu kriegen. Und vor allem: Wir warten die Ergebnisse ab. Seine Ordinationshilfe stach mich völlig unvorbereitet in eine Fingerkuppe und quetschte einen Tropfen Blut aus der Wunde, den sie mit einem winzigen Messstreifen wegwischte. Dann ging sie. Ich blieb ein paar Minuten sitzen in der Behandlungskoje. Als ich sie das nächste Mal durch die Milchglastür vorbeigehen sah, klopfte ich an das Glas. Oh, sagte sie, nachdem sie mit sichtlichem Staunen die Tür geöffnet hatte, oh, Sie sind doch schon fertig.

Gut.

Frühstücken Sie wie sonst immer, und dann bis elf. Und weg war sie.

Beim Elf-Uhr-Termin nahm sich Bodinger persönlich meiner an. Diesmal ging es nicht um die Fingerkuppe. Er rammte mir eine bloße Nadel in den Unterarm, über das offene Ende stülpte er nacheinander fünf oder sechs Phiolen, in denen er mein Blut auffing. Nehmet hin und trinket, denn dies ist mein Blut, flüsterte Bodinger mit konzentriertem Gesicht, der war gut, sagte ich, lachte aus Höflichkeit viel zu laut. Hic est enim sanguis meus! Damals noch streng tridentinisch, sagte er, wie es sich gehört. Weißt du noch, fing er dann an, und erzählte irgendwelche Ministrantenstreiche, die mit Verwechslungen der Messgewänder und Übergriffen auf Messwein zu tun hatten.

Nicht, wollte ich sagen, hab genug. Es gibt nichts auszutauschen an Erinnerungen. Zwei Begegnungen haben mir genügt, um alles abzuhandeln. Dass die alten Ordensmänner Nazis gewesen waren. Dass Turnstundenfußball eine Zumutung für Knaben dargestellt hatte, die gerade Männer werden wollten. Dass die Gänge und Studiersäle im Klostergemäuer des unendlich langweiligen Bernhard von Clairvaux wie getränkt schienen von einer miefigen Duftmischung von zerkochtem Kraut, Kinderangstschweiß und schnell und heimlich herausgepresstem Onaniersperma.

Bodinger strich mit festem Druck über meinen Arm, oberhalb der Einstichstelle, um den Blutfluss zu befördern. Dann hob er die letzte Phiole hoch, sah sie an im Gegenlicht der Neonlampe und steckte sie zu den anderen in das kleine Ding, das aussah wie die Trommel eines Revolvers. Um ihn zu stoppen in seinem Hineingleiten in die Maturaklassen-Erinnerungsseligkeit, rief ich den Heiligen Mann zu Hilfe, Severinus, den Schutzpatron der Knastbrüder, Weinbauern und Leinenweber. Sieht aus, als wolltest du einen kleinen Reliquienhandel aufziehen mit sanguis meus, sagte ich, und kam gleich, ehe er irgendetwas antworten konnte, zu den Reliquien der Märtyrer Gervasius und Protasius, die der Heilige auf wundersame Weise aufgefunden und für sein Kloster in Mautern erworben hatte.

Die Geschichte ist ärgerlich aufgebauscht in der *Vita* des Eugipp. Jeder Furz des Heiligen ist seinem Chronisten ein Wunder, das er bejubelt, wie heutige Teenager ihre Lieblingssänger kreischend bejubeln. Wunderwerk, dass Severinus Namen und Kleidung und Aufenthaltsort eines Reliquien-Dealers genau zu benennen weiß! Wunderwerk, dass dieser Mann heilfroh ist, endlich einen Abnehmer zu finden! Wunder über Wunder, dass er den Mauternern einen fairen Preis macht für die stinkenden Knochen der Mailänder Märtyrer!

Ärgerlich wie die Legenden um Protasius und Gervasius. Zwillinge seien sie gewesen, lautet die fromme, aber durch nichts belegte und widersprüchliche Überlieferung, in Rom unter Kaiser Nero gefangen, nach Mailand geschafft und dort getötet worden, Protasius mittels Enthauptung, Gervasius mittels Auspeitschung mit Bleiknuten. Der Heilige Ambrosius habe die Reliquien der beiden triumphierenden Schlachtopfer Hunderte Jahre später aufgefunden, natürlich nach einer Offenbarung des Herrn, und in jene Kirche geschafft, in der er selber später als Reliquie in toto bestattet wurde. Nichts von Noricum in den Protasius- und Gervasius-Legenden. Eugipp selbst scheint gespürt zu haben, wie dürftig diese seine Geschichte ist. Er lässt Severinus Gott dafür danken, ihm bei diesen wie auch bei vielen anderen Ankäufen von Reliquien zuvor eine Offenbarung gewährt zu haben, gleichsam als Garantie, dass es sich bei den zu erwerbenden Holzsplittern, getrockneten Vorhautfetzen oder Knochen um Originalbestandteile handelte. Wusste Severinus doch, dass sich der Widersacher häufig unter dem Vorwand der Heiligkeit einschleicht, heißt es in der *Vita*. Was letztendlich nichts anderes bedeutet, als dass sowohl Severinus als auch sein Biograf Eugippius ganz genau wussten, was für ein Schwindelunternehmen dieser Reliquienhandel war, damals schon.

Sehr interessant, sagte Bodinger, und fragte, ob ich mich noch an den Burschen aus der Klasse über uns erinnern könne, dessen Vater bei der UNO in New York angestellt gewesen sei und der regelmäßig John-Player-Special-Zigaretten mitgebracht habe. Goldene Schrift auf schwarzem Grund. In Österreich nicht im Handel, man konnte mit diesen schwarzen Packungen wirklich beeindrucken. Und wie dann einmal der Präfekt beim Nachmittagsrundgang völlig unerwartet unter die überhängenden Äste der großen Weide beim Fischteich im Stiftspark gekommen sei, wo sich die John-Player-Special-Raucher versteckt hatten. Und was das für ein Theater gewesen war. Und wie am Abend der andere Präfekt, der jüngere, gekommen war und mit anbiedernder Leutseligkeit gefragt hatte, ob ihm der Sohn des UNO-Mitarbeiters wohl eine Packung verkaufen würde.

Ich bin ein wenig in Eile, sagte ich, ich will noch nach Passau.

Gut, sagte Bodinger. Bis um sechs dann.

Am Abend wieder die Ordinationshilfe, schweigend und routiniert stach sie in eine Fingerkuppe, fing das Blut auf mit ihrem Streifchen, verschwand grußlos. Auf dem Gang draußen ging Bodinger vorbei, als ich gerade meine Jacke vom Garderobenhaken nahm. In zwei Tagen wissen wir mehr, sagte er, und dass ich einfach kommen sollte, wann es mir passte, Anmeldung sei keine nötig. Nach einer kurzen Pause fragte er, ob ich mit diesen doch sehr ungewohnten neuen Entwicklungen in meinem Leben klarkäme.

Denke doch, sagte ich, grinste ein bisschen, sagte, dass ich praktisch keinen Zucker mehr gegessen und auch kein Bier mehr getrunken hätte seit seiner Erstinformationen bezüglich Diabetes mellitus.

Gut, sagte Bodinger. Und Sport?

Sport ist schlecht.

Wirst dich damit anfreunden müssen.

39

Was hast du für ein Schmerzflackern in deinen Augen?

Was hast du für ein enervierend regelmäßiges Angstklopfen in deinen Füßen?

Was hast du für seltsame rote Linien auf deinem Unterarm?

Trixis Pulloverärmel war hochgerutscht, ohne dass sie es gleich bemerkte, als sie nach dem Wasserglas gegriffen hatte. Schon wieder Hotelcafé beim Schillerpark, schon wieder brauchte sie Geld. Sie grinste ein überwältigendes Grinsen mit ihrem volllippigen Mund, sie schmeichelte, sie umwarb mich wie ein hungriges Kätzchen den umwirbt, der die Futterdose und den Dosenöffner in der Hand hält. Dass ich der Einzige unter ihren Freunden sei, und es seien eine Menge Freunde, der offenbar über ein regelmäßiges Einkommen verfüge, plapperte sie wie ein Prinzesschenkind, und darum sei sie auf mich gekommen, ich nähme es hoffentlich nicht übel, es sei kein Problem, wenn ich ablehnte, und natürlich werde sie jeden einzelnen Cent zurückzahlen.

Offensichtlich, sagte ich.

Sie verstand nicht.

Es heißt nicht *offenbar* ein regelmäßiges Einkommen, sondern offensichtlich ein regelmäßiges Einkommen.

Klugscheißer. Bist du mir böse?

Ich schüttelte den Kopf. Ich fragte, wie viel sie brauchte. Ich sagte ihr nicht, dass es wie eine wohlige Schauer auslösende Hitzewallung über mich gekommen war, als sie mich als Freund bezeichnet hatte.

Der Pulloverärmel rutschte hoch, der Verband war weg, an der Innenseite ihres Unterarms lagen dicht an dicht diese rötlichen Striemen quer zur Richtung von Elle und Speiche, zwischen den roten Strichen ein paar von seltsam weißlicher Färbung, ein Farbton wie die Haut von Lurchen oder Olmen, die ein ganzes Leben in absoluter Finsternis verbringen. Sie hat also schon versucht, sich umzubringen, dachte ich. Zeitungen lügen offensichtlich doch nicht immer und ausschließlich.

Doch sie hat es auf die falsche Art und Weise versucht, dachte ich. Sie hat falsch geschnitten, quer über den Arm, und nicht der Länge nach, wie es sein müsste. Nur Längsschnitte führen zu einer so schweren Verletzung von Adern und Venen, dass der Körper rasch ausblutet. Die meisten Selbstmörder machen es falsch und schneiden quer. Wenn sie nicht die Entschlossenheit zu einem tiefen Schnitt aufbringen, dann erreicht die Klinge die Blutgefäße gar nicht, sondern kratzt nur ein wenig an der Haut herum. Und wenn sie doch tief genug schneiden, durchtrennen sie dabei Sehnen und Bänder. Was ihm Falle einer rechtzeitigen Rettung durch wen auch immer zu einer Behinderung führt. Nein, Behinderung darf man nicht mehr sagen, wie man nicht mehr Indianer sagen darf, Beeinträchtigung, so heißt das jetzt. Beeinträchtigt durch steife Handgelenke ein Leben lang, oder zumindest bis zum nächsten und dann erfolgreichen Versuch.

In diesem Moment bemerkte sie, dass ich auf die Spuren in ihrer Haut starrte. Sie zog den Ärmel hoch, so weit es ging. Die Linien reihten sich aneinander bis hinauf zur Ellenbeuge, dicht an dicht, die meisten blassrot, viele in dem kranken fahlen Weiß, ein paar überzogen von Resten schmaler Krusten getrockneten bräunlichen Blutes. Sie hielt mir diesen unentzifferbaren, weil sinnlosen und von keinem Gerät auf Erden auszulesenden Strichcode auf ihrem Unterarm demonstrativ vors Gesicht.

Ist das irgend so ein Stammesritual, fragte ich, ein neuer Jugendkult? Mutprobe?

Noch nie jemand ritzen gesehen?, sagte sie, sehr kühl und tonlos.

Du machst das selbst?

Es geht am besten mit dem Stanley-Messer. Sie grinste ein Angst machendes Grinsen. Das haben sie aber als Erstes versteckt.

Vor mir kann man aber nichts verstecken, darum haben sie es weggesperrt, und schließlich haben sie alle Stanleys weggeschmissen.

Bei indigenen Kulturen findet man häufig komplexe Formen von Beschädigungen der eigenen Haut, sagte ich, um auf diese Art Übergänge in Status oder Seinszustand rituell zu kennzeichnen.

Es muss nicht unbedingt Stanley sein, sagte sie, aber Stanley ist am besten. Scharf muss es sein, scharf ist wichtig. Ein normales Messer schneidet zu schlecht. Bic-Rasierer sind das Zweitbeste. Die musst du zerbrechen, das geht ganz leicht, wenn du die Plastikteile zerbrichst, fühlt sich das an, wie wenn du eine Erdnuss knackst. Das Stahlband ist gefährlich. Wenn du nicht aufpasst, kannst du dir leicht die Finger zerschneiden. Aber wenn du es heraus hast, ist es fast so gut wie mit dem Stanleymesser.

Die Narben künden sichtbar vom vollzogenen Übergang, sagte ich, Tod und Wiedergeburt, symbolhaft erlebt, sind abzulesen an der Neugestaltung des Körpers. Eine Erinnerung daran, was man am eigenen Leib erfahren hat. Und: Der Körper des zu Initiierenden ist durch die Narben sichtbar in eine herrschende Stammesordnung eingepasst.

Jede macht es, die ich kenne, und auch manche von den Burschen. Eigentlich macht es jeder. Die Mädchen sowieso. Wenn du wo hingehst, egal in welches Lokal, im Sommer, und es ist heiß, da musst du nur schauen: Wer hat bei der Hitze was mit langen Ärmeln an? Das sind die, die es machen.

Du allerärmste Mishi Bizhi, wollte ich sagen, wo nur ist dein Nigouime, dein dich schützender Gott. Aber heraus brachte ich nur Schwachsinn. Selbstbeschädigung als Abbild eines komplizierten Sozialgefüges in aboriginalen Stammesgesellschaften.

Es tut nicht weh, sagte sie. Man spürt gar nichts. Ein kleiner Ritsch, und rot bist du. Nein, stimmt nicht. Tut schon weh. Es soll ja wehtun. Es tut gut, wenn es wehtut. Du kannst weinen, wenn es wehtut. Weißt ja, wenn es wehtut, weinen Mädchen.

Plötzlich verzog Trixi ihren Mund zu dem eines quengeligen Kleinkinds und quäkte: Bin jetzt ein kleines kleines Mädilein und darf ganz viel weinen tun. Dann dehnte sie sich und schüttelte den Kopf. Nein danke. Ich bin eine, die nicht weint.

Nigouime, das ist der eine unverwechselbare und einmalige Gott, den jeder einzelne Indianer und jede Indianerin ganz für sich allein hat, ein ganz persönlicher Gott und zugleich der mächtigste von allen. Wir verstehen das nicht, sagte ich, die Missionare haben das alles falsch aufgeschrieben und falsch interpretiert und wahrscheinlich mit Absicht verfälscht. Kitche Manitou, der Große Geist, ist nur so etwas wie ein abstraktes Konzept von etwas Endgültigem, vergleichbar dem Optimus Maximus der Römer, schreibt Kohl, die Idee einer obersten Instanz, aber ohne Form und Persönlichkeit. Jeder einzelne Mensch findet im Lauf seines Lebens seinen Nigouime, sagen die Ojibbeway, schreibt Kohl, das kann eine Pflanze sein oder ein Tier oder ein Gefühl oder ein Zustand oder nur ein Windhauch. Nigouime, das heißt Meine Hoffnung in Anishinaabemowin, der Sprache der Eigentlichen Menschen. Verstehst du, die sagen zu ihrem Gott nicht Vater oder Herr, sondern Meine Hoffnung.

Im Irrenhaus haben sie gesagt, es ist so etwas wie ein Übergang, sagte sie. Übergang. Da innen, dort außen. Es soll das eine zum anderen hinaus und das andere zum einen hinein können, aber leider ist keine Durchfahrt gestattet, da musst du zuerst eine Ritze machen in die Mauer. Sie senkte ihre Stimme. Es machte mir Angst. So nahe wollte ich keinem Menschen kommen, und schon gar nicht einem Kind, das aussah wie eine Frau.

Schlitz es auf, flüsterte sie mit einem heiseren Hass in ihrer Stimme, schlitz es auf, das Glitschhautding, dann kann das von draußen hinein und das von drinnen hinaus. Jetzt siehst du von außen hinein und von innen hinaus. Da kann dann das kleine Ding in mir drin nach außen schauen. Und was sieht es da? Bloß Scheiße, genau dieselbe Scheiße.

Weißt du, sagte ich, im höchsten Norden Kanadas gibt es ein

einsames Indianerkaff in der eisigen Tundra, das heißt Hoffnung. Good Hope. Da leben Leute mit einem wunderbar poetischen Namen. Hareskin Dene. Die Hasenfellmenschen. Aber dieses Dorf, das als Ganzes so heißt wie dieser größte und mächtigste Gott der Indianer in den alten Zeiten, Hoffnung, Gute Hoffnung sogar, und in dem ein Volk wohnt mit dem zauberhaftesten Namen, den man sich vorstellen kann, das ist nur aus einem einzigen Grund erwähnenswert: Es weist die höchste Selbstmordrate der Welt auf. Ist das nicht ein äußerst seltsames Antonym? Gute Hoffnung und freiwillig aus dem Leben scheiden?

Du kennst dich in nichts richtig aus, oder?, sagte sie. Ich schwieg. Was jetzt wegen dem Geld sei, sagte sie. Ich gab ihr einen Hundert-Euro-Schein. Bis bald, sagte sie und ging.

40

Bei Zeiselmauer auf einem Uferstein sitzend, Bein mit Bein deckend, und in Aschach an der Donau in einen Designer-Kaffeehausgastgartenstuhl gezwängt, was gar nicht so leicht war, stattlich und feist wie ich war, und im zeckenverseuchten Augebüsch von Künzing, und auf der Betonmauer vor dem Kunstglaskasten in Linz, und an Deck der fliegenden Brücke zu Ottensheim, immer die Ysura und die Hister vor Augen und die Do-avv, wie die Kelten sie nannten, Zwei Wasser, an all diesen Uferböschungen kam mir an verschiedenen Tagen immer derselbe Gedanke. Wo ist der Anfang?

Nicht diesen Anfang meine ich: Am Severustag im neunten Jahr nach dem Großen Krieg, über den das Dorf nicht spricht, presste mich meine Mutter eine halbe Stunde nach Mitternacht aus ihrem Leib. Es war ein sibirisch kalter Montag, bis minus fünfundzwanzig Grad war die Temperatur in der Nacht gefallen. In den zugigen, schlecht gedämmten Arbeiterwohnungen froren die Wasserleitungen ein. Hätte sie mich eine halbe Stunde früher geboren, wäre ich ein von Glück gesegnetes Sonntagskind geworden. So aber!

Severus der Weber, den sie in Ravenna zum Bischof machten, weil sie sich nicht entscheiden konnten, wen sie nehmen sollten aus einer Schar von Bewerbern, bis eine Taube dreimal sich niederließ auf seinem Haupt, ist gestorben an einem Severustag, 1609 Jahre vor meiner Geburt. Verehrt wird er in Erfurt. Ein Priester hatte die Gebeine des Heiligen und jene seiner Frau und Tochter gestohlen und sie in den Norden geschafft. Im Erfurter Dom steht der Heilige in Stein gemeißelt an der Wand, mit Bischofsstab und Bibel, flankiert von Gattin Vicentia und Töchterchen Innocentia, die Frauen tragen Heiligenscheine. Wie das zusammengeht, ein Bischof, der gemeinsam mit Frau und Kind verehrt wird, und das Zölibatsverlangen der Kirche, das ist eine der Fragen, die nicht gestellt werden.

Und auch nicht diesen Anfang meine ich: Brigach und Breg bringen die Donau zu Weg, so sprichwortet es im hohen Schwarzwald, und Fahrradtouristen stehen andächtig im Park des fürstlich Fürstenbergischen Schlosses in Donaueschingen vor dem kreisrunden Steinbecken, das die Wiege der Donau sein soll, der Zusammenfluss der Bäche Brigach und Breg. Dann stellen sich die Radler auf vor dem monumentalen grauen Steingebilde dahinter, eine Mutter mit einem Kind im Schoß ist es, jedoch keine schwäbisch-alemannische Schwarzwald-Pieta soll es darstellen, sondern Mutter Baar, die den Namen hat von der sie umgebenden Hochebene; und das Kindlein soll die junge Donau sein, der die Mutter den Weg weist, hinaus in die Welt, den sie gehen muss, um zum Großen Schwarzen Strom zu werden, der fließt vom Schwarzwald bis zum Schwarzen Meer. Irma und Max Egon haben dies Denkmal ihrem Heimatort geschenkt, aus Anlass ihrer Goldenen Hochzeit im Juni 1939, steht auf dem Sockel. Oben drauf, in die Ritze zwischen den Kittelfalten von Mutter Baar und dem gekippten Kelch, aus dem das Donaukindlein Wasser gießt, hatte jemand eine Münze gesteckt, sollte wohl eine Art Pfand sein, das Wiederkehr herbeizaubert, wie die Münzen im römischen Trevibrunnen. Vor langer Zeit schon musste jemand diesen Talisman abgelegt haben dort oben, denn es war ein Einmarkstück.

Durch die Jahrhunderte haben sie gestritten, was der wahre Ursprung sei, die Furtwangener sagen, dass es ihre Breg ist, die St. Georgener sagen, es ist ihre Brigach, und die Donaueschingener sagen, dass es ihr Donaubach ist, obwohl der gleich draußen vor dem Schloss entspringt und sich schon nach ein paar Hundert Metern mit der Brigach vereint, und obwohl dies Bächlein seit bald zweihundert Jahren über den Großteil seiner Fließstrecke nicht zu sehen ist, weil man es verbannt hat in Kanalrohre unter der Erde. So unerbittlich beharrte jeder Ort auf seinem Status als Stätte des

Donauursprungs, dass die Geografen schließlich entschieden, den mächtigen europäischen Strom nicht wie sonst bei allen Flüssen üblich von der Quelle bis zur Mündung zu vermessen und mit Stromkilometersteinen zu versehen, sondern genau umgekehrt. Kilometer eins beginnt zwischen Rumänien und der Ukraine, man kann nicht einmal streiten um einen Ort der Mündung, so zerfranst ufert das Delta aus. Und das andere Ende dieser Messung liegt je nach Interpretation bei Kilometer zweitausendachthundertfünfundvierzig im fürstlichen Schlosspark zu Donaueschingen oder bei Kilometer zweitausendachthundertachtundachtzig im Wald bei Furtwangen.

Nein, in meinem Kopf ging die Frage um, was in den Köpfen derer vorgegangen sein mochte, die als Erste standen an diesen Ufern des breiten Stromes, der noch ein schnell fließender gewesen war, in den frühen Zeiten des nordischen Landes. Aus dem Süden mussten sie gekommen sein, so wollte ich es haben, obwohl es eigentlich nur Wanderer aus dem Osten gewesen sein konnten, die Nachfahren der Menschen, deren Knochen in der Bärenhöhle von Peştera cu Oase liegen, Rumänien, es sind die ältesten Relikte des Homo sapiens, die je in Europa gefunden wurden. Aber für meine Geschichte sollte es der Süden sein, denn im Norden war Eisland, unbewohnbar, unbegehbar, kein Erforschungsabenteuer lohnend für die frühen Eroberer.

Immerzu waren sie nach Norden gezogen, dem Verschwinden des Eises hinterher, Generation um Generation nahm neues Land in Besitz, füllte es auf mit Menschengewusel und Behausung und Jagdrevier und Nutzgetier und Wegen und Kriegen. Bis sie aus den nassen Wäldern traten, und auf einmal war die Welt zu Ende, abgeschnitten von der graubraunen Schlammsoße, unüberwindbar, aufs Erste zumindest. Sie standen und starrten und gaben dem Hemmnis einen Namen, Schnelles Wasser oder Großes Wasser oder beides, Großes Schnelles Wasser. Sie starrten hinüber, heißeste Sehnsucht brannte in ihnen nach dem Drüben, weil drüben, da ist es immer besser.

Kurz überlegte ich, eine Donausage zu erfinden, eine weitere von den unzähligen Lügengeschichten, die es schon gibt zwischen Rumänien und dem Bajuwarenland von all den Nixen und Zauberern und Fährmännern und Königskindern und düsteren, einäugigen, schätzeversenkenden Rittersmännern, und sie in den Aufsatz zu stellen und sie auszugeben als uralte kelto-germanische Überlieferung aus der bayerisch-oberösterreichischen Grenzregion.

Yhras Stamm erreichte das Schnelle Wasser im späten Herbst, so sollte es anfangen, in jenen Monden, als die Sonne schon tief stand und der Frost in den Nächten immer weiter ausgriff in den Süden. Die Kriegerkönigin, die große Yhra, befahl, das angstvolle Geschrei einzustellen. Die Heldin bestieg den Stamm einer liegenden Weide, der halb aus dem Uferschlamm ragte, monatelang war der gestrandete Baumstrunk im Wasser getrieben, war jetzt kein Holz mehr, sondern nur noch ein Bündel von Fasern, zusammengehalten in der Form eines Wurzelstrunks vom gefrorenen Wasser in seinen Zellen, vom Eis. Im Frühjahr, wenn ihn nicht der Fluss vorher holt, wird das Eis schmelzen und der Strunk wird zerfallen in mehlige Stränge und Fäden.

Nicht mehr Baum ist das, was einer hört, der sein Ohr an diesen gefrorenen Holzklumpen drückt und horcht, sondern Fluss. Yhra kniete nieder auf ihrem hölzernen Podest und lauschte. Der Strunk erzählte. Er hatte die Erinnerung des Wassers anstelle jener des Holzes, von oben erzählte er, wo der Fluss erst ein Rieseln zwischen den Felsen ist, und vom Bach, der durch die Auen plätschert im Sommer, vom dürren Laub aufgestaut wird im Herbst, zu einem schmalen Eisband gefriert im Winter, aber der im Frühjahr breit und voller Kraft zwischen den Weiden dahinschießt.

Dann sprang sie herab und kniete erneut nieder und lauschte den Steinen. Diese Steine macht die Hitze gläsern hart im Sommer, wenn Wellen kalten Wassers über sie schwappen, knacken sie knisterig, werden dunkler, trocknen rasch wieder. Die Weiden im fahlen Herbstlaubbunt, das Grau der schlammigen

Erde übersät von vereinzelten Grasbüscheln, die gegen das Weggeschwemmtwerden ankämpfen. Der Geruch schwer und faulig. In der Nacht flirren die letzten Mücken sterbend dicht über der Wasseroberfläche.

Nur Yhra hörte das Klagelied vom anderen Ufer, a ja ah ah ja ja ja, und ich hörte es im müllübersäten Unterholz von Zwentendorf, was ist das, sirrende Reifen eines lautlos dahingleitenden Autos, ein Betrunkener, der zu Fuß nach Hause geht und die Angst wegsingt, na na jajajaja? Das Zischen der Nacht, das Flüstern des Stromes, die winzigen, flackernden Lichtflecken auf dem Wasser, die alten Weiden wandeln sich, ihre Schatten die Schatten mächtiger Mütter, sie sind es, die Weidenmütter singen, ihre Arme reiben sie aneinander wie Grillen ihre Zirpglieder reiben.

Und dann sang die Herrin des Stammes, Yhras Lied schallte über das Wasser, sie summte und kreischte der Welt ihre Gebote und Verbote entgegen, und sie heulte den Fluss an, bist nicht bereit, sang sie, bist kein Sohn von Frauen, bist kein Sohn, bist nicht bereit für unser Reich. Die Steine sind die Verbündeten der Mütter, im Mondlicht glänzten ihre harten, trockenen, glatten Rundungen lila und violett, manche fahlgelb, betritt uns nicht in der Nacht, brummten sie, gehörst nicht hierher. Und Yhra stieß ihren Speer in das Ufer, dass die Steine beiseite spritzten und das Feuersteinblatt an der Spitze des Speeres hinabstieß bis in den kalten nassen Sand unter den Steinen. Mein Stein liegt nun unten bei euch, murmelte die Kriegerin. Wir sind deine Mütter, sagten die Steine und ergaben sich, wir sind deine Mütter, sagten die Weiden zur der im Mondlicht fahl und hell schimmernden Großen Frau mit den roten Haaren.

Aber wenn der Blick noch weiter zurückreichen soll in der Vergangenheit Fernen, dann war es wohl eine schwarze Frau, die als Erste gestanden ist an den Gestaden des namenlosen Flusses, der dann Donau werden sollte, nach Hunderten von Generationen waren sie angelangt hier, hatten das ganz Große Wasser überquert, immer weiter nach Norden waren sie gezogen, hatten das ganz Große Gebirge überwunden. Jede Generation brachte Abenteurer hervor, wenige nur, aber besessene, die es nicht aushielten bei dem was war wie es immer war, die weiterzogen, in die Fremde, in das Neue, und ihre Töchter und Söhne wieder, und deren Töchter und Söhne wieder und wieder, bis sie die Schotterufer erreichten bei Schlögen oder Wilhering oder Lorch oder Mautern. Aus Afrika waren sie gekommen.

Eine aparte Idee, dachte ich. Wie die ersten Menschen an den Ufern dieses Stromes letzten Endes Afrikaner gewesen waren, und wie Severinus in einigen Quellen den Beinamen Africanus trug, fiel mir da ein, der Afrikaner, das müsste man irgendwie verknüpfen. Kurz überlegte ich, in den Aufsatz eine diesbezügliche Deutung einzubauen über die vielen Stellen der *Vita Sancti Severini*, in denen Eugipp beschreibt, wie jeder Mensch, der dem Heiligen Mann begegnet war, zutiefst erschauderte bei seinem Anblick. Wie schrecklich muss für die romanischen Bauern und erst für die bleichhaarigen Barbaren ein schwarzer Mann gewirkt haben. Ich erwog, Parallelen zum Hier und Jetzt zu ziehen, Europas Problem mit der Migration aus Afrika anzureißen, sowie Überlegungen anzustellen, wie der Einbruch von Fremdem, Unbekanntem von instabilen Gesellschaften als Bedrohung wahrgenommen wird. Ich verwarf die Idee.

Über Severinus' Beinamen hatten sie über Jahrzehnte gestritten im zwanzigsten Jahrhundert. Die wahren teutschen Philologen und Germanisten und Altertumsforscher konnten nicht leben mit der Vorstellung, der Heilige Mann sei womöglich ein Neger gewesen, wie man damals noch ohne Zögern sagte, oder Berber, Araber, Maghrebiner. Africanus bedeute nur, so beharrten sie mit großer Überzeugungskraft, dass seine – römische! – Familie möglicherweise lange Zeit in punischen Landen gelebt hatte, an den Küsten Nordafrikas. Aber allein seine Sprache beweise, dass es sich um einen Lateiner reinsten Blutes gehandelt habe, ein Römer wie ein Römer nur sein kann. Diese Ansicht hat sich durchgesetzt, auch wenn das Argument mit der Sprache auf tönernen Füßen steht. Wir kennen nämlich die Sprache des Severinus nicht, wir kennen nur jene Eugipps.

Möchtest glanzvoller Sänger von Sagen sein, mischte sich die Teufelseiche ein, als ich in der Nacht die Geschichte von Yhras Lied in den Laptop zu tippen begann, doch weh, dein Vermögen ist viel zu klein. Sie verlachte mich, sie gab mir Ratschläge, ich möge einfach einen positiven Kommentar zu Severinus verfassen und nicht versuchen, im Stil von Bestsellerschreibern fiktionale Historiengeschichtchen auszuspinnen. Außerdem, kicherte die Eiche, hätte ich ja völlig außer Acht gelassen, dass der Stein in Zeiselmauer und die Donaupromenade mit den vielen Gastgärten in Aschach ja gar nicht am Donauufer gelegen waren in alten Zeiten. Wahrscheinlich lagen die Ufer Hunderte Meter weiter südlich, oder nördlich. Denn die Donau war ja ständig in Bewegung, bevor der Strom reguliert, ganzjährig schiffbar gemacht und mit einer Kette von Kraftwerken bestückt worden war, ein wild mäanderndes Gewässer sei sie über weite Strecken gewesen, weshalb auch nichts mehr dort zu finden sei, wo es sich einmal befunden habe. All die Gemüsebauern im Eferdinger Becken beispielsweise lebten von dem Schlamm, den die Donau einst abgelagert hatte in ihren ständig wechselnden Betten, aus denen schließlich die Halden heraustrockneten und versteppten, wo sie heute ihren Spargel ernten und ihre Erdbeeren.

Mit Sicherheit seien die frühesten Bewanderer der Donauufer nicht dort gestanden, wo wir heute in Tulln im Café des Jachthafens lümmeln und den Ausblick genießen auf die sanft im Sonnenuntergang schaukelnden Boote. Mancherorts standen sie sogar Kilometer weit im heutigen Landesinneren, also nicht in Passau, sondern in Jaging oder Übervoglarn, und nicht in Mautern, sondern vielleicht in St. Pölten, und nicht in Linz, sondern vielleicht dort, wo jetzt der Flughafen von Linz liegt, Hörsching, Hoheitsgebiet derer, die Die Menschen des Clanführers Hörsch sind, oder Hilkering, Ort des Hilk. Oder sie standen dort, wo sich jetzt das prachtvollste Renaissancebauwerk, das profane Bauherren je in obderennsischen Landen errichten ließen, in einer Ortschaft duckt, als schämte es sich.

Da lachte die Teufelseiche und kreischte, lasset uns preisen das Schloss zu Niderharthamb, das in dessen Lustgarten, in der Eben und eigen Landgericht, Alkhouener Pfarr, fast inmitten des trächtigen und fruchtbaren berühmten Donauthals gelegen, samt dem Mayrhof dem Löblichen Hochstift Passau zu Lehen gehörig, preiset es, denn es ist ein schön Fürstlich Gebäud. Hart Hamb besang sie. Wo später die neuen Herren dieses Renaissanceschlosses das Schwache und Kraftlose mitsamt der Wurzel ausrissen, als aus dem Hamb ein Heim geworden war, und also aus dem fürstlich Gebäud ein hartes Heim, ein Hartheim.

Überall können sie gewesen sein, die Ufer von Mutter Wasser, Matka Duna, überall in den stromnahen Voralpenebenen, wo du nur ein Rohr drei oder vier Meter in den Schotter schlagen musst, der gleich unter der dünnen Humusschicht liegt, und schon springt es heraus, das dort gar nicht kostbare Nass, und speist unerschöpflich das Rohr, das sie mit großer Übertreibung einen Brunnen nennen, einen Hausbrunnen.

Und über dem Graben, inß Schloß, wo iezo das Thor ist, die Eiche hörte nicht auf mit dem Versuch, sich in meinen Kopf einzuklinken, grad neben der Gesint Khammer gegen den iezigen Roßställen, ist ein khurze hülzerne Pruckhen gewest, wo iezo die Roßställ sein. Sie kicherte, schrillte weiter in meinen Ohren. Es ist ein fein Schloss in Österreich, da taten sie stets nur das *nicht*. Die Pferde im Hof standen nicht auf und rüttelten sich nicht, die Jagdhunde sprangen nicht und wedelten nicht, die Tauben auf dem Dache zogen das Köpfchen nicht unterm Flügel hervor, sahen nicht umher und flogen nicht ins Feld, die Fliegen an den Wänden krochen nicht weiter. Wenn ich nicht irre.

41

Zwei Tage und eine Nacht sind sie vorbeigezogen draußen, sagte meine Mutter und deutete unbestimmt in Richtung Süden, du weißt ja, wo das Lagerhaus war, Panzer und Kübelwagen und Kanonen und Lastwagen mit Männern drauf und Pferdegespanne, zwei Tage, und wir sind draußen gestanden. Und haben die begrüßt, sagte sie nach einer sehr langen Pause.

Habt ihr da gejubelt, wie man es in den alten Wochenschauen sieht?, fragte ich.

Gejubelt?, sagte sie laut und trotzig, gejubelt! Was heißt schon gejubelt. Man hat halt gehofft, dass es besser wird. Man hat gewusst, dass man von den Schuschnigg-Schwarzen nichts zu erwarten hat.

Also gejubelt, beharrte ich.

Nicht gejubelt, knurrte sie. Heil hat man gerufen. Das hat man einem in der Schule ja gesagt. Ihr geht hinaus zur Bundesstraße, und wenn die Befreier vorbeimarschieren, dann ruft ihr ihnen ein freudiges und zugleich stolzes Heil entgegen. Die Frau Lehrer ist bei uns gestanden und hat den Arm gereckt, damit wir sehen, wie das geht, und hat am lautesten Heil geschrien.

Sie sah mich an und lächelte ein sehr verlegenes Lächeln. Es war dann eh gleich alles ganz anders, murmelte sie. Den Bürgermeister haben sie abgesetzt, und der Bauer, wo wir dann später gewohnt haben, der Vater von der Anne, ist Ortsgruppenleiter geworden und sein Bruder der neue Bürgermeister. Und Arbeit hat es auf einmal gegeben. Ich kann das nicht mehr hören, wollte ich sagen, nichts mehr von Arbeitsplätzen und Autobahnen, getraute mich aber nicht. Sie musste an meinem Blick die Skepsis gesehen haben und begann mit Rechtfertigungen. Ihr versteht das nicht, sagte sie, wie elend es den Arbeitern vorher gegangen ist, und wie man da eine Begeisterung gespürt hat, wie sich das auf einmal geändert hat. Auf einmal war eine Arbeit da, für jeden. Ihre Stimme wurde leiser, als sie sagte: Und das mit den Juden, das hat man zu diesem Zeitpunkt ja noch nicht gewusst.

Der Vater von der Anne, sagte sie nach einem Nachdenken, der war ein Wilder. Ich weiß, sagte ich. Wenn wir Dorfkinder an den lauen Sommerabenden in der beginnenden Dämmerung auf Raubzüge gingen in die Obstgärten der Bauern, war sein Hof der, den wir am meisten fürchteten. Und der uns zugleich am meisten anzog, und zwar nicht nur wegen der Marillen, die an einem Spaliergitter neben dem südlichen Hoftor besonders prall und süß reiften, sondern wegen der Gefahr. Er lauert da mit seiner Schrotflinte, flüsterten die Halbwüchsigen der nachfolgenden Obstdiebegeneration zu, die sich anschickte, den Marillenbaum zu plündern. Und sie erzählten die Geschichte, wie er einem von ihnen nachgeschossen hatte in der Nacht, und ihn auch getroffen hatte.

Eine höllisch schmerzhafte Angelegenheit. Denn der Bauer hatte aus zwei Patronen mit seinem Taschenmesser die Schrotkugeln herausgekratzt und an ihre Stelle Sauborsten in den Pappzylinder gestopft. Zwei feste Pfropfen gedreht aus Haaren, die sie vom Leichnam eines fetten Schweins geschabt hatten, es mit schweren Ketten wälzend im Heißwassertrog, jedes einzelne Haar etwa einen Zentimeter lang und borstig hart, die saßen auf den Pulverladungen im Doppellauf der bäuerlichen Jagdflinte und warteten auf kindliche Marillenräuber.

Mitten in den Arsch habe er ihrem Kameraden eine Borstenladung gefeuert, erzählten uns die vielleicht zwei oder drei Jahre älteren Kinder mit verschwörerischem Flüstern. Kannst dir vorstellen, wie das brennt, hundert Sauborsten im Arsch. Dauert Stunden, bis deine Mutter mit der Pinzette jede einzelne herausgezupft hat. Und ein paar übersieht sie ganz gewiss, die fangen dann zu eitern an und brauchen Wochen, bis sie herausschwären. Wir zitterten vor Angst, schlichen aber trotzdem zum Südtor des

Sauborstenbauern, holten uns seine Marillen, sobald es dunkel genug war.

Der Vater von der Anne mit den geilen Emma-Peel-Kunstlederhosenanzügen war der Ortsgruppenleiter gewesen. Das hatte ich nicht gewusst. Ja, sagte meine Mutter, bei der SA war er, er hat dann die Hahnenschwänzler beim Dorfwirten zusammentreiben lassen, im Innenhof. Alte Rechnungen wurden beglichen, gleich, im März noch. Alle Heimwehrmänner, die zwei Jahre davor die Nazis verdroschen hatten, holten sie ab, auch die aus den Nachbardörfern, einen sogar aus Linz. Dann begann ein großes Misshandeln. Sie haben sie gewascht als wie die Stiere, sagte meine Mutter, seltsames Wort, gewascht. Der und der und der sind geprügelt worden, sie nannte Namen, die ich alle kannte, deren Kinder sind mit mir in die Volksschule gegangen. Es hat Schwerverletzte gegeben, sagte sie. Keine Toten, soviel sie wisse, aber Knochenbrüche, Messerstiche, blutende Platzwunden noch und noch.

Hör auf damit, wollte ich sagen, traute mich nicht, hör auf mit diesem Nazizeug. Ich will etwas anderes hören. Etwas von dir. Und von deinem Bruder. Wo ich heute hinfahren würde, fragte sie mich schließlich. Ich sagte, dass ich die meiste Zeit in meinem Zimmer bleiben würde, um endlich mit der Reinschrift des Aufsatzes zu beginnen. Gleich fiel mir auf, dass ich den Raum ganz selbstverständlich wieder mein Zimmer genannt hatte.

42

Musst ihr wehtun, wenn ihr das Wehtun guttut, blaffte die Teufelseiche in einen Traum hinein, drücken, pressen, dem Lüchslein nahe sein, ein Herz dir fassen, fassen Altmännermut, in den jungen Leib steck Guttun hinein! Nicht scheuen den Sprung in ihre geile Glut, nicht schrecken zurück vor ihrem Gewein! Willst du von Jugend dich erschüttern lassen, musst nach dem Jugendkörper fassen!

Schon wieder ein Gang durch das Dorf, schon wieder eine Probe, ich habe aber keinen Mut, seufzte ich, niemand hörte mich, ich will nicht, dass ihr etwas wehtut, ich würde verhindern, wenn ich könnte, dass sie selbst sich wehtut. Ich sah Mishi Bizhi Trixi irgendwo in einem Auto sitzen bei einem fremden Mann, konnte nicht genau erkennen, was sie taten. Danach stieg sie aus und kam zu mir herüber, aus dem Auto dröhnte Bob Marley, nein, Frau, nicht weinen, ich weine nie, sagte Trixi, bin eine, die nicht weint. Heul dich aus, sagte ich zu ihr, heulen ist heilen, lass es heraus, es wird dir gut tun. Heulen ist Scheiße, sagte sie.

Dann standen wir am Rand des Dorfes, es war finster, Trixi ging weg und kam gleich wieder zurück mit einem dicken Büschel Eichenlaub in ihren Fingern, es war aber kein frisches Laub, sondern sah modrig aus und fleckig, dieselbe Farbe wie das granitene Laub auf dem Kriegerdenkmal, grau und voller grüner Algenschlieren und Moosflecken. Jetzt ich, sagte ich, Trixi lachte und sagte, dass ich nicht gehen müsse, wenn ich Angst hätte, sie würde das verstehen.

Dann war sie verschwunden und in meinen Kopf meckerte nur noch die Stimme des Eichenbaums. Sie erteilte mir einen klaren Auftrag. Ich wurde angewiesen, meine Mutter zu fragen nach seltsamen Kreuzen auf dem Friedhof. Sie würde es dann schon gleich wissen. Wo genau waren eigentlich die seltsamen Kreuze auf unserem Friedhof?, sollte ich sie fragen, sie würde dann fragen, wo ich das herhätte, dass sich so was jemals in unserem Dorf befunden hatte, da sei ich doch erst ein Jahr alt gewesen, als die Russengräber weggekommen waren. Da könnte ich mir was ausdenken, hab alte Fotos gesehen im Internet, oder: haben wir in der Volksschule geredet davon, oder so. Dann würde sie zu erzählen beginnen, prophezeite die Eiche.

Dann träumte ich einen verworrenen Traum, in dem ich eine Art Behörde war. Ich hatte einen Körper, aber dieser Körper war das Amt, voll von Schreibtischen und Registerkästen, Wartezimmern und endlos langen Gängen, dieses Amt war ich, ein Amt, das mit einem anderen Amt in einen Krieg verwickelt war, dessen Anlass alle Beteiligten vergessen hatten. Schließlich bekam ich im Traum ein Schreiben vom Sprecher meiner Auftraggeber mit einem beigelegten Verrechnungsscheck, im Begleitbrief freute er sich, mir mitteilen zu dürfen, dass die Auftraggeber von den bisherigen Proben des Aufsatzes so angetan seien, dass sie eine Honoraraufstockung beschlossen hätten, die ich anbei umgehend vorfinden könne. Am Vormittag fragte ich meine Mutter, nachdem sie die Post von unten geholt hatte, ob etwas für mich dabei sei. Sie schüttelte verwundert den Kopf und fragte, ob ich mich postmäßig denn bei ihr angemeldet hätte.

43

Was dem Eugipp glanzvoller Beleg ist für die unendliche und allmächtige Kraft des Herrn, die aus Severinus strahlt in die Welt durch jede Pore der heiligen Haut, ist in Wahrheit doch nur eine Verfallsgeschichte. Ein Bericht über die Fortifizierung spätantiker Räume und über die Vergeblichkeit dieser Fortifizierung.

Wenn der Heilige Mann auch noch so sehr bewundert wurde, sogar von den gefährlichsten Gegnern seiner Welt, wenn sie immer wieder zu ihm kamen, um seinen Rat einzuholen, oder, wie Eugipp es formuliert, um seinen Segen zu erhalten vor ihren Zügen nach Italien, sein Tun war doch nicht mehr als der Versuch einer möglichst friktionsfreien Abwicklung des dem Untergang Geweihten.

Odoaker, der große Odoaker, der Wender von Weltgeschichte, kam in des Severinus bescheidene Klause zu Mautern, den Kopf einziehen musste der gebückte Mann, so niedrig war die Tür, und so groß der junge schlanke Skirenkrieger. In armseligen Gewändern sei Odoaker gekommen, heißt es, in räudige Pelze gehüllt und stinkend, wie bei den Germanen üblich, wollte Eugipp damit wohl für diejenigen andeuten, die Wissende waren wie er, aber nun, nach fünfunddreißig Jahren unter germanischer Herrschaft, nicht mehr sagen und schon gar nicht schreiben durften, dass die germanischen Eroberer stanken und sich kleideten wie Tiere. Während Odoaker sich noch bückte unter dem Türstock, was uns Lesern suggerieren soll, er habe das Haupt geneigt vor dem Heiligen Mann, sagte ihm Severinus voraus, er werde einst großen Ruhm ernten.

Und Odoaker zog nach Italien und trat in den Dienst der Leibwache des weströmischen Kaisers Flavius Procopius Anthemius. Dies geschah ungefähr um das Jahr 469 herum. Und die Erzähler der Severinus-Legenden fanden in der in Eugipps *Vita* nur ein paar Zeilen zählenden Episode vom Treffen des späteren ersten Germanen-Cäsaren mit Severinus einen Aufhänger für üppige Spekulationen. Die beiden Männer hätten einander gekannt vom Hofe Attilas her, sie seien Freunde gewesen, auch später noch, als Odoaker italischer Herrscher geworden war. Sie seien Freunde gewesen, einander zugetan, wie es große Männer sind, die einander in ihrer Größe erkennen, auch wenn der eine an die Dreifaltigkeit glaubte und der andere nicht. Lotter sieht es nüchterner. Severinus war der Repräsentant Westroms, die Germanenführer in und um Noricum und Rätien konnten, so sie in Kontakt treten wollten mit dem Imperium, sich nur an ihn wenden.

In Passau verhandelte Severinus mit Gibuld, dem König der Alemannen, die von Westen und Norden her regelmäßig über die Stadt herfielen, plünderten, raubten, Geiseln nahmen, mordeten. Voll Sehnsucht, den Heiligen zu sehen, sei der wilde Barbarenfürst gewesen, schreibt Eugipp, dann, als sie sich außerhalb Passaus trafen, habe Severinus den König so fest und entschlossen angesprochen, dass Gibuld zu zittern begonnen habe vor Angst. Niemals sei er im Krieg oder bei welchem Anlass auch immer von so starkem Zittern heimgesucht worden, bekannte Gibuld, und er ersuchte den heiligen Mann, einfach nur anzuordnen, was er für richtig halte, er, Gibuld, würde für die Erfüllung sorgen.

Zu deinem eigenen Besten mögest du aufhören, romanisches Gebiet zu verwüsten, und du mögest weiters umgehend alle Geiseln bedingungslos freilassen, befahl der Heilige. Gibuld sagte zu. Doch dann hielt er die Vereinbarung nicht ein. Bis ihn ein Gespenst erschreckte, eine Erscheinung, die aussah wie Severinus und den Gibuld vorwurfsvoll und tadelnd ansprach. Und schon ließ Gibuld alle Geiseln frei, jene siebzig, die in seiner Residenz waren, umgehend, und die weiteren, die im Alemannenreich festgehalten wurden, an den folgenden Tagen. Es sei eine sehr große Anzahl armseliger Menschen gewesen, berichtet Eugipp.

Odoaker, und Gibuld, und Flaccitheus nicht zu vergessen, alle erschauerten sie vor Gottes Gewalt, die ihnen durch den Heiligen Mann bedrohlich entgegenstrahlte, behauptet Eugipp. In Wahrheit war es viel prosaischer. Die Germanenführer sondierten, erkundeten Möglichkeiten, fühlten vor, tasteten sich an Grenzen des Zumutbaren heran. Bereiteten dabei die Neuverteilung der Welt vor. Ihr Ansprechpartner war Severinus, der Vertraute des Orestes, gemeinsam hatten sie als hochrangige Verwaltungstechniker gedient am Hofe des Hunnen Attila, wenn Gieses Version stimmt. Orestes war in jenen Tagen bereits Drahtzieher in allen Herrschaftsdingen Westroms, er musste da schon Pläne geschmiedet haben, seinen Sohn als Cäsar auf den Thron in Ravenna zu befördern, der dann sowohl den Namen eines der Begründer von Rom als auch den des ersten Kaisers trug, wenn auch in Verkleinerungsform, Romulus Augustulus, und doch nicht mehr war als eine Marionette seines Vaters und seines Onkels.

Wenn die Skiren und Heruler und Alemannen und Rugier und der große Odoaker, der vor allem, wenn die erfahren wollten, wie das Imperium tickte, wie Orestes und die Adelselite die Lage einschätzten, wie weit sie würden gehen können ohne den Bogen zu überspannen, so war es naturgemäß der einfachste Weg, sich an den Stellvertreter der wahren Macht zu wenden, der ihnen zugänglich war, Severinus, den Busenfreund des Orestes.

Dass Severinus und der spätere Kaiser Odoaker Freunde gewesen sein sollen, kann nicht stimmen. Das weist sich später in der Geschichte, nach wenigen Jahren nur, als auf einmal der stinkende Barbar in den räudigen Fellen der Herrscher der Welt geworden war, dem die edlen Römer ihre Steuern abzuliefern hatten. Und Severinus, der vir illustrimus, der römische Adelige, das geistige und weltliche Oberhaupt aller lateinisch sprechenden Menschen in Noricum und Rätien und Pannonien, zumindest von dem, was noch existierte von diesen Provinzen, dieses Oberhaupt wurde gehorsamer Untertan und willfähriger Vollstrecker des neuen Herrschers. Er tritt in Eugipps *Vita* auf einmal auf als der eisenharte Eintreiber des dem skirischen König zustehenden Zehent.

Die Chronisten rühmen dies als Bewahren des Überblicks über eine zerfallende Struktur, als Versuch der Aufrechterhaltung von Ordnung. Es ändert nichts daran. Am Ende, im Untergang Westroms, war der Heilige Mann zum gnadenlosen und gefürchteten Steuereintreiber der neuen Macht geworden, der Exekutor, der Gerichtsvollzieher, der die säumigen Steuerzahler nicht mit weltlicher Gewalt bedrohte, sondern mit dem Strafgericht Gottes.

44

Es existieren viele verschiedene Plätze, die respektiert werden von allen Teilen der Ojibbeway-Gesellschaft und auch von den benachbarten Stämmen als Zufluchtsort für Verfolgte, schrieb Johann Georg Kohl, und er nannte das berühmteste Asyl, von dem ihm Kunde zu Ohren gekommen war. Leech Lake, ein See am Oberlauf des Mississippi. Heute liegt rund um den See am US-Highway 2 in Minnesota ein großes Ojibbeway-Reservat, obwohl die Gegend eigentlich Lakota-Land war. Aber der Druck der weißen Eroberer hatte eine kleine Völkerwanderung ausgelöst, Pillager- und Mississippi-Stämme bewegten sich in die Region, im siebzehnten Jahrhundert schon, aus der Gegend von Wisconsin trafen vertriebene Menominee- und Winnebago-Gruppen ein, alles mischte sich.

Welche Vergehen auch immer einem Mann oder einer Frau zur Last gelegt wurden, im Asylum am Leech Lake konnte er oder sie unbehelligt und sicher leben. Und aus dem Reichtum der Natur schöpfen, kein Nahrungsmangel plagte die Untergetauchten, keine Justiz verfolgte sie, kein rächender Arm durfte sich ihnen nähern in strafender Absicht.

Wahrscheinlich war die Gegend deshalb ein Asyl, weil es sich um eine wilde Sumpflandschaft handelte, in der sich Ortsfremde nur schwer orientieren konnten. Dutzende kleine und größere Seen gibt es dort, an mehr als vierzig von ihnen ernten die Menschen heute noch wilden Reis. Und es gibt Dutzende von Inseln, damals wahrscheinlich die perfekten Verstecke für Untergetauchte, für die von Kohl beschriebenen Asylsuchenden. Heute ist der Leech Lake ein Stausee, vierhundertfünfzig Quadratkilometer zwecks Stromgewinnung aufgestautes Wasser. Ein Paradies für Angler; Aale, Glasaugenbarsche, Forellenbarsche, Schwarzbarsche finden sich, und ein Fisch, der fast zwei Meter lang wird, den die Ojibbeway Maashkinoozhe nennen, Hässlicher Hecht.

Für dich gibt es kein Asyl, Mishi Bizhi, wo immer dein Leech Lake sein mag, er ist kein Paradies, und er ist nicht sicher. Nichts und niemand birgt dich. Maashkinoozhe verfolgt dich, wohin du auch Zuflucht suchst, das hässliche Fischwesen, größte und aggressivste Hechtart, Muskie nennen ihn die Weißen. Er lauert, er wartet auf deine nächste Bewegung, damit er seinen torpedoförmigen Körper mit einem einzigen Schlag der Schwanzflosse beschleunigen kann, um wie ein Blitzschlag auf dich herunterzufahren. Dann reißt er sein riesiges Schnabelmaul auf und verschlingt dich in einem Stück.

In den Zeitungen war sie wieder auf den Titelseiten. In Wien waren zehntausend Demonstranten durch die Innenstadt gezogen und dann am Innenministerium vorbei, auf Transparenten forderten sie ein Bleiberecht für die Fünfzehnjährige und den Rücktritt des hartherzigen Ministers. Die Ökopartei stellte im Parlament einen Misstrauensantrag gegen den Innenminister. Boulevardzeitungen zielten wie gehabt auf dumpfe Ängste: Nicht näher bezeichnete Helfer des untergetauchten Asylantenmädchens zitterten vor Angst, schrieben sie, denn die Polizei habe begonnen, nach Fluchthelfern zu fahnden mit allen ihr zur Verfügung stehenden Mitteln. Und in Oberösterreich arbeite die Politik, pikanterweise derselben Partei zuzurechnen wie der Minister, an einem Antrag, dem Mädchen ein humanitäres Bleiberecht zu gewähren.

Nur der Minister beharrte auf seiner Linie. In einer konservativen Zeitung stand sein Bild auf dem Titelblatt. Kein hässlicher Hecht, kein aggressiver fischkalter Jäger starrte da vom Papier, sondern ein streng gescheitelter bebrillter Mann, der die Hände zusammengelegt vor den Mund hielt, als hätte er sie gefaltet zu einem inbrünstigen Gebet. Er könne nicht mehr tun als sich an Vorschriften halten, sagte der Mann mit der Beterpose. Das laufende höchstgerichtliche Verfahren sei abzuwarten. Sollte es negativ ausgehen, würde die flüchtige Asylantin natürlich abgeschoben, sobald man ihrer habhaft werde. Die Zeitung zitierte den Minister wörtlich: Ich bekenne mich dazu, dass Gesetze konsequent eingehalten werden.

Hättest du vor eineinhalb Jahrhunderten gelebt, Wasserluchsmädchen, an den Großen Seen der Anishinaabe, dann wäre dir eine andere Art von Gerechtigkeit widerfahren. Du hättest gar nicht flüchten müssen in die Sumpfwildnis am Leech Lake. Deine Angelegenheit hätten jene geregelt, die davon betroffen sind und die damit zu tun haben. Kohl schildert in einem Unterkapitel ausführlich die Vorgehensweisen von indianischer Justiz, und er ist sichtlich erstaunt über das, was er erfährt. Die für Friedensdinge zuständigen Häuptlinge hatten in allen Rechtsfragen nur wenig Kompetenz, sie stellten eher so etwas wie Moderatoren dar, die einen Kompromiss zwischen Streitparteien, zwischen Opfern und Tätern herbeizuführen trachteten.

Die eigentliche juristische Regelung machten sich die Verfahrensbeteiligten untereinander aus. Was Kohl nicht unbedingt für ein vorteilhaftes Justizsystem hält, ihm, dem Europäer des neunzehnten Jahrhunderts, fehlen ganz offensichtlich autoritäre Entscheider, die kraft festgeschriebener Regeln zu rechtsverbindlichen Urteilen kommen. Er mutmaßt, dass dieses eher fließende Verständnis von Strafen und Urteilen und Konfliktlösungen den Indianern nicht von jeher eigen war, sondern dass die weißen Eroberer dieses System gezielt implantiert hatten. Die Engländer, Franzosen und Amerikaner installierten bei allen Stämmen, auf die sie Einfluss gewonnen hatten, eine Vielzahl von Häuptlingen und Unterhäuptlingen. Die waren naturgemäß so schwach, dass sie nicht mehr wirklich entscheiden, sondern nur noch Vorschläge machen konnten. Damit verschwand die Autorität der natürlichen Häuptlinge, und es wuchs der Einfluss der Eroberer. Meint Kohl.

Der immer alles skeptisch beäugt, was mit einem eindeutigen ersten Anschein daherkommt. Der Skeptiker Kohl misstraute seinen indianischen Auskunftspersonen auch, als sie ihm Leech Lake schilderten wie ein kleines fruchtbares Paradies für Flüchtlinge. Vielleicht sind diese sogenannten Zufluchtsorte nur deshalb so perfekt, schreibt er, weil es sich um gottverlassene einsame Landstriche handelt, optimal geschützt durch undurchdringliche Wildnis, oder vielleicht sind sie deswegen so sicher, weil sie sich auf Territorien von Stämmen befinden, die noch vollkommen unabhängig von den Weißen leben, die ebenso wenig wie andere Stämme in diese Areale einzudringen wagen.

Ich misstraue in diesem Fall Kohl. Weil mir die indianische Justiz so, wie er sie beschrieb, sympathischer erscheint als das, was sich eineinhalb Jahrhunderte später Rechtsstaat nennt. Die Menschen an den Großen Wassern hatten Vernunft und Augenmaß und ein Gefühl für das, was ihrer Gesellschaft zumutbar war. Heute haben die Männer mit Entscheidungskompetenz keinerlei Gefühl mehr für die, denen sie vorstehen, sie verlassen sich auf Quoten und Meinungsumfragen, und sie haben nur ihre Aussichten bei den nächsten Wahlen im Auge.

Unter dem Foto des Ministers schaute ein alter Mann aus der Zeitung, grauhaarig, ebenfalls korrekt gescheitelte Frisur, das Gesicht ein wenig bartstoppelig, als würde er sich nicht mehr gerne rasieren, da er die zerfurchte, zerfaltete Haut seines Gesichtes zu oft schon zerschnitten hat mit dem Stahlband des Bic-Rasierers. Müde und erschöpft blickte er die Leser an, aber auf eine entspannte Art zufrieden. Es war das Foto eines Pensionisten, dessen sterbliche Überreste das Linzer Sozialamt verbrannt hatte, ohne seine Familie zu fragen oder zu informieren.

45

Wenn der eine nicht gestorben wäre, dann wärst du heute noch mit dem anderen zusammen, oder? Das wollte ich sie fragen, traute mich aber nicht. Ich wollte ihr die Verantwortung zurückgeben, für alles, war jedoch zu feige. Was kümmert es den Menschen, der für seine Zukunft plant und für die Kinder sorgt, wenn sein wohlerwogener Wille grundverwachsene Familienstücke aus der heiligen Ruhe schrecken und altersgeweihte Fugen sprengen und vernichten muss, schreibt Dörfler in seinem Mutter-Buch.

Sie redete und redete, es war eine abendliche Routine geworden, sie erzählte, ich hörte zu, ohne Plan und mit wild durcheinandergeworfenen Zeitabläufen erzählte sie, ich stellte manchmal Fragen, aber keine wichtigen, nur Ergänzungen, Erläuterungen waren es, derentwegen ich sie zu unterbrechen wagte. Und sie sprach von Oldenburg, wo sie den Reichsarbeitsdienst hatte ableisten müssen, in Lohne, bei Oldenburg, aber nicht von den Kopftüchern und uniformartigen Schürzen redete sie, oder den Nazifamilien, bei denen sie gearbeitet hatte, oder den Lagerroutinen in den Holzbaracken, oder den Liedern, die sie gesungen hatten, oder davon, ob sie die Lieder mit Begeisterung gesungen hatten und ob ihnen ein heller Schauer der Bedeutungsschwere über den Rücken gelaufen war, wenn sie am Morgen und am Abend in Reih und Glied angetreten waren, und die Fahne flatterte über ihren Köpfen, die mit dem uralten indogermanischen Sonnenrad.

Vom RAD erzählte sie nichts, außer dass das Lager in Lohne genau so eine Holzbarackensiedlung gewesen sei wie jene hier im Dorf, gleich neben dem Grundstück, auf das sie später dann ihr Haus gebaut hatten. Es sei ein sehr bekanntes RAD-Lager, das in unserem Dorf, sagte sie, ein Männerlager, ganz Österreich kenne es, denn hier habe dieser berühmte Kolumnist dieser meistgelesenen Zeitung, der nun schon lange in Pension sei, schade eigentlich, der habe zwar die Leute geärgert, aber oft habe er letzten Endes recht gehabt, der habe hier seinen Dienst ableisten müssen, dabei zeigte sie durch das Wohnzimmerfenster in den Nachbargarten.

Und dort drüben, sagte sie mit einem Wink in Richtung Küche, dort sei die Blutwiese gewesen, da hätten sie die jungen Männer geschliffen in einem Ausmaß, das man sich gar nicht vorstellen könne, der berühmte Kolumnist habe manchmal in seinen Kolumnen Andeutungen gemacht, wirklich ausgeschrieben habe er nie, was es bedeutet hatte, weil es ihm niemand geglaubt hätte. Was sie Blutwiese nannte, war ein steiler Hügel am Rand des Dorfes, als Kinder waren wir mit den Schlitten hinuntergesaust, aber nur die mutigsten, denn der Hang war so steil und ging an seinem Ende so unvermittelt in den ebenen Auslauf über, dass der Schlitten steckenblieb bei klebrigem nassen Schnee, und dann stürzte man kopfüber von der Rodel in den feuchten Schneedreck.

Da haben sie sie hinaufgehetzt einen halben Tag lang, sagte sie, immer wieder, und wenn einer nicht mehr konnte, musste er extra noch zehn Mal hinauf, sie habe das Bild noch vor Augen, die seien so erschöpft gewesen, dass sie den Hang hinunter nur noch gekollert seien, dann eine Weile liegen geblieben im Dreck, unfähig, gleich wieder aufzustehen, während die Ausbildner brüllten, dass man sie hörte bis ins Dorf hinein. Im Frühjahr war ich mit meinem Vater über das junge hellgrüne Gras dieses Hanges hinuntergeschlittert, denn unten, jenseits der Wiese, fanden sich in einem schmalen Streifen von Kopfweiden und Stauden entlang eines Baches die ersten Schneeglöckchen, mein Vater kannte die besten Plätze.

Und sie erzählte nichts von den freien Sonntagnachmittagen in Lohne und davon, wie sich die Hundertschaften von einsamen Reichsarbeitsdienstmädchen die Zeit vertrieben hatten. Nur von den Pferden Westfalens sprach sie, für die Oldenburg ja heute noch berühmt ist. Das von jeher sehr große und früher ein wenig ungeschlachte Oldenburger Pferd erlangte vor Jahrhunderten schon als ausdauerndes, kräftiges und gutmütiges Kutschpferd europaweite Bedeutung, und seit man vor sechzig Jahren begonnen hatte, die Kutschpferdstuten gezielt von Vollbluthengsten besamen zu lassen, hat es sich gemausert zum Reitpferd und schließlich universal einsetzbaren Sportpferd, was ihm das Überleben in an sich pferdelosen Zeiten garantiert hat.

Wo war da der Mann, der denselben Namen hat wie ich, während du in Lohne warst?, fragte ich sie dann. Da wurde sie einsilbig. Das war das letzte Kind deiner Großmutter, sagte sie, es war praktisch ihr Lieblingskind, den hat sie am meisten –

Sagte nicht, was die Zähneausreißerin mit ihrem liebsten Sohn am meisten gemacht hatte, verhätschelt wahrscheinlich, verzogen, ein übermäßiges Aufheben um ihn gemacht. Er ist in eine Lehre gekommen, murmelte sie, er hat Maurer gelernt, er war ja sehr groß und kräftig.

Und der Architekt?, fragte ich.

Ja, das war sein bester Freund. Sie haben sich kennengelernt in der Berufsschule. Dem sein Vater ist aus dem Altreich hereingekommen, aus München, gleich nach dem Anschluss. War ein hoher Ingenieur, und weil er offensichtlich die besten Beziehungen gehabt hat zu den Nazis, ist er ein Direktor geworden in den Göring-Werken. Und der Robert, der sollte zuerst ein ordentliches Handwerk lernen und dann in die Fußstapfen seines Vaters treten. So sind die zusammengekommen, ja.

Das war vorerst alles, was sie erzählte über den toten Mann vom Kriegerdenkmal. Irgendwann einmal, an einem anderen Abend, sagte sie, ohne Zusammenhang mit dem eigentlichen Thema, dass mein Vater auch in dieser Berufsschule gewesen war. Ob sie sich gekannt hatten, fragte ich. Natürlich, sagte sie. Aber dein Vater hat sich mit den zwei nicht so gut verstanden. Die haben getan, als ob sie was Besseres wären, hat er immer gesagt. Ich drang nicht weiter in sie. Es ist ihr nicht möglich, Familienstücke aus der heiligen Ruhe zu schrecken und altersgeweihte Fugen zu sprengen, sah ich mit großer Deutlichkeit.

46

Ich bin nicht die, die du glaubst, dass ich bin, sagte sie. Sie hatte mich angerufen und verlangt, dass ich sie verstecke. Ich habe kein Guthaben mehr auf der Wertkarte, sagte sie, ruf mich zurück. Das tat ich. Die Polizei ist eingeschaltet, der Minister droht den Fluchthelfern mit saftigen Strafen, sagte ich. Ich bin das nicht, sagte sie. Wenn du willst, sagte ich, aber es ist ziemlich kindisch.

Wenn ich die wäre, wäre ich ein Kind.

Du weißt, was ich meine. Ich würde dich nicht verraten. Du kannst mir vertrauen.

Niemandem kann man vertrauen.

Wenn du die bist, dann kannst du vielen vertrauen. Liest du keine Zeitungen? Sogar die miesen Krawallmacherblätter sind mittlerweile auf deiner Seite.

Ich wäre froh, wenn ich die wäre. Die sitzt irgendwo bei irgendwelchen Typen, denen einer abgeht, weil sie so gute Menschen sind. Ihr tut keiner was.

Tut dir wer was?

Keiner kriecht zu der hinüber und zippt leise leise den Schlafsack auf, weil er glaubt, dass sie schläft, keiner legt seine dreckigen Finger auf ihren Frosch und wichst sich dabei mit der anderen Hand einen herunter. Die muss nicht so tun, als ob sie schläft, weil der vielleicht was weiß ich was tut, wenn er merkt, dass sie wach ist.

So was muss man anzeigen, sagte ich.

Stell dir vor, sagte sie, die würde zwei Typen fragen, ob sie ein Stück mitfahren kann, und die sind nett, sie haben Spaß im Auto, und dann fragt sie, ob sie vielleicht bei denen übernachten kann, bloß eine Nacht, natürlich, sagen die, kein Problem. Und dann machen sie Schnaps auf, und die wird betrunken, ganz wirbelig dreht sich alles in ihrem Kopf, das dreckige Zimmer, das Matratzenlager, die feuchten Decken, und dann würd ihr der eine die Hose und die Unterhose hinunterziehen und der andere würd ihr Gin über die Fotze schütten, einen richtig großen kräftigen Schluck aus der Flasche, und dann leckt der eine den Gin weg und dann der andere, und dann stecken sie ihre stinkigen Schwänze hinein. Kannst du dir so was vorstellen?

Nein, sagte ich leise.

Und dann stell dir vor, die geht zur Polizei. Was denkst du, dass passiert?

Die würden sich die Typen holen.

Genau. Und dann?

Dann würden die bestraft.

Du hast keine Ahnung, sagte sie. Bei der Polizei würden sie nur lachen, weil sie der nicht glauben. Bei dieser Vorgeschichte! Solche wie dich kennen wir, würde der fette Polizist zischen, mit seinem Mund so nahe an ihrem Ohr, dass sie beinahe kotzen muss von seinem Thunfischdosen- und Zigaretten-Mundgeruch. Dann würde es einen halben Tag dauern, bis endlich eine Beamtin aufzutreiben wäre, bei der sie ihre Aussage machen kann. Und bei Gericht wäre sie die Angeschissene.

Glaub ich nicht.

Ist aber so. Die Richterin würde nur wissen wollen, wer den blauen Fleck gemacht hat auf dem Arm von der. Das ist nicht von den zwei Dreckskerlen, würde die sagen, das ist von meinem Freund, wir haben herumgebalgt, und auf einmal ist er kurz wütend geworden, manchmal rastet mein Freund einfach aus, tut ihm gleich leid, ich liebe dich doch, sagt er dann und küsst die Stelle, ist wieder gut, oder? Schon gut, ja, es ist wieder gut. Die würde natürlich nicht sagen, wie das war mit dem Fleck, sie will doch ihren Freund nicht mit hineinziehen, liebt ihn doch, hat ihn zumindest damals geliebt.

Du hast einen Freund?

Die Richterin würde die anschreien. Dass ihre Glaubwürdigkeit insgesamt doch eine sehr fragwürdige ist, würde sie brüllen. Und die könnte noch so sehr stottern und stammeln wie so ein kleines liebes Mädchen, dass das mit den zwei Arschlöchern doch Monate her ist, während der blaue Fleck ganz frisch ist, und dass das alles dem Gericht doch egal sein kann. Die Glaubwürdigkeit!, würde die Richterin bellen. Aber die würde trotzdem nichts sagen. Da würde die Richterin einen Strafantrag gegen die stellen. Und den zwei Typen würde nichts passieren. War keine Vergewaltigung, würde die Richterin sagen. Ich war nicht glaubwürdig. Jetzt habe ich selbst die Verhandlung, in vier Wochen.

Möchtest du reden darüber, wollte ich sagen, es kam mir so vertrottelt vor, dass ich schwieg.

Macht dich das geil, wenn du dir vorstellst, wie man Schnaps weg leckt da unten?, fragte sie. Fragst du dich, wie sich das anfühlt? Ob da Haare sind? Oder alles schön glatt und rosig?

Da sind Haare, dachte ich. In das Handy sagte ich, armes armes Kind, begann zu stottern, nie würde ich das tun, was du anscheinend denkst, dass ich würde, und dann fragte ich, wie ich ihr helfen könne. Hol mich ab, sagte sie, ich brauche einen Platz zum Schlafen. Ob es in Ordnung sei, wenn sie wieder im Auto, fragte ich, klar, sagte sie. Dann schwiegen wir. Du hast nicht viel Schönes erlebt, oder?, fragte ich nach einer Weile.

Doch, sagte sie. Ganz klein als ich noch war, da war es schön. Ich hatte dieses Vieh aus Plastik und Plüsch, das von einem lernte. Wenn du in die Hände klatschst, wird das Vieh wach, schlägt die Augen auf, beginnt zu plappern. Ich redete mit ihm, und das Vieh merkte sich meine Wörter und benutzte sie beim nächsten Mal. Hat nicht eigentlich geantwortet, aber hat mir zugehört, hat das aufgenommen, was ich sagte, war ihm wichtig, das hat es sich gemerkt.

Schön, sagte ich.

Die Mara von Stiege vier hatte auch so ein Vieh. Manchmal stellten wir sie einander gegenüber, ich oder Mara klatschte in die Hände, die Viecher wurden wach, ich oder die Mara sagte ein Wort, die Viecher begannen zu plappern, wenn der eine was sagte, antwortete der andere und merkte sich das vom anderen, und dann der andere das gleiche, so ging das hin und her. Wenn wir sie nicht stoppten, plapperten sie, bis die Batterien leer waren, immer schneller und hektischer. Maras Vieh wollte meines überbrüllen und meines das von Mara. Wir sind dagesessen und brauchten nichts zu sagen, haben ja die Viecher miteinander geredet.

47

Ich habe ein klein wenig den Eindruck, wenn ich ihre Arbeitsproben so durchlese, dass Sie ein Problem mit Helden haben, sagte der Sprecher meiner Auftraggeber. Als würden Sie sie gerne von ihren Podesten schmeißen. Oder zumindest an die Sockel ihrer Denkmäler pinkeln, wenn ich so sagen darf.

Was sollte ich da antworten. Dass ich davon besessen war, alles abzuklopfen auf eine eventuelle Brüchigkeit, dass ich eine seltsame Lust verspürte, für die ich mich oft schämte, wenn eine weitere Demontage erfolgt war, dass ich sie alle herunten haben wollte bei mir, in Augenhöhe? Ausgenommen Winnetou natürlich, Winnetou nicht. Und auch May nicht, der war von vornherein brüchig, ein Heldendenkmal voller Risse und Sprünge und nur mit viel Mühen und Sich-selbst-Belügen auf dem Podest zu halten.

Obwohl es manchmal schmerzte, dieses Demontieren von Helden, etwa wenn ich bei der Suche nach Sendern im Autoradio in ein Literaturmagazin geriet, in dem sie Horváth outeten, wie er sich bei den Nazis angebiedert hatte und unbedingt Mitglied der Reichsschrifttumskammer werden wollte. Ausgerechnet Horváth. Wie brach da auf einmal der Glanz des funkelnden Lichtes, der auf Sätze fiel wie jenem in seinem Roman *Jugend ohne Gott*, den er als große, gleichermaßen von Wut und Trauer erfüllte Klage um die deutsche Jugend hingesetzt hat wie Granit. Der eigene Name auf dem Kriegerdenkmal sei der Traum ihrer Pubertät, schrieb der zornige Horváth. Mein Name steht auf einem Kriegerdenkmal, Ödön, doch es ist nur ein kleiner, lästiger Albtraum, der mit dem Vergrößern des Abstands zur Pubertät immer unangenehmer wird.

Oder erst der Schmerz, als Sinéad O'Connor versuchte zu singen vor fünfzigtausend Dylan-Fans, die aber derart laut pfiffen und schrien, dass sie nicht zu hören war. Weil sie ein paar Tage vor diesem Tribute-Konzert ein Bild seiner Heiligkeit Karol Wojtyła zerrissen hatte, wegen der schmierigen katholischen Priester, die ihre Priesterfinger und Priesterschwänze nicht von den kleinen amerikanischen Buben und Mädchen lassen konnten. Zum Toben brachte die scheinheiligen amerikanischen Katholiken jedoch das Zerreißen eines Papst-Fotos. Und dann der Schmerz, als eine Stunde später Dylan selbst vor diesen zum Lynch bereiten Mob trat und seine alten Lieder herunterleierte, als ob nichts gewesen wäre.

Überhaupt Dylan. Er ist schuld, dass ich mir selbst auf die Schliche gekommen bin, und ich weiß nicht, ob das gut ist oder nicht. Das Konzert in der Linzer Sporthalle, vor sechzehn Jahren, am Beginn seiner dekonstruktivistischen Phase. Ich lebte und arbeitete damals in Wien, freiberuflich, erledigte Jobs für Zeitungen, für die sich ihre fest angestellten Redakteure zu gut waren, oder solche, bei denen die Nachtzuschläge und Wochenend-Überstunden für einen nach Kollektivvertrag bezahlten Angestellten zu teuer gekommen wären. Sie schickten mich zum Bundesparteitag der Sozialisten im Linzer Brucknerhaus.

Ein langweiliger Routinejob. Auf dem Parteitag geschah nicht viel mehr, als dass am Abend des ersten Tages eine Riesentafel mit der Aufschrift »Zukunft Sozialdemokratie« von der Wand krachte, unmittelbar neben der Rednertribüne, an der Vranitzky tags darauf die Partei umbenannte von sozialistisch auf sozialdemokratisch. Nach dem Ende der Jubelveranstaltung hetzte ich auf den Bauernberg, in die städtische Sporthalle, in Anzug und Krawatte, und kam gerade noch zurecht.

Dylan begann mit *New Morning*, dann *Lay Lady Lay*. Es muss die bekannt schlechte Akustik dieser Halle sein, die ja konstruiert ist für Leichtathleten oder Basketballer oder Eisrevuen, dachte ich. Ich setzte mich ganz hinten auf den weichen Kunststoffboden und suchte mich zu entspannen, wehrte mich gegen die

Linzer Depression, die mich befiel mit großer Macht. Es half nichts. Es war nicht die Akustik. Es war Dylan.

Ich wollte versinken in die bedeutungsschwangere Unergründlichkeit der alten Lieder, the thing that scared me most was when my enemy came close I could see into his face, it looked like mine, wollte mich nach den zermürbenden, zeitraubenden Ritualen des Politikertreffens wieder weichspülen lassen von warmer, trauter Erinnerungsseligkeit, der Sänger vorne sollte den süßen, bitteren Duft der Vergangenheit evozieren. Er sollte dafür sorgen, dass ich mich wohlfühlte.

Doch das tat er nicht. Für mich überraschend, die anderen waren anscheinend vorbereitet und kreischten und jubelten, als ob nichts geschehen wäre. Für mich war etwas geschehen. Ich verstand nicht, was passierte. Dylan und seine Musiker zerhackten und zerklopften Lied um Lied. *Bob Dylans Dream* erkannte ich erst nach ein paar Minuten, und auch nur an der ersten Textzeile, die halbwegs verständlich aus den scheppernden Lautsprechern kam. I wish I wish I wish in vain, that we could sit simply in that room again.

Das Allererste, was ich von Dylan gehört hatte, war *Man of Constant Sorrow* gewesen, da war ich dreizehn oder vierzehn, ein seltenes Ereignis im österreichischen Rundfunk in der damaligen Zeit. Der kennt mich, dachte ich. Und: Der kennt sich aus. Zum Apologeten, unkritisch und vernunftresistent wie all die anderen, wurde ich Jahre später, nach dem Erwerb des Albums *Desire*. Ja. Your heart is like an ocean, mysterious and dark. Wie abgrundtief und bedeutungsschwer. Ja, desire. Der kennt sich wirklich aus. Und jetzt die miefige Sporthalle, ein knapp zwei Stunden währendes Krachen und Scheppern, in dem nur ab und zu bekannte Textfetzen auftauchten.

Ich bin noch zu jung, sagte ich mir damals in Linz, darum verstehe ich ihn nicht. Immerhin ist er dreizehn Jahre älter als ich. Danach hörte ich lange Zeit seine Platten nicht mehr und ging auch in kein Konzert. Bis ich überall um die Großen Seen die Plakate sah, gerade erst vor zwei Monaten. Casino Rama Entertainment Center in Orillia, zwei Abende hintereinander. Ich beschloss hinzufahren. Das Orillia Casino ist das einzige Spielkasino in Ontario, betrieben wird es von Indianern. Die Weißen hassen solche Orte, denn den Indianern gibt der Staat Glücksspiellizenzen, die den Weißen verboten sind. Sie hassen die Indianercasinos, und zugleich stürmen sie sie Tag für Tag, weil es sonst keine Roulettetische und Black-Jack-Tische gibt. In Orillia, gelegen zwischen zwei fischreichen Seen namens Simcoe and Couchiching, hatte zu Kohls Zeiten der Hirschclan der Ojibbeway gelebt. Die achthundert Autokilometer von Thunder Bay bis Orillia und die Nacht im Rama Hotel konnte ich also als Dienstreise abschreiben.

Aber dann wollte ich kein Indianer mehr sein nach der Nacht und dem Vormittag im Indianercasino und Indianerhotel. Weil alles nur eine falsche Fassade war, grobe Steinfassaden und glatte Zedernholzimitation, das Empfangsgebäude eine riesige Tipi-Nachempfindung im Erlebnisparkstil, Hunderte Männer und Frauen von den verschiedensten Stämmen erledigen die simplen, die schmutzigen, die schlecht bezahlten Arbeiten, die Stammeshäuptlinge und die weißen Manager kassieren die Gewinne. Nirgendwo ein Odgidjida. Drei oder vier Männer, zwei von ihnen Ottawa, einer GitXan aus dem fernen British Columbia, einer Mowhak, fragte ich, ob sie mir die Idee oder das Konzept von Odgidjida erklären könnten, alle schüttelten sie bedauernd die Köpfe, nie davon gehört, dann fragte ich keinen mehr.

Johann Georg Kohl berichtet mit großer Hochachtung vom Odgidjida, welches Wort in der Ojibbewaysprache Held bedeutet, oder Sehr Mutiger Mann. Der Titel Odgidjida ist für die Indianer der höchste auf Erden, schreibt er, und dass sie bis an das Ende der Welt gehen würden, um ihn zu erlangen. Was ihm besonders imponierte: Den Titel erlangt einer nicht nur, wenn er sich im Krieg auszeichnet oder durch die Tötung von Feinden. Sondern, wie kurios, notierte er fasziniert, viele erhalten diese

Auszeichnung, weil sie lange und gefahrvolle Reisen unternommen haben.

Solche Geschichten müssen ihm gefallen haben, dem manischen Reisenden Kohl: Die Choctaw bewahren bis heute die Erinnerung an ihren größten Reisenden, der aufgebrochen war aus dem Land der Großen Seen in Richtung Westen, um das Meer zu finden, in dem Abend für Abend die Sonne verschwindet. Ob dieser Reisende erfolgreich war, oder ob es für seine Stammesbrüder genügte, dass er aufgebrochen und vielleicht nicht zurückgekehrt war, um den Heldenstatus zu erlangen, überliefert Kohl nicht. Wahrscheinlich haben seine Gewährsleute seine diesbezüglichen Fragen nicht verstanden, oder er nicht ihre Antworten.

Noch euphorischer besungen wurde der Ruhm eines jungen Lakota-Kriegers, der zu einer nicht weiten, aber umso mutigeren Reise aufgebrochen war. Er wollte sehen, wie die Ojibbeway, die Erzfeinde seines Stammes, lebten, und darum machte er sich ganz alleine, nur bewaffnet mit einem Gewehr auf den Weg und besuchte Dorf um Dorf der Todfeinde. Die waren so verblüfft über solche Unverfrorenheit, dass er, wenn sie zu den Waffen griffen, schon wieder weg war. Oder, so die Lagerfeuererzählung, sie bewunderten den Heldenmut so sehr, dass sie dem Lakotamann applaudierten, statt ihn anzugreifen. Einen ganzen Winter sei der Krieger im Ojibbewayland unterwegs gewesen, vermerkt der Chronist mit Wohlwollen, und als er im Frühling aufbrach in Richtung Heimat, verabschiedeten ihn die Ojibbeway mit allen Zeichen der Ehrerbietung.

Mir gefällt am besten die Mär von jenem Odgidjida der Anishinaabe, allerdings nur der Teil vor der Schlusspointe, der seinen Ehrentitel errang als ausdauerndster Läufer seiner Zeit. Ein Stück Wild niederrennen, so nannten sie eine Jagdmethode, bei der ein Mann einem Reh oder Hirsch so lange nachlief, bis er in Schussweite kam. Kohl, ganz europäischer Aufklärer, ganz Skeptiker, notiert dazu spitz: Wahrscheinlich galt dies nur für den Winter, wo die Hufe von schwerem Rotwild durch die

Schneedecke brachen, während die Indianer mit ihren Schneeschuhen leicht darüber hinwegglitten.

Jener Jäger lief einen Tag lang hinter einem Elch her, und am nächsten Tag wieder. Immer näher kam er dem Tier. Schließlich hätte er das mächtige Wesen schon mit Leichtigkeit töten können, doch er tat es nicht. Es wäre unmöglich gewesen, die Beute zurück zum Lager zu bringen. Darum tat er etwas, das ihm den Ehrentitel Held eintrug. Er blieb in regelmäßigen Abständen stehen, und das Tier auch, beide, um zu verschnaufen. Wenn er dann die Ein-Mann-Treibjagd wieder aufnahm, brachte er sich unmerklich in eine Position, die den Elch zwang, die Fluchtrichtung zu ändern. Bis die beiden am Ende in die Richtung trabten, aus der sie gekommen waren.

Das ist der Teil der Geschichte, der mir nicht gefällt. Denn am Schluss hatte der Anishinaabe-Mann den Elch bis zu seiner eigenen Erdhütte getrieben. Wieder blieb er stehen, ebenso der Elch, doch während das Tier um Luft rang, trat der Jäger näher und näher heran und stieß ihm zu guter Letzt das Jagdmesser ins Herz.

Ein Held, der am Ende etwas tut, was mich sehr verstört, wie dieser Elchjäger der Anishinaabe, das ist auch Bob Dylan. In meinem Traum hätte der Jäger sich damit zufriedengeben müssen, ein Held zu sein, weil er offensichtlich die Fähigkeit besaß, bis ans Ende ihrer beider Tage neben dem Elch herzulaufen. Ein schöner letzter Satz der Geschichte wäre ein solcher für mich gewesen: Doch anstatt die Riesenmenge Fleisch, die dampfend und schwer atmend vor ihm stand, in Besitz zu nehmen durch einen schnellen, gezielten Dolchstich, trat er heran an das Tier, müde starrten ihn die großen braunen Elchaugen an, der Jäger streckte die Hand aus, leer wie sie war, und legte sie für einen Augenblick auf das von Schweiß glänzende nasse Fell, dann drehte er sich um und kroch zufrieden in seine Erdhütte.

In meinem Traum hätte Dylan in Linz seine großartigen, tausendmal gehörten Lieder singen müssen wie bei dem Konzert mit den Grateful Dead, oder wie auf dem *Budokan*-Album. Stattdessen erstach er sie mit dem Dolch des Dekonstruktionsfurors. Und dasselbe hatte er getan im Rama Entertainment Center des Spielcasinos der Ojibbeway in Orillia. Mitten im Lederstrumpf-Land, in der Mitte zwischen Ontario Lake und Lake Huron, wo einst Natty Bumppo und Chingachgook dem Elch und dem Hirsch hinterhergetrabt waren mit nicht endender Ausdauer.

Der Rama-Saal war riesig, fünftausend Sitzplätze, ein wenig sah er aus wie die Stadthalle in Wien, überdimensioniert und irgendwie zu flach, nur um einiges luxuriöser als die Wiener Halle. Muss ja sein, für dieses Publikum, das vorwiegend die Gäste des Hotels und des Casinos und des Wellness-Ressorts stellen. Im Parterre einzelne Stühle mit Polsterung in einem unentschiedenen Braun, auf den Rängen breite, bequeme, blau bezogene Sessel mit viel Fußfreiheit.

Er begann mit *Leopard-Skin Pill-Box Hat* und *It Ain't Me Babe*, und es war wie in Linz vor sechzehn Jahren. Lied um Lied zerflatterte unter seinem Altmännerkrächzen und wurde abgestochen von seinen Musikern, die einen Sound erzeugten wie eine billige Tanzabendcombo. Nein, schlechter. Beim Feuerwehrball im Dorfwirtshaus, wo die Hahnenschwänzler die Nazis zuschanden geprügelt hatten und zwei Jahre später die Nazis die Hahnenschwänzler, da hätten sie in meinen Dorfballjahren so eine Band nicht hinausgepfiffen, sondern hinausgeprügelt.

Ich verstand nicht, warum er das tat. Hervorbringungen wie seine Lieder, die bereits alles hinter allem Sagbaren untersucht haben, die muss man nicht zerlegen, wie ein Kind noch am Weihnachtsabend das neue Feuerwehrauto zerlegt, um zu sehen, was dahinter ist. Hinter Dylans Liedern, zumindest hinter den guten, ist nichts mehr, kann nichts mehr sein. Er sollte das wissen.

Ich dachte, er tut es, weil es ihn unendlich langweilt, wieder und wieder dasselbe zu tun, seit fünfundvierzig Jahren. Er ist das Kind, das sein neues Spielzeugauto zerlegt, weil es das Kind anödet, dass es ist wie es ist. Darum macht man es kaputt. Damit zumindest irgendetwas geschieht. Oder er will austesten, dachte ich, was er uns noch zumuten kann, was alles wir uns gefallen lassen, wie weit er gehen muss, damit wir aufhören zu klatschen und die Erscheinung vorne auf der Bühne mit tiefster Rührung und Ergebenheit anzustarren wie ein nie zuvor gesehenes Wunder.

In den plüschigen blauen Sessel gelehnt sagte ich mir, dass es irgendwie doch auch imponierend ist, wie er sich weigert, das Verlangen von uns, seinen alternden Bewunderern, nach gefühliger Nostalgieseligkeit zu bedienen. Gibt ja genug andere Gruppen, die das perfektionieren über die Jahrzehnte. Und dann stellte er plötzlich ein Juwel in das Gedröhn, zornig und in einem Herz und Hirn nicht öffnenden, sondern gewaltsam aufreißenden Stakkato rotzte er bellend den Glückspielern und ihren perlenbehängten Gattinnen und den Wellnessgästen ein *Masters Of War* vor die teuer beschuhten Füße, kompromisslos, wie es die Welt noch nicht gehört hat. Und siehe da, die Band in den billig wirkenden grauen Anzügen konnte plötzlich präzise und mit glasklarem Klang spielen. Doch die Beglückung dauerte nur ein paar Minuten, gleich folgten zerquälte zerbrochene Stücke im Scheppersound einer Tanzteekapelle, God said to Abraham, kill me a son.

Nach den Zugaben, *Thunder On The Mountain*, übelst, klang wie der Versuch einer Schülerband, *Blue Suede Shoes* zu spielen, und *All Along The Watchtower*, wollte ich nicht gleich aufs Zimmer. Aber die zehn Rama-Restaurants waren völlig überfüllt. Die meisten Konzertbesucher nächtigten im Casino-Hotel, und sie fluteten nun natürlich alle gleichzeitig nach den letzten Klängen in die Speisesäle. Keine Chance, einen Platz zu bekommen. Alles vorreserviert. Nur in der Firestarter Lounge fand ich einen leeren Barhocker. Da saß ich eine Weile in der Felsbrocken- und Zedernholz-Dekoration und schwitzte, weil – Anfang August! – in allen drei aus groben Steinen gemauerten Kaminen große Feuer loderten, und fühlte mich todunglücklich. Dasselbe Gefühl wie in Linz damals, nach dem Verlassen der Sporthalle. Die Dylan'sche Post-Konzert-Depression.

Die Kellnerin brachte mir ein Glas Bier und Chicken Wings Buffalo Style, Hähnchenkeulen, vor dem Grillen mariniert in einer Brühe aus Zucker und Knoblauch, mein Gott ja, Zucker, immer Zucker, dazu eine Soße aus Blauschimmelkäse, mit einem eigenen Schälchen für eine Handvoll Karotten- und Sellerie-Stiftchen. Aus den Lautsprechern kam Dylan, wie originell. *Knockin' On Heavens Door*, in der Version mit den Grateful Dead, es gibt keine Zufälle, wie May sagt. So unendlich langsam spielten sie es, dass man jeden Augenblick fürchtete, die ganze Sache würde demnächst zum Stillstand kommen.

Da fiel es mir wie Schuppen von den Augen. Ich sah, dass meine Grundbefindlichkeit eine vollkommen schizoide ist. Weil ich auf einmal verstand, was Dylan tut. Er ist ein Maniker der Veränderung, und zwar ausschließlich Maniker. Ich bin bipolar verfasst. Es zieht mich auf der einen Seite unwiderstehlich und ohne Chance auf Gegenwehr zu Veränderung; vom Dorf mit seinen Starrheiten und Festigkeiten wollte ich weg, nur weg, so früh wie möglich, ich wollte das Andere, das Beeindruckendere, das Größere. Weil es die Hoffnung beinhaltete, es wäre das Bessere. Zugleich aber bin ich zutiefst gekränkt, weil nichts mehr so ist wie es war.

Ich schwitzte wie ein Schwein vor den drei Kaminfeuern und konnte dennoch nicht weggehen, weil ich sah, was los war. Ich wollte Veränderung. Ich hasste Veränderung. Sie machte mir Angst. Ihre Abwesenheit machte mich depressiv. Für den Zimmerman Robert aus Duluth ist das keine Frage. *The Times They Are a Changing*. Er sah es, er besang es grandios, und er sah, dass es gut war. Ich sehe, dass sich alles ändert, und leide. Doch wenn alles beim Alten bleibt, leide ich ebenfalls. Bipolarität ist mein Problem.

Darum hatte ich Ja gesagt, wenn ich ganz ehrlich bin, zu dem Auftrag, einen Aufsatz über Severinus zu schreiben. Weil es bei dessen Geschichte um die allergrößte Veränderung überhaupt gegangen war. Und sie hatte dort stattgefunden, wo es etwas mit mir zu tun hatte, in dem Land, in dem ich geboren und aufgewachsen bin. Dort wollte ich hingehen und nachsehen. Und leiden, wenn es geblieben war wie immer, und leiden, wenn alles anders geworden war. Im Indianercasino Rama zu Orillia hatte ich es mehr geahnt; ich hatte es nicht formulieren können in meinem Kopf. Aber ich hatte bereits gewusst, was ich jetzt auf norischem Boden niederschreiben kann. Ich sehe es klar und deutlich. Nicht Severinus ist der Narr. Ich bin es.

Am Jugendschreibtisch in meinem Kinderzimmer suchte ich lange bei Amazon und Google und auf *dylan.com.* Ich fand nichts. So sehr wünschte ich, es gäbe CDs zu erwerben, Live-Alben von seiner seit 1988 ununterbrochen laufenden Tournee. Ich wollte sie hören, sie um mich haben, ständig parat am MP3-Player, diese zertrümmerten und verwüsteten Sehnsuchtslieder meiner Jugend. Diese zerhämmerten und von ihrem Schöpfer selbst deformierten Hymnen gäben die ideale Begleitmusik ab für mein bipolares Stolpern durch die Konstrukte, die immer durchsichtiger werden und immer weniger Halt bieten.

48

Wunder über Wunder listet Eugipp auf in der *Vita* des Heiligen Mannes. Sogar die Feinde suchten Hilfe beim Wundertäter. Einen Rugier, den seit zwölf Jahren schon die Gicht plagte, so sehr, dass er am Ende seine Glieder zu überhaupt nichts mehr gebrauchen konnte, den legte seine Mutter auf einen Ochsenkarren und schaffte ihn an die Donau und über die Donau, mit der Fähre, oder über die Holzbrücke, das weiß man nicht, was es da wirklich gegeben hatte, und legte ihn vor der Tür des Klosters des Severinus in Mautern auf den Boden. Unter unaufhörlichem Weinen bat sie um Heilung, bis ihre Tränen den Heiligen rührten. Ein wenig zierte er sich, warum bedrängt man mich, stöhnte er, warum verlangt man von mir, was ich nicht kann?

Nicht er könne heilen, sondern der Herr, sagte er. Er befahl der rugischen Mutter, nach Kräften für wohltätige Werke zu spenden, die schlichte arianische Barbarin begann sich auszuziehen und wollte ihre Kleider sofort unter den Bedürftigen Mauterns verteilen. Severinus stoppte sie, er nahm ihr das Versprechen ab, bei sich daheim Wohltätigkeit zu üben, er trug ihr und den ihren ein mehrtägiges Fasten auf. Dann betete er inbrünstig zu Gott, und auf der Stelle war der Gichtkranke geheilt und schritt eigenen Fußes zurück ins Rugiland. Von da an standen immer wieder Rugier vor der Tür des Dieners und Soldaten Gottes und baten um Heilung und Segen.

Auch Feletheus, den die Römer manchmal Fewa oder Feva oder Feba nannten, reihte sich ein in jene rugische Schar, die das Haupt beugte vor Severinus. Feletheus war regierender König der Rugier, Sohn des Flaccitheus, der 475 verstorben war, selig im Bett, wie vom Heiligen prophezeit. Und er war gesegnet mit einer Gemahlin, Giso hieß sie, aus der Familie des großen Goten Theoderich stammte sie, die nannte man ein böses Weib, aus katholischer Sicht. Die Königin drang ständig in den König, er möge aufhören damit, bei dem verhassten Römer Rat und Zuspruch zu suchen, doch der König hörte nicht auf sie. So gottlos war dies ketzerische Weib, schreibt ein entrüsteter Eugipp, dass sie sogar versuchte, gefangengenommene Katholiken von südlich der Donau zu taufen im Namen der arianischen Ein-Gott-Irrlehre.

Giso und die Goldschmiede, so könnte man ein weiteres Wunder übertiteln. Die böse Königin, eine fanatische Propagandistin der Lehre des Arius, hatte Romanen aus der Nähe von Favianis über die Donau verschleppen lassen, die mussten in ihrem Reich Sklavenarbeit leisten. Als Severinus durch Unterhändler deren Freilassung forderte, spottete Giso bloß, so der empörte Eugipp, trotzig und in weiblicher Wut. Sklave Gottes, so hieß sie den Heiligen Mann, und dass er sich in seiner Klause verkriechen und am besten für sich selbst beten möge. Na, da kam aber die Strafe des Herrn über sie!

In Sachen Herkunft nicht näher bezeichnete, aber allem Anschein nach germanische Goldschmiede, die das Königspaar an seinem Hof hielt als Sklaven, traten just in jenen Tagen in so etwas wie einen spätantiken Streik gegen die zermürbende Fronarbeit. Drastisch unterstrichen diese hoch spezialisierten und an allen Fürstenhöfen gesuchten metallurgischen Facharbeiter ihre Forderungen. Prinz Fredericus, neugierig wie alle Kinder, hatte sich in die Werkstätte der Schmiede geschlichen. Die packten das Prinzchen, setzten ihm ein Schwert an die Brust und drohten, zuerst das königliche Kind und dann sich selbst zu töten, wenn ihre berechtigten Ansprüche nicht erfüllt würden. Wie jammerte und heulte da Königin Giso! Geschwind sandte sie Reiter zu Severinus, zerknirschte sich, bat um Vergebung, versprach Besserung. Zugleich gab sie sowohl den verschleppten romanischen Sklaven als auch den Goldschmieden die Freiheit, die ihrerseits ließen den kleinen Fredericus laufen.

Noch fürchteten offensichtlich die Barbaren Rom. Noch konnte sie der Heilige Mann allein mit der Kraft seiner donnernden Worte in Zaum halten. Nur so lässt sich diese Goldschmied-Geschichte verstehen, aus der im Laufe der Zeit, angereichert um antike Motive, die germanische Wieland-Sage erwuchs, wie ja oft Geschichten aus angereicherten, also verfälschten Geschichten keimen und aus diesen neuen Erzählungen weitere Narrationen entspringen nach demselben Verfahren, um den Helden würdige Gegner zu verschaffen und den Verhältnissen ihre Ordnung zu geben in Raum und Zeit. Stellt sich nur die Frage, inwiefern es sich bei der Schmiede-Mär um ein Wunder handelte. Eugipp druckst herum, es sei ein Beweis für die Allmacht des Erlösers, ein Beleg dafür, dass die Gebete des Severinus nicht nur die entführten Romanen, sondern auch die gleichfalls versklavten barbarischen Schmiede befreit hätten. So leicht ist manchmal die Arbeit von Hagiografen.

Die Läuterung brachte der bösen Giso und den Ihren übrigens kein anhaltendes Glück. 487, als der Untergang des Reiches der Rugier und sein spurloses Verschwinden im Orkus der Geschichte begann, ließ der große Odoaker sie und ihren Gemahl Fewa in Ravenna hinrichten. Fewas und Gisos Sohn Fredericus, der als der letzte König von Rugiland gilt, gelang es, Odoakers Häschern zu entkommen. Ein Jahr später kehrte er zurück ins niederösterreichische Weinviertel, wohl um zu versuchen, seine Herrschaft zurückzugewinnen. Was gründlich schiefging, mit Mühe gelang dem Fredericus die Flucht vor Odoakers Bruder Hunuwulf und dessen Kriegern. Gisos und Fewas Söhnchen fand schließlich Asyl in Bulgarien, in der Stadt Novae, bei der es sich um das heutige Swischtow handelt, am damaligen Aufenthaltsort seines ostgotischen Verwandten Theoderich. Das geschah in jenem Jahr, als die Romanen Noricum ripense verließen, danach verschwand Fredericus wie sein Volk von der Bildfläche.

Reihenweise befreite Severinus in den Jahren, bevor die Welt endgültig zerbrach, verschleppte Geiseln, kraft göttlicher Offenbarung; er ließ Kerzen sich von alleine entzünden, er vermehrte das Öl in Lorch wie es der Sohn des Herrn einst mit Brot und Fischen getan hatte bei der Stadt Betsaida oder auf einem einsamen Berg nahe dem See von Tiberias, da widersprechen die Evangelisten einander. Severinus prophezeite unermüdlich die Kette von kleinen Niederlagen, die die Germanen der Nordprovinz des römischen Imperiums zufügten.

Die Bürger von Tiburnia, der spätantiken Hauptstadt von Binnennoricum, die im Lurnfeld am Holzer Berg in Kärnten lag, vier Kilometer westlich von Spittal an der Drau, hatten den Leidensgenossen in Ufernoricum Kleiderlieferungen angekündigt. Zu diesen kam es nicht, da eine Schar von Goten, die der einst reichen und mächtigen und nun arg heruntergekommenen Stadt zusetzte, nur durch die Übergabe eben dieser vor dem beginnenden Winter dringend gebrauchten Kleidervorräte zu einem Waffenstillstandsvertrag zu bewegen war. Wer hatte das vorausgesagt im fernen Mautern? Severinus natürlich, wer sonst.

Und wer sonst hätte es bewerkstelligen sollen, dass Gott die geizigen und egoistischen Bewohner von Lauriacum, die um keinen Preis den Zehnten für die Armen abzuliefern bereit waren, bestrafte mit Getreiderost, der ihre Saat befiel, von der sie sich nicht und nicht trennen wollten? Wer sonst hätte dafür sorgen können, dass der Getreiderost seltsamerweise keinerlei Schaden angerichtet hatte, nachdem die Körndlbauern aus der Gegend des oberösterreichischen Lorch und Enns im niederösterreichischen Mautern zu Kreuze gekrochen waren und sich selbst verdammt hatten wegen ihrer Verstocktheit? Der Streiter Christi natürlich, dem man kurz zuvor angeboten hatte, Bischof von Noricum zu werden. Dazumal wäre die Ausübung dieses Amtes auch einem Laien erlaubt gewesen. Severinus hatte abgelehnt. Es sei für ihn genug, beraubt der erhofften Einsamkeit in ägyptischen Einsiedeleien, auf Geheiß Gottes in dieser kalten Provinz unter den dichten Scharen der Bedrücker leben zu müssen.

Für den Aufsatz verknüpfte ich die Wunder mit den Orten, an denen sie geschehen sein sollen, recht elegant machen Sie das, schrieb der Sprecher meiner Auftraggeber in eine SMS, als die Zahl der Proben wuchs, die ich ihm mailte. Irgendwelcher Kommentare enthielt ich mich meistens. Ich pries die touristische Anziehungskraft von Eugipps Orten der Handlung, malte die dezente Großartigkeit des Römermuseum-Areals zu Favianis mit knappen Sätzen aus, informierte die künftigen Besucher der Doppelausstellung über die vielfältigen Möglichkeiten für Radler, Wanderer und Nordic Walker in den rauen Wäldern rund um Ioviaco und auf den sanften Wiesen und breiten Austreifen bei Quintanis, ich lobte die klare Strenge der Informationsvermittlung in Lauriacum. Ich schilderte mit augenzwinkernder Ironie Fauna und Flora, die sich finden lässt in den Weinbergen nördlich von Krems, wo die Rugier gehaust hatten, oder bei ziellosem Schweifen abseits der Wege auf der Suche nach dem Flüsschen Businca.

Im Gegenbericht versuchte ich die diversen Kerzenentzündungsmirakel und Prophezeiungsexzesse und Totenerweckungen des Heiligen Mannes zu zerklopfen, bis ihr lügnerischer Kern bloß lag. Mit anfänglicher Wut schrieb ich in die Word-Dateien und Notizhefte meine Mutmaßungen über die tatsächlichen Bedeutungen all dieser Wundertuerei. Meine Wut veränderte sich im Laufe der Wochen, sie galt immer weniger den Schwindeleien und Verdrehungen des Eugipp, sondern dem Umstand, dass mich mein aufklärerisches und dekonstruktivistisches Getue mit den Gegenberichten zu langweilen begann.

Wunder begannen mir auf die Nerven zu gehen. Wunder, das ist nicht mehr als das Wort in der Titelzeile jener Nachrichtenmeldungen, die fünf oder acht Tage nach einem Erdbeben oder Wirbelsturm berichten vom überraschenden und nicht mehr erwarteten Auffinden von Überlebenden. Mit zunehmender Häufigkeit dachte ich an die zwei wichtigsten Wörter, die das lateinische Imperium der Nachwelt hinterlassen hat. Cui bono. Wem nützt es. Niemandem, war meine Antwort.

Manchmal schlichen sich in den Aufsatz Formulierungen ein

wie jene von meiner Interpretation des kerygmatischen Aspekts der obskuren Lazarus-Episode von Künzing als den einer PR-Absicht des Eugipp. Dann klingelte gleich das Handy, und der Sprecher meiner Auftraggeber erläuterte mit milder Vorsicht und Höflichkeit die Notwendigkeit der Streichung solcher Sätze.

Niemand weiß etwas anzufangen mit Kerygma, sagte er.

Sie haben es gegoogelt?, fragte ich.

Kerygma, sagte er. Die Verkündung der Heilslehre an einen in die Glaubensgemeinschaft erst Aufzunehmenden vor der Taufe.

Was den Charakter von Marketing und Werbung und PR-Arbeit für die Lehre hat, sagte ich. Im Gegensatz zur Didache, wo zuerst getauft und dann belehrt wird.

Da ist jetzt die katholische Knabeninternatszeit mit Ihnen durchgegangen, sagte er. Das ist viel zu ransmayrisch, viel zu sehr *Letzte Welt*.

Dass ich mit postmodernen Mythenspielereien nichts am Hut hätte, sagte ich, und dass mir immer schon die Leute auf die Nerven gegangen seien, die alle immer nur Ovids ersten Satz zitieren, aurea prima sata est, aber frag so einen einmal nach dem letzten Satz! Und mit Ovids *Metamorphoseon libri* hätte ich auch nichts am Hut.

Zu *Metamorphosis* fällt mir nur die Beat-Club-Sendung von Radio Bremen von 1971 ein, als der Sänger von Iron Butterfly eine Zeit lang in das eine Ende eines Schlauches gesungen hatte, dessen anderes Ende über das Mikrofon gestülpt war. Und die Nacht mit ihrem genialen Gitarristen Eric Braun in dem heruntergekommenen Nachtklub an der Autobahn zwischen Salzburg und Linz, wo sie spielten vor vielleicht hundert Leuten. *In A Gadda Da Vida* in einer ganz großartigen Version. Anschließend betrank sich Eric mit den paar Fans, die geblieben waren, unter diesen auch ich. Nach genügend Bier begann er zu schimpfen über das Management, ich bekam nicht genau mit, was er meinte, allem Anschein nach besaßen zwei Agenturen die Rechte an dem Namen Iron Butterfly, und eine Agentur schickte eine Hälfte der Band auf Tour und die andere die andere. Lee Dorman habe die bessere Seite erwischt, er, Eric, gehöre zu der Hälfte mit dem käsigen Management, sagte er, cheesy, ein Wort, das ich außer bei Zappa noch nie gehört hatte, und müsse nun durch billige Drecksclubs ziehen wie diesem. Dann betrank er sich, bis er auf den grindigen Plüschgarnituren einschlief.

Schreiben Sie meinetwegen ein wenig Religionstheorie in den Aufsatz hinein, sagte der Sprecher meiner Auftraggeber, aber nicht zu viel. Es ist ein gefährliches Gebiet, in das Sie sich da begeben. Da werden welche kommen, die werden alles besser wissen als Sie und ich. Da denke ich weniger an die Medienleute, Medienleute sind in aller Regel an allem, was sich nicht gleich bei Google findet, nicht interessiert, und Reisejournalisten schon gar nicht, da muss das Package stimmen, ja, in regelmäßigen und kurzen Abständen schöne Reisen, first class natürlich alles, nette Betreuung, eine gute Pressemappe, aus der sie ohne viel Anstrengung ihre Beiträge zusammenschustern können, und ja nie Langeweile. Das genügt. Von den Medienleuten wird keiner Sekundärliteratur lesen, da bin ich sicher. Aber die pensionierten Studienräte und die Gymnasialprofessoren, Altphilologie, verstehen Sie, da dürfen wir nicht einmal den Ansatz einer Lücke lassen, in die sie sich verbohren könnten.

Und wegen Künzing, sagte er, da wäre es schön, sich ein wenig zu verbreitern um das Thema Lazaruswunder herum. Beziehen Sie sich auf das Neue Testament, aber ohne Quellennachweis. Nur kurze wörtliche Zitate, aber ohne Nennung der Quelle. Das mögen die Studienräte, wenn sie selbst draufkommen. Da können Sie brillieren im Bus und beim Frühstücksbuffet.

Nach einer kurzen Pause sagte der Sprecher meiner Auftraggeber: Dieses Lazaruswunder von Künzing, wie interpretiert das eigentlich Giese?

49

Wieso heißt der Teufelsbaum eigentlich Teufelsbaum?, fragte ich sie. Meine Mutter lachte glucksend und rief: Wie ihr euch da gefürchtet habt! Und dann rückte sie sich zurecht, fragte, wie ich denn da auf einmal daraufkomme, das sei doch eine lange vergessene Geschichte, die niemanden interessiere, aber es war nur ein Sich-Zieren, sie wollte erzählen. Sie hatte begonnen, meine Neugier zu genießen, das machte aus der Tochter der Zähneausreißerin eine beinahe so wichtige Bewohnerin des Dorfes wie es ihre Mutter gewesen war. Ob mir die seltsamen Kreuze auf dem Friedhof noch im Gedächtnis seien, fragte sie, drei seien es gewesen, an der Kirchenmauer, gleich dort, wo das Kriegerdenkmal ist.

Sie schüttelte den Kopf. Da kannst du keine Erinnerung haben, sagte sie, warst noch viel zu klein. Und dann fing sie an, von hinten zu erzählen, was ich später, als ich den Anfang kannte, so deutete, dass es ihr unmöglich gewesen wäre, mit dem Beginn zu beginnen, denn da hätte sie eine stillschweigende Übereinkunft brechen müssen. Und das konnte sie unmöglich leisten, sozusagen aus dem Stand, ohne Anlauf. Weil der Anfang dieser Geschichte ein Tabu ist für das Dorf, eines von vielen.

Es war ein Frühling, sagte sie, ich weiß nicht mehr, ob es ein schöner war. Da warst du gerade erst einmal ein Jahr alt oder so. Da hat es sich begeben, dass drei Lastwagen in das Dorf hereingebraust gekommen sind, und viele Autos, in einer Kolonne, ein prunkvoller Zug. Und wie sie gerast sind! Die hätten jedes Huhn kaputt gefahren, das nicht rechtzeitig von der Straße gesprungen wäre, und jedes Kind. Wie wir da geschaut haben. Diese vielen großen Sterne, auf jedes Auto waren zwei gemalt, links und rechts. Große rote Sterne.

Die Russen?, fragte ich.

Sie nickte. Dann haben sie sich zusammengebremst vor der Kirche, dass es nur so gestaubt hat, und überall sind Männer herausgesprungen, Soldaten, alles so furchtbar schnell, nur gerannt sind die, und die Offiziere haben geschrien die ganze Zeit. Was wir uns gefürchtet haben! Jetzt sind sie also doch noch da, nach zehn Jahren. Weil bei uns waren eigentlich die Amerikaner, sagte sie mit einem Seitenblick, und die hast du gar nicht mehr gespürt, nach den ersten paar Monaten. Das war schon ein sehr seltsames Gefühl, wie dann auf einmal die Russen einmarschieren, zehn Jahre nach dem Krieg. Man hat ja so viel gehört, du weißt schon, da hast du Angst gehabt, gerade als Frau.

Haben die so einfach da herumfahren können, in der amerikanischen Zone?, fragte ich.

Komisch, sagte sie, daran hat man gar nicht gedacht. Ich könnte es nicht sagen. Wahrscheinlich waren da eh amerikanische Jeeps auch dabei. Aber in der Erinnerung habe ich nur die Russen. Wie sie hineingerannt sind in den Friedhof, irgendwie ganz wild und schnell sind die gerannt, aber gleichzeitig in Reih und Glied. Dann sind sie alle stehen geblieben vor den seltsamen Kreuzen und sind sehr still geworden, die ganze Horde. Es waren Kreuze mit drei Querbalken, sagte sie nach einer Pause, drei Kreuze mit drei Balken, du kennst das vielleicht aus dem Fernsehen, wenn du in einem Reisemagazin etwas siehst aus dem Osten. Sehen aus wie unsere Kreuze, aber mit einem zweiten kleinen Querbalken über dem ersten, und darunter ist ein dritter, noch dazu schief angenagelt.

Das russische Kreuz, sagte ich. Der untere Balken ist für die Füße des Gekreuzigten. Und es ist ein Symbol für den Übergang von der Hölle zum Himmel. Der obere Balken soll das Jesus-von-Nazareth-König-der-Juden-Schild sein.

Nach ein paar Minuten, wo die alle Habtacht gestanden sind, plötzlich wieder ein Schreien und Rennen. Und dann haben sie die drei Gräber aufgemacht, auf denen die drei Kreuze gestanden sind. Weißt du, auf unserem Friedhof hat es zehn Jahre lang russische Gräber gegeben. Den Leuten war es nicht recht, den meisten, muss man sagen, aber es hat niemand etwas machen können. Wir waren ja nicht frei. Die haben gegraben, und wir haben geschaut über die Friedhofsmauer.

Ich habe auch einmal zugeschaut, wie sie jemanden ausgegraben haben, sagte ich. Mit der Schule. Oben beim Auweg.

Ach, die Germanenprinzessin, sagte sie.

Beim Setzen eines Strommasts war der Bautrupp auf menschliche Knochen gestoßen, ein kleines Stück außerhalb des Dorfes, an der Weggabelung, wo sich die Straße teilt, eine Abzweigung führt in die Au, die andere nach Hartheim. Genau genommen waren es schon damals keine Straßen mehr, niemand benutzte sie noch, die alten Karrenwege aus einer Zeit, als die Bauern noch mit Ochsenwagen ihr Heu einbrachten; abgesehen von einer schmalen, von Fußgehern ausgetretenen Spur in der Mitte waren die Schotterfahrbahnen weitestgehend von Unkraut und Gras überwuchert.

Seltsam unruhig war es im Dorf geworden, als sich die Kunde vom Skelettfund verbreitet hatte. Weil die Stelle nicht weit entfernt ist von der Teufelseiche, munkelten wir Kinder, fürchten sich alle. Es ist eine Hexengegend.

Zwei Tage später rückte eine Mannschaft vom Landesmuseum in Linz an und begann an dieser Stelle zu graben, wieder zwei Tage später waren sie auf ein vollständig erhaltenes Skelett gestoßen, das am folgenden Tag geborgen werden sollte. Die Lehrerin zog mit den zwei höheren der vier Volksschulklassen hinaus zur Weggabelung. Nur aus großer Entfernung durften wir zusehen. Man sah genau genommen nichts. Manchmal, wenn die Grabenden etwas in mitgebrachte Kisten legten, stießen wir uns an. Menschenbeine, flüsterten wir, es schauderte uns am meisten, als einer sagte, er habe genau gesehen, dass dieser Brocken jetzt ein Totenschädel gewesen sei.

Nach ein paar Wochen erzählte die Lehrerin im Unterricht,

dass die ersten Untersuchungen der Museumsexperten ergeben hätten, dass es sich um das Grab einer jungen Frau handle, aus dem sechsten Jahrhundert nach Christi Geburt. Also aus jener Zeit, als wir Germanen diese schöne und fruchtbare Landschaft zu unserer Heimat gemacht hatten, sagte die Lehrerin. Wahrscheinlich sei dort, bei der Weggabelung, die erste Siedlung gelegen. Hier habe Sconher seinen Speer in die Erde gestoßen und habe gerufen, dies ist der Ing des Sconher, der Ort, an dem die Menschen des Sconher leben. Und weil aus den spärlichen, aber wertvollen Grabbeigaben zu schließen sei, dass es sich um eine hochgestellte Person gehandelt haben musste, die da im Grab gelegen war, müsse man davon ausgehen, dass es eine Prinzessin war. Um die fürstliche Gemahlin des Sconher gewesen zu sein, war sie zu jung, wahrscheinlich war sie eine seiner Töchter, also Prinzessin. Unsere Germanenprinzessin.

Unter den strengen Blicken der Sowjetoffiziere haben sie geschaufelt und geschaufelt, sagte meine Mutter. Den Dorfbewohnern waren so strenge Blicke vertraut. Fünfzehn Jahre davor hatten sie unter den strengen Blicken der SS-Offiziere von Hartheim die Köpfe eingezogen, im Wirtshaussaal mitten in Alkoven, als sich die Gerüchte zu häufen begannen wegen der stinkenden, dicken, rußigen Rauchschwaden, die der hohe Schornstein Tag für Tag ausstieß, der plötzlich emporgewachsen war über den Dachfirst des Schlosses.

Als die Bauern murrten, weil niemand mehr ihren Salat essen wollte, der überzogen war von einem feinen, schmierigen Aschenfilm, und als die Leute immer offenkundiger ihre Vermutungen anstellten über die Busse mit den grau bemalten Fensterscheiben, als die Mägde bei der Feldarbeit die kleinen Knochenstücke sammelten und zu Häufchen neben den Wegen schlichteten, die bleichen Splitter, die von der Knochenmühle nicht fein genug zermahlen worden waren und die von den Lastwagen gefallen waren auf ihrem Weg zur Donau, in die sie die Asche schütteten, da befahlen Franz Stangl und Christian Wirth den Bewohnern der Dörfer rund um das Schloss, sich einzufinden zum Informationsabend im Alkovener Wirtshaussaal. Stangl und Wirth, ja, diese beiden, die man kennt aus Treblinka und Sobibor und San Sabba, die standen da in unseren Dorfwirtshäusern, breit und mächtig.

Nichts von dem, was gemunkelt werde, finde statt im Schloss, bellte Stangl. Der seltsame Geruch, den die Leute zu riechen vermeinten, stamme von chemischen Experimenten, streng geheim, es gehe um die Erzeugung eines neuen Motoröls für U-Boote, das deren Motoren geräuschlos machen werde, mehr dürfe er dazu nicht sagen. Und Wirth brüllte die vor ihm Hockenden an: Wer weiterhin erzähle, dass im Schloss Menschen vergast würden, der werde selber durch den Kamin wandern.

Es war im sogenannten Staatsvertragsjahr, sagte meine Mutter, ein paar Wochen, bevor die Besatzer abgezogen sind. Da sind die Russen in unser Dorf gekommen, das eigentlich in der amerikanischen Zone war, und haben die Leichen ausgegraben.

Hast du die Leichen gesehen?

Nein. Die Russen haben keinen auf den Friedhof gelassen. Wir haben über die Mauer geschaut, du kennst den Platz, beim Hufschmied drüben, wo dieser große Stein liegt, über den man ganz leicht auf die Mauer steigen kann. Die Kinder klettern da immer über die Mauer. Wir waren zu weit weg. Sie haben was ausgegraben, und das haben sie in drei Zinksärge getan, die sie mitgehabt haben, und die haben sie auf die Lastwagen geladen, in jeden Wagen einen Sarg, und dann sind sie wieder davongebraust mit großem Karacho. Und haben ihre Toten heimgebracht, wie sie dann abgezogen sind, ein paar Wochen später. Das Einzige, was man bemerkt hat, war ein seltsamer Geruch. Gestank eigentlich, sagte sie, aber vielleicht war es nur Einbildung.

Die Leichen der drei Russen waren nicht unversehrt, wie jene des Heiligen Mannes eineinhalb Jahrtausende früher. Und sie haben nicht geduftet wie der süßeste Duft auf Erden, sodass die Männer, die Severinus ausgegraben hatten, um ihn heimzubringen, heim ins sonnige Italien, zuerst zurückgeprallt waren, dann aber sich nahe herandrängten an den süß riechenden, wie schlafend daliegenden Körper, worauf dann gleich Wunderheilungen einsetzten bei jedem Gebrechlichen, der nahe genug herankam an die Leiche.

Was das zu tun habe mit der Eiche, wollte ich meine Mutter fragen, als mein Handy läutete. Trixi war es, keuchend schrie sie mir ins Ohr, dass ich sie holen müsse, und zwar sofort.

Wo bist du?

Bitte! Du musst kommen!

Ja, ich kann vielleicht –

Sofort!, brüllte sie. Du musst mir helfen. Da ist einer von denen!

Welcher von denen?

Einer von den Männern.

Wo bist du?

Linz.

Wo in Linz?

Sie atmete durch, redete dann um eine Spur weniger aufgeregt. Auf diesem Platz mit dem halben Totenkopf im Kindergesicht, sagte sie. War ein bisschen spazieren in der Stadt. Und da sitzt der, in einem Kaffeehaus, an einem Tisch heraußen auf dem Gehsteig. Ich weiß nicht, ob er mich gesehen hat. Ich habe Angst.

Ich komme, sagte ich, in einer halben Stunde kann ich da sein. Sie sagte, dass sie sich jetzt versteckt habe, in der Kirche, gleich gegenüber dem Café. Dort solle ich mit dem Wagen vorfahren, sie würde dann gleich kommen. Wir reden das nächste Mal weiter, sagte ich zu meiner Mutter und ging hinunter zum Wagen.

50

So schirme, Gott, in Freud und Leid, so sangen sie unter Tränen, Du unser Heimatland! Bewahr der Felder Fruchtbarkeit bis hin zum Schwarzmeerstrand! Erhalte Du uns deutsch und rein, send uns ein freundlich Los, bis wir bei unsern Vätern ruhn im heimatlichen Schoß!

In Bessarabien packten sie all ihr Hab und Gut auf die primitiven Plachenwagen. Sie drehten sich nicht um, als sie unter den Akazien hinauszogen aus dem Dorf. Der Führer daheim im Reich hatte ein schmutziges kleines Geschäft gemacht mit dem schnauzbärtigen Diktator des Bolschewisten-Imperiums. Und darum mussten sie wieder verschwinden aus diesem Land zwischen Dnister und Pruth und Schwarzem Meer, in das sie Zar Alexander der Erste hundertsechsundzwanzig Jahre früher gelockt hatte, um den fruchtbaren Schwarzerdeboden zu bestellen. Tausendfünfhundert Kilometer schleppten sie sich nach Westen, bis sie schließlich landeten im prunkvollen Zisterzienserkloster an der Donau bei Linz, das die Nazis enteignet und zu einem Auffanglager für die volksdeutschen Flüchtlinge gemacht hatten.

Wo unser Schlafsaal war, da lagerten die Bessaraber, sagte Bodinger und kicherte. Dann erzählte er die Geschichte von den Steinen, die wir Internatszöglinge hundert Mal gehört hatten von den Präfekten. Wie die Bessaraber auf ihre Karren das wertvollste Gut geladen hatten, über das sie verfügten: große runde schwere Steine, die in der moldawischen Steppe kaum aufzutreiben waren, die sie aber unbedingt brauchten, um die Deckel der Holzfässer zu beschweren, in denen ihr Sauerkraut reifte. Wie ihre elenden Pferdchen die Steine quer durch den halben Kontinent geschleppt hatten. Wie die Bessaraber blöd schauten, als sie endlich angekommen waren im Zisterzienserstift im schönen Oberösterreich. Da haben die aber geschaut, krähte Bodinger. Lauter Steine! Da blühten sie richtiggehend heraus aus dem Frühjahrsboden, am meisten auf den minderen Lagen im Rugiland, nördlich der Donau, sobald der Frost wich und die Eislinsen aufgingen. Überall Stein um Stein, in solchen Massen, dass die Bauern gar nicht wussten, wohin damit, wenn sie sie ausackerten aus den Feldern!

Er saß in seinem Ärztelederdrehsessel und klatschte sich vor Vergnügen auf die Oberschenkel. Eine schöne Geschichte, sagte er, zeigt sehr eindrücklich die Vergeblichkeit des menschlichen Klammerns und Krallens an Dinge, die letzten Endes immer nutzlos sind. Du musst nur von Bessarabien in den Bezirk Linz-Land auswandern, um zu bemerken, wie alles Wertvolle seinen Wert verliert. Steine!, kreischte er noch einmal, dann rückte er die Papiere vor sich zurecht und setzte eine amtliche Miene auf.

Es sieht gut aus, sagte er. Dein Nüchternblutzucker liegt zwar ständig über dem Grenzwert. Aber nicht allzu sehr. Nur nach dem Frühstück bist du über 146 gekommen. Der HbA1c-Wert stimmt mich ebenfalls sehr zuversichtlich. Sieht aus, als hätte dein Stoffwechsel erst vor Kurzem begonnen, aus dem Ruder zu laufen. Ich denke, dass eine kleine Umstellung der Lebensgewohnheiten genügt.

Ich schwieg. Er fragte, ob ich verstanden hätte. Ich nickte. Kein Zucker die nächsten drei Monate. Absolut tabu. Trinkst du Bier? Ich nickte. Musst du streichen. Den Zucker, den dein Hirn braucht, musst du dir woanders holen. Das menschliche Gehirn erhält seine Energie ausschließlich von Zucker. Darum ist der Liquor süß. Er sah mich fragend an, als ich keine Anstalten zu einer Zwischenfrage machte, die er allem Anschein nach erwartet hatte, fuhr er fort. Die Flüssigkeit, in die das Hirn eingebettet ist, ist äußerst zuckerhaltig. Vor Jahren habe ich einen Patienten gehabt, bei dem ist es nach einem Schädelbasisbruch zu Liquoraustritt gekommen, über eine Fistel, die quer über den Brauenbogen führte und neben einem seiner Lider aufbrach. Der ist in einen schweren Panikzustand geraten, als dauernd dieses Zuckerwasser aus seinem Schädel austrat.

Noch immer saß ich schweigend da und hörte zu. Also, sagte er, was ich sagen will: Ohne Zucker kann dein Hirn nicht arbeiten. Kannst du der Welt keine unsterblichen Meisterwerke mehr schenken, feixte er. Du musst dir den Zucker holen über Kohlehydrate. Stell um auf kohlehydratreiche Nahrung und Gemüse. Und Obst, aber nicht zu viel, wegen dem Fruchtzucker. Wegen der Details werden dir meine Damen Broschüren mitgeben.

Ich nickte, wir schwiegen. Der alte Gattringer ist gestorben, sagte er schließlich.

Der philosophus nazissimus. Gattringer der Nazi. Unser Professor für Philosophie und Religion. Was wir gestritten hatten mit ihm. Gattringer war der unerbitterlichste Gegner des Schülerausschusses gewesen, seine flammenden Tiraden gegen die Einführung eines Raucherzimmers hatte er auch dann nicht beendet, als die Angelegenheit offiziell vom Direktorat abgesegnet worden war. Sartre war sein Lieblingsfeind, gegen Sartre hatte er gewütet mit großer Wortgewalt. Und hatte uns dazu gebracht, Sartre zu lesen, so wie sein Wettern gegen DiaMat, den dialektischen Materialismus, dazu geführt hatte, dass die Hälfte der Maturanten sich im ersten Hochschuljahr an die Revolutionären Marxisten oder andere trotzkistische Splittergruppen anschloss.

Gattringer der Nazi, sagte ich. Er war uns haushoch überlegen gewesen bei jeder Diskussion, zu welchem Thema auch immer. War einfach belesener als die Fünfzehnjährigen oder Achtzehnjährigen, die nicht viel mehr über die Welt und die Menschen und die sie zusammenhaltenden Mechanismen wussten, als sie in schlampig hektografierten Untergrundmagazinen zweifelhafter Urheberschaft gefunden hatten. Wenn wir hoffnungslos ins Hintertreffen gerieten bei Streitgesprächen in den Religionsstunden, die Gattringer auf eine seltsame Art zu lieben schien, dann fand sich immer jemand in den hinteren Reihen, der die Sache beendete mit einem halblauten Zwischenruf. Faschist! Oder noch lieber: Nazi! Dann brach der Herr Professor ab und kehrte zurück zu seinen Büchern und trug uns daraus den vorgeschriebenen Unterrichtsstoff vor.

Da waren wir ziemlich arrogante kleine Trottel damals, sagte Bodinger. Von wegen Gattringer und Nazi. Ich habe es in den Nachrufen gelesen. Der war in einer Widerstandsgruppe. Großösterreichischer Widerstand. Klerikale Monarchisten. Die Hälfte der Zisterzienser hat aktiv gewirkt gegen die Nazis, die ihnen das Kloster abgenommen haben und ihnen die bessarabischen Flüchtlinge hineingesetzt haben und dann daraus eine technische Schule gemacht haben. Der Abt ist verhungert in einem KZ. Und der Gattringer, sagte Bodinger und lächelte dabei, Gattringer der Nazi, der war in Gestapohaft, ein halbes Jahr lang.

Nichts ist wie es scheint. Gerade erst war ich gescheitert an Wikipedia. Ich hatte einen Eintrag gelesen, ich stellte eine Frage dazu, eine ganze Meute von immateriellen Gegenübern begann mich zu belehren und zu maßregeln, dann war meine Frage nach einer Stunde spurlos verschwunden. Jemand mit einem seltsamen Fantasienamen schickte mir ein Mail, in dem er allem Anschein nach den Status meiner Zugangsberechtigung abfragen wollte. Ich antwortete nicht, da ich nicht genau verstand, was er wollte.

Der Grund war Peter Dörfler. Der dichtende Priester war Leiter des St. Marien-Ludwig-Ferdinand-Heimes in München gewesen. Sein Bestreben war, entwurzelten Kindern eine Ersatzheimat zu bieten, ja Mishi Bizhi, hättest du siebzig Jahre früher gelebt, dann hätte dich möglicherweise der gütige Dörfler unter seine Fittiche genommen, der aufopfernde Seelsorger, der Retter der verlorenen Kinderseelen. Bis zu dritthalb hundert Gestrauchelte habe er betreut, schreibt Wikipedia. Als der Große Krieg anhob, war der Priesterdichter einundfünfzig Jahre alt. Ein Jahr davor hatte ihn die wissenschaftliche und literarische Öffentlichkeit, die eine nationalsozialistische gewesen war, mit einer aufwendigen Festschrift zum Fünfziger geehrt. Während die Wehrmacht Polen angriff und anhob zu einer Serie von Blitzkriegen quer durch

Europa, schlossen die Nazis das Erziehungsheim in München. Dörfler brachte die Kinder auswärts unter, heißt es bei Wikipedia. Und dann kommt der Satz. Er selbst wurde mit Schreib- und Publikationsverbot belegt.

Ein paar Scrollrad-Umdrehungen weiter unten stand die ganz große Ungereimtheit. Die Werkliste Dörflers. Seine Hauptwerke. *Albertus Magnus*, der biografische Roman über den größten deutschen Theologen und Philosophen des Mittelalters, den Begründer des christlichen Aristotelismus, den väterlichen Lehrer des Thomas von Aquin, den glühenden Verteidiger der Bettelorden, den vom Papst eingesetzten Kreuzzugspropagandisten. Einen Polyhistor größten Stils nannte ihn Dörfler, schon wieder dieses Wort, Polyhistor, es schien es auf mich abgesehen zu haben. Und natürlich fand sich der üppige Wessobrunner-Roman prominent auf dieser Liste, der Wälzer über die katholisch-schrulligen Bewohner des benediktinischen Klosterkünstlerdorfs Wessobrunn im Pfaffenwinkel, die weitum die Landschaft zwischen Loisach und Lech und Starnberger See und Ammersee überzogen hatten mit Kirchenbauten und kunstvollem Stuck und Orgien von erbaulichen Fresken.

Albertus Magnus erschien 1940. *Die Wessobrunner* erschienen 1941. Da stand es, schwarz auf blassblauem Grund bei Wikipedia. Ich klickte ein wenig herum auf der Seite, es gelang mir, eine Frage in den Text zu stellen. Wie geht das zusammen, dass der Autor Dörfler unter dem NS-Regime mit Schreib- und Publikationsverbot belegt war, und dass seine beiden größten und wichtigsten Romane jedoch genau in dieser Zeit erschienen sind? Ich gab meine Mailadresse an und bat um Aufklärung. Dann trudelten eine Stunde lang Mails ein, die alle nur Anweisungen beinhalteten, wer sich wie und in welcher Form auf dieser Online-Enzyklopädie zu verhalten habe, dann verschwand meine Frage aus dem Wikipedia-Text zu Peter Dörfler, dann war wieder Ruhe.

Von großer Selbstgerechtigkeit geprägt waren all diese belehrenden Mailbotschaften. So wie wir uns jung und links und im Besitz der Wahrheit wähnten und mit großer Selbstgerechtigkeit den Ordensmann einen Nazi schimpften, wenn er uns zu klerikal und konservativ daherkam in den Philosophiestunden und Religionsstunden, den schwarz-weiß gewandeten Zisterzienser Gattringer, der im Kerker gesessen war, den die Nazis eingerichtet hatten in jenem burgartigen Bau mitten in Linz, den später die Kolpingbewegung zu einem Jugendwohnheim und Haus der Begegnung umfunktionierte.

Wieso hat er uns Deppen das nie gesagt?, fragte ich.

Es muss nicht leicht gewesen sein für die, sagte Bodinger. Er erzählte, dass er dem jetzigen Abt des Klosters ein Kondolenzschreiben gesandt habe zum Ableben Gattringers, worauf ihn der Abt angerufen und sich peinlich überschwänglich bedankt habe, da seine, Bodingers, Reaktion die einzige aus dem Kreis ehemaliger Schüler des Verstorbenen gewesen sei. Dieser Abt ist kurz nach dem Krieg eingetreten in den Orden als Achtzehnjähriger, sagte Bodinger, und er hat über Jahre nicht verstanden, was in diesem Konvent nicht stimmt. Eine seltsam gespannte Stimmung habe die klösterliche Beschaulichkeit stark konterkariert, das waren seine Worte, sagte Bodinger. Erst in den fünfziger Jahren habe er es begriffen. Die Hälfte der Brüder war im Widerstand gewesen, in Hitlers Lagern und Gefängnissen gesessen. Die andere Hälfte war gemeinsam mit den Dorfbewohnern draußen an der Nibelungenbundesstraße gestanden und hatte Heil, Heil gebrüllt. Muss man sich vorstellen, sagte Bodinger. Da leben zwei Dutzend Männer auf engstem Raum, enger als Ehepaare, Tag und Nacht, Jahr um Jahr, von denen war die Hälfte Nazis und die andere Hälfte Naziopfer.

Es ist auf nichts Verlass, sagte ich, Bodinger fragte, was ich meine. Ich sagte nichts. Sollte ich ihm sagen, dass ich mich auf eine unangenehme Art enttäuscht fühlte von Professor Gattringer, weil er uns seine Monate im Nazikerker verschwiegen hatte? Sollte ich ihm was erzählen über mein junges linkes Schwärmen für den *Katz-und-Maus*-Film nach Günther Grass' Novelle, der mich begeistert hatte? Weil wir selber in den Jahren, als sie das Donaukraftwerk bauten, sonntags in den Schottergruben der DoKW schwammen und auf den rostenden Baggerflößen und Schotter-Förderbändern herumkletterten und versuchten, in das Innere der Ungetüme zu tauchen. Was uns aber nie gelang. Oder über meinen Wunsch, linker Student und Demonstrant zu werden nach der Lektüre von *Örtlich betäubt?*

Oder über meine Hilflosigkeit, als sich Grass dann einfach hinsetzte und sagte, dass er bei der SS gewesen war. Alle sind sie wie dieser Albertus Magnus, pietistischer Scholastiker und Kreuzzug-Hetzer, oder wie Bernhard von Clairvaux, der in Naturmystik schwelgt und die stille Einsamkeit des bloßen Seins besingt und nebenbei eine ganze Generation junger Europäer dazu bringt, nach Palästina zu ziehen und die Muslime zu schlachten. Oder wie Peter Dörfler, dessen Biografen uns anscheinend vorschwindeln möchten, die Nazis hätten sein Schreiben nicht geduldet und ihn zum Verstummen gebracht, während er doch in ihren Verlagen seine zwei dicksten Wälzer herausgebracht hat. Und der zumindest noch 1948, in seinem Severin-Roman, einen Schwulst von Blut und Boden wie eine Lawine losließ auf seine Leser, die allerdings da schon begonnen hatten, ihn zu verlassen.

Ich baute mein Dörfler-Erlebnis bei Wikipedia in Form eines halben Absatzes in den Aufsatz ein. Der Sprecher meiner Auftraggeber riet dringend ab davon. So was will niemand lesen. Erwähnen Sie Dörfler immer wieder einmal, sagte er, beziehen Sie sich auf ihn, aber kommentieren Sie weder seine Biografie noch seinen Stil. Ich widersprach, da wurde er ungehalten. Kein Wort vom Nazizeug im Katalog, sagte er, und dies ist endgültig. Die Landeshauptleute haben klare Zielvorgaben gemacht. Ihr Wunsch ist eine richtig feine kleine Regionalwerbung, mehr nicht, und die Beiträge im Katalog müssen in jeder Hinsicht unantastbar sein.

Die Chancen sind sehr groß, dass wir alles ohne Medikamente

in den Griff bekommen, sagte Bodinger. Er gab mir eine Frist von drei Monaten, in denen ich versuchen sollte, zehn Kilo abzunehmen und meinen Lebensstil nachhaltig zu ändern. Sport, kein Zucker, wenig Fett. Vernünftig leben. Danach sei eine endgültige Entscheidung möglich. In drei Monaten bin ich wieder in Kanada, sagte ich. Kein Problem, sagte er, mein dortiger Hausarzt werde mir dasselbe verschreiben. Er werde *herüben* noch das Internistische abchecken lassen, sagte er, eine Abklärung sei auf jeden Fall angebracht, auch in Hinsicht auf die Hypertonie. Möglicherweise werden wir auch hier keine Medikamente brauchen. Nimm einmal zehn Kilo ab, dann kann man Präziseres sagen.

Es ist also ernst?

Wenn man es nicht ernst nimmt, ist es ernst.

Ob ich jetzt Diabetes hätte oder nicht, fragte ich. Nein, sagte Bodinger. Und ja. Dein Glukosehaushalt ist ernsthaft gestört. Aber es ist noch Hoffnung. Wenn du Gewicht reduzierst, mehr Bewegung machst und die Ernährung konsequent umstellst, dann wird aus dieser Störung keine Diabetes im Vollbild, zumindest sehr lange nicht. Wenn du weitermachst wie gehabt, musst du dich in zehn Jahren nach einem Nierenspender umsehen.

Du machst Witze?

Lache ich etwa, sagte Bodinger.

Es ist also ernst.

Und die Zehen werden wir auch amputieren müssen, sagte er.

51

Der Sprecher der Auftraggeber schickte ein Mail mit einem Anhang, der nicht aufging auf meinem Laptop. Ein Bild, das viel zu groß war. Die Geschwindigkeit der Datenübertragung war zu niedrig im Dorf. Ich rief ihn an und bat ihn, es in einem kleineren Format abzuspeichern vor einem neuerlichen Übertragungsversuch. Er riet mir, einen leistungsfähigeren Provider zu suchen; lohnt nicht wegen der paar Wochen, sagte ich.

Erstaunlich, dass Ihnen ein kleines Foto von vielleicht vier Megabyte Probleme macht, sagte er. Wenn ich an früher denke, begann er einen kleinen Sermon, an meinen ersten Computer, siebenhundertfünfzig Kilobyte Arbeitsspeicher, vierzig Megabyte Festplatte! Wenn Sie bedenken, dass die NASA 1969 nicht mehr als vierzig Megabyte brauchte für ihr Programm, mit dem sie Apollo auf den Mond brachte. Auf meinem dritten PC war allein Word schon zweiundvierzig Megabyte groß.

Waren bessere Zeiten, sagte ich, es zwang die Programmierer, sich intelligente Lösungen einfallen zu lassen.

Wissen Sie, was der Witz ist, sagte er. Das NASA-Mondlandungsprogramm ist in der Tat genial gewesen. Aber sie können nichts damit anfangen, es nicht einmal studieren, damit die heutigen Programmierergenerationen vielleicht etwas lernen davon. Es gibt die Magnetbänder noch, aber keinen Computer mehr, auf denen sie laufen würden. Da hat die Welt diese geniale Software, aber keine Hardware, um etwas damit anzufangen. Absurd, oder?

Dann schickte er mir das Foto noch einmal in niedriger Auflösung. Es handelte sich um einen eingescannten Brief, den der Abt eines niederösterreichischen Donauklosters an den Sprecher der Auftraggeber geschrieben hatte. Das Dokument begann mit einem kurzen Satz: Mit diesem essayistischen Werk kämpfen Sie gegen Gott. Ich schluckte.

Das ist mein Eindruck, fuhr der Abt fort. Ich will Ihrem Autor zugute halten, dass er Gott ernst nimmt, denn sonst müsste er sich nicht dermaßen gegen ihn zur Wehr setzen. Aus meiner Position erscheint es mir jedoch dringend geraten, die Frage mit großer Nachdrücklichkeit aufzuwerfen, ob es sinnvoll ist, in einer für ein breites und in Glaubensfragen eher indifferentes Publikum bestimmten Publikation in solcher Rigidität Standpunkte zu vertreten, die geeignet sein könnten, davon abweichende Standpunkte der Lächerlichkeit auszusetzen. Und die angetan sein könnten, Empfindungen zu beleidigen. Und so weiter und so fort.

Ich rief den Sprecher meiner Auftraggeber an und verlangte Aufklärung.

Es ist sozusagen eine informelle Begleitung des Projekts, sagte er. Wir haben den Hohen Herrn eingebunden als eine Art von Konsulent in kirchlich-religiösen Fragen.

Ich will das nicht, protestierte ich, allerdings sehr zögerlich.

Wir werden an der Kirche nicht vorbeiagieren können, sagte er. Denen in Oberösterreich ist das mehr oder weniger gleichgültig. Aber die niederösterreichische Kirche können wir nicht außen vor lassen. Und nach einer Pause: Das betreffende Ordenshaus hat einen gewissen Einfluss auf die Medienlandschaft, den man nicht unterschätzen sollte. Und auch auf die politischen Akteure des Landes, der wahrscheinlich noch gewichtiger anzusetzen ist. Sehen Sie den Ehrwürdigen Vater einfach als das, was sein Name schon besagt. Als väterlichen Ratgeber.

Von Ratgebern war bislang nie die Rede.

Ich habe den Herrn Abt übrigens mit ihrer Frage konfrontiert nach der Datierung des formellen Beginns des Katholizismus, sagte er. Er hat mir eine Antwort gegeben, aus der Sie ersehen können, dass er ein Mann des Kompromisses ist, bemüht um Frieden und Ausgleich. Nach seiner Interpretation gibt es keinen definierten Beginn der Kirche. Wenn ich ihn zitieren darf: Die Bildung der Kirche stellt einen Prozess dar. Dieser hat bereits mit der Urkirche in Jerusalem angehoben, allmählich haben sich Ämter herausgebildet, anfangs noch ohne oder fast ohne Strukturen. Oft wird gesagt, die Konstantinische Wende im vierten Jahrhundert hätte die Kirche zu dem gemacht, was sie später geworden ist. Das waren präzise die Worte des Ehrwürdigen Vaters. Wenn ich ihn richtig interpretiere, will er damit sagen, dass es viele Zugänge gebe, die man ruhig nebeneinander stehen lassen könne. Über sie zu streiten würde nur Unfrieden bringen.

Niemand will streiten über diese Frage, sagte ich, ich hätte es lediglich für einen sinnvollen Hinweis gehalten, wenn der Leser aus dem Aufsatz erfahren könnte, ob die Gemeinde des Heiligen Severinus bereits eine katholische war.

Ich bitte Sie, aus dieser Lappalie keinen Konflikt erwachsen zu lassen. Ich finde es sogar äußerst reizvoll, vom Werden der Einen Heiligen Katholischen Kirche als einem Prozess zu denken. Es würde dem Aufsatz etwas Liebenswürdiges geben, und es beweist zugleich, dass der Ehrwürdige Vater im Eigentlichen sehr abgeklärt und offen an die Dinge heran geht.

Sie lenken ab. Es geht um den Versuch einer Einflussnahme auf meinen Text.

Ich habe Ihnen die Kopie des Briefes nur zur Information gesandt.

In meinem Vertrag steht nichts von redaktionellen Einflussmöglichkeiten auf meinen Text durch eine dritte Seite.

Lesen Sie Ihren Vertrag genau.

Das werde ich tun!

Der Ehrwürdige Vater ist eine sehr gütige Person, glauben Sie mir. Er musste sich einfach äußern. Er muss sich selbst absichern nach oben, wenn Sie verstehen. Er wird mit Gewissheit keinerlei Einfluss auszuüben versuchen.

Das will ich schriftlich.

Ignorieren Sie den Brief einfach, sagte er und legte auf.

Ich ärgerte mich über seine höchst wirksame und höchst professionelle Intervention. So ungreifbar, dass man sich nicht wehren konnte dagegen. Muss er in einem NLP-Training gelernt haben. Auf der Couch vor dem Fernseher fragte ich mich, ob ich tatsächlich gegen Gott wütete, wie der Abt meinte. Oder ob etwas in mir wütete, gegen meine Mutter, gegen das Dorf, gegen das Land, weil sie alle aus meinem Sein ein zu kurz gekommenes Sein gemacht haben. Und ob ich meine Wut möglicherweise lieber an die falschen Adressaten richte, also sie dem armen Severinus und seinem Chronisten an den Kopf werfe. Wütete ich gegen den Jahrmarkt um die Person des Heiligen Mannes, oder gegen etwas, über das ich mir gar nicht im Klaren sein will?

52

Ich habe beinahe einen unitarischen Halbpfarrer verprügelt. Er hätte sich nicht gewehrt, ich hätte ihn ohne Weiteres zusammenschlagen können, obwohl ich kurzatmig bin und das Bücken zwecks Zubindens der Schuhbänder reicht, um mich zum Schwitzen zu bringen.

Ich fand viertelstundenlang keine Zufahrt zum Pfarrplatz in Linz, das Einbahnsystem hatten sie vollkommen umgedreht, ohne jede erkennbare Logik, dazu gleich mehrere Baustellen angelegt, wie ja ganz Linz eine einzige Baustelle war in jenen Jahren, als es sich aufputzte für das europäische Kulturhauptstadtjahr. Das Straßenstück zwischen Stadtpfarrkirche und Café Meier war jetzt eine Sackgasse, ich hielt den Fox an genau vor dem Seiteneingang der Kirche, wartete auf das verängstigte Wasserlüchslein.

Drüben der Gastgarten des Kaffeehauses Meier, als flaches Bretterpodest hinaus gebaut über sechs einstige Kurzparkplätze. Dieses Café war einmal das Speedy gewesen. Auf diesen Parkplätzen, wo jetzt die Leute an Kaffeehaustischen saßen in der Spätseptembersonne, hatten damals die Nachwuchszuhälter ihre amerikanischen Angeberautos abgestellt, dann mussten die anderen herauskommen und mit gebührender Ehrfurcht die Camaros und Stingrays bewundern. Der Freund des Gelben hatte sich unsterblich blamiert, als er einen protzigen Mustang eingeparkt hatte. Er ließ die acht Zylinder des Motors ein paar Mal aufheulen, bis genügend Speedy-Gäste draußen waren und mit abschätzenden Mienen den Gebrauchtwagen umkreisten, sich etwas zuflüsterten von mindestens zweihundert PS und gegen die Reifen traten, natürlich waren es die Cooper Cobra Breitreifen.

Die Mustangmänner hockten dann eine Weile in den Plastiksesseln vor dem Colaautomaten, ehe sie aufbrachen. Doch das amerikanische Zuhälterpferdchen wollte nicht, es sprang nicht und nicht an. Aus dem dumpfen bedrohlichen Gurgeln der Anlassergeräusche konnte man hören, um was für ein Kraftpaket es sich da handelte, die Junkies und Peitscherlbuben nickten sich wissend zu ob dieses Grollens, aber sie grinsten dabei auch, weil eben nur der Anlasser röhrte und kein Einziges der mehr als hundertneunzig PS.

Der Fahrzeugbesitzer und der Gelbe und noch zwei Burschen schoben den Mustang aus der Parklücke, der Zuhälter setzte sich ans Steuer, die anderen drei schoben ihn an vor der Stadtpfarrkirche, hin und her, immer wieder, doch ohne Erfolg, nur ein leises Röcheln gab der V8 von sich, nicht mehr. Bis der Speedy-Chef in seinem grauen Arbeitsmantel vor der Tür erschien und den Jungen zuwinkte, das Auto in eine Parklücke zu schieben, neben seinem flaschengrünen Mercedes. Ein Mustang hat eine Automatikschaltung, sagte er gelassen, kann man nicht anschleppen oder anschieben. Geht nur mit dem Starterkabel. Und verband die Batterie des verendeten Mustang mit jener seiner deutschen Qualitätslimousine, nur ein Drehen am Anlasser, und schon gurgelten die amerikanischen Pferdestärken in all ihrer Macht und Pracht.

Der Freund des Gelben schämte sich zu Tode vor seinen Zuhälterkollegen. Er rempelte einen Mittelschüler an, der die Mittagspause genutzt hatte zu einem Speedy-Besuch, und drohte ihm mit unflätigen Worten das Verprügeln an, als dieser nicht sofort zur Seite sprang. Dann schlüpfte er in den Wagen und fuhr weg mit quietschenden Hinterrädern. Ein paar Jahre später hättest du mit einem Mustang nicht mehr angeben können vor den Speedy-Leuten, als das Ding auf einmal nur noch hundertsechs PS hatte. Wahrscheinlich wegen der Ölkrise. Ist doch kein Auto.

Mishi Bizhi hüpfte von nirgendwo hervor, nicht aus dem Pfarrkircheneingang, nicht von einem Versteck hinter einem der Kastanienbäume oder hinter den Kotflügeln eines geparkten Autos. Ich musterte die Gäste im Kaffeehausgastgarten. Einer davon musste der Kinderschänder sein, der Gin über Muschis kleiner

Mädchen schüttete. Der machte, dass die kleinen Mädchen in ihre süße, warme, flaumige Kleinmädchenhaut Ritzen schlitzten, aus denen es kalt und eklig und klebrig tropfte. Keiner von den Männern sah aus wie einer, der Gin aus Kinderspalten schleckt.

Das Handy klingelte. Trixi. Siehst du ihn?, fragte sie.

Wie sollte ich? Wo bist du!

Es ist der, der als Einziger alleine sitzt an seinem Tisch.

Gut. Ich rufe die Polizei, sagte ich.

Sie schrie mich an, ob ich verrückt sei. Keine Polizei!

Sondern?

Sie sagte, dass sie nur abhauen wolle, aber sie traue sich nicht zum Wagen. Du stehst zu nahe bei seinem Tisch, flüsterte sie, als ob sie Angst hätte, er könnte ihre Stimme hören aus meiner Handyohrmuschel. Das sei lächerlich, sagte ich, sie flüsterte weiter, dass sie jetzt verschwinden werde, ich möge bitte im Auto sitzen bleiben und beobachten, ob er etwa aufstehen und weggehen würde, falls er das tue, solle ich sie sofort anrufen, weil dann habe er sie wahrscheinlich gesehen und würde versuchen, sie zu erwischen.

Lächerlich!

Sie legte einfach auf. Da packte mich eine Wut, ich fiel hinein in das Gefühl einer umfassenden Ohnmacht, ich hasste diesen blassen Vergewaltiger vor seinem Cappuccino, der möglicherweise genau an jener Stelle saß, wo seinerzeit mein Ururgroßvater meine Ururgroßmutter mit ihren feurigen Augen und ihrem schwarzen Tüchl angesprochen hatte in ihrer Kutsche, und mit Sicherheit genau an jener Stelle, wo der blutjunge Zuhälter damals seinen Mustang, der ihn so schmählich blamierte vor aller Welt, gehasst hatte mit jeder Faser seines Seins. So erdrückend war diese Ohnmächtigkeit, dass ich die Autotür aufriss und hinüberhetzte zum Gastgarten und mich aufpflanzte vor dem einzelnen Sitzenden und ihn mit ordinären Ausdrücken beschimpfte. Und die Fäuste hob, um ihn zu schlagen.

Er sah mich mit einem derart unendlichen Erstaunen an, dass

mich die Entschlossenheit verließ. Er solle mir seinen Namen nennen, sagte ich, er stand auf, sah mich nur an, sagte kein Wort, er solle mir zur Polizei folgen, war mein nächster Versuch, wieder keine Reaktion. Mein Handy klingelte. Trixi sagte verlegen, dass es möglich sei, dass sie sich geirrt habe, der Mann sei irgendwie zu klein, und wenn er der wäre, für den sie ihn halte, würde er mich jetzt schon verdroschen haben. Und legte auf.

Noch immer starrte mich der Mann an voll Ungläubigkeit. Erst, als er meine Verlegenheit bemerkte, entspannte er sich, etwas Erleichtertes kam in seinen Blick. Er forderte mich auf, mich zu setzen, bevor ich noch ein Wort der Entschuldigung sagen konnte. Ich ließ mich in einen der Plastikflechtstühle fallen. Trinken Sie einen Kaffee, sagte er. Nur wenn ich Ihre Rechnung bezahlen darf, sagte ich, er nickte, grinste breit dabei.

Entschuldigen Sie, sagte ich, eine Verwechslung.

Kann vorkommen, sagte er.

Dann schwiegen wir, bis mir die Kellnerin eine Tasse Kaffee gebracht hatte. Allmählich kam ein Reden in Gang, ich erzählte ihm, dass dies hier früher ein Flippercasino gewesen sei, und dass sich alles sehr stark verändert habe. Dass ich lange in Nordamerika gewesen sei. Und dass ich zurückgekommen sei, um über den Heiligen Severinus zu arbeiten.

Severin, sagte er, sehr interessant. Sie sind also interessiert an Religion?

In gewissem Sinne ja.

Er lächelte. Ich auch, sagte er leise. Ich bin Priester. Und, als ich schwieg: Allerdings nur ein halber. Ich bin unitarischer Halbpfarrer.

Halbpfarrer?

Unsere Gemeinde in Österreich hat keine fünfhundert Mitglieder, da ist es schwer, einen Ganztagesberuf als Pfarrer zu bekommen. Darum arbeite ich nebenher als Lehrer. Halbe Lehrverpflichtung. Mein Ziel ist jedoch, eines Tages ausschließlich Pfarrer zu sein. Er lachte. Ich bin ja noch jung.

Der Unitarismus lehnt das Konzept der Dreifaltigkeit ab. Wie Flaccitheus und die Seinen dazumal. Da seid ihr ja wie die Arianer, sagte ich mit einem Tonfall, der scherzhaft klingen sollte. Damit habe ich nichts am Hut, sagte er und hob an zu einer Erklärung. Arianer glauben, dass Jesus auf die Welt gekommen ist und dabei seinen Engel-Charakter behalten hat. So genau kenne er sich allerdings auch nicht aus. Die Arianer glauben, dass Jesus der Mensch gewordene Erzengel Michael ist. Er sprach im Präsens, als ob die Jünger des Arius noch mitten unter uns wären. Wir Unitarier glauben, dass Jesus Jesus war, ein Mensch und nicht mehr. Durch seinen Herabgang auf die Erde ist er selbst auch irdisch geworden.

Dann redete er lange über die Unterschiede zwischen Unitariern und Katholiken. Ich sah der Kellnerin zu, wie sie jedes Mal leicht ächzte, wenn sie ein Tablett über die drei Stufen zwischen Lokal und Gastgarten trug, und hörte ihm nur halb zu. Dort drinnen ist Heather gelehnt an den Flipperautomaten, presste im Rhythmus des Spiels sanft ihren weizenblonden Schoß gegen den Apparat, nie verursachte sie ein Tilt, und dort ist sie gestanden vor der Musicbox und hat *Angie* gedrückt, dreimal, viermal hintereinander, wieder und wieder. Möchte wissen, wonach sie Sehnsucht hatte, wenn sie dieses Sehnsuchtslied hörte. Ich möchte mich bestrafen dafür, dass ich sie nie gefragt habe, nicht einmal an dem einen Nachmittag, als wir miteinander geschlafen haben, hastig und wortlos in der schäbigen Zweizimmerwohnung eines Freundes.

53

Ich kam Severinus nicht nahe. Allem und allen kam ich nicht nahe. Schon bei Kohl war ich gescheitert. Aus keinem Anlauf, aus keiner Beschreibung, aus keinem Versuch wurden greifbare Gestalten, keine Menschen aus Fleisch und Blut. Bloß Biografien. Oder Geschichten, die mich selbst nicht interessierten, über Heilige und Krieger und Clans und Stämme, in Kohls Indianerkanada und in der heutigen Welt und in donaugermanischen Waldeinöden, über Motivationen, die nicht zu durchschauen sind, über Kleingruppen, die sich gegenseitig bekriegen oder in wechselnden Koalitionen irgendwelchen Imperien zusetzen mit Geiselnahmen, Erpressungen, Massakern, guerillaartigen Nadelstichmanövern. Dabei wünschte ich, Kohl und Severinus und auch den guten Eugippius so aus den Quellen und Texten auferstehen zu lassen, wie es Anna Mitgutsch mit Hermann Melville oder Jean-Paul Sartre mit seinem Marquis Adhémar de Rollebon gelungen ist.

Der Sprecher meiner Auftraggeber hatte da keine Probleme. Stellen Sie Severin dar als einen, der Gutes tut, sagte er. Wie soll das gehen, fragte ich mich, wenn ich abends auf der Couch im Wohnzimmer meiner Mutter Society-Reportagen sah von Charity-Events in Wien, immer steht da ein Mensch neben dem hyperaktiven Moderator, einer, der Gutes tut und dabei eine Spur zu nervös ist und eine Spur zu over- oder underdressed, und der seine CD oder sein neues Buch in die Kamera hält und stottert, dass pro verkaufter CD oder pro verkauftem Buch ein Euro an den guten Zweck geht.

Ich will keinen frommen Mann beschreiben wie Dörfler und keinen Commandante Severino als Beschützer der Bedrängten wie Giese. Und der andere Severinus langweilt mich, der Politiker und Militärmann, der weiß, dass alles vorbei ist und dennoch rastlos die Donau auf und ab stapft mit seinen bloßen Füßen, um die Abwicklung des Verlorenen mit so wenig Schaden wie möglich zu besorgen.

Ich glaube zu wissen, wie Sartre das geschafft hat, was mir nicht gelingt. Es ist die Stelle mit den bläulich schimmernden Bartstoppeln des Rollebon. Als wir Internatszöglinge *Der Ekel* lasen, das schwarze Taschenbuch mit der roten Titelschrift demonstrativ auf dem Pult aufgestützt zu Beginn der Religionsstunde, wenn Gattringer das Klassenzimmer betrat, der Sartre so sehr hasste, machte uns die maßlose Lust besoffen, mit der die Nacktheit der Existenz besungen wurde. Sprachlos war die Begeisterung, wir konnten es nicht sagen, aber fühlen, wie dieses Buch Last von unseren Knabenschultern nahm. Keinem Gott, keiner Kirche, keinem mit hoher Wahrscheinlichkeit eine latente pädophile Homosexualität bekämpfenden spätnachts die Schlafsäle durchstreifenden Präfekten stand ein Urteil zu über uns, und auch nicht die Autorität zu entscheiden, was wir zu tun und lassen hatten. Die kalt schimmernde Freiheit der reinen, leeren Existenz als einzige kompetente Instanz. Was das für eine Erlösung war in diesen ständig einen blutüberströmten halb nackten Erlöser anwinselnden Jahren!

Jetzt beneidete ich Sartre um Sätze wie diesen: Wie kann ich hoffen, die Vergangenheit eines anderen zu retten, ich, der ich nicht die Kraft aufbringe, meine eigene Vergangenheit festzuhalten? Ich wünschte, ich könnte Severinus darstellen wie er es mit dem kleinen Aufschneider Rollebon gemacht hat, dem Lügner und Kirmesgauner. Oder mit dem Autodidakten, dem ich mich auf eine fröstelnd kühle Art verbunden fühle. Doch die entscheidende Stelle ist der eine Satz über das kleine Runzelgesicht des Marquis, das ein sauberes, blatternübersätes Gesicht war: Seine Backen aber waren blauschwarz, denn er hatte einen starken Bartwuchs und wollte sich immer selbst rasieren, was ihm aber nur schlecht gelang.

Rollebon ist Fiktion, Severinus ist Fakt. Ich weiß es, ich habe die Kartusche im Museum zu Künzing berührt, in der ein kleines Knochenstück aus seinem heiligen Leib steckt. Aber das Äffchen Rollebon wird lebendig, sobald man die Seiten aufschlägt. Als ich *Der Ekel* nach so vielen Jahren wieder las, war es, als träte dieses durchtriebene, gefinkelte kleine Männchen heraus aus dem Buch, würde ein Mitbewohner im Kinderzimmer, in das ich mich erneut verbannt hatte. Und es wird intensiver, je öfter ich die Stelle lese. Der Heilige Seher von Noricum bleibt Papier, ein Blatt Papier, beschrieben von vielen Schreibenden und anschließend zusammengefaltet zu einem schlampig ausgeführten billigen Origamitrick.

Dasselbe bei Johann Georg Kohl, ich beschrieb ihn anhand des bekannten Fotos, das praktisch alle – ohnehin so wenigen – heutigen Publikationen ziert, ich stilisierte mich zu seinem Wiedergänger anhand seiner hängenden Augenbraue und wusste, dass ich nichts mit ihm zu tun hatte. Ich bin kein Wiedergänger, ich möchte es nur sein. Ausschlaggebend war der erste Satz, den ich gelesen habe von seiner Hand: Meine Ohren hatten schon frühzeitig das Wort Polyhistor aufgefangen, und ich hörte mit Entzücken von Menschen, die versucht hatten, den Umfang des ganzen menschlichen Wissens zu erschöpfen.

Das wäre es. Polyhistor sein. Natürlich ist mir bewusst, dass dies unmöglich ist. Schon zu Zeiten Kohls war es eine Unmöglichkeit. Das hatte er selbst gewusst und es in den nächsten Satz geschrieben. Doch in den übernächsten Satz stemmte er wie eine trotzige Verlautbarung den Entschluss, niemals aufzuhören damit, dem Phantom, das ihm vorschwebte, nachzujagen.

Ich jagte nichts nach. Ich saß Nacht für Nacht in meinem alten Zimmer und schwafelte herum im Aufsatz und in den Gegenberichten. Das Abendrot des Imperiums neigte sich dem Ende zu, schrieb ich, eigentlich war die Nacht schon angebrochen, doch die Untergehenden wollten es nicht wahrhaben. Die gewaltigste Machtverschiebung aller Zeiten war beinahe abgeschlossen, doch die Witwen und die leer ausgegangenen Erben taten so, als wäre noch alles beim Alten. Rom war seit Ewigkeiten *alles* gewesen. Barbarenland, dessen einzelne Provinzen zu benennen den Römern der Aufwand nicht lohnte, war nur *der Rest* gewesen.

Jetzt aber begann der Aufstieg des Restes, Gotenland, Germanenland, Chinesenland, Inderland, Brasilianerland und der mordenden Mauren Land erhoben sich, gar nicht zögerlich, schrieb ich in den Notizblock und setzte gleich dazu: zu platt, zu kurzschlüssig. Und schrieb weiter, darüber, dass am Ende immer Witzfiguren auf den Thronen sitzen, die Kaiserleins und Mister Presidentleins mit ihrem hilflosen Nachplappern dessen, was ihnen die Drahtzieher vorsagen, Orestes im Falle des Romulus Augustulus, Halliburton im Falle des armseligen Georg zu Washington.

In Wahrheit wollte ich dem Personal meiner Schreibbemühungen so nahe wie möglich kommen und fiel währenddessen in eine wachsende Furchtsamkeit hinein, weil ich bemerkte, dass sich ein Scheitern ankündigte. In wahrster Wahrheit hatte ich eine große, mir Luft und Raum nehmende Angst: Auch dem Mann mit meinem Namen werde ich nicht nahekommen. Und sogar dies war gelogen. Am meisten fürchtete ich, ich *könnte* diesem Mann, der meinen Namen trägt auf dem Kriegerdenkmal, nahekommen.

54

Schwere schmierige Klumpen von Ackererde allüberall, klebten da und da und da an dem Frachtgut auf dem klapprigen Leiterwagen, den die brave Stute des Bauern leichten Fußes hinein ins Dorf zog, gut in Futter stand sie, anders als alles andere rundherum in jenem Mai im Jahr des Herrn 1945, kein Wunder, der Bauer, der tief gebückt auf dem Bock saß und lustlos die Zügel führte, war eben noch der Mächtigste im Dorf gewesen, Ortsgruppenleiter, er und die Seinen hatten nicht hungern müssen, nicht einmal seine Tiere.

Von draußen vom Auweg kommend stakste das Pferd mit hängendem Kopf durch das Dorf, es musste auf nichts achten, es kannte den Weg. Ein paar Männer trotteten hinter dem Wagen, die Spaten geschultert, doch nicht stolzen Hauptes. Die anderen Männer schaufelten draußen, beim Teufelsbaum, das zu, was sie eben aufgeschaufelt hatten. Zwei Uniformierte standen bei ihnen, die hielten ihre Waffen auf die Schaufelnden gerichtet, ein stummer Hass in ihren Augen, wie es sie juckte, den Zeigefinger zu krümmen, am Abzugshahn zu ziehen, die Bestien wegzuwischen vom Antlitz der Erde, die doch eine dem Menschen wohlgefällige und dienende sein sollte. Der Hass der anderen Bewaffneten, jener, die die Schaufelträger hinter dem Leiterwagen bewachten, war ein lauter, voll Geschrei, aber es war kein wortreiches Schreien, nur wenige Worte brüllten sie in der fremden Sprache, vor der das Dorf eine so große Angst hatte.

In eineinhalb Jahren wird man das wo lesen können, was ich gerade schreibe, sagte ich zu meiner Mutter. Oh, so lange, sagte sie, und wollte wissen, ob es eine öffentliche Präsentation geben werde. Keine Ahnung. Möglicherweise. Man würde sich freuen, wenn ich den Ländern Ober- und Niederösterreich bei der

Eröffnung der Doppellandesausstellung die Ehre meiner Anwesenheit geben würde, hatte der Sprecher meiner Auftraggeber irgendwann einmal gesagt. Zeit und Ort konnte er nicht nennen, das sei noch verfrüht, er deutete etwas an von einer Doppeleröffnung in St. Pölten und Linz, ihm selber wären Mautern und Lorch sympathischer, doch es seien da gewisse Rücksichten zu nehmen. Er sagte nicht, ob diese vage Einladung bedeutete, dass eines der beiden Länder meine Kosten für Reise und Aufenthalt übernehmen würde.

Sie haben mich sozusagen zur Eröffnung eingeladen, sagte ich, möglich, dass ich dabei ein wenig aus meiner Arbeit vorlesen werde. Ich solle ihr Bescheid geben, sobald ich Genaueres wisse, sagte sie, und dann noch, mit gehobener Stimme, damit ich gleich merkte, dass es sich um eine Art parodistisches Scherzchen handelte: Ziehst eh was Ordentliches an zu diesem Termin.

Mit einem Schlag waren sie wieder da, die ersten Schultage, die Aufnahmeprüfung ans Gymnasium, die erste Fahrt zur Tanzschule, zu einem Vorstellungsgespräch, zu was auch immer. Die stete Ermahnung. Das unbedingte und unaufhebbare Streben nach dem Passenden. Passende Worte, passende Frisur, passende Kleidung. Noch heute leide ich an einer Unterwäschewechselmanie, weil sie bei jedem Aus-dem-Haus-Gehen als Letztes die Frage gestellt hatte, ob ich saubere Unterwäsche trüge. Wie leicht könnte ein Verkehrsunfall geschehen, plus anschließender Einlieferung in ein Krankenhaus. Und wie peinlich wäre da unsaubere Unterwäsche! Bis heute muss ich vor jedem Gang aus der Wohnung, aus dem Hotel, aus dem Kinderzimmer eine frische Unterhose anziehen.

Ein muffeliger uneleganter witzloser Portnoy war ich, ohne dessen ausschweifende Frauengeschichten; ich war der Auserwählte meiner Mutter. Ich sollte unserem Namen jenen Respekt verschaffen, der im Falle der Namensnennung auf dem Kriegerdenkmal nur ein vorgetäuschter ist, eine fragwürdige Respektabilität, nicht geeignet, Ruhm zu verewigen, sondern bestenfalls als Pflichtübung rasches Vergessen zu bewerkstelligen. Mein Name auf dem Kriegerdenkmal ist ein Versuch zu verstecken. Mein Name in der Autorenzeile von Zeitungsartikeln und auf Buchdeckeln sollte ihr das satte zufriedene Überlegenheitsgefühl schenken, weil es einen ja ausfüllt bis in den letzten Winkel, wenn man etwas herzuzeigen hat.

Ich sah ihr seltsames Lächeln und stellte mir vor, wie sie sich vorstellte, bei der Eröffnung der Doppellandesausstellung in eineinhalb Jahren im Steinernen Saal am Regierungssitz des oberösterreichischen Landtags zu Linz in der ersten Reihe zu sitzen als von den Politikern und kirchlichen Würdenträgern umschmeichelte Begleitung des Ehrengasts. Durch das uralte und wegen hoher Bleizugaben milchig gewordene Glas der Fenster würde mildes Licht auf sie fallen und sie jünger aussehen lassen, jener Fenster, durch die sie die Bolzen ihrer Armbrüste hinuntergeschossen hatten auf die Promenade, als die wütenden lutherischen Bauern sich erhoben gegen die katholischen Herren, bis einer dieser Bolzen ihren Anführer Stefan Fadinger traf und der Aufstand zusammenbrach und die Bauernleiber baumelten in den Linden des Landes.

Sie würde bescheiden lächeln auf ihrem Stuhl neben jenem der Gattin des Landeshauptmanns, mit vorgespielter Verlegenheit wegen des Rummels um den bewunderten Vortragenden vorne am Lesepult, den sie hervorgebracht hatte aus ihrem Schoß, und der alles, was er war, ihretwegen geworden war. Es ließ mich kalt. Anders als Portnoy habe ich keine Schuldgefühle. Was aber kein Pluspunkt für mich ist, denn ich bin einfach fühllos, und das ist ein Minuspunkt für mich. Ganz zu schweigen von den geschlechtlichen Erlebnissen, die mir Portnoy voraushat. Es war mir egal. Ich würde saubere Unterwäsche tragen, mehr würde ich nicht tun können für sie.

Keine Erdäpfel waren es, die da hinten auf dem Leiterwagen lagen und an denen der satte schwarze Mutterboden klebte, und keine Rüben. Später, als die Zeiten bessere geworden waren, ließen die Bauern gerne ihre Erde an den Rüben hängen, die sie zum Lagerhaus-Silo fuhren, das die Silhouette des Nazischlosses verdeckte, von der Nibelungenbundesstraße aus gesehen. Die Zuckerrübenverwertungsgenossenschaft zwang die Bauern, die Rüben vor dem Anliefern zu waschen. Weil sie uns eine Arbeit aufhalsen, die eigentlich die ihre ist, murrten die Bauern, in Wirklichkeit ärgerte es sie, weil ihnen die Zuckerbarone gleich auf die Schliche gekommen waren und sich ohne jede Diskussion weigerten, die an den Rüben klumpende Erde mit auf die Waage zu fahren und für den Dreck denselben Preis zu zahlen wie für die saftig süßen Rüben.

Kein Gemüse war auf dem Leiterwagen, kein Holz aus der Au, und kein Heu, viel zu früh für Heu, die erste Mahd muss vor Johannes im Stadel sein, aber nicht zu viele Tage davor, und bis Johannes waren es noch an die sechs Wochen hin. Fleisch war es, Menschenfleisch, drei Stück, an dem die Krume klebte, noch dunkler als sie ohnehin war, weil sie sich mit dem Blut vermischt hatte, das aus den vielen Löchern geflossen war. Voller Erde die Leichname, weil sie schon tagelang in ihr gelegen waren, einen Meter tief.

Ja, sagte meine Mutter. Sie haben die Männer gezwungen, dass sie die Leichen ausgraben. Draußen bei der Eiche waren sie verscharrt gewesen. Dabei durfte niemand zusehen. Sie hätten uns erschossen. Der Bauer, der Vater von der Anne, hat einen Wagen stellen müssen, weil er der Oberste von den Nazis gewesen ist. Wir sind hinter dem Wagen her, mit großem Abstand. Das haben sie gewollt, dass wir zusehen, wie sie die Leichen durch das Dorf gefahren und am Friedhof wieder eingegraben haben, mit großem Pomp und allen Ehren.

Was das für ein Schaufeln war auf dem Dorffriedhof. Drei Gräber mussten sie ausheben, an der dem Wetter abgewandten Seite der Kirche. Sie richteten die Läufe auf die Köpfe der Schwitzenden und brüllten, dass sie schneller arbeiten sollten, schneller, schneller. Dann kam der Pfarrer und segnete. Dann kam der

Wagner und stellte drei Kreuze auf. Der Tischler hatte die Kreuze nicht tischlern können, er war vor zwei Jahren schon geblieben auf dem Feld der Ehre, in jenem Land, das die Heimat der Männer mit den Maschinenpistolen war. Dem Wagner war es egal, ob er Holzräder drechselte oder Ochsenjoche oder Wagendeichseln oder simple Bretter zusammennagelte. Drei Männer in Uniform hielten ihm ihre Gewehre vor und erklärten ihm mit Händen und Füßen, wie die Kreuze aussehen sollten, ein langer Querbalken, ein kurzer darüber, ein schräger unten am Fuß des Kreuzes.

Dann haben sie salutiert, sagte meine Mutter, dann haben sie etwas gesungen, dann haben sie in die Luft geschossen. Dann hat der Lehrer, den sie als provisorischen Bürgermeister eingesetzt haben, erklärt, dass jeder, der sich an den Gräbern oder Kreuzen vergreifen würde, mit der Todesstrafe zu rechnen habe. Dann haben sie alle Männer, von denen der Lehrer angegeben hat, dass sie Nazi waren, einzeln vor den Gräbern aufgestellt und salutieren lassen. Wir Frauen mussten antreten in geraden Reihen und still sein. Wir sollten sehen, wie unsere Männer gedemütigt werden. Die Russen haben sie angetrieben mit ihren Maschinenpistolen. Ich höre es heute noch, ihr Geschrei. Dawai, dawai.

55

Das Missabikongmädchen vom Balkan hatte um ein Treffen gebeten, in Linz, Café Schillerpark. Sie wolle sich entschuldigen, sagte sie, wegen der Sache auf dem Pfarrplatz. Frisch und gut aufgelegt sah sie aus, hatte ihre dunklen Haare hochgesteckt und den Schweif zusammengebunden zu einem Knoten. Sie habe die Nerven verloren, sagte sie, jetzt tue es ihr leid, aber sie habe auf einmal so eine Art von Panikanfall bekommen. War nicht gut drauf an dem Tag. Entschuldigung angenommen, sagte ich. Und: Brauchst du Geld? Sie winkte lachend ab.

Ich zeigte ihr den Lokalteil der Zeitung, in der ich gelesen hatte während des Wartens. In Steyr hat ein Afrikaner versucht, sich selbst abzustechen, mitten auf dem Stadtplatz. Der kommt nicht auf die Titelseite. Nicht einmal auf die erste Seite im Lokalteil.

Pech für ihn.

Wahrscheinlich hat er gesehen, wie sie alle hysterisch geworden sind nach deiner Selbstmorddrohung. Und hat sich gedacht, wenn er das auch tut, würden sie seine Abschiebung stoppen. Er hat nur auf eins vergessen.

Nämlich?

Er ist nicht weiß und nicht jung und hübsch und adrett wie du.

Ich bin die nicht, grinste sie.

Dann rührte sie in ihrem Eiskaffee herum, zerquetschte die Vanilleeishalbkugeln an der Innenseite des dicken Glases, mag es, wenn das Eis beinahe flüssig ist, dann schmeckt es am besten, sagte sie. Wir schwiegen eine Weile. Sie fragte, was mein Job mache, ich erzählte etwas von den Herulern und den Römern und den Rugiern, die sich einst die Schädel eingeschlagen hatten hier in dieser Gegend, und wie sich unmerklich eine Welt aufgelöst hatte damals. Und wie Imperatoren dabei geschrumpft seien wie das Vanilleeis in ihrem kalten Kaffee.

Klingt ziemlich langweilig, sagte sie.

Nicht wenn man die Fäden sieht, die sich durch die Zeiten ziehen.

Gibt doch keine Imperatoren mehr.

Die heutigen Imperatoren sind die Basari, sagte ich. Die Beherrscher der Märkte. Die Händler und die Geldverleiher, oder in umgekehrter Reihenfolge. Wenn man als das entscheidende Kriterium für imperiale Macht die Möglichkeit versteht, jedes Staatswesen auf Erden zwingen zu können, seine Verfasstheit nach den Bedürfnissen des Imperiums einzurichten, dann gibt es jetzt nur noch ein Imperium. Den informellen, an Institutionen vorbeiagierenden Zusammenschluss der Akteure und Profiteure des globalen Geldflusses.

Klingt sehr wichtig, sagte sie.

Ja, sagte ich. Die Geldverleiher und die Kaufleute sind es.

Wenn du nicht so geschwollen daherreden würdest, wäre es wie Urlaub, sagte sie, im Hotel sitzen, Eiskaffee trinken, die Sonne scheint.

Wo machst du sonst Urlaub?, fragte ich.

Hier und da. Wie es sich ergibt.

Wo war der letzte?

Italien, sagte sie. Italien, ja. Es war so schrecklich kalt. Im Oktober wird es nachts ungeheuer kalt, auch an der Adria. Wir sind beim Autostoppen hängengeblieben auf einem Parkplatz. Die ganze Nacht diese vielen Lichter von der Autostrada. Wir müssen noch tiefer hinein in die Büsche, hat der Mani gesagt, als die Lastwagen in den Rastplatz reingekommen sind.

Mani, ist das dein Freund?

War es, sagte sie. Ihre Stimme wurde monoton und leise. Ich hatte plötzlich diese Angst vor Schlangen wieder. Wach auf Mani, da bewegt sich was. Am Meer, sagte er, am Meer wird es wärmer sein, der Scheißwinter kann uns vergessen. Eigentlich wollten wir ja nach Griechenland, aber das Geld aus dem Nachtkasten seiner Alten war schon futsch, bevor wir das Meer gesehen haben. Was ich für eine Angst hatte vor Grenzkontrollen! Ist doch EU, sagte Mani, aber das half nichts.

Nimm nur einmal Bush und seine Politikerfreunde, sagte ich, und seine sogenannten Berater, also seine Mitregenten. Die sind beides, Politiker und Händler. Darum sieht es so aus, als handle es sich bei diesem Staatsgebilde um ein Imperium. Doch der Schein trügt. Wenn die Basari der Welt pfeifen, dann hat auch der zu springen, den die Medienleute gerne den mächtigsten Mann der Welt nennen. Muss er sein Land so hinkriegen, wie sie es brauchen.

Mani ist aufgestanden und hat alles niedergetreten, wo ich dachte, dass eine Schlange wär. Waren nur dürre Äste am Boden. Dann nahm er mich in den Arm und legte die Decke um uns beide und so hockten wir und warteten auf die Sonne. War ja gleich wärmer dann. Wir bleiben beisammen, ja?, sagte er. Im Morgenlicht holte ich das Stanley heraus und gab es Mani. Wenn du mich liebst, dann machst du es. Er griff sich das Messer und machte es. Ein großes T in den Unterarm, außen, damit es jeder sehen kann. T für Trixi.

Du erzählst mir da ein schönes romantisches Märchen, sagte ich. Das ist doch nicht dein richtiger Name. Den hast du dir ausgedacht, weil ich damals gerade von den Trickstern geredet habe.

Sie ignorierte mich. Dann nahm ich das Stanley, sagte sie, und machte es. M für Mani. Sie rieb an der Außenseite ihres linken Unterarms. In meine Haut. Jetzt ist es fast verschwunden. Siehst du nur noch, wenn du es weißt.

Das neue Imperium ist schlau und verschlagen, sagte ich. Es macht uns alle zu Komplizen, indem es uns zu Profiteuren macht. Es versteht es, potenzielle Kritiker einzubinden und ihnen Brosamen zukommen zu lassen, gerade so viel, dass sie nicht mürrisch werden. Darum sind wir alle zwar nicht mürrisch, oder gar aufsässig, aber auf eine langweilige, lähmende Art unzufrieden.

Das war mein letzter Urlaub, sagte sie.

Am Abend tippte ich den Versuch eines Leserbriefs in den Laptop. Der Schwarzafrikaner mit seinem missglückten Selbstmordversuch in Steyr hat ein entscheidendes Manko, schrieb ich. Er ist weder Sportler noch Künstler. Und er ist nicht reich. Wäre er eine russische Opernsängerin, dann erhielte er die österreichische Staatsbürgerschaft innerhalb eines Tages, wenn seine Manager mit den Fingern schnippten, und er müsste weder Deutsch können noch seinen Lebensmittelpunkt in Österreich haben, ja, nicht einmal seinen Wohnsitz. Wäre er Sportler, bekäme er den österreichischen Pass im Handumdrehen, und er müsste nur halb so viel Steuern zahlen wie die meisten der sogenannten echten Österreicher. Wäre er ein russischer Oligarch, würde man ihm die letzten freien Ufergrundstücke an unseren schönen Alpenseen nachschmeißen. Wäre er eine chinesische Wirtschaftsdelegation, dann würden die schmallippigen Herren alle vor ihm auf dem Bauch liegen, deren Lippen sich im Falle nicht vermögender Ausländer zu noch schmäleren Schlitzen zusammenziehen.

Doch während dieses planlosen Geschreibes dachte ich die ganze Zeit an das Wasserluchsweibchen, stellte sie mir vor als Urlauberin, ihren drahtigen braunen Körper in einem Bikini, wie er eintauchte in das klare Wasser der Buchten unterhalb von Cinque Terre, und wie sie heraussprang und sich schüttelte und dann auf dem Badetuch lag, und das Wasser rann träge und langsam in großen Tropfen von ihrer Haut, die sich erwärmte, bevor sie trocken wurde, sodass die flaumigen Härchen rund um ihren Nabel, die sich aufgestellt hatten wegen der Kälte, wie von Zauberhand auf einmal wieder verschwunden waren. Den Leserbrief sandte ich nicht ab, ich schrieb ihn nicht einmal zu Ende.

56

Ich muss die Nacht und den Morgen beschreiben, an dem die Welt zusammenstürzte. Das Festnetztelefon im Wohnzimmer meiner Mutter klingelte um halb zehn Uhr abends, und das Gebilde, das ich gebaut hatte in Jahrzehnten und das ich nun für die Welt hielt, zerfiel, wie morsches wurmstichiges Treibholz zerfällt, sobald es trocken wird.

Meine Mutter war nicht dagewesen, als ich am frühen Abend zurückkehrte vom Kürnbergerwald. Seltsam, sie geht doch nie aus dem Haus. Ich war den Nachmittag über herumgestreunt in den waldigen Höhen über der Donau und der Nibelungenbundesstraße kurz vor Linz, hatte den römischen Wachturm nicht gleich gefunden, war dann enttäuscht gewesen. Die nicht einmal einen Meter hohen Fundament- und Mauerreste sahen frisch aus, wie gerade eben hochgezogen. Wahrscheinlich eine Rekonstruktion. Auf der Schautafel fand sich kein Hinweis auf die Authentizität des Bauwerks. Rund um das Steingeviert massenhaft Ziegelbrocken, kieselsteingroß. Ich hob einen auf und steckte ihn ein. Wahrscheinlich ist das eh nur Ziegelbruch aus dem einundzwanzigsten Jahrhundert, ausgestreut von den Betreuern der Ruine, um Besucher davon abzuhalten, Originalgestein aus der Mauer zu brechen. Als die Dämmerung im Kinderzimmer überging in Dunkelheit, begann ich mir Sorgen zu machen um meine Mutter. Hörte gleich wieder auf damit. Sie hat nicht für mich gesorgt, also werde ich mich nicht um sie sorgen.

Ich hatte einen Entschluss gefasst und einen Plan entwickelt. Der Plan sah vor, dass ich sie zwingen würde, mir zu sagen, warum sie mich nach ihrem Bruder benannt hatte, der in Detmold gestorben war *für unsere Freiheit*. Danach würde ich dieses Land, das für meine Ansprüche nie leer genug sein würde, verlassen.

Für immer. Oder zumindest für so lange, wie sie noch am Leben sein würde.

Ich würde dem Sprecher meiner Auftraggeber den fertigen Text für den Katalog zur Doppellandesausstellung mailen, würde dabei das bestätigte Flugticket Linz–Frankfurt–Toronto, one way, auf dem Schreibtisch liegen haben und während des ganzen Telefonats mit den Fingern darüberstreichen. Es würde ein angenehmes Gefühl sein. Dann würde ich die paar Tage bis zum Eintreffen der Honorarzahlung auf meinem österreichischen Konto abwarten und die Summe in bar beheben. Ich würde mich in aller gebotenen Kürze von ihr verabschieden. Ich würde ihr sagen, dass ich erst zu ihrem Begräbnis wieder nach Österreich kommen werde. Das war die Schwachstelle meines Planes. Ich befürchtete, diesen Satz nicht aussprechen zu können. Ich werde erst wieder kommen zu deinem Begräbnis. Eine andere Formulierung für so ein Versprechen fiel mir nicht ein. Vielleicht würde es genügen, wenn ich ihr nur einfach drei Worte sagte, ich komme wieder, und vielleicht verstünde sie ja, was ich meinte, ohne dass wir weiter darüber reden müssten.

Meine Arbeit am Katalogtext geriet ins Stocken, je näher sie dem Ende kam. 476 nach Christi Geburt war die Hürde, an der ich zu scheitern drohte. Odoaker, Skirenfürst, jetzt Herrscher auf dem italischen Thron, hatte Glanz und Ruhm Roms beendet. Orestes, Vater des letzten Kaisers Romulus Augustulus, der eigentliche Herrscher, Freund des Severinus und laut Giese einst Kollege des Heiligen Mannes als Vertreter Roms in Attilas Hunnenresidenz, war ermordet auf des Skiren Geheiß, das Kaiserlein Romulus verbannt. Und was tat Severinus? Nichts. Oder: Man weiß es nicht. Er schien Einfluss und Gewicht behalten zu haben, er schien Odoakers Vertrauen zu genießen, er schien sein ganzes nicht irdisches Vermögen und seine Erfahrung und seine Zauberkraft und sein Wissen um das Menschenmanipulieren einzusetzen zwecks Ruhigstellen der Untergehenden.

Mich ödete die Geschichte an. Die Geschichte Westroms, die

Geschichte des Heiligen Mannes, die Geschichte des SS-Mannes mit meinem Namen. Nicht mehr wollte ich die Geschichten schichten, Schicht um Schicht, auf dass sie einander durchdrängen und die feinen Gespinste und Verbindungsfäden sichtbar würden. Auf dass sich die scheinbar zusammenhanglosen Ereignisse aus den verschiedensten Zeiten und Gegenden übereinander schöben, bis sie, endlich zur Ruhe gekommen, ein Gebäude bildeten, das aussah, als hätte es ein Architekt geplant, der weiser schien als ich, der tatsächliche Schichter der Geschichten. Es gab aber keine Fäden und Gespinste. All das Geschichtete war nicht mehr als ein zufällig und achtlos aufgetürmter Haufen Müll. Nichts Getanes war größer als das Tun. Das Land, das doch leer sein sollte, war übervoll.

Oh könnte ich nur so leicht und locker erzählen wie die Meister aus Duluth und Brno, tippte ich in den Laptop, könnte ich wie sie einfach alles, was sich findet, kurz und spielerisch einmal durcheinanderschütteln und es hinwerfen, auf dass es sich füge zur Form, die die einzige und selbstverständliche ist. Könnte ich dieses unverständliche Untergehen des römischen Imperiums, das sich mir nicht erschließen wollte, und wie sollte es sich erst den Lesern des Katalogtextes erschließen, nehmen und daran rütteln, bis zum Zerfallen, und die Brocken leichthändig und elegant aufschichten zu verblüffender Einfachheit.

Doch es ist zu verwirrend. Es war gar kein Untergang. Es befand sich bloß ein anderer Kaiser an der Spitze. Der Skire Odoaker, der von sich selbst nie ein anderes Bild hatte als das eines Germanen in römischen Diensten, und der sein Herrschen über Italien als eines unter dem oströmischen Kaiser Basiliscus in Konstantinopel verstand, oder war es unter Zeno, der war der legale Ost-Kaiser, Basiliscus nur ein Gegenkaiser. Alles wird gleich verwirrend, klagte ich bei einem Telefonat mit dem Sprecher meiner Auftraggeber, und sagte dann: Dem Odoaker ist sein Reich mit der größten Selbstverständlichkeit ein Teil des Imperium Romanum. Genauso sah es sein Nachfolger, der große Theoderich, der sich ausdrücklich um Ostroms Anerkennung seiner Herrschaft über Westrom bemühte. Man kann nicht einmal sagen, Odoaker wäre der erste nicht-römische Regent gewesen, da waren doch davor schon andere nicht-römische Herrscher, sagte ich, für dich und mich hat sich nichts geändert, also, für den kleinen Mann auf der Straße. Die Germanen haben Rom nicht erobert, sie haben es einfach und unspektakulär übernommen.

Dies ist jetzt bloß eine Mutmaßung Ihrerseits, sagte der Sprecher meiner Auftraggeber.

Natürlich. Und das macht es ja so verwirrend. Nichts als Mutmaßungen. Man kann nicht mehr tun als die verschiedenen Quellen hernehmen und sich etwas zusammenreimen. Das führt aber nicht zu Erklärungen.

Wozu braucht es Erklärungen, sagte der Sprecher meiner Auftraggeber. Lesen Sie Kassner! Eine Geschichte ist so lange wahr, wie man nicht versucht, sie zu erklären, schreibt Kassner. Scheint mir ein hoch praktikabler Zugang zu sein. Insbesondere im Falle Ihres Aufsatzes, der ja nicht die Funktion hat, auf irgendeine Art und Weise mehr Licht in das Dunkel der Historie zu bringen als es die Generationen von hochverdienten Gelehrten vor Ihnen zustande gebracht haben. Lesen Sie Kassner, und halten Sie sich an Eugipp.

Das Stück Weltgeschichte des Jahres 476, der Untergang Roms, ist in Eugipps Darstellung verblüffenderweise nicht mehr als eine Nebensächlichkeit, wird als eigenes Ereignis nicht einmal erwähnt, ist wie immer bloß eine Folie, vor der sich die Großartigkeit seines Heiligen Mannes herausstreichen lässt. Per idem tempum, quo Romanum constabat imperium, zu der Zeit, als das Römische Reich noch bestand, mit diesem Halbsatz in Kapitel zwanzig leitet Eugipp die Auflösung Noricums ein, schildert in der Folge Wunder um Wunder, mit denen Severinus die Not und Bedrängnis der tiefst verzagten Romanen linderte, und klotzt dann zwölf Kapitel später ohne jede Erklärung und Vorbereitung den nächsten diesbezüglichen Halbsatz in seinen Text, jenen, aus dem hervorgeht, dass Westrom zu existieren aufgehört hat: Isdem temporibus Odovacar rex sancto Severino familiares litteras dirigens. In dieser Zeit richtete König Odoaker einen freundschaftlichen Brief an den heiligen Severinus. Das war alles. Der Germane war Beherrscher Roms geworden, und Eugipp verliert auf dem Dutzend Seiten zwischen den beiden Sätzen kein Wort darüber. Wie sollte er auch – war doch dann, als Eugipp seinen Text schrieb, der Germane Theoderich der Beherrscher seiner Welt.

Es interessierte mich nicht, wie Reiche untergehen, das ist die Wahrheit. Zitieren Sie Giese, riet der Sprecher meiner Auftraggeber, verkaufen Sie den ersten Satz seines Buches als vollkommenen und endgültigen und kürzestmöglichen Ausdruck dieser gewaltigen Ereignisse. Ich muss die Nacht und den Morgen beschreiben, an dem die Welt zusammenstürzte. Was für ein Satz. Was für ein kühner Einstieg in ein kühnes Buch!

Ich habe vor, Giese zu zitieren, antwortete ich, so kurz angebunden, dass er meinen Unwillen bemerken sollte.

Natürlich wissen wir, dass es ein kleiner Schwindel ist, sagte der Sprecher meiner Auftraggeber, und ich stellte mir vor, wie sich dabei sein Mund an seinem Handy zu einem Schmunzeln verzog, Giese meint mit diesem Satz den Fall und Tod Attilas und nicht den Untergang Roms, ja, aber so eine kleine Schwindelei wird die Unkundigen nicht stören und die Kundigen freuen, denken Sie nicht? Ich gab ihm recht und legte auf.

Das Festnetztelefon klingelte um halb zehn. Ich hob ab. Ob ich ein Verwandter der Inhaberin dieses Anschlusses sei, fragte eine Frauenstimme. Ja, sagte ich, der Sohn. Die Frauenstimme stellte sich vor als Ärztin des Psychiatrischen Landeskrankenhauses.

Sie sagte: Ihre Mutter hat versucht, sich das Leben zu nehmen.

Ich schwieg. Sie fragte, ob ich verstanden hätte, ich bejahte, ungefragt sagte sie, dass es nicht sinnvoll sei, jetzt noch ins Krankenhaus zu fahren, da man die Patientin in einen heilsamen Betäubungsschlaf versetzt habe, sie werde nicht vor morgen Nachmittag ansprechbar sein.

Wie hat sie es gemacht, sagte ich.

Tabletten, sagte sie. Wir wissen noch nicht genau, wie viele. Kann aber nichts wirklich Wildes gewesen sein, denn sie hat selbst den Hausarzt angerufen, als ihr mulmig wurde. Als die Rettungsfahrer kamen, war sie noch bei Bewusstsein, wenn auch sehr verwirrt.

Ich muss die Nacht und den Morgen nicht beschreiben. Nur so viel: Ich fasste einen Entschluss. Neuer Entschluss, neuer Plan. Ich werde sie zwingen, zuzugeben, dass sie etwas fühlt, auch sie. Ich werde sie zwingen, mir zu zeigen, was sie fühlt. Schließlich hat sie mich gezwungen zu Gefühlen, immer schon, und gerade jetzt eben mit einer Handvoll Tabletten. Angst, Schrecken, Verlassenheit. Sie muss mir die wahre Geschichte erzählen von dem Mann mit meinem Namen. Sie muss Geständnisse ablegen. Sie muss gestehen, alles. Muss heulen und klagen und herausschreien, was ich mit ihrem nicht gelebten Leben zu tun habe.

Den nächsten Vormittag über tippte ich dahin, von Odoaker und Orest und Westrom und Ostrom fabulierte ich im Katalogtext, ohne an meinen Widerwillen gegen diese Geschichte überhaupt zu denken. Trixi rief mich an, ohne Anlass, ohne etwas von mir zu wollen, einfach so, sagte sie, sei bloß ein Nachfragen, wie es mir gehe. Das hätte mich irritieren sollen. Ein scheues verwildertes Luchsweibchen sollte kein Männchen, das vierzig Jahre älter ist, einfach so anrufen. Für Irritation war aber kein Platz, die Vorbereitung auf die Fahrt in die Nervenklinik hatte alles okkupiert.

Wie geht's voran?, sagte sie.

Was?

Deine Arbeit.

Nicht gut, sagte ich, und dass ich in der Geschichte festzustecken begänne, weil ich nicht fähig sei, das Zusammenstürzen einer Welt zu beschreiben, zu schildern, zu bebildern. Sag mir, wie deine Welt untergegangen ist, sagte ich zu Mishi Bizhi, verständnisloses Schweigen ihrerseits, du bist doch aus dem Kosovo, sagte ich, du musst den Krieg noch bewusst miterlebt haben, oder?

Ich bin aus Wesenufer, schnaubte sie verächtlich.

Um dreizehn Uhr fuhr ich los, rollte pünktlich um halb zwei zum Beginn der Besuchszeit auf den Krankenhausparkplatz.

57

Fahl und faltig ihr Gesicht auf dem Krankenhauskopfpolster, urgesteinsalt sah sie aus im kalten Licht der Energiesparröhren, und zugleich hilflos, verängstigt und ihrer selbst ungewiss wie ein Backfischkindchen vom Bauerndorf, das es in die abweisende desinteressierte Stadt verschlagen hat. Die Haut des linken Lids glänzte, auch die Braue und ein großer Flecken ihrer Stirn darüber, wie wenn jemand sie eingeschmiert hätte mit Stauferfett. Sieh mich nicht an, wisperte sie, ich bin gestürzt und habe mir den Kopf angeschlagen am Sessel. Die Salbe, mit der sie das eingecremt haben, kommt mir immer wieder ins Auge.

Warte, sagte ich, ich habe ein Taschentuch.

Ich weiß nicht, warum ich es getan habe, flüsterte sie, obwohl ich gar nicht gefragt hatte, warum sie es getan hatte.

Musst du nicht sagen, sagte ich.

Du darfst nicht böse sein, weil ich nicht mehr leben habe wollen, sagte sie.

Red nicht so was.

Es ist mir einfach zu viel. Oder eigentlich – zu wenig. Es ist nur noch eine Anstrengung. Ich mag nicht mehr.

Es ist, weil sie so viel allein ist, dachte es in meinem Kopf vor sich hin, mit maschinenhafter Verlässlichkeit begannen Schuldgefühle zu rattern, sie ist allein, weil alle gestorben sind, zwei Halbbrüder im Ersten, zwei Brüder im Zweiten Großen Krieg, der dritte Bruder einen Monat nach Ende des Krieges, der Vater ein Jahr später, die Mutter, die gesuchte Zähnereißerin, nicht einmal ein Jahrzehnt später. Der Ehemann vor ein paar Jahren. Nur der Sohn lebt noch, aber der ist geflüchtet, hat den Kontinent verlassen, hat einen Ozean zwischen sich und sie gebracht, damit er sie nicht fragen muss, damit sie nicht erzählen kann, gefragt oder ungefragt. Der Sohn bin ich. Darum ist sie allein, darum will sie nicht mehr.

Dann begann sie zu weinen, auf eine seltsame Art, vollkommen abgewandt von mir, als wollte sie alles, alles verbergen, als dürfte ich nichts von ihr sehen, zugleich aber war ihr Hinterkopf, ihr zusammengedrücktes, verschwitztes Haar, wie es ganz leicht wippte von ihrem Schluchzen in den Polster, von einem unerträglichen Entblößtsein. Leer und bloß lag sie unter dem Laken. Immer hat sie sich versteckt, jedoch so, dass jeder sah, dass sie versteckt war und damit jeder gezwungen war, sie wahrzunehmen.

Wir schwiegen. Im Dasitzen und Schweigen drehte sich plötzlich alles um. *Sie* war es gewesen, die mich im Stich gelassen hatte. Aber jetzt fühlte es sich auf einmal an, als sei *ich* derjenige, der im Stich lässt. Wie damals in der schäbigen Kleineleutewohnung, als sie aus heiterem Himmel verschwunden war. Der Vater hatte böse geknurrt, als ich ihn nach ihrem Verbleib fragte, und hatte sich vor den Fernseher gesetzt. Nach einer halben Stunde ging ich hinunter zum Spielen, oder vielmehr, wollte es. Im Vorzimmer sah ich beim Anziehen der Schuhe ihre Füße und Unterschenkel, standen auf einem Schemel hinter dem Kleiderständer, auf dem die Jacken und Mäntel hingen, sie selbst hinter den Kleidungsstücken verborgen. Ich stand und sah auf ihre grobwollig bestrumpften Füße und Unterschenkel, die sich nicht bewegten. Was sie da tue, fragte ich nach einer endlos langen Pause. Nichts, sagte ihre Stimme hinter den Mänteln. Ob sie Verstecken spiele, fragte ich. Nein, sagte sie. Kommst du heraus?, sagte ich, gleich, sagte sie, nur noch ein Weilchen. Geh du einmal hinunter zum Spielen. Und ich ging hinunter, spielte aber nicht, sondern plagte mich mit dem Gefühl herum, etwas Schlimmes getan zu haben, dass sie veranlasst hatte, sich in der eigenen Wohnung vor mir zu verstecken.

Ich bin nicht schuld, dachte ich an ihrem Bett in der Psychiatrie. Ihr Bruder, der Mann mit meinem Namen, in Granit gemeißelt auf dem Kriegerdenkmal in dem Dorf, das ich so lange gemieden habe, ist schuld. Seine Schuld ist, gestorben zu sein mit achtzehn Jahren, in Detmold, für unsere Freiheit. Sie hatte alles vor sich gehabt, ein ganzes Leben. Der Freund ihres Bruders, Robert, Sohn reicher Eltern, war das Leben gewesen, das auf sie wartete, prall von versprochenem Glück und Erfüllung.

Dann verloren sie den Krieg, und Robert ging zurück nach München, dann starb ihr Bruder, der die eigentliche Verbindung zwischen ihr und Robert gewesen war. Dann verschwand Robert aus ihrem Leben, und damit ihr Leben. Sie bekam nicht alles, wie sie es erwartet hatte, sondern nur ein kleines, flaches Ersatzleben. Das war schuld. Nicht ich.

Ich war so verwirrt, sagte sie unvermittelt. Ich habe nicht mehr gewusst, was ich tue. Mir ist auf einmal der Satz durch den Kopf gegangen, dass alles besser ist als das hier, sogar das Sterben.

Natürlich ist Sterben eine Möglichkeit, sagte ich. Aber es ist unfair gegenüber denen, die noch nicht gestorben sind.

Du bist mir nicht böse?, fragte sie und sah aus, als ob sie wieder weinen wollte.

Natürlich nicht, sagte ich.

Ich tu es eh nicht mehr, flüsterte sie, ohne mich anzusehen, und ergriff meine Hand. Was ich nicht aushielt, gleich stand ich auf und sagte, dass mich ein Arzt sprechen wolle, was gelogen war. Weil Hände dazu da sind, wegzuwischen und nicht um zu halten.

58

Oshige Wakon, das Otterherz, hetzte durch die Wälder im Anishinaabe-Land auf der Flucht vor seinen Bräuten. Gleich zwei waren es, Matchi-kwe und Ochki-kwe. Kwe heißt Weib. Matchi heißt böse. Ochki heißt jung, frisch, gut. Der einsame junge Krieger Otterherz war durch die Welt gezogen auf der Suche nach anderen Menschen, um dem Alleinsein zu entkommen, hatte ein Volk getroffen, hatte sich in die junge frische, also die gute Tochter des Clanältesten verschaut, Ochki-kwe. Er kann sie haben, hatte der Alte gesagt, aber er muss auch Matchi-kwe zur Frau nehmen, die böse Schwester. Da befiel den jungen Mann eine große Furcht, und er verdrückte sich mit einer blöden Ausrede aus dem Lager des Clans, der bereit gewesen wäre, ihn aufzunehmen.

Kleine, schmutzige Fantasiegeschichten krochen während des Lesens in Kohls Buch von den Großen Seen durch meinen Schädel, Mishi Bizhi immer die Hauptfigur, sie huschte in mein Bett, sehnig, flink und unglaublich warm, tagträumte ich, schmiegte sich an mich, zittrig und hitzig ihre Haut unter einem seidig dünnen Hemdchen, das dürfen wir nicht, war alles, was mir dazu einfiel, sie wolle nichts, sagte sie, nur ein wenig sich an jemanden anschmiegen, jemanden spüren, ich auch, ich auch, schrie es in mir, und dann ließ ich in meiner Träumerei meine Altmännerfinger über ihre Wange flattern, und über ihren Nacken, den Bogen ihres Rückens hinunter, bis die Finger das Ende der Seide erreichten und noch zittriger wurden auf ihrem weichen Fleisch.

Gleich war sie wieder da, die Angst vor allem Geschlechtlichen. Hast mich nicht vergessen, böser, alter, hartnäckiger Würgeengel. Es war wegen der Zisterzienser, ihrem Gezische zu uns Knaben:

Kalt duschen! Kalt duschen, das war ihr Rezept im Falle von unkeuschen Gedanken. Sie hatten es mir eingebläut, wie jedem einzelnen Zögling Jahr um Jahr, dass die Selbstbefleckung eine der wirkungsvollsten Versuchungen des Leibhaftigen sei, umso wichtiger sei es, zu widerstehen. Schöne Geschichten dachten sie sich aus, mit sabbernder Lust erzählte der junge Präfekt mit den vollen, weichen Lippen und schmalen Händen vom teuflischen Samenerguss. Kalt wie Eis ist der Samen Satans, flötete er, wie ihr wisst, erkennen die sündhaften Weiber, wenn der Schmant so kalt in sie hineinquillt, dass es ein Inkubus ist, der ihnen da gerade beiwohnt.

Und ich zitterte vor Angst, nachdem es das erste Mal aus mir herausgeschossen war, in die elterliche Badewanne, und kalt über meine Finger floss. Bin ich eine der Kreaturen des Höllenfürsten?, kreischte meine Angst, hastig wusch ich die Hand, spürte die Kälte noch lange. Das Sperma hatte sich kalt angefühlt wegen der vom Badewasser heißen Hände, das war alles. Aber ich glaubte jahrelang, ich wäre des Teufels, oder vielleicht sogar Satan selbst, jeden Tag wieder während der einsamen Onaniersitzungen auf den Clairvaux'schen Klosterklosetts.

Eine Frau war es gewesen, die Johann Georg Kohl die erste poetische Erzählung überhaupt erzählte, die er je aus dem Munde von Indianern vernommen hatte, wie er penibel notiert. Er hatte sie nicht beachtet, die unansehnliche, alte, namenlose Ojibbeway-Frau, die mit ihrem Pfeifchen im Eck der Erdhütte saß, während die Männer mit ihren Heldensagen und prahlerischen Kriegszugsberichten angaben. Bis sein Dolmetscher meinte, die Alte kenne viele hübsche kleine Geschichten. Da war er in sie gedrungen. Die Pfeifenraucherin hatte sich lange bitten lassen, hatte gemurmelt, sie sei viel zu einfältig fürs Erzählen, ihr Kopf sei schon ganz schwach und ihr Gedächtnis völlig elend geworden. Es brauchte viele typisch indianische Bescheidenheitsphrasen und herkömmliche Entschuldigungen, schreibt Kohl, bis sie endlich anfing zu reden und zu murmeln, dann aber erzählte sie fort und fort wie eine tickende Uhr, die man so bald nicht wieder aufzuziehen nötig hat.

Matchi-kwe und Ochki-kwe fanden die Spuren des flüchtigen Otterherzen, und, von heftiger Liebe zu ihm hingerissen, verfolgten sie die Fährte mit der Schnelligkeit des Windes. Eine endlos lange Geschichte überliefert Kohl, mit Klettereien in Riesenbäumen, und Flügen mit Hilfe von Tannennadeln, mit Verstecken in hohlen Ahornstämmen, alles Mögliche unternahm Otterherz, doch die Schwestern blieben ihm auf den Fersen. Gib auf, oh Otterherz, riefen die Mädchen, gib auf! Um uns zu entschlüpfen ist die Erde nicht groß genug! Am Ende trennten sich die Schwestern, einzeln würden sie mehr Chancen haben. Und da der Jüngling sowieso nur eine wollte, sollte ihn jene bekommen, die ihn erwischen würde.

Am Abend erreichte Otterherz eine schnell aus Ästen und Laub zusammengebastelte Hütte, drinnen kochte eine Frau. Ein fremdes Mädchen, dachte er, doch es war die böse Schwester, die eine derart anziehende Gestalt angenommen hatte, dass er sie nicht erkannte. Schön war sie, und seine Lippen begannen zu sabbern, wenn sie sich drehte und bückte vor dem Feuer und ihm wieder und wieder Blicke auf ihr Fleisch bot. Wie wir gesabbert hatten im kalten Wasser von Mutter Donau, als wir uns vorbeitreiben ließen am Nacktbadestrand des gegenüberliegenden Ufers.

An den Sommerwochenenden starrten wir Dorfbuben hinüber auf das Nordufer der Donau, wie die Erstbesiedler über die Yster gestarrt haben, und wie die Römer über die Duna. Weil drüben das war, was herüben nicht war, das, was die herüben begehrten mit jeder Faser. Was für Yhra und ihren Stamm Raum war, wildreiche Wälder, Augehölz, dicht überwuchert von Gesträuch prallvoll von Beeren, und nach Süden ausgerichtete Uferböschung, also Schutz vor allem Rauen, das aus dem Norden kam, und was für die Römer die massivste Unerträglichkeit war, die sie sich vorstellen konnten, nämlich Land, das nicht sie beherrschten, unmittelbar vor ihrer Nase, das waren für uns Dorfbuben die nackten Brüste und Schöße und Gesäße, die in den Sommermonaten auf dem Wiesenstreifen zwischen Au und Kieselufer da drüben lagen, von herüben nur als Schemen erkennbar, gerade konnte man wahrnehmen, dass sie *nackt* waren, die Frauen da drüben. Die Männer natürlich auch, aber die interessierten uns nicht.

Einer aus der Bessarabersiedlung, der um eine Spur älter war und dem schon Haare wuchsen da unten, hatte uns überredet, über die Donau zu schwimmen. All die Nacktheit aus der Nähe zu besichtigen. Von drüberer Landseite aus war der FKK-Platz nicht einsehbar, beinahe zweifach mannshoch waren die Schilfmatten aufgestellt rund um das Vereinsgelände der Nudisten aus Linz. Aber wenn wir hinüberschwimmen und uns dann am Ufer vorbeitreiben lassen würden, drei, vier, fünf Meter entfernt, dann würden wir endlich sehen, was wir noch nie gesehen hätten, sagte der Bessaraberjunge und rief dazu höhnisch aus, dass es wohl so sein werde, dass wir noch nie eine Fut gesehen hätten. Lautstark riefen wir, dass wir sie sehr wohl schon gesehen hätten, mit einer Entrüstung so heftig, dass sie uns als Lügner verriet.

Der Bessaraberjunge stieg als Erster in das kalte Wasser. Die Buben nannten ihn den Bauchzwick, weil er ein Ausgreifer war, früh pubertär und besessen von Sexualität, die er nur auf eine Art ausdrücken konnte: indem er den anderen, jüngeren Knaben ständig in den Schritt griff. Ein weit verbreiteter Brauch damals. Jeder, den er anfasste, schämte sich, und darum beschrieb keiner solche Attacken als das, was es war, nämlich ein Umfassen und Drücken von Hoden und Glied. Nein, jeder erzählte, auch er sei heute wieder mehrfach von der Bessaraberkrot am Bauch gezwickt worden.

Eineinhalb Kilometer waren wir flussaufwärts gegangen, so weit oberhalb eines am anderen Donauufer gelegenen Zieles musste man in den damals noch wirklich strömenden Strom steigen, wenn man auf der Höhe eines anvisierten Zieles wie etwa eines Nudistencamps des Linzer FKK-Vereins das nördliche Ufer erreichen wollte. Einer aus Hartheim, der schon einmal durch die Donau geschwommen war, wusste das, wir glaubten ihm, und seine Information erwies sich als korrekt. Ganz leicht war die Donaudurchquerung, solange man nicht versuchte, gegen die Strömung zu schwimmen. Es war eher ein Treiben, das ein pfeilgeschwindes wurde, wenn man Tempi in die richtige Richtung machte, eben nicht in Richtung drüben, sondern Richtung flussabwärts mit einem kaum merklichen Drall nach Norden.

Bald spürte ich Schotter unter den Füßen. Wir waren drüben, ein kurzes Stück oberhalb der Wiese mit den Nackten. Wir machten uns flach im Wasser und schauten, schauten, schauten. Dann sah ich sie. Nackte Frauen, in großer Zahl. Wahrscheinlich waren sie nicht jung und wohlgeformt und sehnig schlank, aber das sah ich nicht, ich nahm keine einzige Frau als ganzen Körper mit allen Bestandteilen wahr. Sondern erblickte nur Brüste, Ärsche und, wenn welche auf dem Rücken lagen, die kraushaarigen Dreiecke. Ich griff nach unten und versuchte zu masturbieren während des Vorbeigeschwemmtwerdens an dieser Überfülle von Nacktheit, die anderen taten es auch, nahm ich an, schaute aber nicht zu ihnen hin, eben weil ich annahm, sie versuchten dasselbe wie ich. Es ging nicht, das Wasser war zu kalt. Dann entdeckten uns die Nudisten.

Matchi-kwe kochte auf für den jungen Jäger nach allen Regeln der Kunst, aber sie hielt sich nicht an die Spielregeln. Sie legte nicht ihm die besten Stücke vor, sondern verschlang sie selbst, sie legte nichts zur Seite für das Frühstück, was ein Jäger aber haben musste am Beginn eines anstrengenden Tages. Otterherz schalt die schöne Fremde, da verlor sie alles Anziehende und Liebliche, sie verwandelte sich in eine Wölfin, die mit Riesensätzen davon hetzte. Am nächsten Abend stieß Oshige Wakon wieder auf eine provisorische Hütte, eine freundliche Frauengestalt machte sich am Feuer zu schaffen. Wir ahnen, nein, wir wissen es natürlich: Ochki-kwe war es, die ihn für sich zu gewinnen suchte mit den Verrichtungen und Dienstleistungen, die eine Ojibbeway-Frau einem Ojibbeway-Mann bieten kann und soll. Nachdem er eingetreten war, nahm sie ihm seinen Mantel ab und legte ihn neben die Rehhaut, auf der sie zu schlafen gedachte. Da wusste Otterherz, dass sie ihn zu sich lassen würde zu lustvoller Vereinigung, denn dies war das eindeutige Zeichen gemäß dem Brauchtum der Anishinaabe.

Es ist, als beschriebe Kohl das Wasserluchsweibchen: Sie war klein und recht hübsch und zierlich, und sie bewegte sich nicht so hastig und schnell wie die Frau vom vorigen Abend. Sie setzte ihm die besten Stücke des gebratenen Wildes vor, aß selbst gar nichts. In der Nacht hörte er ein Knirschen und Schaben, stand auf, fand sie, wie sie von den Birkenzweigen der Hütte die Rinde nagte. Sie gehörte zur Familie der Biber. Wer war da froher als Otterherz! Denn die Otter und die Biber sind seit jeher verbündete Geschlechter gewesen.

Keine freundlichen Frauen lagen nackt im Kies am nördlichen Donauufer meiner Knabenjahre. Die Männer sprangen als Erste auf, als wir langsam vorbeitrieben, bückten sich, um Steine aufzuheben, zielten auf unsere Köpfe und schossen, schrien Schimpfworte herüber. Sie trafen nicht, es war einfach, man musste nur im Auge behalten, wenn einer den Arm hob und zum Wurf ansetzte, und dann einen Augenblick lang wegtauchen, bis man den Stein ober einem aufs Wasser platschen und gurgelnd versinken hörte. Die Frauen gingen effizienter gegen die kindlichen Voyeure vor. Ein paar von ihnen sprangen in den Strom und schwammen auf uns zu, in Windeseile drehten wir ab und strebten dem heimatlichen Ufer zu.

Zwei von den Frauen, sehnig und groß gewachsen, mussten trainierte Schwimmerinnen sein. Sie holten uns ein im Handumdrehen, erreichten den langsamsten Schwimmer, es war der bessarabische Bauchzwick, drückten seinen Kopf ein paar Mal unter Wasser, bis er zu keuchen und husten anfing. Dann schaffte ihn eine mit geübtem Rettungsschwimmergriff an den Strand. Sie schrien zu uns her, dass wir gut zusehen sollten. Sie stellten Bauchzwick auf die Beine, eine zog ihm mit schnellem Griff die

Badehose hinunter bis zu den Knöcheln. Dann packten ihn vier Frauen an Händen und Füßen, hoben ihn hoch, trugen ihn wie ein erlegtes Stück Wild zum Augebüsch und warfen ihn in das dichte, beinahe mannshohe Brennnesselgestrüpp. Die Nudisten lachten und riefen dem Bauchzwick zotige Schmähungen hinterher, als er heulend aus den Brennnesseln sprang, die Badehose hochzog, in die Wellen hüpfte und in weitem Abstand von uns zurück über die Donau schwamm.

Ochki-kwe und Otterherz lebten den ganzen Winter hindurch äußerst angenehm. Und als der Frühling kam, und mit ihm die muntere Zeit des Zuckermachens, da zogen sie hinaus ins Zuckerlager und im Zuckerlager gebar sie ihm einen Sohn. Otterherz malte sich in endlosen Tagträumen aus, wie schön die Zukunft sein würde, mit einem Sohn, den er zu einem unübertrefflichen Jäger erziehen werde. Doch an dieser Stelle habe die alte indianische Erzählerin aufgeseufzt, berichtet Kohl: Wie selten gehen schöne Träume in Erfüllung! Wie wenig gehört dazu, um das vollkommenste Glück zu vernichten. Es ist wohl so, wie der Weise aus dem Osten so simpel sagte: Mit der Geburt tritt der Tod ins Leben.

Tagträumend saß ich zunehmend in diesen Tagen des Alleinseins in der elterlichen Wohnung, träumte Tagträume, die Mishi Bizhi und mich betrafen, aber dabei war ich auf eine verquere und verwirrte Art froh darüber, dass ich meiner sicher sein konnte, dass ich niemals den Mut aufbringen würde, auch nur die Ahnung einer Annäherung in Richtung Trixi in Gang zu setzen. Obwohl meine Geilheit wuchs. Aber was sollte ich anfangen mit ihr. Was wäre, wenn meine kleinen, schmutzigen Fantasien, die mit wachsender Macht hochkamen in mir, sobald ich an sie dachte, real würden? Ich weiß doch nicht, weiß es nicht mehr, wie man so ein dünnes, junges Luchsweibchen anfasst. Weiß nicht, ob ich es überhaupt könnte. Würde ich die Finger über die unkeuschen Stellen ihres Körpers flattern lassen können? Wollte ich es überhaupt? Unkeusche Gedanken, unkeusche Taten, unkeusche Körperteile, unkeusche Worte, so hatten es die Zisterzienserpräfekten genannt, alles Leibliche war ihnen unkeusch. Dass sie uns dieses Wort wieder und wieder vorbeteten wie eine niemals endende, das Böse abwendende Litanei, hatte mich und wahrscheinlich die anderen auch neugierig werden lassen auf unkeusche Taten und Worte und Gedanken und Körperregionen, muss den Bodinger einmal fragen, ob es ihm auch so geht, dachte ich, immerhin befinden wir uns in einem Arzt-Patient-Verhältnis, das ist ein Vertrauensverhältnis, vergleichbar den Verhältnissen in den alten, modrigen, engen Beichtstühlen der Stiftskirche, satt vom Geruch des Angstschweißes der beichtenden Knaben und den Rotwein- und Tabakausdünstungen der Ordensmänner jenseits der Gitter und dem kalten, an leblose Fäulnis erinnernden Geruch von ihren schwarz-weißen Kutten.

Böse endet in Kohls Buch die Geschichte von Otterherz und der guten Schwester, aus Gründen, die nicht recht klar werden, verwandelt sich Ochki-kwe in einen Biber und das Baby in ein Biberchen, als ihre Füße das Wasser eines Rinnsals berühren, und beide schwimmen fort in dem mächtigen Fluss, in den sich das Rinnsal blitzartig verwandelt hat. Otterherz fleht sie an, zurückzukehren, oder zumindest das Biberchen zu ihm zu lassen, damit er seinen Sohn ein letztes Mal küssen könne. Doch Ochki-kwe, die gute, die junge Frau, verweigert dies. Sie blieb, wo sie war, hatte die alte Indianerin gesagt und dann geschwiegen. Das kann nicht das Ende der Geschichte sein, schreibt Kohl eine halbe Seite lang dahin, so kann das nicht enden. Er drang in die Erzählerin mit Fragen. Ob sich denn nicht Otterherz in einen Otter verwandelt habe, um so seinen Lieben nahe zu sein? Ob er zurückgekehrt sei in seine Heimat, die er am Beginn verlassen hatte? Die alte Indianerin war dabei geblieben: Ihre Geschichte sei zu Ende. Solche Schlüsse hätten indianische Sagen oft, resigniert Kohl schließlich, sie klängen eine Zeit lang wie die Äolsharfe fort und kämen dann plötzlich zum Schweigen.

59

Nichts von Politik, sagte der Sprecher meiner Auftraggeber. Er sagte es in einem Tonfall, der keinen Zweifel daran ließ, dass darüber keine Diskussion möglich war.

In meinem alten Kinderzimmer hatte mich die Lust überkommen, eine kurze Skizze über österreichische Befindlichkeiten der Jahre meiner Abwesenheit in den Aufsatz einzufügen, mit dem Stichwort Angst vor Fremdem. Weil die Zeitungen der vergangenen Woche so aufdringlich in ihrer Wohnung herumlagen, voll von Kuschelgeschichten über das rehäugige verschwundene Asylantenkind, in perverser Eintracht neben xenophoben Ergüssen eines Ausmaßes, das mir neu erschien.

Mir war klar, dass er derartige Einschübe in den Aufsatz nicht dulden würde. Dass ich die Verhältnisse nicht mehr wirklich kannte, nach den sieben Jahren in Nordamerika, würde er sagen. Dass genau dies mein Vorteil sei, würde ich antworten, erst der Blick aus der Distanz sei ein scharfer, der Abstand, je größer desto besser, böte unverschwommene Ansicht. Und würde ihn zu überzeugen versuchen, dass die diffuse Furcht vor diffusen Bedrohungen, die alle Medien schürten und die ich bei allen Kontakten hierorts zu spüren bekam, ideal korreliere mit dem Zeitraum, der Gegenstand meiner Arbeit sei. Die Kälte, die Rohheit, das Verschwinden alles haltgebenden Vertrauten, die Einengung alles Denkens auf das Eigene, das decke sich auf das Erstaunlichste mit der Vereisung der Hirne und Herzen in jener Periode, in der Severinus durch die Wälder hier gestreift sei und für die wahrhaft Betroffenen den Untergang so schmerzfrei wie möglich zu gestalten versucht habe.

Die neuen Mächte, die neuen Tonangeber, alles Fremde brechen herein über die Fluren und Auen des Stromlandes im Herzen des Kontinents, würde ich sagen, und formen alles um nach ihrem Belieben und Nutzen und lassen alles zugrunde gehen, was sich in den Weg stellt oder was einfach nur nicht mithalten kann, und die schlauesten unter den Hiesigen verbünden sich mit ihnen und suchen sich kleine, warme, behagliche Nischen in dem Weltumgestaltungsfuror, der von außen hereinbricht. Dieser Satz passt 2007 genau so wie 476, würde ich sagen, um den Sprecher meiner Auftraggeber umzustimmen.

Auf dem Tisch im Wohnzimmer meiner Mutter stand eine Schuhschachtel mit Fotos, die ich noch nicht kannte. Ich betrachtete ein paar Bilder. Onkel und Tanten in den sechziger und siebziger Jahren, an Wirtshaustischen, aus Autos ein- oder aussteigend, Opel Olympia, Volkswagen Käfer, Fiat 1500. Ein Cousin, der heute noch, obwohl auf das sechzigste Lebensjahr zugehend, als der junge Wilde gilt in der Familie, vor einem blass beige lackierten Fiat 850 Spider. Am Boden der Schachtel ein Stapel loser Blätter. Einladungen zu Bällen, wie sie die Feuerwehrmänner durch das Dorf trugen und in jeder Wohnung hinterließen, in der sie um Geldspenden für die Organisation ihres Balles bettelten oder zumindest um eine Sachspende für die Tombola. Ein Werbezettel des Fleischhauers, der zu einem Kochkurs für Hausfrauen eingeladen hatte. Meine Mutter hatte daran teilgenommen, danach hatte sie jahrelang zu allen Feiertagen Weißbrotwecken ausgehöhlt, mit Wurstbrät gefüllt und im Rohr des Gasherdes gebacken. Feinstes Jägerbrot war der Name dieser Spezialität aus ihrem Fleischhauerkochkurs.

Zwischen den Flugblättern fand sich ein handgeschriebener Zettel. Ich konnte die Schrift nur mit Mühe lesen, immer wieder hatte der unbekannte Schreiber einzelne Wörter, manchmal ganze Sätze, in Kurrentschrift geschrieben. Liebstes Schwesterl, so begann das Schreiben, links davon ein Datum in lateinischen Ziffern. 9. Oktober 1944.

Nach langem Schweigen müsse er wieder einmal etwas hören lassen, stand da. Endlich bin ich wieder wo gelandet, wo wir eine

Adresse haben. Hier ist das Essen ganz gut und auch genug. Will Dir auch kurz schreiben, wo wir gelandet sind. Ich bin in einem großen Lager, da sind ein paar Tausend Sträflinge. Aber lauter Juden. Was da los ist, kann ich gar nicht erwähnen, da möchten einem öfters die Augen übergehen, wenn man so was sieht. Fest arbeiten und nichts zum Essen. Ich und drei Mann haben ein Kommando mit vierzig Mann, ich hab bis jetzt noch zu keinem gesagt, er soll schneller arbeiten, oder so und so.

Das war er. Der Mann mit meinem Namen. Der SS-Mann. Ich sah hinüber zu dem gerahmten Partezettel im Wandverbau. Sanft und hilflos schaute der Mensch mit den Runen am Kragenspiegel in das Wohnzimmer, volle Lippen, weich und ganz leicht verzogen, wie wenn ein Kind schmollt, das man gekränkt hat. SS-Mann in einem Lager also. *Gestorben für unsere Freiheit* in Birkenau oder Groß-Rosen, irgendwo, waren ja alle noch in Betrieb im Oktober 1944.

Seine Schrift auf dem Briefpapier klar und schmucklos. Die Leute, die hier sind, kommen alle nicht mehr nach Hause, hatte er seinem liebsten Schwesterl geschrieben. Wenn sie nicht mehr arbeiten können, kommen sie in ein Krematorium. So was wird sich nach dem Krieg rächen. Wenn ich sehe, dass es schiefgeht, haue ich ab. Denn wenn die frei werden, wird es Blut geben. Unvermittelt ging es weiter mit seinen Wünschen und Fantasien für die Zeit nach dem Krieg, er nannte Namen von Freunden und Orten in der Umgebung, die ich alle kannte, die zu besuchen er sich bereits sehr freue. Dann schärfte er meiner Mutter ein, niemandem etwas zu erzählen. Wenn sich ein SS-Mann was zuschulden kommen lässt oder beim Briefeschreiben was falsch macht, dann wird er sehr hart bestraft, oder man kann auch mit dem Tode rechnen. Und du willst doch nicht Deinen eigenen Bruder –

Damit endete das Blatt. Weitere Seiten fehlten. Ich war nicht aufgeregt. Es erschütterte mich nicht. Es hatte mich nicht interessiert, jahrzehntelang nicht. Die Tatsache, dass nie jemand gesprochen hatte über die Nazizeit, hatte ich mir damit erklärt, dass sie etwas zu verbergen hatten. Jetzt war es so etwas wie eine Bestätigung von etwas, das ich ohnehin gewusst hatte. Nur das unangenehme Gefühl, den Namen dieses Mannes zu tragen, wurde noch ein wenig unangenehmer. Zugleich wuchs der Wunsch, etwas darüber in den Aufsatz hineinzuschreiben, wie in diesem Land alles weggewischt worden war von Männern meines Alters, den ganzen Nazidreck haben sie aus dem Gedächtnis hinausgekehrt mit schmeichelnden Zungen und geschmeidigen Gesten, wie ihre Rhetoriktrainer es ihnen beigebracht haben, und dann haben sie die neuen Herren hereingebeten, diesmal keine Rugier und Skiren und Goten, sondern die Händler und Zinsverleiher der global denkenden und handelnden Mandarine des Geldverkehrs.

Keine Politik, sagte der Sprecher meiner Auftraggeber. Ich schilderte beredt mein Vorhaben, die Fäden und Verästelungen aufzugreifen und weiterzuspinnen, die von Rugiland und Noricum heraufreichen bis Oberösterreich und Niederösterreich und das Einst mit dem Jetzt verbinden.

Nichts mit Politik!

Wie das Land sich entleert hatte mit dem Abgang der römischen Eroberer, wie Severinus es gleichsam leer gewischt hatte mit seinem rastlosen Wandern zwischen Künzing und Zeiselmauer, so stelle sich mir meine Heimat dar nach der Rückkehr aus dem nordamerikanischen Intermezzo, leer, leer gewischt; Geist und Verstand und Anstand, verschwunden, das, was zu bejahen ist am Österreichischen, weggewischt wie lästige, aber ohnehin nicht sehr hartnäckige Wasserflecken auf Kristallglasbechern. Kurz nur hatten die schmallippigen Abwickler des Alten reiben müssen an den an Teflon erinnernden österreichischen Oberflächen, schon war alles weg und aufnahmebereit für das Neue. Das sei eingedrungen mit kalter Selbstverständlichkeit und habe sich festgesetzt ohne Mühe. Mühe war nicht erforderlich gewesen, denn die konservativen Erneuerer bedienten sich der Bilder und Begriffe und Symbole und der Worte, die gewohnt und vertraut sind von den Heiligenbildchen und den Schneiden der Dolche von HJ und SS und den patriotismusbesoffenen Fernsehübertragungen von Skirennen.

Keine Politik, sagte der Sprecher meiner Auftraggeber. Was wir von Ihnen erwarten, ist ein kultur- und geschichtssatter Beitrag zu einer kleinen, feinen Regionalwerbung. Sie dürfen das Publikum, also dessen gebildeten Teil, provozieren zu Widerspruch, ich persönlich halte es sogar für sehr zielführend, ein paar Kontroversen und Diskurse auszulösen, die sich lustvoll und Nachfrage belebend ein Weile lang austragen lassen. Es gäbe der länderübergreifenden Landesausstellung möglicherweise ein wenig Glanz von Intellektualität und Welthaltigkeit. Doch wenn Sie eine Diskussion von und über Politisches auslösen, wissen Sie, dass Sie Ihren Auftrag versemmelt haben.

60

So hastig wie lustlos tippte ich den Report der letzten Wunder des Severinus in den Laptop. Voll Ungeduld saß ich vor dem Bildschirm, wollte endlich ans Ende kommen. Ans Ende der *Vita* des Heiligen Mannes, zu den Kapiteln, wo sich das Land entleert, weil das auf es Zukommende eine Zumutung ist und eine Unerträglichkeit. Nur noch hinausschreiben wollte ich mich aus diesem Land, wie Severinus die Bewohner der Donaugemeinden hinausgefegt hatte mit Wagemut und Kriegerschläue und Politikerumsicht. Das Weltreich zerfiel, der Prophet der nordischen Provinzen entfernte aus den eiskalten Landstrichen alles Welt-Reiche. Mit den Romanen verschwand alles. Das Land war leer nach erfolgreichem Abschluss seiner Mission. Am Ende verschwand auch der Leer-Macher selbst. Und ich, der ich gerade daran scheiterte, diese Vorgänge zu beschreiben, wünschte nichts mehr als mich diesem Land so zu entziehen, wie Severinus es geschafft hatte.

Plötzlich ploppte Mitleid in mir hoch, so überraschend, dass es mich erschreckte. Mitleid mit dieser fremden Frau, die allein in ihrem Nervenklinikzimmer lag. Wieder wühlte ich in der Schuhschachtel mit den Fotos, auf der Stelle holten mich die Bilder ein, sie, und mein Vater neben ihr bei der Trauung, bei einem Ausflug in die Kirschengegend, er mit dem Beiwagenmotorrad, das er bald nach meiner Geburt aufgegeben hatte, sie mit ihren Brüdern, in seltsamer Kleidung die jungen Männer, eine Mischung aus ländlichen Hemden, Pfoad nannte man das, und Hosen und darüber Arbeiterjacken, dann die Onkel im Nazigewand, dann ich als Kleinkind, am ersten Schultag, bei der Erstkommunion.

Eine fremde Frau ist auf diesen Schwarz-Weiß-Fotografien abgebildet, so fremd, obwohl ich sie jetzt so lange schon jede Nacht hören hatte können, wenn sie sich in ihrem Schlafzimmer auf der anderen Seite des Ganges im Bett gewälzt und dabei leise geächzt hatte. Eine fremde Frau in einem leeren Land. Ja, das war es. Sie und mein Vater und ihre Brüder und vor allem der eine Bruder, dessen Namen ich trage, sie stehen in den Fotos, als ob man sie dazugeklebt hätte, sie lächeln meistens, manchmal schneidet jemand Grimassen, aber sie schweben dabei seltsam losgelöst von dem sie Umgebenden.

Es erstickte mich beinahe, die Mutter zu sehen in dieser Leere. Leer ist ihr Land seit Jahren sowieso, alle tot oder weggegangen, und sonst ist da nichts in diesem Dorf, nur Gebäude und Wiesen und Äcker und Straßen und Gehwege und Dinge und Menschen, an denen die Erinnerungen kleben wie sich nicht verfestigen wollender Teer an einem schwül-heißen Augustnachmittag. Sind einfach nicht abzukratzen von der Haut. Kleben und haften fest, die Erinnerungen, auch wenn man sich noch so sehr bemüht, sich nicht zu erinnern. Auch damals schon war das Land für sie leer gewesen, hatte ihr nichts zu bieten gehabt, kein Motiv für Dableiben und keine Zielpunkte für Fluchten.

Ich rief den Sprecher meiner Auftraggeber an und informierte ihn, dass ich einige der Severinuswunder nicht in den Aufsatz nehmen würde, zu skurril schienen sie mir, oder so sehr nur aus ihrer Zeit heraus zu verstehen, dass es ohne – ihm und den Auftraggebern verhassten – ausführlichen Anmerkungsteil nicht gehen würde. Der *freundschaftliche* Brief von König Odoaker an den Heiligen Mann etwa, in dem der Herrscher dem Mönchlein einen Wunsch freistellte. Worauf Severinus um die Aufhebung der Verbannung eines gewissen Ambrosius bat. Das ist es dann schon wieder bei Eugipp. Was ist daran Wunder?, möchte man den Chronisten anbrüllen, wenn er greifbar wäre. Verstehen Sie?, sagte ich ins Handy, wenn man dieses Wunder, das so offensichtlich keines ist, in den Katalog hineinnehmen würde, müsste man erklären, dass es sich bei dieser von Eugipp in zwei Sätzen geschilderten Begebenheit um den stark verschlüsselten Bericht über hoch komplexe und verwickelte machtpolitische Gegebenheiten und Abläufe handelt.

Besagter Ambrosius war ein politischer Gegner des Odoaker gewesen, gehörte zum Kreis des von Odoaker ermordeten Orestes, Vater des letzten Kaisers Romulus Augustulus, und erklärte man das, käme man gleich zum Presbyter Primenius, ebenfalls dem Oresteskreis angehörig, ebenfalls sich unter den Schutzschirm des Severinus begebend, weil vom neuen Herrscher Odoaker bedrängt, und man käme in Folge zu der Notwendigkeit zu erläutern, dass dieser Orestes gemeinsam mit des Odoakers Vater Edeka am Hofe Attilas gedient hatte, und dass Severinus wohl beide von dorther gekannt hätte, und dass von daher der rational nicht zu verstehende Einfluss des Heiligen Mannes auf den neuen Potentaten zu erklären sei, und man befände sich in der Zwangslage, auch noch auszuführen, dass es sich bei der illustris femina Barbaria, Bittstellerin für Ambrosius und ein paar Jahre später allem Anschein nach jene, die die Überstellung von Severinus' Leichnam ins heimatliche Italien veranlasst und organisiert hatte, möglicherweise um die Witwe des Orestes handle, was den Schluss zulasse –

Genug, sagte der Sprecher meiner Auftraggeber, lassen Sie es heraußen. Was gibt es sonst noch?

Die seltsamen Wunder, sagte ich, der Mann mit der Elefantenkrankheit, was wahrscheinlich aber nicht die echte Elefantiasis war, sondern knotiger Aussatz, der durch Gebete geheilt wurde. Oder Bonosus der Barbar, Mönch im Mauterner Severinskloster, den ein chronisches Augenleiden praktisch blind machte, den der Heilige Mann schalt ob seines törichten Wunsches, in den Augen des Körpers scharfe Sehkraft besitzen zu wollen. Bonosus möge lieber vom Herrn erbeten, dass sein inneres Schauen belebt werde. Worauf der Barbar eine bewundernswerte Ausdauer im Gebet erwarb und, ohne je Überdruss zu empfinden, vierzig Jahre lang in glühendem Glauben betete. Oder all die Gestalten mit zaghaftem und zweiflerischem Glauben, die man für begrenzte

Zeit dem Satan übergab, satanae in interitum carnis, dem Höllenfürsten auslieferte zwecks Abtötung des Fleisches. Da fuhr jeweils der Dämon in sie, manchmal für Monate, Eugipp schildert es lustvoll, danach waren sie geheilt, demütige und gehorsame Kinder der Kirche.

Genug, genug, genug, sagte der Sprecher meiner Auftraggeber. Erwähnen Sie meinetwegen derlei Zeug, aber kurz, und nur dann, wenn es sich in Verbindung bringen lässt mit einem an der Doppellandesausstellung beteiligten Ort.

Er legte auf. Die alten Fotos ergriffen wieder Besitz von mir. Graustichig gewordenes Papier, mehr ist das nicht, sagte ich mir vor, ich heiße zwar wie einer von denen da auf den Bildern, aber ich gehöre nicht zu ihnen. Immer geht es um die Zugehörigkeit. Meine Mutter war nie irgendwo zugehörig gewesen, der Robert, der hätte der feste Bezugspunkt werden sollen, aber mit dem Sterben des SS-Bruders war auch der Robert verschwunden und damit ihre Zugehörigkeit. Ihr Leben, letztendlich. Und sie hatte dieses ganze Leben durchlebt mit einem stillen, bescheidenen Vorwurf wegen des Vorenthaltens von Leben, ich wusste und weiß nicht, an wen sich dieser Vorwurf korrekterweise zu richten gehabt hätte, ich habe nur mein eigenes kaum gelebtes Leben lang geglaubt, ich sei der Adressat. Jetzt, im Kinderzimmer, dachte ich das erste Mal das gerade noch Undenkbare: Ich bin es nicht. Ich habe damit nichts zu tun. Ich habe ihr nichts vorenthalten.

61

Man muss zugeben, dass alles hinausläuft auf ein Desaster, ein völliges Desaster, letzten Endes, brummelte sie in den Polsterbezug, ich verstand sie kaum. Das Rezept wäre, sich damit abzufinden. Dann erst kannst du leben. Meine Mutter drehte den Kopf aus dem zerdrückten Leinen und sah an mir vorbei zur Krankenzimmertür, redete ununterbrochen weiter. Das Gemeine ist aber, dass man sich nicht abfinden kann. Und selbst wenn man es könnte, ist es eine Gemeinheit. Denn du musst alt werden, bis du endlich siehst, dass von vornherein alles auf dieses Desaster ausgelegt ist. Wenn du das akzeptierst und mit dir ins Reine kommst, bist du aber alt. Steinalt. Dann bleibt dir kaum noch Zeit zum Leben.

Was meinst du mit Desaster? Welches Desaster?

Das Sterben, nuschelte sie mit einer gruseligen Stimme, die davon herrührte, dass sie die Zähne nicht eingesetzt hatte.

Im Auto, auf dem Weg von der Landesnervenklinik zu ihrer Doppelhaushälfte, läutete das Handy. Trixi verlangte ein Treffen. Ich warte auf dem Parkplatz vor diesem komischen Badesee zwischen Hartheim und Eferding, sagte sie. Es sei wichtig. Sie müsse mich etwas fragen, was ihr nicht leichtfalle, sie habe wirklich lange hin und her überlegt. Jetzt habe sie sich entschieden, ich müsse aber gleich kommen, sonst könne es sein, dass sie es sich doch noch einmal überlege. Keine Panik, sagte sie und stellte ihre Stimmlage um auf weiches Verlocken, es ist was, das dir gefallen wird. Spiel nicht mit mir, Luchsweibchen, wollte etwas in mir sagen, etwas anderes wollte ein Endlich! herausbrüllen. Okay, sagte ich so lapidar wie möglich, in zwanzig Minuten bin ich da.

Sie stand auf dem Parkplatz, die Hände in den Hosentaschen, die Schultern hochgezogen, wie der blutjunge Dylan auf dem

Cover seines zweiten Albums, stieg grußlos in den Fox. Den Vorschlag, auf einen Kaffee nach Eferding hineinzufahren, lehnte sie ab. Es war ihr nach Gehen. So einen sonnigen Tag Anfang Oktober muss man ausnutzen. Ich fuhr ein paar Kilometer auf der Nibelungenbundesstraße Richtung Linz, dann auf einem Güterweg hinein in die Donauauen, der bis beinahe zum Strom führte. Ich stellte den Wagen ab unter einem Tollkirschengebüsch, dann gingen wir zum Treppelweg der DoKW, sie deutete mit dem Kopf nach Osten, wir trotteten schweigend nebeneinander auf dem asphaltierten Geh- und Radweg in Richtung Kraftwerk.

Heute sind wir aber gar nicht kommunikativ, sagte sie.

So nahe am Kraftwerk hat der Fluss fast keine Strömung, sagte ich. Früher war das anders. Sie sagte nichts. Die Donau entspringt im Lande der Kelten nahe der Stadt Pyrene und durchfließt Europa, das sie in der Mitte durchtrennt, hat Herodot vor zweitausendfünfhundert Jahren geschrieben, sagte ich. Sie blickte demonstrativ weg vom Wasser.

Hippomolgoi, sagte ich. Stutenmelker. Mir gefällt die Vorstellung, dass Homers Stutenmelker aus der Ilias die Kelten sind, von denen Herodot schreibt. Aber wahrscheinlich haben die recht, die behaupten, damit seien die Skythen gemeint, oder vor diesen in jenen Gegenden lebende nomadische Reitervölker.

Neugierig bist du heute gar nicht, sagte sie.

Ich kenne mich nicht mehr aus, sagte ich, meine Mutter will sterben, glaube ich, aber zugleich hat sie eine Höllenangst davor, und sie hat mich die ganze Besuchszeit über traktiert mit so Zeugs vom Sterben und Altsein.

Ich dachte, du würdest neugierig sein, was ich dich fragen will.

Gut. Was willst du denn fragen, das so wichtig ist?

Willst du herumdackeln? Mit mir?

Dackeln?

Sex. Bumsen. Vögeln. Pudern. Ficken. Willst du mit mir schlafen?

Das ist die Frage?

Findest du mich nicht – sexy?

Ich schwieg. Was sollte ich sagen? Ja, ja, ja hätte ich schreien wollen, aber die Panik schnürte mir die Kehle zu, Panik wegen der Möglichkeiten, die Trixis Frage aufploppen ließ. Weil mir diese Möglichkeiten Angst machten.

Du machst mir Angst, sagte ich.

Sie zog die Augenbrauen zusammen und sah mich an, als wäre ich ein Besucher von einem anderen Kontinent, dessen Sagen und Denken und Tun und Lassen man nicht verstehen kann, auch nicht, wenn man guten Willens ist.

Mach dich lächerlich, sagte ich mir, dann bemerkt sie nicht, dass ich wirkliche, simple Angst habe vor ihren unkeuschen Stellen, vor der Vorstellung, diese zu berühren. Und dazu eine Hundsangst vor der Möglichkeit, zu versagen.

Die Indianer, sagte ich, Johann Georg Kohl, seine Geschichten. Die Indianermädchen sind sehr tough in manchen von Kohls Geschichten, weißt du, wie diese eine, sie hat keinen Namen in Kohls Buch, ist einfach nur Mädchen Das Den Geliebten Tötet.

Nett, sagte sie.

Ihr Bruder war gerade dabei, zum tollen Jäger und Krieger heranzuwachsen, was wichtig war, da die Eltern alt und schwach wurden und kaum noch für Unterhalt und Überleben der Familie sorgen konnten. Da wurde der hoffnungsvolle Sohn von den Lakota überfallen, gemordet und skalpiert. Alles war da Jammer, Klage und ungehört verhallendes Rachegeschrei, schreibt Kohl, denn die Familie würde untergehen, wenn die Bluttat nicht gerächt würde, der Vater war aber zu lahm und elend für einen Rachefeldzug.

Da trat denn die Tochter des Hauses, ein Mädchen von siebzehn Jahren, hervor und fing an, die Kriegstrommel zu schlagen, wilde Lieder zu murmeln und in einen Traum zu fallen, der ihr schließlich das Mittel offenbarte, den Ihren Trost, Heiterkeit und Glück zu bringen: Sie würde den eigenen Geliebten opfern. Der war nämlich vom Stamm der Lakota. Also schlich sie los des

Nachts zu den Grenzen des Ojibbeway-Gebiets, wie sie es schon oft getan hatte, und stahl sich ins Lager der Lakota, kroch zur Hütte ihres Geliebten. Sie flüsterte durch die Fugen der luftigen Rindenhütte, lockte den Geliebten ins Freie mit kühnen Verheißungen, wie sie es schon oft getan hatte, und begann, die Verheißungen einzulösen. Aber, schreibt Kohl, mitten in den Umarmungen verwandelte sich plötzlich der Lebensengel des Lakotamanns in seinen Mörder; unvermerkt und aus heiterem Himmel stieß das wilde Mädchen ihrem Freund den Dolch in das Herz, erwürgte ihn, zog ihm Haut und Haare vom Kopf und rannte flüchtigen Fußes mit dem Skalp zu den Ihren zurück. Damit schien das Problem gelöst, Kohl erklärt es nicht weiter, merkt bloß an, dass die Siebzehnjährige als Heldin des Stammes empfangen und hoch gefeiert wurde.

Und?, fragte Trixi.

Vielleicht bist du auch so eine blutjunge wilde Heldin, und es würde mir Angst machen, dein Geliebter zu sein.

Idiot.

Ja. Entschuldige. Es ist nur – es überrascht mich.

Du willst nicht mit mir schlafen?

Willst du denn mit *mir* schlafen? Mit so einem alten Mann?

Sie sah mir in die Augen, weich und wehrlos ihr Gesicht und ihr ganzer Körper, sie kniff die Lippen irgendwie komisch gegeneinander, sollte wohl intensives Nachdenken darstellen. Dann sagte sie: Was ich wirklich will, ist das Woanderssein. Wo es besser ist. Schöner.

Es ist nirgendwo schöner und besser, sagte ich, das ist es nur, solange man es nicht kennt, und ich kam ihr mit meinen eigenen Täuschungen und Enttäuschungen von Duluth und Hibbing und dieser krisenbedrohten Bergbau- und Stahlwerkgegend aus dem North Country Blues, so the mining gates locked and the red iron rotted and the room smelled heavy from drinking. In meinen Träumen war das Bob-Dylan-Minnesota ein amerikanisches Linz gewesen, eine dicht bewohnte und bebaute Großindustriewüste hier wie dort, aber die dort würde groß und weit sein, satt und stimmig eingebettet in eine grandiose Steinbeck- und Woody-Guthrie-Poesie, hatte ich geglaubt; dort würden Stahlwerke Würde ausstrahlen, wogegen sie hier bloß ein verschämt verschwiegenes, aber gerne angenommenes Erbe Hermann Görings sind. Und als ich dann dort war, fand sich keine Weite und Würde und Großartigkeit, Robert Zimmermans Geburtshaus an der Third Avenue East in Duluth und das Haus seiner Kindheit an der Kreuzung Seventh Avenue und 25th Street in Hibbing sind bloß langweilige, spießige amerikanische Traumhäuschen wie aus einer Highschool-Vorabendserie, putzig und kitschig, ein Albtraum aus dem Fertighauskatalog.

Ich will was ändern, sagte sie, ich will, dass alles anders ist.

Das wollten wir auch, sagte ich, als wir so jung waren wie du.

Das ist aber ordentlich in die Hose gegangen. Zu so einer Welt, wie sie jetzt ist, hättet ihr sie nicht verändern brauchen. Na danke schön.

Es ändert sich nie etwas, außer zum Schlechteren, sagte ich. Und erzählte ihr die Geschichte, wie die Maoisten damals die Welt verändern wollten, befreien, zu einer besseren machen, genau hier, sagte ich und deutete zum Kraftwerk, das etwa einen Kilometer vor uns lag, wenn du von der Staumauer aus hinübergehst durch den Austreifen, bist du in fünf Minuten bei dem Ausflugslokal. Das gibt es noch immer.

Als ich fast noch ein Kind war, war es in die Langweiligkeit der stadtnahen Dörfer eingebrochen, das Laute, das Stimmengewirr, das Erhitzte. Das war, als sie das Kraftwerk bauten, hierherstellten neben die fliegende Brücke. Die Arbeiter lebten mitten in der Baustelle, in Holzbaracken mit aus Blechrohren gebastelten Öfen hausten sie, Männer aus dem ganzen Land, Kaprun-erfahren, Persenbeugveteranen. Das Ausflugsgasthaus am Fluss okkupierten sie als ihr Wirtshaus. Das alte, gemütliche Ausflugsgasthaus, in dem die bürgerlichen Sonntagnachmittagsausflügler aus der Hauptstadt einträchtig neben den Bauern und den Schichtarbeitern aus dem Dorf gesessen waren, an den einst rohen und wegen der schlampig gehobelten Bretter verletzungsträchtigen Biertischen, deren Holz aber lange schon so verwitterungsglatt geworden war, dass es eine Lust war, mit der bloßen Hand darüberzustreichen, wie über weichen, warmen, kürzesthaarigen Samtbelag.

Dann aber wurde das Ausflugsgasthaus auf einmal ein paar Jahre lang Township, Stammesgebiet, gefährliches Revier, Nichtdazugehörigen nicht anzuempfehlen. Die Kraftwerksarbeiter saßen nun hier, Nacht für Nacht, sieben Tage die Woche. Wir mit unseren Mopeds fuhren gelegentlich hinaus, wenn wir Lust auf Abenteuer hatten, wir setzten uns eine Weile, zusammengedrängt wie eine Horde Zugvögel während einer von Starkregen erzwungenen Flugunterbrechung, an einen Tisch möglichst nahe der Tür, um im Falle von nicht nur angedrohten, sondern in die Tat umgesetzten Tätlichkeiten einen kurzen Fluchtweg zu haben. Danach platzten wir vor Stolz und Befriedigung. Wir, die Bauernbuben und Dorfdeppen, als die uns die Kraftwerksarbeiter bezeichneten, und zwar mit einer Derbheit, die mit dem Grad ihrer Alkoholisierung wuchs, hatten ihren Pöbeleien und Anflegelungen eine Stunde lang standgehalten.

Die Ausflügler blieben aus nach ein paar Wochenenden, aber der Ausflugswirt machte das Geschäft seines Lebens in diesen Kraftwerksbaujahren, denn die Arbeiter soffen Bier und Most und Schnaps in Unmengen in sich hinein in ihren kurzen Freizeitstunden und produzierten einen Umsatz, der ein Vielfaches dessen ausmachte, was mit Schmalzbroten und Liptauerbroten und Bauernbroten mit abgekochtem Käse zu erreichen war. Die Arbeiter überschwemmten die Gaststube und im Sommer den Gastgarten mit ihrem Zigarettenrauch und ihrem Lärm, sie lachten und brüllten in allen österreichischen Dialekten, aber es war letzten Endes auch nur eine Sprachlosigkeit, es war nur Lärm, den diese trinkenden Arbeiter erzeugten, es kam nichts zur Sprache, und zwar umso weniger, je lauter die Stimmen wurden.

Der Vorsitzende einer maoistischen Schülergruppe aus Linz hatte eine Cousine in einem Dorf in der Nähe der Kraftwerksbaustelle. Er führte in seiner Gruppe einen Beschluss herbei, der einige Überredungskunst erforderte. Diese große, unaufgeklärte Masse von Werktätigen musste aufgeklärt werden. An einem Freitagabend brachen sie auf mit dem Vorortbus zu ihrer Missionsreise, um die Arbeiter zu lehren und zu unterrichten und ihnen zu dem Bewusstsein zu verhelfen, das das ihre sein sollte. Eine Stunde vor dem Ende der Zwei-Zehner-Schicht trafen sie ein und begannen ihren Kampf, indem sie, geführt von der Cousine und uns, der Dorfjugend, durch die Felder zur Baustelle marschierten. Wie gut sie sich fühlten, als sie durch die schmalen Aupfade stapften, vorneweg die Cousine wie die Jungfrau Die Das Streitpferd Führt, gut sah sie aus in ihrem blitzblauen Minirock und blitzblauen langärmeligen Pullover, wie Uschi Obermaier im Film *Rote Sonne*, nur dass sie nicht verführerisch tanzte wie die süße Uschi, und hinter ihr die Befreiungskrieger, deren Mut und Kampfeslust anschwollen, während sie sich gegenseitig auf die Schönheit des Lichtermeeres aufmerksam machten, das die Tausenden Lampen der Baustellenbeleuchtung mitten im räudigen Augestrüpp aufblitzen ließen, und sich schließlich im Wirtshaus an einen Tisch am Rande setzten und eine Weile die Arbeiter beobachteten und versuchten, die Gespräche von möglichst vielen Tischen mitzubekommen. Der Vorsitzende wollte sich ein Bild machen über den Bildungsstand der hier im Bierdunst und Zigarettenrauch Versammelten.

Als er der Ansicht war, genügend innerlich vorbereitet zu sein, holte er das kleine Büchlein mit dem knallroten Plastikeinband hervor und hob es hoch und begann die Worte des Großen Vorsitzenden aus dem fernen China über die richtige Behandlung der Widersprüche im Volke vorzutragen, mäßig laut zuerst, bald aber bemerkten die Kraftwerksarbeiter, dass hier etwas Ungeheuerliches in Gang gekommen war, und sie schrien Schimpfworte zu uns herüber, und da begann der Vorsitzende der maoistischen hauptstädtischen Schülergruppe ebenfalls zu schreien, zu den Widersprüchen im Volke, brüllte er und klopfte zur Bekräftigung bei jedem zweiten oder dritten Wort mit zwei Fingern auf das Büchlein, zu den Widersprüchen im Volke gehören unter den gegenwärtig bestehenden Verhältnissen: Widersprüche innerhalb der Arbeiterklasse, Widersprüche innerhalb der Bauernschaft, Widersprüche innerhalb der Intelligenz, Widersprüche zwischen der Arbeiterklasse und der Bauernschaft, Widersprüche zwischen Arbeitern und Bauern einerseits und der Intelligenz anderseits, Widersprüche zwischen der Arbeiterklasse und anderen Werktätigen einerseits und der nationalen Bourgeoisie anderseits, Widersprüche innerhalb der nationalen Bourgeoisie, und da wurden dann die Arbeiter so laut, dass wir nur noch Fetzen der Ausführungen des maoistischen Schülervorsitzenden verstehen konnten.

Wir müssen mit Leib und Seele dem Volk dienen und uns auch nicht für einen Augenblick von den Massen lösen; wir müssen uns in allem von den Interessen des Volkes und nicht von den Interessen der eigenen Person oder kleiner Gruppen leiten lassen, brüllte der Schülervorsitzende, während das Volk in Form der beim Kraftwerksbau arbeitenden Massen begann, seine Genossen, die sich schützend rund um den Vorsitzenden gestellt hatten, zu schubsen und an den Ärmeln wegzuziehen, und dann hatten die arbeitenden Massen den Agitator erreicht und einer riss ihm das rote Büchlein aus der Hand und ein anderer ohrfeigte ihn und einer umfasste von hinten seinen Brustkasten und hob ihn hoch und trug ihn zur Tür, die arbeitende Masse johlte und klatschte Beifall, und wer die Möglichkeit bekam, verpasste dem Vorsitzenden der maoistischen Schülergruppe, wie er da in den starken Arbeiterarmen zappelte, einen Fußtritt oder einen ungezielten Schlag gegen Kopf oder Körper, und dann schmissen sie ihn in den Kies zwischen den Gastgartentischen und kündigten ihm Schlimmeres an, wenn er oder einer seiner Genossen noch einmal einen Fuß in dieses Wirtshaus setzen würde, und wir, die Bauernbuben aus dem Dorf, sollten ebenfalls auf der Stelle verschwinden, und zwar auf Nimmerwiedersehen.

Dann spuckte einer in das Büchlein und schleuderte es dem Maoistenführer im Kies an den Kopf. Zufrieden strömten die werktätigen Massen zurück zur Schank und tranken weiter. Draußen nahm der stellvertretende Vorsitzende das Büchlein, und während der Vorsitzende sich aufrappelte und seine Kleidung abklopfte, las der Stellvertreter die Worte des Großen Vorsitzenden an die Jugend der Welt vor. Die Welt ist euer, wie sie auch unser ist, doch letzten Endes ist sie eure Welt. Ihr jungen Menschen, frisch und aufstrebend, seid das erblühende Leben, gleichsam die Sonne um acht oder neun Uhr morgens. Unsere Hoffnungen ruhen auf euch!

Die Schüler nickten, aber irgendwie ohne die übliche Begeisterung. Der stellvertretende Vorsitzende der Gruppe rief seinen Vater an, einen Lungenfacharzt aus der Landeshauptstadt. Der kam mit dem Mercedes und brachte seinen Sohn und dessen Freunde nach Hause.

Ich habe den Vorsitzenden der maoistischen Schülergruppe später immer wieder einmal in der Stadt getroffen, sagte ich, da war er Mehrheitsbesitzer und geschäftsführender Gesellschafter einer Werbeagentur, was ist mit den Widersprüchen im Volke?, rief ich ihm im Vorbeigehen zu, dann lächelte er schief, ist nichts geworden mit dem Zusammenschluss mit der erdrückenden Mehrheit der Menschen, was?, sagte ich dann, manchmal blieb er stehen, eine Zigarettenlänge lang. Widersprüche sind gut, sagte er, Widersprüche halten die Sache am Laufen, Widersprüche sind der Nährboden, aus dem Fortschritt und Entwicklung gedeihen. Meistens fing ich an dieser Stelle an ihn zu beschimpfen, Widersprüche gibt es nicht mehr, knurrte ich, und du bist einer von denen, die sie verschwinden haben lassen. Deinesgleichen benutzt Widersprüche in Wahrheit, um uns dazu zu bringen, das zu denken und zu wollen und zu kaufen, was euch was bringt, und damit wir das nicht merken, blendet ihr die Widersprüche weg und lasst sie verschwinden und überschwemmt uns mit lautem buntem Brei aus den Zeitungen und Fernsehern und Computern, bis uns das Hirn so brummt, dass wir lieber zu denken aufhören. Hast aber schon gemerkt, dass Mao tot ist, sagte er darauf jedes Mal und ging ohne Gruß weiter. Wenn mir sentimental zumute war, fragte ich ihn, wie es der Cousine geht, und dann redeten wir eine Weile von den guten alten Zeiten mit ihrer freien Liebe und logen uns gegenseitig Erinnerungen vor voller Wohngemeinschaftsvögeleien und Marihuananächten mit endlosen, geistreich funkelnden Gesprächen. Ein frohes Schaffen noch, sagte er dann und ging weiter.

Wir hatten das Kraftwerk erreicht und folgten dem Radweg auf die Staumauer hinauf. Die Fähre löste sich gerade von der Ottensheimer Seite und glitt langsam vom Ufer weg. Die fliegende Brücke, sagte ich. Sie reagierte nicht. Die Leute haben das früher fliegende Brücke genannt, sagte ich. Vielleicht tun sie es jetzt immer noch. Es ist eine Drahtseilrollfähre, verstehst du, braucht keinen Motor. Die hängt an einem Seil, das über der Donau gespannt ist, sobald man das Ruder schräg stellt, fährt sie los. Als Buben sind wir da schwarz gefahren. War eine nicht ungefährliche Angelegenheit.

Es interessierte sie nicht. Sie sah hinunter auf die Schleusentore, über die das überschüssige Wasser lief, sah aus wie eine Reihe breiter, aber nicht sehr hoher Wasserfälle. Ein Freund ist einmal im Faltboot eingeschlafen, sagte ich, da hat es ihn da drübergetrieben. Hat es gar nicht bemerkt. Er ist wach geworden, weil er plötzlich unter Wasser war, in tosenden Wirbeln. Ist dann einfach aufgetaucht, unverletzt, dem Boot nachgeschwommen, hat es ans Ufer gezogen und sich in die Sonne gesetzt, bis er wieder trocken war.

Du gehst bald wieder nach Amerika, sagte sie.

Ja. Sobald das Severinzeug fertig ist.

Ich will auch nach Amerika. Nimm mich mit.

Wie stellst du dir das vor?

Sie schwieg. Wir sind da unter den Planken des Zufahrtsstegs auf die Schwimmkörper geklettert, sagte ich, und kurz bevor die Fähre abgelegt hat, sind wir hinübergesprungen auf die Schwimmkörper der Fähre.

Wenn du mich mitnimmst, kannst du mich vögeln, sagte sie. Sofort. Wann immer du willst. Und drüben dann auch.

Das sind eineinhalb Meter zwischen den Schwimmkörpern, sagte ich. Nicht ungefährlich. Wenn du da hineingerätst zwischen Fähre und Anlegesteg! Wir waren jung und dumm. Haben uns die Fahrkarte erspart, das war nicht einmal ein Schilling.

62

Zeit, ans Ende zu kommen. Dylan und Kohl und Severinus und die vertrottelten Helden Mays okkupierten immer größere Areale in meinem Hirn. Die Vorstellung, mit dem Wasserluchsweibchen zu schlafen, fand keinen Raum neben ihnen, wie ein in Sturmregen geratener Schmetterling mit zunehmend nachlassender Kraft die nassen Flügel hektisch schlägt auf der vergeblichen Suche nach einem trockenen Landeplatz, so flatterte das Zusammendenken meines alten, fetten Leibes mit ihren Schenkeln und Brüsten und ihrem süßen, festen, jungen Bäuchlein verzweifelt durch meinen Kopf und fand keinen Platz. Es musste aufhören.

Nur eines noch will hier erledigt sein, Antwort suchen bei dem fein lieb Mütterlein, summte die Eiche mit träger wollüstiger Stimme dazwischen, dies ist ein Auftrag, flüsterte sie mir die halbe Nacht durch in die Ohren, mach Schluss, die Geschichte ist reif für den Schluss. Dass mir doch der Anfang fehle, immer noch, antwortete ich, ein Anfang, aus dem heraus sich etwas erklären ließe, da lachte sie und konnte nicht mehr aufhören. Als ob sich irgendetwas erklären ließe! Und ich wünschte, so heiß wie der Vergeblichkeit des Wunsches bewusst, ich wäre Johann Georg Kohl und besäße seinen unerschütterlichen Glauben, es sei möglich herauszufinden, was all das bedeutet, das man sieht und hört und erzählt bekommt. Wünschte mir seine Hartnäckigkeit, mit der er jahrzehntelang durch Europa und Nordamerika gereist war und gesammelt, gesammelt, gesammelt hatte, alles irgendwie Greifbare aufgehoben und aufgesogen und hineingepresst hatte in seine Reisebestseller. Wünschte so sehr, ich wäre wie Kohl, den wie Hrabals Herrn Hänta hundert Jahre später die lustvolle Hoffnung angetrieben hatte, etwas zu erfahren, das er noch nicht gewusst hatte über die Welt und das Leben und sich selbst. Und die Hoffnung, einmal etwas zu finden, das seine Person und sein Sein qualitativ verändert hätte. Kohl ist ein Narr, wisperte die Eiche, Kohl wusste nicht, was Hrabal wusste. Dass die Hoffnungen des Herrn Hänta törichte Hoffnungen sind.

Ich beneidete Kohl darum, wie er den Dingen und Gegebenheiten entgegentreten ist mit dem unerschütterlichen Willen, alles zu erklären, und dem unverdrossenen Glauben, alles sei erklärbar. Und ich beneidete ihn um seine Leser, denen er alle paar Seiten Sätze, ja, ganze Absätze in Englisch und in Französisch zumutete, ohne jede Erklärung oder Übersetzung. Wohin nur ist es entschwunden, dieses Publikum für Geschriebenes, das von den Lesenden mehr fordert als ein paar Mausklicks bei Amazon und ein paar Stunden Zeit vor dem Einschlafen.

Du musst sie befragen, zirpte die Eiche. Beginne mit etwas Leichtem. Frage nach dem Anfang meiner Geschichte.

Und ich fragte meine Mutter beim nächsten Klinikbesuch, wie endet die Geschichte darüber, dass die Eiche Teufelseiche heißt. Sie antwortete gleich, hastig, kurz angebunden. Wie sie die Russen durch das Dorf getrieben haben, Gefangene, ein paar Tage, bevor der Spuk vorüber war, so sagte sie. Der Spuk vorüber. Im Heustadel beim letzten Bauernhof vor dem Hohlweg, der zur Eiche hinausführt, haben sie geschlafen, die Russen und ihre Bewacher mit den Doppelblitzen an den Jackenkrägen. Am Morgen fehlten drei. Die älteste Tochter vom Bauernhof hat das Versteck verraten, sie hat ihnen zugesehen beim Weg zum Melken im Kuhstall vor dem Morgengrauen, hat die Schatten huschen gesehen, und wo sie sich verkrochen haben. Die drei haben sie an die Eiche gestellt und erschossen und gleich neben dem Baum eingegraben, erzählte meine Mutter lapidar.

Glühheiß haben Kugeln das Russenfleisch zerrissen, vom Schmerz in der Rinde will keiner wissen, zeterte die Eiche, tapschte mir Bilder in die Träume, Leiber gefesselt an Eichenrinde, zuckende Leiber im Maschinenpistolenlärm, und wie dann die Blitzkragenmänner nach Annes Vater riefen, er möge ein paar von den alten Knechten holen, die jetzt alle Volkssturmkrieger waren, oder ihretwegen auch die Weiber, dass sie die Reste dieser bolschewistischen Tiere verscharrten, schnell, schnell, gehetzt blickten sie ständig nach Norden, horchten, ob man schon was hören konnte, alle wussten es, keiner sagte es, drüben, jenseits der Donau, da war schon der Amerikaner. Das Nichts-Sagen blieb dann auch im Dorf hängen wie der Stallmief in den Mauerseglerecken der Ställe, nie wurde etwas gesagt, nur getuschelt, aber so, dass es die Kinder nicht hörten. Oder zumindest nicht verstanden.

Wie das schmerzte, das Glühheiße in der Rinde, sagte die Eiche und lachte. Dann gab sie mir Befehle. Einen Befehl, genau genommen. Sobald sie zurück sein würde aus dem Spital, sollte ich mich zu ihr setzen und sie zum Reden auffordern und das Haus nicht verlassen, bis sie es mir erzählt haben würde. Warum da einer so heißt wie ich, oder richtiger, warum ich so heiße wie einer. Damit der endlich auftaucht und Ruhe gibt. Am Morgen wachte ich auf und redete mir ein, es sei ich, der sich etwas vorgenommen hatte, und ich täte es aus freien Stücken. Ich werde meiner Mutter den Minidiscrecorder unter die Nase halten und keine Ruhe geben, bis sie gesagt hat, was ich wissen will.

63

Wer droht, wer lärmt, wer ängstigt meine Schafe! So hatten sie herumgebrüllt auf ihren Kothurnen und in ihren Mittelalterbauernroben auf der Berliner Dietrich-Eckart-Freilichtbühne, die heute Waldbühne genannt wird, des Führers Olympiakulturprogramm eröffnend mit Möllers *Frankenburger Würfelspiel*, der Nazipersiflage auf den Kampf der protestantischen Bauern gegen die katholischen Herren. Minister jagt Asylmädchen! Tausende Demonstranten in Frankenburg! So brüllten jetzt die Krawallzeitungen.

Am Abend davor war sie im Fernsehen gewesen. Regionalnachrichten. Eine Moderatorin mit Haaren in einem seltsamen Rot, das sich nicht vertrug mit der zinnoberroten Bluse, die aus dem Kragenwinkel ihrer grauen Kostümjacke blitzte, berichtete aufgeregt von einem privaten Videoband, das dem Sender zugespielt worden sei. Trixi musste Helfer haben, die sie versteckten, die hatten ein Video aufgenommen und den Medien zugespielt. Grobkörnig und unscharf saß sie vor einer senffarbenen Wand, das linke Bein hochgezogen, beide Arme um den Unterschenkel geschlungen, immer wieder flatterten Pixelschlieren durch das Bild. Glatt und adrett die Haare, nicht so zerstrubbelt und ungezähmt, wie das Wasserluchsweibchen sonst durch die Welt huschte, das Gesicht vollkommen ohne Schminke, soweit man das bei der schlechten Bildqualität sagen konnte. Hatten sie hergerichtet auf zwölfjähriges Kind, ein scheues Rehlein, das in seinem Versteck vor den grausamen Jägern zittert. Ich wohne in Frankenburg, mein Vater und meine Geschwister sind in den Kosovo abgeschoben, so begann sie ihre Videobotschaft, leise und modulationslos murmelte sie dahin. Dass sie dem Minister nicht traue, der eine Prüfung des Falles zugesagt hatte, falls sie aus ihrem Versteck komme. Dass der Brief mit dem Selbstmord ernst gemeint war: Wenn ich jetzt wirklich zurückmuss, bringe ich mich um. Sie erzählte vom Krieg, den sie *unten* erlebt hatte, vom Niederbrennen des Elternhauses, von den Hochgefühlen während und nach der geglückten Flucht ins paradiesische Österreich. Ich will nur, dass wir weiter in Frankenburg leben dürfen, wie immer, wie bisher, so endete das Band.

In Frankenburg zeigen sie immer noch, im Zweijahrestakt, das Spiel von den je zweien um ihr Leben würfelnden Bauernrebellen. Nicht in Eberhard Möllers Fassung, das wäre vielleicht doch ein wenig zu stark, dieses *wahre Sprachgenie*, wie ihn Joseph Goebbels nannte, ungerührt weiterhin zu Wort kommen zu lassen. Möller hatte sich nach dem Krieg als eine Art Widerstandskämpfer zu vermarkten getrachtet, weil er wegen allzu auffälliger Christentümelei in einen kulturpolitischen Revierkampf der Platzhirschen Goebbels und Rosenberg geraten war, ja, und es war jahrelang gutgegangen, bis er offenkundig in seinen späten Jahren irre wurde und Schmähtiraden gegen die Beatles und Dutschkes Kommunarden veröffentlichte, in fein gedrechselten Versen, aus denen das ranzige Fett der gerade mal zwanzig Jahre vergangenen Tausend Jahre dermaßen penetrant herausschwitzte, dass es dem wohlmeinendsten Kulturpolitiker auffallen musste.

Nein, in Frankenburg ertönt Karl Itzingers *Würfelspiel*. Hunderte Laiendarsteller bescheren Besuchern ein unvergessliches Erlebnis, ein Fanal gegen Fanatismus und Intoleranz, so die Werbelinie der Betreiber. Wollen damit auf bewährte österreichische Art verschwurbeln, wie braun alles um diesen Blut-und-Boden-Autor wabert, diesen bäuerlichen Naziesoteriker und Schwulstromancier, so Hitlerdeutsch war sein Schreiben, dass Schuschniggs Austrofaschisten sein *Blutgericht am Haushamerfeld* mit Verbot belegten. Itzinger, den sie heute als Heimatdichter preisen, nach dem sie Straßen benennen, weil die Themen seiner Bücher schließlich aus dem Jahre 1625 stammten, da könne man doch wirklich keine gefährliche Tendenz unterschieben. Als hätte er das *Tagebuch vom 10. Februar bis 14. März 1938* nicht geschrieben, das er selbst als *Protokoll der letzten Jahre des Kampfes und ersten Tage des Sieges* bezeichnet hatte. Itzinger, der illegale SA-Mann, dann Gauhauptstellenleiter für die bäuerliche Nachwuchserziehung im Gau Oberdonau. Seine Sprache verrät ihn, sogar die entschärfte und von allzu Völkischem gereinigte. Pfaffenbluet und Herrensaft gibt den Waffen guete Kraft! So freiluftschauspielert es da seit achtzig Jahren jeden zweiten Sommer am Originalschauplatz der Bauernkriegstragödie in Leitrachstätten, Katastralgemeinde Frankenburg.

Im Fernsehen war am Vorabend der Beitrag über Wasserluchsweibchens Video der mit Abstand längste gewesen. Die rothaarige Moderatorin hatte mit beinahe genauso viel Aufgeregtheit in der Stimme die weiteren Berichte angekündigt: Oberösterreich ist stolz auf seinen Turbo-Beamten! Ibmer Moor gefährdet! In der ersten Nachricht wurde ein stellvertretender Bezirkshauptmann vorgestellt, der seine Beamten angehalten habe, Bescheide rascher als bisher auszustellen, in der zweiten ein Innviertler Privatgelehrter, der seit Jahren akribisch genau Tuschezeichnungen von nur im Ibmer Moor vorkommenden Mikroalgen anfertigte, dem nun aufgefallen war, dass die Algenpopulation abnehme. Er führte das zurück auf Bestandserhöhungen landwirtschaftlicher Nutztiere und stark zunehmende Einbringung von Gülle in die Moorgewässer.

Ich wählte Trixis Nummer, sie hob tatsächlich ab. Ich habe dich im Fernsehen gesehen, sagte ich.

Gibt's nicht.

Gestern. In den Regionalnachrichten. Und dann in den Hauptabendnachrichten.

Das bin nicht ich.

Im Netz steht auch schon das komplette Video.

Schön.

Deine Haare sind anders. Hast du da Stylisten gehabt, wo sie das Video gedreht haben?

Ich bin es nicht.

Wenn du eine Möglichkeit hast, an einen Fernseher zu kommen, musst du dir heute Abend die Nachrichten anschauen. Bei dir daheim, da demonstrieren sie zu Tausenden. Für dich. Franzobel hält eine Rede. Das Motto lautet: Die Würfel sind noch nicht gefallen! Verstehst du? Kleine Anspielung auf das *Frankenburger Würfelspiel.*

Ich bin aus Wesenufer, sagte sie. Frankenburg geht mir am Arsch vorbei.

Zweiundsechzig Prozent der Österreicher wollen, dass du mit deiner Familie in Österreich bleiben darfst, schreibt die Österreich-Zeitung, sagte ich. Neunundsechzig Prozent plädieren für ein endgültiges Bleiberecht für gut integrierte Asylwerberfamilien wie die deine.

Hast du nichts Besseres zu tun als fernsehen und Zeitung lesen?, sagte sie und legte auf.

Ich hatte nichts Besseres zu tun. Auf dem Jugendschreibtisch in meinem früheren Kinderzimmer hatte ich die Notizen aus Kohls *Reise von Linz nach Wien* ausgebreitet, googelte ein wenig herum auf der Suche nach erwähnenswerten Details aus den Orten, die er 1842 besucht hatte. War nur die vage Idee eines Publikationsvorhabens. Das vergriffene Werk neu auflegen, gekürzt und bibliophil geschmackvoll aufgemacht, ergänzt um einen Reisebericht von heute, Kohls Route folgend, seinen Eindrücken und Wertungen heutige Eindrücke und Wertungen gegenüberstellend.

Wie subtil und fein könnte man da die Verästelungen und verschlungenen Wurzelwucherungen frei schälen, die sich zwischen dem Einst und dem Jetzt winden, dachte ich, als ich Kohls Besuch in der Linzer Wollzeugfabrik las. Von meiner Kindheit auf dem Fußboden der Arbeiterkleinwohnung liegend, vor mir den Express ausgebreitet, eine halbe Seite Bilder vom Abriss der letzten Reste dieser gewaltigen Burg der Frühindustrialisierung aus dem siebzehnten Jahrhundert betrachtend, könnte ich zu den Radierungen kommen, die diesen Bau auf Wikipedia zeigen.

Protzig und feist klotzt die Wollenmanufaktur auf diesen alten Stichen allein auf weiter Flur, obwohl nur ein paar Gehminuten vom damaligen und heutigen Linzer Stadtzentrum entfernt, ein aus allen Relationen geratener überdimensionaler oberösterreichischer Vierkanthof, ein großes casernenartiges Gebäude, wie Kohl schreibt, und könnte dann kommen zu der künftigen Industrieruine, die heute auf diesem Grundstück steht, die Tabakfabrik, dicht umgeben von gemischtem Gewerbegebiet und Wohnbauten.

Könnte mich selbst subtil in den Text hineinschmuggeln mit einem Satz von Johann Georg Kohl: Ich hielt es für meine Pflicht zu sagen, daß ich weiter nichts wäre als ein simpler neugieriger wißbegieriger Reisender. Ja, so verstehe auch ich mich. An den Leiter der Teppichdruckerei hatte Kohl diesen Satz gerichtet, einen Mann französischer Abstammung, Herrn Dufresne, der sich selbst so vorstellte: Bei Farben und Unglück aufgewachsen und mit etwas regem Geiste versehen, bin ich das geworden, was der Besucher aus Bremen nun sieht, ein kaiserlich königlicher Wollendeckendruckerei-Inspector. Dann erläutert Herr Dufresne lang und breit, wie gewinnbringend ein Schild mit der Aufschrift *Mit Gott* sei, das über den Arbeitern und Maschinen hängt, denn er beschäftige nur Arbeiter mit festem Glauben und katholischer Rechtschaffenheit, und die seien die fleißigsten, die man sich vorstellen könne.

Und ich würde einen kleinen Exkurs über die Vergänglichkeit einfügen am Beispiel des Linzer Bürgers Christian Sint, der diese erste Textilmanufaktur Österreichs im Jahr 1672 errichtet hatte, an der heutigen Gruberstraße, welche Gegend damals die Spitalwiese im Wörth hieß. Dieser Textilimperiumsbegründer hat keine Spuren hinterlassen in der Industriestadt Linz, kein Denkmal, kein Monument, keine Kupfertafeln an Wirkungsstättenwänden, nur ein mickriger Verkehrsweg ist nach ihm benannt, die Sintstraße – eine kurze Sackgasse im abgelegenen Teil des Linzer Industriehafens.

Ich fuhr Word am Laptop hoch, um die Ideen zu notieren, geriet aber gleich wieder zum *Frankenburger Würfelspiel.* Als Wandmalerei gesamte Längswände der Vorhäuser der reichen Bauern bedeckend hatte es uns Arbeiterkinder im Dorf mit düsterer Wucht erschreckt und noch kleiner gemacht, als wir ohnehin schon waren. Wie groß aber waren die Herren im Dorf gewesen, die Bauern, mussten von Bedeutung sein, wenn sie solche Vorgeschichten, solche Herkunftsmythen auf ihre Wände malen lassen konnten. Mit Scheu, die mehr Abscheu war, starrten wir Arbeiterkinder auf die Fresken. Der Mantel im Gras, die ernst und gefasst um ihr Leben würfelnden knorrigen Bauersleute, Meister Rothmantel, der Scharfrichter, meist auf ein Langschwert gestützt, und darüber die mächtige Linde am Haushammerfeld. Da war die Zeit der Lese, da flog der Jodelhut, da trieb am Hammerfelde sich alt und junges Blut. Wie ein riesiger Schirm spannten sich die Äste über das ganze Geschehen, ließen das Betrachterblut vereisen, da mussten die Bauernkinder den Arbeiterkindern gar nicht erzählen, dass, wenn dieses Wandbild Teil eines Comicheftchens wäre, im nächsten Bild siebzehn Bauernleiber an diesen Ästen baumeln würden. Sie erzählten es natürlich, immer wieder, jedes Mal, bei jedem Stehenbleiben vor dem Wandgemälde, und wussten selbst nicht, dass sie logen. Weil nur vier der aufständischen Bauernkrieger an der Linde erhängt worden waren, die anderen dreizehn an den Kirchtürmen von Zweispalten, Vöcklamarkt und Neukirchen.

Adam Graf von Herberstorff, streng wie das nackte Recht und unbeugsam wie kaltes Eisen, hatte den Bauern Gnade versprochen, wenn sie abließen von der Belagerung des Frankenburger Schlosses, wohin sich der katholische Pfarrer geflüchtet hatte, den die bayerische katholische Herrschaft dem protestantischen Landvolk vor die Nase gesetzt hatte als prahlerische Provokation. Der Herberstorff'sche Wendehals Adam, der in kurzer Folge protestantischen wie katholischen Pfalzgrafen Söldnerdienste geleistet und mit dem jeweiligen Dienstherrn auch gleich die Religion gewechselt hatte, war natürlich nicht nur ein Wendehals, sondern auch ein Lügner und Betrüger. Zu Tausenden hatten ihm die Bauern geglaubt und waren auf das Haushamerfeld gezogen, in sicherem Vertrauen auf des bayerischen Statthalters Wort waren die Anführer vorgetreten. Und waren noch selbigen Tags tot und begraben, jeden Zweiten ließ der Herr Graf hängen, in Anwendung des Kriegsrechts, wie beschönigende Kommentare schreiben, als kalt kalkulierende, sich um Recht und Gesetz und Moral nicht scherende Abschreckungs- und Einschüchterungsmaßnahme, wie es wohl wirklich gewesen sein dürfte.

Ich schloss Word, ohne eine Zeile geschrieben zu haben, und trieb mich eine Weile auf den Webseiten der Zeitungen herum. Bürgerliche und krawallige Journalisten schossen sich unisono auf den Innenminister ein. Auf den Fotos sah er hilflos aus. Hilflos und sichtlich überfordert. Bisher war es dieser knorrige Mann vom Typ harter, aber herzlicher Landgendarm gewohnt, dass sie ihm auf die Schulter klopften, wenn er *nötige* Härte gegen *die Ausländer* zeigte. Nun saß er grau und verblüfft vor den Journalisten und Pressefotografen, verstand nicht recht, warum sie jetzt alle ihn prügelten, der doch nur seine Pflicht tat. Einer von den Pflicht-Tuern, die sie so mögen in diesem Land, doch jetzt überschütteten ihn sogar die miesesten Boulevardblätter mit Spott und Hohn und forderten seinen Rücktritt. Der Klubobmann der Partei des Innenministers, der frühere Bundeskanzler, beschwerte sich in säuerlichem Tonfall in den Mittagsnachrichten: Das Fernsehen habe seine Rede zum Fremdenrecht bei der diesbezüglichen Sondersitzung des Nationalrats nicht vollständig übertragen, sondern umgeschaltet zur Pressekonferenz eines Innviertler Priesters, der offensichtlich den Aufenthaltsort des untergetauchten Asylantenkinds kannte und Details zum Zustandekommen des Videos wusste.

64

Immer noch mit dem alten Römerzeug beschäftigt?, sagte Bodinger, ich nickte, er führte mich durch die Ordination in etwas, das er Behandlungsraum 3 nannte, obwohl es nur eine Abstellkammer mit einem Ergometerfahrrad in der Mitte und Regalen voller Messinstrument-Anzeigentafeln und Bildschirmen an drei der vier Wände war. Wir wohnten einst inmitten der Wälder in schnell errichteten Hütten aus Holz und Zweigen, sagte er, wir wechselten oft den Ort, führten unsere Habseligkeiten im Wagen mit uns, wohnten nicht dicht aufeinander, sondern lieber allein. Städtische Siedlungen kannten wir nicht.

Wir?

Wir Germanen.

Wir sind keine Germanen. Wir sind eine Mischung aus Kelten und Römern und Slawen und was weiß ich noch alles.

Kein Nicht-Germane würde freiwillig in Germanenland leben wollen, sagte Bodinger, darum leben hier nur Germanen.

Hast Tacitus noch gut drauf, sagte ich.

Er lächelte. So etwas bleibt fest sitzen, sagte er, und, die Hände hochhebend wie der alte verschrumpelte Lateinprofessor damals: Wer hätte auch – abgesehen von den Gefahren des schrecklichen und unbekannten Meeres – Italien verlassen und Germanien aufsuchen wollen, landschaftlich ohne Reiz, rau im Klima, trostlos für den Bebauer wie für den Beschauer!

Im Behandlungsraum 3 wartete eine Frau in Jeans und Pullover auf uns. Bodinger stellte sie vor als Internistin, mit der er zusammenarbeite. Sie streifte einen weißen Ärztekittel über, den sie nicht zuknöpfte, und begann mir zu erklären, was sie nun mit mir anstellen werde. Ich verstand nicht, was sie meinte, Bodinger grinste und sagte, dass sie sozusagen einen General-Check vornehmen werde. Wir müssen wissen, wie du ganz allgemein drauf bist. So alt und fett wie du bist gibt's wahrscheinlich auch schon was in Sachen Cholesterin und Hypertonie, das wir wissen müssen, bevor wir in Sachen Diabetes Maßnahmen setzen, die Ärztin sah ihn fragend an, er erklärte ihr, dass er mit mir so reden könne, weil wir uns seit Kindheitstagen kannten, da lächelte sie freundlich und bat mich, den Oberkörper freizumachen. Du bist in besten Händen, sagte Bodinger und ging.

Die Frau im Ärztekittel gab knappe Anweisungen, wie ich mich auf die Liege legen sollte. Bäuerlich war ihr Sprechen, die ganze Person strahlte etwas Erdiges aus, bäuerliche Schönheit, sie sprach langsam und laut. Sie rieb meine Brust mit einer kühlen Salbe ein, Gel, sagte sie, damit die Elektroden kleben. Sie klebten nicht, mit einem kurzen bedauernden Achselzucken nahm sie sie wieder ab, wischte mich trocken und rasierte unterhalb meiner Brustwarzen handtellergroße Hautstellen frei. Dann hielten die Saugnäpfe. Sie hantierte an einem blinkenden und summenden Gerät hinter meinem Kopf.

Hätten die italischen Coloni doch bloß auf ihren Tacitus gehört, dann hätten sie sich das würdelose Ende erspart. Doch sie gehörten einem Kriegervolk an, und ein solches musste expandieren, sich ausdehnen, in Besitz nehmen. Etwas nicht in Besitz Genommenes war ihnen unerträglich. Und darum zogen sie gen Norden in die reizlosen, rauen Landschaften. Ein halbes Jahrtausend später zog es die Germanen, die Tacitus zufolge doch nichts mehr hassten als Hitze und Durst, in den heißen, wasserarmen Süden, nach Rom wollten sie, nur nach Rom, sie wollten die Wärme und den Wein und die Weiber, und die Spiele und die weichen Betten in Ravenna, sie wollten die Waffen und die Kriegsschiffe, und die Stoffe aus Afrika und die Gewürze aus Indien und die Elefanten aus Afrika und den Reis und das Weißbrot und die Pfirsiche und die Oliven, und die Weiber natürlich, diese schlanken, hochnäsigen, lauten, eleganten Römerinnen mit ihren endlos langen Beinen und ihrem Geziere, das, wenn die

Damen den Zeitpunkt für gekommen erachteten, umsprang in ordinärste Beweglichkeit im Lavendelbett oder im Thermenwasser oder wo auch immer, die syrischen Sklavinnen, die schweinischen Prinzessinnen aus Palästina, die kundigen Schweigerinnen aus Afrika wollten sie, die glutvollen Dunklen Hispaniens und die blassen Alabasterhäutigen aus der Ostresidenz Byzanz. Endlich etwas anderes als die robusten, blondbezopften Bauerntrampel aus den nordischen Wäldern wollten sie.

Die Internistin nahm die Saugnäpfe wieder ab, schmierte Gel an meinen Hals. Dann führte sie etwas, das aussah wie ein kurzer, ein wenig zu stumpfköpfiger Dildo, mit sanftem Druck über die alte faltige Haut an meinem Hals, gut, murmelte sie nach einer Weile, fragte, ob ich es sehen wolle. Sie rückte einen Bildschirm in mein Blickfeld, ich sah nur weißliches Pixelgeflimmer auf dunkelgrauem Grund. Diese Linien, sagte sie, sind Ihre Adern, mit dem Echolot kann man sehen, ob sich bereits Ablagerungen angelegt haben. Sehen Sie, hier ist der Hauch einer Verdickung zu sehen, aber das ist noch nicht bedenklich, das ist normal bei einem Mann Ihres – Ihrer Befindlichkeit. Und abgesehen von dieser kaum wahrnehmbaren Verdickung ist alles fein sauber in Ihren Blutbahnen. Sie wischte das Gel von Brust und Hals, ihr Gesicht kam mir dabei sehr nahe. Ich konnte nicht aufhören, sie anzustarren, ich fühlte, wie sich etwas regte.

Es ist gut, sagte ich mir vor, es darf sich was tun da unten im Falle übergroßer Nähe zu einer schönen Frau, die vielleicht zehn Jahre jünger ist. Mit der könnte ich wahrscheinlich schlafen, dachte ich, weil ihre Bewegungen, ihre Stimme, der Schwung ihrer Hüften so sind, wie ich es mag, eine Mischung aus kühler arroganter Überheblichkeit und weicher fröhlicher Bauernmädchenwärme. Mit einer Frau von der kühlen Erotik der hochgebildeten Hypatia von Alexandria könnte ich schlafen, dachte ich, und auch mit einer Frau von der prallen sinnlichen Wildheit und Kraft der Kriegerfürstin und Sängerin Yhra. Mit einer Frau von luchshafter Gehetztheit, die beinahe noch ein Kind war, würde ich es nicht können.

Die Internistin lächelte, und dabei ging etwas Glühendes von ihr aus, die kalte Glut von Frauen, die wissen, dass sie Männern überlegen sind. Sie sah mich an, während sie die rasierten Stellen auf meiner Brust trocken rieb, in ihrem Blick glaubte ich etwas wie Mitleid zu entdecken, gleich würde sie Hypatias Psalmen anstimmen. Jeder, der eine Geburt hat, wird sterben. Jeder, der einen Anfang hat, hat ein Ende. Jeder, der einen Namen hat, ist das Geschöpf eines anderen. Jeder, der eine menschliche Gestalt hat, ist das Geschöpf eines anderen.

Eine große Gestalt mit wild blickenden blauen Augen war sie, und mit rötlichem Haar, wie die Germanen des Tacitus, der den Vorzug der großen, kräftigen Gestalt ein bisschen überheblich herabsetzt mit der Nebenbemerkung, dass dies Großgewachsensein nur zum Angriff tauge. Ob sie eine war, die große Ausdauer für Strapazen und Mühen aufbringen konnte, ob sie durch Klima und Bodenbeschaffenheit abgehärtet war gegen Kälte und Hunger, wusste ich nicht, fragte ich sie natürlich nicht. Sie bat mich in den Sattel des Ergometers, legte mir verschiedene Klemmen und Fühler an, ein Nadelchen fürs Ohr und eine Blutdruckmessmanschette. Ich trat in die Pedale, viel zu schnell, ich solle langsam beginnen und meinen Rhythmus finden, das Gerät würde stufenweise den Widerstand erhöhen, trotzdem sollte ich die vom Tachometer angezeigte Geschwindigkeit möglichst konstant halten. Das ist leicht, sagte ich. Wird sich schon ändern, sagte sie. Ich erzählte ihr, dass ich früher mit dem Mountainbike in den Wäldern rund um Linz viel unterwegs gewesen sei, vor Jahrzehnten, als die Geländefahrräder gerade in Mode gekommen waren.

Der Erdhügel im Kürnbergerwald war mein Ziel gewesen, ich stocherte in dem Schutthaufen, der einmal ein römischer Wachturm vor den Toren von Lentia gewesen war, damals noch nicht ausgegraben und in seinen Fundamenten nachgebaut. Dabei hatte ich im lockeren Nadelwaldhumus eine voluminöse Gabel gefunden aus weißlichem Gebein oder einem Stück Horn, keine dreißig Zentimeter tief verschüttet, und hatte mir vorgestellt, dies sei ein vorgeschichtliches Artefakt, heilige Gerätschaft, oder eine primitive Harke, angefertigt von denen, die vor allen anderen diese Abhänge zur Donau besiedelt hatten. Die Kriegerkönigin, Yhra, die Rote, die Wilde, groß und sehnig und stark stellte ich sie mir vor, in einem knappen Fellbikini, wie Raquel Welch in diesem blödsinnigen Steinzeitfilm; die jeden Mann durch die nackte Präsenz von Weiblichkeit und Macht überwältigende Yhra hockte an einen Eichenstamm gelehnt und grub zwischen den Wurzeln, ein gegabeltes Stück Hirschgeweih in Händen, stieß es in die schwarze fette Hügelerde, auf und ab zwischen ihren Muskelschenkeln mit der zartflaumigen Haut, drang ein in den Boden, der der ihre war.

Ich habe ihr Werkzeug gefunden, zwanzigtausend Jahre später, in dem sauren Waldboden auf den Hängen des Kürnbergs, der einen dummen Namen hat, Kürn kommt von chorn, horn, was oben heißt, das Obere, also Berg, so nannten die slawischen Stämme den dicken, fruchtbaren Brocken mit den steilen Abhängen zur Matka Duna, auf dem sie sich festgekrallt hatten nach der Völkerwanderung. Und die tumben blonden Germanenbauern behielten den Namen bei, nachdem sie die Slawen vertrieben hatten, nicht wissend, dass sie ihren Chornberg oder Hornberg oder Kürnberg, dessen Bäume heute am Westrand von Linz die industriebeschmutzte Luft von Vöest und Chemiewerk auffangen, genau genommen Bergberg nennen.

Für meine eigene Donausage stelle ich mir eine Art Gottesdienst vor, Yhra, die Kriegerin, war zugleich die Priesterin ihres Clans, der Hirschclan muss es gewesen sein, darum penetrierte sie Mutter Erde mit den Hirschenzacken, auf dass die Bitte erhört werde, die große Mutter möge den Hirschmännern Bärenfrauen oder Fuchsfrauen oder Dachsfrauen schicken, auf dass sie sie begatten können und das Leben nicht aufhöre, weiter und weiter zu leben. Denn Hirschfrauen durften sich nicht befruchten lassen von Hirschmännern. Das war das Gesetz. Einer vom Rabenclan durfte keine vom Rabenclan vögeln, einer vom Bärenclan keine vom Bärenclan. Mann und Frau mussten verschiedene Totems haben. In Wahrheit ging es natürlich darum, keine kleinen verblödeten Krüppel in die Welt zu setzen, die den Stamm belasten, und sei es nur mit der Lästigkeit, die kleinen Dorftrottel möglichst still und gelassen zu töten, ohne Aufregung in den Stamm zu bringen. Darum fassten sie die Personen eines mehr oder weniger nahen Verwandtschaftsgrads zusammen zu einem Clan, und weil sie sonst ja nichts kannten, gaben sie diesen Großfamilien Namen von Tieren. Das ist alles. Die Erfindung von Totem ist nur eine Maßnahme, ist nur Installierung eines Inzesttabus. Kein Geheimnis dahinter, nicht mehr Geheimnis als hinter den Namen Kaineder, Kehrer, Kogler, Kornbichler und Lehner.

Warum haben Sie als junger Mann in den Wäldern des Kürnbergs nach Resten des Imperium Romanum gesucht?, hatte der Sprecher meiner Auftraggeber gefragt, als ich ihm vom Prinzensteig vorschwärmte und von meiner Absicht berichtete, eine Linzer Episode zu erfinden, sozusagen eine Erweiterung von Eugipps *Vita*, in der der Heilige Mann von Lentia aus durch die Eichen- und Buchenhaine nach Westen wandern würde, vorbei am in meinen Jünglingsjahren noch unausgegrabenen Römerwachturm aus der Zeit des Mac Aurel, immer weit genug oberhalb der Donau, um nicht nur den schnell springenden Strom, sondern auch die Ufer von Rugiland im Auge zu haben. Wo dann der Hügel endet und die Weitung dessen beginnt, was wir das Eferdinger Becken nennen, würde ich Severinus rasten lassen, und dabei eine kurze Reflexion einbauen über das Kloster, das die Jünger des Clairvaux'schen Bernhard dort hingestellt hatten, unweit der Stelle, wo Wilher seinen Speer in den Boden gerammt hatte mit dem Ruf: Das ist mein Ing!

Das war doch sicher nur die gegabelte Spitze eines Hirschgeweihs, das vor einem Jahrzehnt oder zwei ein mächtiger Zwölfender abgeworfen hatte und das von den Jahren in der Erde glatt und fahl geworden war, als hätte es jemand bearbeitet vor Jahrtausenden, sagte der Sprecher meiner Auftraggeber. Ich gab ihm recht.

Nach zehn Minuten erschienen die ersten Schweißperlen auf meiner Stirn, und ich fühlte es feucht werden unter meinem Doppelkinn, fünf Minuten später war alles nass, mein nackter Oberkörper, die Haare, die Unterhose durchgeschwitzt, auf der hellen Cordhose blühten kleine Schweißflecken auf, vergrößerten sich rasch. Die schöne, kraftvolle Internistin, die ich mir zurechtfantasiert hatte zur glutvollen Yhra und zur kühlen Hypatia zugleich, verwandelte sich in eine schützende Mutter, sie schüttelte besorgt den Kopf und brach die Messung ab. Ich hatte nur siebzig Prozent der Leistung geschafft, die ein Mann meines Alters und Gewichts erbringen müsste, aber sie wolle es nicht darauf ankommen lassen. Der Blutdruck steige beängstigend, die Entwicklung der Blutzuckerwerte unter Anstrengung sei dramatisch, und allein der optische Eindruck lasse sie ein Kollabieren befürchten.

Während ich mit leichtem Ekel Unterhemd und Hemd über den verschwitzten Leib zog, ging sie hinaus. Ich solle draußen warten auf Doktor Bodinger, sie werde ihn informieren. Und auf Wiedersehen, falls wir uns nicht mehr sehen, der nächste Patient wartet schon. Bodinger stand bereits an der Rezeption, als ich in das Wartezimmer kam. Sieht schlecht aus, sagte er. Metabolisches Syndrom in Reinkultur. Blutdruck, Zucker, Cholesterin, null Fitness. Nur eines ist positiv. Die Arterien sind noch bestens in Schuss. Da ist noch was zu machen. Das kannst du alles noch in den Griff bekommen. Er fragte, wie lange ich noch in Österreich sein werde, zwei, drei Wochen, sagte ich. Lass dir von der Ordinationshilfe einen Termin geben. Es muss ausführlichst besprochen werden. Musst einiges ändern.

Was ist mit Wiehern, sagte ich.

Er grinste und verschwand in einem Praxisraum.

65

Was dieses Dorf nötig hätte, und dieses Land, ist eine Setsubun-Zeremonie. Alida im schönen Marathon hat mir davon erzählt, Alida das Inselkind, die letzte Frau, mit der ich Geschlechtliches getrieben habe, desk clerk im Touristenbüro. Die beste Zeit in meinem Reisebüroleben war die in Japan, hatte sie gesagt, und ich war mit meinen Kitschbildern aus Fernsehen und Geo-Heften gekommen, Fujiyama und Kirschblütenfrühling. Die Japaner nennen mich Inselkind, sagte sie, irgendwie kann man die Silben meines Namens offenbar lesen wie die japanischen Wörter für Insel und Kind, und wenn ich ihnen erzählte, dass ich an Nordamerikas Großen Seen lebe, war es für sie eine Selbstverständlichkeit. Als ich zu versagen drohte in der ersten Liebesnacht, hatte sie gekichert und ein paar von den Schokolinsen aus der Schale am Nachtkästchen genommen und gegen meinen Unterleib geworfen und ein paar Mal Oni Wa Soto gerufen, Oni Wa Soto, Oni Wa Soto! Raus, Teufel, raus!

Und ich hörte da in dieser kanadischen Mädchenkleinwohnung, die ein wenig Lächerlichkeit ausdunstete, weil bewohnt von einer vierzigjährigen sehr erwachsenen Frau, auf einmal wieder Edgar Broughton sein *Out Demons Out* heulen, Edgar Broughton, Held meiner Teenagerjahre wegen der Haltung, links natürlich, wegen der Parolen, wegen der aus politischer Überzeugung gratis gegebenen Konzerte, wegen *American Boy Soldier*, der gleichzeitig herzerweichenden und sarkastischen Ballade zum Vietnamkrieg, und wegen des nackten Mannes, in einem Schlachthof-Kühlraum aufgehängt zwischen Rinderhälften auf dem Cover seines dritten Albums. Und wegen der Eröffnungsnummer dieses Albums, *Evening Over Rooftops*, die klein und simpel beginnt, dann aber anschwillt und anschwillt und sich emporschraubt zu den höchsten letzten Dingen, wie der Vogelschwarm, den der sehr offenkundig zugedröhnte Icherzähler im Song beschreibt. Einmal habe ich beinahe ein Live-Konzert gesehen, in St. Pölten, damals verlangte die Band bereits Eintritt, und uns Fans kamen erste Zweifel an dem Klassenlosigkeitsgetue. Wir waren zu fünft in einem klapprigen Ford Cortina Richtung Osten gefahren. Vor dem Saal herrschte Aufruhr. Es gibt heute kein Konzert, wiederholte einer vom Veranstaltungsmanagement wieder und wieder, die Band kann nicht kommen, kein Konzert. Nur langsam gingen die Leute weg. Wir blieben als Letzte. Wer uns jetzt die Benzinkosten ersetzen würde, fragten wir. Der Veranstaltungsmanager begann zu schimpfen auf die Arschlöcher von der Band. Sie hatten am Vorabend, vor dem Auftritt in einer traurigen Halle irgendwo im Burgenland, schon dermaßen zu saufen begonnen, dass sie nicht mehr fähig gewesen waren, ein einziges Lied zustande zu bringen. Die Pfiffe des Publikums waren lauter und lauter geworden, gleichsam als Bestrafung hatte die Band dann begonnen, die Instrumente und die Verstärker zu zerlegen.

Versteht ihr, sagte der Veranstaltungsmanager, die könnten heute nicht spielen, selbst wenn sie wollten. Instrumente und Anlage sind nur geliehen, die Firma hat sich geweigert, dieser Truppe Ersatz zur Verfügung zu stellen. Irgendwie schien er Mitleid mit uns Landpomeranzen aus Oberösterreich zu haben, Benzingeld könne er uns nicht ersetzen, sagte er, aber er habe was für uns. Und ging zu seinem Auto und gab jedem von uns aus dem Kofferraum einen Stapel von Plakaten für die Tournee von Gipsy Love, der Band von Charly Ratzer mit dem jungen Harry Stojka, die demnächst nach St. Pölten kommen werde. Wir fuhren von der verschlossenen Konzerthalle weg und hinaus auf die Autobahn Richtung Linz. Wir hielten gleich wieder an der Raststätte St. Pölten, tranken ein paar Bier und waren getröstet.

Nicht wegen der Charly-Ratzer-Plakate. Sondern weil uns allmählich klar wurde, dass wir wahrscheinlich gerade Teil eines

Rockkonzerts in seiner reinen, klaren Essenz gewesen waren. Eine Band, die aufgebrochen war, um die Welt besser zu machen, die mit Gratiskonzerten die klassenlose Gesellschaft herbeilärmen wollte, war offensichtlich hineingeraten in den vom Klassenfeind eingerichteten und dominierten Betrieb, sie spielte, organisiert von aalglatten Managern, für Geld in schäbigen, grindigen Hallen und Sälen in einer der langweiligsten Provinzen, die man sich in Westeuropa vorstellen kann, in der österreichischen nämlich. Die einzige Möglichkeit, sich dabei Authentizität zu bewahren und Würde, war eben, Alkohol und was sonst noch immer dem Körper zuzuführen bis zur Besinnungslosigkeit. Die einzige Alternative für eine glaubwürdige Rockband war, die von den Profiteuren des Betriebs gegen gutes Geld entliehenen Produktionsmittel zu zerstören. Edgar Broughton und die Seinen hatten das Einzige getan, was man tun konnte. Und wir waren dabei gewesen! Wir waren die Besucher eines Konzerts gewesen, das nicht stattgefunden hatte, und das war sowohl für die Band als auch für das Publikum das Beste und Richtigste gewesen, das passieren konnte. Weil es die Verhältnisse zwischen Musikern und Zuhörern am radikalsten so darstellt, wie sie sein müssen.

Setsubun findet Anfang Februar statt, sagte Alida. Der Vater verkleidet sich als böser Dämon, Frau und Kinder bewerfen ihn mit Sojabohnen. Das vertreibt den Winter. Hört sich an wie Lichtmess und wie der Perchtenlauf-Mummenschanz in den Alpen, sagte ich, konnte es ihr nicht richtig erklären, dazu war mein Englisch zu mangelhaft. Setsubun ist der letzte Tag der großen Kälte, sagte sie, fein, sagte ich, das könnten sie brauchen. Drüben. Wo ich herkomme. Einen letzten Tag für diese große Kälte. Ein Mittel, die Gespenster zu vertreiben. Das Wichtigste ist, dass die Zeremonie Glück für das neue Jahr bringt, sagte sie. Man muss so viele Bohnen dem Teufel nachschmeißen, wie man Lebensjahre zählt, plus einer mehr, diese eine bringt dann Glück im neuen Jahr. Und immer rufen: Oni Wa Soto!

Die Gespenster haben sich nicht verjagen lassen aus dem Dorf, habe mein Vater immer gesagt, sagte meine Mutter, wenn ihn die alten Nazi verspottet hatten, weil er glaubte, mit Kreisky und seinen Sozis würden bessere Zeiten kommen. Er hat sich die Verhandlung angeschaut in Linz, sagte sie, die wegen der Prügeleien im Hof des Dorfwirtshauses. Die Opfer hatten gleich nach Kriegsende Anzeige erstattet. Nicht die illegalen Nazis, die beim ersten Mal von den Hahnenschwänzlern verdroschen worden waren, die Hahnenschwänzler hatten die Nazis vor Gericht gebracht wegen der zweiten Verprügelei, jener nach dem Anschluss.

Der Vater hat die ganze Zeit nur bitter gelacht im Verhandlungssaal, erzählte meine Mutter. Weil keiner mehr sich an irgendetwas erinnern konnte. Dem großen Holzhändler aus dem Nachbardorf, den die Nazis am heftigsten geschlagen und am schwersten verletzt hatten, wollte nichts mehr einfallen zu diesem Vorfall von vor sieben Jahren. Selbst der Richter musste lachen, wahrscheinlich ebenfalls bitter. Na, Herr Holzhändler, wie viel Holz haben Sie denn schon wieder gehandelt mit dem Herrn Großbauern, dass Sie sich an nichts mehr erinnern können?, habe der Richter geseufzt. Der Großbauer, Annes Vater, einst mächtiger Ortsgruppenleiter, jetzt nur noch mächtiger Schweineborsten verfeuernder Hüter seiner Marillenbäume, war der Anführer der braunen Prügeltruppe gewesen. Jetzt sind er und der verprügelte Holzhändler schon wieder Freunde, die Nazis sind noch immer und schon wieder was im Dorf, der Großbauer kann dem Holzhändler gute Geschäfte zukommen lassen. Alle können sich an nichts erinnern. Jeder Zeuge und jeder Beschuldigte sagt das Gleiche. Ich weiß nicht, wer hingeschlagen hat und wie oft. Ich weiß nicht, ob es der war oder der, der mich gedroschen hat. Ohne sich abzusprechen schoben Opfer und Täter gemeinsam die Schuld auf jene, die nicht mehr greifbar waren. Ja, der hat getreten, der hat zugeschlagen, der hat zugestochen, und nannten dabei Namen von Männern, die dem Dorf abhandengekommen waren. Namen, die ein paar Jahre später auf dem neuen Kriegerdenkmal standen, weil sie für unsere Freiheit gestorben waren.

Die Verhandlung war ein Witz, habe mein Vater gesagt, sagte meine Mutter.

Oni Wa Soto! Ich lag bei Alida in Marathon und umklammerte sie die halbe Nacht lang und flüsterte auf sie ein oder hörte ihr zu, wenn sie flüsterte von ihren Jahren in Kyoto, die die schönsten ihres Lebens waren, sie sollte denken, ich wäre einer von diesen einfühlsamen Männern, die nicht nur an den Schlitz zwischen ihren Beinen denken, sondern zuhören und etwas von sich preisgeben, dabei dachte ich natürlich die ganze Zeit nur an ihren Schlitz, aber Panik machte mich einfühlsam, Panik, weil ich spürte, beim ersten Mal neben ihr im Bett, wie sich zwischen meinen Beinen nichts richtig erhärten wollte.

Der Dämon des Altwerdens ließ sich nicht vertreiben. Sie war zärtlich und vorsichtig, und irgendwann einmal gelang es, den Beischlaf zu vollziehen, aber es war nicht wie früher, etwas hatte sich verändert, wegen des jahrelangen mönchsgleichen Lebens hatte ich es nicht wahrgenommen oder wahrnehmen wollen, Masturbation hatte nach wie vor funktioniert. Doch mit einer lebendigen Frau als Gegenüber anstatt der Fotos und Filme aus dem Netz war die Illusion nicht länger aufrechtzuerhalten. Ich sah ihre Nacktheit im spärlichen Licht, das die Straßenbeleuchtung durch das Fenster warf, ich berührte alles an ihr, mit Nase, Lippen, Fingern und Zunge, es erregte mich, aber die Erregung ließ die Schwellkörper in meinem Glied nicht mehr anschwellen zu voller Pracht wie einst im Mai. Das war vor drei Jahren. Nein, vier sind es schon. Wie wenig werden die Schwellkörper jetzt erst schwellen, sollte ich das Angebot des Wasserluchsweibchens annehmen.

Ich wusste auf einmal in Alidas Bett, wer ich war. Ein alter Mann in einer sich immer schneller ändernden Welt. Wie Severinus beim Ende Westroms, wie Karl May bei seinen beiden einzigen echten Reisen in den Orient und den Wilden Westen, nachdem sie ihn als Zuchthäusler und falschen Doktor und Lügengeschichtenerzähler geoutet hatten und er entschlossen war, nun ein echter Schriftsteller zu werden, wie dieser falsche Old Shatterhand auf der Hotelaussichtsplattform über den Wasserwänden Niagaras und dieser falsche Kara Ben Nemsi auf der Luxusterrasse der Mena House Lodge zu Gizeh mit fantastischem Blick auf die Sonnenuntergangspyramiden. So wie sie war ich. Unfähig, das zu verstehen, das man so lange für das Eigene und Eigentliche gehalten hatte. Glanzlose Augen in einem fahlen Gesicht, bleich wie jenes des alterssteifgliedrigen William Cody in den kurzen Filmen von seinen Buffalo-Bill-Shows aus der Zeit des Beginns des Ersten Weltkriegs, wo er gemerkt haben musste, dass Thrill und Grandezza seines Rasenspektakels auf einmal käsig und schäbig aussahen.

Ich muss für Alida Inselkind eine Enttäuschung gewesen sein, auch wenn sie nie etwas sagte oder auch nur eine Andeutung machte. Ich redete mir ein, Enttäuschung sei etwas Gutes, denn es sei notwendig, um sich nicht zu täuschen oder getäuscht zu werden. Aber Enttäuschung ist einfach nur Enttäuschung. Enttäuschung war, Edgar Broughton doch noch in einem Live-Konzert zu sehen, in einer Radfahrer-Short, in einem kleinen Kellerlokal im Neue-Deutsche-Welle-Wien der achtziger Jahre. Wir standen nahe an der Bühne, was leicht ging, da nur wenige Zuschauer gekommen waren, tranken Bier aus Pappbechern, lehnten die Joints ab, die immer wieder durch die Reihen gingen, und warteten. Und dann kamen sie, langsam stapften sie die Treppe hoch und nahmen die Instrumente auf. Drei ältere Herren im Fitnessdress, unglaublich gesund sahen sie aus, und zwei junge Burschen, Studiomusiker in Punker-Verkleidung. Edgar Broughton räusperte sich, trat an den Bühnenrand, mit einem Haarschnitt wie ein Börsenmakler, in einem schwarzen T-Shirt mit Werbeaufdruck einer Sportartikelfirma – und in einer hautengen neonfarbenen Radlerhose.

The air was thick like honey, begann er zu singen. *Evening Over Rooftops.* Sie spielten es fragiler und eindringlicher als auf der Platte mit den Rinderhälften, von feinen, leisen Akustikgitarrentönen ausgehend schwoll der Song an zu einer gewaltigen elektrischen Hymne, und wenn man die Augen schloss und den Oberkörper sanft wiegen ließ zum Rhythmus, dann stimmte es, dann war es gut. Aber mit offenen Augen war es nicht auszuhalten, wie er da oben stand, dieser Mann, der einst angebrüllt hatte gegen die Dämonen von Ausbeutung und Unterdrückung, und jetzt in einer Radlerhose, gesund und dynamisch, fit, ein Wohlstandsbürger in seinen frühen Fünfzigern, der aussieht wie einer in seinen Vierzigern, aber doch nicht wirklich, zu sehr ist erkennbar, dass er das nur schafft mit viel frischer Luft und Sport und gesunder Ernährung. Den will ich nicht. Ich will einen Edgar Broughton, der in St. Pölten nicht auftreten kann, weil er gewaltig verkatert ist vom Burgendland-Konzert des Vorabends.

66

Kraftlos, müde und unfähig machte mich der lächerliche Selbstmordversuch meiner Mutter. Lächerlich war er, das erfuhr ich bald von den Ärzten, sie selbst erzählte mir nie Details. Sie hatte den Beipackzettel der Pillen gelesen, die ihr der Hausarzt gegen besorgniserregenden Bluthochdruck verschrieben hatte. Da stand der verstümmelte Satz: Kann bei Überdosierung zu Herzstillstand führen. Daraufhin hatte sie den gesamten Inhalt der Packung auf einmal hinuntergeschluckt. Der darauf folgende unmittelbar eintretende Blutdruckabfall hatte sie schwindlig und teilweise desorientiert gemacht. Und hatte sie dermaßen geängstigt, dass sie den Hausarzt angerufen hatte. Niemand kann sich umbringen mit blutdrucksenkenden Mitteln, sagte ich zum Arzt. Nun ja, Betablocker sind schon –, sagte er, zog dann die Schultern hoch, murmelte etwas davon, dass man nie irgendetwas zur Gänze ausschließen könne, denkmöglich sei vieles, was man nicht glauben würde.

Sie sah besser aus an diesem Nachmittag. Lebendig und zum Plaudern aufgelegt. Sie fragte, was mich an diesen nun wirklich alten Geschichten mit den Römern und Germanen und heiligen Männern interessiere. Es ist vor allem die gute Bezahlung, sagte ich, es war eine Lüge, aber eine, die begonnen hatte, sich zu wandeln und allmählich zur Wahrheit zu werden. Weil ich die Geschichte nicht fand. Wo bist du, Geschichte, fluchte ich immer öfter vor der Laptoptastatur, fluchte, weil sich mir nicht entfalten wollte, was Eugippius da zusammengefaltet und verborgen hatte hinter der langweilenden Abfolge von Legenden und Wundermären.

Die Hasenfellmenschen im hohen Norden Kanadas, von denen die Nachfahren von Kohls Lieblingsindianern an den Großen

Seen mit leiser Bewunderung und manchmal spürbarem Neid erzählten, weil denen das Schicksal, oder eigentlich die Unwirtlichkeit ihrer Heimat gegönnt hatte, sich nicht bis über die Selbstaufgabe hinaus den bleichen Eroberern von östlich des Ozeans zu unterwerfen, haben ihre Geschichtenerzähler verehrt. Weil sie sie gebraucht haben. Um schlafen zu können. In den unendlich langen Winternächten, wenn es nichts zu tun gab außer die Zeit vergehen zu lassen und mit den Proviantvorräten sparsam umzugehen, verschwommen die Stunden und Tage und Nächte zu einem Einerlei, das Vor-sich-hin-Dösen wurde ihnen in den Erdhütten zu einer immer größer werdenden Anstrengung; je länger die Nächte wurden, umso schwieriger wurde es, die Sehnsucht zu erfüllen nach leichtem, selbstverständlichem Einnicken, nach tiefem Schlaf, nach Erwachen erfrischt und hellen Sinnes.

Da musste der Erzähler her. Er wusste, wann er was zu erzählen hatte, damit der ganze Clan gleichzeitig müde wurde, gleichzeitig schwere Lider bekam, gleichzeitig hineinschnarchte in die Felle, gleichzeitig nach erquickenden zwölf Stunden die Glieder streckte in den neuen Tag, den aber keine Morgensonne ankündigte, ein Vierteljahr lang.

Ich beiße jeden Tag ein Stück vom Winter ab, so nannten die Erzähler ihre Arbeit, die besten unter ihnen waren stolz wie die Pfaue, wenn ein ganzes Erzählerleben lang nie jemand das Ende ihrer Erzählung gehört hatte, weil ihre Kunst so groß war, dass jedem früher oder später die Augen zugefallen waren.

Kohl hat mit großer Bewunderung von den indianischen Vereinen zum Vortrage von Geschichten und Mährchen geschrieben und von den geschickten Erzählern und von seiner Freude an diesen geistigen Lebensquellen der Menschen. Sie sprachen und erzählten äußerst geläufig, ohne die geringste Affektation, notierte er in seine Notizhefte, sie sprachen leise und gleichförmig, ohne viel Pathos und Gestikulation, sodass man glaubte, das fortgesetzte Rieseln eines Baches oder das Säuseln des Windes zu hören. Die äußere Belebung des Vortrags war diesen Erzählern egal, schreibt Kohl, das Leben steckte im Inneren der Rede, in ihren originellen Einfällen, in ihren erfinderischen Wendungen. Über zwei, drei Seiten analysiert er die literarischen und rhetorischen Künste der sogenannten Wilden, es muss sich da in ihm der Sprachforscher und Sprachkritiker aus *Des deutschen Mundes Laute* mit Macht wieder einmal gerührt haben, er beginnt darüber zu philosophieren, wie Geschichten wandern und weitergegeben werden und sich dabei verändern und doch ihre Essenz behalten, er registriert und beschreibt auch den *Sound* des Erzählten und kommt am Ende zu Longfellow, das einförmige Versmaß von dessen *Hiawatha* interpretiert er als bewusste Nachstellung der cadenzlosen Vortragsweise der Indianer. Kein Wunder, dass er der Erstausgabe von *Kitchi Gami* einen Vers aus *Hiawatha* als Motto vorangestellt hat: From the forests, from the prairies. From the great lakes of the Northland. From the land of the Ojibways – I repeat them, as I heard them.

Solcherart sollte mein Erzählen sein, fokussiert auf das Innere der Rede, dann entstünde vielleicht doch noch eine Geschichte aus dem planlosen zufälligen Zusammenschichten von Schnurren und Belehrungssequenzen aus der *Vita* des Heiligen Mannes. Ich will meine Geschichten Hasenfellmenschen erzählen, und nicht Bildungstouristen und Landesausstellungsbesuchern. Ein Stamm hockt dicht beisammen voll Verzagtheit und anschwellender Angst, weil die Welt draußen sich verdüstert und verdüstert, weil die Finsternis zunimmt und jede Hoffnung darauf raubt, dass es irgendwann einmal doch wieder heller werden würde, und weil es nichts zu tun gibt, das den Zustand ändern könnte, zur Tatenlosigkeit verdammt sind die Tatendurstigsten ebenso wie die Trägsten. Was sie schließlich zermürbt, was sie wünschen lässt, es möge endlich zu Ende gehen, so oder so. In dieser Lage erscheint nun der Retter, er hockt sich in ihre Mitte und hebt an zu murmeln, er handelt nicht, er unternimmt nichts, das die Bedrohung abwenden könnte, er redet nur, erzählt nur eine Geschichte. Aber das bewirkt, dass der Clan sich besser fühlt, obwohl sich nichts geändert hat, der Winter tobt nach wie vor draußen um die Sodenwände, die Sonne erscheint nach wie vor nur als eine Ahnung von Helligkeit am Horizont. Aber es geht ihnen besser.

Das soll Severinus sein in meiner Vorstellung, und sein Chronist Eugippius soll es auch sein. Sie wenden die Not und die Bedrängnis nicht ab, doch sie bewirken, dass die, die ihnen zusehen und zuhören, wie sie die Ödnis und Tristheit rundherum sachte sachte wegwischen mit ihren Besen, die da heißen Verzauberung und Bezauberung und Wundertat, sich auf einmal gut fühlen. Nichts ist gut geworden, aber wir fühlen uns gut. Dieses Kunststück der Meistererzähler der Hasenfellmenschen sollen die Personen meiner Doppellandesausstellungsgeschichte bewerkstelligen. Aber sie tun es nicht. Darum will ich hinaus aus dieser Geschichte. Und darum ist es keine Lüge mehr, wenn ich sage, dass ich in ihr drinnen bleibe wegen der Honoraranweisungen meiner Auftraggeber.

Der Onkel, sagte ich, der mit meinem Namen.

Ja, sagte sie, was ist mit ihm?

Ich habe zu Hause in der Fotoschachtel gestöbert.

Ach Gott, die alten Bilder.

Dann schwieg sie und schaute ins Freie. Früher hat man da in einen Park gesehen, Kieswege in gepflegtem Rasen, alte Bäume, ein weiß gefärbeltes Betonviereck mit einem großen roten Kreuz in der Mitte, das war der Hubschrauberlandeplatz. Heute stehen in der Wiese mehrstöckige Bettentrakte im Allerweltsarchitekturstil. Als Kohl in Linz war, stand das Irrenhaus mitten in der Stadt, in einem schönen Barockstift, das heute die Musikschule der Stadt beherbergt, in Rufweite von Brucknerhaus und Lentosmuseum. Kohl hatte gestaunt über den Eingangsbereich, der dem Comptoir eines Handelshauses glich, nur mit dem Unterschied, dass in jenem die Worte Wein- oder Kaffee- oder Tabak-Conto zu finden seien, in diesem aber auf jeder Tabelle, auf jedem Folioband mit großen Buchstaben gedruckt zu lesen stand: Conto der irren Knaben, Conto der wahnsinnigen Mädchen, Conto der wahnsinnigen

Weiber, Conto der Findlinge. Und hatte sich pikiert gezeigt über die ziemlich sonderbare und veraltete Behandlung der Lustsiechen und ebensolche Erziehung der Findelkinder. Dagegen fand er die Modernität der Linzer Irrenanstaltsbetreiber in Sachen Wahnsinnsbekämpfung höchst lobenswert. Dieser Kampf wurde mit eiskaltem Wasser geführt, wohlwollend beschreibt der reisende Autor aus Bremen den Fall eines Mannes, der sich lange Zeit mit tiefer Melancholie, fixen Ideen allerlei Art und periodischem komplettem Irrsinn geplagt hatte und nach nur zehn Wochen Behandlung mit der *Douche* vollkommen geheilt und als ganz vernünftiger, mit sich und anderen zufriedener Mensch entlassen wurde.

Es war kein Foto, sagte ich. Es war ein Brief.

Ein Brief?

War der Onkel in einem KZ?, fragte ich nach einer langen Pause.

Nein, nein, sagte sie, nicht KZ. In einem Lazarett war er. Nicht in einem KZ. In Detmold.

Es steht aber in dem Brief, sagte ich. Wenn die nicht mehr arbeiten können, kommen sie in ein Krematorium! Sie zog die Augenbrauen zusammen, als ob sie angestrengt nachdenken müsste, und sagte nichts.

Das Verrücktwerden ist wie eine Feuersbrunst, und das Verrücktsein ist einem ausgebrannten Gebäude ähnlich. Wie recht Kohl hat! Im Linzer Irrenhaus des einundzwanzigsten Jahrhunderts saß ich am Bett meiner Mutter und wünschte mir, ich könnte so distanziert und mit kalter Neugier die Dinge betrachten, wie Kohl es getan hatte im Linzer Irrenhaus des neunzehnten Jahrhunderts. Hinter eisenen Gittern sahen wir hier auch noch mehrere arme menschliche Wesen, schrieb er in der *Reise von Linz nach Wien*, deren Wahnsinn bereits dem Leben anderer ihrer Mitbürger verderblich geworden war. Es mochten auch solche darunter sein, deren mörderische Thaten noch Zweifel übrig ließen, ob sie auf dem Schafotte abzubüßen oder in einem solchen Krankenhause zu corrigieren wären. Und breitet dann ausführlich vor seinen Lesern den Fall eines angesehenen Linzer Bürgers aus, der seit zehn Jahren in der Anstalt saß, weil er wegen wachsender und schließlich ihn überwältigender Furcht vor Gespenstern und Dämonen ein Blutbad angerichtet hatte. An einem stürmischen Abend, wo alle Türen und Fensterrahmen grausig knarrten, plärrte eines der Kinder im Schlaf, die Mutter rief, das Hexenkind möge endlich schlafen. Dieses unvorsichtige Wort wirkte wie ein elektrischer Funke auf den in seinen Hirngespinsten verlorenen Mann, er holte ein Beil, schlug die Frau tot, dann die schreienden Kinder der Reihe nach in ihren Betten und auch noch die Dienstmagd. Als am nächsten Tag die Sonne schon hoch am Himmel stand, sahen ihn die Nachbarn mit den Leichnamen seiner Kinder in den Armen und von ihrem Blute triefend über die Straßen gehen. Er trage Hexenkinder weg, um sie ins Wasser zu werfen, schrie er dabei unentwegt. Dann wurde er ergriffen, schreibt Kohl, und als Wahnsinniger unter sein jetziges Gitter gebracht, wo wir ihn nun in einem Winkel im Stroh verkrochen vor uns liegen sahen.

Jetzt weiß ich, was du meinst, sagte meine Mutter. Mein Gott, dieser dumme Brief. Der ist doch nicht von meinem Bruder. Ich weiß gar nicht mehr, wo er herkommt. Wahrscheinlich ein Freund von einem deiner Onkel. Die waren ja alle bei der Wehrmacht, die Buben aus der ersten Ehe meines Vaters, und meine Brüder auch, und bei der SS. Das war für die jungen Männer im Dorf ja was, wenn sie die SS genommen hat. Ich weiß es gar nicht mehr. Von meinen Halbbrüdern war glaube ich nur einer bei der SS. Die waren ja fast schon zu alt. Meine richtigen Brüder waren große, starke, junge Männer, solche haben sie gewollt.

Der jüngste, dein liebster Bruder, war bei der SS.

Die haben sie ja von der Berufsschule weg aussortiert, da war er siebzehn, älter war er noch nicht, und da haben sie ihn zur SS getan. So ist er nach Detmold gekommen.

Es ist zu verwirrend. Sie hat es mir schon erzählt, und hat es mir sicher bereits auseinanderdividiert, wie sie es nennt, als ich Kind war, hat mir anhand der Fotos im Schuhkarton die komplizierten Familienverhältnisse erklärt. Ihr Vater, mein Großvater, hatte vier Söhne aus einer ersten Ehe. Ihre Mutter, meine Großmutter, hatte zwei Töchter aus einer ersten Ehe. Meine Oma und mein Opa hatten miteinander dann noch einmal vier Kinder, drei Söhne und sie, meine Mutter.

Die waren bei der SS, sagte sie, aber nicht als Wächter in einem KZ. Die waren bei der Waffen-SS. Hast du geglaubt, dass dein Onkel so einer war? In einem KZ?

Natürlich nicht, sagte ich.

Wahrscheinlich war der Brief von einem ihrer Freunde, sagte sie, man war ja im Dorf immer ganz eng beieinander, wie eine Familie, ich kann mir schon vorstellen, dass da einer von meinen Brüdern eine Freundin gehabt hat, und die hat einen Bruder gehabt, der bei der schwarzen SS war, weißt eh, die im Lager, und der hat der geschrieben, und die hat es ihm gezeigt, und irgendwie hat der dann den Brief nicht mehr zurückgegeben.

So wird es sein, sagte ich.

Das Einzige, das mir an diesem Tag so etwas wie Vergnügen bereitete, war die Lektüre in den Kopien von Kohls *Reise von Linz nach Wien*, im Speziellen seine Überleitung von der Irrenanstalt zur Linzer Jesuitenschule. Wenn eine Irrenanstalt den Zweck hat, formuliert er lapidar, Verrückte möglichst zur Vernunft zu bringen, so kann man dagegen eine Jesuitenschule in gewisser Beziehung eine Anstalt nennen, um Natürlichklugen künstlich den Kopf zu verdrehen. So was liest man gerne, als einstiger Knabeninternatszögling.

67

Ich würde gerne einen großen Klagegesang in den Aufsatz einbauen, sagte ich zum Sprecher meiner Auftraggeber, was wünschen Sie zu beklagen?, fragte er, die Flüchtlingsscharen, die sich drängten in Lauriacum, die Rettung erhofften vom Heiligen Mann und doch des nahenden Endes gewiss sein mussten, sagte ich. Die Elenden, die ihrer Verdrängung nichts entgegenzusetzen hatten, wie zu allen Zeiten. Die Anishinaabe will ich beklagen, die vom mächtigen Volk der Füchse aus ihren angestammten Jagdgründen und Fischfanggründen verdrängt wurden, und auch die Füchse will ich beklagen, die ja ihrerseits nur Verdrängte waren, die den Druck weiterreichten und weiterreichten an die benachbarten Stämme, bis sie am Ende selbst zerrieben wurden von den sich immer schneller verändernden Zuständen, wie die burmesischen Mönche, deren Verfolgung Abend für Abend aus dem Fernsehapparat flimmert. Und meinen eigenen gemieteten Fuchs will ich beklagen, VW Fox, der mit nicht einmal achtzehntausend Kilometern auf dem Tachometer die ersten Vorboten von Auflösung zeigte, das sagte ich aber nicht.

Das Display am Fox spielte verrückt. Die Ziffern des Tageskilometerzählers begannen als Erstes zu flackern, dann auch die anderen Anzeigen, alles, was Ziffern darstellen sollte, verlor seine Form, zeitweise waren nur noch Achten zu sehen, dann lauter Achten, die aussahen, als hätte man die untere Hälfte wegradiert, dann flimmerte eine sich rasch verändernde Abfolge sinnloser Zeichen über den Bildschirm des Rundinstruments.

Damit muss man rechnen bei einem in Brasilien endgefertigten Fahrzeug, sagte der Sprecher meiner Auftraggeber, hätten Sie doch ein paar Euro mehr investiert und einen Polo gemietet, das ist beinahe schon ein richtiges Auto.

Alles verliert Verlässlichkeit, wenn man sich auf Symbole nicht verlassen kann, sagte ich. Wenn Gerätschaften zur Gewährleistung der Kommunikation zwischen dem Menschen und seinen Symbolsystemen den Dienst verweigern, ist alles vorbei. Wenn wir das, was in unseren Köpfen vorgeht, nicht verräumlichen können mittels Symbolen und nicht verzeitlichen können, indem wir die unterschiedlichen Symbolsysteme zusammenführen zu einer Art verflüssigter permanenter Verfügbarkeit, und darum handelt es sich bei den dem Funktionieren einer Tachometeranzeige zugrunde liegenden Digitaltechnologien ja, hört das, was in unseren Köpfen vorgeht, zu existieren auf. Tauschen Sie den Wagen halt aus, sagte er. Ich habe bereits beim Stadtbüro der Leihwagenfirma angerufen, sagte ich, aber bloß einen Anrufbeantworter erreicht, der die Öffnungszeiten auf Endlosband herunterleiert.

Er fragte, was genau ich mit Klagegesang meinte.

Ich konnte es nicht beantworten. Weil mir eine Klage im Kopf umging, die in die Gegenberichte gehörte und nicht in den Aufsatz. Fox, der Fuchs, ist das Symbol der Götter von Berg und Wald und wild wuchernder Vegetation, ein Trickster, ja, aber unter jenen Geschöpfen, die bereit waren, dem Menschen zu helfen, der hilfsbereiteste, bis die Christen kamen und ihn verdammten ins Dämonenreich, wahrscheinlich weil er ein zu erfolgreicher Konkurrent war, wenn es galt, Häschen und Kitzlein zu erjagen im dunklen Tann. Der Fuchs war der Stammesname und das Totem der Meskwaki, die in den Zeiten des Eindringens der europäischen Eroberer die gefährlichsten Feinde der Anishinaabe waren.

In Kohls *Kitchi Gami* kommen die Meskwaki-Füchse nur in ein paar Nebensätzen vor, als er die Tragödie der Siskiwit kurz anreißt. Ein Nachkomme der Opfer dieses Dramas aus frühkolonialen Zeiten hatte ihm davon erzählt, während er dem deutschen Abenteuerurlauber versuchte zu erklären, wie die komplexen Zeichenschriftsymbole auf einer alten Birkenrindenrolle zu lesen seien. Das Anishinaabe-Volk hatte seine Heimat auf dem Eiland

Shaguamiko, Etwas Das Von Allen Seiten Angenagt Wird, Teil der Inselgruppe Mooningwanekaaning, Heimat Des Goldbrustspechts, was die Franzosen später Les isles des Apotres, Apostelinseln, die Amerikaner am Ende Madeline Islands nannten. Der Anishinaabe-Clan der Siskiwit bewohnte die Gegend um La Pointe, Jahrhunderte später das Hauptquartier von Kohls Feldstudien. Die Kriege der Franzosen mit den Irokesen verdrängten die Meskwaki-Füchse aus ihren Revieren im Osten, sodass sie in die Territorien der Anishinaabe an den Großen Seen strömten.

Wie in den Zeiten von Severinus und Romulus Augustulus und Odoaker die Rugier und Heruler von Stämmen verdrängt wurden und ihrerseits Stämme verdrängten, so ist die Siskiwit-Tragödie eine Verdrängungsgeschichte, die jedoch tradiert wird als Heldensage unter den Nachkommen der Opfer. Und die Geschichte der Füchse, der Meskwaki, der gefürchteten kampfstarken Eindringlinge aus dem Osten, endete nach ein paar Jahrzehnten mit einer ethnischen Säuberung, die nicht nur den Großteil dieses Volkes, sondern am Schluss auch seinen Namen auslöschte nach dem Ende der legendenumwobenen zwei Kriege der Füchse.

Das Frühlingslager der Siskiwit beim heutigen La Pointe wurde von den Füchsen angegriffen, während Häuptling Bayaaswaa den Rehen und Hirschen nachjagte in fernen Wäldern. Bayaaswaa, Der Von Rauch Und Sonne Getrocknete, Stammesführer vom Clan der Spießenten, kehrte zurück und fand sein gesamtes Volk erschlagen, bis auf seinen Sohn und einen alten Mann, die die Feinde verschleppt hatten in ihr Kriegslager, um sie am Marterpfahl zu töten. Der Häuptling schlich ins Lager der Füchse, aus einem Versteck sah er zu, wie der alte Mann zu Tode gefoltert wurde. Da sprang er vor und forderte die Füchse auf, sie mögen als Nächstes ihn zu Tode martern und den Sohn freilassen. Die Meskwaki, gerührt vom Opfermut des Vaters, gingen auf den Tausch ein. Als Pointe der Geschichte gibt es zwei Versionen, der Sohn kam frei in beiden, der Vater starb heldenhaft unter Folter in der einen, in der anderen stürzte der Vater, sobald er den Sohn in Freiheit sah, auf die Füchse und nahm kämpfend viele von ihnen mit in den Tod.

Der Sohn, der ebenfalls Bayaaswaa hieß und dessen Clantotem ebenfalls die Spießente war, Anas acuta, jenes elegante Geschöpf, das die wasserreichen Landstriche um die Großen Seen liebt und das seiner Wachsamkeit und seines schnellen Fluges wegen einen geschickten Jäger fordert, den es aber dann mit feinstem Fleisch zartesten Geschmacks belohnt, Bayaaswaa der Jüngere schließlich wurde an den Lagerfeuern der Anishinaabe gerühmt über die Generationen, weil er das Volk siegreich angeführt hatte, als es galt, wegen der den Druck ständig erhöhenden Bleichen Männer aus dem Osten die angrenzenden Lakota zu vertreiben und den Anishinaabe Lebensraum, wenn auch nur temporär, im heutigen Minnesota zu sichern. Die endgültigen Bezwinger seines Volkes, die Gewinner des Kolonialisierungsprozesses, ließen den Namen der beiden tapferen Häuptlinge weiterleben, indem sie eine unbedeutende Straßenbrücke nach ihnen benannten, nicht ohne den Namen zu verballhornen. Die Biauswah Bridge spannt sich über den St. Louis River nahe dem Fond-du-Lac-Park, wo der Fluss die Grenze zwischen Wisconsin und Minnesota bildet, ein Benutzer des Minnesota State Highway 23 muss keine zwanzig Kilometer Richtung Osten fahren, um vom tristen Brückenbauwerk Bayaaswaas aus die Geburtsstadt Bob Dylans zu erreichen, das prekariatsamerikanische Duluth.

Irgendwie sei die Hereinnahme eines Stilmittels wie der Klage schon eine interessante Idee, sagte der Sprecher meiner Auftraggeber, aber der Sinn dieses Vorhabens erschließe sich ihm nicht wirklich.

Wie sollte er auch. Der Sinn von allem, was ich tat und sprach, geriet immer mehr zu einem Sich-Drücken. Ich legte Dokument um Dokument an mit neuen Ideen zur Verknüpfung des Vergangenen mit dem Hier und Jetzt, aber vor dem Dokument, das anzulegen anstand, drückte ich mich. Denn sollte es Wurzelgeflecht geben, das heraufreicht von den Todgeweihten in Rugiland ins Heute, dann ist es eines, das aus dem Vergangenheitsmoder ausflockt ins Naziland meiner Totenkopfonkel und in meine eigene kleine Donauuferkitschkindheit. Ist eines, das herausgreift aus dem aufgeschichteten Schlamm und die kalte Gegenwart der Wasserluchsweibchenjäger packt und sie verknüpft mit der endlosen, um den Zeitpfeil in die Vergangenheit gewickelten Perlenkette von schuldhaftem Nichthandeln und schuldhaftem billigendem Inkaufnehmen.

Dem weiche ich aus und bastle lieber Schnurren um eine durchsichtige Heiligenlegende oder Kurznovellen um den Krieg der Füchse im Lederstrumpfsehnsuchtsland meiner Kindheitslektüren. Damit drücke ich mich vor meiner Mutter und vor der Kindfrau, die sich Trixi nennt, und der ich Indianernamen gebe, um Distanz zu gewährleisten, weil ich die Kontrolle aufgeben müsste, würde ich mich nicht fernhalten, von beiden. Mit einem Aufgeben jedoch würde ich nicht nur die Kontrolle, sondern mich selbst verlieren. Es ist mir unmöglich, mich aufzugeben, mich zu verlieren, weil ich befürchte, ich würde mich nicht wiederfinden, mich nicht zurückbekommen.

Sehen Sie in die Zeitungen, sagte ich ins Handy, Burma.

Schlimm, sagte der Sprecher meiner Auftraggeber.

Hat sich nichts geändert im Lauf der Jahrhunderte, sagte ich, verstehen Sie, zu all dem fällt mir eigentlich nur ein Klagegesang ein als adäquate Darstellungsform.

Noch immer dominierten die burmesischen Mönche die vorderen Seiten der Zeitungen. Europa begann allmählich, Druck zu entwickeln auf die Militärjunta, allerdings sehr vorsichtig und mit allen diplomatischen Finessen. Anders als Severinus, dem nur noch Grobheit und Derbheit geblieben zu sein schienen, als er in seinen letzten Lebensjahren Kastell um Kastell, Romanensiedlung um Romanensiedlung räumen ließ vor den von Norden und Westen andrängenden Barbaren, Wundertätigkeit war nach wie vor sein Werkzeug bei diesem Unterfangen, doch eine immer fadenscheiniger werdende Wundertätigkeit. Die Bürger der Stadt

Lauriacum warnte er vier Tage lang vergeblich vor näher rückenden plündernden Alemannenhorden, in der fünften Nacht half nur noch ein Brüllen und Toben, me lapidate, kreischte der Heilige Mann, steinigt mich, ja, steinigt mich, wenn ich euch belüge! Da erst begannen die Lorcher, ihr Hab und Gut in Sicherheit zu bringen, gemeinsam Psalmen zu singen und die Stadtmauern mit Wachen zu besetzen. Ein kleines Wunder gewährte der Herr: Im Trubel dieser städtischen Auflösungserscheinungen geriet ein Heuwagen in Brand, die Alemannen, versteckt in den Wäldern rings um die Stadt, erschraken ob des Feuerscheins und des Geschreis in Lauriacum und bliesen den geplanten Angriff ab, nur die Viehherde eines Bauern, der dem Heiligen Manne nicht geglaubt und seinen Besitz nicht in Sicherheit gebracht hatte, fiel den räuberischen Scharen zum Opfer.

Und die Lorcher erflehten in Demut Vergebung vom Heiligen Mann für die Sünde, die Wirksamkeit seiner Gnade der Prophetie bezweifelt zu haben, und Chronist Eugippius preist den Seher, der bewirkt hatte, dass Lauriacum, der letzten halbwegs sicheren Bastion an der Donau, die Freiheit erhalten geblieben war, mit einem Zitat des Apostels Jakobus: Viel vermag das inständige Gebet des Gerechten! Kurz danach rückte der Rugierkönig Feletheus mit einer großen Streitmacht gegen Lorch vor, um die wegen der Flüchtlingsströme unzumutbar viele Köpfe zählende Einwohnerschaft in Städte umzusiedeln, die ihm tributpflichtig waren. Severinus eilte ihm entgegen und überschüttete ihn mit einem Sermon über von Gott gewollte Gnade und die Überlegenheit göttlichen Schutzes gegenüber menschlichem. Und überredete den Rugier schließlich dazu, doch ihm, Severinus, und dem Wirken Gottes die Umsiedlung der Bedrängten zu überlassen. Dem stimmte Feletheus zu, und in der Folge organisierte Severinus die Auflösung Lauriacums und die Umsiedlung der Flüchtlingsscharen ins Rugierland. Doch wie wir wissen, dauerten die Blüte des kleinen rugischen Königreichs zwischen Enns und Wien und das Leben des Feletheus, den sie auch Fewa nannten, nur kurz, Odoaker selbst, den Feletheus tatkräftig unterstützt hatte beim Sturz Roms, ließ den Rugier ermorden zu Ravenna und die Romanen standen vor einer neuen Umsiedlung.

Verdrängungskriege, brutales An-sich-Reißen von Land und Bodenschätzen und Lebensraum allüberall zu allen Zeiten! Nur die Chronisten sehen nicht oder wollen nicht sehen, was dahintersteht. In den österreichischen Zeitungen wunderten sich Kommentatoren über den französischen Präsidenten, weil der in vergleichsweise eindeutiger Form internationale Konzerne und insbesondere die Erdölwirtschaft zu größter Zurückhaltung bei Investitionen in Burma aufgerufen hatte. Was für eine bewundernswert klare Haltung, wo doch ein französischer Erdölkonzern der wichtigste ausländische Geschäftspartner der burmesischen Militärjunta sei, kommentierten die Kommentatoren. Was sie nicht dazuschrieben: Der Konzern hatte seine Investitionsphase bereits abgeschlossen, die Pipeline, die er brauchte, war bereits gebaut, die Schäfchen der Franzosen waren im Trockenen.

Nicht Öl, sondern französische Gier nach kostbaren Raubtierpelzen hatte den wilden, gefürchteten Füchsen den Untergang gebracht. Zu Zeiten der Gründung des Handelspostens Detroit, also am Beginn des achtzehnten Jahrhunderts, luden die Franzosen die Stämme ein, sich in der Nähe dieser Stadt anzusiedeln und die Ausbeute ihrer Jagdzüge, Pelze, Pelze, Pelze, zu tauschen gegen Pulver und Kugeln und Wollwerk und Feuerwasser. Ottawa und Huronen verlegten ihre Dörfer als Erste in die Nähe der europäischen Handelsherren, die Völker der Miami, Potawatomi und Anishinaabe folgten. Nur die Meskwaki, die schlachterprobten Füchse, blieben, wo sie immer gewesen waren. Am weitverzweigten und an Nebenarmen reichen Wasserweg des Flusses der Füchse. Und waren den Franzosen ein Dorn im Auge, denn damit standen sie einer Ausweitung des Handelstreibens in Richtung Westen im Wege, schnitten den Zugang ab zu den pelzreichen Gebieten der Lakota, versperrten den effizientesten Handelsweg zwischen den Großen Seen und dem Mississippi.

Am Ende gingen die Füchse in die Offensive. Auslöser war ein Massaker der Ottawa, Verbündete der Franzosen, die ein Meskwaki-Dorf von hundertfünfzig Menschen ausrotteten. Die Füchse errichteten daraufhin eine Palisadensiedlung eine Steinwurfweite entfernt vom neuen französischen Fort Pontchartrain, das leichte Beute zu sein schien. Nur dreißig europäische Soldaten zählte die Besatzung, und die Hilfstruppen der Franzosen, die Huronen und Ottawa, waren weit entfernt in ihren Winterjagdlagern. Der erste Krieg der Füchse begann mit Geplänkeln, mit dem Austausch von Drohungen, mit Geiselnahmen, die Franzosen spielten erfolgreich auf Zeit. Die Füchse attackierten Pontchartrain mit Brandpfeilen, die Franzosen antworteten mit Musketen- und Mörserfeuer, dem die Meskwaki-Befestigungen nicht gewachsen waren. Über Wochen zog sich das Gemetzel, die Siegesaussichten der Füchse schrumpften in dem Ausmaße, in dem Huronen- und Ottawa-Krieger eintrafen und die Position der Franzosen verbesserten. Waffenstillstandsangebote der Füchse wurden abgelehnt, ebenso wie die Bitte, Frauen und Kinder aus dem Palisadendorf abziehen zu lassen.

In einer gewaltigen Gewittersturmnacht zogen schließlich die Füchse ab, sie kamen jedoch nicht weit. Am Detroit River stellten die Huronen und Ottawa die Meskwaki, ein vier Tage währendes Schlachten und Abschlachten hob an. Danach herrschte Ruhe im Pelzhandelsland. Die Franzosen kostete der Krieg der Füchse dreißig Gefallene, die Huronen und Ottawa beklagten sechzig Tote. Der stolze Stamm der Füchse, der vor dem Erscheinen der Europäer an die zehntausend Seelen gezählt hatte, welche Zahl wegen der von den Eroberern erzwungenen ständigen Wanderei und wegen ihrer vollkommenen Wehrlosigkeit gegen die Krankheiten, die die Weißen Männer einschleppten, gesunken war auf dreitausendfünfhundert, als der Große Krieg begonnen hatte, bestand nach dessen Ende aus nur noch tausendfünfhundert Männern, Frauen und Kindern.

Zehn Jahre später, nach dem zweiten Krieg der Füchse gegen

die Franzosen und deren Verbündete, wieder ging es um Pelze und um Zugang zu Handelsrouten, existierten nur noch fünfhundert Füchse auf Erden, nicht mehr. Dieser traurige Rest des einst so stolzen Kriegervolks fand Unterschlupf beim Stamm der Sauk und ging so restlos darin auf, dass ein neuer Name für dieses Volk entstand, Sauk and Fox. Dieser Stamm wich immer weiter nach Westen, konnte sich lange in Iowa halten, endete aber schließlich in einer Reservation in Kansas. Da zählten die Füchse noch zweihundert Köpfe.

Der Sprecher meiner Auftraggeber plauderte ein wenig über Myanmar, er bewundere die Mönche, sagte er, wie sie fest und standhaft zum Richtigen stünden. Ich schlug vor, dazu eine Reflexion in den Aufsatz einzubauen. Das gefiel ihm nicht. Wenn Politik, dann mit einem mehr zeitlosen Ansatz, und unbedingt aufbauend und konstruktiv, sagte er. Zitieren Sie Giese und dessen kluge Abhandlung über das Paradoxe christlicher Politik und sein Grübeln über die Frage, ob christliche Politik nur unter Christen und für Christen gemacht werden kann. Spekulieren Sie ein wenig wie Giese, dass christliche Politik in reichen Gesellschaften möglicherweise unmöglich ist, ob sie nicht möglicherweise der Not, der Katastrophe, der Untergangsbedrohung bedarf. Und bringen Sie unbedingt was rein aus der feinen Ansprache von Gerolamo Prigione, diesem weltgewandten Titularerzbischof von Lauriacum, Apostolischer Nuntius zu Mexiko, sagte er, Sie kennen die Rede sicher aus der Literatur, oder, Festakt 1982 Lorch, also genau genommen hielt seine hochwürdigste Exzellenz die Würdigung unseres Heiligen Mannes ja in Enns, egal. Zitieren Sie ihn: Den Politikern zeigt Severin den Weg! Politiker sein bedeutet für Severin, Schützer der Menschenrechte und Anwalt der Armen und Unterdrückten zu sein. Severin lehrt uns heute, dass die Grundhaltung in politischem Entscheiden und wirtschaftlicher Auseinandersetzung die des Verhandelns und der Verständigung sein muss, die der Gewaltlosigkeit und der Versöhnungsbereitschaft! Unsere konservativen Landesherren in Oberösterreich und Niederösterreich mögen so was.

Keine Klagegesänge, keine Anspielungen auf aktuelle Politikgeschehnisse, mit dieser Anweisung, die er nur notdürftig als Bitte formulierte, legte der Sprecher meiner Auftraggeber auf. Ich rief bei der Leihwagenfirma an, jemand hob ab. Ich schilderte dem Mietwagenangestellten mein Problem mit den flackernden und sich auflösenden Displayanzeigen am Armaturenbrett des Fox. Er kenne das Problem, sagte er und fragte, ob ich den Wagen zum Auslieferungshändler stellen wolle, man würde mir selbstverständlich ein Ersatzfahrzeug zur Verfügung stellen, aus einer höheren Klasse, Polo, vielleicht sogar Golf. Es dauert zwei Tage, sagte er, allmählich gehen bei allen Fox die Displays kaputt. Es ist wegen der Fertigung in Brasilien. Sie bauen die gleiche Displaytechnologie ein wie bei Handys, und die ist bekanntlich darauf ausgelegt, nach einem Jahr oder zwei kaputt zu werden, damit niemand der Notwendigkeit entkommt, sich im Jahres- oder bestenfalls Zweijahrestakt ein neues Handy zu kaufen. Oder sich eines schenken zu lassen und als Gegenleistung die Vertragsbindung zu verlängern.

Ich würde überlegen, ob sich der Stress mit einem Wagenwechsel lohne, sagte ich. Es waren nur noch ein paar Tage, die ich das kleine blaue Füchslein brauchen würde, und da ich ohnehin nicht zum Überschreiten von Tempolimits neigte, jahrelange Gewöhnung in Ontario und Minnesota, käme ich mit dieser geringfügigen Befindlichkeitsstörung eigentlich gut zurecht. Ich würde mich melden, sobald ich mich entschieden hätte.

Ja, Entscheidungen standen an. Das Beobachten galt es zu beenden, ebenso wie das Erzählen von Beobachtetem. Handeln war an der Reihe. Doch ich schob es vor mir her und verzettelte mich nach wie vor und versteckte mich hinter Eugippius' Versuch zu erklären, wie die Dinge liegen und wie wir sie zu sehen haben, und in Dörflers und Lotters und Gieses und Zinnhoblers diesbezüglichen Versuchen. Weil es eine Möglichkeit war, das beiseite zu schieben, wovor ich Angst hatte. Es ging um zwei simple Entscheidungen: Verhöre ich meine Mutter zu ihrer mich betreffenden Vergangenheit oder nicht. Und: Schlafe ich mit dem Missabikongmädchen aus dem Land der Skipetaren oder nicht.

68

Kateri Tegagouita, Lilie Huron, Jungfrau der Mohawkufer, bitte für mich! Kateri Tegagouita, Muster an Keuschheit, Vorbild an Duldsamkeit, bitte für mich! Heiligste Kateri, sonnenlichtblindes Waldreh, bitte für mich! Eine blasphemische Rosenkranzbeterei, eine verdrehte Version der Litanei von Caughnawaga spulte sich ab in meinem Kopf an jenem Tag, an dem ich meine Mutter nach Hause fuhr von der Landesnervenklinik.

Kateri Tegagouita fiel mir ein, virgo consecrata, die geweihte Jungfrau aus Caughnawaga, der die Krankheiten der römisch-katholischen Eroberer das Augenlicht geraubt hatten und die Eltern und den süßen kleinen Babybruder im Birkenbastkörbchen, und dann auch noch den irokesischen Namen, den sie ersetzten durch Catherine, diese sanfte, vollkommen reine Lilie von den Bänken des Mohawkflusses fiel mir ein, während ich die Donau entlang nach Westen fuhr mit der Mutter auf dem Beifahrersitz. Noch im Auto hatte ich sie gefragt. Mit der Landesausstellungssache bin ich jetzt bald fertig, sagte ich, und dass ich nun Zeit und Neugier hätte, ihre Geschichte und die ihrer Brüder zu hören. Ob wir uns zusammensetzen könnten in ihrem Haus, fragte ich, sie sah nach vorn durch die Windschutzscheibe und murmelte, dass es ihr recht sei, wenn ich es unbedingt wolle. Ihre Zustimmung versetzte mich in Angst, und deshalb wünschte ich mich nur weg vom Donaustrand, zurück zu den Indianerflüssen meiner nordamerikanischen Zuflucht.

Seit ich bei meiner Mutter wohnte und ständig auf der engen Nibelungenbundesstraße zwischen ihrer Doppelhaushälfte und Linz hin- und herfuhr, hatte ich begonnen, die schmalen und gewundenen Uferstraßen zu hassen, und die kleinen, mickrigen Autos. Ich wollte wieder sitzen in einem großen Geländewagen und tempomatgeregelt eine breite, gerade Straße befahren, allein, ohne das Gewusel und Gewirr und das Zuviel von allem. Ich sehnte mich nach den stundenlangen einsamen Fahrten die Großen Seen und ihre Zuflüsse entlang, durch Felsenland, der Highway immer ganz nahe neben dem Wasser, Xsan hieß mein Lieblingsfluss, Fluss des Nebels. Fast ist es dort wie in Linz, neben der Donau, westlich von Linz, wo sich der Strom durch einen Ausläufer des Mühlviertler Granitsockels arbeitet.

Ist wie ein November in Linz an einem späten Vormittag bei anfänglicher Inversionswetterlage, Nebel, Nebel, Nebel, der dein Hirn in Watte packt und dich gereizt macht, dann müde, dann verzweifelt, und schließlich zu müde für Verzweiflung. An manchen Tagen aber bricht gegen Mittag die Sonne durch den Nebel und schaltet die Lebensgeister ein. Wie die guten Tage waren in Linz, so ist es am Xsan. Dünner Nebel über dem Wasser und den Ufern, glitzert und schimmert in den Strahlen der Spätherbstsonne.

Der Xsan ist so breit wie die Donau, aber lebendig wie ein Gebirgsflüsschen, sein Schotterbett ein reines Chaos mit Inseln und Bänken und immer wieder sich teilenden und vereinenden Armen, über Dutzende Kilometer ist der Xsan weit und flach, wie ein überdimensional breiter Bach plätschert das Wasser über die Steine, dann rücken dem Fluss die Felsufer und der Busch ganz nahe, und sein Wasser wird zum rauschenden Tosen. Breit wie die Donau, ja, aber bewegt und lebendig, während die Donau bloß noch so etwas wie ein träger Stausee ist.

Ich ließ mich eine Zeit lang versinken in den Wunsch, wieder am river of the mist zu sein, am Fluss des Nebels, ließ mich sinken in diese süße, bitter schmerzende Sehnsucht nach Woanders, aber es funktionierte nicht wirklich, ich konnte nicht aufgehen in der Bitternis und eingehen in die Süße, weil ich wusste, dass der Xsan mir deshalb ein Sehnsuchtsort ist, weil ich dort einer bin, der mit nichts etwas zu tun hat. Der Fluss und die Wälder und die missbrauchten, vorsätzlich mit eingeschleppten Krankheiten geplagten Menschen der Ersten Völker und ihre Restitutionsansprüche an die Staaten der Weißen und ihre schrecklichen Geschichten von den systematisch Nacht für Nacht in den Internaten der christlichen Patres durchgevögelten Kindern und die riesigen benzinverschlingenden Geländefahrzeuge und die proletarisch anmutenden Freizeitvergnügungen, Golf einschließend, haben nichts mit mir zu tun. Ich habe dort mit nichts etwas zu tun, mit nichts und niemandem. Hier habe ich mit allem etwas zu tun, und alles hat mit mir zu tun. Darum möchte ich weg von hier und möchte dort sein. So einfach ist das.

Kateri Tegagouita fiel mir ein, weil am Morgen auf dem Display meines Handys die Nachricht aufgeblinkt war, dass jemand gegen zwei Uhr versucht habe mich anzurufen, die angezeigte Nummer war die des Wasserluchsweibchens, was will sie um zwei in der Nacht?, im SMS-Eingangsordner fand ich die Antwort, Nachricht eingegangen um 02:11, Inhalt: hast schon nachgedacht bzgl meiner frage?

Natürlich, natürlich, aber da gibt es nichts nachzudenken. Und ich wünschte mir, mein pubertärer Indianermädchentraum hätte nicht Marie Versini gegolten oder Ribanna Karin Dor oder Apanatschi Uschi Glas, sondern der keuschen Tochter einer getauften Algonkin und eines heidnischen Irokesen, Tegagouita, Die Ihren Weg Ertastend Geht, so nannten sie die Lilie, als sie vier Jahre alt war und Waisenkind, Eltern und Bruder dahingerafft von einer Pockenepidemie. Das Gesichtchen zernarbt, hässlich wie die Nacht, hilflos ohne die Unterstützung zweier Tanten und eines Onkels, seines Zeichens Mohikanerhäuptling, so hinkte sie durch die Auen und Flure mit ausgebreiteten Armen, um die Äste und Zweige und Stauden zu ertasten, da die Pocken sie so gut wie blind gemacht hatten, wehrte sich heranwachsend gegen jeden Versuch von Onkel und Tanten sie zu verheiraten, ließ sich vielmehr gegen den Widerstand von Familie und Stamm taufen, weil sie beständig das Gebetsmurmeln der toten Mutter in den Ohren hatte bei ihren Irrzügen durch die Wälder, behauptet die Legende, opferte ihre Geschlechtlichkeit dem Herrn, entschied sich für zölibatäres Leben, ohne Weihen, ohne Nonne zu werden, virgo consecrata eben, wie die geheimnisvolle Frau im Holzkirchlein zu Künzing, die sich versteckte hatte, als der Heilige Mann Presbyter Silvinus von den Toten auferweckte. Sie sollte die kleine Wilde sein in meinen Fantasien, eine abstoßend hässliche und daher keusche Wilde, sie würde den alten müden Mann nicht noch einmal so beängstigend und überraschend das Aufkommen von Geilheit fühlen lassen, wie Mishi Bizhi es tat.

Das zarte, wilde, fremde Kindweib, so verletzt, so sehr verletzt, Kateri beschädigt von den pockenverseuchten Wolldecken der Weißen, Trixikind beschädigt von eigener, Stanleymesserbewehrter Hand, Verletzte waren sie beide, und ich erschrak vor mir selbst, weil ich fühlte, dass auch das Denken an die blatternnarbige Lilie von Caughnawaga nichts änderte. Ich wusste, hätte ich gelebt zu den Zeiten von Kateri Tegagouita, hätte ich der Dorn sein wollen, der die keusche Jungfrau entjungferte auf Geheiß eines Mohawk-Schamanen, oder hätte Vater Jaques de Lamberville sein wollen, Jesuitenpater und Taufvater Kateris, der als Erster ihr Jungfernhäutchen durchstoßen hat, so deutet es zumindest der große kanadische Dichter an, der so gerne ein Ghettojude in Dachau hätte sein wollen, in seinem Buch von den wunderschönen Verlierern.

Vor ihrer Haushälfte stieg meine Mutter aus dem Wagen und ging schnell und mit gesenktem Kopf durch den Vorgarten. Die Nachbarn sollten sie nicht sehen, obwohl doch niemand den Grund für ihre mehrtägige Abwesenheit wissen konnte, aber da war ich mir nicht sicher, dem Gemeindearzt und seiner Sprechstundenhilfe war nicht zu trauen, was das ärztliche Schweigegebot betraf. Oben packte sie ihre Tasche aus, trennte sorgfältig die zu waschenden von den noch zu verwendenden Kleidungsstücken, bot mir an, eine warme Mahlzeit zu bereiten, woran ich sie hindern konnte. Sie nahm den Stapel Post, den ich in den letzten Tagen auf der Anrichte in der Küche angehäuft hatte, mit ins

Wohnzimmer, setzte sich auf die Couch, legte die Prospekte und Gratiszeitungen und Werbezuschriften auf den Tisch, ohne sie anzusehen, und bat mich, den Fernseher einzuschalten.

Jetzt: Ich würde lieber mit dir reden, sagte ich.

Was reden?

Es geht um deinen Lieblingsbruder. Wie das war. Bevor er gestorben ist.

Sie stand auf, ging in die Küche, schaltete den Wasserkocher ein, rief zu mir herüber, ob ich auch einen Tee wolle, ich verneinte. Umständlich werkte sie herum mit Heißwasser und Teebeutel, es dauerte ewig, bis sie wieder zur Couch kam. Endlich saß sie. Verändert sah sie aus. Ernst.

Was das für ein Sterben war damals, sagte sie leise, ihr könnt es euch nicht vorstellen. Und begann zu reden, ganz selbstverständlich, es kam aus ihr heraus, als ob sie schon sehr lange darauf gewartet hätte, dass sie jemand fragt. Zwei Brüder sind gefallen innerhalb von ein paar Monaten, murmelte sie, das muss 1943 gewesen sein. In Russland. Stiefbrüder von mir, aus der ersten Ehe meines Vaters.

Das muss hart gewesen sein für die Oma, sagte ich.

Sie zögerte. Die Stiefbrüder haben eh nicht mehr daheim gewohnt, sagte sie dann. An die kann ich mich überhaupt nicht erinnern. Aber daran, wie die Verständigungen gekommen sind, schon, da haben sie sofort die Verständigung gekriegt, diese Nachricht, dass die –.

Wenn da in so kurzer Zeit dreimal solche Nachrichten kommen, fragte ich, ist das für die Oma – ist sie da irgendwie – zusammengebrochen?

Wieder dachte sie lange nach. Ich bildete mir ein, dass ihr nicht nur das Antworten schwerfiel, sondern schon das Sich-Beschäftigen mit derlei Sachen von früher. Na ja, ich kann mich nicht so recht erinnern, flüsterte sie, weil die waren für mich – ich war ja noch ein Kind. Fünfzehn, oder sechzehn, höchstens. Aber freilich wird sie, und noch einmal brach sie ab, schwieg für Minuten.

Und in meinem Kopf begannen Mutmaßungen zu schwirren, da muss schon die große Verhärtung eingesetzt haben, die Verstummung, die Entscheidung, nicht zu leiden, oder genauer: die Entscheidung, nicht zu zeigen und gegenüber niemandem zuzugeben, dass man leidet. Muss meine Großmutter befallen haben, dieser Entschluss zur Regungslosigkeit, die Zähneausreißerin, die Heilerin des Dorfes, sich selbst konnte sie nicht heilen, nicht schützen vor dieser bleiernen Erstarrung. Und meine Mutter hat es gesehen und gespürt und übernommen, steif und kalt ist sie geworden, da war sie so alt wie das Missabikongmädchen jetzt ist, Mishi Bizhi Trixi, Mädchen Gemacht Aus Eisen.

Dann setzte sie sich gerade und sprach laut. Ich kann mich nicht erinnern, aber ich glaube nicht, dass sie zusammengebrochen ist. Für die Mutter war das nicht so arg, weil an die drei hat sie ja nicht so Erinnerungen gehabt, also sagen wir etwa, wie die als Kinder waren. Das waren ja seine Söhne aus erster Ehe.

Und der Opa? Wie hat der –?

Da weiß ich gar nichts.

Sie verhärtete sich. Sie stand auf, holte aus dem Wohnzimmerverbau ein Album, zeigte mir Fotos von ihren Halbbrüdern und deren Familien, steife förmliche Männer und Frauen saßen und standen auf den verblassten Bildern herum, Fremde für mich, sie zählte die Namen auf zu jeder Abbildung, sie sagten mir nichts. Mit diesem Herzeigen und litaneiartigen Benennen führte sie sich und mich weg von den Gezeigten und Benannten, mit Erfolg. Als sie schließlich sagte, dass sie doch ein wenig müde werde und sich niederlegen wolle, war ich erleichtert.

Im Kinderzimmer versuchte ich eine Weile, meine Illusion weiterzuspinnen und sie zu verknüpfen mit Leonard Cohens Romanheldin, Kateri Tegagouita, betrogen um dein Leben, wie meine Mutter und deren Mutter, Heilige Lilie der Mohawk, bitte für mich! Doch es gelang nicht.

Ich trat zur Freytag&Berndt-Karte an der Wand über dem Jugendbett, Donau-Radweg Passau–Wien–Bratislava, und fuhr mit beiden Händen die Donau auf und ab, wollte sie wegwischen, die Gegend, die meine Heimat sein sollte. Aber Heimat gibt es nicht mehr, es ist nur noch ein Schlagwort für Räuber und Überwältiger und Besitzstandsverteidiger. Heimat ist was für die Starken, nicht für die Schwachen. Heimat ist nicht mehr als eine Eintragung im Grundbuch. Heimat ist etwas, das es möglichst billig einzukaufen und möglichst teuer zu verkaufen gilt. Heimat, das ist dort, wo man auf der Seite der Sieger steht. Heimat, das ist dort, wo man selbst der Stärkste ist und die anderen immer die Schwächeren sind. Dieses Severinusland und Rugiland ist nicht mein Heimatland, aber die Mohawkufer und die wellenumtosten Strände der Großen Seen sind es auch nicht, und nicht der Nebelort, wo der Bulkley River in den Xsan mündet, obwohl das eine Heimat wäre, wie ich sie mir wünschen würde, im Frühherbst, wenn die Bäume noch ihr Laub tragen, es aber schon merklich begonnen hat zu altern, und wenn die Steine riechen wie junge wilde Kinder, die Flussschottersteine, zur Hälfte von Wasser und Schlamm bedeckt, die andere Hälfte der Sonne und der kalten trockenen Luft ausgesetzt, was sie hart und irgendwie gläsern werden lässt.

Aber das hier auf den Radtour-Karten ist nicht meine Heimat, und darum ahmte ich mit meinem Reiben und Wischen die ungeheure Pendelbewegung nach, die letzten Endes Form, Sinn und einziger Zweck des Wirkens des Severinus gewesen war. Seine Wege entlang des Stromes, ein gewaltiger und unendlich in Gang befindlicher Pendelschlag zwischen Künzing und Zwentendorf, oder war es Zeiselmauer? Durch nichts aufzuhalten schien dieses ewige Hin und Her des Heiligen, um am Ende dann doch kraftlos und kläglich auszuschwingen, innezuhalten, mit betretenem Schweigen zum Stillstand zu kommen.

Doch während sein Chronist, der getreue Eugippius, dieses Gependel zu einer die Größe des Herrn lobpreisenden und beweisenden, niemals abreißenden Folge von Wundertaten umschreibt, war es in Wahrheit so, dass Severinus mit diesem Auf und Ab entlang der Donau, mit diesem Gehetze zwischen den verwüsteten Kastellen und vor dem Aufgeben stehenden Befestigungsstädten Ufernoricums das Land leer gewischt hat. Er hat diejenigen, die die Seinen waren, hinausgewischt aus den Uferfluren und dann selbst die leere Einöde verlassen. Nach diesem Leerwischen blieben nur das Nichts zurück und die Kreaturen des Nichts, die Barbaren, die Geistlosen, die Seelenlosen, die sich dann eineinhalb Jahrtausende lang festkrallten in den Dreck, den sie Scholle nannten und Ackerfurche, und die heute noch sitzen auf ihren Feldern und ihren Tausend-Quadratmeter-Grundstücken rund um ihre Einfamilienhäuser und auf ihren Parkplätzen und ihren Betriebsbaugründen und Gewerbegebieten und ihren Uferzugangsberechtigungen, und die sich immer noch wehren mit Zähnen und Klauen und Parteisekretariaten gegen die Völkerwanderung, gegen alles, was wandert, und vor allem gegen alles, was aus dem Osten kommt.

Kateri Tegagouita, Heilige Jungfrau, die du eine Heimat besaßest, Gefährtin Jesu, Tochter Mariens, die du in jener Heimat lebtest, die meine sein sollte, vollkommene Lilie der Reinheit, lass mich aufhören zu wüten!

Im Netz fand ich eine Seite, in der sie zu einem Gebetssturm aufriefen für die Selige Kateri, Lilie der Huronen, auf dass sie erhoben werden möge in den Rang und Stand einer Heiligen. Karol aus Polen hatte sie im dritten Jahr seiner Amtszeit und dreihundert Jahre nach ihrem ach so frühen Tod selig gesprochen, als ersten indianischen Menschen, darauf muss man nicht stolz sein, es ist vielmehr eine Schande, dass sie auf dem eroberten Kontinent nur einmal in Jahrhunderten jemandem diese Ehre zuteil werden ließen. Kateri, verwirrtes, von den Pocken zerstörtes Kind, Selige wurdest du, mehr nicht, für eine Heilige warst du Wojtyłas nur notdürftig zischfrisch jugendlich übertünchter, dabei aber kalt und steif wie seit Jahrhunderten erstarrter Kirche zu wild, zu roh, zu rothäutig, zu heidnisch. Aber jetzt rufen ihre Freunde, offensichtlich durchwegs keine aboriginalen Menschen, denn konsequent nennen sie die Selige beim englischen Namen, im Netz alle Webseitenbesucher auf, beständig, vielmals und beharrlich das Tegagouita-Gebet zu sprechen, bis die indianische Jungfrau erhoben sei zur Ehre der Altäre. Oh Gott, der du, neben vielen anderen Wunderzeichen deiner Gnade, auf den Bänken des Mohawk und des Lorenzstroms die reine und zarte Lilie blühen ließest, Catherine Tegagouita; Gott, dich beschwören wir um eine Gabe als Gegengabe für die Gaben, die wir durch ihre Fürbitten erhalten: Lass diese junge Geliebte Jesu und Geliebte dessen Kreuzes bald schon zu den Heiligen der Heiligen Mutter Kirche zählen, und lass unsere Herzen erfüllt werden von einem beständig wachsenden Wunsch, ihrer Unschuld und ihrem Glauben nachzueifern.

69

Ich bin in Wien!, schrie sie ins Handy. Ich sitze fest! Ich brauche Hilfe. Was ich da tun könne, fragte ich, ob ich sie nicht abholen und heimfahren könne, sagte sie, und dass sie sich in Wien mit Typen eingelassen hätte, die nun zum Problem würden, sie müsse unbedingt weg, habe aber keinen Cent mehr, und die Bankomaten gäben auch nichts mehr raus. Eigentlich sei ich intensiv am Schreiben, sagte ich, mit dem Herumfahren in Sachen Severinus sei ich fertig, wenn überhaupt, dann wolle ich nur noch einmal Passau besuchen, die Ausgrabungen ansehen, Batavis, Boiotro, mich sozusagen einfühlen, mir vorstellen, die ausgestellten Fundamente wären das Baptisterium, in dem jenes grausame Abschlachten stattgefunden hatte.

Bitte. Hilf mir.

Ja, sagte ich ohne zu überlegen. Wo bist du?

Keine Ahnung. Irgendwo in Wien.

Zum Westbahnhof findest du?

Sicher.

Ich komme zum Haupteingang. Warte dort auf mich.

Wann kannst du kommen? Es ist schon so spät.

In spätestens drei Stunden bin ich da.

Danke, sagte sie leise.

Die Welt ist aus den Fugen. Alles ging in die Brüche. Ein ständiges Morden und Brandschatzen und Zerstören von Städten setzte ein nach dem Verschwinden des Ordnungswillens und der Zusammenhaltungskräfte der imperialen Macht, lange schon waren römische Kraft und Macht verblasst, nun, da die Herrschaft offiziell untergegangen war, brach die Mordlust aus wie ein Vulkan, in der Darstellung Eugipps. Schlögen wurde dem Erdboden gleichgemacht. Dann massakrierten die Barbaren Passau, gleich zweimal. Wieder hörte man nicht auf die Warnungen des Severinus.

Selbst die Priester verspotteten ihn. Geh schnell fort, du Heiliger, spottete ein Presbyter zu Passau, erfüllt vom Geist des Teufels, damit wir uns ein wenig vom Fasten und Nachtwachen ausruhen können. Die offenkundige Narrheit trieb Severinus die Tränen in die Augen, er weine, sagte er, da er ein fürchterliches Unheil kommen sehe, Christi heilige Stätten würden bald schon dermaßen von Menschenblut triefen, dass diese Stätte hier, das Baptisterium, die Taufkapelle, entweiht würde. Und bestieg ein Schiff und fuhr donauabwärts nach Mautern, das noch sicher war.

Und siehe, kurz darauf überfiel ein gewisser Hunumund mit einer kleinen Schar von Barbaren, man weiß nicht welchen Stammes, wahrscheinlich Alemannen oder Thüringer, Passau und erschlug alle Zurückgebliebenen, und der Presbyter, der so gotteslästerliche Reden geführt hatte, flüchtete in eben jenes Baptisterium und starb dort einen grausamen Tod unter den Schwerthieben der Barbaren. Eugippius kommentiert dies mit einem Anflug von Zynismus: Da er Gott beleidigt hatte, suchte der Feind der Wahrheit vergeblich Schutz.

Wenig später gaben die Romanen Quintanis auf, das Zweifluss-Städtchen Künzing, die Bewohner flohen und ließen sich im verlassenen Passau nieder, doch dies erkundeten die Barbaren umgehend, der Heilige Mann betete unermüdlich mit ganzer Kraft und sonderte eine Prophezeiung ab: Den ersten Ansturm der Wilden würden sie abwehren können, wer dann aber seinen Ermahnungen nicht folge und in der Stadt bleibe, werde umkommen. So kam es auch. Einen Angriff der Alemannen auf Passau wehrten die Künzinger ab. Severinus warnte und mahnte, dies sei kein Sieg gewesen, bestenfalls die Erzwingung einer kurzen Waffenruhe, die genutzt werden müsse, um geordnet umzusiedeln, Mensch und Tier und Hab und Gut donauabwärts zu schaffen. Die meisten hörten auf ihn, etliche aber zeigten sich widerborstig. Und wurden noch in derselben Woche von einer angreifenden Horde von Thoringi, Thüringern, niedergemetzelt. Das zweite Passauer Massaker, so nenne ich es der Einfachheit halber, ganz korrekt ist es nicht, weil auf dem Gebiet des jetzigen Passau genau genommen damals zwei Ortschaften existiert hatten, Batavis in der Gegend des heutigen Domes, das östlichste Kastell der Provinz Rätien, und Boiotro in jener Gegend, die wir Passau-Innstadt nennen, das westlichste Kastell der Provinz Noricum. Von West nach Ost die Donau hinunter flutete das Morden und Städteverbrennen, und Severinus praktizierte weiter seine Zaubertricks wie ein Besessener, als ob er damit das Zerbrechen aufhalten könnte, das Versinken von fünfhundert Jahren Romanentum in einer Orgie von Niedermetzeln und Rauben und Vergewaltigen.

Auf der Westautobahn, auf dem Weg zum Wasserluchsweibchen, die untergehende Herbstsonne tauchte Stift Melk in ein rosarotes Glänzen, überfiel mich die Sehnsucht, ich könnte über sie schreiben statt über die Heiligenlegende, die am Ende zu einer banalen, blutigen Vernichtungsgeschichte geworden war, könnte ihre Geschichte erfahren und dann festhalten, wo sie geboren worden, wie sie nach Österreich gekommen war, wie es ihr hier ging. Das wären Geschichten, die ich schreiben möchte, statt jene über das ganze Römerzeug und Heiligenzeug. Dann könnten alle erfahren, dass es mitten unter ihnen welche gibt, die ein Leben leben, von dem sie nicht glauben, dass es eine solche Art zu leben gibt. Ein Lebenmüssen, das sie sich nicht einmal vorstellen können.

Und musste lächeln, weil ich sicher war, dass mir Trixi nichts würde erzählen wollen, wenn das dann veröffentlicht werden sollte, damit andere etwas sehen und erfahren können, das sie noch nicht wussten. Ich bin kein Affe im Zoo, an dem die ihre Freude haben können, wenn sie ihm zuschauen, würde sie zu so einem Ansinnen sagen.

Sie hatte recht. Ich bin wie Kohl. Der geht hin zu den Indianern und beobachtet sie und hört sich ihre Geschichten an und begutachtet ihr Wohnen und Werken und wie sie ihre Tage verbringen, und dann malt er das bunt und farbig aus mit seiner Sprachkunst, damit er eine große Leserschaft findet für seine Berichte. Aber er bleibt ein Fremder, der etwas sieht, das er nicht versteht, und sich darauf aus sich selbst heraus einen Reim macht und naturgemäß am Ende nur das beschreibt, was in ihm selbst drin ist.

Ich reise, wie Kohl, in das Herz eines Kontinents, der ein fremder ist, obwohl ich hier geboren bin, und beobachte das Wohnen und Werken und Freizeitverbringen der Einheimischen und stöbere in Archiven und Büchern und im elektronischen Weltlexikon ihren Geschichten nach, den eineinhalb Jahrtausende alten in meinem Fall, und verfasse dann meine Berichte, farbig und fein ziseliert, auf dass der Katalog zur Doppellandesausstellung eine große Leserschaft finde, und lasse den Dampf der wachsenden Selbstlangweilungswut ab im Zerhacken der Geschichten und Beobachtungen in den privaten Gegenberichten. Es hat aber mit nichts etwas zu tun. Und schriebe ich die Flucht- und Versteck- und Sich-durchschlagen-Geschichten dieses Eisenjungenmädchens auf, farbig und bunt natürlich, dann hätte das nichts zu tun mit Trixi, und auch nichts mit dem Land, das den Endpunkt seiner jahrzehntelangen Anstrengungen, sich selbst zu vergessen, so gut wie erreicht hat. Es kommt nie mehr heraus, als ohnehin schon drin ist. Und viel ist das nicht.

Beim Passieren der Abfahrten von St. Pölten beschloss ich, die Nacht in Wien zu verbringen und morgen beim Zurückfahren von der Autobahn abzufahren und noch einmal in Mautern Eindrücke zu sammeln. Damit diese Reise von Linz nach Wien und zurück einen dienstlichen Charakter bekommt, einen Zweck und ein Ziel. Denn ziellos unterwegs sein macht mich nervös. Ich brauche Zwecke und Ziele, sonst höre ich auf und setze mich auf Mutters Couch und sehe fern für den Rest ihres und meines Lebens. Es würde in meinem Fall nicht so sein wie bei Michael

Caine, schon wieder ein Kain, an den ich denke, wenn ich nicht an Kain und Abel denke, der auf die Frage nach seinem letzten Ziel eine Antwort gegeben hat, die mir gefällt. Ich möchte einmal auf einer Veranda sitzen und Dinge bereuen, die ich gemacht habe. Und nicht solche, die ich nicht gemacht habe.

Da kicherte die Eiche in meinem Kopf und fragte spöttisch, ob ich denn unbedingt ein Herumkrauchen in den Römerresten Mauterns brauche als Ziel; ob es nicht genug Zweck einer zweieinhalbstündigen Autofahrt sei, einem armen Menschenkindlein in einer Notlage zu helfen. Kicherte und kicherte und redete sich hinein in immer ordinäreren Worten in eine Spekulation darüber, ob mein Ziel, das aktuelle, nicht das letzte, am Ende sei, dem armen zu helfenden Kindlein Schutz und Obdach zu besorgen in der großen bösen Bundeshauptstadt, mit der Aussicht, selbst auch unter dies Obdach schlüpfen zu können und unter eine Hotelzimmerbettdecke, und die weiche warme verfolgte Mädchenhaut zu schützen mit meiner eigenen Haut. Ich drehte das Autoradio lauter, das zotige Gemecker der Teufelseichenstimme war nicht zu übertönen.

Ich will keine Umstände und Beschwernisse und Verwicklungen mehr haben mit Gefühligem und Liebesdingen und unkeuschen Gedanken, Worten und Werken. Seit Jahren wächst das Gefühl, genug zu haben. Alles, was diesbezüglich zu tun war, ist getan. Abgehakt. Erledigt. Immer seltener wühle ich in der Zweizimmerwohnung in Thunder Bay in der Schachtel mit den Fotos der paar Frauen, die mir nahegekommen sind, lese alte Mails, lehne mich eine Minute oder zwei zurück und versuche, mich an Gespräche, Berührungen, gemeinsame Unternehmungen zu erinnern. Ich kann den Moment nicht benennen, in dem ich aufgehört habe, neugierig zu sein, auf ihre Körper, ihre Gerüche, die Linie vom Haaransatz im Nacken zur Mulde zwischen den Schulterblättern.

Aber die kosovarische Wasserlüchsin versetzt mich in eine diffuse Form flacher Angst. Weil ich wieder neugierig werde. Weil ich wissen will, wie dieser sanfte Bogen vom Nacken zum Rücken bei ihr aussieht. Es macht mir Angst, dass ich einen Menschen begehre, der vierzig Jahre jünger ist als ich, falls sie das gesuchte Asylmädchen ist. Und selbst wenn sie es nicht wäre und wirklich achtzehn Jahre alt wäre, ängstigt mich die Heftigkeit, mit der mich das Denken an ihre unkeuschen Stellen überfällt. Flach ist die Angst, weil ich sicher bin, dass dem Begehren keine Taten folgen werden, zumindest nicht von meiner Seite. Ist ja gut, wenn du das glaubst, meckerte die Eiche.

70

Ich hatte Mishi Bizhi belogen, ich war nicht am Schreiben gewesen, ich war im Wohnzimmer gesessen, stundenlang, hatte den Minidiscrecorder vor meiner Mutter auf den Tisch gelegt, sie murmelte vor sich hin, reden wir weiter, hatte ich sie gebeten, sie sprach aber die meiste Zeit nicht von dem Mann, der meinen Namen trägt, sie redete unbestimmt von früher, und früher, das ist immer der Krieg und die Nazizeit.

Ich hörte nur halb hin, schaute durch das große Fenster nach draußen, wo einmal das Arbeitsdienstlager gewesen war, wo für mich die Schneeglöckchenwiese gewesen war, wo jetzt verdichteter Siedlungswohnraum war, blasse gesichtslose Häuser in einer großen Beengtheit, von außen gesehen, drinnen auch fast alles eng, kleine Kinderzimmer und kleine Schlafzimmer, nur die Wohnzimmer, die sind riesig. Und sehnte mich nach den alten, winzigen Stuben und Wohnküchen in den umgebauten Bauernscheunen und Wirtschaftstrakten, die ich so gehasst hatte wegen all der Schäbigkeit, jetzt wünschte ich mich zurück zu den speckigen Eckbänken und den Küchentischen mit den unverwüstlichen Resopalplatten. Wollte wieder sitzen auf so einer Bank, die ungemütlich und hart war, weil die Sitzfläche zugleich den Deckel des Hauptstauraums der Arbeiterwohnung darstellte, es war die eigentliche Funktion der Eckbank, man klappte die Sitzflächen hoch, drinnen war das Podest der Bank voll von alten Zeitungen und Quellekatalogen und Reisebürobroschüren. Der Alte aus Duluth hat besungen, wie sich so was anfühlt. I wish I wish I wish in vain that we could sit simply in that room again. Und er hat 1962, da war er beinahe noch ein Kind, gewusst, was Alte wissen. Our chances really was a million to one. Und ich beneidete, zugleich mit diesem diffusen Sehnsuchtsgefühl nach der verlorenen Schäbigkeit der Kinderjahre, die Menschen in den neuen Fertigteil-Einfamilienhäusern von der Stange, weil sie der Ort hier und alles in und mit dem Ort nichts angeht.

Im Dreiundvierzigerjahr habe ich einrücken müssen, sagte sie. Im November dreiundvierzig haben sie mich geholt zum Reichsarbeitsdienst, und ich komme nach Oldenburg, ein halbes Jahr lang, jedes Monat ist man einer anderen Familie zugewiesen worden, einmal in einem Geschäft helfen, dann bei Bauern, oder Kinder betreuen. Nur vier Österreicherinnen seien sie gewesen in einem Riesenbarackenlager mit Hunderten deutschen Mädchen, und nach einem halben Jahr sei die Freude immer größer geworden, weil sie gewusst hatten, jetzt geht es bald nach Hause. Sie lacht kurz und böse auf. Aber auf einmal hat es geheißen, wir werden kriegsverpflichtet. Wir durften nicht mehr weg.

Von Lohne kam sie nach Vechta, Westfalen, bekannt wegen seiner Zuchtpferde, wieder ein Barackenlager, wieder Schlafsäle mit zwanzig und mehr Betten in Reih und Glied. Ein paar sind nach Berlin eingeteilt worden, sagte sie, mein Gott, was da alle Angst gehabt haben vor Berlin, man hat ja gewusst, da ist es gefährlich, die Bomben, du weißt, es war da ja schon vierundvierzig, Sommer 1944. Es war einem da ja schon mehr oder weniger klar, dass es verloren ist.

Verloren? Was ist verloren? Wem geht was verloren?, will ich fragen, unterbreche sie jedoch nicht. Es ist immer noch drin in ihr, denke ich, das Reden und Fühlen und Denken, das sie in sie hineingepresst haben in ihrer Kinderzeit und Jungmädchenzeit, es ist wie mit Dörfler, in dem war es 1948 auch noch drin, als er seinen *Seher von Noricum* geschrieben hat. Ganz selbstverständlich nennt er den ägyptischen Soldatenchristen und Märtyrer und postmortalen Wundergaukler, den unter Kaiser Diokletian auf dem Scheiterhaufen verbrannten Menas, den Heiligen und Patron der Kaufleute, einen *Blutzeugen*, es muss ihm das Wort eingebrannt gewesen sein als selbstverständlichstes Synonym für Märtyrer, feierten die Nazis doch Jahr für Jahr in Dörflers

München die Erschossenen des Hitler-Ludendorff-Putsches vom November 1923 als Blutzeugen der Bewegung in düsteren, todestrunkenen Inszenierungen. Und das ist bei Weitem nicht die ekelhafteste Stelle in Dörflers Severin-Roman.

Die ekelhafteste Stelle ist jene, wo er den jungen, vorgeschichtlichen Severinus im punischen Afrika ein gewaltiges Loblied von alttestamentarischer Sprache und Wucht anstimmen lässt zum Lobe des Germanentums. Ein alter Mann hat den späteren Heiligen Mann gefragt, aus welchem Grund Gott diese Germanen geschickt habe als eine endlose Überschwemmung der zivilisierten Welt, wie die Sintflut, wie Gewitter, Sturm und reißendes Wasser, das alles überschwemmt, fortreißt und vernichtet. Da glitt der Schimmer eines Lächelns über das Gesicht des jungen Asketen, und er hob an zu einem ein wenig wirren Gleichnis, des Inhalts, dass die Germanen als ein von Gott gesandter Sturm über die Welt kämen, gleich Hagelschlossen, die die Ähren knicken. Worauf ein guter Hausvater die Schlossen sammle und sie aussäe, und diejenigen, die auf fruchtbaren Boden fielen, würden aufgehen und hundertfältige Frucht bringen, Frieden und reiche Ernte für die Menschheit. Diese schwulstige, nichts verdeutlichende Paraphrase auf alttestamentarisches Prophetendonnern ist in Wahrheit ein Furz, den Dörfler hier lässt, ein brauner Furz aus einem Darm, in dem noch die Gülle von tausend Jahren aus den gerade vergangenen zwei Dezennien gärt.

Germanentum als Gabe Gottes an die hellenische Welt der klassischen Antike, so was veröffentlichte Dörfler drei Jahre, nachdem der Versuch des Germanentums, die ganze Welt in Besitz zu nehmen, gescheitert war, Dörfler, der doch wissen musste vom nahen Hartheim und noch näheren Dachau. Möglicherweise hat er es geschrieben, als die selbst ernannten hakenbekreuzten Rechtsnachfolger der von ihm besungenen Germanenrasse noch an der Macht waren, und er und seine Verleger sahen keinen Grund, diese wohlformulierte Passage aus dem Text zu nehmen.

Am besten wäre es, wenn man das alles vergessen könnte, sagte meine Mutter plötzlich, und ich fühlte mich unter Druck gesetzt, irgendetwas verlangte sie da jetzt von mir, ich war unsicher, ob sie es ernst meinte. Sie verlangte, dass ich etwas wegwerfe, das wichtig ist. Erinnerung. Immer hat sie Unmögliches von mir verlangt. Letzten Endes, dass ich dafür sorgen soll, dass sie glücklich ist, aber sie hat dieses ihr Verlangen nie ausgesprochen, hat es als unterschwellige, verklausulierte Aufforderung an mich gerichtet, keinen Widerspruch zulassend. Jetzt sagte sie klar, laut und eindeutig, was sie wollte. Was soll das bedeuten? Dass es nicht wirklich gilt? Ach, vergiss es einfach, sagte ich mir.

Im Februar, fünfundvierzig, weißt du, wie sie gesehen haben, dass die Ami immer näher kommen, haben sie uns heimgeschickt, sagte sie. Da war es schon ganz arg mit den Angriffen. Ich kann mich erinnern, in Hannover, in den Bahnhof, wie wir eingefahren sind, ist so ein gewaltiger Angriff gewesen. Der Koffer ist nie angekommen, klar, es ist ja schon alles drunter und drüber gegangen. Und daheim in dem Dorf, das so nahe bei Linz und seinen Göring-Werken stand, sei es genauso weitergegangen. Das hat es damals ja nicht gegeben, dass einer nur einen Tag nicht arbeitet, sagte sie mit leichter Entrüstung, beschrieb, wie sie sich gleich beim Arbeitsamt melden musste und umgehend eingeteilt wurde, als Hilfsarbeiterin in der Linzer Solo-Fabrik, schon wieder so ein Monument der Industrialisierung, das die Linzer Sozialdemokraten bedenkenlos abgerissen haben. In der Solo war so ein Kriegsding eingerichtet, sagte sie, Gasmaskenerzeugung, die waren irgendwie vorgefertigt, und wir haben am Schluss den Zusammenbau machen müssen.

Nie sagte sie ich, immer nur wir. Wenn die Bomber gekommen sind, haben wir zu einem Keller in Gaumberg rennen müssen. Wir sind oft gerannt, weil die Solo war ja gleich beim Bahnhof, dauernde Angriffe. Wie die Ami schon in der Nähe waren, haben wir stundenlang vom Dorf in die Arbeit zu Fuß gehen müssen, es gab keinen Verkehr mehr, nichts mehr ist nach Linz gefahren.

Der Onkel, sagte ich. Dein Lieblingsbruder.

Ach ja, sagte sie, von dem wollten wir ja reden. Und dann erzählte sie lapidar eine kurze Geschichte, viel zu ungerührt für meine Erwartungen. Wie er in Detmold ausgebildet wurde, ruck zuck, vier Wochen nur. Wie er sich bei dieser Ausbildung etwas zugezogen haben muss, Genaueres wisse man nicht und werde man nie erfahren. Wie die Familie daheim gerade eben erfahren habe, dass er im Krankenhaus liege, aber nicht wo und warum. Wie es überhaupt keine Verbindung mehr nach Deutschland gegeben habe, als dann der Krieg aus war, und wie sie wochenlang nichts von ihm gehört hätten. Es hat einen niemand verständigt, sagte sie, und: Wir haben immer geglaubt, er ist in Gefangenschaft, und das war er auch, das waren Engländer, die haben das Lazarett übernommen.

Irgendwann sei die Post wieder gegangen. Da schrieb sie dem Robert einen Brief. Sie sah hoch und sah mich an, sagte: Das war der Freund von meinem Bruder. Mit dem war ich recht gut. Was für eine seltsame Formulierung. Und wie seltsam sie mich dabei anschaute, als wollte sie sich vergewissern, dass ich mich mit dieser Formulierung zufriedengeben und nicht nachfragen würde. Es gab einen Briefverkehr mit dem Robert, sagte sie schnell, und der hat dann herausgekriegt, in welchem Lazarett er liegt. Detmold.

Dann stöhnte sie und schwieg eine Weile, dann rief das Wasserluchsweibchen aus Wien an, dann sagte ich, dass wir für heute aufhören müssten. Mein Gott, wie lange die schon alle tot sind, sagte meine Mutter leise, als ich den Minidiscrecorder wegräumte. Die Toten verschwinden nicht, wollte ich antworten, sie wirken weiter in die vielen nachfolgenden Gegenwarten. Man kriegt sie nicht los. Nicht den fetten Hermann im Falle von Linz mit seiner Schwerindustrie, nicht den Heiligen Severinus, der barfuß durch die Wälder gestreift ist die Donau entlang, sommers wie winters, nicht Stefan Fadinger, den sie mit Armbrustpfeilen waidwund geschossen haben vom Sitz der Landesregierung aus, nicht Adalbert Stifter in seiner bedrückenden, deprimierenden Biedermeierwohnung, wo er sich erfreute am ach so seltenen und kurzen Aufblühen des Trompetenkaktus', jedoch nie jemanden fand, der diese Freude mit ihm teilen wollte, sodass er sich entschloss, beim Rasieren zu verunglücken, den nachfolgenden struppigen, einsamen Steppenwölfen ein Beispiel. Das hätte ich ihr sagen sollen, tat es aber nicht.

71

Diesmal fühlte ich mich diesen Dingen nicht gewachsen, schrieb Johann Georg Kohl, als er die große Kaiserstadt Wien vom Leopoldsberg aus betrachtete, wo sie ihm vorkam wie ein riesiger Ameisenhaufen, in dessen Mitte eine hohe Stange, der Stephansturm, aufgesteckt war. Nicht gewachsen war er den prachtvollen Sammlungen und Bibliotheken der Stadt und dem kaiserlichen Schloss, was er alles früher schon besucht hatte. Diesmal wollte er sich auf Kleinigkeiten konzentrieren und unbetretene Fuß- und Nebensteige gehen. Denn, so Kohl: Paläste und Hütten sind beide in ihrer Art lehrreich!

Ich fühlte mich ebenfalls den Dingen nicht gewachsen. Ich stand am Hotelzimmerfenster und schaute hinaus in die dunkle Nacht, wenn man sich weit aus dem Fenster lehnte, sah man ein Stück des Westbahnhofs, das Missabikongmädchen schlief auf dem vom Fenster weiter entfernten Bett, da fühle sie sich sicherer, hatte sie gesagt, falls jemand hereinklettern würde, wäre ich auf dem fensternahen als Erster dran. Sie machte leise Geräusche, kein Schnarchen, es klang eher wie das unregelmäßige Ächzen und Wimmern eines abgeschundenen, immer zu wenig Schlaf erwischenden Arbeitstieres.

Es ist eigentlich zu spät, um noch zurück nach Linz zu fahren, hatte ich gesagt im Kaffeehaus vis-à-vis des Westbahnhofs, nehmen wir uns ein Zimmer, hatte sie gesagt, gleich mein Erschrecken bemerkt und schnell gesagt, dass eh nichts passieren werde. Versprochen! Also checkten wir ein im Hotel daneben, Doppelzimmer mit getrennten Betten, gingen hinauf in das muffelige, nach uraltem Staub riechende Zimmer. Sie kroch sofort ins Bett, praktisch seit zwei Tagen auf den Beinen, kaum geschlafen, murmelte sie, es war mir recht. Ob es ihr was ausmache, wenn ich noch auf einen Sprung hinunterginge ins Café Westend, schon in Ordnung, sagte sie, nimm dir den Schlüssel mit, und zog die Decke über den Kopf.

Und ich saß vor einem Glas Weißwein am abgenutzten Kaffeehaustisch und machte mir vor, ich sei ein Mann von ethisch-moralisch einwandfreiem Verhalten, weil ich die Situation nicht ausnützte, beim zweiten Glas gestand ich mir ein, dass es der Zucker war, beim dritten, dass der Zucker nichts anderes war als das gegenständliche Korrelat für meine hartnäckig zunehmende Angst vor dem Versagen. Ich liege nicht deswegen nicht bei ihr, weil ich ein guter Mensch bin, sondern weil ich befürchte, die Zuckerkrusten in meinem Penis könnten mich blamieren. Und die ganze Zeit flirrte und zitterte es in mir, das Begehren, die Vorstellungen von ihrem Hintern, ihren Achselhöhlen, ihrem Duft von Milch und Schweiß und billigem Teenager-Deo machten mir den Mund wässrig wie einem altersschwachen Berner Sennhund. Der Gedanke an die geschwungene Linie ihres Halbprofils, vom Ohrläppchen bis zum Kinn, ließ meine Hände zittrig werden, ich malte mir aus, mit zwei oder drei Fingern über diese Linie zu streichen, einen süßen, zarten Flaum stellte ich mir vor, nicht wahrnehmbar für den Sehsinn, nur für den Tastsinn.

Ich kramte den Notizblock hervor, kritzelte als Stichwort *für den Gegenbericht* hin und notierte ein paar Zeilen. Nicht Severin ist ein Idiot, ich bin der Idiot, schrieb ich, ja, Severin schrieb ich, nicht Severinus, und nahm mir vor, morgen als Erstes im Word-Dokument des Aufsatzes mit der Alle-ersetzen-Funktion Severinus durch Severin zu ersetzen. Natürlich habe ich es nicht getan, zumindest nicht nachhaltig, nur einmal, probeweise, Suchbegriff hundertachtundzwanzigmal ersetzt, meldete das Textprogramm. Im Café Westend war ich noch entschlossen, die Änderung zu belassen. Weil mein Zugang nicht mehr haltbar war. All die Schichten, die ich übereinandergestapelt hatte, ergaben zusammen nicht mehr als die Summe des Geschichteten. Eher weniger. Dennoch machte ich den Ersetzungsvorgang rückgängig.

Letzten Endes war es egal, weil der Sprecher meiner Auftraggeber am Schluss ohnehin die geschraubte Namensform Severinus herausredigierte und durch das gängige Severin ersetzte.

Beim vierten Weinglas rief ich den Sprecher meiner Auftraggeber an, er äußerte Besorgnis, weil ich nach zehn Uhr abends noch nie angerufen hätte. Ohne darauf einzugehen, fragte ich ihn, ob die Eiseskälte nur mir auffiele, er hüstelte ins Handy und sagte dann, dass von Kälte nicht zu reden sei, so warm sei es in unseren Breiten schon lange nicht mehr gewesen in einer zweiten Oktoberwoche. Nicht das Wetter meine ich, sagte ich, nannte dann Politikernamen und aktuelle Gegebenheiten und Begebenheiten, den Frost meine ich, sagte ich, der sich im österreichischen Gemeinwesen festgesetzt hat, der alles durchzieht, wie Myzel Waldboden durchzieht, fahle weißliche Stränge arbeiten sich durch kompakte Massen, erst sind es nur vereinzelte Fäden, kaum wahrnehmbar, aber sie vermehren sich, zäh und beharrlich, und schließlich besteht das Ganze nur noch aus dem kalten Fahlen. Schauen Sie sich nur einmal die Herrschaften im Fernsehen an, sagte ich, all diese fahlen, langweilig frisierten und gekleideten Sprechpuppen, was für ein Eiseshauch aus ihren Mäulern kommt, sobald sie sie aufmachen. Ich merkte gleich, wie unangenehm ihm das war. Darüber wollte er nicht sprechen. Er fragte, was der Grund meines Anrufes sei. Entschuldigen Sie, sagte ich, ich habe ein wenig getrunken. Er wünschte einen weiteren netten Abend und eine gute Nacht und legte auf.

Jetzt stand ich am Fenster und starrte auf den Hinterhof des Hotels, einen Parkplatz und eine Kirche erbaut aus Backsteinen, gelb müssen die einmal gewesen sein, waren nun braun und schwarz. An der Mauer, die den Hotelhof vom Parkplatz trennte, stand ein Autowrack ohne Motorhaube, die Eisenteile und Schläuche und Kabel des Motors waren nur rudimentär zu sehen, der ganze Motorraum war voll von glitschig braunem verrottendem Laub.

Es gibt keine Zufälle, schreibt May in dem kuriosen Kapitel, wo er Winnetou nach Dresden kommen und überraschend in einer allerbiedersten deutschen Gaststube auftauchen lässt, in der sein Bruder, der ruhmreiche Old Shatterhand, in der Verkleidung eines sächsischen Spießbürgers wohlgelaunt im Kreise des örtlichen Gesangsvereins schönstes deutsches Liedgut erschallen lässt. Es gibt keine Zufälle, schrieb ich früh am nächsten Morgen, Trixi war noch nicht aufgewacht, als ich nach dem Frühstück hinüberging zu der Kirche und auf der Tafel las, dass es sich um das Gotteshaus der Lazaristenpfarre Wiens handle, von Quintanis bis Vindobona also verfolgt mich Lazarus, von Künzing bis Wien, hier das monströse, in seinen Proportionen die Umgebung erschlagende und verhöhnende Lazarus-Gotteshaus, dort der umgekehrte Lazarus, Presbyter Silvinus, der nicht von den Toten auferweckt werden, sondern tot sein will, einfach nur tot.

In meinem Kopf schwirrte es nur noch, alles verschob und überlagerte sich und erzeugte dadurch dieses Schwirren, es ist dies jedoch kein angenehmes Schwirren, eines, das einen neugierig macht und einen sich lebendig fühlen lässt, weil das Hirn so selbstverständlich und mit pausenloser Hurtigkeit arbeitet. In meinem Fall bewirkte es nur eine anschwellende Langeweile. Ich war es müde, dass mir dauernd die Rugier in die Quere kamen und die ganze katholische Personage und Kohls trockene Indianergeschichten und das Nazizeug und die nur schlampig versteckten Heimlichkeiten des Dorfes und der Kinderkram meiner Erinnerung. Weil sich etwas mit großer Macht in den Vordergrund drängte. Das Schwirren wegen des dunklen Fells und der samtflauschigen und dabei kinderknusprigen Haut des Wasserluchsweibchens.

Wie in Linz hatte sich Johann Georg Kohl auf den Märkten Wiens und in den anrüchigen Tabakläden und auf den Gassen und Wegen abseits der Prachtstraßen herumgetrieben, hatte sich von den kleinen Leuten, auch hier teilte er ihnen wieder einen leicht böhmakelnden Dialekt zu, vorjammern lassen, dass es in Wien viel zu viele Italiener gebe, und Ungarn, und Böhmen, und viel zu viele Bettler, die meist in ausländischen Sprachen die Wiener belästigten, weil sie darauf spekulierten, dass eine fremde Sprache bei den Menschen mehr Mitleiden erzeuge als die des eigenen Landes. Einen ganzen Tag lang sah er sich bei den in aller Welt bekannten Fratschelweibern um, den Marktfrauen auf dem damaligen zentralen Lebensmittelmarkt der Kaiserstadt, nach Kohls Beschreibung muss es sich dabei um den Aschenmarkt gehandelt haben, den Vorläufer des Naschmarkts, nahe dem Starhembergischen Freyhaus, etwa in der Gegend zwischen heutigem Naschmarkt und Resselpark.

Wie immer interessiert ihn vor allem die Sprache, lange fragt er herum, was es mit dieser seltsamen Bezeichnung auf sich habe, also was das Wort fratscheln bedeute, bis es ihm ein geduldiger Lohnknecht, der besagten Weibern zur Hand geht, erklärt. Fratscheln, schaun's, heißt hekeln, und das bedeutet das Handeln, Schwatzen und das Gigl-Gagl, was die Weiber dabei treiben, wenn sie einen Käufer um ein paar Kreuzerle betrügen wollen, und das Hin und Her, was sie machen, wenn sie nicht wissen, wie sie das Geld aus einem herausbringen sollen, na, das nennt man halt fratscheln.

Ich setzte mich in den verschlissenen Lehnstuhl beim kleinen Schreibtisch, im Dunkeln, das Licht von den Straßenlaternen am Neubaugürtel erhellte den Raum gerade so weit, dass ich den Umriss von Trixis Körper unter der Decke sehen konnte. Wasserluchsweibchen, ich sehe deine Bewegungen im Dämmerlicht, es macht mir Angst, ich bin zu alt, viel zu alt, ich bin dir nicht gewachsen. Ich schielte zu ihren dunklen, seidigen Haaren, und da regte sich die Lüchsin, jetzt nehmen deine scharfen Raubtiersinne vielleicht wahr, dass ich deine Haut anstarre, dass ich leise leise, damit du es bloß nicht hörst, die Luft einsauge aus deiner Richtung, dass ich zu halluzinieren beginne von deinem warmen, süßlichen Katzenpelzchenduft. Träge bewegst du die Schulter, deine Hand zuckt unter der Decke, ein katzennervöses Zucken. Nimmst du wahr, dass ich in Wahrheit nicht an deinem

Flaum im Nacken, unterhalb des Haaransatzes, schnuppern will, sondern an deinem anderen Pelzchen, dem drahtig dunklen, das nach Himmel duftet? Ich sollte mich schämen. Das Wasserluchsweibchen könnte meine Enkelin sein, Tochter einer Tochter, die ich nicht habe.

Mir wurde kalt, ich hüllte mich in die Bettdecke, setzte mich in den Lehnstuhl, lange konnte ich nicht einschlafen, irgendwann einmal fielen mir doch die Augen zu. Früh wurde ich wach, mein Rücken schmerzte von der Nacht in dem unbequemen Gestühl.

Sie wurde wach spät am Vormittag, brauchte kein Frühstück, nur Kaffee und ein paar Zigaretten im Café Westend, dann setzten wir uns in den Fox und traten die Reise an von Wien nach Linz. Auf der Höhe von St. Pölten fragte ich sie, ob es ihr etwas ausmachen würde, wenn ich abböge nach Mautern, noch einmal herumstreifen in diesem Vergangenheitsland, versuchen, den Glanz des Imperiums zu spüren, und die qualvollen Zuckungen seines Zerfalls. Du bist der Boss, sagte sie, aber wenn du mich fragst: Das ist todlangweilig. Sie hatte recht. Mautern und die Römerhalle und die Severinssteintafeln und das Museum sind nicht mehr als irgend so ein Historyland, zwar ohne verkleidete Statisten, aber doch nur eine seelenlose, nachgestellte Kulisse. Kein Ort, aus dem Fleisch und Blut und Hass und Leidenschaft und religiöse Inbrunst dunsten. Ich verließ die Westautobahn nicht.

Erzähl mir lieber von Amerika, sagte sie auf der Höhe von Ybbs. Was sollte ich ihr sagen? Dass es eine Enttäuschung war, nach wenigen Wochen, eigentlich schon nach Tagen, an Orten zu sein, die man sich so lange nur vorgestellt und ausgemalt hatte. Dass der wirkliche Kitchi Gami, der Große See, so ganz anders war, als er sein sollte nach der Lektüre von Kohls Buch. Dass das wirkliche Duluth und Hibbing so ganz anders waren als die Gegend, die der alt gewordene Shabtai Ziesel ben Avraham in seinen Chroniken beschreibt, kein Messinglärmen aus dem Glockenturm, das ein tiefes Gefühl von Geborgenheit vermittelt, kein Schnee, der von Dächern stiebt, keine Bleiglasfenster in Kirchen.

Es war anders, als ich es mir vorgestellt habe, sagte ich.
Es ist oft was anders als man sich's vorstellt, sagte sie.

72

Lasst ab von ungerechten Handlungen, verrichtet beharrlich fromme Werke, schärfte der Heilige Mann auf dem Totenbett seinen Mitbrüdern ein, eine endlos lange Abschiedspredigt hielt er ihnen, sie nickten zu allem demütig und versprachen hoch und heilig, all seine Mahnungen zu beherzigen und Aufträge zu erfüllen.

Alles, was Odem hat, lobe den Herrn.

Das waren die letzten Worte des Severinus, dann entwich seine Seele und überquerte den Totenfluss, ein letzter Weg als Parallelbewegung zu seinen unzähligen Donauüberquerungen zwecks Geiselbefreiungsaktionen und Verhandlungen und Waffenstillstandsgesprächen mit den Barbaren. Ich las die ausufernde Beschreibung Eugipps von den letzten Monaten, Wochen, Tagen und Stunden des Heiligen Mannes mit großem Missmut, weil ich keinen Zugang fand, keine Achse, an der sich diese lügnerischste Passage in Eugipps Lügengeschichte hätte aushebeln lassen und herüberstemmen in den Aufsatz in einer Form, die meine Auftraggeber nicht vor den Kopf stoßen würde. Darum wahrscheinlich surfte der Spannersurfer beharrlich durch meinen Kopf, während ich mich mit dem 8. Jänner 482 herumplagte, dem Todestag, das einzige konkrete Datum, das der getreue Chronist in seinen Text geschrieben hat.

Kurz überlegte ich, eine Erinnerung einzubauen in meinen Text, an diesen Mann mittleren Alters, den wir Kinder so bewundert hatten, wenn er eine ausgediente Brettertür an einem sehr langen Seil befestigte, das andere Ende um einen ganz nah am Donauufer stehenden Weidenstamm schlang, die Tür ins Wasser warf, zu ihr hinschwamm, sich hochstemmte auf die Bretter, aufstand, sich an einem kurzen, um das vordere Ende der

Tür verknoteten Kälberstrick festhielt, mit geschickten Beinen das wackelige Floß ausbalancierend sich stromabwärts treiben ließ, bis das Seil spannte. Wie dann ein Ruck durch ihn und sein Gefährt ging, wie die Brettertür hochstieg gegen das damals noch rasch fließende Donauwasser. Wie er sachte mit dem flussseitigen Fuß gegen die Bretter drückte, die Tür sich schräg stellte, wie er dann hinaussauste in die Mitte des Stroms, hundert Meter, zweihundert und mehr in einem Augenblick, so schien es uns Knaben.

Niemand im Dorf hatte außer im Fernsehen bis dahin Surfbretter gesehen oder Surfer, aber so musste das sein im echten Hawaii, dachten wir. Und nun dachte ich, so leicht wie dieser Mann auf dem Provisorium eines Surfbretts das Schnelle Große Wasser überquerte, oder zumindest beinahe überquerte, so leicht überquerte die Seele des Severinus den Styx, den Fluss des Hasses an jenem kalten 8. Januar, an dem die Ufer der Donau bei Mautern von Eis starrten.

Und ebenso leicht und locker wie die geschicktesten und kräftigsten Krieger der Anishinaabe hüpfte die Seele des Heiligen Mannes auf den Kopf der Schlange, tänzelte anstrengungslos und unbeirrt von den Zuckungen und Windungen und dem Geschlängel des Tieres über dessen schuppigen Leib hinüber zum jenseitigen Ufer, wo ihn das Paradies bereits sehnsuchtsvoll erwartete. Johann Georg Kohl beschreibt mit einer Art ungläubiger Faszination die Paradiesvorstellungen der Menschen an den Großen Seen, am meisten faszinierte ihn der indianische Styx. Die Seelen der Verstorbenen, die auf ihrer drei- bis viertägigen Reise ins Jenseits als Erstes den Versuchungen der Großen Erdbeere zu widerstehen haben, die sie mit Duft und Süße vom rechten Weg zu locken versucht, gelangen am Ende an den Fluss, der das irdische Dasein vom paradiesischen trennt. Der Übergang ist nur möglich über etwas, das von Weitem aussieht wie ein Baumstamm auf dem Wasser, der sich in der Strömung bewegt. Näher getreten erkennt die Seele, dass es eine Schlange ist, lang wie ein alter Baum hoch und mit einem Leib so dick wie der Stamm. Der Schwanz der Schlange des Styx' ist fest verankert am Paradiesufer, ihr Kopf reicht nicht ganz bis zum irdischen herüber. Der Jenseitswanderer muss nun mit einem gewaltigen Satz auf den Kopf der Schlange springen, und dann muss er über den Schuppenleib hinüberlaufen, während die Schlange ihren Körper windet und schüttelt auf dem Wasser des Todesflusses. Wer stürzt, ist verloren für das indianische Paradies, in dem Augenblick, in dem er in den Strom fällt, verwandelt er sich in eine Kröte oder einen Fisch und wird fortgeschwemmt.

Eine assoziative Verknüpfung zu schaffen zwischen meiner Kindheitserinnerung an den Mann, der über die Donau surfte, und dem eben gestorbenen Severinus, dessen Seele die Donau überquerte wie einen Totenfluss der nordischen Provinzen, erschien mir als reizvolle Möglichkeit für den Aufsatz. Aber dann verwarf ich sie doch gleich wieder. Zum einen, weil die Verknüpfung von Styx und Donau und Severinus, so sehr sie passte zu dieser herausragenden Persönlichkeit der Spätantike, niemals die Zustimmung des Sprechers meiner Auftraggeber finden würde, zu barbarisch war das, zu heidnisch, völlig ungeeignet, insbesondere als Schlusspunkt der Abhandlung über diesen frühen Christianisierer des Donauraums.

Zum anderen erschien es mir geschmacklos. Denn wir Buben hatten bald schon bemerkt, was der Zweck der Donauüberquerung auf der Brettertür war. Nicht um triumphierend auf den Wellen zu reiten, ließ der Mann sein Gefährt hinausschießen in die Strömung, nicht um seinen Mut zu beweisen, seinen Körper zu stählen, und auch nicht aus purer Lust an Gefahr und ihrer Bewältigung. Es waren die Nackten drüben auf dem FKK-Strand. Bei niedrigem Wasserstand, und der war im Sommer oft gegeben, kam er bis auf zwanzig, dreißig Meter an das jenseitige Ufer heran, dann schwebte er minutenlang auf der Stelle und starrte das Fleisch an, das da in der Sonne lag, nur ab und zu wich er mit geschickten, raschen Beinbewegungen Steinwürfen aus, warf immer wieder einmal Blicke flussauf- und flussabwärts, ob kein Frachtkahn oder DDSG-Dampfer auftauchte, denn ein Schiff, das sich zwischen seine Brettertür und das Südufer geschoben hätte, wäre eine echte Gefahr gewesen. Ein Spanner war der Mann, den wir den Spannersurfer nannten, mehr nicht, und sein Flussüberqueren hatte nichts Grandioses, nichts Erhabenes, nichts Transitorisches, und schon gar nichts Metaphorisches in Sachen Styx und Severinus.

Und darum will ich nichts erzählen von den paar kurzen Kindheitssommern an der Donau, nichts von den beinahe einstündigen Wanderungen in jede Richtung, auf schmalen Pfaden durch die Au, gegen Ende der Ferien trugen die Brombeersträucher schon Früchte, ich pflückte sie, kaum dass sie ein wenig Farbe hatten, verdarb mir den Magen. Aber wenn sie reif waren! Nichts von den Warnungen der Mütter, nicht zu tief in die Brombeerstauden hineinzustapfen, nicht wegen der kleinen Dornen warnten sie, die nur oberflächlichste Wunden rissen, sondern wegen der Schlangen, die sich in der Tageshitze gern in das dichte Buschwerk verkrochen. Nichts von den Inseln und den Strudeln, die zu durchschwimmen ich, anders als die meisten Gleichaltrigen, nie wagte. Nichts von dem eiskalten Nebenarm, dessen Wasser im heißesten August nie wärmer wurde als das Leitungswasser, das daheim aus dem Hahn kam. Hier schwammen nur die Kühnsten, zu gefährlich, sagten wir, die Feigen, wenn du es übersiehst, wirst du steif von der Kälte, und wenn dir das an einer Stelle passiert, wo du keinen Grund hast, ersäufst du. Die Mutigen lachten uns aus.

Nichts vom Schleichen im Gestrüpp hinter den Badebuchten, um Frauen zu beobachten, wenn sie die Schürzenkleider und die graubeige Unterwäsche abstreiften und hastig in ihre Badeanzüge schlüpften, die Angst vor Schlangen war da auf einmal weg. Auf eine Insel kommt keine Schlange, hieß es, was natürlich eine Dummheit war, denn bei Niedrigwasser waren die meisten Inseln mit dem festen Ufer verbunden, eine Landbrücke nicht nur für die Badenden, sondern für jede Art von Getier. Und nichts vom Frühlingshochwasser des Jahres 1964, das beinahe das Dorf erreichte und Hektar um Hektar Bauernland überflutete; im Herbst danach fluchten die Bauern und verwünschten den Limonadefabrikanten, denn durch ihre Felder, die ein paar Tage lang einen halben Meter hoch überschwemmt gewesen waren, zogen sich nun kilometerweit seltsam geschwungene, etwa einen Meter breite kahle Streifen durch die Rüben und das Getreide und den Mais, ein Ernteausfall war das, den ihnen niemand ersetzen wollte, obwohl jeder wusste, dass dies die Spuren des Limonadefabrikanten waren, der mit seinem Motorboot tagelang im seichten Wasser über den überschwemmten Feldern herumgekurvt war, dabei jedes zartes Pflänzchen und sogar die Saatkörner in der zu Schlamm gewordenen Ackerkrume mit der Antriebsschraube seines starken Bootes herausackernd wie ein überirdisch gewaltiger Pflug.

Das Hinscheiden des Severinus hebt in Eugipps *Vita* lange lange Zeit vor dem Ableben an, zwei Jahre zuvor lässt der Chronist den Heiligen Mann bereits den eigenen Tod voraussagen, auf Tag und Stunde genau. Nach all den vielen Kämpfen und langwierigen Auseinandersetzungen wurde dem Seher die göttliche Offenbarung zuteil, dass er bald aus dieser Welt hinübergehen werde. Er forderte die nunmehrigen Beherrscher Ufernoricums, Feletheus, den König des kurzlebigen Rugilands, und dessen böse Gattin Giso auf, in sein Kloster zu kommen, um ihnen ins Gewissen zu reden. Sie sollten die Romanen gut behandeln, denn am Ende würden sie dem Herrn Rechenschaft ablegen müssen. Und auch den Bruder des rugischen Königs, Ferderuch, dem Favianis tributpflichtig war, knöpfte sich Severinus vor, dieser musste versprechen, Besitz und Personal des Klosters nach dem Ableben seines Oberhauptes nicht anzutasten.

Was Ferderuch natürlich versprach, und was dieser arme gottlose Mensch in seiner barbarischen Gier nach dem Tod des Severinus natürlich nicht hielt, er plünderte das Kloster, Silberkelche,

Altargeräte, alles von Wert ließ er fortschaffen. Und auch Feletheus und Giso hielten ihre Zusagen nicht ein, was über alle drei den Zorn des Herrn kommen ließ, sagt Eugipp, früh schon starben sie gewaltsamen Todes, Ferderuch vom eigenen Neffen ermordet, Feletheus und Giso auf Befehl des Odoaker gemeuchelt. Diese Begebenheiten, die Eugipp hier als lehrreiche Mär bringt, die uns klarmachen soll, dass die Rache Gottes dem gewiss ist, der sich an seinem Eigentum und seinen Dienern vergreift, waren in Wahrheit machtpolitische Wirren und Ränkespiele, die Anfänge des Untergangs von Rugiland. Es hatten sich Parteiungen und Spaltungen unter den Rugiern ereignet, Feletheus entsagte dem italischen Herrscher Odoaker die Gefolgschaft, näherte sich dem kommenden Mann an, dem Ostgoten Theoderich, Feletheus' Bruder Ferderuch blieb Odoaker, dem Bezwinger des Imperiums, treu, ein Krieg unter Brüdern und Onkeln und Neffen hob an, ein Bürgerkrieg, Odoaker zerschlug das kleine Rugierreich, und innerhalb weniger Jahre waren der Stamm der Rugier und Rugiland verschwunden, Theoderich wiederum beendete Macht und Herrschaft des Odoaker, es ist ein zu verwickeltes und verwirrendes Politikgeflecht und Machtgerangel, um es nachvollziehbar erklären zu können.

Und dann lag Severinus auf dem Sterbebett, in Kapitel dreiundvierzig lässt ihn Eugipp anheben zu einer großen Abschiedsrede. Ich sah mich außerstande, diese Passage anders als mit einer kurzen Erwähnung in den Aufsatz einzubauen. Denn es ist der Höhepunkt von Eugipps Verdrehungs- und Umdeutungskunst, es ist das durchsichtigste Erzeugen von Heiligenlegende. Schon die Kapitel davor sind ein Witz, all das Den-Herrschern-ins-Gewissen-Reden und die Prophezeiungen des Severinus bezüglich der bevorstehenden Absiedlung der Romanen aus den Donauprovinzen lassen sich bei bestem Willen nicht mit den bekannten Zeitabläufen und historischen Ereignissen in Einklang bringen.

Die Trost- und Mahnrede des Severinus auf dem Totenbett, mehr als zwei Seiten lang in der *Vita*, ist eine durchgehende Aneinanderreihung von Zitaten und Anspielungen aus der Bibel, vom Buch der Könige im Alten bis zur Apostelgeschichte im Neuen Testament reichend; Severinus hat diese Rede nie gehalten, davon bin ich überzeugt, Eugipp hat sie erfunden als eindrucksvollen Höhepunkt am Ende seines Textes, kunstvoll komponiert und stilistisch ausgefeilt wie kein anderes Kapitel. Er ist dabei vorgegangen wie einer von uns heutigen Copy-and-paste-Sprachspielern, wie wir heutige kennzeichnet er die Zitate nicht und nennt nicht die Quellen. Und ringt einem irgendwie sogar Bewunderung ab, dieser Hagiografen-Trickster, denn er betreibt sein Spiel nicht um des bloßen Spieles wegen, sondern mit einer klaren Absicht. Alles läuft auf eine große Ermahnung hinaus, die einzige Ermahnung, die ihm alle Anstrengung wert schien, sie den Zeitgenossen wie den nachkommenden Geschlechtern zu vermitteln: Lebe das Leben als ein Gott und seiner Kirche gefälliges.

Im Aufsatz zum Katalog der Doppellandesausstellung behandelte ich den Sermon des sterbenden Heiligen lediglich mit ein paar Verweisen aus dem Fußnotenapparat meines Reclamheftchens. Ausführlicher ließ ich mich ein auf die letzten Worte des Severinus, weil sie mir gefälliger erschienen als all das Einmahnen von Demut und Glaubensstärke und heiligmäßigem Lebenswandel. Natürlich sind auch die letzten Worte Zitat, Psalm 150, der abschließende im Buch der Psalmen des Alten Testaments, *Jubelnder Ausklang* genannt in alten Bibelausgaben.

Als alle Anweisungen erteilt und alle am Totenbett Knieenden erbaut waren, forderte Severinus sie auf, der Reihe nach heranzutreten und einen Kuss mit ihm zu tauschen, dann verbat er ihnen ausdrücklich, um ihn zu weinen. Dann machte er mit ausgestreckter Hand das Kreuzeszeichen über seinen ganzen Körper. Dann bat er, man möge einen Psalm singen. Als die Mitbrüder in ihrer übergroßen Trauer zögerten, stimmte er selbst den Psalm an.

Lobt Gott in seinen Heiligtümern, lobt ihn in seiner starken Himmelsfeste, sang Severinus.

Hallelujah, sangen die Brüder, vorerst verhalten.

Lobt ihn ob seiner mächtigen Taten, lobt ihn ob seiner gewaltigen Größe, sang der Sterbende.

Die Brüder, zwar nicht lauter, aber mit festeren Stimmen: Hallelujah!

Lobt ihn mit dem Schall der Posaunen, lobt ihn mit Harfe und Zither!

Hallelujah!

Lobt ihn mit Pauke und Reigentanz, lobt ihn mit Saitenspiel und Flöte!

Hallelujah!

Lobt ihn mit klingenden Zimbeln, lobt ihn mit schmetternden Zimbeln!

Hallelujah!

Omnis spiritus laudet dominum, sang Severinus, alles, was Odem hat, lobe den Herrn, es war kein triumphierender, laut jubelnder Lobgesang wie in Mendelssohns zweiter Symphonie, es war nur noch ein ersterbendes Hauchen. Ein letztes Hallelujah! antworteten die Brüder, aber das hörte der Heilige Mann nicht mehr, da war er schon tot.

73

Es ist in den Beständen des Stadtarchivs Vechta und des Staatsarchivs Oldenburg kein Hinweis zu finden auf ein Arbeitsdienstlager oder einen Rüstungsbetrieb, mailte mir der freundliche alte Herr aus Vechta, der vor seiner Pensionierung im Stadtarchiv gearbeitet hatte, ihn hatte ich angerufen mit meinen Fragen, seine Mails erreichten mich, als ich schon wieder in Thunder Bay war. Auch meinerseits privat durchgeführte Kontaktaufnahmen mit ortsansässigen Personen, die jene Zeiten bewusst erlebt haben, ergaben keine Anhaltspunkte, mailte er, und drückte sein Bedauern aus.

Ich kann nicht sagen, warum ich ausgerechnet wegen der Bomben-Geschichte von Vechta bei externen Auskunftspersonen nachzufragen begonnen hatte. Zweifelte ich an der Glaubwürdigkeit meiner Mutter? Hätte eine PDF-Datei eines eingescannten Originaldokuments, eine sozusagen amtliche Bestätigung oder auch Widerlegung ihrer Geschichte irgendetwas geändert? Natürlich nicht, sagte ich mir vor, es ist eine reflexartige Reaktion aus Journalistenzeiten, vergleichbar dem endlosen Hinterhergoogeln nach irgendwelchen nicht ganz klaren Sätzen oder Absätzen in Kohls Berichten vom Indianerleben am Oberen See. Ich beschloss, meiner Mutter mehr zu trauen als der offiziellen Mitteilung eines gewesenen Stadtarchivars.

Da sei eine Sache, die gehe ihr heute noch unter die Haut, hatte meine Mutter gesagt, als wir uns zusammensetzten zu einem weiteren Befragungsvormittag. Dieses riesige Lager mitten im Wald bei Vechta, in das man sie kriegsdienstverpflichtet hatte, da war alles eigentlich fast schon vorbei, Ende vierundvierzig muss es gewesen sein, oder Anfang fünfundvierzig, jedenfalls war Winter gewesen. Da haben sie Bomben gehabt in Hallen, richtige große Zweihundert-Kilo-Bomben, und die sind scharf gemacht worden, sagte sie. Wir haben die Zünder einbauen müssen, und gleich schweifte sie ab, dass in diesen Hallen auch Sträflinge gearbeitet hätten, Kriegsgefangene oder KZler, aber eher Kriegsgefangene, weil deren abseits im Wald gelegenen Baracken hätten die Wächter und die Kriegsdienstmädchen immer nur das Russenlager genannt.

Na ja, die Bomben, sagte sie schließlich. Also eines Tages kommt da die Chefin von unserer Baracke und holt mich, ich muss da mit, und dann habe ich schwören müssen, dass ich niemals irgendjemandem sagen werde, was ich da jetzt zu machen habe. Dann haben sie mich tief in den Wald hinein gefahren, da war auch so eine Holzbaracke, einige andere Mädchen, und da hat man die Zünder einstellen müssen, in Abständen von zehn Minuten. Dass alle zehn Minuten eine Bombe zündet. Zwei Tage lang habe ich dorthin müssen.

Ich fragte, was das für einen Zweck gehabt hatte, ob das Fliegerbomben waren für besonders teuflische Angriffe, mit zeitverzögert hochgehenden Bomben, stundenlang sollte es krachen in den Feindesstädten, alle zehn Minuten. Warte, sagte sie, ich erzähl es dir gleich. Sie selbst hatte damals geglaubt, dass sie Bomben scharf machte für den finalen Abwehrkampf gegen die von allen Seiten andrängenden Feindeshorden. Erst Jahre nach dem Krieg habe sie einmal zufällig eines der anderen Mädchen getroffen, die im Wald bei Vechta die Zeitzünder hineingeschraubt hatten in die Riesenbomben.

Die erzählte: Sie haben es selbst in die Luft gesprengt! Das eigene Lager! Wie wir damals rausgebracht wurden, sagte die Kriegsdienstkameradin, da hat man es genau gehört. Ein dauerndes Krachen aus dem Wald, ein regelmäßiges Krachen, alle zehn Minuten ist etwas in die Luft gegangen. Meine Mutter sah mich an, nickte mit dem Kopf und sagte: Da haben sie ja schon gewusst, dass es nicht mehr lange gehen wird. Und ich begann das zu recherchieren, am nächsten Tag schon, zuerst bei Google und Wikipedia, wo nichts zu finden war, dann mailte ich an die Stadtverwaltung von Vechta, die schickten mir Adresse und Telefonnummer des hochbetagten früheren Archivbeamten, aber der konnte mir auch nicht weiterhelfen.

Schließlich fasste ich allen Mut, den ich hatte, und das war nicht viel, sobald ich ihr gegenüber saß, und ließ sie nicht mehr abschweifen zu ihrer unbeschreibbar armen, aber in Summe doch schönen Kindheit und zu den Geschichten von endlosen täglichen Fußmärschen zur Bahnstation in Alkoven und den Bedrängnissen vor, während und nach der *schon schlimmen* Zeit, wie sie die Nazijahre und den Krieg nannte, sondern fragte sie, warum ich diesen Namen trage, der mich bereits als Kind verstört hatte auf dem Kriegerdenkmal neben der Dorfkirche.

Es war, als hätte sie auf diese Frage gewartet, lange schon, gleich kam es aus ihr heraus, mit völliger Selbstverständlichkeit sagte sie, dass der Verlust des jüngsten und liebsten Kindes ihre Mutter, die Zähneausreißer-Oma, in einem Ausmaß, das man sich nicht vorstellen könne, *niedergerissen* habe, anhaltend und bis an das Ende ihres Lebens, sodass sie und ihr Mann, mein Vater, mir schließlich diesen Namen gegeben hätten, um der Oma eine Freude zu machen. Was auch gelungen sei, bis zu einem gewissen Grad, ich sei der Oma rasch das liebste von ihren Enkelkindern geworden und die Freude der wenigen Jahre, die sie noch zu leben gehabt hatte.

Und dann wurde sie, die mir immer so gefasst vorgekommen war und kühl bis zur Gleichgültigkeit, ganz langsam traurig, tieftraurig, so sehr packte sie die Traurigkeit, dass sich ihr Gesicht und ihr Körper veränderten auf eine seltsame Art, es sah aus wie ein Zusammensacken bei gleichzeitiger Aufblähung. Wir haben alles unternommen, um meinen Bruder vom Lazarett in Detmold wegzuholen und heimzubringen, aber das war unmöglich, sagte sie leise, ein Bekannter, der hat ein wenig Englisch gekonnt, ist ins Landhaus in Linz gegangen, da waren ja die Besatzungsmächte. Aber: Unmöglich.

Sie bellte ein grausiges Lachen, sagte, dass ihr heute noch ungut werde, wenn sie an diese unheimliche angebliche Krankenschwester denkt. Auf einmal sei diese Frau vor der Tür gestanden und habe erzählt, sie habe den Sohn der Familie in Detmold betreut. Wahrscheinlich hat sie irgendjemanden kennengelernt im Dorf, zischte meine Mutter böse, der ihr unsere Geschichte erzählt hat, und die hat irgendwas erreichen wollen bei uns, Geld oder was.

Wenn man mehr erfahren wolle, sagte die Frau, könne man sie in der Nähe von Salzburg erreichen, in einem DP-Camp. Auffanglager für displaced persons. Die Oma schrieb einen Brief an den Lieblingssohn, steckte ihn zusammen mit ein paar Geldscheinen meiner Mutter in die Manteltasche und schickte sie nach Salzburg, aber die Frau war nicht zu finden, niemand in dem Lager hatte je ihren Namen gehört. Das war so mysteriös, ganz komisch, sagte meine Mutter.

Dann erreichte sie irgendwie den Robert in München, meine Mutter klärte die Ungereimtheit nicht auf, dass nach ihrer Darstellung kein Briefverkehr möglich gewesen sei mit Detmold, mit München aber schon. Der Robert ist dann hinausgefahren nach Detmold. Zu ihm. Ins Lazarett. Durch den haben wir erst erfahren, was wirklich los war. Da war er schon recht schlecht beisammen, mein Bruder. Da ist der Robert noch vierzehn Tage bei ihm geblieben, bis er dann gestorben ist. Und durch ihn haben wir eigentlich erst alles erfahren. Von den Besatzungsmächten hat sich kein Mensch gerührt und nichts, da hat man nie etwas erfahren. Wahrscheinlich werden sich meine Eltern erkundigt haben, und dann haben sie doch noch eine Nachricht gekriegt. Die Todesnachricht, nicht wahr.

An dieser Stelle brach ihr Reden ab, es war keine bewusste Entscheidung, etwas unterbrach sie mit großer Gewalt, sie schaute starr vor sich hin, verzog keine Miene, dann zuckte es in ihrem Gesicht. Als sie weitersprach, war ihre Stimme rau und kratzig.

Dann ist eh eine Beerdigung gewesen. Der liegt in Detmold, da ist so ein, ein Soldatenfriedhof. Da liegt er. Ja.

Wieder verstummte sie. Nach einer Ewigkeit setzte sie sich ein wenig gerader in die Wohnzimmercouch, bei den anderen, den Stiefsöhnen, war es nicht so arg für die Mutter, sagte sie, aber bei ihm, das war furchtbar. Das war das Ärgste. Das weiß ich noch gut. Und schwieg wieder, so lange, dass ich Angst bekam, sie würde ganz zu reden aufhören, und deshalb fragte ich, ob da die Oma zusammengebrochen sei. Ja, schon, murmelte sie. Schwieg, flüsterte weiter. Ich glaube, das hat sie bis zum Schluss nicht verkraften können. Darum haben wir dich so getauft. Ihr zuliebe, nicht wahr. Und du warst ja auch, sagte sie, und begann zu weinen, redete unter Tränen weiter, damals wie du klein warst, da warst du ihr liebster.

So geht das nicht, dachte ich. Wer seine Geschichte preisgibt, gibt seine Seele preis. Das wollte ich nicht. Ich wollte ihre Seele nicht. Ich war zufrieden gewesen mit dem, was ich mir eingerichtet hatte, eine Mutter-Sohn-Sache mit einer guten Portion Distanz, ihr schien es ebenfalls recht gewesen zu sein, nichts preisgeben zu müssen. Warum fing sie jetzt damit an? Waren die letzten sieben Jahre zu viel gewesen, wo sich die Distanz räumlich in großem Ausmaß erweitert hatte? In den Jahrzehnten davor waren offensichtlich die fünfzehn Kilometer zwischen ihrem Dorf und Linz, und dann die zweihundert Kilometer zwischen dem Dorf und Wien eine für sie passende Entfernung gewesen, und jetzt waren ihr die siebeneinhalbtausend Kilometer zwischen dem Dorf und Thunder Bay zu viel?

Ich kann das nicht sehen wie T. C. Boyle, der es sich nicht zugesteht, seiner Mutter Vorwürfe zu machen, weil sie sich ihm entzogen hat. Er *versteht* es, dass das emotionale Ich seiner Mutter verschwunden ist nach dem Verschwinden des von ihr geliebten Menschen. Das kann ich nicht. Kann nicht verstehen, kann nicht und will nicht. Es steht mir zu, verletzt zu sein.

Es war nicht auszuhalten. Ich wünschte, ein Indianer zu sein und Haltung bewahren zu können wie ein solcher. Und ich wünschte, alle wären sie damals Indianer gewesen, und meine

Oma oder mein Opa, egal wer, Hauptsache, einer von den beiden wäre gleich gestorben nach ihrem Lieblingssohn, um die Unerträglichkeit von der Familie zu nehmen, so beschreibt es Kohl, es ist für die Anishinaabe das Schlimmste, wenn Kinder sterben, weil die noch zu ungeschickt sind und zu unerfahren in allen Anforderungen von leben und sterben, sodass die meisten von ihnen beim Überqueren des Totenflusses das wilde Winden und Schütteln der Großen Schlange nicht bändigen und ausgleichen können und in das Wasser stürzen und zum Frosch oder Fisch werden im Augenblick und niemals das Paradies erreichen, in dem es nur Heiterkeit gibt und Tanz und genügend Nahrung auf immer. Man hatte Kohl erzählt von einer indianischen Frau, deren Kind gestorben war, die hatte ganz entsetzlich geschrien und geweint. Gleich darauf starb auch der Gatte, da trocknete sie ihre Tränen, zeigte sich getröstet und zufrieden. Ich bin nun so froh, weil mein Mann nun hinter meinem Kinde her ist, hatte die Frau den Nachbarn gesagt, er hat Kraft und ist ein tüchtiger Jäger, er wird den Kleinen sicher übers Wasser bringen. Ich bin nun außer Sorge.

Unvermittelt stand meine Mutter auf und redete von weitschichtigen Verwandten, suchte Fotos von denen im Wohnzimmerschrank, denen ist es nach dem Krieg besonders dreckig gegangen, sagte sie, weil das Familienoberhaupt ein hochrangiger Funktionär in der Nazizeit war, Kaplitz, Böhmen, und dann waren die von einem Tag auf den anderen plötzlich Flüchtlinge, mittellos, hatten nichts als das, was auf einem Leiterwagen Platz fand, den die Frau mit den zwei Buben ziehen konnte, und da in Österreich hat man sie auch jahrelang – geschnitten, weil der so ein Nazi war. Sie fand ein Bild, legte es vor mir auf den Tisch, fremde Menschen standen um ein großes protziges Auto, Marke Steyr, der eine da war der Bonze unter den Nazis, sagte sie, den haben die Tschechen dann aufgehängt.

Ich schaltete den Recorder ab und ging in mein Jugendzimmer. Am späten Nachmittag fuhr ich in die Stadt und betrank mich im Café Meier, stellte mir vor, ich hörte wieder das Schreien und Streiten der Betrunkenen bei der Weihnachtsfeier, als das hier noch das Speedy war, hörte die scheppernde Musik aus den Musicboxlautsprechern, Angie, Angie, ain't it good to be alive, und sähe Heather stehen am Beatclub-Automaten, Heather mit dem weizenblonden Schoß, aber all die Halluzinationen und Vergangenheitsheraufbeschwörungen blieben blass. Möglicherweise war ich zu betrunken, als dass ich Heather sehen und *Angie* hören und Heathers nie ein Tilt auslösende Hüften spüren hätte können.

Als ich zurückkam, saß meine Mutter im Dämmerlicht, nur der Fernseher erhellte den Raum, er lief ohne Ton, vor ihr auf dem Tisch die Schachtel mit den Fotos. Ich setzte mich in den Sessel am Fenster. Heute Nachmittag hat man dir angemerkt, wie es dir geht, sagte ich. Sie sah starr auf den stummen Bildschirm. Weißt du es nicht mehr, sagte ich, du hast mir einmal etwas erklärt.

Nein, sagte sie.

Du hast gesagt, man darf sich niemals und um keinen Preis anmerken lassen, wie es einem geht, sagte ich. Wenn sie merken, dass du schwach bist, verspotten sie dich, oder bescheißen dich. Wenn du ihnen zeigst, dass es dir schlecht geht, treten sie dich noch tiefer hinunter. Wenn sie sehen, dass es dir gut geht, nutzen sie dich aus. Darum dürfen sie nie wissen, wie es dir geht, hast du mir gesagt, als ich ein Kind war.

Ja, sagte sie.

Du hast dich dein ganzes Leben lang an deinen eigenen Rat gehalten, oder?, sagte ich.

Sie schwieg.

Und jetzt hältst du dich auf einmal selbst nicht mehr daran, sagte ich, und bemerkte, dass es wie ein Vorwurf klang, was mich ängstigte, doch ich redete weiter, aber wieso muss das gleich so dramatisch sein mit den Scheißbetablockern? Warum hast du nicht einfach irgendetwas gesagt?

Sie schwieg. Sie sollte an dieser Stelle weinen, doch sie rührte sich nicht, schaute weiter auf den stummen Bildschirm. Unerwartet drehte sie dann den Kopf, sah mir in die Augen, das erste Mal seit ich weiß nicht wie lange, und sagte, dass ich viel zu sensibel gewesen sei als Kind, ich hätte das Dorf und die Leute hier und dann die Schnösel im Gymnasium niemals überlebt. Deshalb musste man dich dämpfen, sagte sie mit großer Selbstverständlichkeit. Daher also rührt diese meine übermächtige Dumpfheit des Gefühls, schrieb ich eine Viertelstunde später im Kinderzimmer in den Laptop.

Am Morgen war ich nicht sicher, ob ich diese Minuten vor dem Fernsehflackerlicht möglicherweise nur geträumt hatte, wegen des vielen Weißweins im Speedy, nein, im Café Meier. Der Schmerz im Hinterkopf war ein eindeutiger Beleg dafür, dass es zu viel Wein gewesen war. Aber ich bezweifelte, dass es genug gewesen war, um solche Fragen stellen und solche Antworten anhören zu können.

74

Hörst du nicht, wie laut klagend die Töne durch den Nebel dringen! Dies schrieb Johann Georg Kohl, und ich stahl seinen Satz, um die Beerdigung des Severinus zu beschreiben, wie die Mitbrüder seinen Leichnam in die beinahe gefrorene Erde in Mautern betteten, im kalten, nebligen norischen Jänner, wohl wissend, dass es eine Lüge war. Denn in Eugipps *Vita* kommt die Bestattung des Heiligen Mannes nur mit ein paar Zeilen vor, ohne großes Wehklagen und Heulen, es scheint vielmehr da, im Jahre 482, schon allen Beteiligten klar gewesen zu sein, dass es sich bloß um ein Provisorium handelte, dass alles Romanische bald schon zur Gänze entfernt werden würde aus der Donauprovinz, also klagte man nicht viel herum, sondern regelte pragmatisch das zu Regelnde. Kaum lag Severinus in der Erde, offensichtlich nur in sein Mönchsgewand gehüllt, ließen die Ältesten seiner Klostergemeinschaft gleich einen hölzernen Sarg für ihn anfertigen, um bereit zu sein für die Vertreibung, die Übersiedlung, die Heimführung ins italische Kernland. Zu viel der Eile, wie sich zeigte, es sollte dann doch noch sechs Jahre dauern, bis sie den Körper des Heiligen Mannes wieder ausgruben und auf den Wagen packten zu all dem anderen Zeug und ihn nach Süden schafften.

Ich muss aufhören, ständig etwas zu behaupten. Severinus war ein Narr, Severinus war ein Schwindler, Severinus war kein Mönch, Severinus war ein Wundertaten-Vorgaukler, Severinus war Politiker, Severinus war Militär, alles Behauptungen. Severinus war und ist, was ich aus ihm mache. Was jeder und jede aus ihm macht. Sobald jemand nur den Namen Severinus denkt, und dann an die Person und deren Walten und Wirken, ist das nicht Severinus, sondern das, was im Kopf von jemandem gedacht wird, und wenn dieses Denken niedergeschrieben wird, so geschieht zwar eine Verräumlichung, aber nicht die Verräumlichung Severinus', sondern die Verräumlichung dieses Denkens. Eugippius war der Erste, der mit dieser Kulturtechnik aus dem gelebt habenden wahren Severinus eine Erfindung des Verräumlichers Eugipp gemacht hat. Und wenn ich mein Severinuszeug in den Laptop tippe, dazu im Netz, wo Schrift und Bild gleichsam wie Verflüssigtes vorhanden sind, aus dem man schöpfen kann, Severinusmaterial aus den verschiedensten Zeiten und Orten suche und finde und dies alles zusammenfüge, so geschieht zwar etwas neues, anderes, nämlich eine Verzeitlichung zusätzlich zur Verräumlichung, aber der Vorgang verzeitlicht nicht Severinus, sondern nur das, was in meinem Kopf vorgeht.

Ich hatte genug davon, immer mehr anzuhäufen, aus Büchern, Tourismusprospekten, Märchenbüchern und Internetsagen, Geschichten um Geschichten klebte ich übereinander, und je mehr sie wurden, desto weniger erzählten sie. Immer verkrusteter wurde die Sache. Dabei wollte ich genau das Gegenteil. Ich wollte alles wegkratzen, was Menschen gemacht haben, Schicht um Schicht abspachteln, die sich klebrig und zäh darübergelegt haben.

Wer singt und jauchzt da im Wald?, hatte Kohl im Birkenrindenkanu den Indianer gefragt, der den neugierigen deutschen Besucher ein kleines Flüsschen stromabwärts ruderte, um das Herbstlager eines alten, erfahrenen Pelztierjägers zu besuchen. Hörst du nicht, wie laut klagend die Töne durch den Nebel dringen?, hatte der Indianer entrüstet geantwortet, und nun hörte Kohl endlich, dass da jemand in der Ferne mit zitternder Stimme ein Trauerlied sang, das nun auch ihn zutiefst rührte. Der Alte im Busch, nicht zu sehen für die im Kanu, klagte in der Waldeinsamkeit um seinen Sohn Wabasha, der vor Jahresfrist gestorben war, mein Sohn, mein Sohn, mein junger Wabasha, warum hast du mich verlassen? Warum bist du so früh ins Land der Schatten hinübergegangen? Oh, hättest du mich Alten doch mitgenommen!

Der Seher Noricums hatte die Stätte seines Wirkens verlassen. Es folgte das letzte Kapitel des Untergehens und Verschwindens. Es hatte Jahrhunderte gedauert, bis sich erfüllte, was die Sprüche sagen, doch es erfüllte sich nun. Unter Waffen gehen heißt untergehen, denn wo Krieger sind, da wachsen bald schon nur noch Disteln und Dornen. Die Barbaren hatten gesiegt. Ich weiß nicht, ob sie gefeiert haben, während die Hinterbliebenen des Severinus trauerten. Wahrscheinlich schon. Sie wussten nicht, dass kein Sieg ein Grund zur Freude ist, denn Freude am Siegen ist letzten Endes nur Freude am Töten, und jeder Sieg ist eine Trauerfeier.

75

Wenn sie wieder zu weinen beginnt, breche ich ab und verschwinde und nehme mir für die letzte Woche ein Zimmer in St. Pölten, nahm ich mir vor, es würde ganz leicht zu argumentieren sein, meine Völkerwanderungsgeschichte ist beinahe fertig, würde ich sagen, es geht jetzt um die Schlussredaktion mit den Vertretern meiner Auftraggeber, da muss ich praktisch jeden Tag zu denen ins Büro. Und sie würde weinen, da war ich sicher, stand doch die Notwendigkeit an, etwas zur Sprache zu bringen, das ich ihr vorwerfe seit Jahrzehnten, auf eine fiese Art, denn ich sprach den Vorwurf nie aus. Robert. Ihre wahre Liebe.

Aber dann überfiel nicht ich sie, sondern sie mich mit einer Frage. Ob ich für immer drüben zu bleiben vorhätte, oder doch wieder heimkommen würde, irgendwann einmal. Weiß nicht, sagte ich, drüben kriege ich Aufträge, hier nicht. Wenn das jetzt mit der Landesregierung gut ankomme, böten sich sicher hier auch Möglichkeiten, sagte sie, weiß nicht, wiederholte ich, muss man sehen. Die Wochen jetzt in der Heimat, die ganze Zeit die Donau auf und ab, die müssten mir doch die Augen geöffnet haben, sagte sie. Dass es daheim am schönsten sei. Gerade für dich, sagte sie, wo du doch so gern am Wasser warst, immer nur am Wasser.

Ja. Aber nicht hier, nicht im Dorf, nicht in Linz, wo überall gleich alles eine Bedeutung hat und einen Bezug. Wenn schon Donau statt Lake Superior, dann müsste es die Donau bei Quintanis sein, Künzing, und die Tage müssten immer so goldene Septembernachmittage sein wie der, an dem ich zum Severinsmuseum gefahren war, unerwartet kräftige Sonne scheint durch den Dunst über dem Fluss, feine Nebelschlieren tanzen einen unglaublich komplexen Schleiertanz, gemeinsam mit den herbstmüden Mücken und Schnaken.

In Künzing war es mir am ehesten gelungen, mit irgendetwas in Verbindung zu kommen, mit Severinus, mit den wilden kampflustigen Männern von Rugiland und Herulerland, mit den geschundenen, resignierenden Romanen der letzten, der verschwindenden Generation, ihrer aller Gegenwart hatte ich gespürt, als ich die Kartusche mit dem Knochensplitter aus dem Skelett des Heiligen Mannes berührt hatte. So wie ich damals, bei dem Wochenendausflug nach Radebeul, auf einmal den Wahnsinn und die Größe Karl Mays gespürt hatte, als ich die beiden Mündungslöcher des Bärentöters befingert hatte.

Damals standen Old Shatterhands Bärentöter und Henrystutzen und Winnetous Silberbüchse noch nicht in der Villa Shatterhand im ersten Stock hinter Glas, sondern hingen an der Holzbretterwand gleich nach dem Eingangsbereich der Villa Bärenfett. Wenn man wartete, bis die Kartenabreißerin wegsah, konnte man die Waffen, die Legenden, die Nachbauten nach literarischer Vorlage, die Meistertrickster May als authentisch vermarktet hatte, einen Augenblick lang betasten. Was ich getan hatte. Und zwar im vollen Bewusstsein der Lächerlichkeit dieses Unterfangens, der so nackten und bloßen Durchschaubarkeit dieser Täuschung.

Mays wahnwitzigen Drang wahrgenommen zu werden, gesehen zu werden, erkannt zu werden als das, was er sein wollte, den hatte ich gespürt an der Spitze meines Fingers, als ich ihn in die Mündung des linken Laufes des Bärentöters steckte. Es war, als berührte ich den Schriftsteller May an dem wundesten seiner vielen wunden Punkte. Und auf einmal verstand ich, warum er mitten in der Zweitausend-Seiten-Schwarte *Im Reiche des silbernen Löwen* die wüste, wirre Abenteuerhandlung zum Stillstand kommen ließ, den genau wie Sam Hawkens unerträglich *witzigen* zappeligen Hadschi Halef Omar Ben Hadschi Abul Abbas Ibn Hadschi Dawuhd al Gossarah für die gesamte Dauer der zweiten Hälfte der vierbändigen Erzählung in ein Koma schickte, wieso er statt der ewigen gefahrvollen Herumreiterei und statt Hauen und Stechen und listenreicher Kämpferei nur noch die Menschheitsseele und diese betreffende Angelegenheiten und Umstände beschrieb.

Erzähl mir von deinem Freund, sagte ich. Dem aus München.

Das war nicht mein Freund, sagte meine Mutter.

Ihr seid doch – du und der –?

Was du glaubst!, rief sie mit einem Kichern und schlug mir vorsichtig, beinahe zärtlich auf den Oberschenkel. Da war nichts. Wir waren ja fast noch Kinder. Ein paar Mal sind wir ins Kino gegangen. Was glaubst du, wie die einen angeschaut hätten, als Backfisch, wenn man allein mit der fliegenden Brücke nach Ottensheim gefahren wäre und alleine ins Kino gegangen wäre. Der Robert hat das meinem Bruder zuliebe gemacht, damit ich einen Begleiter habe. Das war ja fast eine Stunde zu gehen bis zur fliegenden Brücke, die Hälfte durch die Au. Kann man sich heute gar nicht vorstellen.

Den Robert werfe ich ihr vor seit Jahrzehnten. Dabei ist es nur ein Witz gewesen, was sie damals erzählt hat beim Familientreffen. Es hatte tatsächlich bloß ein Witz sein sollen. Der Robert war bestenfalls eine Backfisch-Schwärmerei in schweren dunklen Zeiten gewesen, nicht einmal ein wirklicher Flirt.

Aber du hast doch einmal gesagt, dass du die Frau des Architekten wärst, wenn dein Bruder nicht gestorben wäre in Detmold, sagte ich.

Sie faltete die Hände und sprach mit mir wie zu einem dümmlichen Kind, dem man alles langsamer und ausführlicher erklären muss als den anderen. Der Vater von dem Robert, der was Hohes war bei den Nazis, in den Göringwerken, der hat geschaut, dass er nach dem Krieg die Familie so schnell wie möglich nach München schafft, sagte sie. Zweimal hat mir der Robert noch geschrieben, aber das war nichts – dass er und ich irgendwie – halt so was, wie du da allem Anschein nach glaubst. In dem einen Brief hat er geschrieben, dass er nach Detmold fährt. Und im zweiten, dass mein Bruder tot ist.

Das ist jetzt der Angelpunkt, an dem die Geschichte auszuhebeln ist. Ausgehebelt werden muss. Die unerhörte Begebenheit in meiner selbst gestrickten, der kleinen engen Welt Sinn und Zweck geben sollenden Novelle. Hier brach alles. Hier implodierte das, was ich für plausible Erklärungen und logische Entwicklungen gehalten hatte, zurückblieben nicht einmal Bruchstücke, die keinen Sinn ergaben, zurückblieb nichts. Und ich schrumpfte ein zu dem kleinen, beleidigten Buben im feindseligen Dorf, der tobte und wütete, natürlich nur nach innen. Tobte, weil sie Zeit ihres Lebens Herz und Wärme und Nähe nur für einen übrig gehabt hatte, der gar nicht da war, weshalb ich, und nicht nur ich, sondern mein Vater und ich ihr gleichgültig waren, bestenfalls, wir waren ihr nur Ersatz, zuerst, dann eine Last und schließlich hassenswert, weil wir schuld waren, dass sie nicht die Frau Architektin in München geworden war, an der Seite Roberts. So banal war das alles. Ich habe mir eine Geschichte zusammengebastelt von einer verlorenen Liebe meiner Mutter, der sie sich ein Leben lang hinterhergesehnt hatte. Meine Erinnerung an *die Mutter* ist die Erinnerung an eine Eisesfrau: zurückhaltend, vorwurfsvoll, kalt. Hinter den Jacken und Mänteln im Vorzimmer versteckt.

Aber bekanntlich ist Erinnerung ein Konstrukt, das sich zusammensetzt aus dem Ereignis *und* dem Erinnern an die Erinnerung daran; man weiß, dass sich nach jedem Akt des Erinnerns nicht das ursprüngliche Ereignis, sondern die gerade erinnerte Version in der Gedächtnis-Festplatte des Hirns neu einschreibt, weshalb also nach entsprechend vielen solchen Überschreibungen auf einmal eine klare und eindeutige Erinnerung an etwas vorhanden ist, das niemals stattgefunden hat. Und so wurde aus einer Geschichte, die ich selbst erfunden habe, wie ich jetzt feststellen musste, eine reale Mutter-Wahrnehmung, eine richtige, echte Erinnerung an eine kalte, herzlose Kindheit. Eine komplette Erinnerung, die nicht nur die Fakten und das Rationale betrifft, sondern auch das Fühlen und Spüren und die Gerüche. Eine Erinnerung, die gleich die Nerven und Muskelfasern und Sinnesorgane zittrig macht, sobald das Erinnern an das Erfundene anhebt, eine Erinnerung, die nicht nur mit dem Gehirn erinnert, sondern mit Haut und Haar und Muskeln und Schleimhäuten, mit Herz und Bauch und Schwanz also.

In der Nacht, sie war schon lange im Schlafzimmer verschwunden, sah ich im Fernsehen einen kurzen Beitrag über neue bildgebende Hirnstrommessverfahren und daraus resultierende Einsichten in Ablauf und Funktionieren von Denken und Erinnern, darüber, wie sich Sprache kristallisiert zu Schrift, wie sich Sprache und Bild manifestieren in externen Zeichen, ohne die wir nicht denken können, wie alles, was ist, nur deshalb ist, weil es Darstellungen provoziert. Ausreden, Ausreden, Ausreden, schnurrte die Teufelseiche dazu, Ausflüchte, Ausflüchte, immer lässt du dein Hirn auf Hochtouren rattern mit lauter Hirnzeugs, kannst dich so drücken, wovor drücken?, schnaubte ich, Klagegesang, blökte die Eiche, und: Nach dieser Antwort auf seine Fragen bleibt dem Sohnemann nur noch klagen. Dann machte sie, dass ich mich auf der abgewohnten Fernsehcouch im elterlichen Wohnzimmer wie der unverstandene, ungeliebte Teenager von einst fühlte und ihr schließlich zustimmte, als sie mir in ausufernden Dialektgstanzln auseinanderdividierte, dass es nicht galt, um den gestorbenen Severin zu trauern oder die verschwundenen Romanen oder um Kohls untergegangene Indianervölker oder den enttäuschten, entzauberten Wunderzauberer May.

76

Am Ende wieherte Bodinger noch einmal, so laut, dass ich Angst bekam, die Patienten draußen im Wartezimmer könnten ihn hören und die Ordinationshilfe würde hereinkommen und würde ihn sehen in seiner verzweifelten Aufbäumung, und mich, wie ich zusammengesunken vor ihm hockte wie früher in den engen Beichtstühlen der Zisterzienser und schwächlich und unentschlossen versuchte, mit ihm mitzuhalten.

Du musst abnehmen, hatte er gesagt, mich dabei gemustert mit spöttischem Blick, so rank und schlank wie damals bist du leider nicht mehr, feixte er, du auch nicht, sagte ich, dann schwiegen wir einen Moment und dachten an das Fett auf unseren Hüften und an die Schwabbelbäuche, über die wir gelacht hatten, solange es nicht die eigenen gewesen waren.

Wir plauderten ein wenig über meine Arbeit, ich holte aus zu einer Erklärung der vielfältigen Zusammenhänge zwischen der Römerherrschaft in Ober- und Niederösterreich und der Kolonialisierung Nordamerikas und der Weltsicht der klassischen Antike, die uns im Humanistischen Gymnasium vermittelt worden war. Zusammenhänge sehen ist Wahn, sagte Bodinger. Alles hängt letzten Endes irgendwie zusammen, sagte ich. Beim Phänomen des Bestehens auf Zusammenhänge in Zusammenhängen, wo es keine Zusammenhänge gibt, spricht der Mediziner von Wahnkrankheit, sagte Bodinger. Ich sagte, er solle lieber wiehern.

Hast du einen Arzt da drüben?, fragte er.

Ja, sagte ich. Die kennen sich aus mit Zuckerkrankheit. Die Indianer werden alle zuckerkrank. Ist das billige Essen.

Du musst unbedingt auf einen BMI von unter fünfundzwanzig kommen. BMI. Body Mass Index.

Ich weiß.

Schaffst du das?

Wie viel Kilo sollte ich haben für fünfundzwanzig?

Wie groß bist du?

Eins achtundsiebzig, ungefähr.

Er griff nach seinem Handy, tippte kurz darauf herum, sagte dann: neunundsiebzig Kilo und einundzwanzig Deka.

Hm. Das wären fünfzehn Kilo.

Lies die Broschüren, sagte er mit einem Lächeln. Besorg dir Ernährungsratgeber, glykämischer Index und so, ist eh gerade in Mode. Gibt es sicher in den USA auch.

Kanada.

Ja. Natürlich. Kanada. Und Bewegung! Bewegung ist das Wichtigste.

Dann schwiegen wir, bis ich fragte, ob das alles sei, ja, sagte er, und: warte. Und dann stand er auf und räusperte sich, schaute sich um, als stünde er mitten unter den Schreibpulten und als käme Professor Sturmbannführer mit lüstern neugierigem Habichtgesicht auf ihn zu. Und dann wieherte er, laut und lang anhaltend, wie er es nie geschafft hatte in den Knabeninternatsjahren. Und ein zweites Mal wieherte er, und noch einmal, ließ sich in seinen breitlehnigen Chefsessel fallen, konnte nicht mehr aufhören.

Ich versuchte, in sein Wiehern einzustimmen, und siehe da, es gelang mir. Ich konnte wiehern. Leise und eher kläglich im Vergleich zu Bodinger, ja, es hörte sich mehr an wie ein verloren gegangenes Fohlen, das nach der Mutterstute schreit, aber es war ein Wiehern. Bodinger und ich saßen uns gegenüber, er im lederbezogenen Arztstuhl, ich auf dem deutlich billigeren Besucherstuhl auf der anderen Seite des von Papieren und Medikamentenschachteln übersäten Tisches, beide hatten wir die Köpfe weit zurückgelegt, und wir wieherten. Ein helles, starkes, frohes Wiehern bei ihm, wie Fury gewiehert hatte in der Fernsehserie, nachdem ihn das Kind gefragt hatte, na Fury, wie wäre es mit einem kleinen Ausritt?

Schwach und kläglich ich, aber Bodingers Wiehern war so laut und voller Kraft und Energie, so eindeutig das kurz bevorstehende Losstürmen eines siegesgewissen Hengstes ankündigend, dass ich lachen musste in das Wiehern hinein. Und auch Bodinger hörte auf, er hievte seinen Oberkörper nach vorn, ließ beide Hände mit einem Krachen auf die Schreibtischplatte fallen und lachte ein Lachen, das mehr wie ein Brüllen klang.

Dann war es auf einmal peinlich. Wir wussten nicht recht, was wir sagen sollten. Also dann, murmelte er schließlich. Die Pflicht ruft. Viele Patienten heute?, fragte ich. Immer, sagte er, viele Patienten, jeden Tag. Er stand auf und reichte mir die Hand über den Tisch. Ich schüttelte sie und ging hinaus. Ich solle ihm bei Gelegenheit ein Mail schicken, rief er mir nach, sobald die kanadischen Kollegen die Diagnose bestätigt und einen verbindlichen Behandlungsplan erstellt hätten.

Gut, sagte ich. Wir mailen sich.

77

Der Gong der Haustürglocke schellte, erschreckte mich, weil noch nie jemand bei meiner Mutter angeläutet hatte, seit ich zurückgekehrt war ins Jugendzimmer, tagsüber nie, und nach Einbruch der Dunkelheit schon gar nicht, noch immer war es das Big-Ben-Läuten in asthmatisch schwachem Achtziger-Jahre-Elektronikklang, ein zweites Mal orgelte der Gong, dann hörte ich sie die Treppe hinunterstapfen, langsam und vorsichtig.

Ich saß am Laptop und korrigierte im Katalogtext herum, verwarf die letzten Seiten, zog neue Schlüsse. Es war notwendig. Es hatte sich herausgestellt, dass ich, so es um mein Privatleben geht, einer bin, der seine Wahrnehmungen und Informationen nicht ordentlich und sinnvoll einordnen kann, zu falschen Schlüssen kommt, irrige Interpretationen findet und Fehlurteile fällt. Also einer, der sich getäuscht hat und der der Ent-Täuschung bedarf. Es war notwendig, mit dem Täuschen und Getäuschtwerden auch in dienstlichen Angelegenheiten aufzuhören. Was bedeutete, dass ich am Ende der Geschichte dem Heiligen Mann Anerkennung zukommen ließ.

Dafür, dass er die Zeichen der Zeit erkannt hatte. Er und seine Kirche, so sie denn schon eine war, hatten sofort zu handeln begonnen, um in das Machtvakuum vorzustoßen. Das Patriarchat von Rom, das später die Katholische Kirche werden sollte, oder es schon war, je nach Geschmack und Interpretationsvorlieben, schlüpfte nahtlos in die leere Hülle, übernahm Strukturen und Know-how und Strahlkraft des verschwundenen Imperium Romanum und damit auch, auf lange Sicht, dessen Machtfülle und Wirkungsgewalt über den Kontinent, bald schon über den gesamten Erdkreis. Severinus hatte diesen gewaltigen Strukturwandel eingeleitet in jenem Raum, der dann der mitteleuropäische werden sollte. Ob dieses sein Wirken ein verdienstvolles war, überließ ich dem Urteil der Katalogleser.

Meine Mutter klopfte an die Kinderzimmertür und sagte durch die dünne Spanplattenfüllung, dass jemand für mich da sei. Ich öffnete, und da standen sie nebeneinander im Flur, das Asylkind und meine Mutter, beide sagten nichts, sahen mich an, als ob sie eine Wette eingegangen wären, wie ich reagieren würde, ich tat, wovon ich glaubte, dass es einer natürlichen Reaktion am ähnlichsten wäre, oh, sagte ich, du hier, Trixi nickte, wollte was sagen, meine Mutter unterbrach sie, das junge Fräulein habe ihr schon alles erklärt, sagte sie, nun unterbrach Trixi sie und sagte, dass sie den letzten Bus nach Wesenufer versäumt habe und beim Autostoppen in der Gegend hängengeblieben sei, da habe sie gedacht, sie schaue mal vorbei, vielleicht hätte ich ja noch vor, in Richtung Passau zu fahren, und dann könnte ich ja möglicherweise, wenn es keine Umstände mache –

Natürlich fährt er Sie heim, sagte meine Mutter.

Natürlich, sagte ich.

Dann wurde meine Mutter lebhaft und fragte das Wasserluchsweibchen, was und wo es arbeite, Bürojob, sagte Trixi, in Linz, und ob sie einen Freund habe, im Prinzip schon, aber der sei immer sehr viel unterwegs, und dann sagte meine Mutter, dass sie morgen ja sicher sehr früh wieder nach Linz hinein müsse, da sei es doch gescheiter, wenn sie hier übernachte. Ich fahr sie schon, sagte ich, muss nur noch den Computer abschalten, aber Trixi hatte dankbar genickt, und meine Mutter ließ sich nicht mehr davon abbringen, gleich verschwand sie und holte Zeug aus ihrem Schlafzimmer und richtete eine Bettstatt her auf der Wohnzimmercouch. Die junge Dame hat sicher Hunger, sagte sie, nahm sie an der Hand und zog sie in die Küche.

Ich hockte mich wieder vor den Laptop, mir fiel nichts ein, ich las durch, was ich eben getippt hatte. Dass ich mir als Abschluss des Aufsatzes eine persönliche Bemerkung erlaube, hatte ich geschrieben, des Inhalts, dass ich Severinus bewunderte. Nicht wegen seiner Wunder, und nicht wegen seiner staatsmännischen Leistungen oder wegen seiner militärischen und verwaltungstechnischen Schwerstarbeit, nicht wegen Trost und Rat, den er den gequälten Romanen gewährt hatte ohne Unterlass. Sondern weil er einer gewesen war, der Möglichkeiten schaffte. Genau genommen nur eine Möglichkeit, die aber war eine ganz große. Er hatte das Land leer gewischt von Kasten und Standesordnungen und Traditionen, er hatte es leer gemacht von allem, das sich nur deshalb nicht ändern konnte und wollte, weil es halt immer schon so gewesen war. Und hatte es damit bereit und offen gemacht für etwas, das anders hätte sein können als es immer gewesen war.

Ich sah hoch zu der Kopie des Stiches aus Zinnhoblers Arbeit, die ich an die Pinnwand über dem Schreibtisch gehängt hatte. Der Heilige Severin erweckt den Presbyter Silvinus zum Leben. Die Ordensmänner auf dem Bild trugen Gewänder wie heutige Kardinäle, und der Innenraum der hölzernen Künzinger Pfahlbaukirche, in dem sich diese Szene abgespielt hatte, sah aus wie jener eines aus riesenhaften Kalksteinblöcken geformten Domes. Das hat der Heilige Mann nicht verdient. Verdient hat er Anerkennung, für das, was er getan hat. Er hat uns Nachfolgenden das Land hinterlassen als leere Leinwand, auf der jeder seine Skizze auftragen hätte können, von sich selbst als das, was er ist, und das, was er zu werden imstande und willens ist.

Leer lag das Land da am großen Strom und wartete. Doch niemand nutzte die Möglichkeit, durch all die Jahrhunderte nicht. Niemand skizzierte Neues, den Stift führten gleich wieder die, die ihn immer schon geführt hatten, sie skizzierten nichts, sie legten die Schablonen auf die leere Leinwand und pausten die alten Muster drauf, und wiederum diejenigen, die immer schon die Farben ausgesucht hatten, kolorierten die Blaupause nach ihrem Geschmack. Und zu ihrem Vorteil. Bis am Ende nicht mehr daraus wurde als eine länderübergreifende Doppellandesausstellung im Geiste und zum Nutzen von Regionalentwicklung und medienkompatibler Strukturverbesserung. Doch das ist nicht Severinus' Schuld. Sein Verdienst wird nicht geschmälert. Severinus ist der Ermöglicher. Dass wir die Möglichkeiten, die er eröffnet hat, nicht nutzten, ist unser Versagen.

Dass die beiden Frauen so lange schon in der Küche waren, machte mich nervös, ich täuschte vor, zur Toilette zu gehen, die Küchentür war nur angelehnt, ich öffnete sie, wollte als Vorwand sagen, dass ich auch noch ein wenig Appetit verspürte, fragen, was denn serviert werde. Die beiden standen neben dem Ceranfeldherd, meine Mutter gegen die Anrichte gelehnt, Trixi hielt die Arme um sie geschlungen. Als sie mich in der halb offenen Tür sah, wehrte sich meine Mutter gegen die Umarmung, aber Trixi ließ sie nicht los. Plötzlich wurde der starre steife Körper meiner Mutter weich, sie begann zu weinen, das Wasserluchsweibchen stand einfach nur da und hielt sie fest, nach Minuten erst ließ sie ihre Arme sinken, aber jetzt war es die alte Frau, die die andere, die junge, nicht losließ. Trixi strich meiner Mutter mit beiden Händen ein paarmal über den Rücken, worauf die erneut und diesmal hemmungslos zu weinen begann.

Ich musste nicht fragen, was los war und worüber sie geredet hatten, hätte mich auch nicht getraut. Es war klar zu sehen, dass ich vollkommen danebengelegen war, die ganze Zeit. Meine kleinen, wutschnaubenden, rachsüchtigen Mutterbeschreibungsfantasien waren Versuche gewesen, sie zu denunzieren. In meinem Entwurf von ihrem Leben sollte sie das BDM-Mädel mit den SS-Brüdern sein, damit ich eine Berechtigung hatte, mich zu entrüsten. Die lebenslange Verräterin sollte sie sein, die meinen Vater getäuscht und ihm ein trostloses langes Eheleben lang nur vorgespielt hat, die Seine zu sein, während sie all die Jahre Roberts Frau gewesen war. Kalt und abweisend und Distanz fordernd sollte sie sein, aber sie war es nicht. Ich war es.

Wie das Mädchen und die Frau da in der Küche standen, das war der Augenblick, in dem alles zu verschwinden begann. Was ich mir zusammengereimt hatte in meinem Kopf, löste sich auf. Was ich zusammengekleistert hatte, um Halt zu finden, wurde haltlos. Was gewesen war, war nur vermeintlich gewesen. Eine deprimierende Erfahrung, denn ich wusste, dass mir nicht genug Zeit bleiben würde, die überraschend entstandene Leere neu aufzufüllen.

78

Psalmengesang, wie immer, ging dem Ereignis voraus und umrahmte es. Sechs Jahre lang war der Leib des Heiligen Mannes in der Erde gelegen, nun war es so weit. Hunuwulf, der gerade mit einer großen Streitmacht Rugiland zerstört und dessen letzten König vertrieben hatte, brachte Anordnungen seines Bruders Odoaker, des Beherrscher Westroms. Die lateinisch sprechende Bevölkerung nördlich der Alpen habe Heim und Herd und Grund und Boden aufzugeben und sich geschlossen ins Mutterland aller Lateiner zu begeben, Italia. Ein Teil der Romanen gehorchte dem Befehl und ergab sich in diese systematische Deportation. Eugipp behauptet, es seien alle Bewohner aus Noricum hinausgeführt worden wie aus dem Haus der ägyptischen Knechtschaft, herausgeführt aus den Ausplünderungen der Barbaren, die sich beinahe Tag für Tag wiederholten, aber das stimmt nicht, Gräberfunde aus den dem Auszug der Romanen folgenden Jahrzehnten und Jahrhunderten belegen eindeutig, dass es auch unter den Awaren und Slawen und danach Baiern einen hohen romanischen Bevölkerungsanteil gegeben haben muss. Zu denen, die fortzogen, zählte die Klostergemeinschaft des Severinus.

Und Severinus selbst natürlich, seine sterblichen Überreste. Sie sangen und beteten, als sie die Grabstätte aufgruben, und dann warfen sie sich aus übergroßer Freude und Verwunderung der Länge nach auf die Erde. Es ist dies eine seltsame Stelle in der *Vita.* Dreiundvierzig Kapitel lang hat Eugipp aus der Position eines entfernten Berichterstatters geschrieben, als einer, der Zeitzeugen befragt und externe Quellen verwendet hat. Jetzt wechselt er für ein paar Sätze in die Rolle eines Icherzählers. Nach der Öffnung der Grabstätte umfing uns alle, die wir im Kreise um sie standen, ein so lieblicher Wohlgeruch, dass wir uns zu Boden warfen. Wir fanden den ganzen Körper vollkommen erhalten vor, den Leichnam ebenso unversehrt wie Bart und Haupthaar. Sieht aus, als wollte er mit dem kleinen Schriftstellertrick des Perspektivenwechsels Authentizität schaffen und Glaubwürdigkeit. Ich baute eine kleine Spekulation ein in den Katalogtext, darüber, ob es sich bei diesem nur einen Absatz währenden *Ich* und *Wir* des Eugipp um ein raffiniertes poetisches Verfahren handle, oder ob es einen Beleg für die Vermutung darstelle, Eugipp, der spätere Abt des Klosters Lucullanum bei Neapel, sei Mitglied der Severinsgemeinschaft im norischen Mautern gewesen, möglicherweise schon zu Lebzeiten des Heiligen Mannes, sicher jedoch im Jahr des Auszugs der Romanen aus Noricum.

Lassen Sie es weg, sagte der Sprecher meiner Auftraggeber. Weglassen ist ohnehin immer empfehlenswert. Perfektion ist erreicht, wenn man nichts mehr weglassen kann, sagt Da Vinci.

Bei Dan Brown, fragte ich, oder der echte Leonardo?

Zugegeben, sagte er, das Zitat ist nicht wirklich belegt. Und dann wies er mich auf einige weitere Passagen im fertigen Aufsatz hin, den ich ihm gemailt hatte mit dem Dateinamen Katalogtext, Rohversion 1. Er schwadronierte eine Weile herum über die unwiderstehliche Kraft des Geschichtenbeschwörens und die letztendliche Verfügungsgewalt des Erzählers über das zu Erzählende, ehe er sagte, was ihm oder seinen Auftraggebern nicht passte. Liegst dem Erdteil du inmitten, hatte ich geschrieben über das von den Romanen verlassene Land, wie ein Herz, das Herz Europas, Mitteleuropas, ja, das ist hier, genau hier. Aber es ist ein eisig kaltes Herz, das kein Leben durch Adern und Venen pumpt und keine Wärme, sondern Eiswasser, nur Eiswasser.

Ein wenig sieht es aus, als wollten Sie in Ihrem Aufsatz Themen aktueller Diskurse abhandeln, eingehüllt in Historie und Heiligenlegenden, sagte der Sprecher meiner Auftraggeber, Sie verstehen, Globalisierungskritik und anschwellende Migrationsströme im altphilologisch-bildungsbürgerlichen Mäntelchen,

Völkerwanderung, Imperiumsuntergänge als Spiegel, den die Vergangenheit der Gegenwart vorhält, und so Sachen.

Finden Sie?, sagte ich.

Die Herren Landeshauptleute werden das nicht goutieren, sagte er. Und nach einer Pause: Allerdings werden Sie es eh nicht bemerken.

Die Klosterbrüder hüllten den Exhumierten in neue Leichentücher, hoben ihn in den Sarg, der seit sechs Jahren schon bereitstand, stellten ihn auf einen Pferdewagen und verließen Favianis. Denselben Weg gingen mit uns alle Provinzbewohner, schreibt Eugipp, die ihre Städte an der Donau verließen und in ganz verschiedenen Gebieten Italiens Wohnsitze in der Fremde zugeteilt bekamen. Der Leichnam aber wurde, nachdem man durch viele Gegenden gefahren war, nach Mons Feleter gebracht. Was ein profanes Bauwerk war, ein Kastell in der Nähe von San Marino.

Kaum war der Leib des Severinus aus der Erde, begann schon wieder ein unglaubliches Wunderwirken, Kranke wurden geheilt in großer Zahl, Blinde sehend, von unreinen Geistern Besessene im Handumdrehen der göttlichen Gnade zuteil. Ein Stummer trat an den Sarg des Heiligen Mannes und betete demütig bei dessen Füßen, in der Kammer seines Herzens natürlich, da sein Mund ja verschlossen war, und schon konnte er sprechen mit lauter und klarer Stimme. Ein Blinder, der die Psalmen singende Volksmenge auf der Straße vor seinem Haus hörte, an dem der Wagen mit dem Holzsarg vorbeifuhr, bat, man möge ihn ans Fenster führen, und sowie er sich betend aus dem Fenster lehnte, sah er plötzlich wieder. Allem Anschein nach hatte Eugippius selbst genug von all dem Wunderzeugs, es mag genügen, drei von den unzähligen gnadenvollen Wundertaten berichtet zu haben, schreibt er, und schildert auffallend kurz und knapp nur noch, wie am Ende der Leichnam des Wundermannes im Castrum Lucullanum feierlich bestattet wurde, unter allergrößter Teilnahme der Bewohner Neapels an dem feierlichen Leichenzug. Es liest sich, als hätte Eugipp die Lust verloren an der Geschichte, so wie ich nur noch mit großer Unlust die abschließenden Informationen formulierte. Dass die illustris femina Barbaria bei Papst Gelasius I. die Erlaubnis erwirkt hatte, dem Heiligen Mann an ihrem Wohnsitz Lucullanum ein Mausoleum zu errichten, dass diese Barbaria wahrscheinlich die Witwe des Orestes war und Mutter des letzten römischen Kaisers Romulus Augustulus, dessen Verbannungsort bekanntlich Lucullanum war. Dass ein Kloster errichtet wurde, es steht heute noch, schrieb Eugipp im Jahre 511 in der *Vita*, ja, es steht noch, aber ist nun verwahrlost und halb verfallen. Dass der Heilige Mann ein weiteres Mal aus- und wieder eingegraben wurde, wie die drei Russen von der Teufelseiche und vom Dorffriedhof, als die sterblichen Überreste des Severinus im Jahre 1807 in Frattamaggiore nördlich von Neapel zur vorläufig letzten Ruhe gebettet wurden. Dass nicht überliefert ist, ob da Leib und Bart und Haupthaar noch unversehrt waren, ob der Leichnam lieblichst geduftet hat bei dieser Umbettung.

Aufhören ist immer das Schwierigste. Ich sah nach, wie die anderen ihre Geschichten beendet hatten. Giese stemmt den letzten Absatz seines Romans auf die Metaebene, reportiert eigene Traumgesichte, Attila sieht er, Orestes und Odoaker, und natürlich all die verführerischen Frauen, die er um Severinus herum angesiedelt hat. Still, der Psalm ist zu Ende, so hört er auf, eine Amsel singt in der Nacht. Gott ist. Sendungsbewusst und frömmlerisch kommt der Priesterdichter Dörfler ans Ende: Aber auch die *Vita* des Eugipp, diese seine Lebensbeschreibung ist nur ein Funke aus dem wundersamen Lichte, das einstens in die Finsternis einer wahrhaft finsteren Welt gestrahlt hat. Merkwürdig sachlich und kurz angebunden Eugippius, ein letztes Mal preist er den Heiligen Mann: Ihm gebührt Ehre und Ruhm in alle Ewigkeit. Amen. Der Vollständigkeit halber nehme ich Johann Georg Kohl herein, seine Abschiedsworte an Kitchi Gami, das Große Wasser, die ihm an Bord des Dampfers *Nordstern* durch den Kopf gingen. Rasch dahinschwindende Völker blieben mir im Rücken, formuliert er sentimental, und schließt mit einem Zitat aus Longfellows *Hiawatha*. And I said: Farewell for ever!

Na ja. Es war den Kollegen auch nicht besser gegangen als mir.

79

Der Luchs ist das Tier, das man nicht sieht. Wenn man es sieht, bedeutet das großes Unheil. Die Welt neben der Welt hat dich einen Augenblick lang in sich hineinschauen lassen, das hält niemand aus, darum taucht in solchen Momenten der Wasserluchs auf, der ein Helfer ist, wenn ihm danach ist. Er warnt und hält einen zurück, auf dass man nicht verschwinde in das, was neben dem ist, das ist.

Ich saß vor dem Fernsehapparat im Wohnzimmer meiner Mutter und sah das Wasserluchsweibchen in den Mittagsnachrichten. Live-Übertragung einer Pressekonferenz in einem Pfarrhof im Innviertel. Das verschwundene Asylantenmädchen war aufgetaucht. Neben ihr saßen ein Priester, ein Anwalt und ein Medienberater, den ihr die Menschenrechtsgruppe beigestellt hatte, unter deren Fittichen sie sich versteckt hatte, davor rauften hundert und mehr Fotografen, Kameraleute und Journalisten um die besten Plätze. Sie sah noch jünger aus als auf dem Amateurvideo. Vielleicht hat sie nicht gelogen. Vielleicht ist sie die wirklich nicht.

Der Wasserluchs ist ein wildes Wesen, das man nicht reizen darf. Wer Unrechtes im Sinn hat, den holt es sich aus dem Kanu und zieht ihn auf den Grund des Sees und hält ihn mit eisernem Griff, bis er ersäuft, oder es lässt im Winter das Eis schmelzen in Blitzesschnelle, sodass der Unrecht Sinnende versinkt und ertrinkt im eisigen Nass. Aber wenn du um Hilfe bittest in Demut, aufrechten Sinns und ohne Absicht, mit den erbetenen Gaben Schaden anzurichten, dann schnellt Mishi Bizhi hoch aus dem Wasser und lässt sich zurückplatschen und duscht dich dabei mit einer Flutwelle von Spritzern und Tropfen, und die bringen dir Zufriedenheit, Gelassenheit und Wohlstand.

Das Mädchen im Fernsehen, das aussah wie das Wasserluchsweibchen, nur viel jünger, beantwortete mit sichtlicher Nervosität die Journalistenfragen. Ja, sie habe bereits mit dem Landeshauptmann persönlich geredet. Ja, der habe ihr versprochen, dass man sie bis Weihnachten auf jeden Fall in Ruhe lassen werde. Nein, was sie vom Herrn Innenminister halte, das wolle sie lieber nicht im Fernsehen sagen. Ja, die Selbstmorddrohung sei ernst gemeint gewesen. Ein Journalist fragte, ob Selbstmord noch immer ein Thema sei für sie. Ja, sagte das Mädchen mit gesenktem Kopf, wenn es nicht anders geht.

Mein Handy klingelte. Trixi. Siehst du es im Fernsehen?, fragte sie.

Ja.

Siehst du mich?

Ja.

Die Sendung ist live, das weißt du schon, oder? Wie kann ich da mit dir telefonieren?

Ja, sagte ich, das geht natürlich nicht. Und schwieg. Und geriet in eine Panik, weil alles durch meinen Kopf brauste, nein, nicht alles, nur eines. Eine Frage. *Die* Frage. Jene, die ich niemals stellen würde, das wusste ich, und dieses Wissen erzeugte die Panik. Ob ihr Angebot noch galt. Und die daraus folgenden Zusatzfragen zu stellen würde ich auch niemals den Mut aufbringen. Ob sie wirklich schon achtzehn war. Ob sie mir irgendwelche Ausweispapiere zeigen würde, die das belegen. Wie sie sich das vorstelle, wenn sie in Thunder Bay wäre.

Schon arg, was sie mit der anstellen, oder?, sagte sie.

Ja, sagte ich, fragte, wie es ihr gehe, passt eh alles so halbwegs, war die Antwort, ich fragte, ob sie wieder einmal Lust hätte auf einen Kaffee im Schillerparkhotel, das sei momentan eher schlecht, sagte sie, sie habe da was auf die Reihe zu kriegen, da komme sie in nächster Zeit kaum nach Linz. Aber wenn sie doch einmal in die Stadt käme, würde sie mich anrufen, dann könnten wir uns treffen. Falls ich da noch in Österreich sei. Und legte auf.

So müssen sich die Anishinaabe gefühlt haben, als ihre Welt

zu verschwinden begonnen hatte, und als sie schließlich gemerkt hatten, dass ihnen ein tatsächlicher Untergang bevorstand. Als ihnen klar wurde, dass die Wasserluchse nicht mehr auftauchen würden aus den Großen Gewässern. Dass keine Hilfe zu erwarten war. Dass ein grausames Schicksal sie wegwischen würde von der Oberfläche dessen, das sie für ewig und unveränderlich gehalten hatten. Nein, nicht ein grausames Schicksal. Wir waren es, wir, die Weißen. Die Die Nie Satt Werden. Ich saß auf der Wohnzimmercouch und wünschte mir, die Teufelseiche begänne in meinem Kopf zu schnarren und sagte mir mit ihren halblustigen Stanzen, was für ein Idiot ich war, doch die Eiche schwieg. Ich blieb sitzen, so wie die Anishinaabe an den Ufern des Großen Wassers gehockt waren, eine unendliche Zeit lang, und ihre Jossakids hatten gerufen und gerufen. Wo bist du, Mishi Bizhi? Wo bist du? Doch die Wasserluchsweibchen rührten sich nicht mehr.

Die Live-Übertragung von der Pressekonferenz mit dem Asylkind plätscherte dahin mit einander nur leicht variiert wiederholenden Fragen und Antworten. Meine Mutter kam ins Wohnzimmer, setzte sich neben mich und stieß einen kleinen verblüfften Ruf aus. Das ist doch das junge Fräulein, das neulich da war!

Nein, sagte ich. Sieht ihr bloß sehr ähnlich.

Eine Weile sahen wir schweigend zu. Dann fragte ich sie, ob sie eigentlich das Grab in Detmold kenne.

Ich war nie in Detmold, sagte sie.

Ich würde gerne einmal hinfahren, sagte ich. Sehen, wo er liegt, der so heißt wie ich.

Ist eine lange Autofahrt, sagte sie, und man weiß ja nicht, ob es da überhaupt ein Grab gibt, in dem Sinne, wie man bei uns ein Grab hat. Ob man da was findet.

Gibt schon ein Grab, sagte ich. Es hatte nur einige wenige Mausklicks auf der Homepage der Deutschen Kriegsgräberfürsorge gebraucht, bis die Antwort aufploppte in einem eigenen Fenster. Die gesuchte Person ruht auf der Kriegsgräberstätte in

Detmold, Blomberger Straße, Endgrablage: Block 2WK Grab 106.

Würdest du da mitfahren wollen?, fragte ich.

Sie nickte.

Ich habe eine Menge zu erledigen in Kanada drüben, sagte ich. Aber dann komme ich vielleicht wieder und wir fahren nach Detmold.

Iris Berben ist in Detmold geboren, flüsterte sie.

80

Als Söhne sind wir Versager, sagte ich zu dem Stein, auf dem mein Name steht, zwischen Kaineder, Kehrer, Kogler, Kornbichler und Lehner. Wir sind Verschwinder, die den Müttern abhandenkommen, wogegen sich die nicht anders zu wehren wissen, als sich zu verhärten und nichts mehr an sich heranzulassen. Und dann betrachten wir sie auf den vergilbten Fotos und sehen fremde Frauen, Unbekannte, die in einem leeren Land stehen, das ihnen keinen Halt und keinen tragfähigen Boden bietet, und wir zürnen, weil wir so vergeblich uns sehnen nach einer Auflösung der Verhärtung.

Langsam ging ich über die Kieswege aus dem Friedhof hinaus, sah mich ein paarmal um, stellte mir vor, wo das Russengrab mit den seltsamen Kreuzen hätte gewesen sein können. Leichen ausgraben, das ist der zentrale Punkt in dieser Geschichte.

Sie gruben die Leiche des Heiligen Mannes aus. Sie behaupteten, dass die Leiche nach sechs sarglosen Jahren im Erdgrab unversehrt gewesen sei und geduftet habe wie die süßesten vorstellbaren Düfte. Sie packten den Kadaver auf grobe Transportkarren und verschwanden. Ließen das Land leer zurück. Verzogen sich heim in ein Reich, das bereits aufgehört hatte zu existieren. So war das in jener Gegend, die heute Oberösterreich und Niederösterreich und Salzburg und Niederbayern heißt. Das Imperium war zerfallen. Der Mann, der als ein großer gepriesen wurde und wird, war ein kleiner. Ein Trickster und Taschenspieler, ein Geschichtenerzähler und Wunderheiler, ein Machtspieler unklarer Herkunft. Einer, der mit seinen Zaubertricks versuchte, den Schaden so niedrig wie möglich zu halten. Und der doch nicht viel mehr bewirkte als eine übereilte Abwicklung, der nicht mehr rettete als die Leben eines Teils der letzten Coloni.

Es ist eine Geschichte voller Lügen und unvollständiger Teilberichte, und ihre Absicht ist eine manipulative. Also eine sehr heutige Geschichte. Denn das Land war nicht leer. Es war leer nur in der Vorstellung solcher, die jeden Ort auf Erden, der nicht von ihnen besiedelt ist, als eine wüste, leere Einöde sehen. In Wahrheit verschwanden die Eroberer; jene, deren Vorfahren vor Jahrhunderten gewaltsam Grund und Boden und Arbeitskraft in Besitz genommen hatten. Nach den Eroberern war das Land nach wie vor besiedelt. Von denen, die die Verschwundenen Barbaren nannten. Und weil die Verschwundenen ihre Kultur zurückließen, bezeichnen die Nachfahren der Barbaren ihre Altvorderen auch abschätzig als Barbaren.

Das Flugticket nach Toronto lag auf dem Schreibtisch. Im Jugendzimmer war es kalt und muffelig. Ich nahm das Ticket in die Hand und vergewisserte mich seiner Gültigkeit. Die Endversion meines Beitrags zum Katalog der Doppellandesausstellung habe ich dem Sprecher meiner Auftraggeber bereits gemailt, zusammen mit der Bitte, das Honorar auf das beiliegend bezeichnete österreichische Bankkonto zu überweisen. Morgen früh, bevor ich nach Wien-Schwechat fahre und als Erstes den gemieteten Fox zurückgebe, werde ich mich noch einmal zu ihr auf die Wohnzimmercouch setzen. Ich will ihr sagen, dass ich wiederkommen werde, bald schon, nicht erst zu ihrem Begräbnis, weiß aber nicht, wie ich es formulieren soll. Vielleicht genügt es, wenn ich ihr nur einfach die drei Wörter sage, ich komme wieder, und vielleicht versteht sie, was ich meine, ohne dass wir weiter darüber reden müssen.

Sie gruben das Grab aus. Sie hoben die Gebeine und zerfallenden Lumpen. Die Überreste Severinus' stanken nicht mehr. Knochen sind einfaches organisches Material, das nach dem Ende der Verfallsprozesse der anhaftenden Reste von Fleisch und Sehnen keinen eigenen Geruch hat. Sie packten die Überreste sorgfältig in eine Kiste und luden sie auf den Pferdewagen. Sie brachten die Knochen nach Süden, immer weiter nach Süden, tagelang, wochenlang. Severin war weg. Nun war das Land für sie leer.

Die Arbeit an diesem Buch wurde gefördert durch ein Projektstipendium des Bundesministeriums für Unterricht, Kunst und Kultur sowie durch ein Adalbert-Stifter-Stipendium des Landes Oberösterreich.

Besonderer Dank geht an den Verlag für Kindertheater (Verlagsgruppe Oetinger), Hamburg, für die Erlaubnis, Motive aus Walter Kohls Theaterstück »ritzen« zu verwenden.